Petra Durst-Benning
Kräuter der Provinz

Autorin

Petra Durst-Benning wurde 1965 in Baden-Württemberg geboren. Seit dreißig Jahren schreibt sie historische und zeitgenössische Romane. Fast all ihre Bücher sind SPIEGEL-Bestseller und wurden in verschiedene Sprachen übersetzt. In Amerika ist Petra Durst-Benning ebenfalls eine gefeierte Bestsellerautorin. Sie lebt und schreibt im Süden Deutschlands, Frankreich war viele Jahre lang ihre zweite Heimat.

Von Petra Durst-Benning bereits erschienen
Spätsommerliebe
Die Blütensammlerin
Die Fotografin – Am Anfang des Weges
Die Fotografin – Die Zeit der Entscheidung
Die Fotografin – Die Welt von morgen
Die Fotografin – Die Stunde der Sehnsucht
Die Fotografin – Das Ende der Stille
Die Köchin – Große Träume, kleine Siege
Die Köchin – Alte Hoffnung, neue Wege
Die Köchin – Süße Tage, bittere Stunden
Das Weihnachtsdorf

Petra Durst-Benning

Kräuter der Provinz

Band 1
der Maierhofen-Reihe

Roman

blanvalet

Das Zitat von Kurt Tucholsky auf S. 365 stammt aus
»Zwischen Gestern und Morgen. Eine Auswahl aus seinen Schriften
und Gedichten.«, Rowohlt Verlag 1952, Hamburg, S. 179 ff.

Penguin Random House Verlagsgruppe FSC® N001967

2. Auflage
Copyright © 2015 by in der Penguin Random House Verlagsgruppe GmbH,
Neumarkter Straße 28, 81673 München
produktsicherheit@penguinrandomhouse.de
(Vorstehende Angaben sind zugleich
Pflichtinformationen nach GPSR.)

Redaktion: Gisela Klemt
Umschlaggestaltung und -motiv: © Johannes Wiebel | punchdesign,
unter Verwendung von Motiven von stock.adobe.com
(Arochau, modernmovie, LariBat, ivan kmit, Jürgen Fälchle,
Laura Pashkevich, alicja neumiler, alicja neumiler, Irina Fischer,
vaitekune, Anastasiia Malinich, Scisetti Alfio, tomertu)
BSt · Herstellung: DiMo
Satz: Uhl + Massopust, Aalen
Druck und Bindung: GGP Media GmbH, Pößneck
Printed in Germany
ISBN 978-3-7341-1248-5

www.blanvalet.de

Vorwort

Dieses Buch widme ich allen Menschen, die sich einer Sache ganz und gar verschrieben haben. Menschen, die sich mit Begeisterung ihrer Arbeit widmen, sie mit Herzblut erfüllen und so Großartiges leisten. Menschen, die erfahren haben, was alles möglich ist, wenn viele Hände zusammenarbeiten.

Ich widme dieses Buch aber auch allen Menschen, die noch auf der Suche sind nach ihrer »Aufgabe« im Leben, ihrem Glück, ihrer Bestimmung. Oftmals liegt das alles viel näher, als man glaubt. Schau dich aufmerksam um! Andere halten dich vielleicht für einen Spinner, eine Traumtänzerin? Egal. Es ist dein Leben, nicht das der anderen. Wage es, an dich selbst zu glauben.

Und denke immer daran: Wenn eine Sache es wert ist, getan zu werden, dann ist sie es auch wert, richtig getan zu werden.

Maierhofen kann überall sein!

Ihre/Eure Petra Durst-Benning

1. Kapitel

Es war das erste Mal, dass sie vom Sterben träumte. Sie lag in einem weißen Hospitalbett, angeschlossen an Zu- und Ableitungen, Sonden und leise piepsende Maschinen. Ihre Augen waren geschlossen, sie wollte sie öffnen, aber es gelang ihr nicht. Ihr Atem dröhnte laut in den Ohren. Doch dann, mit jedem Schlag ihres Herzens, wurde der Atem leiser. Und leiser und leiser …

Es war zwei Uhr, als Therese mit einem erstickten Schrei aufwachte. Ihr Herz raste, ihr Nachthemd war schweißgetränkt. Fragmente des Albtraums liefen wie ein schlechter Film an ihrem inneren Auge vorüber. Sie blinzelte, als könne sie sich so von den Bildern befreien. Zitternd hob sie beide Beine aus dem Bett. Sie zog ihr nasses Nachthemd aus und ging ins Bad.

Aus dem Spiegel starrte sie eine attraktive Endvierzigerin an, mit kräftigen, schön gewölbten Augenbrauen und Augen, die fiebrig glänzten. Sie habe »Schlafzimmeraugen«, hatte ihr einmal ein Mann gesagt. Sie sähe aus wie eine Mischung aus Susan Sarandon und Senta Berger, hatte ein anderer gemeint. Und mehr als einmal hatte sie zu hören bekommen, dass sie eine erotische Ausstrahlung besitze. Auf ihr Aussehen hatte sie sich immer etwas eingebildet. Statt Schlabberbluse und Jeans trug sie lieber eines ihrer zahlreichen Dirndl, die ihre Rundungen vorteilhaft zur Geltung brachten. Den Gästen ihres Gasthauses Goldene Rose gefiel das, auch wenn ihre bunten, fantasievollen Ensembles mit einer echten Tracht nicht viel zu tun hatten.

Schlafzimmeraugen hin, Dirndl her – zu einem Ehemann hatte sie es bisher nicht gebracht. Und nun sah es so aus, als sei der Zug vollends abgefahren.

Sie wollte nicht sterben. Nicht jetzt mit achtundvierzig. Und auch nicht in den darauffolgenden Jahren.

Nachdem sie sich ein frisches Nachthemd angezogen hatte, ging sie noch immer wie in Trance und sich am Geländer festhaltend die Treppe hinab ins Erdgeschoss, wo sich Wohnzimmer und Küche befanden. Von allein fand Thereses rechte Hand den altmodischen Lichtschalter neben der Tür zu ihrer winzigen Küche. Wie immer, wenn sie nachts aufwachte, lauschte sie auf Geräusche, die nicht in die Nacht und in das Haus gehörten. Doch alles war still. Nur in ihrem Inneren tobten Chaos und Tumult.

Eine Tasse Kaffee. Schlafen würde sie wahrscheinlich sowieso nicht mehr können. Mit diesem Gedanken schloss Therese die Verbindungstür auf, die von ihrer Wohnung hinüber in die Gaststätte führte. Die Goldene Rose war ein Lokal mit einem großen Schankraum und etlichen Nebenräumen. Massive dunkelbraune Holzmöbel dominierten das Bild, an den Fenstern hingen rotweiß karierte Gardinen, die Tischläufer waren aus demselben Stoff. Der Chic der Siebzigerjahre, dachte Therese nicht zum ersten Mal. Wie oft hatte sie sich schon vorgenommen, ihre Gasträume hübscher und moderner zu gestalten! Neue

Stoffe aussuchen, schöne Kissen nähen für die lange Sitzbank neben dem Kachelofen. Die verstaubten Trockenblumensträuße durch neue ersetzen. Über neue Lampen nachdenken, die alten waren nun wirklich keine Augenweide mehr! Aber immer gab es tausend andere Dinge vorher zu tun. Und allem Anschein nach würde sich das in absehbarer Zeit auch nicht ändern.

In der Gaststube roch es wie immer. Nach Bier, nassen Spüllappen und nach der Rotweinsoße, für die ihr Koch Sam berühmt war.

Während sich die große Kaffeemaschine aufheizte, schaute Therese aus dem Fenster. Am verhangenen Himmel stand ein schwacher Mond. Er und die neuen, orange leuchtenden Laternen, die das Dorf erst im letzten Herbst bekommen hatte, schenkten den Straßen ein heimeliges Licht. Wer hier nachts zu Fuß oder mit dem Auto unterwegs war, fühlte sich sicher. Die Laternen waren eine gute Investition gewesen, befand Therese, auch wenn sie heftig mit dem Gemeinderat darum hatte ringen müssen. Aber als Bürgermeisterin einer Gemeinde, die chronisch knapp bei Kasse war, kannte sie es nicht anders.

In allen umliegenden Häusern war es dunkel, nur im Haus von Magdalena, das auf der anderen Seite des Maierhofener Marktplatzes lag, brannte Licht. Konnte die Bäckersfrau auch nicht schlafen? Oder war dies die normale Zeit, in der sie sich für ihren langen Tag im Backhaus und später in ihrem Laden mit dem Café herrichtete? Therese bildete sich ein, ziemlich viel über die Maierhofener zu wissen, aber wann Magdalenas Arbeitstag begann, wusste sie nicht. Seltsam.

Als der Kaffee durchgelaufen war, nahm sie die Tasse, schaltete alle Lichter wieder aus und ging zurück in ihre Wohnung. Nicht zum ersten Mal kam ihr der Gedanke, wie klein der quadratische Wohnanbau im Gegensatz zum großen Gasthaus doch war. Wie ein Wurmfortsatz. Ein lästiges Anhängsel. Als wäre den Erbauern des Gebäudes erst nachträglich eingefallen, dass die Wirtsleute ja auch irgendwo wohnen mussten. Die paar Quadratmeter im Erdgeschoss reichten gerade einmal für die winzige Küche und das Wohnzimmer, in dem man sich zwischen Sofa, Bücherschrank und Fernsehtischchen kaum bewegen konnte. Im ersten Stockwerk befanden sich das ehemalige Elternschlafzimmer – heute Thereses Schlafzimmer – und außerdem ein Bad mit Wanne und WC. Der Raum ganz oben unterm Dach war mehr eine Kammer als ein richtiges Zimmer, doch dort hatte Therese ihre Kindheit verbracht.

Während sie den Kaffee trank, schaute sie sich gedankenverloren in ihrem Wohnzimmer um. Von dem dicken Stapel Unterlagen auf dem Couchtisch abgesehen, lag nichts herum. Keine Zeitschrift, kein Strickzeug, nicht einmal die Ohrringe, die sie gestern Abend abgenommen hatte, weil sie an den Ohrläppchen drückten. In ihrem Schlafzimmer sah es nicht anders aus. Die Dirndl hingen fein säuberlich im Schrank, Schmutzwäsche kam sofort in den dafür vorgesehenen Korb, alles hatte seine Ordnung. So war sie es von klein auf gewöhnt. Wehe, sie hatte es als Kind gewagt, eine ihrer Puppen oder anderes Spielzeug unten im Haus herumliegen zu lassen! Da hatte es von ihrer Mutter, von Natur aus eine leicht reizbare Person, schnell Backpfeifen gegeben. Einmal hatte sich Mutter sogar ihre Lieblingspuppe geschnappt und sie in den Mülleimer geworfen. Stundenlang hatte sie, Therese, nach der Puppe gesucht. Vergeblich. Erst viel später hatte sie von ihrer Mutter erfahren, wo das Spielzeug gelandet war.

»Hör auf zu jammern! Hätte dir etwas an der Puppe gelegen, hättest du besser auf sie aufgepasst«, war die barsche Antwort der Mutter auf Thereses Protest gewesen. Diese Lektion hatte Therese nie vergessen. Seitdem passte sie auf alles auf, was ihr lieb und teuer war. Auf alles – nur nicht auf sich selbst.

All die Ordnungsliebe, vergeblich. Denn nichts war mit ihr in Ordnung, gar nichts.

Gebärmutterhalskrebs. Die elf häufigste diagnostizierte Krebsart. Die zwölf häufigste Ursache für krebsbedingte Todesfälle. Circa 6000 Frauen erkrankten jährlich in Deutschland daran, etwa 1800 starben. Stundenlang hatte sie in den letzten Wochen im Internet recherchiert, hatte von Impfungen, Ursachen und Heilungschancen gelesen. Sie hatte Berichte von Betroffenen verschlungen und die Empfehlungen der Deutschen Krebshilfe. Die meisten Informationen hatte sie gleich wieder verdrängt, bevor sie sich in ihr Bewusstsein eingraben konnten. Eine von drei Frauen starb an diesem Krebs …

Warum war sie nicht regelmäßig zu ihrer Frauenärztin gegangen? Andere Frauen bekamen das doch auch hin. Ganze vier Jahre waren seit der letzten Untersuchung verstrichen. Unnütze Zeitverschwendung, hatte sie gedacht. Ihr fehlte doch nichts. Die Zeit für die Fahrt in die Kreisstadt konnte sie viel besser nutzen. Fürs Arbeiten und fürs Aufräumen zum Beispiel.

Therese gab einen Seufzer von sich, der eher einem erstickten Aufheulen glich.

Warum sie? Warum? Ihr Blick fiel zum wiederholten Mal auf den Stapel Unterlagen, den ihre Ärztin ihr mitgegeben hatte. Patienteninformationen, Hochglanzbroschüren von zwei Krankenhäusern, die auf solche Fälle spezialisiert waren, Unterlagen, die sie auszufüllen und bei ihrer Krankenkasse einzureichen hatte.

»Lesen Sie alles in Ruhe durch. Und wenn Sie Fragen haben, wenden Sie sich bitte jederzeit an mich«, hatte Frau Doktor Maier zu ihr gesagt. Ihr Ton war mitfühlend, fast mitleidig gewesen.

Therese hatte sich mit einem kräftigen Händedruck bei der Ärztin bedankt. Mit ebenso kräftigen Schritten war sie aus der Praxis gegangen. Sie und Krebs? Ein Irrtum. Vertauschte Unterlagen oder sonst ein Fehler. Topfit fühlte sie sich. Zugegeben, da war dieses Ziehen im Unterleib. Aber musste man jedes Zipperlein gleich ernst nehmen? Dafür war sie nicht der Typ.

Zwei Wochen waren seitdem vergangen. Gestern hatte die Ärztin angerufen. Natürlich wäre es gut, sich bei solch einer Erkrankung Zeit zu nehmen, sich in Ruhe kundig zu machen, sich gegebenenfalls auch eine Zweitmeinung einzuholen. Der Mensch müsse sich schließlich an den Gedanken, sehr krank zu sein, erst gewöhnen. Nichts müsse von heute auf morgen geschehen. Aber zu viel Zeit sollte Therese lieber auch nicht verstreichen lassen. Deshalb habe sie, die Ärztin, in der Woche nach Pfingsten Termine für die letzten wichtigen Voruntersuchungen reserviert, danach sollte unmittelbar die Behandlung beginnen.

Therese hatte nur geschwiegen. Irgendwie waren die Worte der Ärztin gar nicht richtig zu ihr durchgedrungen, es war vielmehr so, als würde sie versehentlich ein fremdes Gespräch in der Leitung belauschen. Bis nach Pfingsten waren es ja noch ein paar Tage, hatte sie gedacht, als die Ärztin beim Abschied erneut auf die Dringlichkeit hinwies.

»Ein Sack Kartoffeln, eine Kiste Äpfel, vier Pfund Butter, Radieschen, Salat, Karotten, fünf Kilo Schweinehals, drei Kilo Rinderschulter…« Wie jeden Montagmorgen ging Therese die Einkaufsliste durch, die ihr Koch Sam am Vorabend geschrieben hatte. Nach der schlaflosen Nacht fiel es ihr allerdings schwerer als sonst, sich zu konzentrieren. Ein wenig verwirrt schaute sie auf. »Rinderschulter? Ich dachte, heute Abend soll es Würstchen mit Kartoffelsalat geben?«

Sabrina Mölling, Inhaberin der kleinen Wäscherei mit angeschlossener Reinigung, wollte heute mit dreißig Gästen ihren fünfzigsten Geburtstag in der Goldenen Rose feiern. Die Maierhofener feierten alles bei Therese – Taufen, Hochzeiten und Geburtstage. Und am Ende auch den Leichenschmaus.

Sam stellte Therese ungefragt eine Tasse Kaffee hin und sagte: »Dachte ich auch. Aber am Samstag war ihr Mann da und hat alles rückgängig gemacht. Für einen runden Geburtstag müsse es schon ein festlicheres Mahl sein, hat er gemeint. Rinderfilet mit Spargel – das wäre nach seinem Geschmack. Ich konnte ihn immerhin auf einen Rinderbraten mit Schmorgemüse herunterhandeln.«

»Gut gemacht!« Therese nickte Sam dankbar zu, während sie innerlich die Augen verdrehte. Kurt Mölling war seit drei Monaten arbeitslos, das hatte Sabrina ihr in einem vertraulichen Moment anvertraut. Damit jedoch niemand sonst im Dorf davon erfuhr, brauste Kurt jeden Morgen mit dem Auto davon, als sei er noch immer bei seinem alten Paketdienst in der Kreisstadt angestellt. »Ich habe keine Ahnung, was er den lieben langen Tag treibt«, hatte Sabrina eine Spur bitter gesagt. »Den schönen Schein wahren! Mir wäre es lieber, er würde mir in der Wäscherei helfen.«

Therese hatte Sabrina zu dem kostengünstigen Mahl geraten, ohne dabei die angespannte finanzielle Situation der Familie zu erwähnen. Von Bratwurst mit frischem Bärlauch und neuen Kartoffeln hatte sie geschwärmt – ein Frühlingsgericht, an das sich ihre Gäste noch lange erinnern würden. Und danach vielleicht eine ebenso leichte Quarkcreme mit Apfelkompott? Sam verwendete dafür seine geheimen Gewürze … Es musste ja nicht immer eine Schoko-Mousse sein. Oder Eis mit heißen Himbeeren, die jetzt sowieso noch keine Saison hatten und dementsprechend teuer waren.

Sabrina war die Erleichterung ins Gesicht geschrieben gewesen. »Bist ein Schatz!«, hatte sie geflüstert und Therese kurz in den Arm genommen.

Nachdem die Wäschereibesitzerin gegangen war, hatte Therese Sam ins Vertrauen gezogen. »Bratwürste? Aus denen bereite ich ein Festmahl«, hatte er grinsend und selbstbewusst zugleich gesagt.

Während sie nun die letzten Punkte der Einkaufsliste

durchgingen, dankte Therese ihrem Herrgott nicht zum ersten Mal dafür, dass er ihr Sam geschickt hatte.

Vor gut drei Jahren war Sam Koschinsky – seine Mutter war Amerikanerin, der Vater Pole – in ihrer Gaststätte aufgetaucht. Hatte sich an einen der Fenstertische gesetzt und Schweinebraten mit Knödel bestellt, das würde Therese nie vergessen. Wie jeden Abend hatte sie sich zwischen Küche und Servierstube zerrissen, einen Koch konnte sie sich nämlich nicht leisten. Und ebenfalls wie immer hatte es auch an diesem Abend überall ein wenig gehakt. Die Knödel waren ihr zerfallen, weil sie sie nicht rechtzeitig aus dem Wasser genommen hatte, der Stammtisch hatte schon wieder nach Biernachschub geschrien …

Ihr war fast das Herz stehen geblieben, als der fremde Gast plötzlich bei ihr in der Küche stand und sich wortlos an ihren Töpfen zu schaffen machte.

»Sie brauchen einen Koch und ich Arbeit«, hatte er gesagt, als sei es das Normalste von der Welt. Dann zog er ein Gummiband aus der Tasche und band seine wilden Locken zusammen. Sie, Therese, stand mit offenem Mund da und nickte dümmlich.

Spätnachts, als alle gegangen waren, hatten sie sich unterhalten. Er sei in den letzten Jahren viel herumgereist, erzählte Sam. Hatte auf Kreuzfahrtschiffen und in allen möglichen Städten gearbeitet, aber nun stünde ihm der Sinn nach Landluft und einem einfachen, sesshaften Leben.

Therese hatte gelacht. Ein einfaches Leben? Maierhofen konnte zwar nicht viel bieten, aber das schon! Seitdem waren sie ein Team, und was für eins. Ihr polnisch-amerikanischer Küchenchef hatte sich nicht nur als versierter, sondern auch als kreativer Koch herausgestellt, der wusste, wie man aus jedem Lebensmittel das Beste herausholte. Ihre Gäste waren begeistert, es kamen immer mehr, auch fremde. An manchen Abenden mussten sie den einen oder anderen Gast sogar abweisen, weil alle Tische besetzt waren. Dank Sams Kochkunst waren die Umsätze der Goldenen Rose in den letzten drei Jahren so kontinuierlich gestiegen, dass Therese seinen Anfangslohn inzwischen beträchtlich hatte aufstocken können.

»Ach Sam, was würde ich nur ohne dich tun«, sagte sie jetzt mehr zu sich selbst als zu ihm. Als sie seinen fragenden Blick sah, fügte sie geschäftsmäßig hinzu: »Brauchen wir sonst noch etwas?«

»Hör mal, ist alles o.k.? Du siehst irgendwie ... seltsam aus. Noch müder als sonst«, sagte Sam und schaute sie kritisch an.

»Genau das will eine Frau am Morgen hören, vielen Dank! Ich habe schlecht geschlafen, das ist alles«, erwiderte Therese barsch. Sie steckte den Einkaufszettel in ihre Tasche und stand auf. »Ich denke, für heute und morgen müssten wir damit alles beieinander haben. Den Großeinkauf für Pfingsten erledige ich erst am Mittwoch.«

Sam runzelte die Stirn. »Falls du Lust hast, könntest du noch bei Jessy vorbeigehen. Sie hat einen neuen Sirup im Programm, von dem sie meint, dass er ideal für einen Aperitif für die kommende warme Jahreszeit wäre. Wenn er dir gefällt, könnten wir heute Abend einen Versuch damit starten.«

Auf Thereses Gesicht zeigte sich das erste Lächeln des Tages. Jessy und ihre Hexenküche! Sie hatte selten eine so einfallsreiche Frau getroffen wie Jessy, die vom Holunderblütensirup bis zu Kräuterelixieren alles selbst herstellte. Auf einmal erschien ihr der Tag nicht mehr ganz so düster wie zuvor.

Sie legte Sam eine Hand auf den rechten Arm. »Danke«, sagte sie knapp, während sie spürte, wie sich ein Kloß in ihrem Hals bildete. Eilig lief sie davon.

Maierhofen war ein Dorf der kurzen Wege, die wenigen Geschäfte, die es gab, lagen um den Marktplatz herum und entlang der Hauptstraße. Die Bäckerei, die Metzgerei, die Poststelle von Monika Ellwanger, wo man auch Schreibwaren kaufen konnte. Im Laden vom Elektriker Scholz bot Elfie Scholz, die das Geschäft führte, neben Steckdosen, Verlängerungskabeln und Druckerpatronen auch kleine Geschenkartikel und Seidenblumen an. Schon mehr als einmal war Therese froh gewesen, wegen eines Geburtstagsgeschenks nicht in die zwanzig Kilometer entfernte Stadt fahren zu müssen.

Alle Geschäfte waren zu Fuß gut zu erreichen, doch Therese fuhr an diesem Morgen aus dem Ort hinaus. Als sie am Toyota-Autohaus vorbeikam, huschte wieder ein Lächeln über ihr Gesicht. Das Autohaus gehörte Herbert und Christine Heinrich, und Christine war ihre beste Freundin. Jetzt in Christines gemütlichem Haus eine Tasse Kaffee trinken und ein wenig plaudern, dachte Therese sehnsüchtig. Doch dafür hatte sie keine Zeit.

Ihr erstes Ziel war der Franzenhof, wo sie Kartoffeln,

Gemüse und frische Kräuter kaufte. Wie immer musste Therese mehrmals klingeln, bis Roswitha Franz mit müden Augen und verstrubbelten Haaren an der Tür des alten Bauernhauses erschien. Seit Roswithas Mann Alfons vor zwei Jahren das Weite gesucht hatte, lag die ganze Arbeitslast allein auf ihren Schultern. Ihre Eltern waren ihr bei der Arbeit im Haus, im Hof und auf den Äckern keine Hilfe, vielmehr musste Rosi sich um die beiden auch noch kümmern. Die Spuren dieser Mehrfachbelastung waren nicht zu übersehen – Rosi sah weit älter aus als Ende vierzig. Ob ich genauso verlebt aussehe?, fragte sich Therese besorgt.

»Alles in Ordnung bei euch?«, wollte sie eine Spur zu fröhlich wissen.

»Vater hat mir mal wieder ›geholfen‹.« Roswitha verzog das Gesicht. »Beim Schlepper war ein Ölwechsel fällig, den wollte er machen. Leider hat er das falsche Öl verwendet, und jetzt ist der Motor ruiniert.«

»O nein …« Therese war bestürzt. Sie wusste, wie knapp das Geld im Hause Franz war.

»Letzte Woche, als ich beim Frisör war, wollte Mutter mich mit einem Kuchen überraschen. Dann lief ›Rote Rosen‹ im Fernsehen, und sie hat darüber den Kuchen vergessen. Als ich nach Hause kam, war die Küche total verraucht, und im Backofen lag ein schwarzes Brikett. Ich sag dir, auf die beiden muss ich aufpassen wie auf ein kleines Kind!«, stöhnte Rosi.

»Kannst du dir nicht Hilfe ins Haus holen? Ein junges Mädchen, das ein Praktikum auf dem Bauernhof machen möchte? Oder so etwas wie ein Au-Pair-Mädchen«, schlug Therese nicht zum ersten Mal vor.

Roswitha seufzte nur. »Die jungen Leute sind heutzutage doch so anspruchsvoll, die wollen mehr als nur Kost und Logis. Früher, als ich mit meinen Waren noch auf den Wochenmarkt in die Stadt fuhr, kam wenigstens ein bisschen Geld herein, da hätte ich mir so etwas leisten können! Aber ich traue mich einfach nicht mehr, die Eltern so lange allein zu lassen. Inzwischen ist mein schöner Standplatz auf dem Wochenmarkt an einen anderen vergeben worden.«

Therese nickte – die Warteliste für einen Platz auf dem Wochenmarkt in der Stadt war lang.

»Trotzdem – du hast die besten Kartoffeln weit und breit. Deine Kunden vom Markt könnten zum Einkaufen ruhig hierherkommen«, sagte sie eindringlich.

»Ach Therese, ich habe doch nicht mal einen Hofladen. Die Landfrauen haben erst kürzlich eine Broschüre verteilt, in der erklärt wird, wie wir unsere Höfe schöner machen können. Alte Mostfässer sollen wir mit Blumen bepflanzen und Kränze an die Tür binden. Für jede Jahreszeit haben sie uns Tipps gegeben. ›Ländliche Idylle‹ soll alles ausstrahlen, schreiben sie. Das würde mir natürlich auch gut gefallen, aber woher soll ich das Geld dafür nehmen? Und wer sollte meinen Hofladen betreuen? Da müsste ich mich ja vierteilen.« Die Kartoffelbäuerin machte eine resignierte Handbewegung.

Therese schwieg. Was hätte sie auch sagen sollen? Wenn eine wie Roswitha, die normalerweise alles mit links stemmte, jammerte, dann halfen Plattitüden nicht weiter, dann war es ernst.

»Mir bleibt nichts anderes übrig, als meine Kartoffeln

zu Billigpreisen an den Einkäufer vom Großmarkt zu verramschen. Ich wage gar nicht genau auszurechnen, wie viel Cent pro Zentner ich dabei nur verdiene. Mich kotzt das alles so an! Manchmal bin ich fast so weit, dass ich am liebsten alles hinschmeißen würde. Wenn du nicht regelmäßig bei mir einkaufen würdest…«

Mit einem Sack Kartoffeln mehr als nötig machte Therese sich auf den Weg zum Kerschenhof, der eine Abzweigung weiter ein gutes Stück den Berg hinauf lag. Hier kaufte Therese regelmäßig den Käse, den Sam zum Überbacken und Gratinieren kleiner Gerichte benötigte. Der Bergkäse der jungen Sennerin Madara war so gut, dass Gäste immer wieder fragten, ob sie nicht ein Stück davon kaufen könnten. Therese verwies die Leute dann direkt an den Kerschenhof. Doch die Fahrt zur Käserei war den meisten zu aufwendig.

Auf dem Hof herrschte angespannte Aufregung. Der Bauer packte Zaunlatten und anderes sperriges Material auf seinen Schlepper, aus dem Stall drang lautes Muhen, und Sissi, die Appenzeller-Hündin, rannte jedem zwischen die Beine.

»Wenn das Wetter so gut bleibt, treibe ich die Kühe heute oder morgen hinauf auf die Alm. Sie spüren, dass die Freiheit naht, deshalb sind sie so aufgeregt«, erklärte Madara Büttner, die Sennerin. Ihren roten Wangen war anzusehen, dass sie mindestens so aufgeregt war wie ihre Schützlinge. »Ich kann es kaum erwarten, den ersten Wiesenkäse des Jahres zu machen…«

»Und ich kann es kaum erwarten, ihn zu verkosten«, erwiderte Therese lächelnd. Den ganzen Sommer auf der

Alpe verbringen, die Kühe hüten und Käse machen – ein wenig beneidete sie die junge Frau.

Nach einem Blick auf ihre Uhr entschied Therese, dass sie den Besuch bei Jessy und ihren Likören verschieben musste – heute reichte die Zeit einfach nicht mehr.

Zwanzig Minuten später kam sie wieder am Marktplatz an, wo sie in der Metzgerei vorbeischaute. Wie bei jedem anderen Kunden auch wurde Edwin Scholz, als Therese ihn ansprach, puterrot im Gesicht. Der Metzgersohn war von Natur aus so schüchtern, dass er bei den Menschen – je nach Gemütslage – Mitleid erregte oder zum Gespött wurde. Gleichzeitig schaute der Mann stets so unglücklich drein, dachte Therese. Warum wohl? Eigentlich musste er sich im Familienbetrieb doch heimisch und wohlfühlen. Sein Vater, Johannes Scholz, erzählte jedenfalls jedem, wie froh er war, den Sohn mit im Geschäft zu haben. So viel Glück war kaum einem Maierhofener Betrieb beschieden, die meisten Läden warfen zu wenig ab, als dass sie auch die nächste Generation ernähren und bei der Stange halten konnten. Oder die Jungen wollten von vornherein ihr eigenes Ding machen und nicht in die Fußstapfen ihrer Eltern treten.

Erst letzten Monat war der Sohn von Malermeister Brunner in den Norden von Teneriffa ausgewandert. Dabei war er Therese immer so zufrieden erschienen, so… anspruchslos. Dass er einmal seine Koffer packen würde, damit hatte niemand gerechnet. Wie lange würde der alte Brunner sein Geschäft allein noch weiterführen können?, fragte sich Therese, wann immer sie an dem Haus mit der Malerwerkstatt vorbeikam.

»Die Lammkeulen für Sam bereite ich bis Mittwochfrüh vor«, sagte Edwin Scholz zum Abschied und sah dabei aus, als würde er gleich anfangen zu weinen. Es hätte nicht viel gefehlt und Therese hätte dem Metzgersohn tröstend einen Arm um die Schulter gelegt. Irgendetwas stimmte nicht mit ihrem alten Schulkameraden.

Nachdem sie das Fleisch im Auto verstaut hatte, hielt Therese für einen kurzen Moment inne. Wie immer, wenn sie hier auf dem Marktplatz stand, überfiel sie ein warmes Gefühl von Heimatliebe und tiefem Verwurzeltsein.

Ihr Maierhofen…

Sie kannte jedes Haus, jeden Bewohner, und für fast alle hatte sie Platz in ihrem Herzen. Mit einigen verband sie eine langjährige Freundschaft, so wie mit Magdalena aus der Bäckerei oder mit Vincent, dem Schreinermeister. Madara oder Sam kannte sie noch nicht so lange, und wenn sie mit ihnen zu tun hatte, dann war es meist geschäftlich. Dabei hätte sie beide gern auch privat näher kennengelernt. Aber wann? Der Gasthof forderte sie in den meisten ihrer wachen Stunden, und manchmal verfolgte das Geschäft sie sogar im Schlaf. Arbeit, nichts als Arbeit. Therese seufzte auf. Immerhin machte die Arbeit ihr Spaß, tröstete sie sich sogleich. Hoffentlich konnte sie noch lange arbeiten…

Sinnend ließ Therese ihren Blick weiterschweifen. Auf der Kopfseite des fast quadratischen Marktplatzes, an prominentester Stelle also, befand sich nicht etwa die Kirche, sondern das Rathaus, der Kindergarten und das Gemeindehaus, alles zusammen in einem Gebäude vereint. Früher, als die Geburtenrate in Maierhofen noch passabel gewesen war, hatte der Kindergarten drei Gruppen gehabt und das ganze Haus belegt. Heute gab es nur noch eine Gruppe, und der genügte das Erdgeschoss. Im ersten Stock waren die kleinen Tische und Stühle von einst durch welche in Normalgröße ersetzt worden, dort fanden nun regelmäßig Altennachmittage statt, die von Schwester Gertrud, einer der ehemaligen Erzieherinnen, geleitet wurden. Ihr Programm mit Singspielen und Basteleien ähnelte dem der Kinder im Erdgeschoss, aber daran störte sich niemand. Unterm Dach des Vielzweckhauses hatte Therese ihr Amtszimmer, sehr viel nutzte sie die Kammer jedoch nicht, sie erledigte ihre Amtsgeschäfte als Bürgermeisterin entweder direkt vor Ort oder von zu Hause aus.

Links vom Gemeindehaus stand ein altes, aber gut gepflegtes Haus, in dem bis vor einem Jahr noch der Spar-Markt von Else Rieger untergebracht gewesen war. Thereses Blick verdüsterte sich, als sie auf die leeren Schaufenster schaute. Nachdem die alte Else an einer Lungenentzündung gestorben war, hatten ihre Erben – ein Neffe und eine Nichte aus Friedrichshafen – den Laden eilig zugemacht. Gelohnt hatte er sich schon lange nicht mehr. Fleisch, Wurst und Backwaren kauften die Maierhofener in Magdalenas Bäckerei oder in der Metzgerei Scholz, für größere Einkäufe fuhren sie in einen der zahlreichen Supermärkte in der Stadt. Im Spar-Markt war dann das eingekauft worden, was man in der Hektik anderswo vergessen hatte. Als Therese von der Schließung Wind bekommen hatte, hatte sie alles Mögliche versucht, um einen Nachfolger oder eine Nachfolgerin für Else zu finden – vergeblich. Nun mussten die Maierhofener entweder ein gutes Gedächtnis haben oder für jedes vergessene Päckchen Nudeln, für jede nicht eingekaufte Flasche Wein aus dem Dorf fahren.

Rechts vom Gemeindehaus stand – ein wenig nach hinten versetzt – die Kirche, was den Eindruck erweckte, als wollte sich das ehrwürdige Gebäude von den Geschäften ringsum distanzieren.

Das erste Haus auf der rechten Seite des Marktplatzes war die Bäckerei, an die ein kleines Café angrenzte. Genießerisch atmete Therese den Duft von frisch gebackenem Holzofenbrot ein. Bei dem Gedanken an eins von Magdalenas Butterbroten, dick bestreut mit Schnittlauch, begann ihr Magen zu knurren. Sie hatte noch nichts gegessen, nur Kaffee in sich hineingeschüttet. Ein kleines Frühstück würde ihr jetzt guttun. Außerdem traf sich morgens halb Maierhofen in der Bäckerei. Die Handwerker kauften ihre Brotzeit ein, die sie später auf ihren diversen Baustellen verzehrten, die Pendler, die in der Stadt arbeiteten, nahmen Kuchen für die anstehende Geburtstagsfeier im Büro mit, die Maierhofener Hausfrauen kauften ihr Brot und gönnten sich hin und wieder eine Tasse Kaffee oder gar ein Frühstück. Jeder kannte jeden, jeder grüßte jeden – Therese hoffte, dass die frohe Stimmung noch ihren letzten düsteren Gedanken vertreiben würde.

»Na Hannes, alles klar?«, sagte sie zu dem alten Mann, der wie immer auf der Bank neben dem Marktbrunnen saß und einen ekelhaft riechenden Stumpen rauchte.

Hannes lächelte sie aus seinem freundlichen, müden Gesicht an.

In früheren Zeiten war hier an Markttagen das Vieh der

Händler getränkt worden. Hannes war einer der Markt-
beschicker gewesen, er hatte Hühner und Hasen, einge-
sperrt in winzigen Käfigen, feilgeboten. Auch er hatte
seine Ware damals noch mit dem Pferdewagen angekarrt.
Nachdem das Marktgeschehen in den 1960er-Jahren eingestellt worden war, hatte sich niemand mehr um den
Wassertrog gekümmert. Moos und Flechten hatten seine
steinernen Wände überzogen, Unkraut wucherte ringsum.
Ein Schandfleck!, darin waren sich alle Maierhofener einig
gewesen. Am besten, man riss den Brunnen ab und legte
den Boden mit denselben Pflastersteinen aus, die auch
für den Marktplatz verwendet worden waren. Doch davon hatte Therese nichts hören wollen. Sie hatte kurzer-
hand ein paar Freiwillige bestimmt, die sich um den Trog
kümmern sollten. Und so war er von einigen mehr oder
weniger willigen Männern gesandstrahlt und ausgebessert worden. Christines Mann Herbert hatte das marode
Pumpensystem geschweißt, und der Gärtner hatte rund
um den Brunnen neue Platten verlegt sowie ein kleines
Blumenbeet angelegt, in dem sich jetzt schon etliche Blumen zeigten. Als alles fertig war, hatte Therese den Direk-
tor der örtlichen Kreissparkasse, die an der Hauptstraße
lag, so lange bequatscht, bis dieser eine schöne Sitzbank
spendierte, die dann von Vincent, dem Zimmermann von
Maierhofen undThereses Jugendfreund, aus groben Balken gebaut worden war. Heute war der antike Brunnen
samt Sitzbank der Stolz von ganz Maierhofen.

Ja, die Maierhofener hatten Gemeinschaftssinn!

Das war nicht immer so gewesen. Vielmehr war es
Thereses Verdienst, die Dorfbewohner durch mehrere

solcher Aktionen zu einer Gemeinschaft zusammengeschweißt zu haben.

Therese ließ ihren Blick weiterwandern. Eigentlich war eine solche Gemeinschaftsaktion längst wieder überfällig, dachte sie. Aber wo anfangen? Maierhofens Verfall war ein schleichender Prozess. Hier war es ein maroder Gartenzaun, der nicht mehr repariert wurde, weil die Kinder aus dem Haus waren und der Zaun niemandem mehr Schutz bieten musste. Ein paar Häuser weiter war es das zugenagelte Schaufenster der ehemaligen Schusterwerkstatt. Das Gemeindehaus musste auch längst wieder einmal gestrichen werden. Und die leeren, halb blinden Schaufenster vom alten Spar-Markt waren ebenfalls keine Zierde. Wenn sich bloß endlich ein neuer Mieter für den Laden finden würde …

Therese seufzte tief auf. Wer würde sich um all das kümmern, wenn sie es nicht mehr konnte? Wer war stark genug, um das »Gebilde Maierhofen« zusammenzuhalten? Der träge Gemeinderat, der stets den Weg des geringsten Widerstandes ging, was in den meisten Fällen bedeutete, dass er ihren Vorschlägen folgte? Frieder Schmauder, der Landtagsabgeordnete ihres Kreises, der einst selbst Absichten auf den Bürgermeistersitz gehabt, aber keine zehn Prozent an Stimmen gewonnen hatte? Magdalena, die mit ihrer Bäckerei mehr als genug zu tun hatte? Christine, die in allem immer so zaghaft war?

So sehr Therese über diese Frage auch nachgrübelte, so kam sie doch zu keiner Lösung.

Als sie die Tür zur Bäckerei öffnete, war ihr der Appetit auf ein Frühstück fast schon wieder vergangen. Zu viele Fragen, zu viele Sorgen, zu viele Probleme, für die sie keine Lösung parat hatte. Und in der Goldenen Rose standen mehrere Feste an – wie sollte sie da in Ruhe über solche grundsätzlichen Dinge nachdenken können?

2. Kapitel

Sabrina Möllings Geburtstagsgesellschaft feierte und feierte. Eine Runde Schnaps nach der anderen wurde geordert, ein Trinkspruch nach dem nächsten gehalten.

Sam war längst gegangen, als Therese noch immer hinter der Theke stand, Bier zapfte, Schnaps ausschenkte und Gläser spülte. Um ein Uhr nachts hatte sie genug und begann, die Lampen auszumachen.

»Willst du uns etwa hinauswerfen? Das ist doch wohl nicht dein Ernst!«, rief Sabrina ihr halb lachend, halb verärgert zu. »Man wird schließlich nur einmal im Leben fünfzig!«

Oder man wird es nicht, dachte Therese und spürte, wie eine bleierne Müdigkeit sie überfiel. Was, wenn das Ergebnis bei der nächsten Untersuchung sehr viel schlechter ausfiel als bei der letzten?

Obwohl sie so müde gewesen war, wollte der Schlaf nicht zu ihr kommen. Das Kopfkissen drückte unangenehm hart, die Bettdecke war zu heiß, Therese hatte das Gefühl, keine Luft zu bekommen. Nachdem sie das Fenster geöffnet hatte, fröstelte es sie. Was, wenn sie wieder vom Sterben träumen würde?

Irgendwann hatte Therese genug. Sie zog sich ihren

Morgenmantel über, ging ins Wohnzimmer hinunter und schaltete den Fernseher ein. Schöne Frauen in eleganter Abendgarderobe, Herren im Smoking, eloquente Reden und bunte Filmchen auf einer Großleinwand im Hintergrund – »Verleihung des Deutschen Werbepreises« stand in goldenen Buchstaben auf einem großen Banner. Was spätnachts im Fernsehen alles gezeigt wird, wunderte sich Therese und wollte schon weiterzappen, als sie wie gebannt innehielt. Die Frau mit den langen braunen Haaren und den weiblichen Rundungen, der man gerade eine goldene Trophäe überreichte, kam ihr irgendwie bekannt vor. Die braunen Augen, die etwas zu breite Nase…

Therese rutschte auf dem Sofa nach vorn, um besser sehen zu können. Woher kannte sie die Frau? War das eine Schauspielerin? Ein früherer Gast? Höchst unwahrscheinlich. Und dennoch… Das Gefühl von Vertrautheit blieb. Dieser forsche Blick, so eigenständig, so souverän. Als würde die Frau sagen: »Egal was kommt, ich biete der Welt die Stirn.« Auf einmal tauchte vor Thereses innerem Auge ein kleines Mädchen auf, wie ein Geist aus einer früheren Zeit. Es hatte dieselbe Ausstrahlung gehabt, und sie, Therese, hatte die sehr viel Jüngere darum beneidet. Konnte es wirklich sein… Gewiss war das nur eine Verwechslung. Sie war müde, da kam man auf solch verrückte Gedanken. Und überhaupt, das alles lag so lange zurück, da konnte sie doch gar keine Ähnlichkeiten feststellen. Dennoch drehte Therese die Lautstärke hoch. Bestimmt würden die Moderatoren gleich sagen, um wen es sich bei der Frau handelte.

Doch statt Namen zu nennen, wurde ein Film, genauer

gesagt eine Werbekampagne, gezeigt. Lippenstifte, Wimperntusche, Frauen in Pettycoats, die zu lauter Musik wild tanzten – all das flackerte über die Bühnenleinwand. Therese wurden die Zusammenhänge nicht klar. Das Publikum jedoch schien diese Kampagne für eine neue Kosmetikserie nicht nur zu kennen, sondern zu lieben, denn immer, wenn die Kamera in den Saal schwenkte, sah man begeisterte Gesichter. Bist halt nicht auf der Höhe der Zeit, verspottete Therese sich im Stillen. Sie konnte sich nicht daran erinnern, wann sie sich zuletzt einen Lippenstift gekauft hatte.

»... Greta Roth von der Werbeagentur Simon & Fischli!«

Therese verschlug es den Atem. Da war ihre Ahnung doch richtig gewesen! Die schöne erfolgreiche Frau, zu deren Ehren heftiger Applaus aufbrandete, war ihre Cousine!

Wie weggeblasen war Thereses Müdigkeit, konzentriert hörte sie Greta Roths Rede zu, in der diese darauf hinwies, dass ihr Verdienst auch der ihrer Kollegen sei.

Therese konnte es immer noch nicht fassen. So viele Jahre hatten sie sich nicht gesehen, und trotzdem hatte sie die Cousine wiedererkannt, war das die Möglichkeit? Dabei war es Ewigkeiten her, dass Greta ein paar Sommer in Maierhofen verbracht hatte ...

»Morgen kommen deine Tante Elli und deine Cousine Greta zu Besuch«, hatte ihre Mutter eines Tages zu ihr gesagt. Die Sommerferien hatten gerade begonnen, daran konnte Therese sich gut erinnern. Zehn oder elf war sie damals gewesen. Sie solle sich um die Jüngere kümmern, wies ihre Mutter sie an. Und fügte hinzu, dass Tante Elli ein wenig Ruhe und Erholung dringend nötig hätte. Dabei hatte sie den Mund verzogen, so, als könne sie gut auf die Extraarbeit, die Elli und Greta ihr bereiten würden, verzichten.

Sie hatte eine Cousine? Und eine Tante noch dazu? Aber... Warum wusste sie davon nichts? Warum lebten die nicht in Maierhofen, so wie sie auch? Wie alt war die Cousine und überhaupt – war sie nett?

Doch ihre Mutter hatte keine Zeit für Kinderfragen gehabt, sondern war wortlos wieder an ihre Arbeit zurückgeeilt. Und so war Therese nichts anderes übrig geblieben, als einfach abzuwarten, was auf sie zukam.

Gedankenverloren schaute Therese auf den Fernseher, wo die erwachsene Greta jetzt mit einem Siegerlächeln und geradem Rücken von der Bühne ging.

Es hatte nicht lange gedauert, bis sie, das zehnjährige Dorfmädchen, und Greta, das sechsjährige, aufgedrehte Kind aus der Stadt, sich nähergekommen waren. Dass ihre beiden Mütter so gut wie keine Zeit für sie hatten, war die erste Gemeinsamkeit, die sie fanden.

Während Thereses Mutter zusammen mit dem Vater von früh bis spät im Gasthaus zu tun hatte, war Tante Elli vor elf am Morgen nie aus dem Bett gekommen. Zu dieser Zeit hatte Thereses Mutter schon missmutig Mittagessen für die Gäste der Goldenen Rose gekocht. Statt ihre Hilfe anzubieten, hatte sich Elli mit einer Tasse Kaffee und einer Zigarette zum Frühstück hinaus in den Biergarten verzogen. Den Rest des Tages hatte sie in Zeitschriften geblättert oder sich in einem klapprigen Liegestuhl gesonnt, den Thereses Vater für sie aus den Tiefen des Kellers gekramt hatte. So viel Müßiggang war den Dorfbewohnern sauer aufgestoßen, mehr als einmal hatte Therese mitbekommen, dass die Leute mit dem Finger auf Gretas Mutter zeigten und über sie tuschelten. Auch sie fand die Untätigkeit der Tante ein wenig seltsam. Hätte Tante Elli nicht wenigstens hin und wieder mit ihrer Tochter spielen können? Aber da ihre eigene Mutter ebenfalls nie Zeit für sie hatte, dachte sie über diese Frage nicht lange nach. Ein wenig aus Mitleid, aber auch, weil es der Wunsch ihrer Mutter war, nahm Therese die Cousine also mit ins Baumhaus, an den Weiher und hinaus zu den Kartoffeläckern, wo sie gemeinsam mit den Buben Frühkartoffeln stibitzten und diese dann über einem offenen Feuer grillten. Beide hatten sie sich die Münder verbrannt, beide hatten sie sich darüber halb totgelacht. Dass das Stadtkind für jede Schandtat zu haben war, hatte Therese und ihre Clique beeindruckt. Und Greta schien den Zusammenhalt zwischen den Dorfkindern sehr zu genießen, so etwas kannte sie aus der Stadt nicht.

Während die Kirschen heranreiften, reifte auch die Freundschaft der Mädchen. »Für immer und ewig!«, hatten sie sich geschworen. Doch dann – der August war schon in den September übergegangen – waren Tante Elli und Greta wieder abgereist. Anfangs hatten die Mädchen sich noch fleißig Briefe geschrieben, doch bald war ihr jeweiliger Alltag wieder wichtiger geworden, und den Winter über verloren die Cousinen den Kontakt.

Wie viele Sommer war das so gegangen?, fragte sich Therese, während sie sich eine Decke über die Beine legte. Drei, vier Sommer lang mindestens! Jedes Jahr im August

hatten die Cousinen übergangslos da anknüpfen können, wo sie im Jahr zuvor aufgehört hatten. Doch dann
hatte Tante Elli Manfred kennengelernt. Geheiratet hatten die beiden zwar nie, trotzdem hatte Greta »Papa« zu
ihm gesagt. Ganz aufgeregt hatte sie Therese geschrieben,
dass der neue Papa einen Wohnwagen besaß und sie damit nach Spanien reisen wollten. Aber im nächsten Sommer würde sie wieder nach Maierhofen kommen, ganz bestimmt! Doch im Sommer darauf war Frankreich mit dem
Wohnwagen angesagt gewesen und im Jahr danach wieder
etwas anderes.

Und so kam es, dass Greta und sie sich aus den Augen
verloren hatten. Aber warum hatte sie später, als sie älter
war, keinen Versuch unternommen, Gretas Adresse herauszufinden? Und umgekehrt – warum hatte auch Greta nie
versucht, den Kontakt wiederherzustellen?, fragte sich
Therese stirnrunzelnd. Sie hatte doch sonst keine Ver-
wandtschaft, da wäre es schön gewesen, wenigstens eine
Cousine zu haben, mit der man ab und an telefonieren
konnte.

Und nun war Greta eine erfolgreiche Werbefachfrau,
wer hätte das gedacht … Hätte sie nicht zufällig gerade
jetzt den Fernseher eingeschaltet und hätte sie nicht zufällig dieses Programm gewählt, wäre ihr die Cousine ganz
bestimmt nicht wieder in den Sinn gekommen.

Ein Zufall. Oder mehr?

Plötzlich surrte es in Thereses Kopf – eine Idee, so auf-
dringlich wie eine hungrige Wespe. Ihr wurde schwindlig, sodass sie sich mit einer Hand am Sofatisch festhalten
musste. Vielleicht konnte ja Greta irgendetwas für Maier-

hofen tun? Jemand, der so erfolgreich und erfahren war wie Greta, hatte bestimmt einen ganz anderen Blick auf Maierhofen als sie alle. »Den Wald vor lauter Bäumen nicht mehr sehen«, so sagte man doch. Ein frischer Blick von außen hingegen war vielleicht die Chance, dass das Dorf wieder den Anschluss an die Zukunft fand. Womöglich konnte man eine Werbekampagne starten, mit der man junge Familien anlockte? Kinder, die auf dem Land aufwuchsen, wohlbehütet, naturnah, friedlich ... Sie würden wieder eine zweite Kindergartengruppe aufmachen können, und die jungen Mütter würden sich zum Frühstück in Magdalenas Café treffen ... Wovon träumst du hier eigentlich, verspottete sich Therese im nächsten Moment. Ohne Arbeitsplätze würde sie niemanden hierherlocken können. Aber deshalb gleich den Gedanken aufgeben? Vielleicht ... gab es eine Chance für ihr Dorf, vom Tourismuskuchen eine Scheibe abzubekommen? Vielleicht kam eine ausgebuffte Werbefrau wie Greta auch auf eine gänzlich andere Idee? Imagekampagne nannte man so etwas doch. Die Tourismusgemeinden eine Autostunde entfernt gönnten sich das ständig, warum sollte es also nicht auch für ihr Dorf möglich sein? Nur, weil bisher niemand daran gedacht hatte?

Therese spürte, wie ihr vor Aufregung ganz warm wurde. Eine Zukunft für Maierhofen! Wenn es Greta gelänge, den Menschen diese Hoffnung wiederzugeben, wenn sie keine Angst mehr haben müssten, dass auch noch die letzten jungen Leute davonliefen, wenn eine fleißige Kartoffelbäuerin von ihrer Arbeit wieder redlich leben konnte – dann war es letztlich egal, ob sie selbst den verdammten Krebs überlebte oder nicht.

Thereses Herz schlug so heftig, dass sie es bis hinauf an den Hals spürte. Jetzt beruhige dich wieder, ermahnte sie sich stumm. Warum sollte eine so erfolgreiche Werbefrau sich ausgerechnet um Maierhofen kümmern wollen? Bestimmt konnte sich Greta vor Aufträgen nicht retten. Eine wie sie gehörte zu den Topleuten ihrer Branche, sie nahm gewiss nicht mehr jeden Auftrag an! Und selbst wenn – wie sollte solch eine Imagekampagne bezahlt werden? Aus der klammen Gemeindekasse etwa? Am besten schlug sie sich solche Fantasien gleich wieder aus dem Kopf. Doch das aufgeregte Surren hinter ihrer Stirn blieb.

Die Cousine wiedersehen, wie schön wäre das! Und dazu noch eine Werbekampagne für Maierhofen – das konnte *die* Chance auf eine gesicherte Zukunft sein. Ein Traum …

Therese schnaubte unmutig. Hatte sie nichts anderes zu tun, als zu träumen? Ein Traum wurde nicht von sich aus einfach zur Wirklichkeit, dafür musste man etwas tun! Doch für so etwas hatte sie nicht die geringste Zeit, es gab zu viele andere Dinge, die keinen Aufschub mehr erlaubten. Ihre Ärztin wartete auf ihren Rückruf, sie wollte den Termin für die letzten Voruntersuchungen endlich von Therese bestätigt haben. Außerdem hatte sie zwei Kliniken für die Behandlung vorgeschlagen, Therese sollte sich für eine davon entscheiden. Und als ob das nicht genug wäre, musste sie sich dringend überlegen, was während ihrer Abwesenheit mit der Goldenen Rose geschehen sollte. Sam konnte sich unmöglich gleichzeitig um Küche und Schankraum kümmern. Durfte sie ihre Freundin Christine um Hilfe bitten oder wäre das zu viel verlangt?

Es wurde schon langsam hell, als Therese nachdenklich die Treppe hinaufging, um sich für den Tag fertig zu machen. Doch sosehr sie sich auch mühte – der Gedanke an ihre Cousine Greta und eine Imagekampagne für Maierhofen wollte sie nicht mehr loslassen.

3. Kapitel

Obwohl sie eine Frühaufsteherin war, kam Christine an diesem Morgen nicht aus dem Bett. Schuld waren die heruntergelassenen Rollläden in ihrem Schlafzimmer.

»Wenn du gehst, zieh bitte die Rollläden nach oben, im Dunkeln komme ich nicht zu mir«, flüsterte sie ihrem Mann Herbert jeden Morgen schlaftrunken zu. Acht von zehn Mal tat er ihr den Gefallen, an den beiden anderen Tagen war es eine endlose Quälerei für sie, bis sie endlich die Beine über die Bettkante schwingen konnte.

Warum fiel es Herbert so schwer, ihr morgens diesen kleinen Liebesdienst zu erfüllen? War es Gedankenlosigkeit? Hörte er ihr nicht zu?, fragte sie sich, während sie krampfhaft versuchte, die Augen zu öffnen.

»Du und deine Marotten!«, ertönte aus dem Off die Stimme von Steffi. Steffi war ihre älteste Tochter, die seit zwei Jahren in Hamburg Betriebswirtschaft studierte. Auch ihre jüngere Tochter Sibylle studierte, und zwar an der Hochschule München für angewandte Wissenschaften. Dass Christine bis zum heutigen Tag nicht genau wusste, was Sibylle dort machte, war symptomatisch für die Beziehung zu ihren Töchtern. Natürlich liebte sie beide abgöttisch und war unglaublich stolz auf sie, gleichzeitig waren sie ihr jedoch ein wenig unheimlich.

»Mama, ich bitte dich, ich kann doch nicht auf irgendeine Kleinstadt-Uni gehen, wo sich Hackl und Packl die Hand reichen«, war Steffis Antwort gewesen, als Christine nach dem Gymnasium vorgeschlagen hatte, eine Universität näher am Wohnort zu suchen.

»Kommt es nicht in erster Linie darauf an, dass du etwas lernst und die Prüfungen bestehst?«, hatte Christine wissen wollen. Bei einem näher gelegenen Studienplatz hätte man sich öfter sonntagnachmittags bei Kaffee und Kuchen sehen können.

»Ach Mama...«, hatte Steffi erwidert, und es hatte so viel Resignation und Geringschätzung in ihrer Stimme gelegen, dass Christine nicht weiter nachgefragt hatte. Was wusste *sie* schon?

»Mama, das ist alles viel zu kompliziert für dich«, bekam sie von Sibylle zur Antwort, wenn sie nach den angewandten Wissenschaften fragte. Zugegeben, sie hatte zwar nur die Mittlere Reife, aber mussten ihre Töchter deswegen so tun, als sei sie auf den Kopf gefallen? Auch wenn Christine es kaum wagte, den Gedanken zu denken, geschweige denn, ihn laut auszusprechen – in ihrem tiefsten Innern war sie froh, die beiden Töchter glücklich und zufrieden an ihren jeweiligen Hochschulen zu wissen. Und man sah sich ja an Weihnachten und anderen Feiertagen, das war doch auch etwas.

Apropos Feiertage... Sie musste dringend zum Metzger, den Braten fürs kommende Pfingstwochenende bestellen. Herbert erwartete an Festtagen selbstverständlich ein Festessen.

Christine war gerade dabei, sich endlich im Bett aufzurichten, als das Telefon auf ihrem Nachttischchen klingelte.

»Christine?«

»Therese, bist du das?«

»Ja, ich bin's. Sag mal, kannst du nachher bitte kurz vorbeikommen? Es gibt etwas, was ich dir erzählen muss.«

Christine runzelte die Stirn. Normalerweise besuchte sie ihre beste Freundin immer freitagmorgens. Dann erzählten sie sich bei einer Tasse Kaffee und zwei Hefeschnecken, die Christine zuvor in der Bäckerei gekauft hatte, von ihrer Woche. Und Therese berichtete, welche Feierlichkeiten am Wochenende bei ihr stattfinden würden.

»In Ordnung, ich komme, ich muss nachher eh zum Metzger.«

Etwas verwundert über Thereses Anruf stand sie auf. Sofort klopften zwei Hunderuten rhythmisch auf den Parkettboden. Jack und Joe, zwei korpulente braune Labradorrüden, schauten Christine aus warmen braunen Augen an. Beide waren acht Jahre alt, beide waren Hinterlassenschaften ihrer Töchter, die im Alter von zwölf und vierzehn Jahren kein Pferd hatten haben wollen, sondern einen Hund. »Und wer kümmert sich nun um die beiden?«, hatte Christine ihre Töchter gefragt, als diese ihre Koffer fürs Studium packten.

»Na, du natürlich!«, hatte sie mit großer Selbstverständlichkeit zur Antwort bekommen. Dass sie nie einen Hund hatte haben wollen, interessierte die Mädchen nicht.

Nachdem Christine die Hunde in den Garten gelassen hatte, ging sie ins Bad. Zähneputzen, eine schnelle

Dusche, die kurzen Haare kämmen, und fertig war sie für den Tag. »Mama, du bist die einzige Frau, die ich kenne, die kein Make-up trägt. Warum nimmst du nicht wenigstens etwas Wimperntusche und ein bisschen Lippenstift?«, musste sie sich dafür von Sibylle anhören. Make-up wozu?, fragte sich Christine. Herbert nahm sie schon lange nicht mehr wahr, und wenn sie eine Runde durchs Dorf drehte, schaute auch niemand nach, ob sie einen Lidstrich trug.

Jeans und ein schwarzer Rollkragenpullover vom Vortag lagen schon bereit. Damit sie nicht ganz farblos daherkam, band sich Christine ein buntes Seidentuch um. Schöne Seidentücher zu sammeln war eine ihrer Leidenschaften.

In einem Monat wurde sie achtundvierzig Jahre alt, ging es Christine durch den Kopf, als sie ihrem Spiegelbild einen letzten Blick zuwarf. Galt das heutzutage nun als alt oder als noch einigermaßen jung? Es gab Tage, an denen sie sich fühlte wie eine Achtzehnjährige. Und es gab Tage, an denen sie sich eher wie achtundachtzig fühlte. Christine war sich noch nicht sicher, zu welcher Sorte der heutige Tag gehören würde.

Sie ging die Treppe hinab in die Küche, wo sie Herberts Frühstücksteller und Tasse in die Spülmaschine räumte. Die Kaffeemaschine bereitete sie stets am Vorabend vor, sodass er nur den Ein-Knopf drücken musste. Mit einem Becher Kaffee trat sie in den Garten, wo die Hunde am Zaun standen und sehnsuchtsvoll in die Ferne schauten.

Leise lächelnd ließ sich Christine auf der hölzernen Bank, die mit dem Rücken an der Hauswand stand, nieder. Ganz gleich, welche Witterung es war, ganz gleich, ob Minusgrade herrschten oder hochsommerliche Schwüle – sie liebte es, die erste Tasse Kaffee des Tages in ihrem Garten zu genießen. Und wenn sie hundert Jahre alt wurde – sie würde nie des Blickes überdrüssig werden, der sich ihr von diesem Sitzplatz aus bot.

Ihr Haus lag am Ortsrand von Maierhofen, inmitten sanft geschwungener Hügel und Felder. Hier und da stand vereinzelt eine Silberweide oder eine Birke, es gab ein paar Kuhweiden und Trockenwiesen. Im Frühsommer blühten dort wilde Orchideen, und vom Duft des wilden Fenchel und Thymian wurde einem ganz schwindlig.

Der Frühsommer – besser gesagt, die Zeit um den Johannistag herum – war für Christine die schönste Zeit des Jahres. Aber schon jetzt, Mitte Mai, war die Natur zu vollem Leben erwacht. Christine kannte die Stellen, wo die wilden Maiglöckchen blühten. Und sie wusste, dass das hintere Ufer des Windegg-Weihers übersät war mit den lilafarbenen, sich im Wind neigenden Blüten der Kiebitzei. In Christines Garten blühten die letzten Tulpen, der Flieder verströmte seinen unnachahmlichen Duft, und die Rosen bereiteten sich auf ihre große Zeit vor. So viel Arbeit der Garten auch machte, so viel Freude brachte er ihr auch. Und nicht nur ihr – selbst Herbert und die Mädchen gaben zu, dass es in ganz Maierhofen kaum einen schöneren Garten gab als ihren.

Der einzige Wermutstropfen – wenn man von solch einem überhaupt reden konnte – war die Tatsache, dass man von hier aus die Alpen nicht sehen konnte, dies war nur vor dem Haus möglich. Dafür grenzte an den hinteren Teil des Gartens fast unmittelbar der Windegg-Weiher. Das Geschnatter der wilden Gänse, die schon seit vielen Jahren am Weiher überwinterten statt den weiten und gefährlichen Weg nach Afrika anzutreten, zauberte Christine ebenso ein Lächeln aufs Gesicht wie das Froschkonzert, das jedes Jahr spätestens ab Mai vom Weiher zu ihnen herüberdrang.

Die Hunde kamen angerannt, gemeinsam trugen sie einen großen Stock, den sie vor Christines Füßen fallen ließen. Sie tat ihnen den Gefallen und warf den Stock so weit sie konnte. Beide Hunde sprangen freudig hinterher.

Christine nahm noch einen Schluck Kaffee. Die Prise Zimt, die sie dem Kaffeepulver hinzugefügt hatte, verlieh dem Ganzen in der noch frischen Morgenluft eine warme Note.

Ja, es war ein großer Luxus, diese Zeit für sich zu haben, anstatt wie andere zur Arbeit hetzen zu müssen. »Aber Mama, dass eine Frau nur zu Hause herumhängt und Däumchen dreht, ist einfach nicht mehr zeitgemäß«, meinten hingegen ihre Töchter. Christine musste sich jedes Mal schwer beherrschen, um nicht in die Luft zu gehen, wenn die beiden so daherredeten. Natürlich war es gut und wichtig, dass Frauen ihr eigenes Geld verdienten! Nur – wann, wo und wie hätte sie das tun sollen? Nach dem Morgenkaffee drehte sie eine große Runde mit den Hunden, manchmal querfeldein, manchmal hinein ins Dorf, wenn sie dort Dinge zu erledigen hatte. Am späten Vormittag bereitete sie das Mittagessen zu – Herbert kam jeden Tag pünktlich um zwölf Uhr dreißig vom Autohaus heim und erwartete eine warme Mahlzeit. Und bitte keine Dose Ravioli oder eine Fertigpizza, die man einfach in den Ofen schob. Sondern ein mit Liebe gekochtes Mahl, Christine hatte ja schließlich außer dem Haushalt und der Versorgung der Hunde nichts zu tun. Sie kochte gern für Herbert, und während ihres gemeinsamen Mittagessens hörte sich Christine auch gern an, was er über den Vormittag im Autohaus zu erzählen hatte. Seine Kunden kamen nicht nur aus Maierhofen, sondern auch aus den umliegenden Dörfern und manch einer sogar aus der Stadt. Die Toyota-Geländewagen, die er verkaufte, hatten sich in den Allgäuer Wintern bestens bewährt, dementsprechend gefragt waren sie. Die Werkstatt vom Autohaus Heinrich hatte ebenfalls einen guten Ruf, sodass es Herbert an Kunden nie mangelte. Wenn er bei Gulasch und Nudeln erzählte, dass der Inhaber der Ölmühle, die ein paar Kilometer von Maierhofen entfernt lag, zum dritten Mal in diesem Jahr seinen Wagen beim Einparken verkratzt hatte oder dass die Frau vom Brauereibesitzer partout auf Knallrot als Farbe für ihr neues Auto bestand, hatte Christine das Gefühl, wenigstens ein bisschen an Herberts Geschäft teilhaben zu können.

Am Nachmittag, bevor die zweite Runde mit den Hunden anstand, musste sie sich um den Haushalt und den Garten kümmern. Und dann die Brotzeit für den Abend vorbereiten. Zugegeben, wenn es hart auf hart kam, würde sie schon ein paar Stunden aushäusig arbeiten können, aber die Frage stellte sich nicht. 450-Euro-Jobs gab es in Maierhofen nicht, hier erledigte jeder seine Arbeit selbst. Und selbst wenn beim Bäcker oder Metzger eine solche Stelle ausgeschrieben wäre, würde Christine sie nicht in

Erwägung ziehen. Am Ende dachten die Leute noch, sie kämen mit ihrem Geld nicht aus.

Herberts Buchhaltung – die hätte sie gern erledigt! Mit Zahlen war sie schon immer gut gewesen, und die Zusammenstellung der monatlichen Bilanzen sowie die Lohnbuchhaltung traute sie sich mit ein bisschen Einarbeitung zu. Aber ihr Mann gab lieber alles außer Haus und zahlte den Steuerberater dafür. Wenn es ums Geschäft ging, war Herbert ein wenig eigenbrötlerisch. Früher hatte es sie verletzt, dass er sie dabei so außen vor ließ, aber dann hatte sie sich gesagt, dass sie es doch eigentlich schön hatte. Wer hatte schon so viel Zeit für sich und seine Hobbys wie sie? Und dass Herbert und sie jeden Tag gemeinsam zu Mittag essen konnten, war auch ein Ritual, das sich kaum jemand leisten konnte.

Alles in allem war Christine zufrieden mit ihrem Leben. Zudem gefiel es ihr in Maierhofen. Hier konnte sie Brot, Eier, Wurst und Fleisch einkaufen, sie konnte etwas zur Post bringen, und bei Elfie Scholz gab es nette Kleinigkeiten, wenn sie mal ein Geschenk brauchte. Die großen Einkäufe erledigte sie einmal wöchentlich in einem Supermarkt in der Stadt, dorthin ging sie auch, um nach schönen Stoffen und Wolle für ihre Handarbeiten zu suchen. Und dann gab es ja auch noch das Internet. Sie lebte zwar auf dem Land, aber war bestens mit allem versorgt, auch wenn ihre Töchter das nicht glauben konnten! Mit der Vorstellung, dass ihr Leben für lange Zeit genau gleich verlaufen würde wie jetzt, konnte sie sehr gut leben. Solange es nicht *noch* gleicher wurde.

Christine trank einen letzten Schluck Kaffee, dann ging

sie zurück ins Haus, wo sie Hundeleine, Einkaufskorb und Geldbeutel zusammensuchte. Anschließend betrat sie die Speisekammer, nahm ein Weckglas aus dem Regal und legte es in ihren Korb. Draußen rief sie die Hunde zu sich, die sogleich angerannt kamen. Endlich, der Morgenspaziergang!

Die Freude der beiden bekam jedoch wenige Meter nach dem Gartentor einen Dämpfer, als Christine nämlich nicht den Weg in Richtung Weiher wählte, sondern nach rechts in die Straße abbog, die ins Dorf führte. Bei diesem Spaziergang wurden beide Hunde angeleint. Andererseits gab es entlang der Hauptstraße etliche Kumpels zu begrüßen und Duftnoten zu erforschen.

Das erste Haus, an dem sie vorbeikam, war das von Luise Stetter. Wie jeden Morgen wechselte sie mit der alten Frau ein paar Worte, die, die Arme auf ein Kissen gestützt, aus dem Fenster schaute und darauf wartete, dass eine der Maierhofener Frauen ihr Essen brachte und diverse Tätigkeiten für sie verrichtete. Einen professionellen Pflegedienst gab es in Maierhofen nicht, also gingen Christine und ein paar andere Frauen der Witwe zur Hand, indem sie für sie Staub saugten oder bügelten. Es hieß, die Stetterin habe ein schwaches Herz, doch Christine war schon vor einiger Zeit zu der Überzeugung gelangt, dass die Frau zu jenen Kranken gehörte, bei denen eigentlich das meiste in Ordnung war. Luise Stetter gefiel es einfach, wenn sich alle um sie kümmerten. Und statt selbst einmal über ihre Böden zu wischen, nahm sie lieber an zwei Dutzend Preisrätseln teil – pro Woche. Lotto spielen und im Fernsehen Quizshows ansehen zählte ebenfalls zu ihren Leidenschaften – viel mehr, als sich um ihren Haushalt zu kümmern. Doch Christine wollte nicht diejenige sein, die solche unangenehmen Wahrheiten aussprach und damit einen Streit vom Zaun brach. Und so kochte sie einfach, wenn sie an der Reihe war, eine Portion Gulasch mehr mit und brachte sie der alten Frau.

Bald darauf gelangte Christine auf ihrem Weg ins Dorf bei dem Haus von Jessy an, die wunderbare Liköre und Essenzen aus Holunder- und Lavendelblüten herstellte. Im Erdgeschoss war ein Fenster einen Spaltbreit geöffnet, und schon am frühen Morgen drang ein Duft, ähnlich dem beim Marmeladekochen, auf die Straße. Es roch nach geschmolzenem Zucker, nach Vanille und etwas blumig Frischem. Was bei Jessy heute wohl im Kessel brodelte? Einen Moment lang erwog Christine, ob sie klopfen und bei ihrer jungen Freundin vorbeischauen sollte. Dank ihrer gemeinsamen Leidenschaft für die verschiedenen Wildkräuter, die rund um Maierhofen wuchsen, ging ihnen der Gesprächsstoff nie aus, und es kam öfter vor, dass eine der Frauen bei der anderen auf eine Tasse Kräutertee vorbeischaute. Für Christine war diese Freundschaft dennoch ein wenig belastet, denn sie war auch mit Jessys Mutter Magdalena, der Bäckerin, befreundet.

Auf Wunsch ihrer Eltern hatte Jessy das Bäckerhandwerk gelernt und war danach in den elterlichen Betrieb eingestiegen, ganz so, wie es sich für eine brave Tochter gehörte. Nur ein Jahr später war ihr Vater gestorben. Ein Herzinfarkt, morgens um vier beim Herstellen des Brezelteigs, hatte es ihn erwischt. Viel Zeit zu trauern hatten Mutter und Tochter nicht gehabt, die Maierhofener brauchten schließlich ihr tägliches Brot. Patent, wie sie war, hatte Magdalena das Regime übernommen, was bedeutete, dass sie alles so weiterführte, wie ihr verstorbener Mann es jahrein, jahraus getan hatte. Jessy hingegen hatte darauf gebrannt, eigene Ideen einzubringen, Dinge neu zu gestalten, zu verändern. Doch sie hatte die Rechnung ohne ihre Mutter gemacht. Ganz gleich, ob es eine neue Torte war, die sie ins Sortiment aufnehmen wollte, oder ob sie einen neuen Farbanstrich fürs Café vorschlug – ihre Mutter blockte jeden Vorschlag ab. Die Bäckerei war das Erbe vom Vater, wie konnte Jessy es wagen, daran zu rütteln?

Dass dies auf Dauer nicht gut gehen konnte, war allen klar gewesen, nur Magdalena nicht. Nach einem weiteren heftigen Streit hatte Jessy das Dorf Hals über Kopf verlassen. Niemand hatte gewusst, wohin es sie verschlug. Zehn Jahre lang hörte niemand etwas von ihr. Und dann, vor zwei Jahren, war sie plötzlich wieder aufgetaucht, hatte das Häuschen am Ortsrand, das früher der alten Emma gehörte, gekauft und angefangen, Holunderblütenlikör herzustellen, den sie übers Internet vertrieb. Eines Tages, als Jessy gerade dabei war, Holunderblüten zu sammeln, und Christine auf der Suche nach Kräutern war, hatten sich ihre Wege gekreuzt und sie waren ins Gespräch gekommen.

Doch Mutter und Tochter hatten bis zum heutigen Tag kein Wort miteinander gewechselt. Für Christine, die Harmonie über alles schätzte, war es unvorstellbar, wie man so leben konnte. Ihr fiel es schon schwer genug, im

Spannungsfeld dieses Familienstreits ihre Freundschaften mit den beiden Frauen zu pflegen. Wenn Jessy ihr etwas im Vertrauen erzählte, hatte sie immer Angst, die Freundin könne glauben, sie würde ihrer Mutter davon berichten. Und im Gespräch mit Magdalena wiederum hatte sie Sorge, dass diese ihre Freundschaft mit Jessy übelnehmen konnte.

Christine seufzte auf und ging an Jessys Haus vorbei. Sie dachte wieder an den seltsamen Anruf von vorhin. Was Therese wohl auf dem Herzen hatte? Jessy besuchte sie besser ein anderes Mal.

Es war ein klarer Tag mit herrlicher Weitsicht. In den Alpen, die man von hier aus gut sehen konnte, war der letzte Schnee weggeschmolzen. Bestimmt würden über Pfingsten nun unzählig viele Wanderer in Richtung Kempten und Nesselwang fahren, dachte Christine, als ein Traktor hupend an ihr vorbeifuhr.

»Hi Christine, noch nie den Spruch gehört: Der frühe Vogel fängt den Wurm?«, schrie ihr eine junge Frau vom Bock aus zu. »Anscheinend magst du Würmer so wenig wie ich!« Und weg war sie.

Christine winkte der jungen Frau grinsend hinterher.

Zur selben Zeit, als Jessy zurückgekommen war, war eine weitere junge Frau in Maierhofen aufgetaucht. Madara Büttner hatte sich um die Stelle als Sennerin auf der Kerschenalpe beworben und sie auch tatsächlich bekommen. Bis auf die Wintermonate, in denen die Alpe zugeschneit war, lebte sie mit den zwanzig Kühen vom Kerschenhof auf dem Berg, kümmerte sich um die Tiere und stellte den besten Bergkäse her, den es auf dem Hof je gegeben hatte.

Als Christine, die Käse jedem Stück Wurst vorzog, sie einmal fragte, wo sie das Käsemachen gelernt hatte, antwortete die junge Frau schlicht: »Aus Büchern.« Sie fügte hinzu, dass sie in ihrem früheren Leben Animateurin in diversen Ferienclubs auf den Kanarischen Inseln gewesen war. Christine war sich heute noch nicht sicher, ob Madara sie damit auf den Arm genommen hatte.

Mit den Hunden im Schlepptau betrat Christine zehn Minuten später den menschenleeren Gastraum der Goldenen Rose. In früheren Zeiten hatten hier vormittags schon immer die Senioren am Stammtisch gesessen, um bei einem Weißbier über den Lauf der Welt zu palavern. Doch die Pensionäre von damals waren inzwischen zu alt oder verstorben. Und ihre Söhne arbeiteten entweder in der Stadt oder waren ganz weggezogen. Auch Mittagsgäste gab es nicht mehr, und so öffnete Therese erst nachmittags ab siebzehn Uhr. Am Abend jedoch war die Goldene Rose meistens sehr gut besucht, und dasselbe galt für die Wochenenden.

»Hi Christine, sag bloß, du bringst mir mein Kräutersalz?«, sagte Sam, Thereses Koch, der seinen Kopf aus der Küchentür steckte. Wie immer standen seine braunen Locken ungebändigt in alle Himmelsrichtungen ab. Damit kein Haar in der Suppe landete, hatte er sich ein Stirntuch umgebunden, was ihm etwas Wildes, Verwegenes gab. Hinter ihm erklang die eigenartige Musik, die er stets auf einem kleinen CD-Player abspielte. Das Rauschen eines Wasserfalls. Vogelgezwitscher, indisch anmutende Klänge. So verwegen, wie der Koch optisch daherkam, hätte Christine ihn viel eher als Fan von Rockmusik eingeschätzt. Von den Stones oder den Scorpions oder so.

Sie grinste. »Das auch, aber eigentlich bin ich gekommen, um Therese zu sehen.« Sie hob das mit Salz und Kräutern gefüllte Weckglas aus ihrem Korb. »Das ist leider das letzte Glas. Nächste Woche mache ich frisches Kerbelsalz, aber fürs Neunkräutersalz sind noch nicht alle Kräuter pflückreif.«

»Du hast echt was gut bei mir. Für eine Lammschulter ist dieses Salz nämlich einfach ideal. Wenn ich das Fleisch damit einreibe, bekommt es nicht nur eine tolle Kruste, sondern einen ganz intensiven Kräutergeschmack.« Sam nahm das Salz fast ehrfurchtsvoll entgegen.

Christine, die sich in Sams Gesellschaft immer ein wenig gehemmt fühlte, lächelte verlegen. Wenn der Mann bloß nicht so unverschämt gut aussehen würde! Wie ein Männer-Model. Oder wie Che Guevara in jungen Jahren. Als sei das nicht genug, kochte er auch noch göttlich. So bodenständig seine Küche auch war, sie hatte dennoch immer das gewisse Extra: Sherry statt Rotwein an den Rouladen. Waldpilze statt Semmelbrösel in den Knödeln. Und Christines selbst gemachtes Kräutersalz statt irgendwelcher Gewürzfertigprodukte.

Christine straffte den Rücken und zwang ihre Gedanken nur mit Mühe wieder auf das Wesentliche.

»Ist Therese da?«, sagte sie.

Mit klopfendem Herzen kam Therese die Treppe herab. Wie immer trug sie ein Dirndl, obwohl es ihr heute viel eher nach einer alten Schlabberhose und dickem Pulli zumute gewesen wäre. Kleidung, in der sie sich verstecken konnte, nichts Auffälliges eben. Aber es war wichtig, so normal wie möglich zu wirken, und dazu gehörte nun einmal ihr Dirndl-Look.

»Gut, dass du da bist, ich muss dir dringend etwas erzählen!« Noch während sie sprach, bugsierte sie Christine in Richtung des ehemaligen Stammtisches. Während Christine sich setzte und die Hunde es sich unter dem Tisch gemütlich machten, warf Therese die Kaffeemaschine an – alles wie immer, alles ganz normal. Sie zitterte ein wenig, als sie die zwei Tassen Kaffee auf den Tisch stellte.

Christine schaute sie erwartungsvoll an. »Jetzt sag schon, was gibt es so Spannendes? Ich seh dir doch an, dass du vor Aufregung fast platzt.«

Unwillkürlich musste Therese lächeln. Christine war ihre beste Freundin. Sie kannten sich von Kindesbeinen an, waren immer füreinander da gewesen, hatten keine Geheimnisse voreinander. Einen Moment lang war sie versucht zu sagen: »Ich habe Krebs und werde vielleicht sterben. Das macht mir Angst.« Christine würde ihre Angst aushalten können, so viel war sicher. Sie würde sie in den Arm nehmen, gemeinsam würden sie weinen. Danach würde die Freundin alles stehen und liegen lassen, um ihr beizustehen. So war Christine.

Dennoch scheute Therese davor zurück, über ihre Krankheit zu sprechen. Solange sie schwieg, konnte sie sich immer noch ein wenig einbilden, alles sei nur ein großer Irrtum. Das Wort Krebs laut auszusprechen würde hingegen bedeuten, ihm einen Platz in ihrem Leben einzuräumen, ihm Gewicht zu verleihen. Und genau das wollte Therese nicht. Sie würde dem Krebs natürlich die Stirn bieten, aber auf ihre Art! Von Christine wünschte sie sich eine andere Hilfe.

Und so sagte sie betont munter: »Du glaubst nicht, welche Post ich bekommen habe. Ein Schreiben, das unser aller Leben verändern kann!« Im nächsten Moment spürte sie, wie ihr die Röte in die Wangen schoss. War es Schamesröte angesichts ihrer Lügen, die sie sich in den vergangenen zwei Nächten so sorgfältig zurechtgelegt hatte?

Bevor sie es sich nochmals anders überlegen konnte, sprach sie weiter: »Du weißt doch, dass unser lieber Frieder Schmauder uns schon seit Ewigkeiten versprochen hat, sich bei der Landesregierung dafür starkzumachen, dass auch Maierhofen Geld für den strukturellen Wandel bekommt.« Frieder Schmauder, der Landtagsabgeordnete ihres Kreises, zeigte sich eigentlich immer nur dann in Maierhofen, wenn seine Wiederwahl anstand. Therese hatte keine Ahnung, was er in den Jahren dazwischen tat.

Christine schien es nicht anders zu ergehen. »Ja und?«, sagte sie nur.

Therese lachte leicht hysterisch auf. »Der Frieder kann uns von nun an den Buckel herunterrutschen! Ab jetzt habe ich nämlich Kontakte zu den allerhöchsten Kreisen.« Sie machte eine kleine Kunstpause, dann fuhr sie fort: »Ich habe Post aus Brüssel bekommen. Die EU will zukünftig kleine Dörfer stärker fördern. In vielen ländlichen Gegenden würde ein großes Potenzial brachliegen, dieses gelte es zu fördern, heißt es in dem Schreiben. Ich weiß zwar nicht, warum, aber die Herren haben ausgerechnet unser schönes Maierhofen auserkoren! Sie bieten EU-Gelder für eine Imagekampagne. Die Besonderheiten von Maierhofen sollen herausgestellt werden. Unser Dorf soll fit für die Zukunft werden, verstehst du? Eine Wiederbelebung, vielleicht sogar ein neues Gewerbegebiet? Oder irgendetwas im Tourismus. Oder eine Kampagne für junge Familien. Um die Schaffung von Arbeitsplätzen geht es natürlich auch!« Mit angehaltenem Atem wartete Therese auf Christines Reaktion. Die Idee mit den vermeintlichen EU-Geldern war ihr vorgestern Nacht gekommen, seitdem feilte sie daran herum. Als sie ihre Rede vor dem Spiegel übte, hatte sie alles als schlüssig empfunden. Einer solchen Chance konnte doch niemand widerstehen, oder?

Doch Christine runzelte die Stirn. »Ich weiß nicht… Welches Potenzial soll denn bitte schön bei uns brachliegen?«

»Ein riesiges, davon bin ich fest überzeugt!«, sagte Therese aufgeregt. »Wir selbst sehen bloß den Wald vor lauter Bäumen nicht. Deshalb ist es ja so wichtig, dass das Ganze mit einem professionellen Blick von außen betrachtet wird.«

»Aber kommt das nicht viel zu spät? Auf solch eine Idee hätten die Herren in Brüssel vor Jahren kommen müssen. Inzwischen sind die jüngeren Leute doch längst weggezogen, und die meisten Männer arbeiten in der Stadt. Schau dich doch um, wir haben nicht mal mehr einen Supermarkt! Und die paar Geschäftsleute, die es noch gibt, könnten gar nicht überleben, wenn ihnen die Häuser nicht gehören würden und sie Miete zahlen müssten.«

Therese wich zurück, als habe sie eine Ohrfeige bekommen. Den Gedanken, mit allem zu spät dran zu sein, konnte und wollte sie nicht zulassen. Sie atmete tief ein. Wenn es ihr gelang, Greta hierherzulocken, würde alles gut werden – das spürte sie tief drinnen! Aber dafür brauchte sie ihre Freundin Christine, die mit ihr an einem Strang zog.

»Ich weiß, du meinst es nur gut«, sagte Christine gequält. »Und ich würde auch viel lieber Hurra rufen. Aber denk doch mal nach – wie um alles in der Welt sollen diese Gelder Maierhofen beleben? Soll Daimler-Benz hier etwa ein Werk eröffnen? Oder Nestlé? Für junge Familien ist Maierhofen auch unattraktiv, wir haben weder einen Ganztageskindergarten für die Kleinen noch Yogakurse für die Mütter, von Arbeitsplätzen für die Väter ganz zu schweigen. Und ein touristisches Ziel ist unser Dorf noch nie gewesen und wird es wahrscheinlich auch nicht mehr. Die Ferienorte liegen fünfzig oder achtzig Kilometer weiter in den Alpen, dort, wo die Leute Ski fahren und wandern können. Und wo es große Wellnesstempel und andere Freizeitattraktionen gibt. Wen oder was sollte also eine Imagekampagne anlocken?«

»Du bist vielleicht eine Schwarzmalerin«, erwiderte Therese vorwurfsvoll. »Eine ausgebuffte Werbefachfrau sieht das alles mit anderen Augen. Greta Roth von der Frankfurter Werbeagentur Simon & Fischli wird die ver-

borgenen Schätze von Maierhofen erkennen und dann …«
So ganz klar war Therese selbst noch nicht, was dann geschehen würde. »Dann hat Maierhofen endlich eine Zukunft«, fügte sie etwas lahm hinzu.

»Es steht also schon fest, wer diese Werbekampagne ausführen wird? Das ist ja toll!« Der Enthusiasmus in Christines Stimme klang gezwungen.

»Nun ja …«, erwiderte Therese gedehnt. »So ganz konkret ist es noch nicht. Das mit den EU-Geldern natürlich schon«, beeilte sie sich zu sagen, »aber was die Expertin in Frankfurt angeht: Greta Roth ist eine sehr gefragte Frau, sie hat gerade erst einen wichtigen Preis für ihre Arbeit gewonnen. Sie ist sozusagen eine Koryphäe! Dass sie die Richtige für uns sein könnte, dieser Gedanke kam mir erst vor zwei Tagen.« Sie erzählte Christine von der Preisverleihung, die sie spätnachts gesehen hatte. »Du kannst dir vorstellen, wie ich gestaunt habe, als mir klar wurde, dass diese Frau da auf der großen Bühne meine Cousine Greta war! In diesem Moment wurde mir klar, dass sie die Richtige für diese Imagekampagne ist. Alte Familienbande und so, verstehst du? Außerdem hat sie in ihrer Kindheit ein paar Sommer hier verbracht, du müsstest dich eigentlich an sie erinnern.«

Christine zuckte mit den Schultern. »Vage. Das ist alles ziemlich lang her. Und weiter?«

»Natürlich könnte ich meine Cousine einfach anrufen und fragen, ob sie Lust auf diesen Auftrag hat. Eine EU-Kampagne – das ist doch was, oder etwa nicht? Aber manche Dinge bespricht man besser von Angesicht zu Angesicht, findest du nicht auch?«

»Wieso werde ich das Gefühl nicht los, dass du irgendetwas von mir willst?«, fragte Christine misstrauisch.

Therese zog eine Grimasse, als habe sie Zahnschmerzen. Jetzt kam es darauf an …

»Ich kann in nächster Zeit unmöglich weg. In den kommenden Wochen haben wir ständig das Haus voll. Hochzeiten, Konfirmationen – du weißt ja selbst, was derzeit alles los ist.« In einer flehentlichen Geste umklammerte sie Christines rechten Arm und sagte: »Kannst du nicht nach Frankfurt fahren und mit Greta sprechen?«

»Ich? Nach Frankfurt?«

Therese schluckte. Sie wusste, was sie der Freundin damit zumutete. Wahrscheinlich begann Christines Herz allein beim Gedanken an die Großstadt schon angstvoll zu rasen. Wann immer sie ihre Töchter in ihren Studienorten besuchte, war ihr Mann dabei. Er fuhr das Auto, er parkte ein, er wusste Bescheid. Seine Frau schmierte allenfalls die Brote für den Reiseproviant.

Christine verzog das Gesicht. »Also, das ist nun wirklich nichts für mich, dann vertrete ich dich lieber hier, und du fährst nach Frankfurt.«

Therese schluckte. Genau diese Antwort hatte sie befürchtet. In der Goldenen Rose würde die Freundin sie wirklich vertreten können, nicht aber bei ihrer Voruntersuchung in der Klinik …

»Mir wäre wirklich lieber, du fährst. Jetzt schau nicht so erschrocken drein, du schaffst das«, sagte Therese eindringlich. »Ich habe dir die passende Zugverbindung schon herausgesucht, da!« Sie zeigte auf den Computerausdruck von letzter Nacht. »Gretas Adresse kenne ich jetzt auch, ganz in der Nähe ihrer Wohnung liegt ein nettes Hotel, dort könntest du übernachten. Die Kosten übernehme ich, also, ich meine natürlich die EU. Du könntest dir zwei schöne Tage machen. Und was noch viel wichtiger ist – du würdest Maierhofen einen riesigen Gefallen tun!« Thereses Umklammerung wurde noch fester. Ihr Blick war ernst, ihr Mund vor lauter Aufregung ganz trocken.

»Christine, ich flehe dich an, du musst Greta beschwatzen und bezirzen, bis sie nicht mehr anders kann, als Ja zu sagen! Mein Gefühl sagt mir, dass dies die letzte Chance für Maierhofen ist. Wenn wir sie verspielen, haben wir den Anschluss für immer verpasst!«

4. Kapitel

»Happy birthday to you, happy birthday to you, happy birthday, liebe Greta...«

Peinlich berührt nippte Greta Roth an ihrem Caramel Macchiato, während Emily ihr Geburtstagsständchen zu Ende sang.

Wie jeden Morgen hatten sich die beiden Frauen auch heute in der Café-Bar getroffen, die sich im Erdgeschoss des Hochhauses befand, in dem sie arbeiteten. Greta bei der renommierten Werbeagentur Simon & Fischli, Emily bei einer PR-Agentur. Sie kannten sich aus Studienzeiten, aber hin und wieder kreuzten sich ihre Wege auch beruflich.

Ebenfalls wie jeden Morgen gönnte sich Greta zu ihrem Kaffee ein Käse-Baguette, während Emily lediglich an dem Mini-Keks knabberte, der auf der Untertasse ihres Cappuccinos serviert worden war – ein Grund dafür, dass Emily in Größe 36 passte und Greta mit der 40 zu kämpfen hatte.

Während die Maisonne in schwachen Streifen durch die getönte Fensterscheibe der Bar fiel, überreichte Emily Greta mit erwartungsvoller Miene ein kleines, in goldfarbenes Papier eingewickeltes Päckchen. Greta erkannte das Logo des Juweliergeschäfts sofort, es lag ein paar Häuser die Straße hinab, sie selbst war Kundin dort.

»Eine blaue Muranoglaskugel, wie schön, vielen Dank!«, sagte sie, nachdem sie das Schmuckstück ausgepackt hatte.

»Ich wusste, dass sie dir gefällt«, sagte Emily triumphierend, während Greta das silberne Armband von ihrem rechten Handgelenk abnahm, auf das Kugeln und andere Schmuckstücke aus Silber und Glas aufgezogen waren.

»Alpera-Charms sind Symbole für unvergessliche Momente« – damit hatte der Schmuckdesigner seine neue Kollektion einst beworben. Greta hatte die Idee, Erinnerungen in Form von kleinen Schmuckanhängern festzuhalten, gut gefallen. Ein kleines silbernes Schloss zum Abschluss der inzwischen preisgekrönten Petticoat-Werbekampagne war das erste Schmuckstück in ihrer Sammlung gewesen, nach ihrer Ernennung zur Teamleiterin war eine Kugel mit eingraviertem T gefolgt. Der kleine Frosch stand für die erfolgreiche Kampagne eines biologischen Putzmittels. Verschieden gravierte Kugeln symbolisierten ihre Geburtstage. Und nun also eine Glaskugel – blau war noch nie ihre Farbe gewesen – für ihren vierundvierzigsten Geburtstag, auch nur ein Tag wie jeder andere. Das Einzige, was heute bisher anders gewesen war, war das seltsame Ziehen in der Brust gewesen, das sie beim Aufstehen verspürt hatte. War es ein Gefühl der Leere? Ein Anflug von Einsamkeit? Überdruss? Greta hatte dem Gefühl keinen Namen geben wollen. Bestimmt bekam sie eine Erkältung.

Während sie nun die Glaskugel auffädelte, spürte sie das Ziehen erneut, diesmal tat es ein wenig stärker weh. Es gab an ihrem Armband keinen Herzanhänger, der für die große Liebe stand. Keine außergewöhnliche Form für ein Hobby. Es baumelte auch kein silberner Eiffelturm als Symbol für einen spontanen Paristrip an dem Armband. War ihr Leben wirklich so eindimensional? Wo blieb denn da die berühmte Work-Life-Balance?

»Und was hast du heute noch Schönes vor?«, fragte Emily prompt, während sie der Bedienung signalisierte, dass sie zahlen wollten.

Nach einem letzten sehnsüchtigen Blick auf ihren nur halb getrunkenen Kaffee zückte auch Greta ihren Geldbeutel. »Lass mal, ich lade dich ein«, sagte sie. »Für heute Mittag habe ich einen kleinen Sektimbiss in die Agentur bestellt, das muss erst mal reichen. Keine Ahnung, wann ich heute Abend rauskomme, das letzte Kick-off-Meeting für eine neue Kampagne hat bis nach 21 Uhr gedauert. Aber ich kann ja am Wochenende nachfeiern!« Mit wem sie feiern sollte, war Greta allerdings unklar. Die meisten ihrer Freundinnen hatten es schon vor Jahren aufgegeben, Greta zu irgendwelchen Mädelsabenden oder ins Kino einzuladen, sie hatte ja doch nie Zeit. Wahrscheinlich wäre ihre Freundschaft zu Emily auch längst in die Brüche gegangen, hätten sie nicht ihr allmorgendliches Kaffeeritual gehabt.

Emily, die ebenfalls den Großteil ihrer wachen Stunden der PR-Agentur opferte, nickte. »Runde Geburtstage oder solche mit Schnapszahlen sind immer etwas schwierig, finde ich. Wenn ich an meinen Dreißiger denke! Meine Schwester hat mir eine Faltencreme geschenkt und von meinen Eltern habe ich Gesundheitssandalen bekommen, ich hätte heulen können! Andererseits – zwischen vierzig und fünfzig liegen heutzutage die besten zehn Jahre einer

Frau, heißt es. Das sind doch gute Aussichten, oder etwa nicht?«

»Wer behauptet das? Etwa deine heiß geliebte Cosmopolitan?« Greta zeigte auf das Hochglanzmagazin, das aus Emilys Tasche lugte. »Bestimmt liefern sie gleich die zehn besten Tipps für guten Sex jenseits der vierzig mit. Und ganz sicher gibt's auch noch eine Rubrik mit den ultimativen Dos and Don'ts ab vierzig. Ich frage mich wirklich, wer so einen Mist liest.«

»Ähm, ich zum Beispiel?«, erwiderte Emily pikiert. »Solche Artikel sind doch nur ein netter Zeitvertreib, was regst du dich so auf? So kenne ich dich gar nicht.«

»Sorry. Aber mich nerven die vielen Ratschläge, die man überall bekommt, einfach nur noch! ›Die 20 besten Tipps zum Abnehmen‹ oder ›Die Wunderwaffe gegen Falten!‹ und dazu noch ›Das Geheimnis schöner Haare‹.« Schon im Stehen trank Greta noch einen letzten Schluck Kaffee, er schmeckte so schal, wie sich der ganze Morgen anfühlte.

»In welcher Zeitschrift bekommen eigentlich Männer solche Ratschläge? Oder sind es nur wir Frauen, die ständig auf übelste Weise bevormundet werden?«

Emily lachte auf. »Hör ich richtig? Solche Worte von einer der erfolgreichsten Werbefrauen Deutschlands? Ihr seid doch diejenigen, die uns Frauen ständig suggerieren, wie wir zu leben haben. Nimm dieses Deo und nur jenes Shampoo …«

Greta seufzte. »Vielleicht ist es gerade das. Wenn ich an das Meeting nachher denke, wird mir schon schlecht. Noch ein Diätprodukt, das auf den Markt gebracht werden will. Und das mit einem Mörderbudget! Mir reichen die diätischen Kauriegel, für die ich im letzten Herbst die Fernsehspots gemacht habe.« Sie verdrehte die Augen. Jeden Slogan, jeden einzelnen Satz hatte sie sich dafür abringen müssen! Dass sie sich mit einer Kampagne so schwertat, war früher nicht vorgekommen.

Emily, die von Greta immer wieder mit Kosmetik- oder anderen Probierpackungen versorgt wurde, lachte.

»Oje, an die Riegel erinnere ich mich noch gut! Auf denen musste man stundenlang herumkauen, bis man sie endlich schlucken konnte.«

»Das war anscheinend der Sinn der Sache. In dieser Zeit kann der Konsument schon mal keine Pommes oder Eiscreme in sich hineinstopfen.« Greta schüttelte den Kopf. »Gott sei Dank ist Norbert nicht auf die Idee gekommen, mir die neue Kampagne zu übergeben. Mit meiner Happy-Colours-Kampagne liege ich in den letzten Zügen, danach hätte ich wieder freie Kapazität. Die neuen Haarfarben für zu Hause, du weißt.«

Emily, deren Goldblond aus einer Happy-Colours-Testpackung stammte, nickte.

»Aber dass Norbert Fischli die Kampagne der Neuen gegeben hat, verstehe ich auch nicht. Bei dem Auftraggeber handelt es sich immerhin um einen unserer wichtigsten Kunden! Wenn's wenigstens Steffi gewesen wäre oder Elke…« Beide Kolleginnen waren Art Director mit viel Erfahrung. Kim Köster hingegen war 25 Jahre jung, schlank, bildhübsch, aber ohne nennenswerte Erfahrung. Sie hatte strahlend weiße Zähne und raspelkurze blonde Haare. Ihr Rock endete nicht, wie bei Greta, eine Handbreit unterm Knie, sondern zwei Handbreit darüber. Statt wie eine normale, gestandene Frau zu reden, sprach Kim eher in der Art junger Mädchen. Exaltiert und ein wenig atemlos, als würde ihr die Welt der Großen den Atem rauben. Norbert Fischli hatte sie direkt von der Frankfurt Art School, wo sie ihren Master gemacht hatte, engagiert. »Aus der wird was!«, hatte er zu Greta gesagt, selbstsicher wie immer.

Greta runzelte die Stirn. »Weißt du, was ich mich derzeit immer öfter frage? Warum wird eigentlich immer nur Werbung für die ewige Jugend, Schlankheit und Schönheit gemacht? Warum blättert nicht mal jemand eine Million hin für eine richtig geile neue Kampagne für Greenpeace? Oder für eine Tierschutzorganisation? Oder dafür, einfach mal nichts zu kaufen.« Was rede ich hier eigentlich?, fragte sie sich im selben Moment. Bisher hatte sie solche Dinge nicht einmal gedacht, geschweige denn ausgesprochen.

Sie schaute Emily an, auf deren Miene sich ebenfalls Verwirrung spiegelte. »Hab ich jetzt eine Midlife-Crisis?«

Zehn Minuten später stand Greta in dem Lift, der sie wie jeden Morgen in den 17. Stock des Bürogebäudes brachte, in dem sich die Agenturräume von Simon & Fischli befanden. Frank Simon war Engländer, Norbert Fischli Schweizer, die Kunden – vorrangig Kosmetikfirmen und Hersteller von Reinigungsmitteln und Diätprodukten – kamen aus ganz Europa. Die Spezialisierung auf eben jene Produktbereiche hatte der Agentur einen äußerst guten Ruf eingebracht, wer eine neue Kosmetikreihe lancieren

wollte, tat gut daran, sich an die Spezialisten von Simon &
Fischli zu wenden.

Wie jeden Tag roch es nach künstlichem Orangen-
aroma, wie jeden Tag erklang Pianomusik, die sich anhörte, als sei sie in einer Warteschleife gefangen.

Was würde sie dafür geben, einmal, nur eine Fahrt lang,
etwas anderes hören zu dürfen!, dachte Greta, während
sie sich vor der verspiegelten Liftwand die Lippen nach-
zog. Simply Red vielleicht. Oder Barry White. Etwas,
was sie an früher erinnerte. An unbeschwerte Tage voller … voller … was denn eigentlich? Ihr Spiegelbild runzelte die Stirn. War es schon so weit, dass sie sich nicht
einmal mehr an das Gefühl von Jugend und Freiheit erinnern konnte?

Greta trat näher an die verspiegelte Liftwand heran, betrachtete sich kritisch. Wie immer hatte sie ihre langen dun-
kelbraunen Haare zu einem No-Nonsens-Pferdeschwanz
zusammengebunden, der sie jugendlicher aussehen ließ, als
sie war. Und auch mit ihrer Haut war sie recht zufrieden,
sie hatte keine Runzeln über der Oberlippe und auch keine
Hängebäckchen, sondern immer noch etwas Mädchenhaf-
tes an sich. Statt einer Ladung Botox in der Mittagspause
kann ich mir immerhin eine Portion Pasta al forno leisten,
dachte sie ironisch, aber auch ein wenig erleichtert.

Greta Roth entsprach mit ihren 1,65 m Körpergröße
und der Kleidergröße 40 zwar nicht gerade Modelmaßen,
aber wer genauer hinschaute, auf den übte Gretas Gesicht
eine seltsame Faszination aus. Dazu trugen nicht nur ihre
braunen Augen mit dem intensiven Ausdruck bei, sondern auch ihre hohen Augenbrauen und ihr Mund mit

den vollen und etwas zu breiten Lippen. »Breitmaulfrosch« war sie in ihrer Kindheit von ihren Spielkameraden gehänselt worden. Regelmäßig war sie dann in Tränen ausgebrochen, doch heute wusste sie, dass ihr Mund zumindest auf Männer eine seltsame Anziehung ausübte. Sie wollte nicht wissen, welche erotischen Fantasien dabei wachgerufen wurden, aber Männer schauten sie gern an, so war das einfach.

Was die Leute ebenfalls Notiz von Greta nehmen ließ, waren ihre täglich wechselnden Accessoires in kräftigen Rottönen. Ein rotes Seidentuch. Eine rote Umhängetasche. Ein rubinroter Kettenanhänger. Greta Roth – Lady in Red. Was als kleine Hommage an ihren Nachnamen begonnen hatte, war inzwischen zu ihrem Markenzeichen geworden.

Ein leises Klingeln zeigte an, dass sie den 17. Stock erreicht hatte. Greta schob die Schultern nach hinten und atmete einmal tief durch. Genug der seltsamen Gedanken für heute!

Sie hatte die schwere Glastür zur Agentur noch nicht ganz geöffnet, als ihr erneut aus mehreren Kehlen entgegenhallte: »*Happy birthday to you, happy birthday…*«

Greta strahlte. Die Agentur. Ihre Familie.

»Ich freue mich, euch heute meine Ideen für das revolutionäre Diätprodukt Stardust von Everlight & Co. vorstellen zu dürfen. Und es ist mir eine große Ehre, dass du, lieber Norbert, gerade mir dieses wunderbare Projekt anvertraut hast.« Kim Köster lächelte dem Inhaber der Agentur fast wohlwollend zu.

Lieber Norbert – als würden sie sich seit Ewigkeiten kennen. Obwohl sie in der Agentur das freundschaftliche Du pflegten, hatte Greta das Gefühl, dass es für die Junge nicht angebracht war, den Chef zu duzen.

Doch Norbert Fischli lächelte wohlwollend zurück. Greta, die ihm gegenübersaß, entging nicht, dass sein Blick länger als nötig auf den schlanken Oberschenkeln der Fünfundzwanzigjährigen verweilte, die durch ihren Bleistiftrock nur halbwegs verhüllt waren.

Wie bei jedem Kick-off-Meeting für eine wichtige Kampagne war es eine große Runde, die sich rund um den Konferenztisch versammelt hatte. Ungewöhnlich war, dass die beiden Art Directors Steffi und Elke wegen Kundenterminen fehlten. Dabei galt es heute, den zukünftigen Weg für die Werbekampagne abzustecken, und jeder Input war wertvoll. Davon abgesehen interessierte jeden brennend, wie sich Kim Köster schlagen würde.

Neben Greta saß Joe Schwarz, einer der besten Texter der Branche. So gut er war, so eingebildet war er auch. Sollte Joe Schwarz irgendwann einmal Selbstmord begehen wollen, würde er nur auf sein Ego springen und runterhüpfen müssen, davon war Greta überzeugt. Normalerweise war der Cheftexter von Anfang an in ein Konzept eingebunden, Kim Köster jedoch hatte darum gebeten, die ersten Textentwürfe allein machen zu dürfen. »Neben dir würde mir vor lauter Ehrfurcht kein Wort einfallen«, hatte sie mit ihrer Jungmädchenstimme geflüstert. Joe hatte dümmlich lächelnd seine Zustimmung erteilt, statt auf seinem Input zu bestehen. Greta, die diesen Wortwechsel zufällig mitbekam, hatte geglaubt, nicht richtig zu hören. Joe Schwarz, der sonst stets alles an sich riss, gab freiwillig von seinem Terrain ab? Spätestens in dem Augenblick war ihr klar gewesen, dass Kim Köster jemand war, der das bisherige Gefüge innerhalb der Agenturmannschaft ordentlich durcheinanderbringen würde.

Links von Joe saß Susanne, die Key-Account-Managerin für Everlight & Co., einem der wichtigsten Agenturkunden, der nicht nur Diätprodukte, sondern vieles mehr herstellte und mithilfe von Simon & Fischli lancierte. An ihren leicht hochgezogenen Schultern konnte man erkennen, wie angespannt sie war.

Ganz locker hingegen hingen Matthias und Mike, die beiden Junior-Grafiker, in ihren Stühlen. Und auch Webdesigner Sven Reith, Fachmann fürs Onlinemarketing, spielte entspannt unter dem Tisch mit seinem Handy.

Warte, bis dich Norbert erwischt, dachte Greta. Sven war der einzige ihrer Kollegen, mit dem sie nichts anfangen konnte. Mit Susanne hingegen ging sie regelmäßig mittags essen, mit Joe spielte sie einmal in der Woche Squash, und mit den Jungs, wie sie Matthias und Mike nannte, ging sie öfter nach der Arbeit auf ein Bier aus.

»Ich denke, ich verspreche nicht zu viel, wenn ich behaupte, dass es für die zukünftige Verbraucherin von Stardust ein Leben davor und eins danach geben wird. Dieses Projekt wird den Markt der Diätprodukte ein für alle Mal verändern.«

Es war das erste Mal, dass Kim Köster, die nicht wie sonst bei Berufsanfängern üblich als Junior, sondern gleich als Senior Art Director eingestellt worden war, eine Präsentation leitete. Doch von Anspannung oder gar

Aufregung war bei ihr nichts zu spüren. Im Gegenteil, sie stolzierte im ganz in Weiß gehaltenen Konferenzzimmer umher, als sei sie dort zu Hause. Das technische Equipment rund um den Beamer bediente sie so versiert, als sei sie im Mediamarkt aufgewachsen. Was wahrscheinlich auch der Fall war. Selbst Technikfreak Sven Reith schien beeindruckt, denn immerhin hatte er sein Handy zur Seite gelegt. Er lauschte so interessiert, als wollte selbst er noch heute mit einer Diät beginnen.

»Stardust ist ein weißes geschmackloses Pulver, es wird in Dreißig-Gramm-Packungen verkauft, der Preis wurde von Everlight mit 28,90 Euro angesetzt. Geschmacksverstärker kennt jeder, aber dies hier ist ein sogenannter Geschmacks*hemmer*. Es handelt sich dabei um eine Aminosäure, die über die Schleimhäute im Mund direkt ins Blut und von dort ins Gehirn gelangt. Dort werden dann die Neurotransmitter blockiert, die für das Geschmackszentrum zuständig sind. Das Prinzip ist ganz einfach – man gibt ein wenig Pulver über eine Speise und isst davon. Ehe man sich's versieht, vergeht einem der Appetit! Aber was rede ich, probiert am besten einfach selbst…« Mit großer Geste zeigte Kim Köster auf die in der Mitte des Tisches bereitstehenden Streudosen. Auf einem Tablett daneben waren kleine Stücke Baguette aufgetürmt, belegt mit Schinken oder Käse.

Hoffentlich würde danach noch jemand Appetit auf die von ihr bestellten Häppchen haben, ging es Greta durch den Kopf, dann nahm sie, wie alle anderen, eine Streudose in die eine und ein Stück Baguette in die andere Hand. Die Dose hatte die Größe eines Salzstreuers und war aus

Kunststoff, der mit einer silbernen Schicht überzogen worden war. Vorn und hinten prangten auf der Dose zwei Sterne. Greta klappte mit einem Fingernagel den Deckel nach oben, dann streute sie etwas von dem weißlichen Pulver auf ihr Schinkenbrot.

»Wie ihr seht, schmilzt Stardust sogleich, das *mouth feeling* der Speise verändert sich dadurch in keiner Weise«, dozierte Kim Köster weiter.

Gretas Blick wanderte unter hochgezogenen Brauen von der durchsichtigen Schleimschicht, die sich auf der Schinkenscheibe gebildet hatte, zu ihrer Nachbarin. Doris Schulze war zwar »nur« eine der drei Sekretärinnen, wurde aber zu jeder wichtigen Präsentation dazugerufen, weil man in ihr die klassische Konsumentin sah: Frau, Mitte dreißig, berufstätig, ein Kind. Im Augenblick runzelte die klassische Konsumentin unmerklich die Nase.

Greta grinste in sich hinein. »Nachher gibt's Lachshäppchen und Schinken-Quiche, garantiert ohne Stardust«, flüsterte sie Doris zu.

»Und nun lasst es euch schmecken«, sagte Kim Köster, woraufhin alle am Tisch zu kauen begannen. »Wie ihr sicher bemerkt, ist der Eigengeschmack von Stardust zu vernachlässigen. Was jedoch nicht zu vernachlässigen ist, ist der unschlagbare *consumer benefit*…« Kim Köster legte eine dramaturgische Sprechpause ein, während sie mit dem Beamer eine dicht beschriebene Folie an die Wand warf, der jedoch kaum jemand einen Blick schenkte. »Schon nach höchstens zehn Bissen setzt dank Stardust eine Art Sättigungsgefühl ein, das der Speisende sonst viel später verspüren würde.«

Zehn Bisse? Ihr reichte einer. Angewidert legte Greta ihr Schinkenbrot weg – es schmeckte leicht bitter, künstlich und einfach nur widerlich!

»Mit Stardust macht Abnehmen Spaß!«, fuhr Kim Köster animiert fort und warf eine neue Folie an die Wand. Sie zeigte diverse Kurven, die den Verlauf von Diäten darstellen sollten. »Mit Stardust ist das Verlieren von Pfunden zum ersten Mal kinderleicht! Die Verbraucherin wird Stardust lieben, vor allem, wenn sie unseren Slogan vernimmt…« Eine weitere, noch mehr in die Länge gezogene Sprechpause folgte, und auf der Leinwand blitzten grelle Lichtreflexe auf, die im leicht abgedunkelten Konferenzraum noch greller wirkten.

Greta blinzelte erschrocken.

»Stardust – *Be your own Star!*«, ertönte es triumphierend von Kim Köster.

Einen Moment lang herrschte Stille am Konferenztisch. Ein zaghaftes Klatschen ertönte, dann noch eins, im nächsten Moment klatschten alle. Alle, bis auf Greta und Doris.

»Sensationell!«, rief Susanne und strahlte übers ganze Gesicht. »Also wenn ihr mich fragt, können wir das Everlight eins zu eins so präsentieren!«

»Bei den Sternen auf der Verpackung haben wir uns an den Sternen vom Walk of fame orientiert«, sagte Matthias sichtlich stolz.

Kim Köster warf ihm einen gereizten Blick zu. Sie war hier diejenige, die die Ansagen machte.

»Stardust, *Be your own Star* – da lag diese Assoziation quasi auf der Straße.« Jetzt lachte Kim, für Gretas Ohren affektiert.

»Ich denke, damit können wir bei den über Dreißigjäh-rigen punkten«, sagte Norbert Fischli zufrieden lächelnd. »Sehr gut gemacht, Kim, sehr gut.«

»Vergiss nicht die *Consumer* im Segment der unter Zwanzigjährigen«, sagte Kim eifrig. »Heidi Klum sei Dank gibt inzwischen die Hälfte aller Schülerinnen unter 18 als Berufswunsch Top-Model an.«

»Umso besser, dann kann ich Everlight kommunizieren, dass unsere Kampagne die komplette Altersbandbreite der Konsumentenlandschaft abdeckt«, sagte Susanne.

Greta, die bisher nur zugehört hatte, räusperte sich. »Äh, sorry«, sagte sie, »aber ich habe gerade das Gefühl, im falschen Film zu sein.«

Es dauerte einen Moment, bis sie im euphorischen Tru-bel die Aufmerksamkeit der anderen erlangt hatte. Unge-duldige, teilweise auch genervte Blicke blieben auf ihr haf-ten. Greta ließ sich jedoch nicht beirren.

»Ihr könnt doch nicht allen Ernstes behaupten, dass dieses Pulver geschmacksneutral ist! Ich habe noch im-mer einen bitteren Nachgeschmack im Mund. Und es schmilzt auch nicht dahin, sondern hinterlässt einen glib-berigen Film auf dem Essen, ekelhaft sieht das aus.« Sie hielt zum Beweis ihr Schinkenbrot hoch, das mit einer milchigen Schleimschicht überzogen war. Als niemand etwas sagte, fuhr sie fort: »Von Geschmacksverstärkern sind heutzutage eine ganze Reihe gefährlicher Nebenwir-kungen bis hin zu psychischen Problemen bekannt. Ich kann mir gut vorstellen, dass solch ein Geschmackshem-mer ebenfalls wichtige Stoffwechselprozesse im Körper durcheinanderbringt.« Je länger sie sprach, desto mehr redete sie sich in Rage. »Wie kann man ein Produkt herstellen, das den Menschen die Freude am Essen nehmen soll? Stellt euch doch mal vor, wie das in der Realität aussehen würde: Jemand bestellt sich bei seinem Lieblingsitaliener einen Teller Spaghetti, streut Stardust darüber – übrigens bekomme ich bei diesem Wort und dem weißen Pulver ganz andere Assoziationen…«, unterbrach sie sich selbst ironisch, woraufhin sie von Sven Reith ein leises Lachen erntete, »…und nach drei Bissen vergeht demjenigen die Lust am Essen. Oder jemand sitzt im Café und gönnt sich ein Stück Schwarzwälder Kirschtorte. Er streut Stardust drauf, und schwupps war die Mühe des Konditors umsonst. Überlegt mal, welche Mengen an Lebensmitteln dabei in der Mülltonne landen würden. Das ist doch ethisch absolut nicht korrekt!« Sie schüttelte den Kopf.

»Hallo? Wie bist du denn heute drauf?«, sagte Susanne. »Wir haben das Produkt doch nicht erfunden, wir vermarkten es lediglich.«

»Stardust bringt die Stoffwechselprozesse nicht durcheinander, sondern auf Trab«, sagte Kim Köster tadelnd. »Die Frauen wollen abnehmen, und dank Stardust gelingt ihnen das auch.« Ihr Blick verweilte einen Moment länger als nötig auf Greta, die sich unangenehm der Tatsache bewusst war, dass ihr Blazer über der Brust ein wenig spannte.

»Die Frauen! Wieder mal sind es nur die Frauen!«, erwiderte Greta heftig. »Warum gibt es eigentlich keine einzige Werbekampagne für ein Diätprodukt, die sich an *Männer* richtet? Gibt's keine dicken Männer, oder was?« Nur mit Mühe gelang es ihr, nicht zu Norbert Fischli hinüberzuschauen, der seine Vorliebe für schwere Bordeaux-Weine und tägliche ausgiebige Geschäftsessen mit etlichen Kilo zu viel büßen musste. Doch er gehörte zu den Männern, die beim Blick in den Spiegel niemals einen Seufzer ausstießen, sondern sich immer wahnsinnig toll fanden.

»Ich verstehe ehrlich gesagt auch nicht, wem oder was wir deinen Auftritt zu verdanken haben«, sagte Norbert Fischli milde. »In meinen Augen ist Stardust ein revolutionäres Produkt, und Kims Kampagne wird diesem Produkt absolut gerecht. Mit dem Werbebudget von Everlight können wir das Produkt so breit aufstellen, dass der Anblick von Restaurantgästen, die den silbernen Stardust-Streuer zücken, in wenigen Monaten zum täglichen Bild gehören wird.«

»Wir lancieren eine Massenbewegung, genau!«, rief Susanne mit glänzenden Augen. »In ist, wer streut!«

»*Be your own Star!*«, fügte Kim Köster an.

»Besser hätte ich's auch nicht formulieren können«, sagte Joe Schwarz und warf Kim einen anerkennenden Blick zu, den sie jedoch nicht beachtete. Auch ohne das Lob der anderen schien sich die junge Frau ihrer Sache sehr sicher zu sein.

Joe Schwarz fand für einen fremden Text lobende Worte? Das war das erste Mal seit Menschengedenken ... Gretas Blick wanderte über die weiß gestrichenen Wände. War das hier die Versteckte Kamera? Oder ein alberner Witz zum Geburtstag für sie, die Diätversagerin? Das musste es sein ... Und sie Schlafmütze brauchte Ewigkeiten, um das zu kapieren!

»Das war ein Gag, oder? Ihr nehmt mich auf den

Arm«, sagte sie grinsend und spürte, wie sie sich entspannte. »Mein lieber Scholli, der war echt gut. Einen Moment lang habe ich wirklich geglaubt, ihr meint das ernst...« Sie lachte laut auf, dann lehnte sie sich auf ihrem Stuhl zurück. »Also, mit allem habe ich gerechnet, aber dass ihr euch solch eine Mühe wegen meines Geburtstags macht...« Sie schüttelte den Kopf. »Von mir aus könnt ihr jetzt das echte Produkt von Everlight vorstellen, und danach lade ich euch zu Prosecco und Häppchen ein, ganz ohne Stardust.«

Es dauerte einen Moment, bis sie merkte, dass außer ihr niemand über ihren Witz lachte.

5. Kapitel

»Es hat so kommen müssen«, murmelte Greta eine halbe Stunde später vor sich hin und erntete dafür irritierte Blicke der anderen U-Bahn-Fahrer. »Es hat so kommen müssen ...«

Sie konnte sich nicht erinnern, die Agentur jemals mitten am Tag verlassen zu haben. Sich einen halben Tag freinehmen, um zum Arzt zu gehen? So etwas konnte man doch locker nach Geschäftsschluss erledigen. Blaumachen, weil einem danach war? Undenkbar. Nicht einmal während der Petticoat-Kampagne, als eine in ganz Hessen kursierende Grippewelle auch sie erwischt hatte, war sie früher nach Hause gegangen. Mit vierzig Grad Fieber hatte sie Slogans für Lippenstift und Lidstrich getextet. Abends hatte sie sich ein Taxi nach Hause nehmen müssen, weil sie zu schwach gewesen war, die Treppe zur U-Bahn hinabzusteigen.

Doch vorhin in der Agentur war ihr einziger Gedanke gewesen: »Ich muss hier raus!« Und so hatte sie ihre Handtasche geschnappt und war gegangen.

Greta stöhnte, was ihr erneut ein paar Seitenblicke eintrug.

O Gott, sie hatte sich so blamiert! So blamiert wie noch nie in ihrem Leben. Und keiner war ihr zu Hilfe gekommen. Joe Schwarz nicht. Susanne nicht und Norbert Fischli sowieso nicht. Alle hatten nur noch Sterne vor den Augen gesehen vor lauter Stardust.

»Als eine derartige Bedenkenträgerin kenne ich dich gar nicht«, hatte Norbert Fischli kopfschüttelnd gesagt. Die anderen hatten geschwiegen, auch Doris, und die hatte das Ekelpulver hundertprozentig genauso widerlich gefunden wie sie! Am schlimmsten war Kim Kösters Blick gewesen. Nicht triumphierend oder gehässig, nicht siegessicher oder spöttisch – damit wäre Greta locker fertig geworden. Nein, es war Mitleid gewesen, das sie in den Augen der Jüngeren gelesen hatte. *Armes Luder, ist nicht mehr auf der Höhe der Zeit…*

Greta hätte ihr am liebsten eine gescheuert, stattdessen hatte sie sich zusammengerissen und gelächelt.

»Tja, dann kümmere ich mich trotzdem mal um meinen Geburtstagsumtrunk…« Mit diesen Worten stakste sie so selbstsicher wie möglich aus dem Konferenzzimmer. Ihr war vor lauter Anspannung so schwindlig gewesen, dass sie sich am Türrahmen hatte festhalten müssen.

Greta schloss für einen Moment die Augen, als könne sie so die Bilder ausblenden, die ihr bis in die U-Bahn nachliefen.

Sie war aus dem großen Konferenzraum ins zweite Besprechungszimmer geflüchtet, in dem die Cateringfirma auf ihren Wunsch das kleine Büffet aufgebaut hatte. Greta hatte italienische Antipasti gewählt und dazu einen prickelnden Prosecco. Als sie die liebevoll angerichteten Speisen in Augenschein nahm, wurde sie wütend wie noch nie. Wenn es nach Fräulein Kim und den anderen Stardust-Fans ginge, würden all diese Köstlichkeiten nahezu unangetastet in den Mülleimer wandern. Und wofür? Für eine Größe 36 und ewige Glückseligkeit.

In diesem Augenblick hatte Greta kaum dem Drang widerstehen können, selbst die Häppchen, Gläser und Tellerchen vom Tisch zu fegen. Die Lust, mit Joe, Susanne und den anderen anzustoßen, war ihr so was von vergangen! Noch während sie überlegte, wie sie aus dieser Nummer herauskommen konnte, ertönte ein kleines, klirrendes Geräusch rechts von ihr. Sie sah gerade noch, wie ihr Armband auf den Boden fiel und alle Alpera-Charms wild über den Boden sprangen. »Verflixt...«, murmelte sie und ging in die Hocke, um alles wieder aufzusammeln. Wenn alle weiteren Geburtstage so aussahen, konnte sie zukünftig liebend gern darauf verzichten. Sie war gerade dabei, die blaue Kugel und den Frosch aufzusammeln, die unters kalte Büffet gekullert waren, als sie Stimmen hörte.

»Ich würde mir das nicht zu sehr zu Herzen nehmen«, sagte Kim Köster in trostreichem Ton.

Unter dem Tisch hatte Greta die Stirn gerunzelt. Wer sollte sich was nicht zu Herzen nehmen? Während Kims schlanke Beine in den hautfarbenen Seidenstrümpfen näher kamen, überlegte Greta krampfhaft, wie sie ohne weiteren Gesichtsverlust wieder auftauchen konnte.

»Das kannst du nicht verstehen, dazu bist du noch nicht lange genug dabei.« Ein männliches Seufzen ertönte, und ein Paar robuste Männerbeine erschien in Gretas Sichtfeld. Aha, Norbert Fischli.

»Greta war viele Jahre lang mein bestes Pferd im Stall!« Unterm Tisch schüttelte Greta den Kopf. *War?* Warum sprach Fischli von seiner besten Kraft in der Vergangenheitsform?

»Ich verstehe Gretas Reaktion von vorhin wirklich nicht«, fuhr Fischli fort. »Ist sie eingeschnappt, weil ich dir und nicht ihr diese große Kampagne gegeben habe? Oder sind ihre besten Jahre wirklich schon vorbei?«

Ihre besten Jahre vorbei? Hatte Norbert noch alle Tassen im Schrank? Und seit wann kehrte er sein Innerstes derart nach außen?

»Greta ist heute vierundvierzig geworden. Das ist ein schwieriges Alter im Leben einer Frau«, sagte Kim, diesmal in einem gelangweilten Ton. Als wollte sie sagen: Wer interessiert sich schon für Frauen ab vierzig?

Was für eine arrogante, dumme Ziege, dachte Greta wütend, während langsam ihre Beine einschliefen.

Am liebsten hätte sie eine große Geste gewagt, wäre hervorgestürmt und hätte den beiden einen lockeren Spruch entgegengeschleudert, so wie eine Meg Ryan oder eine Sandra Bullock es in einem Hollywoodfilm getan hätten. Stattdessen war sie weiter unter dem Tisch hocken geblieben wie ein Schaf.

»Vielleicht sind es auch die Wechseljahre. Vielleicht ist Greta einfach nur ausgebrannt…« Kim gönnte sich eine ihrer beliebten Kunstpausen, dann fuhr sie halbherzig fort: »Vielleicht fängt sie sich ja wieder.«

Sie sollte sich wieder fangen? Greta schnappte noch nach Luft, als erneut Kims Jungmädchenstimme ertönte: »Außerdem sind Diäten für unsere liebe Greta gewiss ein Reizthema. So pummelig wie sie ist, fühlt sie sich bestimmt nicht wohl in ihrer Haut. Ich hatte ehrlich gesagt angenommen, dass sie einen Freudensprung macht, weil es nun endlich ein Mittel wie Stardust gibt. Stattdessen...«

»In einem gewissen Alter fällt es einem eben schwerer, aufgeschlossen gegenüber Innovationen zu sein, deshalb ist es ja so wichtig für unsere Agentur, dass mit dir ein frischer Wind in unsere verstaubten Gemächer weht!«, erwiderte Norbert Fischli, und Kim lachte ihr Jungmädchenlachen.

»Wo ist das Geburtstagskind eigentlich? Und wo bleiben die anderen? Ich habe jetzt wirklich große Lust auf ein Glas Champagner!«, sagte sie dann.

»Greta und Champagner? Bestimmt hat sie beim Italiener um die Ecke einen günstigen Prosecco bestellt. Aber ich habe noch eine Flasche Dom Perignon in meinem Büro«, sagte Norbert, und es lag etwas Verführerisches in seiner Stimme.

Kim lachte nur und erwiderte: »Deinen Schampus trinken wir, wenn ich den nächsten Preis für die Agentur geholt habe, o.k.?«

»Dann stelle ich ihn am besten schon jetzt kalt. Dass deine Everlight-Kampagne ein Knaller ist, steht bereits jetzt fest!«, hatte Norbert lachend erwidert.

Zwei Profis unter sich. Noch immer lachend hatten sie den Raum verlassen.

Es hatte noch einen Moment gedauert, bis Greta in der Lage gewesen war aufzustehen. Danach war sie mit pochendem Herzschlag aufs Klo gerannt. Im Spiegel hatte ihr ein irres Gesicht mit glühenden Wangen und einem Hauch Stardust unter der Nase entgegengestarrt. In dem Moment war er da gewesen, der Gedanke.

Ich muss hier raus!

Dasselbe dachte Greta erneut, als sie zehn Minuten später an ihrer Haltestelle ausstieg. Die stickige Luft in der U-Bahn, die gedrängt stehenden Menschen mit ihren müden Mienen, auf einmal war alles zu viel für sie gewesen. Doch die Vorstellung, nach Hause in ihre stillen vier Wände zu gehen, empfand sie als ebenso unerträglich. Hilflos setzte sie sich auf eine Bank, die etwas abseits von der Straße am Rand eines kleinen Spielplatzes stand. Rund um die Spielgeräte war der Teufel los, jede Schaukel, jede Rutsche und jedes Klettergerüst war belegt. Die Mütter standen daneben, bewaffnet mit Taschentüchern, Tupperdosen mit Apfelschnitzen und iPhones. Einmal so viel Zeit zu haben wie diese Frauen, dachte Greta betrübt.

Obwohl die Maisonne schien, wehte ein frischer Wind. Fröstelnd wickelte sich Greta ihren Pashmina enger um den Hals. Auf einmal fühlte sie sich heimatlos und verloren wie noch nie. Tränen stiegen in ihre Augen.

Und wenn sie noch so sehr grübelte – irgendwie verstand sie immer noch nicht, was vorhin in der Agentur eigentlich vorgefallen war. War wirklich *sie* die Verrückte? Waren ihre Äußerungen tatsächlich blamabel gewesen? Oder bestand die eigentliche Blamage nicht in der Tatsache, dass eine so erfolgreiche Werbeagentur wie Simon & Fischli sich überhaupt mit einem Produkt wie Stardust beschäftigte?

Greta zog ein zerknittertes Taschentuch aus ihrer Manteltasche und putzte sich geräuschvoll die Nase. Bisher hatte sie das Spiel doch auch willig mitgespielt, warum also störte sie sich ausgerechnet jetzt daran? Stardust war nicht einmal ihre Kampagne, warum hatte sie nicht einfach die Klappe gehalten oder ihre Kritik in dezentere Worte gefasst?

Auf einmal wurde ihr klar, warum. Sie hatte das alles so satt! Die Raumsprays, die man in Steckdosen steckte, damit sie in festgelegten Zeitabständen ihren Duft von sich gaben. Was war falsch daran, einfach für fünf Minuten das Fenster zu öffnen und durchzulüften? Die Einwegputztücher, gebrauchsfertig getränkt mit Putzmittel. Was sprach gegen den guten alten Wassereimer mit Schrubber und Putzlappen? Und nun auch noch ein Diätmittel, mit dem einem beim Essen der Appetit verging. Wie viele in ihren Augen sinnlose Produkte würde sie bis zu ihrer Rente noch bewerben müssen?

War Stardust der Tropfen, der das Fass bei ihr zum Überlaufen gebracht hatte?

Irgendwo hatte Greta einmal gelesen, dass man den exakten Moment, in dem etwas zu Ende ging, durchaus spüren würde, dass man es in diesem Moment aber noch lange nicht akzeptieren konnte. War das solch ein Moment?

Ihr Blick fiel auf das Schaufenster des Reisebüros auf der gegenüberliegenden Straßenseite. *Exit to Eden* stand auf einem Plakat, darunter war ein Traumstrand mit Palmen und blauem Meer zu sehen. Noch ein hohler Werbeslogan mehr! Dass *Exit to Eden* der Titel eines sadomasochistischen Romans war, der in den 1980er-Jahren für Furore gesorgt hatte, wusste heute anscheinend niemand mehr. Dass der Schauplatz des Romans ausgerechnet ein Sex-&-Bondage-Ferienclub auf einer exotischen Privatinsel gewesen war, anscheinend auch nicht, denn auf dem Plakat wurde Werbung gemacht für ein »Ferienparadies für Groß und Klein«.

Angewidert wandte sich Greta ab und ging davon.

Kurze Zeit später schloss sie die Haustür des Fünf-Parteien-Hauses auf, in dessen oberstem Stock ihre Wohnung lag. Mit gesenktem Haupt schleppte sie sich die Treppe hinauf. Auf der zweitletzten Treppenstufe erschien plötzlich ein Paar robuste Halbschuhe in ihrem Blickfeld. Greta hielt erschrocken inne und schaute auf.

»Nicht erschrecken, bitte«, sagte die Frau, die auf der obersten Treppenstufe direkt vor Gretas Wohnungstür saß. »Ich will Ihnen nichts verkaufen…«

»Was machen Sie dann hier?«, fragte Greta ruppig. Sie hatte weder Lust auf eine Zeugin Jehovas noch auf eine Staubsaugervorführung.

»Mein Name ist Christine Heinrich, ich komme aus Maierhofen und soll Ihnen herzliche Grüße von Ihrer Cousine Therese ausrichten.« Die Frau hielt Greta die rechte Hand hin. »Einen Brief hat Therese Ihnen auch geschrieben, hier, bitte!«

Während Greta skeptisch den Umschlag entgegennahm, dachte sie fieberhaft nach. Therese? Maierhofen? Eine vage Erinnerung kam in ihr hoch.

»Ich habe Ihnen noch etwas mitgebracht…« Die Frau lächelte vorsichtig. »Therese meinte, in Ihrer Kindheit hätten Sie so gern die Laugenbrezeln aus unserer Bäckerei gegessen. Und so etwas bekommt man hier in Frankfurt ja nicht.« Noch während sie sprach, zupfte Christine Heinrich eine Papiertüte aus ihrer großen Umhängetasche. Sie zog eine Brezel heraus und hielt sie Greta hin. »Fünf Stück. Ich dachte mir, den Rest können Sie sich ja morgen im Ofen aufbacken.«

»Natürlich gibt's bei uns auch Laugengebäck«, wollte Greta sich entrüsten. Stattdessen sagte sie nur belämmert: »Danke.« Der Geruch des Gebäcks ließ urplötzlich alte Erinnerungen in ihr aufsteigen.

Ein Sommer vor vielen Jahren. Sechs Jahre alt war sie damals gewesen.

»Wir machen einen Ausflug«, hatte ihre Mutter zu ihr gesagt und dabei betont fröhlich geklungen. »Ich zeige dir mal, wo ich geboren wurde. Maierhofen ist ein schönes Dorf, dort wird es dir gefallen. Und Mama kann sich endlich mal ein bisschen erholen.« Danach hatte sie nichts mehr gesprochen, die ganze Autofahrt über nicht.

Ein Gasthof, fremde Leute, eine Frau, die ihre Mutter ihr als Tante Renate vorstellte. Eine seltsame Begrüßung. »Urlaub willst du bei uns machen? Ausgerechnet bei uns? Etwas Besseres fällt dir nicht ein?«, hatte Tante Renate zu Gretas Mutter gesagt. Sehr freundlich hatte sie dabei nicht geklungen. Einen Moment lang hatte Greta sogar befürchtet, die Tante würde sie gar nicht ins Haus lassen. Auch ihrer Mutter war unwohl gewesen, jedenfalls hatte sie Gretas Hand so fest gedrückt, dass es sehr wehtat.

»Aber wo ihr schon mal da seid...« Eher missmutig bat die Tante sie an einen der Tische im Gasthof. Dort saß schon Cousine Therese, vier Jahre älter und altklug obendrein.

Die Erwachsenen stritten sich schon bald, sie, die Kinder, wurden aus dem Raum geschickt.

Abends bezog sie mit ihrer Mutter eine kleine Kammer unterm Dach. »Wann gehen wir wieder?«, hatte sie ihre Mutter gefragt, als sie in dem schmalen Bett eng zusammen lagen. »So schnell nicht, jetzt machen wir erst mal Urlaub und lassen es uns gut gehen«, hatte ihre Mutter lachend erwidert.

Dass ihre Mutter lachte, kam nur selten vor. Greta war glücklich gewesen.

Ein Lächeln umspielte Gretas Mund, als sie an den ersten Urlaub ihres Lebens dachte. Maierhofen war ihr wie das Paradies vorgekommen. Wie ein unendlich großer Abenteuerspielplatz. Ein Kinderland. Es gab so viel zu entdecken! Und Cousine Therese nahm sie überallhin mit. Auf den Bauernhof, wo Stallhasen gezüchtet wurden. Zu dem Mädchen, das zwei Shetlandponys besaß, Rosi hatte sie geheißen. Und zum Weiher, wo sich Tag für Tag die ganze Dorfjugend traf. Dort hatte es Greta am besten gefallen. Das sandige Ufer, der nach grünen Pflanzen duftende See, Schilf im Wind, der Holzsteg als Bühne für die Dorfkinder. Und Therese und sie mittendrin. Eine schöne Zeit war das gewesen. An manchen Tagen hatte Greta sich gefühlt, als sei sie in ein Märchen gezaubert worden. Und jeder Tag fügte dem Märchen ein neues Kapitel hinzu. Sogar auf ihre Mutter hatte sich der Zauber von Maierhofen ausgewirkt. Der viele Schlaf, die Hausmannskost, die geselligen Abende in der Wirtsstube, am Stammtisch… Selten hatte Greta ihre Mutter so gelöst erlebt. »Das machen wir im nächsten Sommer wieder!«, sagte die Mutter mit glänzenden Augen, als sie nach vier Wochen wieder abreisten. Greta hatte vor lauter Trennungsschmerz so weinen müssen, dass sie nichts erwidern konnte. Aber heftig genickt hatte sie. Ja, sie mussten unbedingt wieder herkommen!

Nicht immer hatte sie auf das Wort ihrer Mutter etwas geben können. »Am Sonntag gehen wir in den Zoo« oder »Nächsten Samstag kaufen wir dir eine neue Jeans« – zu oft waren solche Versprechen daran gescheitert, dass ihre Mutter entweder zu müde gewesen war oder das Geld nicht gereicht hatte. Aber ihr Versprechen hinsichtlich Maierhofen hielt Elli Roth: Pünktlich zum Ferienbeginn im darauffolgenden Jahr waren Greta und ihre Mutter in ihrem alten Fiat erneut Richtung Allgäu aufgebrochen. Drei oder vier Jahre lang war der Sommer in Maierhofen der Höhepunkt in Gretas Jahresablauf gewesen, doch dann...

Greta starrte auf die Brezel in ihrer Hand. Wie es den Verwandten in Maierhofen wohl ging? Warum nur hatten sie sich eigentlich aus den Augen verloren? Aber wollte sie ausgerechnet heute die alten Kamellen wieder aufwärmen?

Sie schaute ihren Überraschungsgast mit leisem Bedauern an. »Ehrlich gesagt war heute kein besonders guter Tag für mich. Und auf Besuch bin ich auch nicht eingestellt...«

Ihre Worte erschreckten die Frau so sehr, dass ihr sämtliche Farbe aus dem Gesicht wich. »Oh. Das...« Sie schluckte. »Verzeihen Sie. So etwas hätte ich mir denken können. Aber Therese meinte, es sei wichtig, dass ich Sie persönlich aufsuche, um mit Ihnen zu reden. Von Angesicht zu Angesicht...«

Greta seufzte. »Dann kommen Sie halt mit rein...«

»Und jetzt auf einmal kommt die EU daher und will eine Imagekampagne für Maierhofen finanzieren, stellen Sie sich das vor!« Ihre Handtasche wie ein Hündchen auf dem Schoß, noch immer im Mantel, um nur ja keine Zeit zu verlieren, saß Christine Heinrich auf dem Sofa und redete ohne Unterlass.

Greta hatte Mühe, der Frau zu folgen. Eine Imagekampagne? Ausgerechnet für Maierhofen?

»Therese, die übrigens auch unsere Bürgermeisterin ist, meinte, Sie wären genau die Richtige für dieses Projekt. Wo Sie Maierhofen doch seit Ihrer Kindheit kennen...«

»So ist es nun auch wieder nicht«, entgegnete Greta. »Ich habe lediglich drei oder vier Sommer in Maierhofen verbracht und damals war ich noch ein Kind.«

»Aber daran, wie schön unser Dorf ist, erinnern Sie sich doch gewiss, oder? Die sanft geschwungene Hügellandschaft, unser schöner Badesee und...« Christine Heinrich unterbrach sich. »Ach, in Maierhofen gibt es viele Schätze, die man bergen kann. Am besten besuchen Sie uns so bald wie möglich, das hat auch Therese vorgeschlagen. Denken Sie doch nur – die EU bezahlt alles!«

Greta blinzelte. Auf einmal kam ihr die ganze Situation völlig absurd vor. Da kam diese wildfremde Frau daher und bot ihr neben Laugenbrezeln auch noch eine Auszeit an. Und das ausgerechnet heute, wo sie die Agentur und alles Drumherum so satthatte!

»Ihr Angebot klingt verführerisch«, sagte sie gedehnt. »Aber so einfach ist das nicht. Die Werbeagentur, für die ich arbeite, hat sich auf Kosmetik- und Reinigungsprodukte spezialisiert, eine Imagekampagne für einen Urlaubsort wäre auch für mich Neuland.«

»Maierhofen ist ja auch gar kein Urlaubsort. Es ist ...« – wieder zögerte Christine – »... so viel mehr ...«

Greta schwieg. Das Alpenvorland. Weg von der Großstadt, ihrem Lärm und ihren neurotischen Menschen. Luft holen. In der Ruhe der Natur wieder zu sich selbst finden. Am Weiher sitzen und die Füße im Wasser baumeln lassen. Der Gedanke wurde immer verführerischer.

Aber selbst wenn sie ihren Chef davon überzeugen konnte, diesen Auftrag anzunehmen – traute sie sich solch ein Großprojekt überhaupt zu? Sie war ausgebrannt! Schon seit Wochen musste sie sich jeden Satz, jeden Slogan mühevoll abringen. Ihr Kopf war leer wie ein See, in dem nach einer Umweltkatastrophe alle Fische und Pflanzen gestorben waren.

Sie schaute betont auf ihre Armbanduhr. »Schon so spät! Es tut mir leid, aber ich muss Sie nun bitten zu gehen.«

Zögernd stand Christine Heinrich auf. Sie umklammerte ihre Handtasche so fest, dass das Weiß an ihren Knöcheln zu sehen war. »Heißt das, Sie nehmen unser Angebot an?«

Greta lächelte die Frau bedauernd an. »Das kann ich heute noch nicht sagen. Ich brauche Bedenkzeit, das verstehen Sie doch sicher.« Sie zeigte auf den Brief von ihrer Cousine. »Ich melde mich bei Therese, versprochen.«

In dieser Nacht lag Greta lange wach. Bilder von einst schoben sich wie Wolken zu immer neuen Formationen übereinander. Wiesen, in denen es nach wilden Kräutern duftete. Ein Kartoffelfeuer, das sie unter viel Gackern und Kreischen angezündet hatten. Fast wäre ihnen dabei eine nahe liegende Scheune abgebrannt. Ein zotteliger Hund, der sie täglich bei ihren Streifzügen begleitete.

Khereses Eltern hatten damals einen Gasthof geführt, die Goldene Rose hatte sehr prominent am Marktplatz gelegen. Schräg gegenüber hatte es einen kleinen Dorf- laden gegeben, dort hatten die Dorfkinder ihr Schleckeis gekauft. Vanille für dreißig Pfennig. Ob Therese das Gast- haus übernommen hatte?, fragte sich Greta. Oder war das Amt des Bürgermeisters auch in einem so kleinen Kaff ein Ganztagsjob? Außerdem – wer sagte denn, dass das Dorf noch immer so klein war wie damals? Vielleicht hatte es einen Boom erlebt, besaß nun mehrere Industriegebiete mit einem florierenden Mittelstand und war ein Vorzeige- dorf der EU. In dem Fall wären allerdings jetzt keine För- dergelder notwendig. Es musste also irgendeinen anderen Grund haben, dass die Herren aus Brüssel ausgerechnet auf Maierhofen aufmerksam geworden waren.

Abrupt stand Greta auf, hangelte nach ihrem Tablet- PC. Ein bisschen Onlinerecherche. Mal sehen, was sie über Maierhofen herausfinden konnte!

Die Ernüchterung folgte auf dem Fuß. Außer der Ein- wohnerzahl – 3.544 –, einer geografischen Lagebeschrei- bung und der Information, dass Maierhofen einen eige- nen Bürgermeister hatte, fand sie so gut wie nichts heraus. Das änderte sich auch nicht, als sie die Anforderungen an ihre Suche änderte. Weder die Goldene Rose besaß eine Internetseite, noch war irgendein anderes Unternehmen aus Maierhofen im Internet vertreten. Es gab keine berühmte Persönlichkeit, die aus dem Ort stammte. Es gab kein Maierhofener Fleckvieh, und nicht einmal eine eigene Autobahnausfahrt konnte das Dorf aufweisen. War das möglich? Oder hatte sie sich schlicht und einfach verschrieben?

Als Nächstes probierte Greta diverse Schreibweisen. Mayrhofen. Mairhofen. Mayerhoven. Kein Treffer.

Sie lachte leicht hysterisch auf. Allem Anschein nach hatte dieses Maierhofen eine Imagekampagne wirklich dringend nötig!

Die Frage war nur, ob ausgerechnet *sie* ihm diese verpassen musste. Andererseits, warum sie nicht? So ein Auftrag wäre aus mehrerlei Hinsicht sehr charmant ...

Einmal eine Zeit lang nichts von Putzmitteln und Raumdüften hören. Keine sinnentleerten Werbeslogans für Lippenstifte, keine zeitraubenden Meetings wegen eines neuen Deosprays, kein Abgabestress, kein Druck. Die Agentur sollte mal ruhig schauen, wie sie ohne sie zurechtkam. Sie hatten ja nun die fabelhafte Kim Köster, die die Werbesterne vom Himmel regnen ließ.

Am nächsten Morgen rief Greta im Büro an und verkündete, wegen eines Kundentermins später zu kommen. Schlag neun Uhr ging sie in das Reisebüro, über dessen Plakate sie sich am Vortag so geärgert hatte. Sie wusste selbst nicht, was sie sich von diesem Besuch versprach. Hochglanzprospekte, die Maierhofen als kostbares Kleinod im Allgäu darstellten? Aber irgendwo musste sie ihre Recherche ja fortsetzen, da sie im Internet nicht fündig geworden war.

Drinnen war es überhitzt und eng. Auf kleinstem Raum standen zwei übergroße Schreibtische, hinter denen je eine Mittdreißigerin saß. Vor jedem Schreibtisch befand sich ein Stuhl, einer davon war von einem älteren Mann besetzt, der nach einer Zugverbindung nach Castrop-Rauxel fragte. An den Wänden rangen Reiseposter und Katalogschränke um Aufmerksamkeit. Im Hintergrund sang Peter Maffay über eine Frau, die alles für ihn war.

»Guten Tag, wie kann ich Ihnen helfen?« Die freie Mitarbeiterin lächelte Greta geschäftstüchtig an.

»Ich möchte nach Maierhofen, wenn es geht, schon in den nächsten Tagen«, sagte Greta.

»Ein spontaner Urlaubstrip, wie schön! Nun nehmen Sie doch erst einmal Platz. Maierhofen… Das sagt mir im Augenblick nichts, wo genau soll das denn liegen?«, fragte sie, während sie Notizblock und Stift zu sich heranzog.

»Ich glaube, die Gegend nennt man Württembergisches Allgäu«, sagte Greta unsicher.

»Ach so.« Die Dame blätterte hektisch einen Katalog nach dem anderen durch. »Seltsam… Ich kann den Ort nirgendwo finden.« Das verbindliche Lächeln der Dame schwand zusehends. »Aber ich kann Ihnen andere schöne Angebote unterbreiten.«

Greta schwieg, was die Reisebürodame als Aufforderung auffasste, ihre Ansprache fortzusetzen. »Eine unserer beliebtesten Kurzreisen steht unter dem Motto ›Die Sterne küssen an der Nordsee‹, schauen Sie…« Schwungvoll drehte sie sich auf ihrem Bürostuhl um 180 Grad, holte einen Prospekt aus dem Regal und legte ihn vor Greta auf den Schreibtisch. Ein menschenleerer düsterer Strand unter einem noch düstereren Nachthimmel schaute Greta entgegen.

»Spielen Sie Golf? Nein? Wie schade, dann kommt ›All you can golf‹ im Taunus nicht für Sie infrage … Aber ich hätte noch ›Toskana-Feeling am Bodensee‹, sehen Sie hier, ist das nicht schön?« Ein zweiter Katalog landete vor Greta auf dem Tisch, auf dem Cover waren Palmen in großen Töpfen auf einer Seepromenade abgebildet. Greta runzelte die Stirn. Toskana-Feeling am Bodensee?

Die Reiseberaterin war noch längst nicht bereit aufzugeben. »Wenn es unbedingt das Allgäu sein soll, wäre der Stern des Oberallgäus eine gute Wahl. Viele Wellnesshotels, kuschelige Pensionen, Bars mit Après-Ski … Die Ski-Saison ist zwar zu Ende, aber auch die Wandersaison hat etwas für sich!«, sagte sie triumphierend.

Der Stern des Allgäus. Einen Moment lang wusste Greta nicht, ob sie lachen oder weinen sollte. *Be your own Star.*

»Und Sie haben wirklich gar kein Angebot in Maierhofen?«, fragte sie fast verzweifelt nach.

Am Nebentisch ertönte ein Räuspern. Die zweite Reiseberaterin, die ihrem Kunden gerade zum dritten Mal erklärt hatte, dass es keine Direktverbindung von Frankfurt nach Castrop-Rauxel gab, schaute zu Greta herüber und sagte: »Entschuldigung, wenn ich mich einmische, aber ich weiß zufällig, welchen Ort die Dame meint. Mein Mann und ich mussten in besagtem Maierhofen einmal wegen einer Autopanne eine Nacht verbringen. Wir waren auf dem Weg nach Süden und übernachteten in irgendeinem altmodischen Gasthof. Das Essen da war nicht besonders gut.« Mit einem entschuldigenden Schulterzucken wandte sie sich wieder ihrem Kunden zu.

»Maierhofen…« Greta ließ das Wort über ihre Lippen rollen, und es fühlte sich nicht schlecht an. »Der Ort, für den es keinen Werbeslogan gibt.« Auf einmal musste sie schallend lachen.

Eine Auszeit ausgerechnet in Maierhofen, dem Ort der glücklichen Kindheitserinnerungen… Warum eigentlich nicht?

»Vielen Dank«, sagte sie zu der Beraterin. »Aber ich glaube, ich fahre einfach auf gut Glück hin.«

6. Kapitel

Der Dienstag nach Pfingsten war warm und sonnig. Die Vögel zwitscherten in der Krone des riesigen Kastanienbaums, dessen verzweigtes Astwerk den Biergarten der Goldenen Rose wie ein grünes Dach überspannte. In der Morgensonne strahlten die Kastanienblüten weiß wie die Kerzen der Kommunionskinder, die im Kreise ihrer Familien vor wenigen Wochen hier ihr großes Fest gefeiert hatten.

Therese liebte Tage wie diese. Wenn noch immer die Gesprächsfetzen, das Lachen und Gläserklirren vom Vorabend durch den Gastraum schwebten und der Hauch von Parfüm und Rasierwasser sich mit der frischen Luft vermischte, die durch die weit geöffneten Fenster hereinkam. Wenn die große Feiertagshektik vorbei war und der Alltag mit seinem ruhigeren Rhythmus wieder Einzug gehalten hatte. Für den Abend hatte eine Geburtstagsgesellschaft einen Tisch für acht reserviert, ansonsten stand nichts Weiteres an, bis auf...

Den Besuch aus Frankfurt.

Zum wiederholten Mal wanderte Thereses Blick aus dem Fenster. Kein Wagen mit Frankfurter Kennzeichen weit und breit. In Thereses Magen begann es bang zu rumoren. Wie es wohl sein würde, Greta nach all den

Jahren wiederzusehen?, fragte sie sich, während sie auf einer altmodischen Rechenmaschine die Bons vom Vorabend addierte. Bei der Preisverleihung im Fernsehen hatte die Cousine ja einen netten Eindruck gemacht, aber was, wenn dieser täuschte? Menschen veränderten sich im Laufe der Jahre.

Tief in ihrem Innern hatte Therese nicht daran geglaubt, dass Greta kommen würde, vor allem, nachdem Christine so mutlos aus Frankfurt zurückgekehrt war. Vielleicht hätte sie doch persönlich fahren sollen, hatte sie danach gedacht. Den Untersuchungstermin hätte sie zur Not auch noch verschieben können, es war eh nichts Neues dabei herausgekommen. Dann hätte sie sich sagen können, dass sie es wenigstens versucht hatte. So aber blieb das schale Gefühl, nicht alles gegeben zu haben.

Umso größer war Thereses Erstaunen gewesen, als die Cousine am vergangenen Donnerstag angerufen und ihr Kommen angekündigt hatte.

Einen Moment lang hatte Therese auf der Zunge gelegen zu sagen: »Sorry, alles ein Irrtum! Du brauchst nicht zu kommen«, doch dann hatte sie mit belegter Stimme ihre Freude kundgetan und versprochen, das schönste Zimmer herzurichten.

Du und deine verrückten Ideen! Seufzend heftete Therese ihre Abrechnung in den Buchhaltungsordner, dann fiel ihr Blick auf den Kalender an der Wand. Mit Rotstift hatte sie am kommenden Freitag »Termin AM« eingetragen. AM war Annette Maier, ihre Frauenärztin, die das weitere Vorgehen mit ihr besprechen wollte.

»Alles o.k., Chefin?« Sam streckte seinen Kopf aus der

Küchentür, und außer Bratgeräuschen war wie immer, wenn Sam zugange war, Buddha-Bar zu hören.

»Alles o.k.«, sagte Therese und klappte den Ordner mit mehr Nachdruck zu, als sie empfand. Manche Probleme verschwanden einfach nicht, und wenn man den Kopf noch so tief in den Sand steckte.

Von Frankfurt nach Maierhofen waren es laut Navi 422 Kilometer. Das Wetter war gut, die Sicht bestens, und von einem kurzen Stau auf der Höhe von Heidelberg abgesehen hielt sich der Verkehr in Grenzen. Die Pfingsturlauber waren alle noch in ihren Urlaubsdomizilen, an die Heimfahrt wollte wohl noch niemand denken. Trotz bester Bedingungen hatte die Fahrt Greta mehr angestrengt als erwartet. Oder war es gar nicht die Fahrt, sondern lag es an den letzten hektischen Tagen in Frankfurt? Wie immer vor einem Urlaub hatte es noch so viel zu organisieren gegeben. Daran, wie ihr Schreibtisch nach ihrer Rückkehr aussehen würde, wollte Greta erst recht nicht denken. Dabei war dies nicht mal ein Urlaub, für den sie sehr büßen musste, sondern höchstens ein »Arbeitsurlaub« …

Schon nach zwei Stunden legte sie die erste Pause ein, trank einen erstaunlich guten Kaffee, vertrat sich ein bisschen die Beine und kaufte einen Schokoriegel, den sie nach weiteren hundert Kilometern verspeiste. Als ihr Navi sie anwies, bei Memmingen die Autobahn zu verlassen, atmete sie auf. Nur noch knappe fünfzig Kilometer, das war doch ein Klacks, sagte sie sich. Im selben

Moment verspürte sie eine solche bleierne Müdigkeit, dass sie beschloss, eine weitere Pause einzulegen und sich eine zweite Kaffeeinfusion zu gönnen. Eine Raststätte, ein Café, ein Imbiss – so sehr sie auch Ausschau hielt, sie entdeckte nichts Geeignetes. Doch sie hatte auch keine Lust, wegen eines Kaffees extra in eines der umliegenden Dörfer zu fahren. Genervt fuhr Greta schließlich auf einen Parkplatz entlang der Bundesstraße.

Statt auszusteigen und sich ein wenig zu strecken, blieb sie hinterm Lenkrad sitzen. Die Stille tat so gut. Hatte sie das Motorengeräusch schon immer so genervt? Ihr BMW fuhr doch eigentlich recht ruhig. Greta blinzelte gegen die Sonne an. Eine Sonnenbrille. Hatte sie daran gedacht, eine einzupacken? Zur Not musste sie sich eine kaufen. Wie es wohl sein würde, die Cousine nach so vielen Jahren wiederzusehen? Einerseits freute sie sich, andererseits war sie ein wenig aufgeregt. Wenn sie nur nicht so müde wäre … Statt sich von der Fahrt zu erholen spürte Greta, wie sich ihr Gedankenkarussell immer schneller drehte. Da konnte sie genauso gut weiterfahren.

Die Fahrt durchs hügelige Voralpenland verlief gemächlich, um nicht zu sagen unerträglich langsam. Ständig hatte Greta einen Traktor oder einen Milchlaster vor sich, und es ging lediglich mit Tempo zwanzig voran. Sie spürte, wie sich vor lauter Nervosität ihre Kiefer anspannten und sich ihre Schultern schmerzhaft verkrampften. Bleib ruhig, ermahnte sie sich, wenn du dich aufregst, geht es auch nicht schneller. Schau dir lieber die schöne Landschaft an! Doch außer Weiden, ein paar Äckern und hier und da einem Bauernhof gab es nichts zu sehen. Und falls es doch etwas zu sehen gab, dann hatte sie keinen Blick dafür. Nur wenn die Straße einen abrupten Knick machte und einen kurzen Blick auf die in der Ferne liegenden Alpen freigab, merkte Greta auf. Die hohen Berggipfel, auf denen teilweise sogar noch etwas Schnee lag, hatten so etwas Majestätisches. Am liebsten wäre sie in diese Richtung gefahren. Aber ihr Navi sagte ihr, dass sie in sieben Minuten ankommen würde.

Wo lag hier eigentlich die nächste Stadt?, fragte sich Greta, als sie an einem weiteren Dorf vorbeifuhr. Wo kauften die Leute eine Druckerpatrone ein? Oder Antipasti fürs Abendessen? Musste man dafür nach Memmingen? Oder nach Sonthofen? Das hatte vorhin auf einem der Schilder gestanden. *In the Middle of Nowhere…* war das nicht ein Filmtitel? Oder ein Song? Greta wusste es nicht. Aber eins wusste sie: Ruhiger als in Frankfurt war es hier allemal. Und genau das hatte sie ja gewollt, oder etwa nicht? Du und dein Galgenhumor, spottete sie stumm.

Und dann, endlich, kam das Ortsschild von Maierhofen in Sicht. Gretas Herz schlug schneller, auf einmal hätte sie den Moment des Ankommens gern noch ein wenig hinausgezögert.

Sie passierte ein Autohaus, fuhr an einem Neubaugebiet vorbei – hatte es das in ihrer Kindheit schon gegeben? –, dann bog sie in die Hauptstraße ein. Da, den Schreibwarenladen! Den kannte sie noch. Thereses Mutter hatte sie öfter hingeschickt, um Servietten zu kaufen oder Gummiringe für Einweckgläser. Eigentlich war es mehr ein Krämerladen als ein Schreibwarengeschäft gewesen. Mit der

Tochter des Besitzers waren sie öfter unterwegs, wenn sie sich recht erinnerte. An den Namen erinnerte sich Greta nicht mehr. Wie es wohl sein würde, all die Leute wiederzusehen? Wahrscheinlich waren die meisten schon vor Jahren in die Stadt geflohen. *Sie* hätte es jedenfalls so gehalten!

Eine Reinigung. Ein Elektrogeschäft. Ein Frisör. Zwei, drei weitere Läden, die Auslagen düster und vom Auto aus nicht zu identifizieren. Sie sah weder einen Schuhladen noch eine Boutique. Nicht mal einen Handyladen gab es! Wen oder was wollte die EU hier bitte schön beleben?, dachte Greta mit bangem Herzen, als sie auf den Marktplatz auffuhr, dessen linke Seite fast vollständig von der Goldenen Rose eingenommen wurde. Schon von Weitem sah sie die in ein Dirndl gekleidete Frau mit braunen Locken, die gerade die Geranien in den vielen Fensterkästen des Gasthofes wässerte. War das Therese?

Die Frau drehte sich um, und als sie den BMW sah, ließ sie sofort ihre Gießkanne sinken und kam auf das Auto zu. Sie war blass und lächelte zurückhaltend.

»Greta?«

Greta, die mit zitternden Knien ausstieg, sagte grinsend, um ihre Unsicherheit zu übertünchen: »Hallo Cousinchen!«

Im nächsten Moment fand sie sich in Thereses Umarmung wieder. »Ich bin so froh, dass du gekommen bist«, flüsterte Therese ihr ins Ohr.

Greta nickte. »Und ich bin froh, hier zu sein«, flüsterte sie zurück.

»Eine Woche hat mein Chef mir gegeben, dann will er Ergebnisse sehen. Wir werden uns also ranhalten müssen! Am besten lese ich mir zuerst die Ausschreibung der EU-Kommission durch. Ich muss schließlich wissen, worauf es den Herren ankommt und um welches Budget es geht, bevor ich irgendwelche Konzepte erarbeite.« Greta nahm ihre Kaffeetasse so hektisch auf, dass ein paar Tropfen über den Rand schwappten.

Reflexartig wischte Therese die Flecken mit ihrer Hand weg. »Jetzt komm doch erst mal richtig an. Und dann mach dir selbst ein Bild von unserem Ort«, sagte sie verkrampft. Die EU-Ausschreibung… Eine dümmere Idee hätte sie echt nicht haben können.

Um kurz nach drei war Greta in ihrem silbernen BMW vorgefahren. Jetzt saßen sie bei einem Kaffee zusammen, gegessen hatte Greta schon auf der Herfahrt.

»Gut schaust du aus, so rank und schlank möchte ich auch noch mal sein«, sagte Therese, »und ganz die Businessfrau.« Sie zeigte auf das dunkelblaue Kostüm, das Greta trug.

»Rank und schlank?« Greta lachte. »Da müsstest du mal die Hungerhaken um mich herum sehen! Für die bin ich dick. Für Leute wie mich hat die Diätbranche übrigens gerade etwas ganz Tolles erfunden…« Sie begann von einem Pulver zu erzählen, das einem beim Essen den Appetit verderben wollte.

»Du nimmst mich doch auf den Arm?«, fragte Therese, als ihre Cousine zum Ende gekommen war.

»Leider nicht. Früher freute man sich, wenn jemand einen gesunden Appetit an den Tag legte, aber heute…«

Greta schüttelte seufzend den Kopf, dann holte sie Luft und sagte: »Wenigstens hier hat sich in all den Jahren nicht gerade viel verändert, was? Und ziemlich still ist es hier auch ...«

Therese zuckte mit den Schultern. »Die meisten Leute arbeiten auswärts und sind tagsüber weg. Bei uns im Ort gibt's ja leider nur wenige Arbeitsplätze. Aber die Ruhe – könnte man das nicht auch als Maierhofens Stärke betrachten? Bei uns ist es nicht hektisch, hier ist die gute alte Zeit noch zu Hause.«

»Die gute alte Zeit, ja ...«

Einen Moment lang war nur das Geklapper von Gretas Löffel zu hören, mit dem sie viel zu lange in der Kaffeetasse herumrührte. Sollte sie von den Sommern von einst anfangen? Fragen, wie es Greta und ihrer Mutter danach ergangen war? Fragen, warum sie sich aus den Augen verloren hatten?, grübelte Therese und hatte das Gefühl, dass sich Greta dasselbe fragte. Eigentlich hätten sie sich viel zu erzählen haben müssen. Zwei Cousinen, die sich eine halbe Ewigkeit lang nicht gesehen hatten. Aber das Gefühl von Fremdheit überwog. Und wenn man es nüchtern betrachtete, war Greta tatsächlich eine Fremde für sie. Von wegen »Blut ist dicker als Wasser«. Auf einmal war sie von ihrer Idee, die Cousine hierherzulocken, nicht mehr überzeugt. Fast schüchtern fragte sie: »Und – wie geht es dir so? Bist ja in der Werbebranche eine große Nummer geworden.«

Greta zuckte mit den Schultern. »Mein Job macht mir Spaß – wenn es nicht gerade um Diätpulver geht.« Sie verzog das Gesicht. »Und ich bin gut in dem, was ich tue.

Aber du weißt ja, wie es ist – geschenkt bekommt man nichts, und wenn man sich richtig reinhängt, bleibt irgendwann das Privatleben auf der Strecke.« Sie nickte in Richtung des Gastraumes, in dem gut und gern hundert Menschen Platz fanden, die Nebenzimmer mit weiteren hundertfünfzig Plätzen nicht mitgerechnet. »Wie läuft's denn bei dir so?«

Therese grinste schräg. »Ob du es glaubst oder nicht – mein Laden brummt! Ich habe schon jetzt bis zum Ende des Sommers jedes Wochenende die Nebenzimmer ausgebucht mit Hochzeiten und anderen Familienfeiern. Und unter der Woche ist die Goldene Rose am Abend auch gut besucht. Dass mein Koch etwas von seinem Handwerk versteht, hat sich bis in die Stadt herumgesprochen. Seine Wildgerichte sind ein Traum!«

Greta seufzte. »Rehgulasch und frische Spätzle – darauf freue ich mich schon.«

»Und wenn dann noch die Biergartenkarte mit den deftigen Brotzeittellern dazukommt...« Therese verdrehte schwärmerisch die Augen.

»Wahrscheinlich fahre ich kugelrund wieder nach Hause.« Greta seufzte. »Aber solch einen Riesenladen allein zu schmeißen – bleibt denn bei so viel Arbeit überhaupt noch Zeit für irgendetwas anderes?«

Therese verzog den Mund. »Falls du darauf anspielst, ob ich verheiratet oder sonst wie liiert bin – nein. Den meisten Männern wurde es schnell zu dumm, dass ich höchstens alle zwei Wochen mal einen Abend frei hatte. Sicher, tagsüber kann ich mal eine Stunde oder zwei abzwacken, aber da hatten dann die Kerle keine Zeit. Davon abgesehen – wer will schon einen Mann mit Tagesfreizeit? Und die, von denen man nach ein paar Treffen weiß, dass sie einem später mal das Herz brechen werden, brauche ich auch nicht.« Sie seufzte tief auf. »Ach, vielleicht war auch einfach nicht der *Eine* dabei, für den ich bereit gewesen wäre, weniger zu arbeiten…« Schulterzuckend ging sie zum Kaffeeautomaten, winkte mit ihrer leeren Kaffeetasse. »Du auch noch einen?«

Greta lehnte dankend ab. »Und wie geht's deinen Eltern?«

Therese hob die Brauen. Männer gehörten allem Anschein nach nicht zu Gretas Lieblingsthemen. Das ging ihr genauso. Bereitwillig stieg sie in das Ablenkungsmanöver der Cousine ein. »Mutter ist vor zehn Jahren gestorben, kurz danach hat mein Vater mir die Wirtschaft verpachtet und ist an den Bodensee gezogen. Die Goldene Rose gehörte ja der Familie meiner Mutter, er kam ursprünglich aus Friedrichshafen und hat hier nur eingeheiratet. Ich hatte das Gefühl, er konnte es kaum erwarten, wieder an seinen heiß geliebten See zu kommen.« Sie schnaubte. »Wenn's hochkommt, sehen wir uns zwei-, dreimal im Jahr. Der Mann ist ja ach so beschäftigt. Im Gegensatz zu uns Karrierefrauen stehen gut situierte rüstige Witwer auf der Verpaarungsskala nämlich sehr weit oben!«

Sie lachten beide.

»Meine Mutter ist im Juni auch schon neun Jahre tot. Ich denke noch jeden Tag an sie«, sagte Greta leise.

»Kein Mann, keine Mama mehr – wir haben ja tolle Gemeinsamkeiten«, sagte Therese, und es hätte sich wie ein

Scherz anhören sollen. Stattdessen klang es fast ein wenig pathetisch.

Greta runzelte die Stirn. »Irgendwie traurig, dass beide Schwestern so kurz hintereinander gestorben sind, oder?«

»Und seltsam, dass keine von uns auf der jeweils anderen Beerdigung war«, sagte Therese leise.

»Wir haben uns ziemlich auseinandergelebt...«, ergänzte Greta ebenso leise. Dann ergriff sie Thereses Hand. »Aber in der nächsten Woche holen wir alles auf, ja? Wir tratschen bis spät in die Nacht, so, wie wir es als Kinder getan haben. Das wird schön...« Sie gähnte, streckte beide Arme in die Höhe, dann rieb sie sich den Nacken. »Aber alles zu seiner Zeit. Wenn es für dich o.k. ist, würde ich mich gern ein bisschen hinlegen. Die Fahrt war doch anstrengender, als ich gedacht habe.« Unter ihren Augen lagen dunkle Schatten, die Haut in ihren Mundwinkeln wies leichte Risse auf. Ihre Haare, die sie schmucklos zu einem Zopf zusammengebunden hatte, wirkten glanzlos und fahl.

Elegantes Kostüm hin, edle Pumps her – richtig fit sah die Cousine nicht gerade aus, dachte Therese, als sie Gretas Zimmerschlüssel holte. Genau genommen wirkte sie regelrecht ausgelaugt. Dass daran allein die vierstündige Autofahrt schuld sein sollte, glaubte Therese nicht. *So* machte einen nur das Leben selbst fertig.

Gemeinsam stiegen sie die Treppe nach oben. Therese schloss das letzte Zimmer im Gang auf und überreichte Greta den Schlüssel. »Wenn du etwas brauchst, melde dich einfach, ja?«

»Das Einzige, was ich jetzt brauche, ist eine Mütze

Schlaf«, sagte Greta und blickte sehnsuchtsvoll auf das Bett mit der blauweiß karierten Bettwäsche. Sie warf nicht einen einzigen Blick aus dem Fenster, dabei hatte man von dort aus einen schönen Überblick über den Marktplatz. »Ich komme spätestens zum Abendessen wieder runter, einverstanden?«

Ob ausgerechnet Greta die Richtige war, um Maierhofen neues Leben einzuhauchen?, fragte sich Therese, während sie die Treppe wieder hinabging.

Ein runder Konferenztisch. Ein Dutzend Leute mit erwartungsvollen Mienen. Sie, Greta, am Kopfende, hektisch in ihrer Aktentasche kramend. Hinter ihr eine weiße Leinwand. Die Unterlagen, wo waren die Unterlagen? Entschuldigend schaute sie in die Runde. Erneutes Wühlen in der Tasche, ein Fach nach dem anderen. Sie wusste, dass die Unterlagen darin waren, nur wo? Ein erneuter Blick in die Runde, die Mienen der Leute wurden von Minute zu Minute düsterer…

Als Greta aufwachte, war sie schweißgebadet. Alles nur ein Traum, nur ein Traum. Aber einer von der üblen Sorte, der sich ständig wiederholt. Einer, an dem Traumdeuter und Küchentischpsychologen ihre wahre Freude gehabt hätten. Unmutig wollte sie sich aufrappeln und den Traum abschütteln, doch ihr Rücken war von der durchgelegenen Matratze steif und tat so weh, dass sie liegen blieb.

Einen Moment lang wusste sie nicht, wo sie war. Panik stieg in ihr auf, hektisch wischte sie sich mit dem Handrücken über die Augen, deren Wimpern völlig verklebt waren. Als sie schließlich wieder sehen konnte, fühlte sie sich auch nicht besser. Sie war in Maierhofen. Vor dem Fenster war es hell. Falls ihre Armbanduhr nicht ihren Geist aufgegeben hatte, hatte sie tatsächlich seit gestern Nachmittag um fünf bis heute früh um acht durchgeschlafen. Kein Wunder, dass ihr das Kreuz wehtat…

Weiße Rauputztapete an den Wänden, in der Ecke ein hölzernes Kreuz, über dem kleinen Tisch ein Bild mit Alpenpanorama. Eierschalenfarbene Stores vor den Fenstern, darüber Übervorhänge aus einem vergilbten Stoff, dessen Ursprungsfarbe Greta nicht mehr ausmachen konnte, der aber so aussah, als würde er beim nächsten Sonnenstrahl endgültig verfallen. Vor ihrem Bett auf dem Holzparkett ein Läufer, aus langen Stoffstreifen gewebt, der wahrscheinlich schon den Schweiß und die Gerüche von Hunderten von Fußpaaren aufgenommen hatte. Dass es solche Teppiche überhaupt noch gab, hatte Greta nicht gewusst.

Sie hangelte auf dem Nachttisch nach einem Taschentuch und schnäuzte sich. Ihre Nase war verstopft, ihr Atem rasselte wie bei einem Kettenraucher. Dass sie hier eine Hausstauballergie bekam, wunderte sie nicht! Alles war so alt und verlebt – und das nannte Therese ihr »bestes Zimmer«?

Greta schnaubte. Als sie die Goldene Rose nach so vielen Jahren wiedergesehen hatte, war sie wirklich erschrocken gewesen. Die dunkle Holzvertäfelung, die altmodischen Butzenglasscheiben im Schrank hinter der Theke. Und dann der Geruch! Dazu die altmodischen Kissen und

Polster auf der Eckbank... Das Einzige, was noch fehlte, war der Hinweis auf die Vermietung von »Fremdenzimmern«, wie vor hundert Jahren...

Halb sitzend, halb liegend, seufzte Greta auf. Welcher Teufel hatte sie bloß geritten, ausgerechnet hierher zu fahren? Dass aus Maierhofen nichts herauszuholen war, hatte sie schon bei der Anreise mit einem Blick erkannt. Und erholen konnte sie sich hier gewiss auch nicht. Die Frage war jetzt nur: Wie kam sie aus dieser Nummer wieder raus? Sie konnte Therese doch nicht einfach ins Gesicht sagen, wie fad sie Maierhofen fand. Sollte sie behaupten, ihr Chef hätte angerufen und sie wegen einer dringenden Angelegenheit nach Frankfurt zurückbeordert? Aber was würde Norbert Fischli sagen, wenn sie unverrichteter Dinge zurückkam? In seinen Augen hatten schon die Dollarzeichen aufgeleuchtet, als sie ihm von den EU-Geldern erzählte.

Nach der Stardust-Blamage konnte sie sich eine zweite Schlappe nicht leisten, so schnell, wie man in ihrer Branche weg vom Fenster war. Die Quelle der Kreativität musste sprudeln, unter allen Umständen und immer! Wehe, jemand vermutete auch nur ansatzweise, dass sie zu alt und ausgebrannt war.

Verzagt und zugleich eine Spur panisch schwang Greta die Beine aus dem Bett. Was war nur los mit ihr? Als wäre es nicht schlimm genug, dass sie ihren Ideenreichtum verloren hatte – nun war ihr auch noch ihre Professionalität abhandengekommen! Es war doch völlig schnuppe, ob ihr das verdammte Diätpulver Stardust gefiel oder nicht – sie hätte Kim Kösters Kampagne einfach nüchtern betrachten und bewerten sollen, anstatt sich vor allen lächerlich zu machen. Und was sie von Maierhofen hielt, durfte auch keine Rolle spielen. Es war ihr *Job*, den Ort gut zu finden!

Konnte es tatsächlich sein, dass sie es nicht mehr draufhatte? Hatte sie eine Midlife-Crisis? Oder gar beides zusammen?

Der Gedanke war so erschreckend, dass Greta nicht wagte, ihn weiterzudenken.

Als sie eine halbe Stunde später die Treppe hinunterging, war der Gastraum leer, und auch in der Küche war alles noch still. Auf dem Tisch, an dem sie am gestrigen Nachmittag Kaffee getrunken hatten, fand Greta eine Nachricht von ihrer Cousine.

Liebe Greta, ich war gestern Abend um sechs Uhr bei dir oben und wollte dich wecken. Aber du hast den Schlaf der Gerechten geschlafen, also hab ich dich in Ruhe gelassen. Bin heute früh Besorgungen machen. Wenn du Kaffee und Frühstück willst, wende dich an Sam, meinen Koch. Bis später, Therese.

Greta runzelte die Stirn. So tief hatte sie geschlafen? Und nun war Therese fort. Schade, sie hätte sich gern wieder ein bisschen mit ihr unterhalten. Schließlich mussten sie sich fast neu kennenlernen.

Suchend warf Greta einen Blick in die Küche. Allem Anschein nach war der Koch noch nicht da. Und nun? Sie hatte keine Lust, die riesigen Kühlschränke zu durchsuchen. Vielleicht war es das Beste, zum Frühstücken in die Bäckerei zu gehen. Nachdem ihr Abendessen ausgefallen war, hätte sie vor Hunger ein halbes Schwein verzehren können. Und auf ein Pfund mehr oder weniger kam es auch nicht mehr an. Jetzt, da sie eh schon zum alten Eisen gehörte …

In der Bäckerei war es warm, es duftete nach frisch gebackenem Brot und nach warmem Zimtgebäck. Die beiden Verkäuferinnen hinter der Theke hatten alle Hände voll zu tun. Allem Anschein nach traf sich hier morgens halb Maierhofen, dachte Greta, während sie geduldig in der Schlange wartete. Vor ihr standen zwei Männer, auf deren Jackenrücken Elektro Scholz stand, hinter ihr wartete eine junge Frau, die ihre hennagefärbten Haare mit einem breiten Tuch aus der Stirn gebunden hatte. An einem Stehtisch lehnten zwei Männer der Müllabfuhr in grauen Overalls, sie aßen belegte Brötchen und tranken Kaffee aus Humpentassen. Jeder kannte jeden, grüßte und sprach mit jedem. Greta fühlte sich etwas verloren und dachte an Emily und ihre morgendlichen Treffen in der Café-Bar. Auch dort verkehrten immer dieselben Leute, aber außer einem angedeuteten Nicken fand kein weiterer Austausch statt. Die meisten kommunizierten eh mit ihrem Smartphone.

Die Schlange rückte ein Stück nach vorn. Die ältere der beiden Verkäuferinnen war ihrem Benehmen nach wohl die Chefin, erkannte Greta. Flott erfüllte sie einen Kundenwunsch nach dem anderen, während ihre junge Angestellte namens Cora etwas langsam war. Cora – wie konnte jemand wie ein Heftroman heißen?, fragte sich Greta. Gerade ließ sich ein Mann in Anzug und Krawatte zwei Brezeln und einen Coffee to go einpacken. Wahrscheinlich war er einer der vielen Pendler, von denen Therese gesprochen hatte. Die beiden Elektriker vor ihr verlangten ebenfalls nach eingepackten Brezeln, und dann war Greta an der Reihe.

»Einen Organic half-decaff Kenia blend café latte, nicht zu heiß, bitte. Und eine Butterbrezel!«, fügte sie nach einem Blick in die Auslage noch hinzu. Mindestens ein halbes Dutzend Augenpaare schossen zu ihr herüber und schauten sie an, als sei sie eine Kuh mit fünf Beinen.

Die Bäckersfrau stellte ihr wortlos einen Humpen Kaffee und einen Teller mit Butterbrezel hin. »Zwei vierzig. Milch und Zucker stehen auf den Tischen«, sagte sie dann und wies in Richtung des sonnendurchfluteten Anbaus, in dem ein paar Cafétischchen standen.

Greta kramte verlegen lächelnd in ihrem Geldbeutel.

Sie hatte sich gerade an einem der Fenstertische niedergelassen, als sie schon hektisch ihren Ärmel hochschob, um auf die Uhr zu schauen. Wie jeden Morgen stieg zusammen mit dem Duft des Kaffees eine innere Unruhe in ihr auf. Fahrig nahm sie die Tasse hoch, schnell, schnell, ein paar Schlucke nur, keine Zeit!

Im nächsten Moment lachte sie leise auf. Wie bescheuert bist du eigentlich?, fragte sie sich. Du bist nicht in Frankfurt, keine Agentur wartet auf dich, du hast mehr Zeit, als dir lieb ist…

Etwas verkrampft lehnte sie sich in ihrem Stuhl zurück, dann trank sie betont langsam einen Schluck Kaffee. Ob Kenia Blend oder nicht – er schmeckte verdammt gut. Und die Butterbrezel erst! Außen kross, innen schön weich, und war das etwa gesalzene Butter? Ehe Greta sich's versah, stand sie erneut an der Theke und bestellte noch eine zweite.

Als sie schließlich aufbrach, hatte sie es tatsächlich fertiggebracht, eine Stunde mit ihrem Frühstück zu vertrödeln, und es war ihr noch nicht einmal sonderlich schwergefallen. Was für ein Gegensatz zu den hektischen zehn Minuten, die sie sich allmorgendlich mit Emily gönnte!

Nachdem sie bei Brezel Nummer zwei beschlossen hatte, dass eine Abreise noch am selben Tag aus mehreren Gründen unmöglich war, beschloss sie, das Beste aus der Situation zu machen. Ein kleiner Spaziergang am Vormittag war ein guter Anfang. Dann ein kleines Nickerchen. Und am Nachmittag vielleicht noch mal ein Kaffee und eine der so verführerisch duftenden Zimtschnecken. Morgen würde man dann weitersehen. Bloß nicht Bange machen lassen von all den beunruhigenden Gefühlen und Ängsten, die in ihr rumorten!

Zufrieden mit ihrem Entschluss stand Greta auf dem Marktplatz und versuchte, sich zu orientieren. Sie hatte nicht die geringste Ahnung, wo der Weiher lag, in dem sie als Kinder gebadet hatten, aber sie wollte auch nicht mehr zurück in die Bäckerei, um nach dem Weg zu fragen. Am besten, sie ließ sich ein wenig treiben. Verlaufen konnte sie sich hier bestimmt nicht.

Gretas Blick wanderte über die großen und kleineren Fachwerkhäuser, die den Marktplatz wie ein Bilderrahmen einfassten. Im Rathaus war wohl auch der Kindergarten untergebracht, jedenfalls spazierte gerade eine kleine Gruppe Kinder Hand in Hand heraus und über den Platz.

Zwei Kindergärtnerinnen stimmten ein Lied an, über einen Elefanten, der bummeln gehen wollte. Die Kleinen, die scheinbar jedes Wort auswendig kannten, sangen inbrünstig mit. Greta wartete, bis der Chor an ihr vorübermarschiert war. Ihr Blick fiel auf die Fenster im ersten Stock des Rathauses. Wahrscheinlich ging Therese dort gerade ihren Amtsgeschäften nach. Einen Moment lang überlegte sie, ob sie die Cousine kurz besuchen sollte, doch dann entschied sie sich dagegen. Bevor Therese sie bezüglich ihrer Ideen für eine Werbekampagne ins Kreuzverhör nahm, wollte sie versuchen, wenigstens ein Gefühl für den Ort zu bekommen, der laut EU-Plan wiederbelebt werden sollte. Ein Spaziergang zu dem schönen Weiher – danach stand ihr der Sinn!

Wie ruhig es hier war, ging es Greta durch den Kopf. Es fuhr zwar hin und wieder ein Auto vor und hielt an der Bäckerei oder beim Metzger an, aber es waren nicht so viele Autos, dass man sie als störend empfunden hätte.

Neben dem Rathaus war ein kleines Häuschen, auf dessen staubigen Schaufenstern die schon halb zerrissenen Buchstaben »SPAR« klebten. Hier hatten sie als Kinder Honigmuscheln und Eis gekauft. Schade, dass der Supermarkt nicht mehr offen hatte, dachte Greta, die dringend Zahnpasta kaufen musste. Hatte sie bei der Herfahrt in der näheren Umgebung eine Shopping Mall oder wenigstens einen Supermarkt gesehen? Wohl kaum.

Wenn man vor dem ehemaligen Supermarkt oder dem Rathaus stand, konnte man Berge sehen. Ob das die Alpen waren, die sie auf ihrer Fahrt hierher gesehen hatte? Oder war das nur eine Alm, etwas höher gelegen als der Ort?

Leises Läuten von Kuhglocken war aus dieser Richtung zu hören und hin und wieder ein Muhen. Dort lag der Weiher gewiss nicht und auch nicht in dem Viertel hinter der Goldenen Rose, soweit konnte Greta sich erinnern. Also blieb nur noch die Straße ortsauswärts übrig.

Greta hatte die Mitte des Marktplatzes erreicht, als sie unter einem großen Baum abrupt stehen blieb. Sie wusste nicht, was für eine Art Baum es war, doch seine lindgrünen Blüten verströmten einen fast übersinnlichen Duft, wie sie ihn noch nie gerochen hatte. Nach Vanille und Honig, nach grüner Melone und frisch geschnittenem Gras. Nach Sommer und süßem Apfelsaft. Dieser Duft als Parfüm!, dachte Greta sehnsuchtsvoll und atmete tief ein. Über ihr im Blättergewirr torkelten Abertausende von Bienen durch die Luft, auch sie schienen vom Geruch der Blüten regelrecht betört zu sein. Nur mit Mühe konnte sich Greta wieder losreißen.

Womöglich gab es diesen Duft nur exklusiv hier, ein einziges Mal auf der ganzen Welt? Dann bräuchten sie nur noch eine Fabrik, die ihn in Flaschen abfüllte – die passende Werbekampagne dazu wäre ein Kinderspiel! Schmunzelnd verließ Greta die Duftdusche und setzte ihren Weg fort.

Die beiden alten Männer, die auf einer Bank neben einem Brunnen saßen, fühlten sich von Gretas Schmunzeln angesprochen und nickten ihr eifrig zu. Ein dritter Mann, drei Kaffeetassen in den Händen haltend, kam aus der Bäckerei auf die beiden zu.

Nachdem Greta die »Geschäftsstraße« von Maierhofen hinter sich gelassen hatte, dehnten sich zu ihrer Rechten sanft geschwungene Obstbaumwiesen aus. Linker Hand lag ein Wohnviertel, das aussah, als sei es in den 1980er-Jahren erschlossen worden. Elegante Landhäuser mit großzügigen Gärten, Zweifamilienhäuser, in der Mitte ein kleiner Spielplatz, der so aussah, als hätte er schon länger keine Kinder mehr gesehen. Überhaupt sah sie weit und breit keine Menschenseele. Was die Menschen, die hier wohnten, wohl den lieben langen Tag mit ihrer Zeit anstellten?, fragte sich Greta. Arbeiteten die alle in der Stadt? Oder genossen sie ihr Rentnerdasein mit Bildzeitung und RTL? Oder waren das alles brave Hausfrauen, die vor lauter Staubsaugen und Bügeln nicht vor die Tür kamen?

Sie bog links in einen Feldweg ab. Hier war es noch stiller als im Dorf selbst. Lediglich das Summen der Bienen war zu hören und in der Ferne ein Traktor.

Die Stille – konnte man sie für eine Werbekampagne nutzen? Aber wie? Unwillkürlich zuckte Greta mit den Schultern. In Maierhofen gab es weder Zauberbergsche Sanatorien noch sonstige Gesundheitszentren. Nicht einmal ein Yogazentrum hatte sie bisher gesehen.

Aber dafür war es verdammt warm hier … Sie zog ihre Jacke aus und band sie sich um die Hüfte. Beim nächsten Spaziergang würde sie nur den Geldbeutel einstecken, nahm sie sich vor, während sie ihre viel zu schwere Handtasche von der linken auf die rechte Schulter hievte.

Der Weg nahm eine Rechtskurve, dahinter sah Greta einen Bach, der sich wie eine Schlange durch die Wiesen wand. Den Bach kannte sie, er führte direkt zum Weiher! Frohgemut lief sie weiter, bis sie nach ein paar Minuten den See erreicht hatte. Er war kleiner als in ihrer Erinnerung, aber noch immer wunderschön. Links von ihr hingen die Zweige einer riesigen Trauerweide bis ins Wasser, auf der gegenüberliegenden Seite des Sees watschelte eine Entenmutter mit neun fast erwachsenen Jungen im Schlepptau auf den hölzernen Steg und ließ sich dort nieder. Von diesem Steg aus waren sie immer ins Wasser gesprungen, erinnerte sich Greta, die Jungs je nach Gemüt mit imponierenden Hechtsprüngen oder planschenden Arschbomben, die Mädchen je nach Gemüt mit mehr oder weniger lautem Kreischen. Eine blaugrüne Libelle flatterte direkt vor Greta auf das kleine Wäldchen zu, in dessen Dickicht Therese und sie – geschützt vor den Blicken der anderen – immer ihre nassen Badeanzüge gewechselt hatten. Aber das geschah erst, wenn sie vor Kälte schon blaue Lippen gehabt und mit den Zähnen geklappert hatten. Auf einmal hatte Greta das Gefühl, der Sommer von damals sei noch gar nicht so lange her...

Da der Steg von den Enten besetzt war, setzte sie sich ans Ufer des Weihers. Sie zog die Schuhe aus, tauchte vorsichtig zunächst die Zehen des rechten Fußes ins Wasser. Es war kalt, aber nicht eiskalt.

Beide Füße im Wasser baumelnd schaute sie sich um. Was für ein Füllhorn an unterschiedlichen Grüntönen. Eine Postkartenidylle! Hier konnte man doch glatt einen Werbespot drehen für...

Greta runzelte die Stirn. Ihr wollte partout kein Produkt dazu einfallen.

7. Kapitel

»Sorry, dass ich heute keine Zeit für dich hatte, aber mittwochs ist immer Bürgersprechstunde im Rathaus«, sagte Therese, als sie am Abend in die Goldene Rose zurückkam. Im Gegensatz zum Vortag, an dem sie ein hellblaues Dirndl angehabt hatte, trug sie heute ein weinrotes Dirndl und eine mit Hirschköpfen und Alpengipfeln bedruckte Schürze. Richtig gut sah sie darin aus, dachte Greta und schaute an ihrer langweiligen Jeans und ihrem Poloshirt hinab. In ihrem Kleiderschrank in Frankfurt hing zwar etwa ein Dutzend schwarze und dunkelblaue Kostüme und Anzüge – schöne Freizeitklamotten hingegen waren Mangelware. Wozu auch, wo sie so gut wie keine Freizeit hatte?

»Und – wie ist es dir an deinem ersten Tag in Maierhofen ergangen?«, wollte die Cousine von Greta wissen.

»Schön war's, ich konnte schon die ersten Eindrücke sammeln«, sagte Greta. Ihr Gesicht brannte wie Feuer. Bestimmt hatte sie sich einen Sonnenbrand eingefangen, als sie am Ufer des Weihers eingeschlafen war. Sie wollte an Therese vorbei die Treppe hinauf in ihr Zimmer, doch die Cousine hielt sie am Ärmel fest.

»Und hast du schon eine Idee, wie du Maierhofen vermarkten könntest? Ich meine, hier ist es ja wirklich sehr idyllisch ...« Therese hob erwartungsvoll die Brauen.

Greta konnte nur mit Mühe ein Gähnen zurückhalten. Ob an ihrer Müdigkeit die frische Luft schuld war oder der Stress der vergangenen Monate, wusste sie nicht. Klassischer Fall von Burnout, flüsterte eine fiese kleine Stimme in ihrem Ohr.

Den ganzen Tag über war es ihr nicht gelungen, ihre Gedanken auch nur ansatzweise in die Richtung einer Werbekampagne zu lenken. Dabei hatte ihr Leben bisher nur aus Werbefloskeln bestanden! Wohin sie ging, was sie auch tat, im Geiste hatte sie jede Situation unwillkürlich in die Werbesprache übersetzt. »Giannis Pasta – eat one, get one kilo Hüftgold free«, schoss es ihr durch den Kopf, wenn der Italiener, zu dem sie in ihren Mittagspausen am liebsten ging, den Teller bis zum Rand füllte. Oder »Parkplatz am Südbahnhof – nur eine Audienz beim Papst ist wertvoller«, wenn wieder einmal bis auf den letzten Parkplatz alles belegt war.

Einen Moment lang war sie kurz davor, Therese reinen Wein einzuschenken. *Sorry, aber ich bin ausgebrannt. Falsche Person, falscher Zeitpunkt. Ich kann kaum mehr in ganzen Sätzen denken. Eine ausgeklügelte Werbekampagne fällt mir schon gar nicht ein.* Stattdessen sagte sie mit gekünsteltem Elan in der Stimme: »Ein paar Ideen gibt es in der Tat schon, ich brenne darauf, sie zu Papier zu bringen. Kann ich mir ein Club-Sandwich mit aufs Zimmer nehmen?« Hoffentlich wurde ihre Schamesröte von ihrem Sonnenbrand überdeckt.

Thereses Miene war erleichtert. »Wusste ich doch, dass du gleich richtig loslegst!«, sagte sie und wies lächelnd über ihre Schulter. »Geh ruhig in die Küche, Sam macht dir bestimmt ein belegtes Brot. Ach Mensch, ich würde mich wirklich so gern noch ein bisschen mit dir unterhalten! Aber leider muss ich in die Gaststube, die ersten Gäste sind schon da. Vielleicht können wir unseren Schwatz später am Abend nachholen?«

»Na klar«, sagte Greta und schaute ihrer Cousine hinterher. Bis dahin war sie längst vor lauter Erschöpfung eingeschlafen, sie konnte sich ja jetzt schon kaum noch wach halten.

Sie hatte die Küchentür noch nicht ganz geöffnet, als ihr die Klänge der neuesten Buddha-Bar-CD entgegenschallten. Dieselbe CD hatte sie zu Hause – um nach einem langen Arbeitstag bei einem Glas Wein runterzukommen, war sie perfekt. Hier in der Küche des Landgasthofs stand die Loungemusik jedoch in einem seltsamen Kontrast zu den Brutzel- und Zischgeräuschen, die aus den diversen Töpfen und Pfannen auf dem Herd aufstiegen.

Gretas Erstaunen wurde noch größer, als sie den Koch erblickte. Er war ungefähr Mitte dreißig und einer der attraktivsten Männer, die sie je gesehen hatte. Sein Haar war leicht gewellt, er hatte es mit einem dünnen Gummi zu einem Zopf zusammengebunden, der ihm bis kurz über die Schulter ging. Seine Oberlippe und sein Kinn waren von einem Dreitagebart bedeckt, was ihm einen verwegenen Ausdruck verlieh. Seine Lippen waren voll und sinnlich. Das war Sam, Thereses Koch? Warum hatte sie mit keinem Wort erwähnt, wie verdammt gut der Kerl aussah?

Er war so beschäftigt, dass er kein einziges Mal von seiner Arbeit aufschaute. Doch obwohl er ein halbes

Dutzend Dinge auf einmal zu machen schien, wirkte er konzentriert und kein bisschen gehetzt, sondern entspannt und zufrieden. Greta verspürte ein sehnsüchtiges Ziehen in ihrer Magengegend, und es hatte nichts mit den Wohlgerüchen zu tun, die durch die Küche waberten. Wann war sie das letzte Mal in solch einem *workflow* gewesen?

Auf einmal hatte sie Hemmungen, den Mann zu stören. Sie wollte sich schon wieder hinausschleichen, als er sie schließlich doch erblickte.

»Was kann ich für Sie tun?« Sams Stimme war angenehm, aber er klang nicht gerade freundlich.

»Ich...« Verlegen strich sich Greta eine Haarsträhne aus der Stirn. »Therese meinte, Sie wären vielleicht so freundlich, mir ein Sandwich zuzubereiten. Ich möchte auf meinem Zimmer arbei...«

»Wurst oder Käse?«, unterbrach er sie, noch bevor sie ihre Erklärung loswerden konnte.

»Äh... egal«, sagte Greta.

Der Koch nahm ein paar Scheiben Brot aus einem der Körbe, die für den Gastraum bestimmt waren, und bestrich sie mit Butter. Dann ging er damit zum Kühlschrank und legte auf jedes Brot ein paar Scheiben Käse und Schinkenwurst. Ruckartig klappte er die Brote zusammen und hielt Greta den Teller hin. »Guten Appetit.«

Konsterniert schaute Greta von den Broten zu dem Koch. Mit Liebe zubereitet ging anders...

»Ob du es glaubst oder nicht, ich sitze immer noch beim Frühstück«, sagte Greta lachend in ihr Handy. Als Emily nicht gleich etwas erwiderte, biss sie in ihr dick mit Schnittlauch bestreutes Brot.

Als sie an der Reihe gewesen war, hatte die Bäckersfrau ihr wortlos eine Tasse Kaffee über die Theke gereicht. Greta hatte ebenso wortlos auf das Schnittlauchbrot gezeigt.

»Um halb zehn? Na, so gut möchte ich es auch einmal haben. Sag mal, was isst du denn da eigentlich? Pass bloß auf, die ländliche Kost ist sehr mächtig …« Emilys Missfallen war unüberhörbar.

»Wenn du so schlecht geschlafen hättest wie ich, bräuchtest du auch etwas Deftiges«, sagte Greta. »Kopfweh habe ich außerdem, wahrscheinlich bin ich die Landluft einfach nicht gewöhnt.« Oder waren die zwei Gläser Bier vom Vorabend schuld? Bier, so schwarz wie Lakritz mit einem cremefarbenen Schaum, auf den so mancher Cappuccino neidisch gewesen wäre. Greta hatte zwar schon Guinness getrunken, aber noch nie solch ein Schwarzbier. Es wurde hier am Ort gebraut, hatte Therese ihr erklärt und gefragt, ob die Brauerei in Gretas Marketingplänen auch vorkommen würde.

Greta hatte erwidert, sie sei noch dabei, Ideen zu sammeln.

»Nimm zwei Naproxen«, sagte Emily, ihr üblicher Rat bei allen Zipperlein auf dieser Welt.

Greta verzog das Gesicht. »Gibt's auch eine Tablette gegen Einfallslosigkeit? Jetzt bin ich schon den dritten Tag in diesem Ort und habe immer noch nicht die geringste Ahnung, was ich hier eigentlich soll. Du kannst dir nicht vorstellen, wie öde hier alles ist«, fügte sie so leise hinzu, dass niemand in der Bäckerei mithören konnte. »Hier sieht es immer noch so aus wie in meiner Kindheit. Nichts hat sich verändert, nichts. Gestern habe ich mich ins Auto gesetzt und bin ein bisschen rumgefahren. Ich wollte herausfinden, was in der Gegend sonst so geboten wird, verstehst du?«

Da Emily am anderen Ende nicht antwortete, fuhr Greta fort: »Die meiste Zeit bin ich hinter irgendwelchen landwirtschaftlichen Nutzfahrzeugen hergetuckert! Aber so konnte ich mich wenigstens in aller Ruhe umschauen.«

»Ja, und?«, kam es eher gelangweilt.

Greta wechselte ihr Handy vom rechten ans linke Ohr. »Die Landschaft ist hübsch. Viel Wald, leicht geschwungene Hügel, viele Kühe, saftige Wiesen mit vielen Blumen. Aber sonst?« Krampfhaft überlegte sie, was sie noch erzählen konnte. »Wenn du Wurst, Käse und Eier direkt vom Erzeuger kaufen willst, bist du hier richtig. Hie und da habe ich auch einen Handwerksbetrieb gesehen, aber kein Industriegebiet oder gar ein Einkaufszentrum. Wo gehen die Leute nur hin, wenn sie eine Druckerpatrone kaufen wollen? Oder wenn sie zum Zahnarzt müssen?«

»Irgendwo wird es ja in der Nähe eine größere Stadt geben, du bist doch nicht in der Wüste gelandet, oder?«, sagte Emily.

»Die gibt es schon, aber Memmingen, Kempten oder Leutkirch liegen alle eine gute halbe Autostunde entfernt, also nicht gerade ein Katzensprung. Und die kleinen Ortschaften rund um Maierhofen sind alle nicht größer als Maierhofen selbst. Dafür sind sie ähnlich idyllisch in die Allgäuer Landschaft eingebettet«, erwiderte Greta.

»Die Allgäuer Landschaft! Berge, Seen, himmelblauer Himmel … Das muss doch jetzt im Frühsommer wunderschön sein.« In Emilys Stimme hatte sich ein sehnsüchtiger Ton eingeschlichen.

»Natürlich ist es hier schön, gewiss. Und je nachdem, welche Straße du gerade entlangfährst, kannst du zwischen Wald und Hügeln sogar einen Blick auf die Alpen in der Ferne erhaschen. Aber an sich ist die Landschaft eher unspektakulär. Wäre das hier eine pittoreske Touristenhochburg mitten in den Bergen, gäbe es sicher keine EU-Gelder für zukunftsfördernde Maßnahmen.« Greta seufzte. »Und Unterstützung von meiner Cousine bekomme ich auch nicht, im Gegenteil, ich habe vielmehr das Gefühl, als würde sie mir nicht recht trauen …«

»Aber sie hat dich doch gerufen!« Greta konnte Emilys Stirnrunzeln förmlich vor sich sehen.

»Vielleicht bereut sie das längst wieder? Jedenfalls habe ich sie mindestens schon drei Mal nach der EU-Ausschreibung gefragt, aber sie rückt die Unterlagen einfach nicht heraus, als ob sie *top secret* wären! Wie soll ich da arbeiten?«

Du suchst doch nur Ausreden für deine Unfähigkeit, flüsterte ihr im selben Moment die fiese Stimme ins Ohr, die sie seit Tagen begleitete. Jemand anderem wäre sicher längst etwas eingefallen. Du könntest derzeit nicht mal Schloss Neuschwanstein vermarkten!

»Das hört sich nicht gut an …« Emily, die solche Konstellationen aus ihrer PR-Arbeit nur zu gut kannte, seufzte auf. »Wie waren denn eure bisherigen Meetings? Irgendetwas muss doch dabei herausgekommen sein?«

»Unsere Meetings?«, fragte Greta lahm zurück.

»Sitzungen. Konferenzen, Brainstorming-Sessions – unser halbes Leben besteht aus nichts anderem als Meetings. Wirst du auf dem Land etwa schon ein wenig begriffsstutzig?«

Greta blinzelte einmal. Blinzelte zweimal. Das war ja … die Idee! Verflixt, warum war sie selbst noch nicht darauf gekommen?

Schlagartig wurde ihr Kopfweh besser.

»Die Frage ist doch die …« Die Frau machte eine Sprechpause, um ihrem Einwurf noch mehr Dramatik zu verleihen. »Wenn überhaupt Cupcakes zum Dessert, dann welche mit Himbeer-Chocolate-Topping oder eher Blueberry Cupcakes mit *white icing*?« Carmen Kühn schaute Therese erwartungsvoll an. »Ohne Cupcakes geht heute gar nichts mehr, habe ich in der *InStyle* gelesen.«

»Hm, darüber muss ich erst nachdenken«, sagte Therese stirnrunzelnd. So geschäftig sie ihren Kugelschreiber auch in der Hand hielt, so schwer fiel es ihr, sich auf das Gespräch zu konzentrieren.

Am Morgen hatte ihre Ärztin angerufen, Therese solle endlich ins Krankenhaus gehen, sie hielte es für fahrlässig, nichts zu unternehmen. »Noch stehen Ihre Chancen gut!«, hatte die Ärztin eindringlich gesagt. »Ich habe mit einem Facharzt gesprochen, das Krankenhaus in München wäre bereit, Ihre Behandlung zu übernehmen.«

Carmen Kühn nickte zufrieden. »Ich sehe, Sie nehmen

die Sache genauso ernst wie ich.« Hektisch kramte sie in ihrer schwarzen Chanel 2.55, die sie neben sich auf der Eckbank abgestellt hatte, zog einen Lippenstift heraus und begann, sich die Lippen nachzuziehen.

»Ein fünfzigster Geburtstag ist eine wichtige Angelegenheit, so jung kommt man nicht mehr zusammen«, erwiderte Therese. Jetzt hast du aber genug Plattitüden gedroschen, ärgerte sie sich über sich selbst. Die Frau war eine Kundin, die in der Goldenen Rose ein großes Fest plante, sie hatte es verdient, ernst genommen zu werden.

Doch Carmen Kühn schien nicht nur mit ihrer Lippenstiftkorrektur, sondern auch mit Thereses Antworten ganz zufrieden zu sein.

Das Ehepaar Kühn war vor zwei Jahren nach Maierhofen gezogen, es bewohnte eine Straße von Christine entfernt ein großzügiges Landhaus. Bis zum heutigen Tag wusste niemand, womit der Mann, der sommers wie winters jeden Morgen mit seinem 911er Porsche losbrauste, sein Geld verdiente. Seine Frau fuhr auch einen Sportwagen, fast täglich sah man sie perfekt hergerichtet davonfahren.

»Der sind wir nicht gut genug«, hatte Magdalena zu Therese erst kürzlich gesagt. »Wahrscheinlich kauft die ihr ganzes Zeugs in der Stadt ein.«

»Vielleicht geht sie ja auch arbeiten«, hatte Therese erwidert.

»So eine und arbeiten?« Die Bäckersfrau hatte abfällig geschnaubt.

»Fünfzig! Erinnern Sie mich bloß nicht dran!« Carmen

Kühn schloss ihre Handtasche mit großer Geste. »Meine Tochter wollte ja unbedingt, dass ich Einladungskarten mit einer goldenen Fünfzig verschicke. Bist du verrückt?, habe ich sie gefragt.«

»Bestimmt hatten Sie eine viel bessere Idee«, sagte Therese und hoffte, nicht allzu ironisch zu klingen. Abrupt stand sie auf. »Wenn es Ihnen recht ist, hole ich meinen Koch hinzu, mit seiner Erfahrung wird er die schwierige Cupcake-Frage perfekt lösen.«

Frau Kühn nickte glücklich.

Eine halbe Stunde später – man hatte sich für die Himbeer-Schokovariante entschieden – war Therese wieder allein in ihrer Gaststube. Aus der Küche war das Rauschen von Wasserfällen und Vogelgezwitscher zu hören, eine von Sams Lieblings-CDs.

Wie aus dem Nichts überfiel Therese ein leichtes Frösteln. Eigentlich sollte sie jetzt nach oben gehen und ihren Koffer packen.

Schon längst hätte sie Greta und Christine von ihrer Krankheit erzählen müssen, aber allein die Vorstellung, Worte wie »Krebs« und »Chemo« in den Mund zu nehmen, war mehr, als Therese ertragen konnte. Sie wollte kein Mitleid, von niemandem!

Schon längst hätte sie auch Pläne darüber schmieden müssen, was mit der Goldenen Rose geschehen sollte, während sie im Krankenhaus war. Einfach den Schlüssel umdrehen? Dann hätte Sam von heute auf morgen keinen Job mehr, das ging nicht. Aber er konnte den Laden nicht allein schmeißen. Wer also sollte in ihrer Abwesenheit nach dem Rechten sehen? Und was, wenn sie nicht mehr zurückkam?

Müsste, sollte, wäre, wenn – normalerweise war es nicht Thereses Art, derart herumzulavieren, aber im Augenblick wusste sie einfach keine Lösung. Am liebsten hätte sie es wie Carmen Kühn gemacht, hätte sich in ihr Auto gehockt und wäre davongebraust, irgendwohin…

Und Greta hat bisher auch noch nichts geliefert, dachte Therese missmutig, während sie ihre und Frau Kühns Kaffeetassen in die Spülmaschine stellte. So, wie sie es mitbekam, fuhr Greta lediglich spazieren oder hockte bei Magdalena in der Bäckerei. *Das* hatte sie sich weiß Gott anders vorgestellt. Im Augenblick war ihr die Cousine mehr ein Klotz am Bein als eine Hilfe.

Sie hatte den Gedanken noch nicht zu Ende gedacht, als die Tür aufgerissen wurde und Greta völlig erhitzt und außer Atem hereingestürzt kam. Wenn man vom Teufel sprach…

»Wir müssen eine Dorfversammlung einberufen, so schnell wie möglich. Alle Maierhofener sollen kommen! Ich möchte hören, welche Vorstellungen und Ideen sie haben, ein gemeinsames Brainstorming, verstehst du? Sie kennen ihr Dorf schließlich am besten«, sprudelte es nur so aus ihr heraus.

»Aber… ich dachte, *du* würdest das Konzept erarbeiten! Die Maierhofener wissen doch noch gar nichts von der EU-Sache…« Therese wurde es auf einmal ganz schlecht.

»Umso wichtiger ist es, dass wir sie mit einbeziehen. Man muss die Leute mitnehmen, verstehst du? Wir können nichts über ihren Kopf hinweg entscheiden, womit sie später nicht einverstanden sind.«

»So ein Aufwand!«, erwiderte Therese unwirsch. »Würdest du mal etwas arbeiten statt immer nur spazieren zu gehen, hättest du vielleicht schon längst ein Konzept.«

»Kreativität funktioniert nun mal nicht nach Schema F«, verteidigte sich Greta konsterniert. »Und bevor ich entscheide, wie wir die EU-Gelder einsetzen, möchte ich die Meinung der Leute hören.«

Jetzt sollten auch noch alle anderen von den »EU-Geldern« erfahren ... Therese schluckte. Was hatte sie sich bei ihrem Schwindel nur gedacht?

»Außerdem wäre ich dir wirklich dankbar, wenn du mir endlich die Unterlagen gibst. Ich weiß noch immer nicht, welches Budget wir zur Verfügung haben.«

In einem Film hätte die Heldin spätestens jetzt tränenreich und mit großer Geste die Wahrheit gestanden. Ihr Gegenüber hätte sie nachdenklich und liebevoll angeschaut, eine kluge Lebensweisheit von sich gegeben, und der Film hätte danach eine grandiose Wendung genommen. Im wahren Leben jedoch ...

»Die Unterlagen such ich dir heraus, ich habe sie irgendwo verlegt. Und wenn's sein muss, halten wir auch eine Dorfversammlung ab. Aber erst am Montag! Am Wochenende habe ich das Haus voll mit einer Konfirmation und einer Hochzeit. Also – was soll ich deiner Meinung nach auf die Einladung an die Maierhofener schreiben?«, fragte Therese kleinlaut und schaute sehnsüchtig auf das Brett, an dem außer den Zimmerschlüsseln auch ihr Autoschlüssel hing.

8. Kapitel

»Warte, Mutter, wir sind noch nicht fertig. Lass mich noch schnell deinen Wirbel am Hinterkopf frisieren.« Mit einer Hand hielt Roswitha ihre Mutter am Arm fest, während sie mit der anderen den Stielkamm aus dem Becher nahm, in dem auch die Zahnbürste steckte. Die Haare mussten auch schon wieder gewaschen werden, dachte sie, während sie zu kämmen begann. Sie hatte die letzte Strähne noch nicht frisiert, als ihre Mutter mit einem unmutigen Knurren aus dem Bad lief. Kurz darauf waren ihre Schritte auf der knarzenden Treppe nach unten zu hören.

Dann eben nicht. Mit einem Seufzen wandte sich Roswitha ihrem Vater zu, der auf dem Badewannenrand saß und so ungeduldig mit einem Paar muffiger Socken herumfuchtelte, dass er damit das ganze Badezimmer parfümierte.

Roswitha runzelte die Nase. »Die gehören dringend in die Wäsche!« Sie holte ein Paar frische Socken, dann ging sie vor ihm in die Hocke, um ihm beim Anziehen zu helfen.

»Nein, ich will die blauen nicht, die Wolle kratzt!« Otto Franz' rechter Fuß schnellte nach oben, traf Roswitha schmerzhaft am Kinn.

»Aua! Vater, bitte, wir haben nicht den ganzen Tag

Zeit.« Nicht sehr feinfühlig schnappte sie einen Fuß und zog den Socken drüber.

»Roswitha? Ist der Kaffee noch nicht durch?«, hörte sie von unten die Stimme ihrer Mutter. »Soll ich welchen machen?«

Bloß nicht, dachte Roswitha. Das letzte Mal, als ihre Mutter hatte Kaffee kochen wollen, hatte sie nach der ersten Kanne Wasser noch eine zweite in den Behälter geschüttet. Das Wasser ergoss sich sturzbacharting über die Anrichte hinweg in die Besteckschublade, und es dauerte einen halben Tag, bis das morsche Holz getrocknet war. Seitdem klemmte die Schublade.

»Der Kaffee steht doch längst auf dem Tisch!«, rief sie. »Setz dich einfach hin, wir kommen gleich.«

»Aber das Unterhemd lass ich an«, knurrte ihr Vater und schlang seine Hände beschützend um den Oberkörper.

Roswitha warf einen Blick auf das Rippenhemd. Es war vom ständigen Tragen so ausgeleiert, dass es unter den Achseln schon kleine Beutel warf. Es gehörte zudem längst in die Wäsche, aber diesen Kampf würde sie morgen ausfechten.

Während ihr Vater mit steifen Schritten die Treppe hinabpolterte, richtete Roswitha sich selbst her. Zähneputzen, ein bisschen Creme ins Gesicht, Haare durchkämmen, das musste reichen. Als Letztes schob sie sich mit einer Haarklemme den herausgewachsenen Pony aus der Stirn. Auch ihre Nackenhaare waren viel zu lang, aber wann sollte sie zum Frisör gehen? Nach den Regengüssen der letzten Woche war der Boden auf den Äckern mit den Frühkartoffeln schon wieder verdichtet. Sie musste dringend die Krume auflockern und die Dämme neu anlegen, sonst konnte sie die Ernte im Juni vergessen. Die späteren Sorten wollten ebenfalls gehegt werden. Und neben der Arbeit auf dem Acker musste sie sich immerzu um ihre Eltern kümmern. Sie waren zwar noch keine echten Pflegefälle, aber ihren Alltag konnten sie schon lange nicht mehr ohne Hilfe bewältigen. Ihr Vater war dreiundachtzig, die Mutter ein Jahr älter. Seit beide ihren achtzigsten Geburtstag überschritten hatten, waren sie von Jahr zu Jahr hilfloser, gerade so, als sei mit dem runden Geburtstag ein Schalter umgelegt worden.

Nie hätte Roswitha gedacht, wie viel Arbeit es machte, sich um die Körperpflege von alten Menschen zu kümmern! Dass die Altenpflegerinnen in den Seniorenheimen nicht mit ihrer Arbeit hinterherkamen, wunderte sie nicht.

Während sie die Treppe hinunterging, dachte sie beklommen an ihren Besuch in dem Heim zwei Ortschaften weiter, das sie sich heimlich vor ein paar Wochen angeschaut hatte. Ein lang gestreckter, kasernenartiger Bau, in dessen langen Fluren es nach Urin und Desinfektionsmittel, nach liebloser Großküche und muffigen Wolldecken gerochen hatte. Hie und da hatte ein alter Mensch in einem Rollstuhl auf dem Flur gesessen und mit leerem Blick vor sich hin gestarrt. Mehr hatte Roswitha von den Heimbewohnern nicht mitbekommen. Der Speisesaal war leer gewesen, der kleine Frisörladen dunkel und abgeschlossen. *Komme Mittwoch wieder, Natalya,* hatte jemand auf ein Blatt Papier geschrieben, das an der Tür klebte. Auf dem schwarzen Brett war für den kommenden Samstag ein Spielenachmittag angekündigt worden, am darauffolgenden Mittwoch wollte Alleinunterhalter Rolf für Stimmung sorgen. Roswitha hatte vor ihrem inneren Auge schon ihren Vater gesehen, wie er jedem seiner Gegner beim Mühle-Spiel Mogelei vorwarf. Und ihre Mutter, für die Tanz und Gesang Sünde waren, hätte an Alleinunterhalter Rolf sicher ihre helle Freude gehabt ...

Die Heimleiterin war nett gewesen, aber eins hatte Roswitha nach dem Besuch gewusst: Selbst wenn ihre Eltern noch so anstrengend waren – dorthin würde sie sie nie geben!

»Warum ist keine Paprikalyoner da?«, fragte Otto Franz und pflügte so hektisch mit seiner Gabel durch die Wurstscheiben auf der Servierplatte, dass sie bald kreuz und quer lagen.

»Weil du gestern die letzten zwei Scheiben gegessen hast«, erwiderte Roswitha lakonisch.

»Aber du weißt doch, dass ich die am liebsten mag. Salami schmeckt immer so bitter, und Schinkenwurst ...«

Während ihr Vater sich über die diversen Geschmacksnuancen ausließ, schnitt Roswitha den Apfel für das Müsli ihrer Mutter klein. Die Haferflocken hatte sie schon am Vorabend eingeweicht, so waren sie am besten verdaubar, meinte die Mutter. Noch eine halbe Banane und drei klein gewürfelte Datteln dazu ...

»Hier, Mutter, lass es dir schmecken.«

»Und ich soll es mir nicht schmecken lassen, ja?«

Roswitha bedachte ihren Vater mit einem missmutigen

Blick. »Ich geh nachher zum Metzger und hol dir Lyoner, versprochen.«

Kopfschüttelnd rührte ihre Mutter mit dem Löffel in der Müslischale. »Sind das wirklich drei Datteln? Mir kommt das so wenig vor. Du weißt ja, was passiert, wenn ich nicht genügend Ballaststoffe aufnehme. Dann ...«

Das Leben könnte so schön und einfach sein, dachte Roswitha, während ihre Mutter sich über ihre problematische Verdauung ausließ. Ihr hätte eine Schüssel Cornflakes zum Frühstück völlig ausgereicht. Dazu ein Espresso, und der Morgen wäre ihr Freund gewesen. Aber nein, sie musste jeden Tag vollständig den Tisch decken ...

»Im Klötze-ans-Bein-Binden warst du schon immer gut! Früher waren es deine Hunde und das Pferd, dann der Hof, jetzt sind es deine Eltern. Ich bin gespannt, was als Nächstes kommt«, hatte Roswitha auf einmal die Stimme ihres Mannes Alfons im Ohr.

Während ihr Vater sich in die Stube verzog, um die Bildzeitung von gestern zu lesen, und ihre Mutter die erste Toilettensitzung des Tages hatte, setzte sich Roswitha mit einer zweiten Tasse Kaffee ans Fenster und starrte gedankenverloren in die Ferne.

Alfons und sie waren sich letzte Woche in der Stadt über den Weg gelaufen. Sie war im Agrarmarkt gewesen, um Spritzmittel zu kaufen, und alles hatte länger gedauert, als sie gedacht hatte. Hoffentlich stellten ihre Eltern zu Hause nichts an, hatte sie gebangt und war so gehetzt aus dem Agrarmarkt gestürmt, dass sie den vorbeigehenden Passanten nicht sah. Es hatte ausgerechnet Alfons sein müssen, mit dem sie zusammengestoßen war. Im ersten Moment war sie ganz verdattert. »Verzeihung«, sagte sie dann. Sie habe es halt eilig. Die Eltern, er wisse ja Bescheid …

Da war er ihr mit diesem schlauen Spruch gekommen.

»Es kann eben nicht jeder nur nach seinen Vorstellungen leben«, hatte sie spitz erwidert, danach war jeder seines Weges gegangen. Sie zu ihrem Wagen, Alfons mit seiner Neuen ins Kino. Oder zum Italiener. Oder ein schickes Hemd kaufen und danach einen Prosecco trinken.

Roswitha spürte, wie sich ihr Magen zusammenkrampfte. Sie trank einen Schluck Kaffee. Er schmeckte bitter, und ihr Magen verkrampfte sich noch mehr.

Wenn es wenigstens eine hübsche junge Frau gewesen wäre, für die er sie verlassen hatte! Eine, mit der er noch ein Kind hätte zeugen können, so, wie er es sich immer gewünscht hatte. Mit ihr war das ja nicht möglich gewesen. Das hätte sie verstanden! Aber nein, sie hatte ihren Mann an eine ganz gewöhnliche Frau verloren, nicht jünger und nicht schöner als sie. In der Spedition, in der er Fahrer war, war sie für die Buchhaltung zuständig. Eine blasse Buchhaltungsmaus. *Das* hatte ihr vor zwei Jahren am meisten wehgetan.

Erst mit der Zeit hatte sie verstanden, was Alfons an seiner Neuen so toll fand: Es war die Tatsache, dass er mit ihr spontan zum Griechen oder ins Kino gehen konnte. Oder für ein Wochenende an den Gardasee fahren. Diese Freiheit war reizvoller als alles, was sie, Roswitha, ihm hatte bieten können.

Es stimmte, sie war an den Hof gefesselt. Und niemand anderes als sie selbst hatte sich die Fessel angelegt. Mehr noch, sie hatte so viele Pflöcke in den Boden getrieben, wie sie nur finden konnte.

Sie war noch ein halbes Kind gewesen, als ihr Bruder Karl sich aus dem Staub machte. Nach München, um bei einer Harley-Davidson-Niederlassung zu arbeiten. Ein Jahr später war die um ein Jahr jüngere Schwester ihm gefolgt. Mit beiden hatte Roswitha, die Nachzüglerin, nie viel gemeinsam gehabt. Bis zur Abteilungsleiterin im Kaufhaus Beck am Marienplatz hatte Sophie es gebracht. An Weihnachten und zu den Geburtstagen der Eltern schrieb sie stets Karten, die so aussahen, als hätten sie ein Vermögen gekostet – was wahrscheinlich auch der Fall war. Roswitha konnte sich nicht daran erinnern, wann Sophie und Karl das letzte Mal zu Besuch gekommen waren.

Ihre Eltern hatten den Weggang der beiden klaglos hingenommen. Zu dieser Zeit waren sie noch fit und dachten nicht ans Kürzertreten. Außerdem gab es ja noch einen Plan B, nämlich sie, die Spätgeborene. An ihrem achtzehnten Geburtstag boten die Eltern ihr den Hof an. Sie hatte sich geschmeichelt gefühlt und zugestimmt. Was hätte sie auch sonst tun sollen? In der Schule war sie keine große Leuchte, mit ihrem Realschulabschluss konnte sie gerade zufrieden sein. Eine Ausbildung – aber welche? Und wo? Ihr war partout nichts eingefallen. Und einer musste den Hof ja schließlich übernehmen, oder? Außerdem besaß sie zu dieser Zeit drei Schäferhunde und dazu noch ihre Haflingerstute Betty – die hätte sie unmöglich in die Stadt mitnehmen können.

Alfons, mit dem sie damals schon ausging, warnte sie:

»Überleg dir das gut! Nie Freizeit, immer angebunden sein, willst du das wirklich?«

Roswitha verstand seine Frage nicht. Freizeit? Natürlich hatte sie die.

Auf ihn würde sie, was den Hof anging, nicht zählen können, er habe keine Lust, Kartoffelbauer zu werden, hatte er hinzugefügt. Sein Onkel kannte jemanden, der einen Lehrling für seine Lackierwerkstatt suchte. Bestimmt würde sie, Roswitha, in der Stadt auch eine gute Stelle finden.

»Und eines fremden Herrn Knecht sein?« Sie hatte ihn ausgelacht und ihm vorgeschwärmt, wie toll ein Leben als Bäuerin doch sei. Schließlich hatte sie ihre Eltern als Hilfe, sie würde sich ihre Zeit frei einteilen können, wäre viel an der frischen Luft, abends konnte sie ausreiten... Und sie musste niemandem Rechenschaft ablegen!

Von der frischen Luft einmal abgesehen, hatte sie mit allem Unrecht gehabt.

Roswithas Blick fiel auf die Einladung, die Therese ihr am Vorabend persönlich vorbeigebracht hatte.

Dorfversammlung!
Am Montagabend findet im Festsaal der Goldenen Rose eine Dorfversammlung statt. Es geht um die Zukunft unseres Dorfes, deshalb bitte ich alle dringend um ihr Kommen!

Ihre/Eure Bürgermeisterin Therese Berger

Maierhofen solle neues Leben eingehaucht werden, hatte Therese gesagt, als sie ihr die Einladung überreichte. Wie das gehen sollte, darüber hatte sie nichts gesagt. Aber es sei wichtig, dass auch die Franzenhof-Bäuerin käme. Und wer passt solange auf die Eltern auf?, hatte sie erwidert. Die solle sie doch einfach mitbringen, sagte Therese.

Als ob das so einfach wäre. Montags lief im Fernsehen um Viertel nach acht *Die roten Rosen der Liebe*, um nichts in der Welt würde ihre Mutter auch nur eine Folge verpassen.

Roswitha seufzte. Eine neue Zukunft. Die konnte sie auch gut gebrauchen. Andere fuhren in den Urlaub oder gingen zum Frisör. Wieder andere gingen für immer fort, brachen auf in ein neues, aufregendes Leben. Und sie? Sie schaffte es vermutlich nicht einmal, eine Dorfversammlung zu besuchen.

Trotz ihrer grüblerischen Gedanken ging Roswitha die Arbeit gut von der Hand. Nach drei Stunden auf dem Traktor konnten die Frühkartoffeln im gelockerten Boden wieder die Nährstoffe aufnehmen, die sie fürs Reifen benötigten. Kurz nach halb zwölf saß Roswitha im Auto und war auf dem Weg zum Metzger.

Wie immer stand so kurz vor Mittag eine stattliche Schlange vor der Metzgerstheke. Die Mütter, auf dem Weg zum Kindergarten, um ihre Kleinen abzuholen, kauften das jeweilige Tagesgericht. Die Handwerker, die in der Ölmühle, der Brauerei oder auf einer Baustelle im Dorf zu tun hatten, erstanden belegte Brötchen. Manch eine Hausfrau ließ sich schnell Wurst und Fleisch einpacken.

Roswitha nickte Bekannten zu und hielt hier und da ein Schwätzchen, während es langsam voranging.

»Hundert Gramm Schinkenwurst…« Mit zitternder Hand legte Edy Scholz, der Sohn vom alten Scholz, die Wurst auf einen Stapel, auf dem schon mehrere andere Sorten lagen.

Die Kundin lächelte. »Verzeihung, aber ich habe hundert Gramm *Bier*wurst gesagt!«

»Oh… Ach so… Na dann…« Verwirrt legte Edy Scholz die schon geschnittene Schinkenwurst zur Seite, dann machte er sich erneut an der Schneidemaschine zu schaffen.

Die Kundin lächelte Roswitha entschuldigend an.

Sie zuckte nur mit den Schultern. Bei Edy musste man halt ein bisschen Zeit mitbringen. Sie würde die schon geschnittene Schinkenwurst nehmen, beschloss sie, dann hatte er sie wenigstens nicht umsonst aufgeschnitten. Dass der Juniormetzger so zerstreut und langsam war, hatte Roswitha schon immer seltsam gefunden. Seinem Aussehen nach hätte er eher temperamentvoller sein müssen. Er war mindestens 1,90 Meter groß, hatte lange Beine, einen langen Oberkörper und lange Arme. Sogar sein Kopf schien in die Länge gezogen, mit einer hohen Stirn, einer langen schmalen Nase und einem ausgeprägten Kinn. Auf den ersten Blick wirkte er geschmeidig und agil, wie ein Langstreckenläufer vielleicht. Doch hinter der Wursttheke ähnelte er einer lahmen Ente.

Nicht, dass das irgendjemanden geschert hätte, ging es Roswitha durch den Kopf. In der Bäckerei regten sich Kunden immer fürchterlich darüber auf, dass die Verkäuferin Cora so langsam war. Bei Edy hingegen reagierten alle geduldig. Weil sie ihn mochten, ihn von Herzen gern hatten.

»Und – gehst du auch zur Dorfversammlung?«, fragte sie ihn, als sie schließlich an der Reihe war.

Edys warme braune Augen wirkten noch verwirrter als sonst.

»Die Dorfversammlung nächsten Montag, bei der es um die Zukunft Maierhofens geht«, half Roswitha ihm auf die Sprünge. »Bestimmt hat Therese dir auch eine Einladung gebracht.«

Er zuckte mit seinen Schultern. »Weiß nicht. Eher nicht. Ich meine, was soll sich hier schon ändern?« Er wies durch den Verkaufsraum der Metzgerei, der in den 1950er-Jahren erbaut worden war und seitdem keinerlei Renovierungen genossen hatte.

»Das ist ja eine tolle Einstellung«, sagte Roswitha. »Wenn wir alle so mutlos wären wie du, könnte Maierhofen wirklich einpacken. Es liegt doch an jedem selbst, die Dinge zu ändern!« Zu ihrem Erstaunen war sie lauter geworden, als sie wollte. Die zwei Frauen, die hinter ihr standen, warfen ihr erstaunte Blicke zu. Ha, sollten sie doch gucken! Roswitha reckte ihr Kinn nach vorn. Edys Eltern mussten nicht auf Teufel komm raus montags *Die roten Rosen der Liebe* sehen, und wenn doch, war er dadurch noch lange nicht so ans Haus gefesselt wie sie, Roswitha. Er war frei, konnte gehen, wohin er wollte. Und trotzdem stand er da wie ein langes Elend. Unfair war das!

Das lange Elend schaute sie nun stirnrunzelnd an. »Gehst du etwa hin?«

Roswitha straffte die Schultern. »Natürlich! Etwas anderes würde mir gar nicht einfallen. Therese beruft so eine Dorfversammlung schließlich nicht von ungefähr ein. Ich kann mir zwar auch nicht vorstellen, worum es da genau geht, aber das wird bestimmt spannend! Und deshalb kommst du auch, dass das mal klar ist.«

9. Kapitel

Angesichts der in drei Tagen stattfindenden Dorfversammlung entspannte sich Greta ein wenig. Sie glaubte zwar nicht, dass an diesem Abend sehr viel herauskommen würde, aber die eine oder andere Idee würde wahrscheinlich dabei sein. Am Ende des Abends musste man dann gleich eine zweite Versammlung anberaumen, vielleicht im Abstand von einer Woche. Bestimmt gewährte Norbert Fischli ihr noch ein paar weitere Tage hier vor Ort. Entweder hatte sie in dieser Zeit den entscheidenden Geistesblitz, oder sie würde Therese sagen müssen, dass sie nicht die Richtige für den Job war. Bis dahin jedoch wollte sie sich in der Ruhe von Maierhofen erholen, so gut es ging.

Statt in aller Herrgottsfrühe perfekt hergerichtet und geschminkt die volle U-Bahn nehmen zu müssen, machte sie sich nun – im Jogginganzug und ungeschminkt – zu einem Morgenspaziergang auf. Meist ging sie am Bach entlang oder umrundete den Weiher, in dessen stillem Wasser sich die umstehenden Bäume gestochen scharf spiegelten. Hin und wieder sah sie in der Ferne Christine Heinrich, die sie in Frankfurt aufgesucht hatte, mit zwei großen Hunden, und sie winkten sich kurz zu. Greta fand Christine sympathisch und hätte sich gern noch einmal mit ihr unterhalten, aber im Augenblick reichten ihr die Selbstgespräche, die sie im Stillen mit sich austrug. Das war auch der Grund dafür, dass sie ein Gespräch mit ihrer Cousine inzwischen nicht mehr forcierte. Einerseits fand sie es traurig, dass sie sich so wenig zu sagen hatten, andererseits war sie froh über die Ruhe, die sie genoss.

Warum war sie bisher eigentlich nie spazieren gegangen?, fragte sie sich, während sich ihre Lungen mit der klaren Luft füllten. Rund um Frankfurt gab es doch auch schöne Gegenden. Vielleicht hätte ihr das geholfen, ihre innere Balance zu wahren. Aber die einzige Bewegung, die sie sich gönnte, war der stramme Marsch vom Bahnhof zum Hochhaus, in dem die Werbeagentur untergebracht war. Und hin und wieder ein Bummel über die Frankfurter Shopping-Meilen. Das Fitnessstudio, in dem sie sich in einem Anfall guter Vorsätze Anfang vergangenen Jahres angemeldet hatte, suchte sie so gut wie nie auf. Die Sporttasche packen, das Handtuch und die Badeschuhe für die Dusche nicht vergessen, auf einen günstigen Parkplatz hoffen – das alles war aufwendig und verschlang viel Zeit.

Magdalenas Café war allmorgendlich ihr nächstes Ziel. Ausgehungert stand sie vor der Theke, in der sich eine Köstlichkeit an die andere reihte. Die Entscheidung fiel ihr jeden Tag aufs Neue schwer. Da gab es dieses köstliche Holzofenbrot, dick mit frischer Butter bestrichen und mit feinen Schnittlauchröllchen bestreut. Köstlich waren auch die Laugenstangen, auf denen der geschmolzene Bergkäse eine goldbraune Kruste hinterließ. Oder die Schinkenbrote, deren würziger Duft die ersten Wespen des Jahres anzog. Und dann der Apfelkuchen mit einem dicken

Klacks Schlagsahne! Und die handtellergroßen Rhabarber-Törtchen mit goldgelben Streuseln…

Stirnrunzelnd dachte Greta an die drei ewig gleichen Sorten *Breakfast Panini*, die es in der Frühstücksbar gab, in der Emily und sie sich morgens trafen: Panini mit Supermarktschinken, Panini mit Supermarktkäse oder Panini mit Treibhaustomaten und Supermarkt-Mozzarella. Warum war ihr bisher nie aufgefallen, wie stereotyp und langweilig ihr Frühstück war?

»Der Käse hier ist *Food porn* für Anfänger«, stöhnte sie Emily bei einem ihrer morgendlichen Telefonate ins Ohr.

»Essen ist der Sex des Alters – ist es schon so weit bei dir?«, gab die Frankfurter Freundin spöttisch zurück. »Pass bloß auf, dass du dir deine Figur nicht vollends ruinierst!«

Schuldbewusst betrachtete Greta das Käsebrot in ihrer Hand. Etwas weniger Butter unter dem Käse hätte es natürlich auch getan. Doch kaum hatte sie ihr Telefonat beendet, aß sie den Rest genüsslich auf. Dann holte sie sich eine weitere Tasse Kaffee und eine von den zerfledderten Zeitschriften, die auf einem kleinen Tischchen lagen. Während sie über Charlenes Vorstellung von Kindererziehung las und sich Tipps für einen Wellnesstag mit Freundinnen holte, wechselte sie zwischendurch immer mal wieder ein paar Worte mit anderen Gästen oder nickte jemandem zum Abschied zu. Obwohl sie erst seit ein paar Tagen hier war, gehörte sie inzwischen schon irgendwie zur Dorfgemeinschaft. Inzwischen hatte der eine oder andere sie wiedererkannt. Dass sie nach all den Jahren Maierhofen wieder einmal besuchte, freute die Leute. Statt sie nach ihrem Leben in Frankfurt auszufragen oder sie, die Städterin, misstrauisch zu beäugen, nahmen die Leute ihre Anwesenheit einfach als gegeben hin und ließen sie in Ruhe. Angenehm war das, sehr angenehm.

Und noch etwas erstaunte sie, mehr noch, es erschreckte sie regelrecht: Es war die Tatsache, dass sie innerhalb nur weniger Tage die hektische Routine von Jahrzehnten wie eine zu eng gewordene Bluse abgelegt hatte. Gerade so, als pfeife sie auf alles, was mit Frankfurt und der Werbeagentur zu tun hatte.

Und bevor sie wusste, wie ihr geschah, tauchte in ihrem Kopf die Frage auf, die sie sich vielleicht schon längst hätte stellen sollen: War ihr Job überhaupt noch der richtige für sie? Und war *sie* noch die Richtige für den Job? Wie würde es sich wohl anfühlen, noch einmal etwas ganz Neues zu beginnen?

An dieser Stelle brach Greta ihre Gedankenspielereien unwirsch ab. Statt kindischen Aussteigerfantasien nachzuhängen, sollte sie danach trachten, mit einem Knaller im Gepäck nach Frankfurt zurückzukehren! Damit würde sie Norbert Fischli und allen anderen beweisen, dass man mit ihr noch immer rechnen musste.

Liebe Sabine,

vielen Dank, dass du uns deine Beobachtung mitgeteilt hast. Nach unserem ungewöhnlich milden Winter tragen Igelmütter vereinzelt tatsächlich schon jetzt ihren Wurf aus, auch wenn die Hauptwurfzeit bei uns in Deutschland normalerweise in den Monaten Juli und August liegt. Nun zu deiner Frage, ob du der Igelmutter helfen kannst: Nein, kannst du nicht und brauchst du auch nicht. Es ist vielmehr wichtig, sie in Ruhe ihre Jungen aufziehen zu lassen, das heißt kein Rasenmähen, kein Fußballspiel und bitte auch nicht grillen in dem Bereich rund ums Igelnest.

Wenn die Jungen ihre eigenen Wege gehen, gehört der Garten wieder euch ;-). Bei weiteren Fragen kannst du dich jederzeit weiterhin an mich wenden.

Stachelige Grüße vom Igel-Doc!

Edy drückte die Entertaste, und schon stand sein Beitrag auf der derzeit größten deutschsprachigen Igelplattform, die es im Netz gab und deren Betreiber er war. Gerade als er die nächste Igelfrage las, klopfte es an seiner Tür. Im nächsten Moment war das Schlurfen von Kordpantoffeln zu hören. Seufzend schloss Edy das Programm. Warum sein Vater überhaupt anklopfte, wenn er doch keine Antwort abwartete, war ihm schleierhaft.

»Ich dachte, heute ist die Dorfversammlung?« Neugierig linste Johannes Scholz über Edys Schulter auf den Computer. Doch auf dem Bildschirm waren nur Maierhofens Streuobstwiesen zu sehen.

Die Dorfversammlung. Edy verzog den Mund. »Willst nicht lieber du hingehen? Ich weiß beim besten Willen nicht, was ich dort soll.« Er warf einen sehnsüchtigen Blick in Richtung PC. Warum konnte er nicht einfach hierbleiben und die Tipps zur Aufzucht verwaister Igelkinder ergänzen?

»Du glaubst doch nicht im Ernst, dass ich mich noch auf irgendwelche neumodischen Ideen einlasse«, erwiderte sein Vater lachend. »Irgendwann sollte ich schließlich auch mal in Rente gehen. Deine Mutter hat schon wieder zwei Ziele auf die Liste der Orte geschrieben, die sie dann mit mir besuchen will. Capri und Sorrent. Keine Ahnung, wo dieses Sorrent überhaupt liegt.« Er zog seine Hose, die trotz Gürtel immer wieder rutschte, entschieden nach oben.

»Niemand hält dich davon ab, in Rente zu gehen und nach Capri zu fahren«, sagte Edy nicht zum ersten Mal. Dass sein Vater mit fünfundsiebzig noch täglich in der Metzgerei stand, verursachte ihm immer öfter ein schlechtes Gewissen. »Mutters Liste wird von Monat zu Monat länger, ich frage mich, wann ihr mit dem Reisen beginnen wollt…«

»Und wer schlachtet dann?«, gab sein Vater zurück.

Betroffen schaute Edy zu Boden, wie stets, wenn sie an diesem Punkt ihrer Diskussion ankamen.

Edy war zwar Metzger, aber er konnte keine Tiere töten. Solange er sich bei der Fleischverarbeitung aufs Handwerkliche konzentrierte und dabei ausblendete, dass er Tierkadaver verarbeitete, war alles in Ordnung. Seine Würste waren von der Konsistenz her perfekt, schmackhaft und würzig. Und es machte ihm Spaß, Neues auszuprobieren. Seine Zwiebelmettwurst mit Bärlauch jedenfalls fand großen Anklang, genau wie seine Maierhofener Lyoner mit Walnusskruste.

»Da wird mir schon eine Lösung einfallen«, murmelte er vor sich hin. Seine Knie knackten, als er von dem Bürostuhl aufstand. »Dann mach ich mich eben auf den Weg. Euch einen schönen Abend«, sagte er und tätschelte im Vorbeigehen unbeholfen die Schulter seines Vaters.

Der Festsaal in der Goldenen Rose war rappelvoll, die Luft erfüllt vom Geruch nach Bier, Cola und dicht gedrängt stehenden Menschen. Wenn die Bürgermeisterin rief, dann kam man – so war es schon immer. Edy saß zusammen mit Roswitha an einem der hinteren Tische.

»Jedes Produkt – und in diesem Fall müssen wir Maierhofen als Produkt betrachten – hat seine USPs, also seine *unique selling points*. Ins Deutsche übersetzt könnte man sagen, einzigartige Vorzüge, die der Verbraucher nirgendwo anders bekommt. Das müssen wir bei unserem gemeinsamen *brainstorming* immer im Hinterkopf behalten, verstehen Sie?« Erwartungsvoll schaute Greta Roth vom Pult aus, das sonst nur bei den Faschingsfeiern Verwendung fand, in die Runde. Sie war wohl eine Bekannte oder Verwandte von Therese und kam aus Frankfurt. Sie war außerdem eine Werbeexpertin, mehr aber hatte Edy nicht mitbekommen.

Außer vereinzeltem Gläserklirren war im ganzen Saal nichts zu hören. Das Schweigen hörte sich ratlos an. Warum sprach diese Greta kein Deutsch?, fragte sich Edy.

Die Werbefrau fuhr fort: »Eine eindeutige Produktdifferenzierung beziehungsweise Festlegung der USPs ist jedoch nur dann möglich, wenn feststeht, welche Zielgruppe wir erreichen wollen. Geht es darum, Touristen anzulocken? Oder wollen wir Neubürger für Maierhofen? Wollen wir Mittelständler oder gar einen Großkonzern anlocken? Wenn wir uns auf eine Kampagne einigen, muss diese zielgruppenorientiert sein.«

»Was für ein Großkonzern?«, flüsterte Roswitha Edy zu.

»Ich verstehe nur Bahnhof! So faseln doch nur Werbefuzzis oder Politiker. Als ob uns irgendeine hochtrabende Werbekampagne bei unseren Problemen helfen kann«, sagte Kurt Mölling von der Wäscherei. Das Wort »Werbekampagne« klang bei ihm wie ein Schimpfwort. »Warum richten wir mit diesen EU-Geldern nicht einfach unsere maroden Straßen her? Davon hätten *wir* einen Nutzen. Bei einer Werbekampagne hingegen käme das ganze Geld nur einer zugute, und zwar der da!« Er zeigte mit dem rechten Zeigefinger auf die Frau am Pult und schaute dabei auffordernd in die Runde.

Typisch Kurt, er musste gleich ausfällig werden, dachte Edy.

Therese, die bis auf ein paar Begrüßungsworte bisher nichts gesagt hatte, trat nun aufs Podest. Die Bürgermeisterin sah nicht gut aus, fand Edy.

Therese räusperte sich. »Ich würde ja auch gern das Dach vom Rathaus neu decken lassen – es wäre dringend nötig –, aber die EU-Gelder sind zweckgebunden an eine Imagekampagne. Ich bin davon überzeugt, dass es Greta Roth gelingt, Maierhofen neues Leben einzuhauchen! Eine Autostunde entfernt leben die Leute von den Touristen, anderswo gibt es große Rehakliniken, wiederum andere Orte haben Industriegebiete, schöne Fußgängerzonen oder Einkaufszentren – das alles beschert den Bürgern dort ein Auskommen, sodass sie nicht in die Städte abwandern müssen. Unser Maierhofen hat irgendwann den Anschluss verpasst. Nun liegt es an uns, neue Ideen für die Zukunft zu entwickeln. Wir müssen etwas finden, was die Menschen zu uns lockt, und am Ende ist es egal, ob es Touristen sind oder ein Mittelständler, der hier eine Fabrik erbaut.«

Die Leute grummelten wohlwollend. »Auf eine Fabrik, die unsere Luft verpestet, kann ich gut verzichten«, murmelte Edy.

»Das würde aber Arbeitsplätze schaffen«, flüsterte Roswitha. »Arbeitsplätze sind das A und O.«

»Ich zähle auf euch und eure Ideen, also redet einfach frei heraus, wie euch der Schnabel gewachsen ist! Wer macht den Anfang?« Therese schaute streng und aufmunternd zugleich in die Runde.

»Warum kommt die erste Idee nicht von dir? Immerhin bist du unsere Bürgermeisterin!«, sagte Kurt Mölling. »Und warum hat der Gemeinderat nicht schon längst eine Liste mit Ideen erstellt? Ihr hockt doch oft genug in der Goldenen Rose bei euren Sitzungen zusammen.«

Der Gemeinderat, der aus Herbert Heinrich vom Autohaus, dem Elektriker Scholz und Magdalena von der Bäckerei bestand, schaute erschrocken drein.

Therese hatte den Mund schon zu einer Erwiderung geöffnet, als Christine Heinrich sich direkt an Kurt Mölling wandte und sagte: »Dich würde ich mal hören wollen, wenn die Bürgermeisterin oder der Gemeinderat es wagten, so etwas Wichtiges einfach über unsere Köpfe hinweg zu entscheiden! Ich finde es sehr ehrenwert von Therese, dass sie uns einbeziehen will. Da ist es doch selbstverständlich, dass wir alle unseren Beitrag leisten, oder?«

»Ich finde es auch gut, dass wir gefragt werden«, ertönte es laut neben Edy. Er warf Roswitha einen erstaunten Blick zu. »Wir werden doch sonst nie gefragt.«

Leises Gemurmel war zu hören, Unruhe kam in die Menge.

»Haben Sie keine Angst, Ihre Meinung kundzutun!«, rief die Werbefrau. »Zu diesem Zeitpunkt gibt es keine richtigen und falschen Ideen, nur ausgetauschte Gedanken.«

Für einen langen Moment herrschte peinliches Schweigen, niemand traute sich, als Erster zu reden. Nur das Klirren eines Glases war hier und da zu hören. Jemand schnäuzte sich laut, was ein paar Lacher hervorrief. Auch Edy grübelte, aber ihm wollte nichts Kluges einfallen.

Es war ausgerechnet wieder Kurt Mölling, der den Anfang machte. »Leute anzulocken ist ja schön und gut, aber wenn sie einmal über unsere Hauptstraße gefahren sind, sind sie gleich wieder über alle Berge. Jeden Tag ein neues Schlagloch!«

Edy runzelte die Stirn. So, wie Kurt Mölling mit seinem weißen Transporter durchs Dorf raste, war er bestimmt für den einen oder anderen Schaden an seinem Wagen selbst verantwortlich. Und bestimmt bremste er auch nicht für Igel.

»Die Hauptstraße muss saniert werden, das stimmt. Ich habe Anfang des Jahres einen neuen Antrag beim Land gestellt«, warf Therese ein. Lächelnd fügte sie hinzu: »Aber immerhin haben wir eine superschnelle Daten-Autobahn, was längst nicht jeder Ort hier in der Gegend von sich behaupten kann. Ich bin sehr froh, dass ich mich vor Jahren für schnelle Anschlüsse starkgemacht habe, denn ohne Internet wäre unser Maierhofen völlig verloren.«

Edy nickte zustimmend, die meisten hingegen schauten eher gelangweilt drein. Mit Internet hatten vor allem die Älteren im Dorf nichts am Hut.

»Familien mit Kindern könnte man nicht mal mit perfekten Straßen nach Maierhofen locken«, sagte eine Frau aus dem Neubaugebiet. »Unsere Janine fährt täglich eine halbe Stunde mit dem Bus nach Isny in ihre Realschule. Und Lukas braucht in sein Gymnasium in Wangen mit Umsteigen sogar eine Stunde! Einen Kinderarzt haben wir auch nicht, und wenn ich Klamotten für die Kinder kaufen will, muss ich auch in die Stadt fahren, so schaut es aus. Wir überlegen tatsächlich, ob wir nicht besser dorthin ziehen.«

Ein paar Mütter brummelten ihre Zustimmung.

»Für die Alten wird hier aber auch nicht mehr viel geboten. Wenn ich daran denke, was wir früher für ein reges Vereinsleben hatten! Da war für Jung *und* Alt was los«, sagte Magdalena. »Und wenn der alte Doktor Huss mal in Rente geht, haben wir nicht mal mehr einen Arzt. So gesehen ist man im Alter in der Stadt auch besser aufgehoben.«

Thereses Blick wurde immer düsterer. Edy runzelte die Stirn. Wenn man die Leute reden hörte, gingen in Maierhofen bald alle Lichter aus.

»Eine Kegelbahn wäre toll!«, ertönte es plötzlich ein paar Plätze weiter. Zu Edys Erstaunen war es Herr Müller, der alte Mesner der Laurentiuskirche, der sich diesen Zeitvertreib wünschte.

»Die leer stehenden Läden – fällt euch vielleicht dazu etwas ein?«, fragte Therese und klang leicht genervt.

»Es ist doch niemand so dumm, hier im Dorf einen Laden aufzumachen, wo es dem Einzelhandel doch selbst in der Stadt an den Kragen geht. Wer sollte denn hier in einem Schuhgeschäft einkaufen? Oder in einer Boutique? Nee, nee, das funktioniert nicht«, sagte ein Mann mittleren Alters. Während er sprach, plusterte er seine Brust über dem Bierwanst auf wie ein Gockel auf Brautschau. Um Beifall heischend schaute er in die Runde und hob seinen Bierkrug. »Was ich mir jedoch vorstellen könnte, ist ein Sportstudio! Ein Mister Fitness wäre toll, so wie es in der Stadt einen gibt, da wäre ich das erste Mitglied!«

Willkommen zur Fred-Show, dachte Edy und warf seinem alten Schulkameraden einen missmutigen Blick zu. *Fred, the man.*

Als sie noch Kinder waren, war der Bauerssohn immer derjenige, der die anderen zu Mutproben aufforderte. Wer springt von der Spitze der Pappel am weitesten in den Weiher hinein? Wer bleibt am längsten unter Wasser? Wer wagt es, die Erzieherin im Kindergarten zu erschrecken?

Dass Edy sich auf keine dieser Mutproben einließ, hatte Fred stets zu Hohn und Spott veranlasst. Als Edy auch darauf nicht ansprang, war Fred gemein geworden, hatte Edy unter Wasser gedrückt oder ihm die Wurstbrote, auf die alle immer so neidisch waren, geklaut.

Statt den Hof seiner Eltern zu übernehmen, hatte Fred eine Flaschnerlehre begonnen, diese aber nicht beendet.

Den Hof hatte dann sein jüngerer Bruder bekommen. Seit Jahren war Fred nun schon bei wechselnden Zeitarbeitsfirmen in der Stadt beschäftigt. Er rückte an, wenn ein Klo verstopft war, ein Steinboden herausgeklopft werden musste oder bei anderen Arbeiten, für die man außer Kraft nicht viel benötigte.

Fred schwadronierte weiter über das Sportstudio, weder Therese noch der Werbefrau gelang es, die Diskussion wieder in die richtige Spur zu bringen.

»Wenn der Fred ein ordentliches Tagwerk hätte, bräuchte er abends nicht ins Sportstudio zu gehen«, raunte Roswitha Edy ins Ohr.

Edy grinste.

»Hat vielleicht jemand noch eine Idee, die eher der Allgemeinheit zugutekäme?«, fragte Therese in die Runde.

»Eine Saunalandschaft wäre toll, mit einem Zaubergarten voll duftender Blüten und Wellnessanwendungen und so«, sagte Elfie Scholz vom Elektroladen, und ihre blaugrünen Augen glänzten. »Dafür würden sicher auch die Leute aus den umliegenden Dörfern zu uns kommen.«

Edy lächelte. Elfie war schon immer eine Träumerin gewesen. Dank der Fantasie seiner ehemaligen Schulkameradin wäre aus ihr bestimmt eine gute Malerin geworden oder eine, die Kinderbücher schrieb. Aber solch eine Karriere war im Maierhofen der 1960er-Jahre nicht vorgesehen gewesen. Und so hatte Elfie gleich nach der Schule begonnen, im Elektrogeschäft ihres Vaters mitzuarbeiten, so, wie es von ihr erwartet wurde. Statt zwischen Steckdosen, USB-Sticks und Mehrfachsteckern zu versauern, hatte sie jedoch den Laden im Laufe der Zeit zu ihrem eigenen gemacht. Immer neue Waren hatte sie ins Sortiment aufgenommen. Kerzen, Geschenkartikel, Seidenblumen – alles von besonderer Güte und Schönheit. Wer heute zu Elektro Scholz kam, wurde von einer zufriedenen Elfie bestens bedient. Die gute Beratung und das schöne Angebot – beides hatte sich unter den Leuten herumgesprochen, sodass selbst die Pendler ihre Geschenke lieber in Maierhofen kauften als in der Stadt, wo sie ihrer Arbeit nachgingen.

»Ich mach mir die Welt halt, wie sie mir gefällt«, hatte Elfie Scholz einmal zu ihm gesagt und dabei genauso spitzbübisch dreingeschaut wie Pipi Langstrumpf, von der das Zitat stammte.

Wenn mir das nur auch gelingen würde, dachte Edy traurig.

»Mit einer Sauna allein lockst du niemanden hinter dem Ofen hervor, ein ganzes Gesundheitszentrum müssten wir bekommen. *Das* würde richtig viele Arbeitsplätze bieten!«, sagte Jessy, die Tochter von Magdalena.

Die Werbefrau, die Elfie und Jessy aufmerksam zugehört hatte, sagte: »Die Frage, die wir uns stellen müssen, lautet: Was hätte Maierhofen dem Betreiber eines Gesundheitszentrums zu bieten? Gibt es im Ort besonders geeignete Bauflächen oder eine Heilquelle, mit der das Gesundheitszentrum werben könnte?«

Therese schüttelte den Kopf, die Versammelten ebenfalls.

»Aber bei uns ist es so schön ruhig. Und die Luft ist nicht so verpestet wie in der Stadt. Ist das nichts?«, fragte Elfie. »Ich finde, wir sollten Jessys Idee mit dem Gesundheitszentrum nicht gleich wieder verwerfen.«

Zum ersten Mal an diesem Abend kam eine kleine Diskussion in Gang.

Edy hörte dem Meinungsaustausch schweigend zu. Es war nicht so, dass er keine Meinung zum Thema Gesundheit hatte, im Gegenteil! Doch seine Meinung war so dezidiert, dass sie bestimmt niemand hätte hören wollen.

Sein Blick wanderte über die versammelten Maierhofener. Die meisten davon kannte er von Kindesbeinen an, viele waren Kunden in der Metzgerei. Dennoch fühlte er sich seltsam distanziert, fast isoliert. Als säße er auf einer einsamen Insel, an der zwar viele Schiffe vorbeikamen, aber keins jemals ankerte.

Edy hatte nie viele Freunde gehabt, weder als Jugendlicher noch als erwachsener Mann. Keine Kumpels zum Biertrinken oder mit denen er ein Musikfestival besuchte. Dass Männer so etwas gemeinsam taten, davon las er im Internet. Er hatte sich auch nie fürs Motorradfahren interessiert, besaß nicht mal ein Mountainbike.

Es war nicht so, dass Edy die Menschen nicht mochte. Aber viel mehr als die Menschen liebte er die Natur. Er beobachtete gern die Vögel und konnte fast jede Pflanze bestimmen, die auf den Wiesen rund um Maierhofen wuchs. Besonders mochte er die Alpenländischen Orchideen. Wann immer er einen Mücken-Händelwurz entdeckte, ging ihm das Herz auf.

Und dann war da noch die Igel-Rettungsstation, die er aufgebaut hatte, zu der jedoch kaum je ein Igel gebracht wurde, weil in Maierhofen niemand an so etwas dachte und der Ort zu weit von der nächsten Stadt entfernt lag. Statt das Ganze deswegen aufzugeben, war Edy vor Jahren dazu übergegangen, sein Wissen über die stacheligen Tiere per Internet zu teilen. Als Igel-Doc war er längst eine Koryphäe im Netz, was in Maierhofen jedoch niemand wusste. Edy sah keinen Sinn darin, solche Dinge den Leuten zu erzählen. Dass sie, wie er sehr wohl wusste, von ihm behaupteten, er sei nicht die hellste Kerze auf der Torte, war ihm egal. Brannte die hellste Kerze etwa schöner, länger, besser als die anderen? Hauptsache, man brannte überhaupt für etwas...

Eigentlich hätte er verbittert sein müssen, doch Edy hatte schon vor langer Zeit für sich entschieden, die Menschen so zu nehmen, wie sie waren. Keiner konnte schließlich aus seiner Haut heraus. Und das Leben war eindeutig leichter zu ertragen, wenn man nicht mit jedermann gram war.

Vorne links im Saal meldete sich nun eine der jungen Mütter zu Wort. »Ein Schullandheim mit Klettergarten und Erlebnisprogramm könnte sich in Maierhofen auch ansiedeln. Dann kämen viele Schulklassen aus ganz Deutschland hierher. Kinder futtern doch ständig Süßigkeiten und Fastfood, vielleicht würde sich dann sogar ein Supermarkt lohnen. Oder ein Imbiss oder...«

Edy schaute unauffällig zu Roswitha. Bisher hatte sie, bis auf ihren Einwurf ganz am Anfang, wie er nur schweigend zugehört. Wie sich die Zeiten änderten, dachte Edy wehmütig. Als junges Mädchen hatte Roswitha eine große Klappe gehabt und diese mit kraftvoller Stimme und funkelnden Augen eingesetzt. Eine richtige Wortführerin war sie gewesen, aber eine, die im Gegensatz zu den Großmäulern wirklich etwas zu sagen gehabt hatte. Sie war zwar keine besondere Schönheit gewesen, aber mit ihrer drahtigen Figur, ihrem Selbstbewusstsein und den unzähmbaren braunen Locken hatte sie ihm besser gefallen als jede andere. Jeans und ein schwarzes T-Shirt – darin hatte Roswitha in seinen Augen anziehender gewirkt als alle herausgeputzten jungen Mädchen mit Glitzertops. Während andere von New York, München oder Memmingen träumten, hatte Roswitha von Anfang an gewusst, dass sie in Maierhofen bleiben und den Hof ihrer Eltern übernehmen würde. Um diese innere Überzeugung hatte er sie fast beneidet. Statt einer Metzgerlehre hätte er viel lieber mit lebenden Tieren gearbeitet oder etwas im Naturschutz gemacht. Aber solche Jobs gab es damals kaum, zumindest hatte er nicht davon erfahren. Und selbst wenn man ihm ein Angebot auf einem silbernen Teller präsentiert hätte, hätte er sich nicht getraut, seinem Vater zu sagen, dass er sich einen anderen für die Metzgerei suchen musste.

Als spürte Roswitha seinen nachdenklichen Blick, schaute sie auf. Ihre Blicke trafen sich, sie lächelten verlegen. Edy schaute als Erster weg, doch kurze Zeit später wanderte sein Blick unter gesenkten Lidern doch wieder zu Roswitha hinüber.

In ihren braunen Locken war schon mehr als eine graue Strähne zu sehen. Wir werden alle nicht jünger, dachte Edy traurig.

Roswitha … Wie wäre sein Leben wohl verlaufen, wenn er sich damals getraut hätte, um sie zu werben? Wären sie jetzt ein altes Ehepaar, so wie seine Eltern? Er hätte sie bestimmt nicht verlassen, so wie Alfons es getan hatte.

Wie so oft im Leben hatte ihm auch damals seine Schüchternheit im Weg gestanden. Der drei Jahre ältere Alfons aus dem Nachbarsort hingegen hatte keine Hemmungen gehabt. Verzagt hatte Edy die beiden mit einem Eis in der Hand auf dem Marktplatz gesehen oder Arm in Arm am Weiher entlangbummeln. Und bald darauf war Roswitha schon verheiratet gewesen.

Ihm kam ein neuer Gedanke: Wäre er damals mutiger gewesen, säße Roswitha dann jetzt nicht so stumm und mit gesenkten Schultern hier? Wäre von ihrer einstigen Verwegenheit an seiner Seite mehr übrig geblieben?

»Eine Outlet-Mall wäre toll! Mit ganz vielen Designermarken. Dafür würden die Leute aus Nah und Fern nach Maierhofen kommen«, warf eine Frau mit grell geschminkten Lippen gerade ein. Edy sah sie hin und wieder mit ihrem Sportwagen vorbeibrausen, sie wohnte hinten im Neubaugebiet, eine Kundin in der Metzgerei war sie jedoch nicht.

»Man könnte auch was mit Pfarrer Kneipp machen! Wassertretpfade und irgendwas mit Kräutern...«, sagte ein anderer so beiläufig, dass niemand genauer hinhörte. Auch Edy nicht.

In einem Jahr wurde er fünfzig. Er lebte im Haus seiner Eltern – in einer eigenen Wohnung zwar, aber noch immer wusch seine Mutter seine Wäsche und kochte für ihn mit. Er hätte gern eine eigene Familie gehabt, aber irgendwie war daraus nichts geworden, wie aus so vielem nicht. Nun waren die besten Jahre vorüber, ohne dass er sie je wirklich erlebt hatte. Seine Haare wurden von Jahr zu Jahr dünner, und auf seinen Handrücken waren schon die ersten Altersflecken zu sehen. Wie also kam er auf die wahnwitzige Idee, dass Roswitha ausgerechnet an *seiner* Seite ein spannendes Leben führen würde?

»Vielleicht könnte man auch die Ideen der Landfrauen aufgreifen«, meldete sich Roswitha nun doch zu Wort. »Im Landwirtschaftlichen Wochenblatt werben sie immer wieder dafür, dass wir unsere Höfe attraktiver machen sollen. Damit könne man Städter anlocken. Einkaufen auf dem Bauernhof und so …«

Edy sah, wie Elfie Scholz und Monika Ellwanger vom Schreibwarenladen die Stirn runzelten. Die alten Bauernhöfe gingen sie nun wirklich nichts an.

»War nur so eine Idee … Ich habe eh kein Geld für eine teure Renovierung, obwohl einiges fällig wäre«, murmelte Roswitha, und ihre Schultern sackten nach unten.

Aber nicht die schlechteste Idee, die er an diesem Abend gehört hatte, dachte Edy und ärgerte sich, dass er es nicht laut sagte.

Roswitha und er, sie waren beide wie Ölgemälde, die im Laufe der Zeit zu Aquarellen verblasst waren und …

»Edy Scholz, du hast bisher gar nichts gesagt, dabei kauft bei euch doch ganz Maierhofen ein, und somit hast du dein Ohr immer am Puls der Zeit«, weckte Therese ihn aus seinen Tagträumen auf.

Er sollte das Ohr am Puls der Zeit haben? Was glaubte Therese denn, worüber sich die Kunden unterhielten, während sie warteten, bis sie an der Reihe waren?

Einen Moment lang war er tatsächlich versucht, etwas zu sagen. Er öffnete den Mund, doch dann schloss er ihn wieder. Wie ein Karpfen, der vergeblich nach einem

Bröckchen Brot geschnappt hatte, dachte er und schüttelte verwirrt den Kopf.

Die Anwesenden nickten verständnisvoll. Typisch Edy, nicht die hellste Kerze auf der Torte.

10. Kapitel

»Die Verhandlungen dauern noch an, du weißt ja, wie das ist, wenn viele Geschäftspartner mit ihm Spiel sind. Jeder hat etwas beizutragen, jeder kämpft für seinen Ansatz, und morgen sind die Ideen von heute schon nichts mehr wert«, sagte Greta, während sie im Schneidersitz auf ihrem Bett saß. »Das Ding ist jedenfalls noch lange nicht in trockenen Tüchern«, fügte sie hinzu, und ihr Mobiltelefon gab ein schwaches Piepsen von sich.

»Über welchen Werbeetat reden wir hier noch mal?« sagte Norbert Fischli am anderen Ende der Leitung.

»Die Brüsseler wollen sich diesbezüglich noch mit Details melden«, erwiderte Greta gedehnt, und ihr Handy piepste noch jämmerlicher. Allmählich hatte sie in Bezug auf die Tatsache, dass Therese ihr die Unterlagen nicht aushändigte, die schlimmsten Befürchtungen. Was, wenn es sich bei dem Etat lediglich um ein paar Tausend Euro handelte?

»Ach, und du machst in der Zwischenzeit Urlaub auf unsere Kosten? Von wegen ›die Verhandlungen dauern noch an‹. Ich gebe dir noch drei Tage, dann will ich Ergebnisse sehen!«, kam es dagegen umso lauter aus Frankfurt.

Drei Tage. Das reicht doch nie und nimmer, dachte

Greta dumpf und hängte ihr Handy an die Ladestation. Wenn es für sie nur auch solch eine Ladestation gäbe …

»Und wenn bei der Kernspintomografie herauskommt, dass eine Konisation nicht ausreicht? … Eine Hysterektomie. O.k. … im Anschluss daran … adjuvante Strahlentherapie … in einem Zeitraum von … aha …« Den Hörer zwischen Ohr und Schulter eingeklemmt, die Stirn gerunzelt, kritzelte Therese hektisch auf einen Notizblock. Als sie Greta hereinkommen sah, sagte sie: »Danke für die Infos, ich melde mich später noch mal.«

»Sorry, ich wollte nicht lauschen, aber sag mal, bist du krank?«, fragte Greta beunruhigt. Nachdem sie zwei Stunden vor dem weißen Bildschirm ihres Laptops gesessen hatte, ohne einen hilfreichen Gedanken aufzuschreiben, hatte sie ihr Zimmer fluchtartig verlassen.

»Quatsch!«, sagte Therese barsch. Sie stand auf und stopfte ihren Notizblock in die Schublade der Theke. »Den gestrigen Abend hätten wir uns auch schenken können, oder?«

»Na ja …«, sagte Greta gedehnt. »Dass beim ersten Meeting nicht gleich ein Knaller produziert wird, ist in einem kreativen Prozess völlig normal. Ich war schon froh, dass die Leute sich überhaupt so zahlreich zu Wort gemeldet haben – und das nach meinem völlig verklausulierten Anfang! *Unique Selling Points* …« Sie verdrehte die Augen.

»Dein Werbegeschwafel hättest du dir echt schenken können. Wärst du nicht meine Cousine, hätten sie dich wahrscheinlich von der Kanzel gejagt.« Therese lachte, doch ihre Stimme klang eher tadelnd. »Aber du hast schon recht – auf meine Maierhofener ist Verlass. Deshalb ist es mir ja so wichtig, für sie vorzusorgen, wenn ich…« Sie brach ab, da Sam mit einer Sackkarre und zwei Fässern Bier hereinkam.

»Bei der Menge an Bier, die gestern Abend über die Theke ging, ist entweder sehr viel oder sehr wenig bei eurem Treffen herausgekommen«, sagte der Koch grinsend. »Ich tippe mal auf Letzteres.«

Therese warf ihm einen giftigen Blick zu. »Worauf *du* tippst oder nicht, interessiert mich reichlich wenig. Es wäre hilfreicher gewesen, wenn du gestern Abend dabei gewesen wärst, statt einfach zu verschwinden.«

Sam stutzte. »Hallo? Darf ich dich daran erinnern, dass ich gestern freihatte? Noch entscheide ich, was ich in meiner Freizeit mache.«

»Allem Anschein nach ist dir alles wichtiger, als Maierhofen zu helfen. Und du? Hast du heute auch noch etwas anderes vor als Maulaffen feilzuhalten?«, pfiff Therese im nächsten Moment Greta an. »An deiner Stelle würde ich mich mal ein bisschen mit der Planung ranhalten!« Im nächsten Moment rauschte sie davon.

Baff schaute Greta ihrer Cousine hinterher. Welche Kröte war Therese heute nur über die Leber gelaufen? Und was hatte sie gemeint, als sie sagte, sie wolle für die Maierhofener vorsorgen?

Sie schnappte ihre Handtasche und ging aus dem Haus. Erst pflaumte Norbert sie an, nun auch noch Therese – der Tag fing ja wirklich prächtig an.

Greta atmete tief das würzige Aroma von Magdalenas frisch gebrühtem Kaffee ein, als könne sie dadurch die düstere Stimmung des Morgens vertreiben. Der Anblick der frischen Backwaren, das freundschaftliche Geplauder unter den morgendlichen Stammkunden, deren Seufzen, wenn Cora hinter der Theke mal wieder nicht in die Gänge kam – die ganze Atmosphäre fühlte sich angenehm familiär an und war tröstlich zugleich.

Als kein anderer Kunde mehr im Laden war, ging Greta zur Theke, wo Magdalena etwas in ihr Bestellbuch schrieb. Greta räusperte sich und sagte: »Was ich Sie schon länger fragen wollte … Wie kommt es eigentlich, dass Ihr Brot so viel besser schmeckt als das, was ich in Frankfurt zu kaufen bekomme? So eine herrliche Kruste und innendrin so luftig …«

Die Bäckerin schaute von ihren Notizen auf. »Wir backen noch im Holzofen, nicht in Industrieöfen. Unser Backhäuschen ist über hundert Jahre alt.« Stolz wies sie mit dem Kopf hinters Haus. »Außerdem verwende ich keine Backmischungen, sondern nur meine eigenen Rezepte. Das ist alles.«

»Jetzt stellen Sie Ihr Licht aber unter den Scheffel«, sagte Greta lachend. »Steckt nicht doch ein bisschen mehr dahinter? Es ist ja nicht nur Ihr Brot, das so gut schmeckt. Auch die süßen Teilchen, die Kuchen, die deftigen Quiches … Ich könnte mich mühelos einmal quer durch Ihre Ladentheke futtern«, fügte sie mit einem schrägen Grinsen hinzu.

»Niemand hält sie davon ab«, erwiderte Magdalena lachend. Sie bedachte die Bleche, auf denen die Backwaren dicht an dicht lagen, mit einem liebevollen Blick. »Ich backe einfach für mein Leben gern. Und ich gehe dabei keine Kompromisse ein, sondern mache alles so, wie ich es für richtig empfinde. Bei mir gibt's Erdbeerkuchen halt nur zur Erdbeerzeit. Und das Rhabarbertörtchen, das Sie vorhin gegessen haben, kann ich Ihnen in zwei Wochen schon nicht mehr anbieten, weil dann die Rhabarberzeit vorbei ist. Natürlich könnte ich in den Großmarkt in der Stadt fahren und noch welchen holen, aber mein Obst kommt nur hier aus der Gegend. Und wozu Rhabarber essen, wenn dann schon die ersten Kirschen reif sein werden?« Magdalena schwärmte von Kirschenwähen, Kirsch-Joghurt-Torte und Streuseltalern mit Kirschen. »Ein richtiges Fest wird's, wenn am Ende des Sommers die Zwetschgen und Äpfel reifen ...«

Greta spürte, wie ihr allein vom Zuhören das Wasser im Mund zusammenlief. Und noch etwas spürte sie – in ihrem Bauch: ein sehnsuchtsvolles Kribbeln. Wieder einmal so für die eigene Arbeit brennen, wie Magdalena es tat – was würde sie dafür geben!

Da ihr allein schon beim Gedanken an ihr Fremdenzimmer graute, beschloss Greta, die ihr noch verbleibende Zeit für einen längeren Spaziergang zu nutzen.

Vor zwei Tagen hatten Therese und sie von der jungen Sennerin Madara eine handgeschriebene Nachricht erhalten, in der diese erklärte, dass sie wegen der zwanzig Kühe, mit denen sie den Sommer auf der Alpe verbrachte, nicht zur Versammlung kommen könne, dass Greta jedoch jederzeit oben auf dem Berg willkommen sei. Bisher kannte Greta nur den Sennerkäse, der so herrlich nach einer Blumenwiese duftete, nun wollte sie die Schöpferin des Käses auch persönlich kennenlernen. Madara sei eine richtige Aussteigerin, hatte Therese ihr erklärt, früher sei sie Animateurin in den Ferienclubs auf den Kanarischen Inseln gewesen. Von der Polonaise am Pool bis zum Kühehüten auf dem Berg – diese Karriere interessierte Greta. Als Neubürgerin hatte Madara vielleicht einen besonderen Blick auf Maierhofen, sah Dinge, die andere aus Gewohnheit schon längst nicht mehr wahrnahmen.

Du rennst vor dir selbst weg, dachte Greta selbstkritisch, während sie, Magdalenas Beschreibung folgend, den Berg hochstapfte. Als ob eine Sennerin ihr helfen könnte! Es war inzwischen fast albern, wie sie sich an jedes Zipfelchen Hoffnung klammerte.

»Ist das schön hier«, flüsterte sie andächtig, als sie eine Stunde später auf dem Berg stand und auf Maierhofen hinabschaute, das in die hügelige Landschaft eingebettet schien wie eine Preziose in ein Fabergé-Ei. Sie erkannte den quadratischen Marktplatz, rings um den sich alles konzentrierte, die Kirche mit ihrem etwas zu großen Turm, die Hauptstraße, die ihren Namen zu Recht trug. Von oben betrachtet hatte alles eine wohltuende Ordnung, die Greta bei ihren Spaziergängen bisher nicht bemerkt hatte.

»Die vielen Höfe, der Weiher... alles sieht so pittoresk aus.«

»Und nirgendwo eine störende Autobahn oder riesige Strommasten«, sagte Madara, die in schmutzigen Jeans und einer Karobluse neben ihr stand. »Ich war schon an vielen Orten der Welt, aber keiner ist mir bisher so gut bekommen wie Maierhofen. Hier liegt etwas ganz Besonderes in der Luft, und damit meine ich nicht die Ausscheidungen meiner Hübschen.« Lachend nickte sie in Richtung der Kühe, deren Glocken bei jedem Schritt melodisch bimmelten. Die frei laufenden Tiere hatten Greta zu Anfang Angst gemacht, doch Madara hatte sie beruhigt – solange sie die Kühe in Ruhe ließ, taten sie es umgekehrt auch.

Greta wollte mit einem Scherz antworten, doch in Wahrheit klang sie eher verzweifelt. »Wenn ich dieses ›ganz Besondere in der Luft‹ nur auch spüren würde, dann bekäme ich vielleicht endlich eine Eingebung! Drei jämmerliche Tage gibt mir mein Chef noch, dann muss ich zurück in die Agentur. Früher hat mir solch ein Zeitdruck nichts ausgemacht, aber im Augenblick habe ich das Gefühl, er schnürt mir den Hals zu. Therese wäre sicher total enttäuscht, wenn ich nichts zustande bringe – zu Recht! Ich solle endlich etwas arbeiten, statt sinnlos meine Zeit zu verbummeln, hat sie mich heute Morgen angeraunzt. Als ob ich mich an den Rechner setzen und einfach mithilfe einer altbewährten Formel eine Kampagne erstellen könnte! So funktioniert das leider nicht…

Ich kenne inzwischen jeden Winkel von Maierhofen, ich habe mit vielen Leuten gesprochen, gestern dann noch die Versammlung, und dennoch – nichts!« Greta schüttelte den Kopf. »Nachts liege ich wach und grüble… Es ist echt zum Mäusemelken!« Bevor sie sich dagegen wappnen konnte, schossen ihr Tränen in die Augen.

O Gott, nicht genug, dass sie sich vor einer völlig Fremden ihre Sorgen von der Seele redete – jetzt ließ sie sich auch noch derart gehen.

»'tschuldigung«, schluchzte sie, »normalerweise heule ich den Leuten nicht die Ohren voll…« Was, wenn sie es gar nicht mehr draufhatte? Wenn's das gewesen war?

Madara kraulte einer Kuh, die zu ihr gekommen war, ein wenig den Hals, dann schickte sie das Tier mit einem sanften Klaps wieder zu den anderen. Sie wandte sich Greta zu, die sich inzwischen wieder ein bisschen beruhigt hatte, und sagte: »Vergiss mal Therese und deinen Boss! Und vergiss auch die Drei-Tages-Frist. Warum vertraust du dir nicht ein bisschen mehr? Bestimmt hattest du schon ganz andere harte Nüsse zu knacken und hast das auch hinbekommen. Du gehörst doch nicht umsonst zu den Besten deiner Branche.«

Greta zog geräuschvoll die Nase hoch. Dass Madara sie duzte, empfand sie als seltsam tröstlich.

»Mir selbst vertrauen – genau dieses Gefühl ist mir abhandengekommen. Statt mir zu vertrauen, zweifle ich derzeit an allem: an meinem Job, an meinen Fähigkeiten, ach, einfach an allem eben!« Sie warf ihre Handtasche, in der sie vergeblich nach einem Taschentuch gekramt hatte, vor sich ins Gras.

Madara lachte wissend, als käme ihr das alles bekannt vor. »Jetzt entspann dich mal wieder, schau in die schöne Landschaft, atme tief durch…« Noch während sie sprach, setzte sie sich auf einen großen Felsbrocken und winkte Greta zu sich. Greta, von ihrem Gefühlsausbruch erschöpft, ließ sich dankbar neben ihr nieder. Der Stein war von der Sonne angewärmt. Wie bei einer Hot Stone Massage, nur umsonst, dachte Greta, und es gelang ihr schon wieder ein kleines Lächeln.

Madara, der die Veränderung nicht entgangen war, lächelte ebenfalls. Aufmunternd sagte sie: »Es kann gut sein, dass du eines Morgens aufwachst und deine Werbekampagne fix und fertig im Kopf vorfindest! Die ganze Gegend hier ist ein einziger riesiger Kraftort, die Berge, die Seen – das alles spendet unglaublich viel Energie, ohne dass man etwas dafür tun muss. Vielmehr tut die Landschaft etwas für dich.« Sie machte eine weit ausholende Handbewegung, mit der sie die ganze Gegend einschloss. »Ich weiß, das hört sich jetzt sehr esoterisch an. Wenn's dir besser gefällt, reden wir von der Magie des Alltäglichen, aber eins weiß ich aus Erfahrung: Auf der Suche nach solch einer Energie kannst du *noch* so viel Geld hinlegen, *noch* so weit reisen, ohne dass du fündig wirst. Entweder du bekommst sie geschenkt, oder du bekommst sie gar nicht. Was diese Landschaft hier ausstrahlt, kannst du nicht künstlich in einem Ferienresort erzeugen, auch wenn viele Urlauber das glauben. Mich wundert es jedenfalls nicht, dass sich hier in der Gegend viele Künstler angesiedelt haben.«

»Welche Künstler?«, merkte Greta sogleich auf.

Madara lachte nur. »Vergiss es! Die Kreativen hier sind auch ohne große Werbekampagnen erfolgreich. Die wollen einfach nur in Ruhe gelassen werden.« Madara strich sich eine rote Haarsträhne aus der Stirn, und Greta sah, dass sie dort ein Tattoo hatte. Es ähnelte einem Bindi, wie es die Inderinnen trugen. Das dritte Auge – vielleicht würde sie damit auch endlich den Durchblick haben, dachte Greta ironisch.

»Und du willst wahrscheinlich ebenfalls in Ruhe gelassen werden, was? Hoffentlich gehe ich dir mit meinen Fragen nicht auf die Nerven«, sagte sie. »Aber mich würde echt interessieren, wie du hier gelandet bist, oder anders gesagt, warum du hiergeblieben bist.«

Madara lachte erneut. »Ein bisschen war es Zufall, ein bisschen Bestimmung…« Mit angenehmer Stimme begann sie zu erzählen.

Ständig eine Atmosphäre der oberflächlichen Spaßkultur, keine Zeit für eine innere Einkehr, der Druck, rund um die Uhr gut drauf zu sein, immer nach einem Rhythmus leben müssen, den andere vorgaben… Irgendwann hatte Madara von allem die Nase voll gehabt. Als der Onkel ihres Vaters, der alte Kerschenhof-Bauer, ins Krankenhaus kam, weil er in der Scheune von der Leiter gefallen war, hatte die Familie Madara gefragt, ob sie für ein paar Wochen einspringen konnte. Es war Herbst gewesen, ihr Zeitvertrag war sowieso ausgelaufen, und so war sie nach Maierhofen gekommen.

Greta hörte schweigend zu, nickte und lächelte. Sie sah zwar nicht allzu viele Parallelen zwischen Madaras Leben und ihrem, dennoch fühlte sie eine tiefe Verbundenheit mit der jungen Frau, die so offen von sich erzählte.

Nachdem Madara zum Ende gekommen war, sagte Greta: »Um so radikal auszusteigen, wie du es getan hast, muss man sich seiner Sache ziemlich sicher sein. Ich glaube, so mutig wäre ich nicht. Aber ein *bisschen* aussteigen – das täte mir jetzt richtig gut…« Ehe sie sich's versah, erzählte auch sie von ihrem Leben, ihren Ängsten und Zweifeln. Doch irgendwann unterbrach sie sich und sagte: »Sorry, da komme ich hierher und belaste dich mit meinen Problemen. Eigentlich dachte ich, wir würden einfach nur ein bisschen plaudern.«

»Das tun wir doch«, sagte Madara schlicht. »Was deine ›Probleme‹ angeht: Du bist nach Maierhofen gekommen, als du geglaubt hast, es keinen Tag länger in der Agentur aushalten zu können. Das war doch schon der erste Schritt! Warte einfach ab, ob sich die nächsten Schritte nicht von selbst ergeben.« Die Sennerin stand auf und holte tief Luft. »Ich weiß ja nicht, wie es bei dir ist, aber mich machen solche Gespräche immer hungrig!«

Greta rappelte sich grinsend ebenfalls auf. »Du sprichst mir aus der Seele. Seit ich hier bin, bin ich zu einem richtigen Vielfraß geworden. Kein Wunder, bei euch auf dem Land schmeckt eben alles so gut.«

Einträchtig gingen sie zu der grob gezimmerten Sitzecke vor der Sennhütte, und Madara tischte ein einfaches Mahl aus Brot, Käse und ein paar Radieschen auf.

»Ist das Marmelade?«, sagte Greta und zeigte auf ein Glas mit rosafarbenem Inhalt.

Madara verneinte. »Das ist Rosenblütengelee, ich finde, es passt genial zum Bergblumenkäse. Es ist von Jessy, sie bekommt von mir im Gegenzug Käse. Kein schlechter Deal, was?«

Greta, die gerade ein Löffelchen Gelee auf der Zunge zergehen ließ, nickte.

»Der Holunderblütensirup ist übrigens auch von Jessy.« Madara zeigte auf den Krug, in dem Greta nur frisches

Quellwasser vermutet hatte. Doch als sie nun einen Schluck trank, nahm sie eine süße, würzige und gleichzeitig leicht säuerliche Note wahr.

»Das schmeckt ja super, so eine Limo habe ich noch nie getrunken!«, rief sie erstaunt. »Davon muss ich unbedingt eine Flasche kaufen.«

Madara lächelte wissend. »Jessy ist übrigens ebenfalls einfach hier hängen geblieben. Bis vor zwei Jahren lebte sie noch in Paris.«

Greta runzelte die Stirn. »Paris? Aber… Jessy ist doch Magdalenas Tochter…«

»Ja und?«, sagte Madara mit vollem Mund. »Sie hat Maierhofen nach einem Streit mit ihrer Mutter vor zwölf Jahren verlassen, und ich glaube, es ist ihr in der Fremde ziemlich gut gegangen. Ich finde es schon beachtlich, dass sie zurückgekommen ist.«

Greta war der Tochter der Bäckerin auf einem ihrer Spaziergänge schon begegnet. Jessy hatte auf dem Feldweg, der zum Weiher führte, von riesigen Büschen Holunderblüten gesammelt. Sie hatten ein paar Worte gewechselt, dann war jede wieder ihres Weges gegangen. Bei der Dorfversammlung war Jessy auch anwesend, von ihr war die Idee mit dem Gesundheitszentrum gekommen.

»Weißt du, warum Mutter und Tochter sich zerstritten haben? Das sind doch beide ganz patente, sympathische Frauen.«

»Keine Ahnung. Ich finde sowieso, dass jeder Familienstreit irgendwie albern ist, mit so etwas sollte man sich nicht aufhalten, dazu ist das Leben viel zu kostbar.« Madara zuckte mit den Schultern. »Und weil wir gerade beim Thema sind – Thereses Koch gehört auch zu denen, die hier hängen geblieben sind.«

Greta lachte. »Erst gestern Abend hat mir Therese die Geschichte erzählt, wie Sam ihr an einem hektischen Abend ausgeholfen und dann einfach dageblieben ist. Verrückt, oder?« Täuschte sie sich, oder hatte sich in Madaras Stimme ein sehnsüchtiger Ton geschlichen? Sie wartete darauf, dass die Sennerin weitersprach, doch die war auf einmal sehr mit ihrem Käsebrot beschäftigt.

»Sams Essen ist einfach göttlich! Gestern Abend hatte ich beispielsweise …« Sie winkte irritiert ab, als ihr auffiel, dass sie schon wieder übers Essen sprach. »Wenn du mich fragst, könnte Sam sich mühelos einen Stern erkochen! Stattdessen steht er bei Therese in der Küche, macht Schweinebraten oder pflegt die Gemüsebeete hinterm Haus. Normal ist das nicht, oder?«

»Wer bestimmt denn, was normal ist?«, erwiderte Madara. »Karrieremachen ist nicht zwingend eine Garantie für Glück.«

»So gesehen …«, murmelte Greta vage.

»Ob er ein so begnadeter Koch ist, wie du sagst, kann ich nicht beurteilen, so oft gehe ich nicht essen. Aber der Mann selbst täte mir schon gefallen …« Madara seufzte. »Ich finde, Sam hat so etwas Geheimnisvolles.«

Greta schnaubte. »Sein Geheimnis ist, dass er mich nicht leiden kann! Du müsstest mal sehen, welch giftige Blicke er mir ständig zuwirft. Und bei der Dorfversammlung war er auch nicht, dem wäre es am liebsten, ich würde eher heute als morgen verschwinden.« Noch ein Gedanke, den sie zum ersten Mal laut geäußert hatte, dachte sie.

»Ach, das bildest du dir sicher nur ein«, sagte Madara beschwichtigend. »Immerhin *wirft* er dir Blicke zu. Mich hat er, glaube ich, noch gar nicht bemerkt.«

»Dafür hält er auf deinen Käse große Stücke«, erwiderte Greta lachend. »Genau wie viele andere auch.« Sie scheuchte eine Wespe fort, die das letzte Stück Käse annagen wollte.

»Du verstehst es echt, mich zu trösten.« Madara seufzte, dann schenkte sie in zwei kleine Gläser Schnaps ein. »Der Kräuterige vom Kerschenhof, der räumt den Magen auf, probier mal.«

Der Schnaps war eine solche Wucht und wärmte sie so schön von innen, dass Greta glatt noch einen zweiten trank. Nicht nur Vielfraß, sondern auch noch Schluckspecht, dachte sie. Aber immerhin fühlte sie sich nun schon deutlich besser als zuvor.

Es war früher Nachmittag, als Greta wieder in der Goldenen Rose ankam. Sam war im kleinen Gemüsegarten neben dem Gasthof, schnitt Kräuter und pfiff dabei leise ein Lied.

Spontan beschloss Greta, seine offensichtlich gute Laune zu nutzen, um mit ihm ins Gespräch zu kommen. Sie trat näher.

»Petersilie und Basilikum habe ich im Sommer auch auf dem Balkon, aber was sind die anderen Kräuter?«

Sam strich sich eine seiner wilden Locken aus der Stirn. Seine braunen Augen verloren ihren warmen Glanz, als er Greta ansah. »Küchenkräuter eben. Wenn Sie mehr darüber erfahren wollen – hier in der Gegend gibt es viele

Gärtnereien, die sich auf Kräuterstauden spezialisiert haben.« Mit diesen Worten stand er auf und wollte an ihr vorbei in die Küche gehen.

Danke fürs Gespräch, Blödmann, dachte Greta. Der graue Kies knirschte unter ihren Wanderschuhen, als sie ihm den Weg versperrte.

»Ich weiß, dass Sie kein Interesse daran haben, mir in irgendeiner Form behilflich zu sein«, sagte sie mit verschränkten Armen und unverhohlenem Ärger in der Stimme, »aber vielleicht nehmen Sie sich Therese zuliebe kurz Zeit. Ich wäre nämlich wirklich sehr daran interessiert zu erfahren, was Maierhofen in Ihren Augen zu etwas Besonderem macht.«

Er stieß einen abfälligen Zischlaut aus. »Maierhofen ist ein Kuhdorf wie jedes andere auch. Hier gibt es nichts zu holen für Leute wie Sie, und je eher Sie das einsehen, desto besser. Falls Sie irgendwelche andersartigen Illusionen hegen, sollten Sie einen Arzt aufsuchen, der sich mit Wahnvorstellungen auskennt.«

Greta taumelte nach hinten, als hätte ihr jemand mit dem Holzhammer eins übergezogen.

11. Kapitel

Wie immer, wenn Christine mit den Hunden beim Kräutersammeln war, begann ihr Herz nach wenigen Minuten zu singen. Ganze Glücks-Chöre schmetterten in ihrer Brust, während eine tiefe Ruhe und Zufriedenheit sie umarmte wie ein zärtlicher Liebhaber. Sorgfältig schnitt sie Zweige vom wilden Majoran ab. Wie üppig das Kraut in diesem Jahr gedieh! Und wie freizügig es seinen einzigartigen Duft verströmte. Kein Wunder, dass es die Schmetterlinge anzog wie das Licht die Motten. Vielleicht sollte sie ein spezielles Majoransalz kreieren, statt das Kraut immer nur beizumischen?

Eigentlich erntete Christine lieber am späten Vormittag, wenn die Sonne die Kräuter zwar schon einige Stunden beschienen, aber noch nicht ausgedörrt hatte. Doch diese wertvolle Zeit hatte sie heute damit vertan, auf den Heizöllieferanten zu warten, der sich für acht Uhr angemeldet hatte und dann erst um kurz vor zwölf gekommen war. Die Tanks waren gerade befüllt gewesen, als Herbert schon in der Tür stand und nach seinem Mittagessen verlangte.

Jack begann zu bellen, und Joe, der intensiv in einem Mausloch buddelte, kläffte gleich ebenfalls los. Christine schaute auf und sah Greta mit einer Miene wie sieben Tage Regenwetter den Feldweg entlangstapfen.

Hatte die gestrige Versammlung sie verärgert? Der Abend war doch gar nicht so schlecht verlaufen – vielmehr hatte Christine sich gewundert, wie viele Wortmeldungen es gegeben hatte. Ein Gesundheitszentrum! Ein Klettergarten und eine Kegelbahn – auf so etwas wäre sie nie gekommen.

Christine nahm Korb und Schere auf und ging zurück in Richtung Feldweg.

»Ist es nicht herrlich hier? Bei dem schönen Wetter muss man einfach spazieren gehen, nicht wahr?«

»Diesmal bin ich einfach nur vor Sam geflüchtet«, erwiderte Greta schnaubend.

Schweigend hörte sich Christine an, welch ruppige Begegnung Greta mit dem Koch gehabt hatte. Seltsamerweise hatte auch sie in den letzten Tagen den Eindruck gewonnen, dass es Sam aus irgendeinem Grund nicht passte, dass Therese die Werbefrau zu Hilfe geholt hatte. Eine ironische Bemerkung hier, sein Fehlen bei der Dorfversammlung da …

»Bestimmt hat er das nicht so gemeint«, sagte sie und klang sogar in ihren eigenen Ohren wenig überzeugend.

Greta winkte ab. Sie zeigte auf Christines Kräuterkörbchen und sagte in ironischem Ton: »Darf ich wenigstens *Sie* fragen, was Sie da Schönes gesammelt haben?«

Christine lachte. »Das hier sind Majoran, Pimpernelle, Salbei …« Während sie sprach, hob sie die einzelnen Kräuter aus dem Korb, damit Greta sie sich anschauen und daran riechen konnte. »Damit stelle ich Kräutersalz her, das ich an Weihnachten oder zu Geburtstagen verschenke.

Ich finde, etwas Selbstgemachtes ist einfach persönlicher und zeigt dem Beschenkten, dass man ihn wertschätzt.«

»Und Sie kennen all die Kräuter hier? Das ist doch sicher schwierig.« Greta klang bewundernd.

»Ein bisschen Übung gehört schon dazu, vor allem die weißen Blüten sind nicht alle leicht auseinanderzuhalten«, sagte Christine. »Jahrelang bin ich mit meinem Bestimmungsbuch unterm Arm spazieren gegangen, vor jedem Kräutlein habe ich mich hingekniet und so lange in meinem Buch geblättert, bis ich sicher war, es identifiziert zu haben. Und obwohl ich inzwischen wirklich viele Kräuter kenne, entdecke ich immer wieder neue auf unseren Wiesen! Hat man erst einmal an der Pflanzenbestimmung Spaß bekommen, wird das zur Sucht. Das Allgäu ist so reich beschenkt worden, wie ein Garten Eden…« Sie verzog das Gesicht, als in der Ferne das Dröhnen eines Traktors zu hören war. »Leider ist es bald vorbei mit der Kräuterpracht, in den nächsten Tagen beginnen die Bauern mit dem Heumachen. Am Weiher und am Waldrand finde ich dann zwar immer noch was, aber so reiche Beute wie jetzt mache ich dann nicht mehr.«

»Kräutersalz? Macht Jessy nicht etwas Ähnliches? Kommen Sie sich da nicht in die Quere?«

»Um Himmels willen, nein!«, antwortete Christine. Was für eine seltsame Frage. »Zum einen ist es bei mir nur ein kleines Hobby, nie würde ich auf die Idee kommen, meine Salze und Kräutermischungen zu verkaufen.« Sie lachte verlegen. Sie und ein Internethandel – Herbert würde sie für verrückt erklären, wenn sie mit so etwas daherkäme! »Und zum andern hat sich Jessy ganz den süßen Sachen wie Marmelade, Sirup und gezuckerte Blüten verschrieben. Sie süß, ich würzig – wir ergänzen uns gut und freuen uns immer, wenn wir der anderen über ein neues Experiment berichten können. Und wenn etwas schiefgeht, dann trösten wir uns gegenseitig.«

»Wie schön sich das anhört«, sagte Greta und klang auf einmal sehr verloren.

Vor Christines innerem Auge tauchte plötzlich das Bild von Gretas Frankfurter Wohnung auf. Die cremefarbenen Designersofas, auf denen man so steif wie ein Brett saß. Die schwarzen Lackregale, auf denen sich teure Bildbände stapelten, in denen sie aber kein einziges zerfleddertes Taschenbuch gesehen hatte. Die Küche, die Greta die ganze Zeit über, in der sie, Christine, zu Besuch gewesen war, nicht betreten hatte. Das ganze Appartement hatte einen unbewohnten, einsamen Eindruck gemacht, und sie war froh gewesen, als sie wieder hatte gehen können.

»Darf ich Sie zu einer selbst gemachten Limonade einladen?«, fragte Christine spontan. »Erdbeerminze mit einem Spritzer Zitronensaft. Und wenn Sie mögen, zeige ich Ihnen auch, wie man ein Kräutersalz herstellt.«

Als Greta in Christines großzügigem Wohnzimmer stand, hauchte sie zum zweiten Mal an diesem Tag: »Ist das schön hier …«

Der offene Kamin, der Esstisch aus seidig glänzendem Birnenholz, die Eckbank, auf der sich Dutzende von kunterbunten Kissen stapelten, jedes aus einem anderen Stoff genäht. Das Einzige, was die verschiedenen Muster verband, waren ihre warmen Erdtöne. Das ganze Wohnzimmer war verglast und gab den Blick frei auf eine große, überdachte Terrasse, an die sich ein Garten anschloss, der in jedem Home-&-Garden-Hochglanzmagazin hätte brillieren können. Blühende Lavendelbüsche, ein Kräuterbeet, Kletterrosen, verschlungene Wege und überall Sitzecken, die zum Ausruhen und Lesen einluden. Christines Zuhause strahlte so viel gelebtes Leben und Liebe aus, dass Greta sich davon eingehüllt fühlte wie von einem hauchzarten wärmenden Pashminaschal.

Bewundernd zeigte Greta auf eine riesige Patchworkdecke, die wie zufällig hingeworfen über das dunkelbraune Ledersofa drapiert war. »Hast du die etwa auch selbst gemacht?« Sie schlug die Hand vor den Mund. »Oh, Verzeihung, das Du ist mir jetzt herausgerutscht. Ich wollte eigentlich …«

»Von mir aus können wir uns gern duzen, das ist bei uns auf dem Land sowieso üblich«, unterbrach Christine sie schmunzelnd, die an der großen Theke zwischen der offenen Küche und dem Essbereich stand und Butterbrote schmierte. »Nähen ist auch nur ein Hobby von mir, ich kann von schönen Stoffen nicht genug bekommen. Die Winter bei uns im Allgäu sind lang, da lernt man, sich zu beschäftigen. Bei uns gibt's ja nicht mal einen Aerobic-Kurs!« Sie lachte entschuldigend.

»Den gibt's bei uns auch nicht«, sagte Greta. »Jedes Mal, wenn ich meinem Sportstudio einen Besuch abstatte, was zugegebenermaßen eher selten vorkommt, haben die was Neues im Stundenplan. Bodycombat, Indian Balance, Piloxing... Frag mich bloß nicht, was damit gemeint ist!« Sie grinste. »Der letzte Kurs, den ich mitgemacht habe, hieß Balance Swing, dabei mussten wir auf kleinen Trampolinen herumbalancieren, mir ist von der ganzen Hüpferei richtig schlecht geworden. Vielleicht sollte ich mich auch lieber einer Handarbeit widmen.«

»Es gibt so viele schöne Dinge, die man tun kann, und gemeinsam macht alles doppelt so viel Spaß«, sagte Christine. »Mit Elfie Scholz zum Beispiel sitze ich mindestens einmal in der Woche zusammen, wir stricken, häkeln, trinken Tee und ratschen.« Sie schmunzelte. »Monika Ellwanger wiederum – sie führt den Schreibwarenladen an der Ecke – arbeitet mit Alteisen. Wenn man im Winter abends an ihrem Haus vorbeikommt, sprühen aus ihrer Garage nur so die Funken von ihrem Schweißgerät! Hinten in meinem Garten steht auch eine Skulptur von ihr, ein riesengroßer Fantasievogel. Also... ich könnte dir noch viele spannende Dinge erzählen. Wir organisieren uns unsere Langeweile einfach weg«, endete sie lachend.

Greta schwieg betreten. Wie vorschnell hatte sie Christine bei ihrem Besuch in Frankfurt den Stempel »Graue Maus« verpasst! Und nun musste sie erfahren, dass diese Frau vielseitig interessiert und sehr kreativ war. Da konnte man fast ein bisschen neidisch werden...

Christine fuhr fort: »Am Samstagabend findet beispielsweise ein großes Fest auf dem Marktplatz statt, das alle gemeinsam organisiert haben. Speis und Trank, Musik und die Unterhaltung – alles ›Made in Maierhofen‹. Das darfst du dir keinesfalls entgehen lassen.«

Bier vom Fass und gegrillte Würstchen, und dazu noch ein DJ, der alte Schallplatten auflegte, während auf einer Bretterbühne der Sockenhupf stattfand, dachte Greta spöttisch. Oder spielte hier in der Gegend nicht vielmehr eine Blaskapelle auf?

»Eigentlich ist Freitag mein letzter Tag, am Montag muss ich wieder in der Agentur antanzen«, sagte sie gedehnt. Doch dann sah sie Christines enttäuschte Miene und fuhr fort: »Aber vielleicht hänge ich das Wochenende einfach noch dran.« Seltsam, die Cousine hatte das »spektakuläre« Fest noch gar nicht erwähnt. Irgendwas stimmte mit Therese nicht, schoss es Greta durch den Kopf.

»Du gehst zurück nach Frankfurt? So schnell?«

Greta zuckte nur mit den Schultern.

Christine stellte einen Teller mit den Butterbroten auf den Tisch, dann holte sie drei kleine bauchige Gläser aus dem Regal und baute sie vor Greta auf. »So, und jetzt probier mal! Meine Kräuter der Provinz, das Zitronen-Rosmarin-Salz und die Kräutermischung für alle Fälle – streu dir einfach ein bisschen davon aufs Brot.«

Hunger hatte Greta nach der reichlichen Mahlzeit bei Madara zwar nicht, aber die Salze sahen so schön bunt gesprenkelt aus, dass sie sie einfach versuchen musste.

»Salz konserviert nicht nur den Geschmack, sondern auch die Farbe, deshalb ist das Gelb der Zitronenzesten und das Grün vom Rosmarin so schön erhalten geblieben«, sagte Christine, als könnte sie Gretas Gedanken lesen. »Außerdem sind Kräutersalze viel aromatischer als manche reine Kräutermischung.«

Das Salz schmeckte leicht zitronig, ein wenig bitter,

würzig ... Herzhaft biss Greta noch einmal von ihrem Brot ab. Täuschte sie sich, oder war da auch eine pfeffrige Note zu schmecken?

»Das zu einem gegrillten Fisch ...«, murmelte sie genießerisch.

»Dafür nimmt Sam es auch«, sagte Christine mit stolzem Unterton. Sie tauchte ein kleines Löffelchen ins zweite Glas und ließ ein bisschen Salz auf ein weiteres Stück Brot rieseln. »Meine Kräuter der Provinz, bitte schön.«

»Was für ein nettes Wortspiel«, sagte Greta lächelnd. »Was ist darin enthalten?«

»Thymian, Majoran, Estragon, ein Hauch Knoblauchflocken, dazu ein paar geheime Zutaten ... Edy Scholz würzt mit diesem Salz seine Grillwürste, ich selbst nehme es auch für Gemüsegerichte aller Art. Na, was sagst du?«

Greta schaute Christine mit großen Augen an. »Das ... das ist ja superlecker, fantastisch, köstlich! Du meine Güte, wie nanntest du es vorhin – nur ein kleines Hobby? Diese Salze würden einen Alfons Schuhbeck oder Johann Lafer vor Neid erblassen lassen. Du solltest dir wirklich überlegen, ob du sie nicht doch professionell vertreiben willst.«

»O nein, das wäre nichts für mich«, winkte Christine sogleich ab. »Um aus einem Hobby ein Geschäft zu machen, sind ein langer Atem und eine große Portion Mut nötig. Ich als Hausfrau könnte das bestimmt nicht.«

Greta konnte so viel Bescheidenheit nur mit einem Kopfschütteln quittieren. Oder war es eher ein Mangel an Selbstbewusstsein?

Noch bevor Greta weiter über diese Frage nachdenken konnte, spürte sie ein leises Summen im Hinterkopf. Zuerst war es nur ein leichter Widerhall, wie eine Erinnerung, die nicht kommen wollte. Hatte sie dieses Gefühl nicht immer dann, wenn der Durchbruch bei einer Werbekampagne kurz bevorstand? Greta schluckte aufgeregt, während das Summen in ihrem Kopf lauter und stärker wurde. Wortfetzen mischten sich hinein, Gedankenschnipsel, vage Ideen…

»Das Rosengelee passt so gut zum reifen Bergkäse…«

»Und wenn dann erst die Kirschensaison beginnt…«

»Nur ein kleines Hobby…«

»Edy würzt seine Bratwürste mit dem Kräuter-der-Provinz-Salz…«

»Die Landschaft tut etwas für dich!«

Sinnesfreuden. Unverfälscht und ehrlich. Jahreszeitliche Genüsse. Handarbeit statt Massenproduktion. Butterbrot statt Bagel. Natürliche Lebensmittel statt Nestlé und Co. Muße und Genuss statt Fastfood. Bodenständige Produkte mit dem gewissen Etwas statt leerer Werbeversprechen. Rosengelee… Kräutersalz… Sinnlicher Genuss…

»Die Kräuter der Provinz«, murmelte Greta wie in Trance vor sich hin. Was hatte Madara zu ihr gesagt?

»Warte nur ab, eines Morgens wachst du auf und hast deine komplette Werbekampagne im Kopf!«

Greta blinzelte, als wollte sie sichergehen, keine gedankliche Fata Morgana zu erleben. Konnte es sein? War sie wirklich aufgewacht? So plötzlich, einfach so?

»Wer braucht noch die Provence, wenn es doch euer schönes Maierhofen gibt?«, rief sie und lachte laut heraus.

Sie umarmte die verdatterte Christine und hüpfte mit ihr in einer Art Freudentanz durch die Küche.

Auf einmal hatte Greta es eilig. Sie rannte zurück in die Goldene Rose, wo sie in ihrem Zimmer sofort den Laptop anwarf. War ihr Kopf in den letzten Wochen so leer gewesen wie ein Obstbaum nach der Ernte, sprangen nun ihre Gedanken wie Forellen in die Höhe. Eine Idee nach der anderen nahm Gestalt an, Gretas Finger hatten Mühe, alles schnell genug in die Tasten zu tippen.

Es war schon nach Mitternacht, als sie mit schmerzendem Rücken, aber hochzufrieden ihren Laptop zuklappte. Unten im Gasthof war es still geworden, im Biergarten waren die Lichter schon vor einer Stunde ausgegangen. Ob sie trotzdem noch auf einen Sprung zu Therese gehen konnte?

Nur ganz kurz!, beschloss sie. Therese hatte schließlich ein Recht darauf zu erfahren, dass die Rettung Maierhofens nahe lag. Sie kicherte aufgedreht, dann schlich sie die Treppe hinab in Richtung des kleinen Anbaus, in dem Thereses Wohnung lag. Es brannte noch Licht, erkannte sie erleichtert durch die verglaste Wohnungstür.

Greta klopfte leise. Obwohl Therese nicht antwortete, trat sie dennoch zögernd ein. »Bist du noch wach?« Unsicher schaute Greta sich um. Im nächsten Moment ging die Badezimmertür auf, und Therese stand im Nachthemd vor ihr.

Greta erschrak, als sie Thereses blasses Antlitz sah. Dunkle Schatten lagen unter ihren sonst so lebhaften Augen, und unter dem dünnen Nachthemdstoff stach ihr

Brustbein knochig hervor. Sie wirkte regelrecht einge-
sunken. Hatte Therese heute früh auch schon so schlecht
ausgesehen? Oder hatte sie sich im Laufe des Tages einen
Virus eingefangen?

»Ist alles o.k.?«

»Was soll denn nicht o.k. sein?«, antwortete Therese
kurz angebunden. »Und was gibt's denn so Wichtiges, das
nicht bis morgen früh Zeit hat?«

»Ich habe *die* sensationelle Idee, nämlich…«, platzte es
aus Greta heraus.

»Sei mir nicht böse, aber ich hatte einen anstrengenden
Tag und bin müde.«

»Aber…«

Sanft, aber bestimmt, schob Therese Greta in Richtung
Tür. »Lass uns nach dem Dorffest darüber sprechen, vorher habe ich eh keinen Kopf für irgendetwas anderes.«

Verwirrt ging Greta in ihr Zimmer zurück. Da setzte
Therese alles in Bewegung, um sie von Frankfurt hierher-
zuholen und nun wollte sie nicht einmal wissen, was sie,
Greta, sich ausgedacht hatte?

12. Kapitel

»An Sankt Barnabas ist das Wetter immer gut, als ob der Heilige selbst dafür sorgt, dass wir es an seinem Ehrentag schön haben«, hatte Christine gesagt. Und tatsächlich hielt die Schönwetterperiode der letzten Wochen auch am 11. Juni an. Die Sonne reckte abends um sechs noch immer ihren Hals, um über die Hügel hinweg auf Maierhofen zu strahlen, der laue Abendwind duftete süß nach den blühenden Weizenäckern.

Eine Strickjacke würde ausreichen, um sie in den kühleren Abendstunden zu wärmen, dachte Greta, während sie sich in ihrem Zimmer für das Fest hübsch machte. Einen Dresscode gäbe es nicht, hatte Therese ihr erklärt, als sie sie auf das Fest angesprochen hatte. Jeder trug, was ihm gefiel. Wenn sie wolle, könne sie sich eins von Thereses Dirndln ausleihen, hatte sie noch angeboten, doch Greta hatte dankend abgelehnt. In einem Dirndl kam sie sich garantiert ebenso verkleidet vor wie in ihrem Businesskostüm, in dem sie zwar angereist war, das sie aber seitdem nicht mehr getragen hatte.

In Slip und BH stand sie vor ihrem Kleiderschrank und schaute verdrießlich auf den schmalen Bleistiftrock und den eng geschnittenen Designer-Blazer, in dem sie immer das Gefühl hatte, zu wenig Bewegungsfreiheit an den

Schultern zu haben. Der Gedanke, schon bald wieder in diese Uniform steigen zu müssen, schreckte sie regelrecht ab. Für heute Abend war das Businesskostüm definitiv unpassend! Ihre Designerjeans erschien ihr auf einmal zu bemüht modisch, die schwarze Ponte-di-Roma-Hose war langweilig, die Blusen fad…

Vielleicht würde ihr beim Make-up-Auflegen eine Idee kommen, was sie tragen könnte. Greta betrachtete sich im Spiegel. Zu ihrem Erstaunen hatte sie seit ihrer Ankunft trotz der vielen Esserei nicht zugenommen, falls man der klapprigen alten Waage, die am Ende des Hotelflurs in einer dunklen Ecke stand, trauen konnte. Kam das von ihren vielen Spaziergängen? Sie konnte sich nicht daran erinnern, wann sie je so viel zu Fuß gegangen war. Ihre Stadtblässe war ebenfalls verschwunden, ihre Arme und Beine waren leicht gebräunt wie sonst nur nach einem Urlaub. Seit ihrem Geistesblitz fühlte sie sich außerdem sehr viel entspannter als zuvor. Wie schön wäre es, wenn ihr Outfit das zumindest ein bisschen widerspiegeln könnte! Ein Top aus einem fließenden Stoff, der ihren Körper umschmeichelte, mit ein bisschen Glitzer und schönen Details… Oder eine Lederjeans – danach wäre ihr jetzt zumute! Aber so etwas hatte sie nicht einmal zu Hause im Schrank. Wenn sie in Frankfurt ausging, dann meist auf eine After-Work-Party. Dafür nahm sie sich lediglich ein paar hohe Pumps zum Wechseln mit ins Büro, legte in der Damentoilette ein bisschen Glitzerlidschatten auf, vielleicht noch ein paar Ohrringe zum Businesskostüm, und schon konnte es losgehen. Trendige Freizeitkleidung besaß sie gar nicht. Dazu hätte es ja der Freizeit bedurft.

In Ermangelung von Alternativen schlüpfte Greta in ihre Designerjeans und eine beigefarbene Seidenbluse. Ihrer alten Angewohnheit folgend, immer ein rotes Accessoire zu tragen, band sie sich ein weinrotes Seidentuch um.

Was sie im Spiegel sah, erinnerte sie verdächtig an das Vorher-Foto bei der Vorher-Nachher-Aktion einer Frauenzeitschrift. Das Problem dabei war nur, dass sie keinerlei Idee für ein Umstyling hatte. Stirnrunzelnd bürstete sie ihre Haare, dann band sie sich wie immer einen Pferdeschwanz. Die hellen Strähnchen in ihrem braunen Haar hatten ausnahmsweise einmal keine zweihundert Euro gekostet, sondern waren von der Sonne hineingezaubert worden.

Wie eine brave Pfadfinderin. Oder wie die Stewardess einer osteuropäischen Airline...

Abrupt riss sie den Haargummi aus ihrem Pferdeschwanz. Sie konnte sich nicht daran erinnern, wann sie ihre Haare das letzte Mal offen getragen hatte, aber auf einmal war ihr danach. Dann nahm Greta das rote Halstuch wieder ab und schlang es sich als Gürtel um die Hüfte. Sie öffnete noch einen Knopf ihrer Bluse, sodass das schwarze Seidentop, das sie statt BH trug, hervorlugte. So musste es gehen! Es war ja nur ein Dorffest.

Einigermaßen zufrieden mit sich ging Greta die Treppe hinab.

Am Morgen hatte in der Kirche schon ein Gottesdienst zu Ehren des St. Barnabas stattgefunden, den Greta jedoch nicht besucht hatte. Stattdessen hatte sie ein bisschen gegoogelt und herausgefunden, dass der Heilige zu Zeiten Christi lebte und man ihm nachsagte, er habe Menschen geheilt, indem er ihnen das Matthäusevangelium aufs Haupt legte. Wenn's half?

Ein Fest zu Ehren eines Jüngers Jesu, der nicht einmal zum engsten Kreis der Apostel gehört hatte – viel konnte man davon gewiss nicht erwarten, hatte Greta gedacht.

Aus der Küche drangen wie immer irgendwelche Wal- oder Delfingesänge, Sam stand, mit einer Zigarette im Mund, am Herd und rührte in einem großen Topf.

Lass das nicht das Gesundheitsamt sehen, dachte Greta grimmig, doch ihr Groll auf den ihr gegenüber so unfreundlichen Koch hielt nicht lange an.

Alle Türen des Gasthofs standen offen, vom Dorfplatz her waren Stimmengewirr, Rufe und Musikfetzen zu hören. Es roch verführerisch nach gebratenen Würsten und Fleisch – Zutaten für irgendeinen Eintopf, den die Goldene Rose später auf dem Dorffest an einem Stand verkaufen wollte. Der Gasthof selbst blieb zu.

Den ganzen Tag über war auf dem Marktplatz geklopft und gehämmert worden, Tische wurden aufgestellt, die Bühne aufgebaut. Am Nachmittag hatte eine Gruppe Frauen unter Christines Leitung die Tische dann mit Girlanden aus Weinreben geschmückt. Im Allgäu wurde doch gar kein Wein angebaut, hatte Greta sich gewundert, und Therese antwortete ihr, dass die Reben vom nahen Bodensee stammten. Als Greta fragte, ob sie auch irgendwie bei den Festvorbereitungen helfen könne, winkte Therese hektisch ab. Dabei sah doch jeder, dass sie vor lauter Arbeit kaum mehr geradeaus schauen konnte! Die

Cousine war ziemlich eigen, fand Greta. Auch bei Gretas zweitem Versuch, ihr von ihrer Idee für das Dorfprojekt zu erzählen, hatte Therese abgeblockt. Keine Zeit, keinen Kopf. Langsam wurde Greta das Gefühl nicht mehr los, dass die Cousine ihr aus dem Weg ging.

Der Dorfplatz begann sich zu füllen. Greta schaute sich neugierig um. Die Biertischgarnituren waren alle rings um die Bühne platziert worden, eine Tanzfläche sah Greta jedoch nicht. Am Rande des Marktplatzes waren Stände aufgebaut worden, an denen es Speisen und Getränke gab. An einem der Stände erkannte sie Jessy, die ihr freudig zuwinkte. Vor der jungen Frau standen Tabletts voller Gläser und große Glaskaraffen mit farbigen Getränken. Das war also die Bar. Greta grinste. Im Rahmen ihrer Recherchen würde sie ihr im Laufe des Abends dringend einen Besuch abstatten müssen!

Hinten am Brunnen stand eine Gruppe verkleideter Gestalten eng zusammen und war in ein heftiges Gespräch vertieft. Laienschauspieler, oje. Wahrscheinlich wurden zwischen den Gesangseinlagen auch noch kleine Sketche aufgeführt… Und was hatte nur der riesige Holzstapel zu bedeuten, der zwischen Magdalenas Bäckerei und der Metzgerei aufgetürmt worden war?

Während sie die Tischreihen nach einem bekannten Gesicht abscannte, war die Kapelle gerade dabei, ihre Instrumente zu stimmen, wogegen sich die E-Gitarre mit schrillen Pfiffen zu wehren schien. Schmerzhaft verzog Greta das Gesicht, als ein besonders lauter Pfeifton ihr Ohr erreichte.

»Eins, eins, eins…«, hauchte die Sängerin in ihr Mikro. Sie sah in ihrem viel zu engen Paillettenoberteil und ihrer zu schwarzen Lederjeans aus wie Andrea Berg, die Diäten für immer abgeschworen hatte.

Greta seufzte auf. Ein bisschen »Du hast mich tausendmal belogen«, eine Bratwurst, ein Bier, eine Runde Small-Talk – und wenn sie genug hatte, würde sie unauffällig verschwinden und noch ein wenig an ihrem Konzept für das Dorfprojekt herumfeilen. Immerhin würde sie Emily etwas Amüsantes zu erzählen haben.

Zwei Stunden später hatte sich der Marktplatz in einen brodelnden Hexenkessel verwandelt. Die »Laienschauspieler« hatten sich als Schwertwerfer und Feuerschlucker entpuppt, die zwischen den Tischreihen umherwandelten und die Gäste wie zu St. Barnabas' Zeiten mit ihrer Kunst erfreuten. Scheinbar waren sie extra für das Barnabasfest angereist. Und statt »Schenk mir einen Stern« zu trällern, drosch die Sängerin, auf deren rauchige Stimme sogar Tina Turner neidisch sein konnte, einen Soul-&-Funk-Hit nach dem anderen heraus. Aretha Franklin, Diana Ross, James Brown und Otis Redding – Greta, auf deren iPod die 1960er-Jahre ziemlich viel Platz einnahmen, sang fast jedes Lied lauthals mit, woran sich niemand zu stören schien, denn die Geräuschkulisse war mittlerweile so hoch, dass man sein eigenes Wort, beziehungsweise seinen eigenen Gesang, nicht mehr verstand. Getanzt wurde überall. Zwischen den Tischreihen, auf den Tischen … Und Greta immer mittendrin.

»Sitzen und schwitzen! Wir machen eine kurze Pause«, raunte die Sängerin schließlich, und das Volk nahm brav Platz.

Erhitzt strich sich Greta gerade die Haare, deren Ansätze schon schweißnass waren, aus der Stirn, als jemand sie am rechten Arm packte. Es war die alte Frau, die in Begleitung von Christine und deren Mann gekommen war und mit ihnen am Tisch saß.

»Mit seiner Sens' der Barnabas, kommt her und schneidet ab das Gras!«, sagte die Frau unheilvoll und drückte Gretas Arm noch fester.

»Eine alte Bauernregel«, erklärte Christine lächelnd.

Die alte Frau nickte heftig. »Wenn St. Barnabas bringt Regen, gibt's reichen Traubensegen – so sagt man auch.«

»Toll«, erwiderte Greta, während sie versuchte, sich aus dem Klammergriff der Alten zu befreien, die vertraulich in ihr Ohr schrie: »Wissen Sie, eigentlich dürfte ich gar nicht hier sein, mein Arzt meint nämlich, dass ich …«

»Luise … Frau Roth will heute bestimmt keine Krankengeschichten hören«, wurde sie von Christine unterbrochen. Sie hielt der alten Frau ein Glas Bier hin. »Da, trink! Das tut der Gesundheit gut.« Dann schmiegte sie sich wieder an ihren Mann Herbert.

Die alte Frau ließ endlich Gretas Arm los. »Als ich so ein junger Hüpfer war wie ihr, wollte ich von Krankheiten auch nichts hören, Ach, noch mal so jung sein …« Dann trank sie ihr Bier in einem Schluck weg.

Greta und Christine lachten. »Ich ein junger Hüpfer? Das habe ich auch schon lange nicht mehr gehört. In den meisten Frankfurter Bars gehört jeder über dreißig zum alten Eisen!«, schrie Greta Christine ins Ohr.

»Das kann schon sein, aber schau dich hier mal um!«, schrie Christine zurück.

Während Greta ihren Blick schweifen ließ, wurde ihr bewusst, dass von Madara, Jessy und wenigen anderen abgesehen die meisten Festbesucher tatsächlich die vierzig längst überschritten hatten.

Ihr Magen knurrte laut, als wolle er dazu auch etwas sagen. Da sich der größte Ansturm an den Ständen gelegt hatte, beschloss Greta, sich etwas zu essen zu holen. Brot am Stecken, Alpseehecht mit Kräuterkruste, Barnabasbratwürstel, Räucherkartoffeln mit wildem Thymian, Käsespieße… Allein beim Lesen der handgeschriebenen Schilder lief ihr das Wasser im Mund zusammen.

Maierhofen und seine Kräuter der Provinz… Greta frohlockte.

»Der Feuersprung geht los!«, ertönte plötzlich Madaras Stimme neben ihr. Sie hatte ihre roten Haare zu einer wilden Hochsteckfrisur aufgetürmt, an ihren Ohren baumelten große goldene Kreolen, um den Hals trug sie ein eng anliegendes Kropfband. Ihr schwarzes Kleid hatte einen Carmen-Ausschnitt und einen weit schwingenden Rock, der kurz über den Knien endete. Dazu trug sie goldene Sandalen. Dieses Outfit hätte ebenso gut zu einer Strandparty auf Goa oder Mallorca gepasst, dachte Greta und kam sich trotz Tuchgürtel und offenem Haar auf einmal altmodisch und muttihaft vor.

»Du siehst super aus«, sagte sie bewundernd. Sie musste ihre Garderobe dringend um ein paar Partyklamotten aufstocken, nahm sie sich erneut vor.

»Nicht, dass das gewisse Leute bemerken würden…« Die Sennerin verzog das Gesicht und nickte unauffällig in Richtung der Goldenen Rose, vor der Sam an einem

Stand Gulaschsuppe ausschenkte. »Ach, was soll's!«, sagte sie und winkte mit einem schrägen Lachen ab. Dann ergriff sie Gretas Hand und sagte: »Komm, lass uns gehen! Der Feuersprung ist ein alter Allgäuer Brauch. Wenn eine alleinstehende Frau übers Feuer springt, wird ihr in den nächsten zwölf Monaten der Traummann über den Weg laufen.«

Greta zögerte. Sie war noch nie über ein Feuer gesprungen – was, wenn ihre Jeans Feuer fing?

Ein gutes Dutzend Frauen hatte sich am Feuer versammelt. Sie kicherten, machten Witze und sprangen nacheinander über die Flammen, mal zögerlich, mal forsch, je nach Gemütslage, aber immer angespornt von den umstehenden Burschen und Männern. Jeder Sprung wurde von einem lauten Schlachtruf begleitet. Den genauen Wortlaut konnte Greta nicht verstehen, dennoch wurde sie von der archaischen Anmutung dieses Feuerrituals in den Bann gezogen.

Bevor sie sich's versah, war sie an der Reihe. Ihr Herz klopfte bis zum Hals, sie konnte ihren Blick nicht von den hochschlagenden Flammen abwenden, doch dann machten ihre Füße wie von selbst einen Schritt nach vorn. Sie riss erst ihr rechtes Bein in die Höhe, dann ihr linkes. Die Hitze brannte durch ihre Jeans auf ihrer Haut, als sie mit einem weiten Sprung übers Feuer flog.

»Das war's?«, fragte sie Madara, die vor ihr gesprungen war, ungläubig lachend. O mein Gott, sie war tatsächlich übers Feuer gesprungen! Sie konnte sich nicht daran erinnern, wann sie das letzte Mal so viel Spaß gehabt hatte! »Kann ich nicht noch mal?«

Die Sennerin verneinte grinsend. »*Einmal* besagt der Brauch. Es sei denn, du willst gleich zwei Traummänner haben?«

»So bescheiden, wie mein Liebesleben die letzten Jahre ausgefallen ist, wäre das kein Fehler«, erwiderte Greta fröhlich, begleitete dann aber Madara zu Jessy, die am Cocktailstand die Regie führte. Auf dem Weg dorthin holte sie sich beim Metzger Edy eine Barnabasbratwurst, Madara kaufte sich am Nachbarstand eine Pappschale mit Kartoffeln, die in der Glut eines weiteren Holzkohlefeuers gegart worden waren. Sowohl der Metzger als auch die Kartoffelfrau waren bei der Versammlung gewesen, erkannte Greta. Wenn sie auch keine glorreichen Ideen gehabt hatten – feiern konnten die Maierhofener allemal!

»Ist der süffig!«, sagte sie, als sie kurze Zeit später mit einem Cocktail in der Hand an Jessys Bar stand. »Wilde Hexe« hieß er und war so orange wie die Flammen des Feuers, über das sie gerade gesprungen war.

»Süffig und teuflisch zugleich.« Madara lachte und verrührte mit ihrem Strohhalm das Eis ihres grünen Cocktails. »Ich warne dich – Jessys Cocktails sind letal, da kommt weder eine Margarita noch eine Caiphi mit.«

Greta war dabei zu fragen, welche Zutaten denn so letal seien, als sie mittendrin abbrach. Wie gebannt hefteten sich ihre Augen auf einen Mann, den sie noch nie gesehen hatte. Er war hünenhaft groß, seine Muskeln spannten sich unter den Ärmeln seines Hemdes, und seine Oberschenkel drückten sich durch die Jeans, zu denen er robuste Lederstiefel trug. Mit seinem Cowboyhut, einem karierten Holzfällerhemd, dem Dreitagebart und seiner Statur entsprach er so sehr dem Klischee eines durchtrainierten Naturburschen, dass Greta es nicht fassen konnte. Spontan fielen ihr ein halbes Dutzend Duftwasser ein, für die der Kerl locker hätte Werbung machen können! Sein Gesicht war leicht gebräunt, und als er in ihre Richtung schaute, blickte sie in die schönsten braunen Augen, die sie je gesehen hatte. Ein wohlig-warmer Schauer erfasste sie, sie wusste nicht, ob sie wegschauen oder dem Mann weiter in die Augen blicken sollte. Der magische Moment wurde von den lauten Begeisterungsrufen unterbrochen, mit denen die Festbesucher die Ankunft des Mannes feierten. Alle schienen ihn zu kennen und zu mögen, registrierte Greta. Auf dem Weg zur Bühne streifte sein Blick erneut den ihren, er lächelte ihr fast unmerklich zu.

Was für ein Kerl! Benommen stellte Greta ihr Glas ab. Sie bekam mit, dass Madara sie etwas fragte, doch die Frage selbst drang nicht zu ihr durch. Sie nahm auch wahr, dass Jessy und Madara einen Witz auf ihre Kosten rissen, trotzdem konnte sie nicht anders, als dem Mann wie ein verzücktes Groupie hinterherzuschauen.

Je näher er der Bühne kam, desto lauter wurde das Gejohle der Leute. Im nächsten Moment sah Greta weitere Kraftbolzen die Bühne erklimmen. Eine zweite Band? Fragend schaute sie Jessy und Madara an.

»Na, weilst du wieder unter uns?«, fragte Madara und grinste spöttisch.

»Man wird ja wohl noch gucken dürfen.« Greta zuckte betont gleichgültig mit den Schultern. »Solche Naturburschen bekommen wir Stadtpflanzen nicht alle Tage vor die Linse. Wer ist das?«, fügte sie so beiläufig wie möglich hinzu.

»Der ›Naturbursche‹ heißt Vincent und ist der Zimmermann von Maierhofen. Er ist gestern erst von irgendeinem Wettbewerb zurückgekommen«, sagte Jessy. »Und gleich werden deine müden Städteraugen noch viel mehr zu sehen bekommen!«

Greta verschluckte sich fast an ihrer Wilden Hexe. Ein Stripper? Die ländliche Version der *American Dream Men*? Als die Sängerin prompt mit »*Whatta man, whatta man, whatta man, whatta mighty good man*« von Salt'n' Pepa loslegte, durchfuhr Greta erneut ein Schauer, diesmal allerdings, weil sie peinlich berührt war. Für solche Gröhl-Spektakel hatte sie noch nie etwas übrig gehabt. Aus lauter Angst, sich fremdzuschämen, wagte sie es nicht, nach vorn auf die Bühne zu schauen. Um etwas zu tun zu haben, bat sie Jessy um einen weiteren Cocktail. Er war löwenzahngelb und schmeckte nach Rum.

Die Menge tobte immer frenetischer. Greta zog hektisch an ihrem Strohhalm. Als sie es schließlich doch wagte, einen Blick auf die Bühne zu werfen, durchfuhr sie ein dritter Schauer, dieses Mal aus lauter Erleichterung. Denn dort, wo gerade noch die Band und die Sängerin gestanden hatten, fand nun ein Holzfällerwettbewerb statt, den Vincent, der Zimmermann, mühelos zu gewinnen schien. Kurz darauf johlte Greta ebenso laut wie die Menge, schlimmer noch, sie steckte sich zwei Finger in den Mund und stieß einen langen Pfiff aus, was ihr von den umstehenden Barbesuchern einen Blick eintrug. Greta lachte nur.

»Vincent ist übrigens noch so ein Heimkehrer!«, schrie Madara ihr ins Ohr. »Er ist zwar hier geboren, aber er war viele Jahre in der ganzen Welt unterwegs. Bei den Strongmen-Contests gehörte Vince zur Topbesetzung eines jeden Turniers. Ein paar Jahre hat er auch in Kanada gelebt, irgendwo in den Bergen. Doch dann ist auch er nach Maierhofen zurückgekehrt, und jetzt nagelt und hämmert er hier bei uns Dächer und Fachwerkhäuser zusammen. Zu Wettkämpfen geht er noch hin und wieder, und manchmal bestreitet er auch einen Showwettbewerb im Holzfällen, so wie heute.«

»Wow…«, seufzte Greta angesäuselt. Wenn sie manchmal abends durch die Programme zappte, war sie schon öfter bei den Strongmen-Wettbewerben hängen geblieben. Jedes Mal hatte sie sich gewundert, wie erwachsene Männer ihre Zeit mit Steinweitwurf und Eisenfässerstemmen verbringen konnten, doch nun vermochte sie ihren Blick nicht von der Bühne abzuwenden. Aus dem Augenwinkel sah sie dennoch, dass Jessy einen frischen Cocktail hinstellte.

»Meine grüne Fee – von den zwei Herren da drüben, sie wollen unbedingt die junge Frau einladen!«, rief Jessy ihr über die Theke grinsend zu.

»Welche zwei Herren? Welche junge Frau?« Verwirrt schaute Greta sich um und entdeckte die beiden alten Männer, die tagsüber immer auf der Bank am Brunnen saßen. Sie prosteten ihr vom anderen Ende der Cocktailbar her zu. Erst da wurde Greta klar, dass der Cocktail für sie bestimmt war. Lachend prostete sie mit ihrem giftgrünen Cocktail zurück, als ihr ein Gedanke kam.

»Das Feuerorakel hat doch aber hoffentlich keinen von den beiden als meinen Traummann auserkoren?«, sagte sie mit vor Schreck geweiteten Augen, woraufhin Jessy und Madara sich fast kugelten vor Lachen.

Greta kam nun erst richtig in Fahrt. »Oder soll ich zur Bühne gehen und euren Zimmermann ein wenig anfeuern? Mit Feuer hab ich nach dem Sprung ja jetzt Erfahrung…« Schmachtend seufzte sie auf.

»Vergiss es!« Madara lachte. »Vince ist einer von der Sorte Mann, die sich nicht binden will. Man munkelt, er habe im Nachbarsdorf ein Liebchen, aber was Genaues weiß keiner.«

»Das ist so ge… gemein!«, stammelte Greta. Sie blinzelte ihren beiden neuen Freundinnen mit unstetem Blick zu. »Wisst ihr, was ich toll fände? Wenn… alle Kerle, die ich toll finde, mich auch toll finden würden und ich die Qual der Wahl hätte!«

»Träum weiter!«, sagte Jessy grinsend und schenkte eine Runde Schnaps für sie drei aus.

13. Kapitel

Eigentlich hätten Therese vor Erschöpfung die Augen zufallen müssen, als sie um zwei Uhr ins Bett ging. Sie war den ganzen Tag auf den Beinen gewesen, und dann hatte sie von sechs Uhr abends bis nach Mitternacht mit Sam die Suppenküche betreut. Dass sie dennoch nicht schlafen konnte, hatte nichts mit der lauten Musik zu tun, die noch immer vom Dorfplatz herüberschallte, sondern mit ihren Sorgen. Die Zeit des Kopf-in-den Sand-Steckens war vorbei, sie musste endlich Farbe bekennen, das war Therese inzwischen klar geworden. Doch sie konnte die Vorstellung, mit Christine und Greta über ihre Krankheit zu reden, immer noch nicht ertragen. Sie und Krebs, das ging in ihrem Kopf nicht zusammen. Je öfter sie darüber nachdachte, desto unwirklicher erschien ihr alles.

Nach dem Fest hatte die Goldene Rose Ruhetag, eigentlich hätte Therese ausschlafen können, so lange sie wollte. Doch nach ewigem Hin- und Herwälzen stand sie gerädert um sechs Uhr wieder auf.

Ihr Blick fiel auf den Korb mit den Brezeln, die sie lediglich zum Aufbacken in den Ofen legen musste. Aber wenn sie nur ans Essen dachte, wurde ihr schlecht. Es sei wichtig, dass sie gut auf sich aufpasse und bei Kräften bleibe, hatte ihre Ärztin sie ermahnt. Die Behandlung ab der nächsten Woche würde viel Kraft kosten.

Nächste Woche…

Therese kniff einen Moment lang die Augen zusammen, als könne sie so der unangenehmen Wahrheit entgehen. Dann gab sie sich einen Ruck und bereitete sich einen doppelten Espresso zu. Der Duft des gemahlenen Kaffees gab ihr ein wenig Auftrieb. Vielleicht bekam sie ja eine halbe Brezel hinunter? Sie trank den ersten Schluck noch im Stehen, als die Tür des Gastraumes aufging und Greta eintrat. Bei ihrem Anblick musste Therese unwillkürlich schmunzeln. Auwei, da hatte es jemanden aber erwischt…

»Mir ist so elend«, stöhnte Greta. »So einen Kater hatte ich nicht mal nach der feuchtfröhlichsten Äppelwoi-Tour! Was hat Jessy nur in ihre Cocktails gemischt?« Sie ließ sich auf einen Stuhl fallen, nahm wortlos das Glas Wasser entgegen, das Therese ihr hinhielt, und warf dann gleich drei Kopfschmerztabletten auf einmal ein.

Therese bereitete für Greta ungefragt einen zweiten doppelten Espresso zu, während diese zerknittert, aber in bester Laune von dem gestrigen Fest schwärmte.

»Feiern könnt ihr Maierhofener, das muss man euch lassen«, endete sie. Sie gähnte einmal herzhaft, streckte ihre Arme und holte tief Luft. »Und wer feiern kann, der muss auch arbeiten können!« Mit einem Elan, über den Therese nur staunen konnte, sprang Greta vom Stuhl auf, schnappte sich zwei Brezeln aus der Bäckertüte und sagte: »Müdigkeit vortäuschen gilt nicht, ich gehe jetzt gleich wieder an die Arbeit. Der größte Teil meiner Präsentation steht schon, heute Abend ist dann alles fertig. Ich verspreche dir, du wirst eine Überraschung sondergleichen erleben!«

Du auch, dachte Therese dumpf.

Mit glänzenden Augen und sichtlich aufgeregt stand Greta an einem Tisch, vor sich ihren Laptop. Ein Beamer, der eilig herbeigeschafft worden war, warf an die Wand hinter Greta ein weißes Quadrat. Zu ihrer Jeans trug sie ein weißes Poloshirt und darüber einen schwarzen Blazer. In dem Ensemble sah sie ganz fremd aus. Wie eine Geschäftsfrau, dachte Christine.

»Zuerst einmal vielen Dank, dass ihr euch am Sonntagabend für diese kleine *Preview* Zeit genommen habt. Ich bin total gespannt, was ihr von meiner Idee haltet, und freue mich über jeden Kommentar, jede Kritik, einfach alles, was euch durch den Kopf geht. Haltet bitte mit nichts hinterm Berg, ja?« Sie schaute Christine, Therese und Sam an, die ihr gegenübersaßen.

Christine und Therese nickten. Sam, der mit verschränkten Armen dahockte, blieb regungslos.

Alter Sturkopf, dachte Christine. Warum hatte Therese ihn überhaupt eingeladen, wo er sich doch bisher keinen Deut für Gretas Pläne interessiert hatte? Hoffte sie so, ihren Koch mit ins Boot zu bekommen?

Auch dass sie mit von der Partie war, kam Christine noch immer seltsam vor. »Was soll ich als Hausfrau zu Gretas Präsentation beitragen können? Wahrscheinlich blamiere ich mich nur mit einer unpassenden Bemerkung«, hatte sie zu Therese gesagt, als diese sie am Mittag angerufen und eingeladen hatte.

»Komm einfach«, hatte Therese erwidert. Also hatte sie Herberts Abendessen hergerichtet und war früher als sonst mit den Hunden rausgegangen. Während ihr Mann nun beim Tatort saß – ein gemeinsames Sonntagsritual, das sie beide sehr schätzten –, schaute Christine aufgeregt und neugierig zugleich nach vorn auf die Wand, wohin Greta mit dem Beamer eine Ansicht vom Maierhofener Marktplatz projiziert hatte.

»Maierhofen...«, sagte Greta langgezogen. »Seit den Sommern, die ich in meiner Kindheit hier verbracht habe, hat sich nicht allzu viel geändert. Der Marktplatz sieht aus wie einst, die schöne unberührte Landschaft ringsum, der Weiher...«

»Auf den ersten Blick ist das vielleicht so, aber in Wahrheit hat sich viel verändert, und leider nicht zum Guten«, wurde sie von Therese stirnrunzelnd unterbrochen. »Vor dreißig Jahren hatte Maierhofen noch viereinhalbtausend Einwohner, heute sind es knapp tausend weniger. Früher florierten die Geschäfte rund um den Marktplatz, und wir hatten wöchentlich einen Markt, zu dem auch die Leute aus den Nachbardörfern kamen. Heute... Du hast ja die Leerstände selbst gesehen. Maierhofen stirbt aus.«

»Sagen wir mal so – Maierhofen hat ein paar strukturelle Defizite«, sagte Greta. »Aber diese werden wir nun beheben, zuerst virtuell und später hoffentlich auch real.« Sie drückte auf einen Knopf, und das Foto von Maierhofen veränderte sich zu einer Art bunter Zeichnung. Der Dorfbrunnen, die Linde auf dem Marktplatz, die Bäckerei, der frühere Spar-Markt – alles war liebevoll und detailreich dargestellt worden. Die Zeichnung erinnerte Christine an eins der Wimmelbilder aus einem Kinderbuch. »Kräuter der Provinz – frisch aus Maierhofen« stand als Überschrift über dem Bild.

Greta zeigte darauf. »Das ist nur ein erster Entwurf, ein befreundeter Grafiker war so lieb, ihn mithilfe meiner Fotografie vom Marktplatz anzufertigen. Animiert ist er natürlich noch nicht. Aber eins nach dem anderen. Ihr kennt doch sicher Computerspiele wie *Twinity* oder *Second Life*, wo Internet-User eine virtuelle Welt betreten und eine Rolle spielen, Aufgaben und Abenteuer überstehen müssen. Meine Idee ist es, Maierhofen von einem Expertenteam zu genau solch einer virtuellen Welt umbauen zu lassen.« Greta tippte mit einem Stift auf den Bildschirm ihres Laptops, auf der Leinwand sprang daraufhin ein roter Punkt von Haus zu Haus.

»Abenteuer gibt's in unserer virtuellen Welt zwar nicht zu überstehen, dafür kann man hinter jeder Hausfassade etwas entdecken! Hier ist es ein Blick in die Käserei, da sieht man Jessy beim Marmeladekochen, dort erklärt Metzger Edy das Geheimnis seiner Würste… Bei jedem Haus wird angezeigt, welche Produkte es zu kaufen gibt. Also Geräuchertes in der Metzgerei, Holzofenbrot bei Magdalena, Honig vom Imker, ganze Säcke Kartoffeln vom Bauernhof… Der User kann dann das, was ihm gefällt, in seinen Warenkorb legen, gerade so, als würde er in Natura durch Maierhofen bummeln und einkaufen. Natürlich bekommt er zu jedem Produkt Informationen über den Produzenten und das Umfeld, in dem das Produkt entstanden ist. Das könnte man mit Sprechblasen machen, mit Videos oder eingespielten Texten.« Greta schaute augenzwinkernd Christine an. »Deine Kräutersalze habe ich übrigens in dem leer stehenden Häuschen hier angesiedelt.« Sie tippte auf den alten Spar-Markt.

»Aber ich will doch gar nicht…«, hob Christine an, doch Greta war schon wieder in Fahrt.

»Es gibt so viele Bauernhöfe und Produzenten hier in der Gegend, da werden wir bestimmt ein Riesenangebot zusammenbekommen.«

Die Idee war so verrückt, dass sie schon wieder gut war, dachte Christine beeindruckt. Wie kam man nur auf so etwas? Kein Wunder, dass Greta in ihrer Branche als Koryphäe galt! Wenn's sein musste, würde sie ihre Kräutersalze halt auch in dieser virtuellen Welt anbieten, sie wollte ja nicht als Spielverderberin gelten.

»Ganz gleich, ob jemand in Wanne-Eickel wohnt oder in Buxtehude – er soll mit wenigen Mausklicken in der Lage sein, die guten Lebensmittel, die es hier bei euch gibt, zu bestellen. Der Einkauf selbst soll auch einen Riesenspaß machen, ein Einkaufserlebnis sein, sozusagen. Der User soll das Gefühl haben, einen Ausflug aufs Land zu machen, statt Fertigprodukte im Supermarkt zu kaufen!« Greta nickte, sehr zufrieden mit sich selbst. »Der nächste Schritt muss dann der sein, eine zentrale Auslieferungszentrale zu…«

»Maierhofen eine virtuelle Welt«, unterbrach Therese sie. »Das kostet doch ein Vermögen!«

Greta nickte abermals. »VWs – also virtuelle Welten – sind nicht mein Fachgebiet, deshalb habe ich mit ein paar Fachleuten telefoniert. Sie meinten, wenn man eine Viertelmillion in die Hand nimmt, könnte man schon einiges umsetzen ...«

»Zweihundertfünfzigtausend Euro!«, platzte Christine heraus. »Ich habe gar nicht gewusst, dass die EU bereit ist, so viel Geld in Maierhofen zu investieren«, fuhr sie an Therese gewandt fort, die auf einmal ganz blass geworden war. Und auch Sam sah mehr als skeptisch aus.

Greta ließ sich von all dem nicht beirren. »Bestimmt habt ihr selbst längst den großen Vorteil erkannt, den mein Konzept birgt: Jeder Kleinproduzent kann mitmachen, ohne selbst aufwendig und für viel Geld einen Onlineshop führen zu müssen. Alles wird von einer zentralen Stelle aus gemanagt. Die Lagerung, das Rechnungswesen, der Versand. Die Waren werden deutschlandweit an den Mann gebracht, das macht Maierhofen unabhängig von realen Besuchern. Obwohl ich mir gut vorstellen kann, dass der eine oder andere PC-User nach dem Besuch im virtuellen Maierhofen auch gern einmal das echte kennenlernen möchte. Aber das wäre dann eine weitere Kampagne wert ...« Sie schaute ihre drei Zuschauer herausfordernd an. »Und – was meint ihr?«

Einen Moment lang herrschte Stille, als ob jeder gern dem anderen den Vortritt lassen würde. Es war Sam, der schließlich das Wort ergriff.

»Es ist doch längst nicht mehr so, dass die kleinen Selbstvermarkter ihre Waren lediglich in Hofläden verkaufen, heutzutage hat doch fast jeder regionale Produzent seinen Internetshop. Und da sind nicht nur selbst gestrickte Homepages dabei, sondern professionelle Seiten! Dazu kommen Plattformen wie Ebay, Amazon, Dawanda, wo der Kleinproduzent seine Waren ebenfalls anbieten kann. Wie sollen die Internet-User da ausgerechnet auf Maierhofen stoßen?«

»Der Einwand ist berechtigt. Umso wichtiger ist es, mit erfahrenen IT-Leuten zusammenzuarbeiten! Profis bauen eine Homepage so auf, dass sie bei den verschiedenen Suchmaschinen im Internet gut auffindbar ist«, erwiderte Greta.

»Als ob es damit getan wäre!« Sam schnaubte spöttisch. »Beim Versand von Lebensmitteln gibt es strenge Regeln, Bedingungen, die erfüllt werden müssen. Wenn die Leute erst einmal mitbekommen, was sie dabei alles beachten müssen, hört für viele der Spaß gleich wieder auf. Und dann der Kooperativen-Gedanke! Dass alle an einem Strang ziehen, kann doch nicht von oben her diktiert werden – so etwas muss wachsen. Das könnt ihr nicht einfach bestimmen!« Er stand auf, wischte sich die Hände an seiner Hose ab, als habe er etwas Unappetitliches angefasst. »In meinen Augen ist das alles viel zu schwierig und kompliziert.«

»Nur weil etwas schwierig ist, willst du es erst gar nicht versuchen? In meinen Augen ist das ziemlich feige«, sagte Greta wütend. »Oder ist dir völlig egal, was aus Maierhofen wird?«

So zaghaft hätte sie den Koch auch nicht eingeschätzt, dachte Christine. Und seit wann duzten die beiden sich eigentlich?

»Ganz im Gegenteil, ich habe keinen Bock darauf, dass

Maierhofen zu einer virtuellen Spiel- und Spaßwelt ver-
kommt, in der die Leute lediglich Statisten sind für den
Geschmack übersättigter Bürger.«

»Spiel- und Spaßwelt? Ich glaube, du hast gar nichts
verstanden«, erwiderte Greta ruppig. »Das hier ist *die*
Chance für Maierhofen. Wenn dieses System aufgeht, hat
das Landleben eine Zukunft, und darum geht es hier doch
schließlich!«

»Redet ihr nur weiter schön daher, ich gehe in die
Küche und setze eine Fleischbrühe an, dann ist heute
Abend wenigstens etwas Sinnvolles getan worden.«

Fassungslos schauten Greta und Christine dem Koch
hinterher, während Therese stur geradeaus schaute.

Einen Moment lang sagte abermals niemand etwas.
Dann hob Therese ihr Glas und trank geräuschvoll ein
paar Schlucke Wasser, als wolle sie ihre Stimme ölen.

»Wir müssen reden!«, sagte sie rau.

Noch bevor Therese mit ihrer stockenden Rede begonnen
hatte, wusste Christine, dass nach diesem Gespräch nichts
mehr sein würde wie zuvor. Da war so ein dumpfes Rumoren in ihrem Bauch, das ihr sagte, dass nichts Gutes sie
erwarten würde.

Kein Werbeetat aus Brüssel. Kein Auftrag zur Imagekampagne. Alles nur eine Farce, um Greta hierherzulocken.

»Ich muss ins Krankenhaus, keiner weiß, wie lange.
Ich habe Krebs. Gebärmutterhalskrebs im Frühstadium.
FIGO I nennen die Ärzte diese Stufe. Vielleicht werde ich
sterben.« Thereses Stimme klang hohl, monoton.

Christine erstarrte. Das Blut gefror in ihren Adern zu

Eis – bisher hatte sie von solchen Gefühlswallungen nur in reißerischen Krimis gelesen, nun spürte sie am eigenen Leib, wie sich das anfühlte. Krebs…

Stockend, als würde ihr jedes einzelne Wort wehtun, sprach Therese weiter: »Nach den bisherigen Untersuchungen sieht es so aus, als ob die Lymphknoten noch nicht befallen sind. Meine Ärztin sagt, die Heilungschance sei gut, aber ich habe im Internet anderes recherchiert… In Deutschland erkranken jährlich 6000 bis 7000 Frauen an Gebärmutterhalskrebs, rund 2000 sterben daran, das ist fast ein Drittel, Scheiße!« Tränen stiegen in Thereses Augen, sie wischte sie wütend weg. »Ich will nicht sterben, versteht ihr? Irgendwie habe ich doch noch gar nicht richtig gelebt…«

Christine stand auf, wollte Therese in den Arm nehmen, doch die Freundin wich sogleich einen Schritt zurück. Lass mich!, signalisierte jede Faser ihres angespannten Körpers.

Ein Albtraum, dachte Christine, während sie sich wieder hinsetzte. Gleich schlecken mir die Hunde mit ihren rauen Zungen übers Gesicht, es ist sechs Uhr in der Früh, und ich habe Mühe, wach zu werden, weil Herbert mal wieder nicht den Rollladen hochgezogen hat. Sie schluckte hart gegen den Kloß in ihrem Hals an. Bloß nicht weinen, tapfer sein.

Thereses tränennasser Blick wanderte zu Greta. »Als ich dich bei dieser Preisverleihung im Fernsehen sah, kam mir die Idee mit der Notlüge, verstehst du? Ich kann doch Maierhofen nicht so einfach im Stich lassen. Was, wenn ich sterbe? Wer kümmert sich dann darum, dass alles weitergeht? Ich *musste* dich irgendwie herlocken. Mein Wunsch war es, dass du einen Weg findest, um Maierhofen zusammenzuhalten, auch wenn ich nicht mehr bin«, schluchzte sie.

Stumm schaute Christine zu Greta hinüber, die wie vom Schlag getroffen schweigend dasaß.

»Seit wann weißt du das mit dem Krebs?«, fragte Christine mit tränenerstickter Stimme.

Therese zuckte mit den Schultern. »Seit ein paar Wochen. Aber gewachsen ist er schon länger. Ich hab nichts gemerkt, die ganze Zeit nicht! Zugegeben, ich habe noch nie zu denen gehört, die ständig nur in sich hineinhören. Für Leute, die wegen jedem Mist gleich zum Arzt gehen, hatte ich immer nur Spott übrig. Jetzt habe ich für meinen Hochmut die Rechnung kassiert.«

»Das ist doch Blödsinn, man bekommt nicht für alles gleich eine Rechnung serviert!«, erwiderte Christine heftig. »Das Leben besteht nicht nur aus Schuld und Sühne.«

Greta hingegen nickte zustimmend, als sei ihr Thereses Denkweise nicht unbekannt.

»Meine Ärztin macht Druck, ich darf das alles nicht mehr länger vor mir herschieben, sagt sie. Das St.-Martins-Krankenhaus hat eine gute Onkologie, ich muss morgen dort hin, sie wollen mich am kommenden Freitag operieren, ich…« Erschöpft von ihrer Stakkato-Rede brach Therese ab. Hilflos schaute sie von einer zur anderen. »Und nun?«

»Du musst kämpfen!«, sagte Christine und spürte, wie ihr allein das Aussprechen des Wortes wieder etwas Kraft verlieh. Noch war nichts verloren!

»Kämpfen oder mit einer frischen Rasierklinge ins Bad gehen«, erwiderte Therese trocken.

»Ans Aufgeben darfst du nicht einmal denken. Du warst schon immer eine Kämpferin, und jetzt steht dir der größte Kampf deines Lebens bevor. Ich werde an deiner Seite sein, gemeinsam schaffen wir das«, appellierte Christine an die kranke Freundin. Im Geiste überlegte sie schon, wem sie die Hunde anvertrauen sollte, damit sie Therese ins Krankenhaus fahren konnte. »Im Frühstadium lassen sich die meisten Krebsgeschwüre entfernen. Die Prognose steht gut, das hat deine Ärztin doch selbst gesagt. Außerdem gibt es auch noch alternative Heilmethoden, denk doch an die alte Frau Kurrle im Nachbarort! Zu der kommen die Leute aus ganz Deutschland angefahren …« Sie wollte ihr Loblied auf die weise Frau, die in den Augen vieler eine große Heilerin war, fortsetzen, doch Therese begann auf einmal so heftig zu schwanken, dass Christine Angst hatte, die Freundin würde ohnmächtig werden. Wie ein Pfeil schossen sowohl Christine als auch Greta von ihren Plätzen hoch, um Therese zu stützen.

»Alles in Ordnung«, flüsterte die Wirtin. »Ich bin nur so müde … Verzeiht mir. Lasst uns ein anderes Mal weiterreden, ich muss ein bisschen schlafen.«

Die Tür zu Thereses Wohnung war schon ins Schloss gefallen, als Greta noch immer wie gelähmt dasaß.

Christine schluchzte vor sich hin, nun, da sie nicht mehr für ihre beste Freundin stark sein musste.

Greta hätte sie gern in den Arm genommen, tröstende Worte gemurmelt, doch so tief sie auch in sich danach kramte, sie fand doch nichts dieser Art. Stattdessen krochen Bilder in ihr hoch, die sie lange verdrängt hatte.

Ihre Mutter, blass und vom Krebs niedergeknüppelt im Krankenbett. Am Ende hatte sie nicht einmal mehr ein Glas zum Mund führen können, so schwach war sie gewesen. Der Friedhof nass vom Herbstregen, Blätter, die ins offene Grab rieselten. Elli Roth war gerade einmal Mitte fünfzig gewesen, als sie starb.

»Scheiße«, murmelte Greta vor sich hin. »Das Schicksal kann so ein Saukerl sein!«

Christine schaute aus tränennassen Augen auf.

»Und nun?«, wiederholte sie Thereses Frage von zuvor.

Greta zuckte mit den Schultern. In dieser Geste lag so viel Hilflosigkeit, dass Christine nicht weiter nachfragte, sondern nur betreten nickte. Auf manche Fragen gab es keine einfachen Antworten, manchmal gab es nicht einmal schwierige.

Keine EU-Gelder, keine Werbekampagne, kein virtuelles Maierhofen. Der Gedanke, dass ihre geniale Idee nun doch nicht in die Tat umgesetzt werden sollte, schmerzte zwar, doch Greta war Profi genug, um damit umgehen zu können. Dass Therese sie unter einem Vorwand hierhergelockt hatte, dass ihr ganzes Kopfzerbrechen umsonst gewesen war, spielte im Augenblick auch keine Rolle. Irgendwie konnte sie die Cousine sogar verstehen, mehr noch, sie bewunderte Therese für den Mut der Verzweiflung.

Aber was bedeutete die veränderte Situation rein praktisch für sie? Sollte sie jetzt einfach die Koffer packen und nach Hause fahren? Norbert Fischli würde sehr begeistert sein, wenn sie mit leeren Händen zurückkam. Und dann? Sollte sie ab morgen wieder Diätprodukte und Abführmittel bewerben? Der Gedanke war ihr unerträglich.

Außerdem – Therese war ihre Cousine, sie konnte sie doch jetzt nicht einfach im Stich lassen! Aber wie sollte ausgerechnet *sie* ihr helfen? Sie hatte eine solche Aversion gegen Krankenhäuser, dass ihr allein bei der Vorstellung, eins zu betreten, schlecht wurde.

Gretas Blick fiel auf ihr Armband mit den Alpera-Charms, wo ein nichtssagender Anhänger neben dem nächsten baumelte. Der einzige Anhänger von Bedeutung war die blaue Glaskugel, die sie von Emily zum Geburtstag bekommen hatte. Als sie an jenem Tag nach Hause gekommen war, hatte Christine im Treppenhaus auf sie gewartet. Die blaue Kugel – ein Zeichen für einen Neuanfang?

Wenn sie für jeden schönen Moment, den sie seit ihrer Ankunft in Maierhofen erlebt hatte, einen Anhänger kaufen würde, wäre ihr Armband bald rundherum voll! Einen silbernen Vogel als Symbol für ihre morgendlichen Spaziergänge, bei denen sie ihr inneres Gleichgewicht wiedergefunden hatte. Dann der Moment, als sie oben bei Madara auf der Alm dem Himmel so nah gewesen war – vielleicht ein kleiner Engel? Und dann das Fest am gestrigen Abend, der Sprung übers Feuer, der Zimmermann Vincent, der ihr seitdem nicht mehr aus dem Kopf gehen wollte … Ein feuerrotes Herz?

Und für Maierhofen gleich noch ein Herz dazu! In der

kurzen Zeit hatte sie den Ort und seine Menschen lieb gewonnen, sie konnte sich nicht vorstellen, morgen einfach so abzureisen.

Nachdenklich biss sich Greta auf ihre Unterlippe. Ihr Blick wanderte zwischen ihrer Arbeitsmappe und der Wand, auf der noch immer das virtuelle Maierhofen vor sich hin flimmerte, hin und her. Geld machte vieles möglich. Aber hieß das, dass man völlig verloren war, nur weil man kein Geld hatte?

Das Erarbeiten des Konzepts hatte ihr so viel Spaß gemacht. Seit langer Zeit hatte sie endlich mal wieder einen *workflow* empfunden, sie war eins gewesen mit sich und ihrer Arbeit. Vielleicht war es die Erleichterung darüber, dass ihre Kreativität wieder sprudelte, die ihr dieses Wohlgefühl bereitet hatte. Vielleicht war es auch das Bewusstsein, hier etwas wirklich Sinnvolles zu tun, etwas, was über Werbung für WC-Steine und Raumdüfte weit hinausging. Und das alles sollte sie einfach ad acta legen? Nur weil es kein Geld gab?

Und dann war da noch Vincent, der Zimmermann. Noch nie hatte sie ein Mann auf den ersten Blick so fasziniert. Zu ihrem Bedauern hatte sich auf dem Fest keine Gelegenheit für ein Gespräch ergeben, ständig war er von einer Menschentraube umgeben. Doch Jessy hatte gesagt, er sei von einer längeren Reise zurückgekehrt, da würde man ihn fortan bestimmt öfter in Maierhofen sehen, oder?

Greta spürte, wie sich ein Kribbeln in ihrem Bauch ausbreitete, wenn sie nur an ihn dachte. Es war wohlig und aufwühlend zugleich, freudig und angsterregend – und mit ihm kam die Frage: Was, wenn sie einfach noch ein

Weilchen blieb? Wer brauchte eine virtuelle Welt, wenn er eine echte haben konnte? Vielleicht konnte sie Therese doch helfen. Auf ihre Art.

Mit großer Geste zerriss Greta vor den Augen einer erstaunten Christine ihr Konzept.

»EU-Gelder hin oder her – Maierhofen muss zum Genießerdorf werden, jetzt erst recht, das sind wir Therese schuldig! Wenn wir uns teure IT-Leistungen nicht leisten können, muss ich mir eben andere Wege ausdenken. Es gibt genügend Marketinginstrumente, die nicht viel kosten, dafür aber umso mehr Aufmerksamkeit erbringen.« Vielleicht würde ihr Emily den einen oder andern Tipp geben können? Beim Thema Marketing und PR war sie eher der Profi.

Christine blinzelte. »Du willst uns trotzdem helfen? Auch ohne Gelder?«, sagte sie ungläubig.

Greta nickte. »Aber allein schaffe ich das nicht. Sam hat recht, wenn er sagt, dass bei solch einem Projekt alle an einem Strang ziehen müssen. Wir brauchen eine zweite Gemeindeversammlung. Hier gibt es so viele Talente! Wenn alle bereit sind mitzuhelfen, sich und ihre Fähigkeiten einzubringen, dann machen wir Maierhofen auch ohne die verflixten EU-Gelder wieder attraktiv …«

14. Kapitel

Als Therese kurz nach fünf vom lauten Gezwitscher der Vögel aufwachte, fühlte sie sich zwar immer noch wie zerschlagen, aber besser als am Vorabend. So lange Zeit hatte sie mit niemandem über ihre Krankheit geredet, hatte alles in sich hineingefressen, so, wie sich der Krebs in sie hineingefressen hatte. Dass sie Christine und Greta nun endlich reinen Wein eingeschenkt hatte, empfand sie als Befreiung. Und die dumme Lüge mit den EU-Geldern war sie auch los, zumindest bei den beiden. Wie sie das den Maierhofenern verklickern sollte, war ihr allerdings noch nicht klar.

Eins nach dem anderen, dachte sie, als sie in Richtung Gastraum ging, um sich den ersten Kaffee des Tages zu machen. Das Wichtigste war, ihre Ärztin anzurufen und ihr zu sagen, dass sie morgen ins Krankenhaus gehen würde. Irgendwie musste sie auf dem Weg dorthin auch noch ein paar Nachthemden auftreiben, in ihren alten Fetzen konnte sie sich nicht sehen lassen. Und was brauchte man sonst noch fürs Krankenhaus? Hausschuhe, was zum Lesen, Hörbücher ...

Vielleicht – wenn sie alles perfekt vorbereitete – hatte sie ja doch eine Chance? Unwillkürlich tastete sie mit der rechten Hand nach dem kleinen goldenen Kreuz, das sie an einer dünnen Kette um den Hals trug. Wenn der liebe Gott und ihr Schutzengel ihr wohlgesonnen waren ...

Gedankenverloren betrat Therese den Gastraum – und traute ihren Augen kaum, als sie Christine und Greta am Stammtisch sitzen sah.

»Was macht ihr denn schon hier?« Sie runzelte die Stirn, als sie die übermüdeten Gesichter und erhitzten Blicke der beiden sah. »Seid ihr etwa die ganze Nacht aufgeblieben? Und müsstest du nicht schon längst in Frankfurt sein?«, fragte sie Greta. Dann zeigte sie auf den Stammtisch, der über und über mit Unterlagen übersät war. »Was um alles in der Welt hat das zu bedeuten?«

Christine und Greta schauten sie aus rot geränderten Augen an.

»Das bedeutet, dass Maierhofen für sein Kräuter-der-Provinz-Festival berühmt wird. Und zwar jetzt erst recht!«

Während Therese den Kaffeeautomaten anwarf und für alle Kaffee kochte, erläuterte Greta das Konzept, das sie in der Nacht ausgeklügelt hatten.

»Auf einen einfachen Nenner gebracht geht es darum, Maierhofen auch ohne teure Werbegelder in den gängigen Medien bekannt zu machen. Pressemitteilungen an Journalisten, Social Media, eine Seite auf Facebook, Gewinnspiele auf den passenden Plattformen – zum Glück gibt es heutzutage genügend Möglichkeiten. Wer weiß, vielleicht gewinnen wir auch einen prominenten Fürsprecher? Ich bin zwar keine PR-Expertin, aber den einen oder anderen Kontakt zur Journaille habe ich. Und wenn ich Hilfe brauche, kann ich mich bestimmt an Emily wenden«, endete Greta.

»Emily?«, fragten Therese und Christine wie aus einem Mund und mussten unwillkürlich lächeln.

»Meine beste Freundin«, erklärte Greta. »Wir kennen uns aus Studienzeiten, die PR-Agentur, für die sie arbeitet, befindet sich im selben Gebäude wie Simon & Fischli. Wenn wir uns Emily und ihre Kollegen leisten könnten, wären wir aus dem Schneider...« Sie seufzte sehnsuchtsvoll. »Aber wir werden das Kind auch anders schaukeln, nicht wahr, Christine?«

Therese war so tief berührt, dass es ihr für einen Moment die Sprache verschlug. Ihre Cousine und ihre beste Freundin! Statt beleidigt abzuzischen, hockten sie die ganze Nacht zusammen und dachten sich so ein Riesenprojekt aus... *social media releases, social media monitoring* – bei diesen Fremdwörtern verstand Therese zwar nur Bahnhof, doch alles in allem hörte sich das, was Greta von sich gab, logisch und gut an. Aber wer sollte dieses Riesenprojekt in die Tat umsetzen? Greta musste nach Frankfurt zurück, also blieb nur Christine. So sehr Therese die Freundin schätzte, solch ein großes Projekt traute sie ihr dann doch nicht zu.

Vorsichtig, mit gewählten Worten, tat Therese ihre Zweifel kund. Greta und Christine hatten ihr nicht nur ihre Lügen verziehen, sondern sich auch noch so viel Mühe gegeben, da wäre es schrecklich, wenn sie sich nun undankbar und nörgelig anhörte. Doch ihre Angst war umsonst, denn Greta und Christine tauschten lediglich einen triumphierenden Blick.

»Auch daran haben wir gedacht! Ich wäre bereit, ein halbes Jahr Auszeit bei Simon & Fischli zu nehmen, um dieses Projekt federführend zu leiten. Nach allem, was ich für die Agentur geleistet habe, müssten sie mir diesen Wunsch eigentlich gewähren. Dann bräuchte ich hier lediglich eine Wohnung, und ansonsten müssten die Maierhofener es nur schaffen, mir eine kleine Aufwandsentschädigung zu zahlen.« Greta strich sich die wirren Haare aus der Stirn. Ihr Pferdeschwanz hatte sich im Laufe der Nacht aufgelöst, der Haargummi lag auf dem Boden, doch sie verschwendete keine Zeit darauf, ihn aufzuheben und die Haare neu zusammenzubinden.

»Und ich helfe Greta, wo ich kann«, fügte Christine hinzu.

Therese schluckte. Im nächsten Moment spürte sie Christines linke Hand auf ihrem Arm. »Maierhofen bekommt seine Chance, und du wirst auch wieder gesund«, sagte die Freundin sanft, aber bestimmt.

Greta lachte exaltiert. »Das steht doch außer Frage, Therese ist schließlich eine Kämpfernatur! Und wir sind das auch. Ach, ich kann kaum erwarten, dass es heute Abend auf der zweiten Dorfversammlung losgeht.«

»Ihr seid so lieb. Und so klug. Und … überhaupt!« Bevor Therese etwas dagegen tun konnte, schossen ihr die Tränen in die Augen. Diesmal waren es jedoch keine Verzweiflungstränen, sondern sie sprudelten aus der Quelle der Hoffnung. Sie hatte nicht nur einen Schutzengel im Himmel, sondern gleich noch zwei hier auf der Erde.

»Aber niemand soll von meinem Krebs erfahren, Mitleid ist das Letzte, was ich gebrauchen kann«, sagte sie und schaute die beiden streng an. Vergeblich, denn Christine sagte: »Ganz können wir den Leuten deine Krankheit nicht verschweigen, immerhin bist du einige Zeit weg, da werden natürlich Fragen kommen.«

Und Greta ergänzte: »Das sehe ich auch so. Zumindest auf eine weichgespülte Version für die Öffentlichkeit sollten wir uns schon einigen. Wie wäre es beispielsweise, wenn du sagst, dass du wegen eines Geschwürs operiert wirst? Das böse K-Wort brauchst du gar nicht in den Mund zu nehmen, wenn es dir so zuwider ist.«

Therese gab sich geschlagen. Während Greta und Christine Pläne für die nächsten Tage schmiedeten, wanderte ihr Blick durch den Gastraum.

Überschäumende Fröhlichkeit bei Hochzeitsfeiern und anderen Festen, Kontroversen am Stammtisch, das gelangweilte Schweigen von Ehepaaren, die sich nichts mehr zu sagen hatten, oder das verliebte Geturtel junger Pärchen bei einem Glas Prosecco – es gab fast keine Gemütsregung, die dieser Raum nicht schon einmal erlebt hatte. Aber hatte es je ein solches Wechselbad an Gefühlen gegeben wie nun?

Am Abend zuvor war der Gastraum noch erfüllt gewesen von Verzweiflung, Ängsten und unausgesprochener Aussichtslosigkeit. Doch so, wie die Morgendämmerung die Nacht abgelöst hatte, war an die Stelle von Verzweiflung jetzt Hoffnung getreten. Therese spürte, wie diese Hoffnung nicht nur sie nährte, sondern auch die beiden anderen Frauen. Greta stand regelrecht in Flammen, und auch Christines Augen funkelten voller Elan, als sie versprach, später von Haus zu Haus zu gehen, um alle eindringlich zu bitten, am Abend zur zweiten Versammlung zu erscheinen.

Es war Greta, die ihre rechte Hand ausstreckte und die beiden anderen aufforderte, es ihr gleichzutun, bis die drei Hände über der Mitte des Tisches aufeinanderlagen. Mit Pathos in der Stimme sagte sie: »Alle für eine, eine für alle!«, und Therese und Christine wiederholten die Worte mit frohem Herzen.

»Die drei Musketiere wären bestimmt stolz auf uns«, sagte Therese und lachte zum ersten Mal seit langer Zeit unbeschwert auf.

Nachdem Christine den ganzen Tag über nichts anderes gemacht hatte, als mit den Hunden von Haus zu Haus zu laufen und sich außerdem die Finger wund zu telefonieren, um Werbung für die Dorfversammlung zu machen, war der Festsaal der Goldenen Rose am Abend rappelvoll. Die Mienen der Anwesenden zeigten die ganze Bandbreite an Gefühlen – von echtem Interesse bis hin zu relativer Gleichgültigkeit. Immerhin bot sich die Gelegenheit, sich noch einmal ausgiebig über das zurückliegende Fest zu unterhalten.

Als jeder ein Getränk vor sich stehen hatte – die Küche war an diesem Abend geschlossen –, ergriff Therese das Wort und verkündete tapfer, dass es keine EU-Gelder für Maierhofen geben würde. Das Geld war für einen Ort an der Nordsee bestimmt, ein bürokratischer Fehler, eine Verwechslung – die Beamten in Brüssel hätten sich schriftlich dafür entschuldigt.

Die Empörung war dementsprechend groß. Dummes

Beamtenvolk! Konnten die nicht lesen? Die Leute so an der Nase lang zu führen! Falsche Hoffnungen wecken, wie gemein war das denn?

»Und nun?«, fragte Roswitha Franz, nachdem sich die größte Wut gelegt hatte.

Greta trat ans Rednerpult. Ihr Blick wanderte erst einmal durch den ganzen Raum, als wollte sie sich die Aufmerksamkeit jedes Einzelnen sichern, dann rief sie laut: »Ich würde sagen, wir pfeifen auf die EU! Und ihre Gelder können sie sich sonst wohin stecken, wir brauchen sie jedenfalls nicht!«

Zustimmendes Raunen, fragende Blicke, verwirrtes Schweigen.

»Sie erinnern sich sicher noch an unser letztes Treffen, als wir gemeinsam Ideen dafür gesammelt haben, wie Maierhofens Zukunft aussehen könnte. Gesundheitszentrum, Schullandheim – es waren etliche gute Ideen dabei, aber für jede bräuchte man einen finanzkräftigen Investor. Und solch ein spendabler Geldgeber ist leider weit und breit nicht in Sicht.« Greta schaute bedauernd in die Runde. »Mir ist in der Zwischenzeit jedoch eine ganz andere Idee gekommen. Eine Idee, für die wir keine Hilfe von außen benötigen – zumindest keine finanzielle. Meine Idee könnte Maierhofen neue Arbeitsplätze verschaffen, alte Arbeitsplätze sichern, man könnte schützenswerte Bausubstanz revitalisieren, die Nahversorgung langfristig sichern und…« Als Greta sah, dass einige im Publikum mit abwesendem Blick geradeaus schauten und mit dem Fingernagel Muster in die Tischdeckchen kratzten, winkte sie ab. »Ach, ist doch alles Quatsch, bitte lassen Sie mich noch mal von vorn anfangen. Dazu ist es nötig, dass ich ein bisschen von mir selbst erzähle.« Sie holte Luft und fuhr fort: »Als ich in Maierhofen ankam, war ich nicht gerade in Topform. Zu viel Arbeit, zu viel Stress, der ganze Großstadtlärm …« Sie zuckte mit den Schultern. »Hier, auf dem Land, habe ich erst wieder gelernt, wie schön es ist, der Stille zu lauschen. Wie gut es tut, den vorbeiziehenden Wolken zuzuschauen.«

»Also doch ein Sanatorium in Maierhofen!«, rief jemand laut.

Greta verneinte lächelnd. »Die schöne Landschaft und die Ruhe sind eine Sache, aber was mir mindestens so gutgetan hat, ist das wunderbare Essen, das es bei euch gibt!« Sie begann, an den Fingern aufzuzählen. »Das Holzofenbrot von Magdalena, Madaras Käse, die süffigen Cocktails von Jessy, das schwarze Bier von eurer Brauerei, das viele gute Essen vorgestern Abend auf dem Fest … Seit ich hier bin, esse und trinke ich eigentlich nur noch.« Sie seufzte genussvoll auf, sprach aber gleich weiter, nun, da sie ihr Publikum gepackt hatte. »Die Leute in den großen Städten wären froh, wenn sie jederzeit so gute Lebensmittel kaufen könnten. *Und genau da* setzt meine Idee an! Wir müssen dafür sorgen, dass die Leute erfahren, was Maierhofen kulinarisch alles zu bieten hat.« Mit glänzenden Augen schaute sie in die versammelte Runde.

»Ein Onlineshop für regionale Spezialitäten«, sagte Kurt Mölling von der Wäscherei gelangweilt. »Das ist ja nun wirklich nichts Neues …«

»Soll ich jetzt etwa meine Milch online verkaufen?«, fragte ein Mann mit einer langen Narbe quer über der Stirn.

»Warum nicht, Otto, dann kann ich meine Kartoffeln gleich mit ins Paket packen, so müssen die Leute nur einmal Porto zahlen!«, rief Roswitha Franz.

Die anderen lachten. Auch Greta lachte, doch im nächsten Moment wurde sie wieder ernst.

»Dass man in der heutigen Zeit sofort an den Onlinehandel denkt, ist normal. Ich möchte jedoch in die umgekehrte Richtung denken: Wir laden alle Genießer nach Maierhofen ein! In die Provence und in die Toskana fahren die Menschen doch auch, um gut zu essen – warum nicht nach Maierhofen? Euer Ort soll auf der Landkarte der Slow-Food-Anhänger mit einem dicken Kreuzchen markiert werden. Dass ihr feiern könnt, habe ich vorgestern gesehen, mein Kater hat mich noch den ganzen gestrigen Tag begleitet.« Greta verdrehte ironisch die Augen. »Lasst uns fürs nächste Frühjahr ein großes Genießerfest planen, mit ganz vielen fremden Gästen.«

»Ich habe noch genügend Ideen für neue Cocktails auf Lager, komm ruhig bei mir vorbei!«, rief Jessy. »Und fremde Leute betrunken zu machen, traue ich mir auch zu. Bei euch Städtern braucht's ja nicht viel.«

Alle im Saal lachten.

»Ich weiß nicht…«, sagte Madara skeptisch, als sich das Gelächter gelegt hatte. »Sicher, mein Käse ist gut, aber ob er so gut ist, dass deswegen jemand hierher pilgert? Schön wär's ja, dann könnte ich die ganze Milch zu Käse verarbeiten, und wir müssten sie nicht billig an die Südwest-Genossenschaft verramschen.« Sie zuckte mit den Schultern.

Magdalena sagte mit einem bedauernden Gesichtsausdruck zu Greta: »Es ehrt uns zwar sehr, dass Sie unsere Produkte so loben, aber vielleicht verklären Sie das Ganze mit Ihren Städteraugen auch ein wenig. Holzofenbrot gibt's anderswo auch, auch wenn die Billigbäcker schon fast überall die Oberhand haben...«

»Heutzutage gibt's doch in jedem Aldi und Lidl Schlemmerwochen, wer braucht da unser Maierhofener Bier oder den Apfelsaft von unseren Streuobstwiesen?«, rief ein anderer.

Greta, die sich alle Einwände schweigend angehört hatte, nickte. »Ihr habt alle recht«, sagte sie. »Und auch wieder nicht. Denn das Besondere an Maierhofen ist die *Summe* von allem! Schaut euch doch selbst um – ganz gleich, ob ihr zum Metzger geht oder in die Goldene Rose oder Kartoffeln kauft –, alles ist von höchster Qualität. Wenn ich nur an die gute Maibutter denke! Dass Butter im Mai, wenn die Kühe auf die Weiden kommen, ganz anders schmeckt als das restliche Jahr über, wusste ich bisher nicht einmal! Ihr jedoch lebt im Rhythmus der Jahreszeiten, was hier auf den Tisch oder in die Läden kommt, wird nicht nur regional erzeugt, sondern ist immer der Jahreszeit angepasst. In dieser Beziehung kann Maierhofen mit jedem toskanischen oder provenzalischen Feinschmeckerdorf mithalten.« Greta hob die Hand, als wollte sie die Bedeutung ihrer Worte noch unterstreichen. »Die Summe macht es!«

Niemand sagte etwas laut, doch untereinander begannen die Leute erneut zu tuscheln. Maierhofen, die Toskana oder die Provence im Allgäu? Hatten sie womöglich ihr Licht viel zu lang unter den Scheffel gestellt? Musste tatsächlich eine Städterin daherkommen, um ihnen aufzuzeigen, dass ihr Dorf etwas Besonderes war? Unsicherheit, aber auch Hoffnung schwang im allgemeinen Gemurmel mit. Im Augenblick warfen ihre Kleinbetriebe gerade so viel ab, dass es zum Leben zu wenig und zum Sterben zu viel war. Gab es wirklich eine Chance, in der Zukunft besser von der Hände Arbeit leben zu können?

Greta, die gerade erst zur Höchstform auflief, begann, ihre Ideen weiter auszuführen.

»Jeder, den ich hier kennenlernen durfte, ist mit Feuereifer und Herzblut bei der Sache! Warum zeigen wir der Welt nicht, was in Maierhofen steckt? Das besagte Genießerfest unter dem Titel »Kräuter-der-Provinz-Festival« im nächsten Frühjahr könnte der Höhepunkt unserer gemeinsamen Aktivitäten werden. Aber damit anfangen, etwas zu tun, könnten wir sofort!« Sie zog die Liste hervor, die sie gemeinsam mit Christine erstellt hatte. »Punkt eins… Im leer stehenden Spar-Markt könnten wir einen Genießerladen eröffnen, wo es dann alle Produkte zu kaufen gibt, die rund um Maierhofen hergestellt werden. Das hätte den Vorteil, dass Kunden nicht von Hof zu Hof fahren müssen, um hier Jessys Liköre und Marmeladen, da den Schnaps und Käse vom Kerschenhof, dort Christines Kräutersalze und so weiter einzukaufen – sie hätten vielmehr eine zentrale Anlaufstelle. Vielleicht könnte man schon mit einem Schild neben der Autobahn werben, damit die Leute von der Autobahn abfahren, um in diesem Feinschmeckerparadies einzukaufen. Und entsprechende Werbung im Internet müsste auch noch dazukommen.«

»Ich dachte, für Werbung ist kein Geld da?«, sagte Kurt Mölling von der Wäscherei.

»Stimmt, Werbung im klassischen Sinn können wir uns nicht leisten. Ich meinte auch eher Öffentlichkeitsarbeit. Das wäre der zweite Punkt, mit dem wir gleich beginnen könnten. Wir könnten Artikel für Onlinemagazine schreiben. Wir könnten Food-Bloggern Pakete mit Kostproben schicken und sie bitten, über Maierhofen zu berichten. Wir könnten ganze Fotoserien über Maierhofen veröffentlichen – denken Sie an Facebook! Wir könnten eine oder auch mehrere Seiten für Maierhofen erstellen, das kostet nichts, und wir erreichen Abertausende von Usern. Jeder kann die Seite liken und teilen und so zur Bekanntmachung beitragen…«

Die Leute im Saal runzelten die Stirn. Facebook – war das nicht die Plattform, wo die jungen Leute Fotos von ihren Besäufnissen einstellten?

»Es gibt noch viele weitere Möglichkeiten, Maierhofen in der Welt bekannt zu machen, dazu später gern mehr. Lassen Sie mich noch mal auf den Genießerladen zurückkommen. Dieser sollte von einer Kooperative geführt werden, nicht von einer Einzelperson. Wissen Sie alle, was man darunter versteht?« Greta schaute fragend in den Raum.

»Ist das nicht wie bei den Kommunisten?«, rief einer.

Alle lachten erneut, auch Greta. Sie schaute in die Runde und sagte: »Habt ihr nicht bei der ersten Versammlung erwähnt, dass ihr früher ein sehr reges Vereinsleben hattet? Eine Kooperative ist im Grunde genommen ganz ähnlich.«

»Ja früher, da war noch was los bei uns im Dorf!«, rief Magdalena. »Aber damals waren wir auch alle ein paar Jährchen jünger.«

»Das stimmt«, sagte ihre Nachbarin, eine Frau Mitte fünfzig, deren Gesicht vom Wetter gegerbt war. Greta hatte sie schon des Öfteren auf einem alten Traktor durchs Dorf fahren sehen. »So ein Neuanfang ist doch eher was für die Jungen. Einem alten Hund bringt man keine neuen Tricks bei, heißt es. Und mein Sohn sagt auch immer, ich würde hinterm Mond leben. Und das nur, weil ich keine Melkcomputer im Stall haben will.«

Greta runzelte die Stirn. Wie niedergeschlagen sich die Frau anhörte. Dem Sohn hätte sie gern mal die Meinung gesagt!

»Ob jemand zum alten Eisen gehört oder nicht, entscheidet man doch immer noch selbst, oder?«, sagte sie kampfeslustig. »Ihre Kühe sind bestimmt glücklich, dass sie noch von Hand gemolken werden.«

Die Bäuerin lächelte verhalten.

»Wie würde denn so eine Kooperative genau aussehen?«, warf Kurt Mölling ein.

Zum ersten Mal war Greta dankbar für seinen Beitrag. Sie sagte: »Nun, es würde beispielsweise keine angestellte Verkäuferin geben, vielmehr würden die Maierhofener untereinander ausmachen, wer wann im Laden steht. Und alle erwirtschafteten Gelder kämen erst in einen Topf und würden dann entsprechend verteilt. Anhand der Buchführung sieht man ja, wessen Produkte wie oft verkauft wurden. Der Laden muss natürlich entsprechend attraktiv aussehen. Ein richtiges Puppenstübchen muss das werden, mit Allgäuer Chic wie aus einer Lifestyle-Zeitschrift. Vielleicht müsste man auch das eine oder andere Vorgärtchen rund um den Marktplatz herrichten oder mal eine Fassade streichen. All diese Handwerksarbeiten müssten gemeinschaftlich und in Eigenleistung durchgeführt werden, denn ...« Sie ließ den Satz ausklingen, jeder wusste auch so, wie er weiterging. Geld ist keines da.

An dieser Stelle waren es vor allem die Frauen, die anerkennend raunten. Zumindest die eine oder andere sah diesen Laden wohl schon vor ihrem inneren Auge Gestalt annehmen. Und gegen frisch gestrichene Fassaden hatte auch keine etwas einzuwenden!

»Wieder einmal etwas gemeinsam auf die Beine stellen, das würde mir Spaß machen«, murmelte Monika Ellwanger von der Poststation vor sich hin.

»Vielleicht könnten auch meine Senioren irgendwie helfen?«, sagte Schwester Gertrud zu niemand Speziellem. »Die gehören nämlich noch lange nicht zum alten Eisen!«, fügte sie hinzu und klang dabei mindestens so kampflustig wie zuvor Greta.

Greta hatte plötzlich einen Kloß im Hals. Auf solche Reaktionen hatte sie gesetzt – dass sie nun wirklich kamen, überwältigte sie dennoch.

Sie holte Luft und fuhr so geschäftsmäßig wie möglich fort: »Parallel zum Genießerladen sollten wir eine Homepage erstellen, auf der alle Produkte aus dem Laden auch online bestellt werden können. Ja, ich gebe es zu – ganz ohne Onlineversand geht's heutzutage leider tatsächlich nicht mehr, somit wäre das unsere dritte Maßnahme.« Sie grinste schräg. »Das geht jedoch nur, wenn sich hier im

Ort jemand findet, der sich die Gestaltung einer solchen Seite zutraut. Wir müssen alles in Eigenregie machen, versteht ihr?« Nicht zum ersten Mal schwankte Greta zwischen dem förmlichen Sie und dem freundschaftlichen Ihr hin und her, doch niemand schien es ihr übel zu nehmen, im Gegenteil. Heute, da die Werbefrau nicht mehr so gestelzt daherredete wie beim ersten Mal, kam sie sehr viel besser bei den Leuten an.

»Dieses Fest im nächsten Frühjahr...«, tönte es von einem der hinteren Tische.

»Ja?«, sagte Greta, die die Fragenstellerin nicht kannte. Wahrscheinlich war es eine Bäuerin von einem der umliegenden Höfe.

»Gesetzt den Fall, es würden wirklich ein paar Touristen kommen... Sollen die alle in den paar Gästezimmern hier in der Goldenen Rose übernachten?«

»Das würde nicht reichen. Ich bin mir aber sicher, dass in so manchem Haus ein ehemaliges Kinderzimmer zu einem Gästezimmer umgebaut werden könnte. In England heißen solche privaten Übernachtungsmöglichkeiten Bed & Breakfast, damit möbelt so manche Familie ihre Haushaltskasse auf. Städter übernachten auch gern auf dem Bauernhof oder in einer umgebauten Scheune. Schaffung von Gästezimmern wäre somit Punkt vier.« Greta schaute in die Runde. Hatten die Leute verstanden, was sie meinte?

Das aufgeregte Raunen, das durch den Raum ging, zerstreute sogleich ihre Zweifel. Und ob die Leute verstanden! Die Haushaltskasse aufmöbeln hörte sich gut an, sehr gut sogar.

»Für unser Kräuter-der-Provinz-Festival müssten wir uns auch ein Rahmenprogramm ausdenken«, fuhr Greta fort. »Eine geführte Kräuterwanderung wäre schön, Kochkurse könnte man machen und so weiter. Wer eine Idee hat, kann jederzeit zu mir kommen. Dieses Rahmenprogramm wäre Punkt fünf auf meiner Liste.«

»Die Leute könnten auch zu mir in die Käserei kommen, und ich zeige ihnen, wie Käsemachen geht!«, rief Madara.

»Der Müller, von dem wir unser Mehl beziehen, würde vielleicht auch eine Führung durch seine Mühle machen«, ergänzte Magdalena.

»Und Heinrich, der Imker, könnte zeigen, wie er den Honig gewinnt.«

Auf einmal hatte jeder eine Idee. Es brodelte und sprudelte, und manchmal kochte es auch über.

Irgendwann trat zum Erstaunen der Leute Christine ans Rednerpult. Ihre Wangen waren vor Aufregung rot, und sie musste erst einmal schlucken, bevor sie sagte: »Gretas Idee ist so genial – ich bin überzeugt davon, dass wir das gemeinsam hinkriegen. Wir müssen uns einfach nur trauen!«

Wir müssen uns einfach nur trauen? Woher wollte ausgerechnet Christine Heinrich wissen, wer sich was traute?, fragte sich Roswitha. Die Gattin vom Autohausbesitzer saß doch den ganzen Tag in ihrem schönen Haus herum, band Blumensträuße oder machte sonst was Schönes. Wie eine Märchenprinzessin in ihrem Schloss. Und wenn sie ihr Schloss mal verließ, dann bestimmt nicht, um eine Kastenfalle für Marder zu kaufen oder sich die Hacken nach einer gebrauchten Kippschaufel für den alten Schlepper abzurennen, sondern um mit ihren Hunden am See entlangzuspazieren. Um duftende Kräuter zu pflücken. Roswithas Seufzer klang ein wenig neidisch. So ein schönes Leben hätte sie auch gern!

»Wir haben so viele gute Leute hier, besitzen so viele handwerkliche und andere Fähigkeiten – wenn wir alle auf einer Klaviatur spielen, ergibt das eine Symphonie an Wohlklängen!«, hörte Roswitha Christine vorn am Rednerpult sagen.

Eine Symphonie an Wohlklängen… Bestimmt verwendete Christine täglich solche Wörter wie »Symphonie« und »Himmelblau« und »Augenstern«. In Christines Leben war schließlich alles schön!

Sie, Roswitha, hingegen verwendete Wörter wie Kartoffelkäfer, Klodeckel und Unkrautvernichtungsmittel, dabei würde sie auch gern mal schönere in den Mund nehmen. »Hoffnungsschimmer« wäre so ein Wort. Sie hätte gern einen Hoffnungsschimmer… Einen, der silbrig schimmerte oder in den Farben des Regenbogens, denn so stellte sie sich Hoffnung vor.

Es war seltsam, Roswitha konnte nicht sagen, woher das hoffnungsvolle Kribbeln in ihrem Bauch kam, aber mit jedem Punkt, den Greta aufzählte, war es weiter angewachsen. Unauffällig ließ sie ihren Blick durch den Saal wandern. Es waren dieselben Leute da wie bei der ersten Versammlung, vielleicht auch ein paar mehr. Christines

Mann zum Beispiel, dem das Toyota-Autohaus gehörte, war letztes Mal nicht da gewesen, heute saß er mit verschränkten Armen da und schaute ein wenig erstaunt seine Frau an, die mit roten Wangen am Rednerpult stand und den Herrn Pfarrer ein Computergenie nannte, woraufhin dieser meinte, er würde die Homepage für die Diözese betreuen und es sich sehr wohl zutrauen, auch eine Homepage für Maierhofen zu erstellen. Er könne auch sein Orgelspiel aufnehmen, mit dieser Musik könne man später die Homepage unterlegen. Nun hatte der Herr Pfarrer ebenso rote Wangen wie Christine.

Roswitha musste grinsen, als sie den entsetzten Blick der Werbefrau sah, als der Pfarrer von Bachpreludien und -fugen sprach.

Vincent, der Zimmermann, war ebenfalls da und bot seine Hilfe bei handwerklichen Dingen an.

Und nun hob erneut Kurt Mölling seinen rechten Arm. Was hatte der wieder zu motzen?, fragte sich Roswitha.

»Täusche ich mich, oder muss nicht auch jemand die Pakete von diesem … Onlineversand auf die Post bringen?«, hörte sie Kurt Mölling sagen, und im nächsten Moment bot er an, diese Aufgabe zu übernehmen, was alle im Saal mit anerkennendem Raunen quittierten.

Christines Mann hatte allem Anschein nach das Gefühl, bei so viel Gemeinschaftssinn nicht hintanstehen zu können, also bot er an, die Wartung des Lieferfahrzeugs kostenlos zu übernehmen.

Woraufhin wiederum Kurts Frau Sabrina meinte, sie könne sich neben der Arbeit in der Wäscherei um den Onlinehandel kümmern.

»Und was ist mit unseren Senioren?«, fragte Schwester Gertrud abermals.

Greta und Christine grinsten sich an. »Für unsere Dorfältesten finden wir sicher auch noch etwas, woran sie sich hilfreich beteiligen können«, sagte Christine.

Nun ging es Schlag auf Schlag. Roswitha fühlte sich an eine hektische Auktion erinnert. Wer bietet mehr?

Gustav Kleinschmied, ein rüstiger Rentner, der am selben Ortsende wie Roswitha wohnte, räusperte sich und sagte, dass die Fotografie sein Hobby sei. Falls man also Fotos für diese Homepage benötigte …?

»Du fotografierst doch die ganze Zeit nur Insekten und Spinnengetier. Was in Maierhofens letzten Ecken herumkriecht, will in der Welt da draußen niemand sehen«, nörgelte Kurt Mölling. »Der Frau Roth schwebt sicher ein professioneller Fotograf vor.«

»Ganz im Gegenteil«, erwiderte Greta, »dass Herr Kleinschmied die Mikrofotografie beherrscht, ist perfekt für unsere Zwecke. Neben schönen Landschafts- und Häuseransichten sollten wir nämlich auch Lebensmittel und Gerichte fotografieren. Ihr kennt doch die Fotos in den Hochglanzmagazinen, wo ein Butterbrot so abgebildet ist, dass den Leuten allein beim Anschauen das Wasser im Mund zusammenläuft. So soll es ihnen auch ergehen, wenn sie an Maierhofen denken! Einen Food-Fotografen, der einen Teller mit Essen ins beste Licht rückt, können wir uns jedoch nicht leisten. Wenn also Sie, Herr Kleinschmied, da einspringen würden, wäre das richtig klasse!«

Ein paar Leute klatschten, Gustav Kleinschmied hatte nun so rote Wangen wie der Herr Pfarrer und Christine.

Roswitha war sprachlos. So eine Stimmung hatte sie noch bei keiner Planungssitzung fürs Sankt Barnabasfest erlebt, und selbst da ging es immer hoch her! Während anderswo Vereine und Gemeinden händeringend nach freiwilligen Helfern suchten, gab es in Maierhofen immer mehr als genug davon. Womöglich war die Idee mit dem Genießerladen genau das, worauf sie alle gewartet hatten, ohne es zu wissen?

Monika Ellwanger wedelte wie eine Schülerin, die sich zu Wort melden wollte, mit der Hand in der Luft herum.

»Ich habe doch den Nebenraum leer stehen, in dem meine Mutter früher den Kurzwarenhandel untergebracht hatte. Schon lange überlege ich, ob ich damit nicht etwas anfangen kann ...« Moni rutschte verlegen auf ihrem Stuhl herum. »Und dann gibt's ja noch den schönen Garten hinterm Haus.«

Na, da bin ich ja mal gespannt, dachte Roswitha und schaute wie alle anderen ihre alte Schulkameradin erwartungsvoll an.

»Ich ... würde gern eine Waffelbäckerei aufmachen, vielleicht auch ein kleines Gartencafé. Am Anfang womöglich nur am Wochenende. Das würde doch gut in ein Genießerdorf passen, oder? Also ... Falls ich dir damit nicht in die Quere komme«, sagte sie zu Magdalena, die ein paar Stühle von ihr entfernt saß.

Die Bäckerin winkte gelassen ab. Für sie war eine Waffelbäckerei nun wirklich keine Konkurrenz, sie hatte genügend Stammkunden, und samstags war ihr Café auch immer voll.

Heiße Waffeln ... Allein bei dem Wort lief Roswitha

das Wasser im Mund zusammen. So ein Café zu führen machte bestimmt viel Spaß, dachte sie neidisch. Warum nur kam sie nicht auf so eine tolle Idee?

Während die Anwesenden noch über das Waffelangebot diskutierten, meldete sich Vincent zu Wort und bot an, den alten Spar-Markt ein wenig aufzumöbeln. Holzregale, ein Holzboden, vielleicht auch ein Ladenschild… Was die Damen eben so wünschten.

Christine Heinrich klatschte in die Hände. »Vince, das ist wunderbar! Wenn wir dich mit im Boot haben, kann nichts mehr schiefgehen. Ich spendiere gern die Stoffe für Vorhänge, Tischdecken und was man sonst noch an Deko benötigt. Unser Laden soll ein harmonisches Gesamtkunstwerk aus Formen und Farben werden!«

Schon wieder so ein schönes Wort. Harmonisches Gesamtkunstwerk! Roswitha seufzte. Ein genussvolles harmonisches Gesamtkunstwerk – das hörte sich noch schöner an, oder?

Auf einmal wurde das Kribbeln in ihrem Bauch schier übermächtig.

»Ich will auch mitmachen!«, rief sie laut. Mehrere Dutzend Köpfe fuhren zu ihr herum. Roswitha straffte die Schultern und sagte: »Gästezimmer kann ich nicht anbieten, dazu ist unser Hof nicht schön genug. Und viel Zeit habe ich auch nicht, aber wenn euch was für mich einfällt, bin ich gern mit von der Partie! Irgendeine Aufgabe, irgendetwas werde ich schon können…«

»Aber du musst doch jeden Tag auf den Acker! Und deine Eltern hast du auch noch zu versorgen«, sagte Edy erschrocken.

»Danke fürs Gespräch«, zischte Roswitha ihn an. Laut sagte sie: »Wenn der Preisverfall bei den Kartoffeln so weitergeht wie bisher, kann ich eh bald einpacken. Und *dann* habe ich alle Zeit der Welt.«

»Ob du's glaubst oder nicht – ich hätte sogar eine besonders schöne Aufgabe für dich«, sagte Christine. »Du könntest den Laden betreuen! Natürlich nicht allein, sondern zusammen mit anderen Freiwilligen. Es dauert bestimmt bis zum Herbst, bis er fertig ausgebaut ist, und dann hast du deine diesjährige Kartoffelernte eingebracht. Danach könntest du täglich für ein paar Stunden den Verkauf übernehmen. Wenn deine Eltern wollen, können sie sogar mitkommen. Falls ich mich nicht täusche, gibt es im alten Spar-Markt ein kleines Hinterzimmer – wenn wir das ein bisschen gemütlich einrichten…«

»Ich soll den Laden führen?« Roswithas Blick fiel auf ihre Fingernägel, unter denen die Kartoffelerde schwarze Halbmonde hinterlassen hatte. Ausgerechnet sie sollte feine Kundschaft bedienen, zu jedem Produkt etwas sagen, Beträge in eine Kasse tippen…

»Ich weiß nicht, ob ich mir das zutraue.«

»Wenn man nur will, bekommt man alles hin«, sagte Madara. »Schau mich an, ich habe früher vom Käsemachen auch keine Ahnung gehabt. Und heute ist mein Käse so gut, dass ich damit sogar eine verwöhnte Städterin überzeugen kann.« Sie grinste in Richtung der Frankfurter Werbefrau, was ihr ein paar Lacher eintrug.

»Es kann aber nicht jeder so radikal aussteigen und sich nur noch einer Sache widmen. Wir müssen schließlich auch noch unser Tagwerk erledigen!«, rief jemand.

»Das ist auch völlig in Ordnung«, sagte Greta Roth. »Es reicht völlig, wenn ihr das, was ihr sowieso richtig gut könnt, weiterhin macht. Den Rest koordinieren Christine und ich.«

»Genau! Wir müssen den Aufbruch einfach wagen!«, rief Christine zum wiederholten Mal.

So lebhaft hatte sie Christine noch nicht erlebt, wo es doch sonst immer nur ihr Mann war, der die großen Reden schwang, dachte Roswitha. Therese hingegen kam ihr eher schweigsam vor. Ungewöhnlich schweigsam sogar …

»Was sagst denn du als unsere Bürgermeisterin zu all dem?«, wandte sich Roswitha deshalb an Therese.

»Ich finde Gretas Idee natürlich toll, das ist die Chance für Maierhofen und für uns alle«, antwortete diese. »Es ist nur so … Also … Ich werde am Anfang bei diesem Projekt leider nicht mitmachen können.« Die Bürgermeisterin machte einen Schritt nach hinten, als wolle sie sich hinter dem Rednerpult verstecken. Roswitha kam es so vor, als würde Greta ihr dabei jedoch den Weg verstellen.

»Wie – du bist nicht mit von der Partie?«, fragte Magdalena, die in der ersten Reihe saß. Die Bäckerin legte den Kopf schräg und schaute die Freundin kritisch an. »Ist alles in Ordnung?«

»Ja. Nein … Es ist so …« Therese holte tief Luft. »Ich muss morgen früh in die Stadt ins Krankenhaus. Eine unaufschiebbare OP, vielleicht muss ich danach noch in eine Reha. Es kann also sein, dass ich eine Weile weg bin. Wenn ihr Fragen habt, wendet euch bitte an Greta und Christine, sie sind unsere Chefkoordinatorinnen.«

Roswitha runzelte erschrocken die Stirn. Die robuste Therese war krank? Um sie herum brach ein kleiner Tumult aus, die Leute unterhielten sich aufgeregt, schauten Therese an, warteten auf weitere Erklärungen. Maierhofen ohne die Bürgermeisterin – wie sollte das gehen?

»Schluss! Es geht doch jetzt gar nicht um mich!«, rief Therese. »Unser Thema ist Maierhofen! Wir sollten alle froh und dankbar sein, dass meine Cousine Greta eine Zeit lang für mich einspringt. Am besten denkt ihr gleich mal darüber nach, wer ihr eine Wohnung oder ein Häuschen zur Verfügung stellen kann, solange sie hier ist.«

»Sie wollen hierbleiben?«, fragte Magdalena die Werbefrau, und ihr Erstaunen in der Stimme drückte aus, was alle fühlten. »Und was ist mit Ihrer Arbeit in Frankfurt?«

Greta Roth räusperte sich. »So ein Projekt aus der Ferne zu organisieren und zu koordinieren, ist sehr schwierig. Da bin ich lieber vor Ort. Deshalb wäre ich bereit, bei meiner Firma ein halbes Jahr Auszeit zu nehmen. Ein Dach überm Kopf ist deshalb das eine… Aber eine kleine Aufwandsentschädigung müsste ich auch noch bekommen, damit ich meine laufenden Kosten in Frankfurt decken kann. Wenn alle dafür zusammenlegen…«

Das Summen im Saal wurde lauter. Hatte die Frankfurterin nicht von der Aufbesserung der Haushaltskassen aller Maierhofener gesprochen? Und nun sollten sie stattdessen etwas zahlen?

Von jetzt auf gleich drohte die gute Stimmung in Unmut umzuschlagen. So ein großes Projekt ohne ihre Bürgermeisterin? Und kosten sollte es nun doch etwas? Was, wenn das nur der Anfang war und die Werbefrau am Ende noch eine fette Rechnung präsentierte?

Roswitha schob ihren Stuhl nach hinten und stand auf. »Jetzt macht mal alle halblang!«, rief sie. »So, wie ich das sehe, ist das Ganze eine riesengroße Chance für uns alle. Was hatten wir denn bisher für eine Wahl?« Stirnrunzelnd schaute sie von Magdalena zu Monika Ellwanger, von Kurt Mölling zum Herrn Pfarrer. Da niemand sie unterbrach, sprach sie weiter.

»Das Leben von den meisten hier ist doch bisher recht gleichförmig verlaufen. Heiraten, Kinder kriegen – gut, beides hat beim einen oder anderen nicht ganz so geklappt«, fügte sie selbstironisch hinzu und erntete deshalb ein paar Lacher, »den Hof oder den Laden übernehmen, die Eltern pflegen, alles immer im selben Trott… Aber jetzt können wir endlich mal etwas anderes entscheiden! Greta Roths Konzept ist die Chance für uns, hier im Dorf noch mal etwas Neues zu beginnen.« Sie wusste selbst nicht, woher die Glut kam, die ihre Rede befeuerte, aber sie sah, dass sie auch beim einen oder anderen ein kleines Feuer entfachte. Die Leute stimmten ihr zu. Lediglich Edy saß weiterhin schweigend und grüblerisch da. Ach Edy, dachte Roswitha enttäuscht.

Dann fuhr sie fort: »Nun zu dieser Gehaltsfrage… Ich weiß ja nicht, was Frau Roth sich vorstellt, aber wenn beispielsweise nur zwanzig Leute monatlich je fünfzig Euro auf den Tisch legen, wäre schon ein Tausender zusammen. Vielleicht ist der eine oder andere ja auch bereit, mehr zu geben?«, fragte sie herausfordernd.

Als hätten sie sich abgesprochen, stand Therese auf,

ging von Tisch zu Tisch und gab überall Bierdeckel aus. »Wie wäre es, wenn jeder seinen Namen zusammen mit der monatlichen Summe, die er bereit ist, für Gretas Gehalt zuzuschießen, auf einen Bierdeckel schreibt? Dann kann ich später alles zusammenzählen, und wir schauen einfach, ob das ausreicht. Versichert ist sie ja weiterhin über ihre Firma, sodass die Gemeinde das nicht übernehmen muss.«

»Also, ich kann nichts zahlen, ich bin ja nur eine arme Rentnerin«, sagte Luise Stetter. »Aber ich habe vor zwei Jahren mein Elternhaus renovieren lassen, weil ich dachte, dass meine Suse dort einzieht. Doch die will nicht aus ihrem sonnigen Kalifornien weg, ihr Mann hat dort Verpflichtungen, sagt sie. Und von meinen Enkeln zieht es ja auch keinen hierher. Jedenfalls steht mein schönes Haus leer. Wenn die Frau Roth darin wohnen will, würde ich es ihr gern überlassen.«

Greta Roth lachte leicht hysterisch auf, und Roswitha war es, als könne sie die Gedanken der Frankfurterin lesen: Ein Gehalt bestehend aus zusammengelegten Bierdeckeln, und ein altes Häuschen, das sonst niemand haben wollte – wenn das mal kein echter Karrieresprung war!

15. Kapitel

»Bloß keine Abschiedsszene, ich komme ja wieder«, sagte Therese und reichte Greta spröde die Hand. »Wenn du Zeit hast, kannst du mich ja mal anrufen und berichten, wie alles läuft, ok?« Und schon öffnete sie die Beifahrertür von Christines Wagen und stieg ein.

Greta, die ihre Cousine gern noch in den Arm genommen und ihr Mut zugesprochen hätte, sah hilflos zu Christine hinüber, die Thereses Reisetasche im Kofferraum verstaute. Lass es gut sein, so ist Therese nun mal, sagte deren Blick.

Den Tränen nahe schaute Greta zu, wie der Wagen mit den zwei Frauen den Marktplatz überquerte, in die Hauptstraße einbog und verschwand. Arme, tapfere Therese …

Mit gesenkten Schultern ging sie zurück ins Haus. Aus der Küche erklang die unvermeidliche Loungemusik, also war Sam inzwischen ebenfalls eingetroffen. Dass er auch der gestrigen Versammlung ferngeblieben war, hatte Greta sehr enttäuscht, mehr noch, sie verstand sein Verhalten nicht. Hatte er so wenig für Maierhofen übrig? Warum hatte er sich ihr neues Konzept nicht wenigstens angehört? Eigentlich wäre er als Koch doch derjenige, der bei so etwas Hurra schreien müsste! Oder hatte er einfach etwas gegen sie?

Egal, dachte Greta. Im Augenblick mussten sie zusammenhalten, allein schon Therese zuliebe.

»Hat Therese heute früh mit dir gesprochen?«, fragte sie, ohne ihn zu begrüßen. Dabei hatte sie ja mitbekommen, dass der Koch gerade erst gekommen war.

Sam schüttelte den Kopf, er schaute nicht vom Möhrenschälen auf. »Hätte sie das sollen?«

»Deine Chefin hat Krebs, Christine fährt sie gerade nach München ins Krankenhaus. Sie wird operiert und bekommt danach eine Chemo, niemand weiß, wie lange sie ausfällt.« Das alles hättest du mitbekommen, wenn du vorgestern Abend nicht einfach davongerannt wärst, fügte sie im Stillen hinzu.

»Therese hat… was?« Erschrocken schaute Sam Greta an.

»Die Leute im Dorf wissen nichts davon, bei der Versammlung gestern hat Therese lediglich von einer OP gesprochen, also behalte das bitte für dich«, sagte Greta etwas sanfter. »Es gibt jetzt natürlich einiges zu organisieren. Christine wird das Gasthaus übergangsmäßig führen, ein paar Frauen aus dem Dorf helfen abwechselnd als Bedienungen den Sommer über aus, auch das haben wir gestern Abend noch beschlossen. Christine ist außerdem Mitorganisatorin meines neuen Konzepts für Maierhofen, das ich gestern Abend vorgestellt habe. Es setzt ganz auf Eigeninitiative. Nicht, dass ich erwarte, dass du dich einbringst, aber ich würde mir wünschen, dass du wenigstens Therese in dieser schweren Zeit beistehst!« Warum erzählte sie ihm eigentlich so viel? Weil sie insgeheim doch hoffte, er würde mitmachen?

»Das ist doch selbstverständlich«, sagte Sam, verwirrt und schockiert zugleich. »Was kann ich tun?«

»Therese sagte, sie sei dir dankbar, wenn du in den nächsten Wochen auch die Einkäufe übernehmen könntest. Der Ordner für die Buchhaltung steht hinten am Tresen, und wo die Kasse ist, weißt du ja.« Greta wies in Richtung Schankraum. »Falls es etwas ganz Dringendes zu klären gibt, können wir sie anrufen.«

Sam nickte. »Ihr habt also echt vor, diesen Kooperative-Quatsch durchzuziehen?«

Greta presste die Lippen so fest aufeinander, dass es wehtat. Was für ein Idiot! Das bisschen Einvernehmen, das sie gerade noch verspürt hatte, verflüchtigte sich wie Küchengeruch durch die Abzugshaube vom Herd. »Von diesem *Quatsch*, wie du ihn nennst, erhoffen sich die Maierhofener Bürger sehr viel. Das ist eine große Chance für alle. Ich selbst glaube so fest daran, dass ich dafür beruflich eine Auszeit nehmen werde, um mich hier einbringen zu können.«

Der Koch hob erstaunt die Brauen, doch gleich darauf gab er sich wieder ganz beiläufig. »Tut, was ihr nicht lassen könnt. Solange ihr mich dabei in Ruhe lasst«, sagte er und nahm seine Arbeit wieder auf.

Wütend schnürte Greta ihre Turnschuhe so fest zu, dass ihr rechter Spann zu schmerzen begann. Sie lockerte den Schuhbändel wieder. Na prima, Sam hatte es wieder einmal geschafft, sie aus der Fassung zu bringen! Warum ärgerte sie sich über den Mann eigentlich so sehr? Sie sollte doch inzwischen wissen, wie er war.

Mit einem Rumps ließ Greta die Tür zufallen und stapfte los. Ihr Blick fiel auf die Kirchenuhr, es war Viertel vor neun.

Vor ihrer Abfahrt hatte Christine ihr zwischen Tür und Angel einen Zettel mit einer Adresse in die Hand gedrückt und sie gebeten, pünktlich um neun zur Schlüsselübergabe dort zu sein. »Du läufst einfach den Weg wie zu mir und dann die Straße bis zum Ende weiter, dort steht Luise Stetters Elternhaus«, hatte sie noch hinzugefügt. Greta nahm an, dass Christines Mann ihr den Schlüssel übergeben würde.

Mit jedem Schritt, den sie tat, mit jedem Atemzug an der frischen Luft schwand Gretas Ärger über den Koch. Sie sollte sich eher an der Begeisterung der vielen anderen freuen, statt sich über die Kritik eines Einzelnen zu grämen! Dass die Maierhofener von ihrem Konzept derart angetan waren, hätte sie sich in ihren kühnsten Träumen nicht ausgemalt. Und Vincent, der wahnsinnig gut aussehende Zimmermann, war auch da gewesen. Er wollte den alten Spar-Markt ausbauen, das bedeutete, sie würden sich nun öfter über den Weg laufen…

Immer wieder hatte sie zu ihm schauen müssen, und mehr als einmal hatte er ihren Blick erwidert. Gretas Herz hatte jedes Mal so einen wilden Hüpfer gemacht, als würde es Polka tanzen. Falls es sie wirklich gab, die Liebe auf den ersten Blick, dann hatte sie nun eine ziemlich gute Ahnung davon, wie sie sich anfühlte…

An Christines Haus angekommen, hörte sie drinnen die Hunde bellen. Sie waren es bestimmt nicht gewohnt, dass ihr Frauchen den ganzen Tag weg war. Hätte sie anbieten sollen, die zwei auszuführen? Andererseits – wie sie Christine inzwischen kannte, hatte sie die Betreuung der Hunde ganz sicher längst organisiert. Außerdem hatte sie, Greta, heute noch ein paar andere Dinge zu tun. Ihren Chef anrufen zum Beispiel, ging es ihr durch den Sinn. Der hatte sie eigentlich schon gestern an ihrem Schreibtisch zurückerwartet... Das gerade noch so angenehme Kribbeln in ihrer Magengegend verwandelte sich in angstvolles Rumoren. So selbstsicher sie vor allen auch getan hatte – Norbert Fischli würde über ihren Wunsch nach Sonderurlaub bestimmt nicht begeistert sein. Bisher hatte sie, das brave Arbeitspferd, noch nie solch einen Wunsch geäußert, und jetzt kam sie urplötzlich damit um die Ecke. Sie würde um ihr Leben reden müssen!

Ungefähr hundert Meter hinter Christines Haus ging die asphaltierte Straße in einen Feldweg über, an dessen linker Seite eine dichte Hecke aus Weißdorn, wilden Rosen, Pfaffenhütchen und Haselbüschen wuchs. Schrille Vogelschreie, Schnattern und langgezogenes Zirpen drangen zu Greta herüber, gerade so, als läge hinter der nächsten Kurve der Regenwald. Es dauerte einen Moment, bis ihr klar wurde, dass der Weiher, um den sie morgens so gern spazierte, ganz in der Nähe liegen musste. Von dieser Richtung war sie nur noch nie darauf zugegangen. Greta nahm erneut den Zettel mit der Adresse in die Hand. War sie hier wirklich richtig?

Unsicher ging sie weiter. Im nächsten Moment erkannte sie, dass der Feldweg eine Biegung nach links machte. Direkt dahinter hörte die Hecke auf, und dort stand ein kleines Häuschen. Es hatte zwei Stockwerke, wobei das obere wegen des tiefgezogenen Dachs nicht viel Platz bieten konnte. Die Fenster waren quadratisch, mit hölzernen, grün lackierten Fensterläden. Irgendjemand hatte sich die Mühe gemacht, in der Mitte eines jeden Fensterladens ein Herzchen mit lang gezogenem Schweif auszufräsen. Die Schnitzerei wirkte altertümlich und modern zugleich, und sie fand sich auch auf der grün lackierten Holztür des Hauses wieder, die ein schmiedeeisernes Schloss besaß. In den Fenstern hingen Bistrogardinen aus einem beigegrünen, gerafften Toile-de-Jouy-Stoff, der eindeutig Christines Handschrift trug. Kletterrosen rankten zwischen den Fenstern an der Wand nach oben und verliehen dem Haus einen verwunschenen Charakter.

Greta schüttelte lachend den Kopf. Dieses Puppenstübchen hatte so gar nichts mit dem muffigen Fünfziger-Jahre-Bau – notdürftig renoviert und mit avocadogrünem Badezimmer – zu tun, auf den sie sich innerlich gefasst gemacht hatte. Vielmehr hätte das Haus das Cover eines Reiseprospekts für Ferien im Allgäu zieren können. Das Allerbeste war jedoch ... es stand direkt am Ufer des Weihers!

Sie war so eingenommen von der Szenerie, dass es einen Moment dauerte, bis sie den riesigen schwarzen Jeep sah, der rechts neben dem Häuschen stand und aus dessen Innerem *Stand by your man* von Tammy Wynette drang. Dabei war der Wagen angesichts seiner Größe eigentlich genauso wenig zu übersehen wie der Mann, der gerade Brennholz von der offenen Ladefläche hievte und entlang der Seitenwand des Hauses aufstapelte.

O mein Gott ... Greta durchfuhr ein Schauer. Statt sich

durch einen Ruf oder ein Hüsteln bemerkbar zu machen, blieb sie wie angewurzelt stehen und konnte ihren Blick nicht von den Oberarmmuskeln wenden, die sich bei jeder Bewegung des Mannes anspannten.

»Stand by your man, give him two arms to cling to
And something warm to come to
When nights are cold and lonely…«

Vincent und sie… Eng aneinandergekuschelt in einer kalten Winternacht. Das Knistern eines Feuers im offenen Kamin… Greta hatte das Bild genau vor Augen. Sehnsüchtig seufzte sie auf. Im nächsten Moment schaute Vincent zu ihr herüber. Sein Blick war so wissend, als könne er Gedanken lesen.

»Hi«, sagte Greta mit piepsig klingender Stimme.

»Keep giving all the love you can.
Stand by your man.
Stand by your man, and show the world you love him
Keep giving all the love you can.
Stand by your man.«

»Hi«, antwortete der Zimmermann mit einem Grinsen.

»Das hier ist die Küche!« In bester Maklermanier das Offenkundige aussprechend, ging Vincent vor Greta her. »Luise wollte alles vom Feinsten, ließ mir dabei aber gleichzeitig freie Hand. Da ich weder ihre Tochter noch ihre Enkelin kenne, habe ich das gewählt, was mir gefällt –

massive Eiche mit gemauerten Elementen, alles Maßarbeit.«

Greta strich ehrfurchtsvoll über die graugrüne Granitarbeitsplatte. »So eine schöne Küche habe ich noch nie gesehen«, sagte sie und dachte an ihre Frankfurter Küchenzeile aus Furnierholz, die sie gerade einmal zum Teekochen aufsuchte.

Vincent machte eine ausholende Handbewegung, mit der er den großzügigen Ess-Wohnbereich einschloss. »Früher gab es hier fünf kleine Zimmer, aber mir ist es gelungen, Luise dazu zu überreden, ein paar Wände einzureißen. Außer dem Wohnbereich gibt es auf dieser Ebene nur noch ein Zimmer, das als Schlafraum, Büro oder sonst was dienen kann, und eine Gästetoilette.« Er stieß eine Tür auf und ließ Greta an sich vorbeitreten. Wie gut er roch, dachte sie, als seine breite Brust nur wenige Zentimeter von ihr entfernt war. Sie war so beschäftigt, seinen Geruch nach Holz, Leder, reifen Äpfeln und Seife in sich einzusaugen, dass sie für das quadratische Zimmer, welches wie die Küche mit Massivholzmöbeln ausgestattet war, kaum einen Blick übrig hatte. Es gab ein Gästebett, einen Schreibtisch, ein paar Regale – ihr neues Büro?

»Das Hauptschlafzimmer liegt im ersten Stock«, sagte Vincent, »ebenso das Bad.« Er nickte in Richtung der offenen Treppe, die links von der Küche in den ersten Stock führte.

Greta schaute ihn fragend an. »Darf ich?«

»Es ist Ihr Haus«, antwortete er grinsend.

Im Bewusstsein, dieselbe angeschmuddelte Jeans zu

tragen, in der sie schon mit Christines Hunden auf dem Boden herumgetollt hatte, stieg Greta die Treppe hinauf. Doch auf der letzten Treppenstufe verflog ihre Befangenheit. Mit großen Augen schaute sie auf die Glasfläche, die anstelle einer Wand zwischen die beiden Dachhälften eingepasst worden war und die einen Blick über den kompletten Weiher bot. »Das... das ist ja...«, hauchte sie, um Worte verlegen. Sie würde vom Bett aus aufs Wasser schauen können.

Vincent grinste erneut. »Dachte mir schon, dass Ihnen das gefällt. Noch schöner ist lediglich ein komplett verglastes Dach, wie ich es zu Hause habe. Aber bei den Mehrkosten hat Luise dann doch gestreikt. Wenn sie wüsste, wie schön es ist, nachts im Bett zu liegen und über sich nur die Sterne zu sehen... Vielleicht wollen Sie es sich bei Gelegenheit einmal anschauen?«

Greta schluckte. Bei aller Liebe – ging das nicht ein bisschen sehr schnell? Doch dann sah sie den schwärmerischen Blick, mit dem er die groben Holzbalken unter dem freigelegten Dach bedachte. Von wegen Flirten! Aus seinen Worten sprach lediglich der stolze Handwerker, der ein weiteres Werk vorführen wollte, dachte sie ein wenig enttäuscht. Blöde Kuh!, ärgerte sie sich über sich selbst.

Kurze Zeit später saßen sie mit zwei Flaschen Holunderlimonade auf der kleinen hölzernen Veranda, die wie ein Steg in den See hineinragte. Irgendjemand –, wahrscheinlich Christine, hatte den Kühlschrank bereits mit Getränken gefüllt – Limo, eine Flasche Milch, zwei Flaschen Bier.

Nur zum Essen war nichts da. Aber Greta hätte sowieso keinen Bissen heruntergebracht, so aufgeregt war sie. Und das, obwohl sie noch gar nicht gefrühstückt hatte.

Wo sind die Redakteure von *Schöner Wohnen*, wo ist die versteckte Kamera?, fragte sie sich. Das alles konnte doch nicht real sein, oder? Da saß sie mit Vincent auf dieser traumhaften Terrasse eines Häuschens, wie sie es sich schöner nicht hätte ausmalen können. Die ganze Szenerie war wie ein Traum, aus dem man nicht aufwachen wollte. So unauffällig wie möglich zwickte sie sich in den Unterarm.

»Irgendwie habe ich das Gefühl, in einer Märchenwelt gelandet zu sein«, sagte sie voller Verwunderung. »Das Haus, der See – alles wirkt so friedlich, wie verzaubert...« Sie verstummte.

»Komma, aber?«, hakte Vincent nach.

Greta merkte auf. Wollte er wirklich wissen, wie es in ihr aussah? Sie gab sich einen Ruck und sagte: »Aber wenn ich dann daran denke, welche Aufgabe vor mir liegt, wird mir ganz anders. Ich wecke so große Hoffnungen in den Leuten! Was, wenn die ›Kräuter der Provinz‹ die Leute am Ende doch nicht anlocken?«

»Bei der Vielfalt in eurem Angebot? Da habe ich schon wesentlich verrücktere Sachen gehört und gesehen«, antwortete Vincent gelassen. Er lehnte entspannt an der Hauswand, seine Beine lang ausgestreckt. »In Kalifornien gibt es beispielsweise einen kleinen Ort namens Gilroy, er liegt mitten im Nirgendwo. Außer einer Fabrik, in der Knoblauch zu Knoblauchpaste in Tuben verarbeitet wird, finden Sie dort nichts. Hollywood, die Westküste und die

Route 66 – alles weit weg. Dennoch pilgern jedes Jahr am letzten Juliwochenende über hunderttausend Menschen nach Gilroy, um dort ein Knoblauchfest zu feiern! Verfahren kann man sich übrigens nicht, schon auf dem Highway weht einem eine riesige Knoblauchfahne entgegen.« Vincent lachte, und Greta lachte mit ihm. »Vier Tage lang dreht sich alles um den Knoblauch. Es gibt Kochshows, eine Garlic-Queen wird gekürt, es gibt Knoblaucheis und andere Leckereien, und auf einem Künstlermarkt kann man so aparte Sachen wie Salz- und Pfefferstreuer in Knoblauchform kaufen – total verrückt! Und alles für einen guten Zweck, denn sämtliche Einnahmen werden gespendet. Die Amerikaner feiern alles Mögliche – Maisfestivals, Kirschkern-Weitspuck-Wettbewerbe, oben in Alaska gibt's ein großes Bierfestival, und in Michigan wird Anfang August immer ein Blaubeerfest gefeiert, zu dem jährlich auch einige zehntausend Besucher kommen.« Er schaute sie an. »Ganz so viele Besucher müssten es in Maierhofen ja nicht sein, oder?«

»Du lieber Himmel!« Greta winkte erschrocken ab. »Jetzt weiß ich nicht, wovor ich mehr Angst haben soll – vor einem Misserfolg oder einem Erfolg. Woher weißt du das alles? Äh, ich meinte natürlich… Sie«, korrigierte sie sich eilig.

»Von mir aus können wir uns gerne duzen, das ist bei uns hier sowieso üblich. Ich bin Vince«, sagte der Zimmermann lächelnd, und um seine Augen bildeten sich sogleich tausend kleine Fältchen, die Greta dahinschmelzen ließen.

Sein Händedruck war fest und zart zugleich. Sie konnte

die kleinen Schwielen spüren, die sich auf seiner Handinnenfläche unter jedem Finger gebildet hatten.

»Greta«, krächzte sie und hatte Not, seine Hand wieder loszulassen. Sie und Vince hier am See … Lieber Gott, lass mich nie mehr aufwachen. War nur sie es, die das leise Vibrieren zwischen ihnen spürte? Dieses Kribbeln, wie süße Brause im Bauch, wie …

Während sie innerlich um Fassung rang, erzählte Vincent von seinem früheren Leben, seinen Reisen und seinen Erfolgen als »Strongman« in Amerika und Alaska. Nie klang er dabei eingebildet oder gar prahlerisch, sondern einfach nur wie er selbst. Und Greta hörte ihm zu, ohne geheucheltes Interesse, ohne nach klugen Einwürfen zur richtigen Zeit zu suchen, ohne jegliche Geziertheit, die sonst oft bei ersten Dates üblich war. Sie kümmerte sich nicht einmal darum, ob sie vorteilhaft genug saß, damit nur ja kein Speckröllchen über ihren Jeansrand hing. Wie konnte man sich mit einem Fremden so vertraut und wohl fühlen? Spontan kam ihr die Melodie eines Countrysongs von Kenny Chesney in den Kopf. *You had me from Hello* – es hieß, der Sänger habe das Lied geschrieben, kurz nachdem er René Zellweger getroffen hatte. *»Your smile just captured me. And you were in my future as far as I could see.«* Der Song wurde stets zu später Stunde in der Countrybar gespielt, in der sie früher Stammgast gewesen war, und die anwesenden Pärchen hatten daraufhin immer wild zu knutschen begonnen. Greta als Single war das ein wenig peinlich gewesen, gleichzeitig hatte der Liedtext ihr Herz zum Flackern gebracht wie ein Irrlicht in der Nacht. *SOS, wo bist du, große Liebe?*

»Und doch hat es dich am Ende nach Maierhofen zurückgezogen?«, fragte sie, als er mit seiner Erzählung fertig war.

»In Maierhofen habe ich alles, was ich brauche: die Berge in Sichtweite, viel Natur um mich herum, Holz zum Arbeiten, gute Leute … Und es ist meine Heimat!« Er zuckte mit den Schultern. »*Take me home, country road, to the place, where I belong*«, sang er leise, und kleine Lachfältchen bildeten sich rund um seine Augen.

Greta traute ihren Ohren kaum. »Ob du's glaubst oder nicht – mir ist auch gerade ein Countrysong durch den Kopf gegangen«, sagte sie lachend. »John Denver. Es ist Ewigkeiten her, dass ich diesen Song gehört habe.«

»Du kennst John Denver?« Vincent war erstaunt.

»Bei uns in Frankfurt gibt es eine Kneipe, da spielen sie nur Countrymusik. Jeden ersten Montag im Monat findet dort ein Square-Dance-Abend statt, früher war ich regelmäßig dort, das hat immer total viel Spaß gemacht. Aber in den letzten zwei Jahren hatte ich keine Zeit mehr dafür.« Sie warf ein kleines Steinchen in den See und schaute zu, wie es mit einem leisen Plopp unterging.

Für so vieles hatte sie keine Zeit mehr gehabt. Für das Vogelgezwitscher am Morgen. Den Geruch nach frisch gemähtem Gras. Eine Tasse Kaffee, in Ruhe genossen, nicht hinuntergekippt. Lachen, bis einem die Tränen kamen. Ausgelassen feiern und mit Freundinnen albern sein. Neben einem Mann sitzen und sich sehnlichst wünschen, er möge seinen Arm um einen legen.

Greta fröstelte, als sie daran dachte, wie nachlässig, ja achtlos sie ihre Lebenszeit vergeudet hatte – aus einem anderen Blickwinkel konnte sie ihr altes Leben nicht mehr betrachten.

»Ich stelle es mir schön vor, irgendwo angekommen zu sein, sich daheim zu fühlen«, sagte sie nach kurzem Schweigen. »Als ich aufwuchs, ist meine Mutter mehrmals mit mir umgezogen. Es gab nur uns zwei, einen Vater hatte ich nicht. Mutter war ein bisschen unstet, niemand war da, der ihr beim Wurzelschlagen geholfen hätte. Wir lebten ein paar Jahre in Berlin, dann oben an der Nordsee.« Greta schüttelte sich unwillkürlich, wenn sie an den Wind dachte. Immer nur Wind … Dort hatte sie sich gar nicht wohlgefühlt. »Dann sind wir in Hessen gelandet und geblieben. Aber das Gefühl von Heimat kenne ich trotzdem nicht.« Sie zuckte mit den Schultern. Kein bisschen Heimweh kam bei dem Gedanken an ihre Frankfurter Wohnung in ihr auf. »Damals, diese wenigen Sommer, die ich als Kind hier in Maierhofen erleben durfte … da kam etwas wie Heimatgefühl auf.« Sie lächelte.

»Dann bist du also auch heimgekommen«, sagte Vince mit seinem Lachfaltenlächeln.

»Das zu behaupten wäre vermessen. Erst einmal bleibe ich ja nur für ein halbes Jahr und auch nur, wenn mein Chef mitspielt. Drück mir die Daumen für mein Telefonat mit ihm!« Obwohl Greta betont lässig hatte klingen wollen, war das Zittern in ihrer Stimme unüberhörbar. Vor dem Gespräch mit Norbert Fischli graute ihr mehr, als sie zugeben wollte. Eigentlich hätte sie ihn ganz früh am Morgen anrufen sollen, anstatt zuerst das Haus zu besichtigen. *First things first*, das war immer ihre Devise gewesen. Aber seit sie in Maierhofen war, bestanden ihre Tage eher aus einem kunterbunten Durcheinander.

»In einem halben Jahr kann viel geschehen«, sagte Vincent vieldeutig. »Man kann sich verlieben, Wurzeln schlagen, heimisch werden. Obwohl...« Er runzelte die Stirn. »Zum Verlieben reicht manchmal ein Augenblick.« Erneut hob er an zu singen:

»Girl I know you don't really know me
Still I want you to listen closely
This might sound crazy
But after all isn't love like that
I would be crazy to let this moment pass...«

»Der Song ist von Clay Walker – kennst du ihn?« Er schaute Greta tiefgründig an.

Sie verspürte ein Ziehen in ihrem Bauch. O Gott, was wollte er ihr damit sagen? Ihr Mund war auf einmal vor Aufregung ganz trocken, als sie krächzte: »Die Liebe auf den ersten Blick, und dann... *Before the next teardrops fall?*«

»Eine Garantie für ewiges Glück gibt es sicher nie, aber...« Grinsend fügte er einen Alabama-Titel an: *»What if it feels so right?«*

Sie schlug die Augen nieder. Es fühlte sich verdammt gut an, in Vincents Nähe zu sein. Gut und richtig und... Den Blick wieder hebend, sagte sie: »Die Frage ist doch... *How forever feels?«*

»Crazy«, antwortete er wie aus der Pistole geschossen mit einem Patsy-Cline-Titel.

Sie lachten.

Im nächsten Moment wurde Greta wieder ernst. »Im Augenblick fällt es mir nicht schwer, mir vorzustellen, den Rest meines Lebens genau hier, an diesem Fleck, zu verbringen. Das alles hier fühlt sich verdammt gut an.« Sie schaute nach hinten, als würde sie lediglich das Haus meinen, dabei…

»Und Sehnsucht nach Frankfurt hast du nicht?«, fragte Vincent betont lässig.

Greta schmunzelte in sich hinein. »Falls du damit fragst, ob jemand auf mich wartet – nein. Ich bin schon länger allein, irgendwie hat es nie richtig gepasst. Und bei dir?« Die Frage kam etwas gekrächzt aus ihrem Mund.

»Gepasst hätte es ein-, zweimal schon, zumindest von meiner Seite aus. *But it takes two to tango.*« Er zuckte mit den Schultern. »Ich habe einfach keine Lust mehr auf irgendwelche Spielchen. Das ewige Hin und Her, *on* und *off*, die ewige Angst, etwas zu verpassen – das ist doch alles Schwachsinn! Wenn ich mich noch mal binde, dann soll es für immer sein.«

Täuschte sie sich, oder schaute er sie dabei besonders nachdrücklich an? Gerade so, als würde er ihr eine stumme Frage stellen.

Greta räusperte sich verlegen. »Ein ›für immer‹ – das wünscht sich doch letztlich jeder, oder?«

»Vordergründig schon. Aber viele Menschen haben heutzutage ihre eigene Definition von ›für immer‹. Oft reicht es gerade bis zur nächsten Partnerbörse im Internet. Oder bis zum nächsten Jobangebot.« Er lachte, doch Greta glaubte, einen Hauch von Verbitterung in seiner Stimme zu hören. Wer oder was war dafür verantwortlich? Sie war noch dabei, in ihrem Kopf dazu eine nicht allzu neugierig klingende Frage zu formulieren, als er zum Himmel wies und sagte: »Kann sein, dass Regen aufkommt, am besten staple ich das restliche Holz vorher an die Hauswand.« Noch während er sprach, rappelte er sich auf.

Mit Bedauern tat Greta es ihm gleich. »Soll ich dir helfen?«

»Ruf du lieber deinen Chef an, ich mach das hier allein. Du wirst nicht so bald heizen müssen, um es warm zu haben, aber vielleicht willst du dir mal ein Feuer im Kamin anzünden? So ein offenes Feuer ist sehr romantisch.«

Greta, die an ihre Tagfantasien von zuvor denken musste, spürte, wie ihr die Röte in die Wangen stieg. »Ehrlich gesagt habe ich noch nie in meinem Leben einen Kamin befeuert. Ich hätte Angst, etwas falsch zu machen und gleich das ganze Haus anzuzünden.« Sie zuckte entschuldigend mit den Schultern.

»Ein Countrygirl, das kein Feuer machen kann, das passt doch nicht!« Vincent grinste sie an. »Wenn du magst, komme ich in den nächsten Tagen mal vorbei und zeige dir, wie's geht.«

Greta wurde ganz schwindlig vor Glück.

»Du willst was? Eine Auszeit nehmen? Bist du wahnsinnig geworden? Wir haben hier völlig Land unter! Wir haben gestern mindestens ein Dutzend Mal versucht, dich telefonisch zu erreichen. Hattest du dein Handy etwa abgeschaltet? Der Landauer-Konzern hat beschlossen, die Kampagne für die ›Green Series‹ früher als geplant herauszubringen, seitdem herrscht bei uns Urlaubssperre. Wie kannst du da auch nur an eine Auszeit denken?«

Stirnrunzelnd hörte Greta dem von Schnappatmung geprägten Sermon ihres Chefs zu. Für die »Green Series«, also die grüne Serie von Landauer, die aus miteinander korrespondierenden Raumsprays, Toilettensteinen und einem Staubsaugerparfüm bestand, hatte sie monatelang gekämpft. Bei der Ausschreibung hatte sie nicht mit einer, sondern gleich mit drei ganz unterschiedlichen Kampagnen aufgewartet. Landauer war begeistert gewesen, und ihr war es gelungen, die Konkurrenz auszustechen. Im März hatte es noch geheißen, dass die Entwickler noch bis zum Jahresende Zeit benötigten und man die neue Produktreihe im nächsten Frühjahr lancieren wollte. Nun sollte alles vorgezogen werden?

»Greta, hörst du mich? Bist du noch dran?«, sagte Norbert Fischli, als von ihr immer noch nichts kam. »Entweder du vergisst deine Schnapsidee, oder du kannst gleich deine Kündigung abholen! Morgen früh will ich deine Entscheidung wissen! So, und nun basta, ich habe keine Zeit für solche Sperenzchen.«

Fassungslos schaute Greta auf ihr Handy. Ihr Chef hatte einfach aufgelegt.

Kein Sabbatical, nicht einmal unbezahlten Urlaub wollte Fischli ihr gewähren. Basta?

Während sie bei Magdalena in der Bäckerei zwei Brezeln und ein Stachelbeertörtchen in sich hineinstopfte – Essen beruhigte normalerweise ihre Nerven –, ließ sie die drängenden Fragen in ihrem Kopf zum ersten Mal zu.

Die »Green Series« mit Toilettenstein und Co.? Der

Großstadtmoloch Frankfurt oder das beschauliche Maierhofen? Die Einsamkeit ihrer vier Wände oder Vincent, der eine für immer suchte…

Regenbogenbunt oder alltagsgrau.

Vielleicht hätte sie ihren Chef vorsichtiger auf ihre Auszeit vorbereiten sollen, statt so mit der Tür ins Haus zu fallen. Nun war sie es, die sich fühlte, als hätte man ihr mit dem Holzhammer eins übergezogen.

Wie auf Autopilot ging sie in die Goldene Rose zurück, zog ihr Bett ab und gab das Bettzeug in einen der Wäschesäcke, die Sabrina Mölling von der Wäscherei einmal die Woche abholte. Dann verabschiedete sie sich von Sam – nicht, dass er groß Kenntnis davon nahm. Kurz darauf fuhr sie in ihrem BMW davon, aber nicht etwa nach Frankfurt, was klug und sinnvoll gewesen wäre, sondern zu ihrem Häuschen.

Der würzig-süße Duft der Kletterrosen an der Hauswand umhüllte sie wie ein wertvolles Parfüm. Der Schlüssel, den Vincent ihr gegeben hatte und den sie seit dem Morgen in ihrer Hosentasche trug, fühlte sich warm und glatt an. Er ließ sich geräuschlos im Schloss umdrehen. Die Sonne, die nach dem warmen Landregen rasch wieder zum Vorschein gekommen war, zauberte goldene Streifen auf den Ahornholzboden. Hinter dem Haus quakten ein paar Frösche ein Willkommenskonzert.

Greta schaute in ihre Richtung. »Glaubt bloß nicht, ihr könntet mich so leicht einseifen! Dies ist nur für eine Nacht, noch habe ich mich nicht entschieden!«, rief sie ihnen streng zu.

Die Frösche quakten unermüdlich weiter.

»Du willst kündigen? Bist du wahnsinnig? Wie kannst du auch nur einen Moment über so etwas nachdenken! So einen Job findest du nie mehr. Du weißt doch, wie es in unserer Branche ist – mit vierzig ist der Ofen aus! Da gehörst du schon zum alten Eisen. Simon & Fischli ist eine Top-Agentur, du solltest dich jetzt ans Steuer setzen und die Nacht durchfahren, um morgen früh pünktlich an deinem Schreibtisch zu sitzen!« Emilys Stimme wurde mit jedem Satz, den sie ins Telefon rief, erregter und schriller.

Greta ließ ihre Hand über die glatten Wangen ihres Bettes gleiten. Wie gut das Bett roch. Nach Zedernholz und nach in der Sonne getrocknetem Leinen. Sie zog die Decke noch ein wenig enger um sich. Schon jetzt hatte sie das Gefühl, nie mehr woanders nächtigen zu wollen.

»Wenn du sehen könntest, wie schön es hier ist«, sagte sie leise ins Telefon.

»Schön, schön! Natürlich ist es dort schön, das glaube ich dir sofort. Im Urlaub ist es immer schön. Aber das ist doch kein Grund, alles, was du dir mühevoll aufgebaut hast, so einfach aufzugeben!«

»Was würde ich denn aufgeben?«, erwiderte Greta. »Einen Job, an dessen Sinn ich immer mehr zweifle? Soll ich für den Rest meines Lebens Werbung für Raumdüfte und Lippenstifte machen? Ach Emily, ich habe einfach so irre viel Lust auf einen Neuanfang, mit allen Risiken und Konsequenzen, kannst du das nicht verstehen? Wenn mein Konzept hier aufgeht, gilt mein Name in der Branche weiterhin etwas. Ich könnte mich mit einer kleinen Werbeagentur selbstständig machen, ob in Frankfurt oder anderswo, ist doch egal. Und dann könnte ich endlich das tun, wonach mir der Sinn steht.«

»Das ist doch nichts als verklärte Aussteigerromantik!«, sagte Emily. »Als Selbstständige müsstest du genau wie jetzt auch jeden Auftrag annehmen, ob er dir gefällt oder nicht. Miete, Krankenversicherung, Lebensunterhalt – das alles will bezahlt werden.«

Am liebsten hätte sich Greta die Ohren zugehalten. Genau diese Gedanken und Ängste waren ihr den ganzen Tag über durch den Kopf gegangen. Aber durfte sie sich davon leiten lassen? War es nicht besser, sich einmal – ein einziges Mal in ihrem Leben – von ihrem Herzen leiten zu lassen? Ihr Herz, das sich seit langer Zeit endlich nicht mehr kalt und tot anfühlte. Sondern gewärmt und geborgen wie in einem Nest.

»Noch bin ich nicht am Verhungern«, sagte sie trotzig. »Und im neuen Jahr sieht man dann weiter. Wenn das Kräuter-der-Provinz-Festival im kommenden Mai ein Erfolg wird...« Sie strich seufzend die Falten ihrer Bettdecke glatt. »Wenn ich mir vorstelle, morgen früh nach Frankfurt zurückzumüssen, wird mir jedenfalls ganz elend! Zurück zu einer Werbekampagne für Kloreiniger, zurück in meine leere Wohnung, in mein einsames Singleleben...«

Einen Moment lang war es still in der Leitung. »Ach *so* läuft der Hase!«, sagte Emily gedehnt. »Du hast jemanden kennengelernt.«

Greta lächelte. In einem halben Jahr kann viel passieren, hatte Vincent gesagt, heute früh auf der Terrasse. Und: Zum Verlieben braucht's nur einen Augenblick... Die Liebe auf den ersten Blick – ob er auch daran glaubte?

»Hallo? Bist du noch da? Du kannst doch jetzt, wo es richtig spannend wird, nicht stumm sein wie ein Fisch. Raus mit der Sprache – wer ist es, wie schaut er aus, will er auch was von dir?«

Greta hörte, wie Emily sich eine Zigarette anzündete. Im Geiste sah sie, wie die Freundin sich in Erwartung einer längeren Geschichte gemütlich zurücklehnte.

Ihren Blick verklärt auf den nachtschwarzen Weiher gerichtet, sagte Greta: »Er heißt Vincent. Aber bisher ist nichts passiert, wovon ich dir erzählen könnte.« Und selbst wenn, dann würde sie es wahrscheinlich für sich behalten.

»Verstehe ich das richtig?«, hakte Emily sogleich nach. »Ihr habt euch bisher weder geküsst noch habt ihr geflirtet? Und ob er etwas von dir will, weißt du auch nicht? Aber du bist bereit, für diesen Mann alles aufzugeben.«

Greta verdrehte die Augen. So, wie Emily es formulierte, könnte man meinen, sie – Greta – habe völlig den Verstand verloren.

»Erstens würde ich nicht für ihn, sondern allein für *mich* ›alles‹ aufgeben, wie du es nennst. Und zweitens bin ich total froh, dass Vincent nicht mit mir geflirtet hat. Ich hasse dieses ganze Geschmalze und Geschäkere, dabei bin ich mir schon früher immer albern vorgekommen. Mir ist es tausendmal lieber, ein Mann hat etwas Substanzielles zu sagen. Als wir uns unterhalten haben, hatte ich das Gefühl, ich würde ihn schon ewig kennen. Alles fühlte sich so wahrhaftig und vertrauensvoll an, so, als ob zwei Seelen nach einer jahrhundertelangen Wanderung endlich zusammenfinden. *Love at first sight…*«

In Frankfurt stöhnte Emily auf. »O Gott, dich hat es echt erwischt! Vielen Dank, jetzt weiß ich, dass ich mir jedes Wort der Vernunft sparen kann.«

»Wieso glaubst du, dass das, was ich mache, unvernünftig ist?«, erwiderte Greta. »Vielleicht ist es vernünftiger als vieles, was ich in den letzten Jahren getan habe.«

Einen Moment lang herrschte Stille in der Leitung. Dann sagte Emily sanft: »Es gibt nur einen Weg, das herauszufinden. Es ist zwar Wahnsinn – aber ich wünsche dir alles Glück der Welt dabei.«

16. Kapitel

Mit rauem Zeigefinger fuhr sich Roswitha über ihre Oberlippe. Sogleich stellten sich die kleinen Härchen störrisch gegen den Strich auf. Himmel hilf, sie hatte einen Damenbart wie ein altes Weib! Und dann die dunklen Hexenhaare am Kinn! Waren die schon immer da gewesen? Da, das eine wuchs sogar aus der kleinen Warze hervor! Warum war ihr das bisher nicht aufgefallen? Und warum hatte sie niemand darauf aufmerksam gemacht? »Du, Roswitha, du hast da was am Kinn ...« Aber wer hätte das tun sollen? Ihr Vater mit seinen elf Dioptrien? Ihre Mutter? Die Kartoffeln auf dem Acker hatten zwar auch Augen, guckten sie damit aber nie kritisch an.

Adrett sah dieses Gestrüpp im Gesicht jedenfalls nicht aus. Und nun, da sie als Verkäuferin im Genießerladen stehen sollte, musste sie doch adrett aussehen, oder?

Resolut öffnete Roswitha den Verschluss der weißen Tube, die sie am Vortag in der Drogerie im Nachbarort gekauft hatte, dann trug sie einen dicken Streifen Creme rund um den Mund auf. Statt nach Aprikosen- und Mandelöl zu duften, wie es auf der Verpackung stand, roch die Epil-Light–Enthaarungscreme so scharf, dass ihre Augen davon brannten. Egal.

Mit tränenden Augen durchforstete sie den Spiegelschrank nach der Pinzette, die sie verwendete, um sich einen Splitter aus dem Finger zu entfernen. Beherzt begann sie, damit ihre Brauen zu zupfen. In der *Frau von heute*, die aufgeschlagen neben ihr lag, wurde auf Seite 17 erklärt, wie dies ging. Ein hoher Bogen, der in einem gewissen Verhältnis zum äußeren Augenende stand. Dass die Zupferei so wehtun würde, stand nicht in der Anleitung. Und dass man sich mir nichts, dir nichts ein Loch in die Braue zupfen konnte, davon hatten die Zeitungsmacher auch nichts geschrieben. Und wenn schon. Hauptsache, sie wurde die Theo-Waigel-Gedächtnisbrauen los.

Die Eieruhr, die sie aus der Küche mit nach oben genommen hatte, zeigte noch fünfzehn Minuten – die empfohlene Einwirkzeit der Creme bei starker Behaarung. Zeit genug fürs nächste Projekt! Entschlossen schwang Roswitha das rechte Bein aufs Waschbecken. Braun gebrannt waren ihre Beine ja von der Feldarbeit in kurzen Hosen, aber die Waden eines jeden Tour-de-France-Fahrers waren glatter als ihre. Was für ein Jammer, dass die Enthaarungscreme dafür nicht mehr ausreichte. Dann musste es eben der Rasierer bringen.

Beherzt setzte sie unter fließendem Wasser einen der rosafarbenen Einwegrasierer an, die sie im Dreierpack ebenfalls in der Drogerie erstanden hatte.

Als sie mit den Beinen fertig war, betrachtete sie ihren Busch. Es bedurfte schon eines ausgewachsenen Schamhaarfetischisten, um diesen Pelz anziehend zu finden. Dabei hatte sie ebenfalls in der *Frau von heute* gelesen, das Trendbarometer habe herausgefunden, dass immer mehr Menschen sich für eine vollständige Intimrasur entschieden, Dreiecke und Striche jedoch auch weiterhin aktuell seien. Weiterhin aktuell? Roswitha hob ironisch eine ihrer gezupften Augenbrauen. Kein Wunder, dass sie sich nicht mehr daran erinnern konnte, wann sie das letzte Mal Sex gehabt hatte.

Weg, das musste alles weg! Mit zusammengekniffenen Lippen tat Roswitha, was getan werden musste.

Anschließend begutachtete sie sich erneut im Spiegel. Ihre Beine wirkten auf einmal viel schlanker und länger. Und gut fühlte sich das an, richtig gut! Warum hatte sie das nicht schon viel früher getan? Und regelmäßig, so, wie man täglich unter der Dusche stand? Bist du dir gar nichts wert?, fragte sie sich und strich gedankenverloren über die vier Zentimeter lange Narbe am rechten Unterarm, die sie besaß, seit sie als Jugendliche mal in einen Stacheldrahtzaun gefallen war. Sie musste die Narbe regelmäßig mit Narbensalbe eincremen, sonst spannte die Haut und tat weh.

Andere haben Tätowierungen, ich eine Narbe, dachte sie mit einem Anflug von Traurigkeit. Dabei ... ein Tattoo könnte ihr auch gefallen! Erst kürzlich hatte sie in einem Fernsehbericht gesehen, was sich Frauen so alles auf den Körper tätowieren ließen. Schmetterlinge, Blumen, mystische Zeichen, die Namen ihrer Kinder ... Manche waren von Kopf bis Fuß tätowiert und trugen Kleider wie aus den 1950er-Jahren, lebendige Pin-Up-Girls waren das! Von Körperkult war die Rede gewesen – noch so ein schönes Wort, das sie bisher nie verwendet hatte. Schmetterlingsflügelschlagen, das hörte sich auch schön an, schöner jedenfalls als Narbensalbe. Wenn sie ein Tattoo haben könnte, welches würde sie sich wohl aussuchen? Vielleicht einen Schmetterling? Einer, der sich aus einer hässlichen Larve entpuppte und dann leichtflügelig durch die Lüfte flatterte, von einer bunten Blüte zur nächsten …

»Rosi – bist du immer noch da drin? Kruzifix, ich muss aufs Klo!« Ihr Vater polterte gegen die Badezimmertür, und Roswithas Schmetterlingsvision zerplatzte wie eine Seifenblase.

»Geh unten im Stall auf den Abort!«, rief sie ihm durch die geschlossene Tür zu. Die Enthaarungscreme rings um ihren Mund brannte höllisch, die Eieruhr klingelte, es war dringend an der Zeit, den Mist abzuwaschen.

Die störrischen Locken mit ein paar Klammern aufgesteckt, und in ihrem neuen kurzen Sommerkleid – das hatte sie im Kleidermarkt neben der Drogerie entdeckt –, ging Roswitha zufrieden mit sich und ihrem runderneuerten Körper in die Küche, wo ihre Eltern wie immer mit der Bildzeitung den Vormittag verbrachten. Ein Hoch auf die Zeiten, als ihr Vater morgens um elf mit dem Traktor auf dem Feld gewesen und die Mutter über den Hof gewirbelt war, dachte Roswitha sehnsüchtig.

»Bist du in die Brennnesseln gefallen?«, fragte ihre Mutter und zeigte entsetzt auf die roten Stellen um Roswithas Mund.

»So ähnlich«, sagte Roswitha knapp und holte Butter, Wurst und Käse aus dem Kühlschrank. Die Kühle, die ihr entgegendrang, tat ihrer geröteten Haut gut, also blieb sie einen Moment lang so stehen.

»Willst du etwa schon kochen?«, wollten ihre Eltern

sogleich wie aus einem Mund wissen. »Es ist doch noch nicht mal zwölf«, fügte ihr Vater irritiert mit einem Blick auf die Küchenuhr hinzu.

»Heute bleibt die Küche kalt. Ich gehe nachher picknicken«, verkündete Roswitha, während sie eifrig Brote belegte. Käse mit Zwiebelringen, Lyoner mit Gurke, ein bisschen Senf … Von wegen belegte Brote, ganz feine Sandwiches sollten das werden! Feinschmecker-Sandwiches.

»Du gehst picknicken?« Zwei Augenpaare hätten sie nicht entsetzter anschauen können, wenn sie ihnen eröffnet hätte, auf den Mond fliegen zu wollen. »Und was ist mit uns?« Der Adamsapfel ihres Vaters hüpfte aufgeregt auf und ab.

»Ihr dürft auch picknicken, aber hier in der Küche«, sagte Roswitha. Sie stellte einen Teller mit Broten zwischen die beiden. »Ich habe euch sogar ein paar Fliegenpilze gemacht, schön, oder?« Sie zeigte auf die mit Mayonnaisetupfern dekorierten Tomatenhälften. »Spätestens um halb drei bin ich wieder da, ihr legt euch nach dem Essen einfach ein bisschen hin. Und stellt bitte keine Dummheiten an, ja?«

Nach einem letzten Blick auf die Küchenuhr – es war kurz nach zwölf – machte sie sich auf den Weg. Wie immer roch ihr Auto nach Kartoffeln, Erde und nassen Gummistiefeln. Roswitha warf dem Picknickkorb auf dem Beifahrersitz einen bangen Blick zu. Hoffentlich würden ihre Brote nicht auch zu muffeln beginnen. Und hoffentlich war der Mittagsbetrieb schon vorüber, wenn sie in der Metzgerei ankam. Wenn nicht, würde sie davor warten, beschloss sie.

Was Edy wohl sagen würde, wenn sie so einfach bei ihm auftauchte?

Wie still er bei der Versammlung wieder gewesen war. Fast jeder hatte sich zu Wort gemeldet, nur Edy nicht. Dabei müsste er als Maierhofener Metzger die Idee vom Feinschmeckerdorf doch als Erster für gut befinden! Und wenn sie sich was Neues zutraute, dann er doch bitte auch! Das wollte sie ihm sagen.

Roswitha wusste nicht, wann es passiert war, aber irgendwie, irgendwann hatte sich in ihrem Kopf das »Projekt Edy« festgesetzt. Der Mann brauchte eine Generalüberholung, wie sie selbst und wie Maierhofen auch. Und da sie ihm einen Schritt voraus war, lag es wohl an ihr, ihm den Weg zu zeigen.

Sie setzte den Blinker nach links in Richtung Dorf und musste über sich und ihren neu gewonnenen Missionarseifer lachen. Vielleicht war sie auf der völlig falschen Spur. Vielleicht war das alles eine Sackgasse. Aber im Augenblick hatte sie an ihren Projekten Feuer gefangen, und das tat richtig gut. Und war sie nicht schon immer ein »Entweder ganz oder gar nicht«-Typ gewesen?

»Wie in alten Zeiten, oder?«, sagte Roswitha und warf seufzend ein Steinchen in den Windegg-Weiher. Ein Fisch, in der Hoffnung auf eine Brotkrume, schnappte danach.

»Ich war nie dabei, als ihr euch hier getroffen habt«, sagte Edy spröde. Die Decke, die Roswitha ausgebreitet hatte, roch nach Chemie, auf der Seite, wo er saß, war ein weißer Schleier zu sehen, wahrscheinlich irgendein Insektizid, das versehentlich darauf verschüttet worden war. Er rümpfte die Nase. Was sprach dagegen, Kartoffelkäfer von Hand abzuklauben? Musste man gleich Gift ausbringen? Und dann kam ein unschuldiger Igel daher und fraß das Zeug!

Sein Blick wanderte über Roswithas Schulter zu einem Graureiher, der am gegenüberliegenden Ufer über den aufgeschütteten Kiesboden humpelte. Hatte der Vogel eine Verletzung am Bein? Nein, jetzt lief er wieder normal.

»Warum eigentlich nicht?«, fragte Roswitha, und es dauerte einen Moment, bis Edy begriff, dass sich ihre Frage auf seine letzte Antwort bezog. »Irgendwie warst du immer ein bisschen der Außenseiter, ich frage mich, warum.«

»Warum, warum«, antwortete er unwirsch. Was sollte die ganze Fragerei? Was sollte dieser Ausflug, dieses Picknick? Und warum war er mitgegangen, statt »Nein danke« zu sagen? Statt sich seltsame Fragen anzuhören, könnte er jetzt bei seinen Eltern sitzen und Kirschenmichel essen, den hatte seine Mutter extra für ihn gemacht.

Wie seine Eltern geguckt hatten, als Roswitha ihn abholte! »Geh nur, Edy, geh nur«, hatte seine Mutter geflötet und mit seinem Vater verschwörerische Blicke getauscht. Wahrscheinlich witterte sie die letzte Chance auf seine Verheiratung… Nur vergaß sie dabei, dass Roswitha verheiratet *war*, auch wenn ihr Mann sich aus dem Staub gemacht hatte.

»Ist ja auch egal, Schnee von gestern«, wischte Roswitha die Frage nach seinem Außenseiterdasein weg. »Was heute zählt, ist das Projekt Maierhofen, und darüber will ich auch mit dir sprechen! Du hast dich bisher so wenig eingebracht, findest du nicht auch, dass das die große Chance für unser Dorf ist? Für uns alle! Ich kann es jedenfalls kaum erwarten, in dem Laden mitzuhelfen. Endlich mal etwas anderes sehen als die Äcker und die Kartoffelhalle.« Sie lachte leise auf. »Manchmal, wenn ich Zeit hab, darüber nachzudenken, sehe ich mich schon hinter der Ladentheke stehen. Wie ich Vince kenne, baut er den alten Spar-Markt ganz toll aus. Was meinst du – ob ich mir dafür ein Dirndl kaufen soll? Therese trägt immer so schöne Dirndl. Und bevor du wieder fragst, was dann aus meinen Eltern wird – die nehme ich einfach mit. Sabrina meinte, sie hätte eine alte Couch übrig, wenn wir die ins Hinterzimmer stellen, können die zwei es sich dort gemütlich machen.«

Edy zog seine Brauen hoch. »Du hast ja schon alles durchgeplant ...«

»Warum sagst du das so abfällig?« Roswitha lachte. »Es macht so viel Spaß, Pläne zu schmieden, du solltest das echt mal probieren!«

»Pläne schmieden!« Edy schnaubte. »Alle sind davon schon wie im Rausch, man könnte meinen, unsere Metzgerei sei ein Diskutierverein geworden, die Kundschaft redet von nichts anderem mehr.«

»Bloß dich lässt das alles kalt, oder wie?«, sagte Roswitha und hielt ihm ein Wurstbrot hin. »Da, damit du nicht verhungerst in deiner Mittagspause. Und dann möchte ich mal wissen, warum du dieser tollen Idee so wenig abgewinnen kannst.«

Angewidert schaute Edy das Lyonerbrot an. Die Wurst hatte in der kurzen Zeit in der Sonne einen bräunlichen Rand bekommen, und Fett trat in dicken Tropfen aus ihr hervor. Der Anblick ließ Edys Magen revoltieren. Es hätte nicht viel gefehlt, und er hätte das Wurstbrot aus Roswithas Hand gerissen und in hohem Bogen weggeschleudert.

»Du willst wissen, warum ich mich für die Geschichte mit dem Genießerladen nicht erwärmen kann? Das kann ich dir sagen! Für mich haben Wurst und Fleisch absolut nichts mit Genuss zu tun!«, brach es so abrupt aus ihm heraus, dass er nicht zum Überlegen kam. »Ich hasse es, Metzger zu sein, ich hasse meinen Beruf. Ich bringe es nicht übers Herz, Tiere zu schlachten, das hat immer nur mein Vater getan. Die flehentlichen Augen einer Kuh, die weiß, dass sie in den nächsten Minuten sterben wird, die Panikschreie der jungen Sauen, das Blut, die Eingeweide, die Innereien, der Gestank des Todes, Tierkadaver, wohin ich schaue …« Edy schüttelte den Kopf. Es hätte nicht viel gefehlt und er hätte losgeflennt, einfach so, mitten am Tag, hier am Weiher. Aber fing er erst einmal damit an, würde der See überlaufen von seinen Tränen. Er schnaubte. »Inzwischen wird mir schon allein vom Geruch in der Metzgerei übel, es kostet mich jeden Morgen aufs Neue Überwindung, in den Laden zu gehen. Essen kann ich das ganze Zeug schon lange nicht mehr!« Seine Beine zuckten unruhig, aber seine Stimme wackelte kein einziges Mal, wie sie es sonst immer tat. »Das soll bis an mein Lebensende so weitergehen? Soll ich mich darauf freuen? Soll ich eine Genießerfest-Wurst kreieren, und alles ist gut?«

Roswitha schaute ihn schockiert an. Sie hatte das Wurstbrot lahm auf der Picknickdecke abgelegt, wo sich sogleich ein paar Ameisen über den unerwarteten Leckerbissen hermachten.

»Jetzt bist du sprachlos, was?«, giftete Edy sie an, als könne sie etwas für seinen Beruf und die ganze Misere.

»Warum bist du dann überhaupt Metzger, wenn es dir so zuwider ist?«, fragte Roswitha mit belegter Stimme.

»Wer soll's denn machen? Mein Vater müsste doch längst in Rente sein! Der arbeitet nur noch mir zuliebe, weil er weiß, dass ich das Schlachten nicht fertigbringe. Ich täte nichts lieber, als die Metzgerei einfach zuzumachen, aber wovon soll ich dann leben? Ich kann doch nichts anderes. Außerdem würde das den Vater gleich ins Grab bringen. *Er* ist Metzger mit Leib und Seele! Ich kann und will meine Eltern nicht dermaßen enttäuschen, also bin ich in diesem verhassten Job gefangen, für immer.« Er klang nicht nur verbittert, er war es auch.

Das Schweigen, das sich zwischen ihnen breitmachte, war ein ratloses. Edy war die Situation ein wenig peinlich. Was rede ich so blöd daher?, fragte er sich und spürte doch tief drinnen, dass ihm nun, da er zum ersten Mal in seinem Leben jene gefährlichen Sätze ausgesprochen hatte, die ihm so oft den Nachtschlaf und sein Lächeln raubten, wohler war.

»Ein bisschen geht's mir ja auch so. Ich bin auch auf meinem Traktor angekettet«, brach Roswitha zögerlich die Stille. »Allerdings habe ich nicht so große Aversionen vor dem Kartoffelacker wie du vor dem Schlachthaus.« Sie seufzte und hob dann erneut an: »Da weiß ich leider auch keinen Rat. Vielleicht würdest du dich besser fühlen, wenn du dich nur auf das Handwerkliche konzentrierst? Wenn du versuchst, völlig auszublenden, dass es um tote Tiere geht, die du verarbeitest? Du bist doch so ein guter Metzger, wenn ich nur an deine Rauchwürste denke! Solche gibt's weit und breit kein zweites Mal. Die Rauchwürste könnte ich im Laden bestimmt gut verkaufen. Man könnte sie dekorativ von der Decke baumeln lassen, das gefällt den Städtern bestimmt gut.« In ihrem Versuch, ihn zu trösten, klang Roswitha flehentlich, was Edy fast schon rührte.

»Die berühmten Rauchwürste!« Er verdrehte ironisch die Augen, wurde aber gleich wieder ernst. »Dass es um ermordete Lebewesen in meinem Wurstkessel geht, blende ich bei meiner Arbeit längst aus, sonst würde ich es gar nicht aushalten. Und du hast recht, der handwerkliche Aspekt ist der einzige, der mir Spaß macht. Neue Rezepturen ausprobieren, die Würzmischungen zusammenstellen und verfeinern… Ich weiß, dass meine Würste besser sind als viele andere! Wenn ich mal in der Stadt bin, probiere ich ja auch von der Konkurrenz. Notgedrungen, ein Bissen hier, ein Happen da, nicht weil's mir schmeckt. Aber ich muss ja wissen, wo ich stehe«, sagte Edy.

Roswitha runzelte die Stirn. »Jetzt kapiere ich gar nichts mehr. Einerseits bist du stolz auf dein Können, und das Wurstmachen macht dir Spaß, andererseits willst du dennoch kein Metzger sein?«

»Weißt du, wovon ich träume?«, sagte Edy leise und fuhr fort, bevor er Angst vor der eigenen Courage bekom men konnte: »Ich träume davon, Würste ohne Fleisch herzustellen!«

»Würste ohne... Aber... das geht doch nicht!«, rief Roswitha verwirrt. Hektisch wischte sie eine Ameise fort, die an ihrem nackten Bein hochkletterte.

»Und ob das geht«, sagte Edy auf einmal ganz munter. »Du kannst Würste auch aus Sojaeiweiß herstellen oder aus Weizeneiweiß und sogar aus Gemüse! Da gibt es inzwischen so viele neue Verfahren, die ich zwar nicht kenne, von denen ich aber immer wieder lese. Ein sehr spannendes Feld ist das!«

»Würste ohne Fleisch... Wie um alles in der Welt bist du darauf gekommen?«, fragte Roswitha noch immer fassungslos und packte gleichzeitig ein Käsebrot aus. Bevor sie den ersten Bissen nahm, schaute sie Edy an, als wolle sie sein stilles Einverständnis einholen.

»Gib mir auch eins«, sagte er grinsend und genoss auf einmal die Eintracht, die so unerwartet zwischen ihnen entstanden war. Immerhin hatte sich Roswitha noch nicht an die Stirn getippt und ihn für verrückt erklärt.

»Es ist schon ein paar Jahre her«, begann Edy zu erzählen, »ich war auf der Heimfahrt von der Metzgerinnungsversammlung in Stuttgart, als ich im Zug eine junge Frau traf, die ein Brot auspackte, das aussah wie ein Wurstbrot, aber zumindest für meine Nase viel appetitlicher roch. Ich fasste mir ein Herz und fragte sie, was sie da esse. Tofuwurst, sagte sie, brach das Brot in zwei Teile und reichte mir die eine Hälfte.«

»Das hört sich ja an wie beim heiligen St. Martin«, sagte Roswitha lachend.

»So ähnlich fühlte es sich für mich auch an«, sagte Edy. »Wir kamen ins Gespräch, und die junge Frau erzählte mir, dass sie Veganerin sei.«

»Veg… was?«

»Das war auch meine Reaktion.« Edy lächelte. »Veganer sind Menschen, die sämtliche Produkte tierischen Ursprungs ablehnen. Kein Fleisch, keine Milchprodukte, also auch keinen Käse.« Er zeigte auf die Käsestulle in seiner Hand. »Die einen machen es aus Tierschutzgründen, die anderen ihrer Gesundheit zuliebe, die nächsten denken dabei vorrangig an die Umwelt. Um ein Kilo Fleisch zu produzieren, benötigt man sechzehn Kilo Getreide, das ist doch Wahnsinn, oder?«

»Ja, schon, aber was um alles in der Welt essen diese Leute dann? Gras und Holz?«

Edy sah Roswitha an. »So habe ich anfangs auch gedacht. Aber dann habe ich mich ein bisschen mit dem Thema beschäftigt, ein paar Kochbücher gekauft, im Internet bestimmte Foren besucht, und seitdem weiß ich, dass du genauso gut, wenn nicht sogar besser auch ohne tierische Produkte schlemmen kannst. Die Industrie hat erkannt, dass viele Verbraucher gute Produkte *ohne* Tierleid und Cholesterin essen wollen, und bietet inzwischen viele Ersatzprodukte an. Würste, Schnitzel, Hackbällchen – alles aus Tofu oder anderem pflanzlichen Ausgangsmaterial. Manches schmeckt gut, anderes nicht. Die meisten Würste sind meiner Ansicht nach etwas fad, die könnte man besser machen!« Edy hörte selbst die Begeisterung in seiner Stimme, er spürte, wie sich sein langer Rücken streckte, wie sein Herz freudig zu klopfen begann allein beim Gedanken an seine gelegentlichen nächtlichen Experimente. »Wenn ich ein paar Jahre jünger wäre …« Er seufzte sehnsüchtig auf.

»Was hat denn das mit dem Alter zu tun?« Roswitha wischte sich mit dem Handrücken über den Mund, nachdem sie ihren letzten Bissen Käsebrot gegessen hatte. »Pflanzenwürste willst du also machen. In deiner Metzgerei. Nun ja, warum nicht?«, sagte sie. Es erschreckte ihn ein wenig, wie selbstverständlich ihre Worte klangen. »Aber muss es denn Soja sein? Kartoffelbrot gibt's ja schon, warum dann keine Kartoffelwurst?«

»Wer weiß, vielleicht kommt das noch?«, antwortete Edy forsch. »Bisher habe ich nur ein paar Experimente mit Soja und Seitan – so nennt man das Weizeneiweiß – gemacht, und weißt du was? Meine Nürnbergerle haben fast wie die echten geschmeckt!«

»Nürnbergerle aus Weizen, aha.«

Edy sah Roswitha an, dass sie heftig nachdachte. Gleich, dachte er, kommt etwas wie »So was Verrücktes hab ich ja mein Lebtag noch nicht gehört!« Oder »Hier in Maierhofen will gewiss niemand Weizenwurst essen.« Und »Schuster, bleib bei deinen Leisten«.

Doch er täuschte sich, denn Roswitha sagte: »Wenn das wirklich dein Traum ist, wäre dann nicht jetzt der richtige Zeitpunkt dafür?«

Er runzelte die Stirn. Sein Traum war zu wahnwitzig, als dass er ihm bisher mehr als ein paar winzige Zentimeter Raum in seinem Hinterkopf zugebilligt hatte. Und jetzt stand dieser Traum auf einmal auf offenem Feld, groß und mächtig, und nicht nur Roswithas scharfsichtigem Blick ausgesetzt, sondern womöglich bald auch noch dem Rest der Welt. Was würde sein armer Vater sagen, wenn er jetzt mit Tofuwürsten daherkam?

»Ja, glaub ich's denn – bekommst du etwa Angst vor der eigenen Courage?«, fragte Roswitha spöttisch und versetzte ihm einen kleinen Knuff in die Seite.

»Und wenn es so wäre?«, erwiderte er rau.

»Dann musst du verdammt noch mal allen Mut aufbringen, den du hast!«, sagte Roswitha bestimmt. Sie seufzte. »Weißt du was? Ich bin fast ein bisschen neidisch. Ich hätte auch gern solch einen Traum. Aber meine Vision reicht nur bis hinter die Ladentheke vom alten Spar-Markt.«

»Vergiss das Dirndl nicht!« Edy grinste. Dass sie über sich selbst lachen konnte, hatte ihm schon immer an ihr gefallen. »Träume zu haben ist sicher etwas Schönes«, sagte er. »Aber sie können einen auch mächtig plagen, solche Träume.« Wie oft hatte er die junge Frau im Zug von Stuttgart hierher verflucht! Hatte sich gefragt, ob es ihm nicht besser gehen würde ohne ihre Offenbarungen.

»Aber wenn wir unsere Träume aufgeben, berauben wir uns dann nicht selbst eines Teils unseres Lebens?«, fragte Roswitha.

Edy nickte. Beraubt – besser hätte er nicht ausdrücken können, wie sich sein Leben anfühlte.

»Ich könnte ja mal einen kleinen Versuch wagen«, sagte er vorsichtig. »Der Vater wird mich zwar für völlig verrückt halten, aber was soll's!«

»So gefällst du mir«, lobte Roswitha ihn sogleich. »Sag deinem Vater doch, die Kundschaft hätte nach solchen Gemüsewürsten gefragt, aus gesundheitlichen Gründen, wegen dem Cholesterinspiegel und so. Das ist vielleicht besser, als wenn du gleich mit dieser veganen Tür ins Haus fällst.«

Edy nickte. »Ich werde natürlich auch weiterhin Fleischwürste machen müssen«, sagte er. »Aber wenn es wenigstens ein Tablett in der Auslage gäbe, auf dem die veganen Würste liegen, wäre der Anfang gemacht, oder?« Er würde sie appetitlich auf frischem Salat drapieren, mit Paprika und Radieschen dekorieren, sodass einem schon beim Hingucken das Wasser im Mund zusammenlief. »Und ich könnte die Würste auf dem Dorffest im nächsten Frühjahr anbieten. Wenn wirklich so viele Städter kommen, wie es heißt, dann sind sicher auch ein paar dabei, die vegane Würste wollen.« Nun klang er schon ganz munter.

»Auf das Träumewagen!«, rief Roswitha, zog zwei alte Gläser aus ihrem Picknickkorb und schenkte Apfelsaft ein. »Einen Sekt hab ich nicht, aber anstoßen können wir damit auch.«

Edy nahm eins der Gläser. Es war ein altes Senfglas mit einem verblassten Bugs Bunny darauf. »Noch ist der Anfang ja nicht gemacht, sollten wir mit dem Anstoßen nicht noch warten?«, fragte er etwas unsicher. Auf einmal kam ihm die ganze Situation so irreal vor, dass er sich wirklich fragte, ob er nicht doch träumte. Roswitha und er am Weiher, das Wurstbrot am Boden, schon halb von den Ameisen und Wespen aufgefressen, seine tiefsten Geheimnisse ans Tageslicht gezerrt und für gut befunden?

Das robuste Klirren, als die beiden Senfgläser aneinanderstießen, riss ihn aus seinen Gedanken.

»Einen Traum zu haben *ist* der Anfang«, sagte Roswitha bestimmt. »Aber eins ist klar – ich werde eine strenge Testesserin sein und kein Blatt vor den Mund nehmen. Wenn es mir schmeckt, sage ich es dir. Aber wenn es mir nicht schmeckt, auch!«

»Du willst dich als ... Testesserin zur Verfügung stellen? Echt jetzt?« Edy sah sie ungläubig an. Aufgeregt trank er einen Schluck von dem viel zu warmen Apfelsaft.

Roswitha nahm seine freie Hand und drückte sie. »Was glaubst denn du? Träume sind zum Teilen da!«

Edy erwiderte ihren Händedruck und ihr Grinsen. Roswithas Hand zu halten war ein schönes Gefühl.

17. Kapitel

Christine ließ es sich nicht nehmen, die erste Nacht bei Therese – oder besser gesagt, in einem Hotelzimmer in der Nähe des Krankenhauses – zu verbringen. Sie wollte sich davon überzeugen, dass Therese die erste Nacht gut überstanden hatte, dass sie sich einigermaßen wohlfühlte und dass die Behandlung, die ihren Krebs heilen sollte, reibungslos anlief.

Doch als sie morgens um kurz nach acht ins Krankenhaus kam, warThereses Bett leer. Sogleich fuhr Christine der Schreck durch die Glieder, doch dann sagte Thereses Bettnachbarin, eine patente Frau Mitte fünfzig, der man ein Stück Darm herausoperiert hatte, Therese sei bei einer der zahlreichen Voruntersuchungen. Christine, die zu unruhig gewesen war, um in ihrer kleinen Pension zu frühstücken, ging in die Cafeteria, um sich einen Kaffee zu holen. Essen konnte sie nichts, dazu war ihr Magen viel zu verknotet.

»Fahr heim zu deinen Hunden und zu Herbert. Und schau, dass in Maierhofen alles in die Gänge kommt«, sagte eine gefasste und tapfere Therese, als sie eine halbe Stunde später mit einem Stapel Zetteln in der Hand von ihrer Untersuchung zurückkam. »Ich bin hier in den besten Händen, die Ärzte sagen, ich hätte Glück und der

Krebs habe sich noch nicht weiterverbreitet. Wenn alles gut läuft, brauche ich vielleicht gar keine Chemo. Und falls doch, dann keine ganz schlimmen Hämmer.«

Christines Miene hellte sich auf. Was für gute Nachrichten am frühen Morgen!

»Soll ich dir nicht doch noch ein bisschen Gesellschaft leisten?«, fragte sie trotzdem.

Doch Therese schüttelte nur den Kopf.

Einigermaßen beruhigt machte Christine sich auf den Heimweg.

Gegen Mittag traf Christine wieder in Maierhofen ein. Als sie die Haustür aufschloss, kamen ihr nicht nur zwei sehr kleinlaute Labradore entgegen, sondern auch ein unangenehmer Geruch.

»Was ist denn mit euch los?«, fragte Christine stirnrunzelnd und tätschelte die geduckten Hundehäupter. Statt vor Freude überzusprudeln wie sonst, waren die zwei das personifizierte schlechte Gewissen. Es dauerte nicht lang, bis sie die Ursache dafür erspähte: Einer der beiden Hunde – oder beide gemeinsam – hatte die Terrassentür angepinkelt, und auf dem cremefarbenen Teppich unter dem Esstisch lag ein vertrocknetes Hundehäufchen.

»Das gibt's doch nicht…«, murmelte Christine vor sich hin und spürte Wut in sich aufkommen. Wann hatte Herbert die Hunde das letzte Mal rausgelassen? Wozu hatte sie ihm einen genauen Plan geschrieben, wenn er nicht mal darauf schaute?

»Alles ist gut, niemand schimpft mit euch«, sagte sie zu den beiden Tieren und öffnete die Terrassentür. Sogleich rannten die Hunde in den Garten, um sich am nächsten Busch zu lösen. Christine schaute ihnen betreten zu.

Nachdem sie sauber gemacht und Jack und Joe gefüttert hatte, leinte sie die beiden an und spazierte mit ihnen zum Autohaus, wo Eva-Maria Lund, die Empfangsdame, ihr mit säuerlicher Miene verkündete, dass Herbert keine Zeit für sie habe.

»Dann warte ich«, sagte Christine störrisch und ließ sich mit den Hunden in der Sitzecke nieder, in der die Kunden während des Reifenwechsels oder der Reparatur ihres Wagens warteten. »Ach, und Eva-Maria… Machen Sie mir doch bitte einen Kaffee.«

Die Achtundzwanzigjährige öffnete ihren Mund, als wollte sie etwas erwidern, doch dann trollte sie sich.

»Na also, geht doch«, murmelte Christine und tätschelte den beiden Hunden die Nacken. Normalerweise war es nicht ihre Art, die Frau des Chefs heraushängen zu lassen, aber in letzter Zeit war es nicht nur einmal vorgekommen, dass die strohblonde Eva-Maria sie unfreundlich und ziemlich von oben herab behandelt hatte. Nach einer unruhigen Nacht in ihrem viel zu harten Pensionsbett und den verdreckten Glasscheiben zu Hause war Christine solchen Launen gegenüber jedoch weniger tolerant als sonst.

»Ich habe keine Zeit, was willst du?«, bügelte Herbert sie fünf Minuten später ebenso unfreundlich ab.

»So geht das nicht, Herbert«, sagte sie ohne Einleitung. Gleich zur Sache kommen konnte sie genauso gut! »Wir hatten vereinbart, dass du dich um die Hunde kümmerst, aber allem Anschein nach hast du das wohl vergessen.

Wenn wir in den nächsten Monaten einen einigermaßen geordneten Alltag haben wollen, müssen wir uns beide an die Spielregeln halten.«

»Was redest du denn da? Natürlich habe ich die Hunde gefüttert, und heute früh war ich mit ihnen im Garten. Für ausgiebige Spaziergänge bist jedoch du zuständig, basta.«

Christine zuckte zusammen, ließ sich aber nichts anmerken. »Ich weiß, dass ich dir damit Umstände bereite, aber wer wofür zuständig ist, müssen wir für die nächste Zeit neu regeln«, sagte sie leise, aber bestimmt. »Wie du sicherlich mitbekommen hast, werde ich in den nächsten Monaten mit der Organisation des Maierhofen-Projekts sehr beschäftigt sein. Das wird ein Fulltime-Job, schätze ich.« Auf der Fahrt von München hierher hatte sie ihre Rede eingeübt. Dabei hatten ihr die Knie so sehr gezittert, dass das Gaspedal zu stottern begann. Herbert war es gewohnt, von vorn bis hinten bedient zu werden. In ihren Augen war das sein gutes Recht, denn immerhin brachte er das Geld heim, während sie nur zu Hause war. Zumindest bis jetzt. Dass sich dies auf absehbare Zeit nun ändern würde, war ihm bisher gewiss nicht in den Sinn gekommen, auch wenn er am Ende der Dorfversammlung so großzügig einen seiner Firmenwagen für Transportdienste angeboten hatte. Doch nun war sie selbst erstaunt, mit welch fester Stimme sie ihm entgegentrat.

»Ein Fulltimejob. Du?«, sagte er und schaute sie dabei an, als habe sie ihm verkündet, mit einem seiner Werkstattwagen die Tour Paris–Dakar mitzufahren.

»Ja, ich«, erwiderte Christine tapfer, dabei war ihr

selbst noch völlig unklar, wie ihr Job aussehen würde. Wahrscheinlich würde Greta sie nach dem ersten Tag freundlich, aber bestimmt darauf hinweisen, dass ihr Einsatz zwar sehr ehrenwert, aber nicht gerade hilfreich war.

»Natürlich kümmere ich mich weiterhin um die Hunde und das Haus, so gut es geht, aber gewisse Abstriche werden wir beide machen müssen. Und wenn es gar nicht anders geht, wirst auch du einmal die Hunde übernehmen müssen.« Sie zeigte auf sein Büro, das hinter einer Milchglastür lag. »Du bist ja dein eigener Chef und kannst sie Gott sei Dank mit hernehmen«, versuchte sie sich an einem Scherz. Vergeblich – Herbert lächelte nicht einmal. Hätte sie nicht die Wut im Bauch gehabt, weil er die Hunde nicht ausgeführt hatte, hätte sie wahrscheinlich spätestens jetzt der Mut verlassen. So aber ertrug sie Herberts düstere Miene und fuhr fort: »Noch etwas... Ich werde zusätzlich noch Therese in der Goldenen Rose vertreten. Wenn jemand ein Fest plant, bin ich die Ansprechpartnerin. Therese meinte, ich könne die Leute bei der Speisenwahl gut beraten. Ich teile außerdem die Bedienungen ein, und wenn es sein muss, gehe ich auch Sam zur Hand. Hauptsache, der Laden läuft, damit Therese sich wenigstens darum keine Sorgen zu machen braucht. Dein Mittagessen bekommst du fortan dort, nicht mehr zu Hause, anders wird es nicht gehen. Aber ob du nun nach Hause fährst oder in die Goldene Rose, ist ja egal, Hauptsache, wir können zusammen essen. Diese Stunde mit dir möchte ich ungern missen.« Noch während sie sprach, zupfte sie am rechten Ärmel seines Jacketts. »Ein blondes Haar, na so was.« Kopfschüttelnd ließ sie das Haar zu Boden fallen. Eva-Maria sollte ihre Haare nicht so viel toupieren, dann würden sie ihr auch nicht auf Schritt und Tritt ausgehen. »Ich muss los. Wir sehen uns heute Abend.«

Durch die spiegelnden Glasscheiben des Ausgangs sah sie, dass Herbert ihr sprachlos nachschaute.

Mit noch immer schlotternden Knien, aber sehr stolz auf sich machte sich Christine auf den Weg zur Goldenen Rose, wo Greta und sie sich im kleinen Nebenzimmer mit ihren Unterlagen einrichten wollten. Im selben Moment, als sie mit ihrem Land Cruiser vorfuhr, parkte Greta ihren BMW ein. Der Wagen war so vollgepackt, dass sie durch die Heckscheibe kaum noch sehen konnte.

O Gott, sie geht!, war Christines erster Gedanke. Alles war vorbei, bevor es überhaupt angefangen hatte. Ohne Greta konnten sie das Projekt gleich an den Nagel hängen… Mit sinkendem Herzen stieg Christine aus.

»Ich komme gerade aus Frankfurt zurück«, verkündete Greta. Was dann kam, versetzte Christine sogleich einen neuen Schrecken. »Leider wollte mir mein Chef kein Sabbatical gewähren, nicht mal für drei Monate, geschweige denn für sechs. Urlaub wollte er mir auch nicht genehmigen, wegen eines Großauftrags herrscht absolute Urlaubssperre. Somit musste ich mich entscheiden zwischen der Agentur und Maierhofen.« Sie zuckte mit den Schultern, als erzähle sie von einem Essen beim Italiener, bei dem sie zwischen Pizza und Pasta hatte wählen müssen.

»Also habe ich gekündigt, bin in meine Wohnung gefahren und habe alles zusammengepackt, was ich vielleicht in der nächsten Zeit benötige.«

Christine schluckte. Gerade noch hatte sie *sich* für mutig gehalten...

»Was sagt denn...« *Deine Familie dazu*, wollte sie fragen, doch dann fiel ihr ein, dass Greta ja außer Therese niemanden hatte. »Und was sagen deine Kollegen zu dieser Entscheidung? Weiß deine Freundin Emily Bescheid?«, fragte sie stattdessen.

»Die halten mich natürlich alle für verrückt«, antwortete Greta lapidar und klemmte sich ihre Laptoptasche unter den Arm. »Ich hätte eine Midlife-Crisis, so etwas bekäme man mit den geeigneten Maßnahmen gut in den Griff, hieß es. Jeder hatte ganz tolle Ratschläge für mich.«

So etwas hätte auch aus ihrem Mund kommen können, dachte Christine dumpf.

»Und was hast du geantwortet?«, wollte sie wissen und hielt Greta die Tür zum Gasthof auf.

»Dass ihre Ratschläge so willkommen sind wie eine Riesenspinne im Waschbecken!« Gretas Lachen klang leicht hysterisch.

Christine, die vor lauter Aufregung die Hunde im Auto vergessen hatte, ging noch mal nach draußen, um sie zu holen. So ein Opfer zu bringen für Maierhofen... Für ein Gehalt, das weniger betrug als das der blonden Eva-Maria. Zudem war es auf wenige Monate befristet!

Besorgt betrat Christine mit den Hunden im Schlepptau den Gastraum.

Greta, die ihren bangen Blick sah, lächelte ihr über einen Berg von Ordnern, Blöcken und Zettelboxen zu. »Hey, mach dir wegen mir keine Sorgen. Das passt schon!

Die Zeit ist reif für etwas Neues, das spüre ich ganz tief drin. Ich fühle mich so gut wie lange nicht mehr.«

Gretas dunkelbraune Augen glänzten vor Glück und Tatkraft.

Christine holte tief Luft und lächelte. »Na gut. Ich sage kurz Sam Bescheid, dass wir da sind. Und dann mache ich uns erst einmal einen Kaffee, wir haben heute schließlich noch viel vor, oder?«

Mit der Ruhe war es in Maierhofen erst einmal vorbei. Ganz gleich, durch welche Gasse man fuhr, vor welcher Haustür man stand – überall wurde geklopft und gehämmert, verschönert und renoviert. Das Baumaterial zahlten die Nutznießer der Aktionen dabei selbst, so war es vereinbart worden, dafür hatten sie keine Handwerkerkosten zu tragen. Vor Monika Ellwangers Poststation wurde der marode Gartenzaun ausgebessert, dahinter wollte sie ihr Waffelcafé mit Gartenausschank eröffnen. Der Posaunenchor schliff gemeinschaftlich das Kirchenportal, grundierte es und verpasste ihm dann einen neuen Anstrich in elegantem Dunkelgrau. Die Farbe spendierte Luise Stetter, die als eifrige Kirchgängerin von dieser Renovierung sehr angetan war. Der Pfarrer, derweil schon mit der Maierhofener Homepage beschäftigt, war mindestens ebenso entzückt.

Auf dem Dorfplatz wurden lose Pflastersteine neu verlegt, die alte Linde in der Mitte des Platzes bekam eine Rundbank, Hecken wurden in Form geschnitten, Unkraut entfernt. Wer handwerkliche Fähigkeiten hatte, brachte diese ein, wer einen grünen Daumen besaß, half gartentechnisch mit, wer nichts von alldem konnte, fuhr Schubkarren von hier nach dort oder sorgte für die Verpflegung der Arbeitenden. Auch Schwester Gertruds Seniorengruppe schmierte Butterbrote für die fleißigen Helfer.

Einmal spazierte Greta durch eine der Nebenstraßen, wo sie erstaunt sah, wie der Malermeister namens Brunner an einem heruntergekommenen Haus ein Gerüst aufbaute.

»Das sieht nach etwas Größerem aus«, sagte sie mit leisem Unwohlsein und zeigte auf den riesigen Stapel von Gerüstteilen, der den ganzen Gehsteig einnahm. Dieses Haus war in ihrem »Verschönerungsplan« nicht vorgesehen. Eine Verwechslung?

Der Maler, ein stiller Mann Mitte fünfzig, sagte jedoch stolz: »Das ganze Haus bekommt einen neuen Anstrich, inklusive der Fensterläden. Jetzt, wo wir alles so schön machen, wird vielen Leuten erst bewusst, wie sehr sie ihre Häuser in den letzten Jahrzehnten vernachlässigt haben. Außer dem Auftrag hier habe ich noch zwei weitere bekommen. Als ich das meinem Sohn, dem Frieder, erzählt habe, hat er ganz schön gestaunt. Auf Teneriffa wachsen die Aufträge scheinbar auch nicht auf den Bäumen, so richtig Fuß hat er dort jedenfalls noch nicht gefasst. Wer weiß?« Der Maler zuckte mit den Schultern. »Wenn das mit der Arbeit hier so weitergeht, kommt mein Bub vielleicht wieder heim.«

»Ich drücke ganz fest die Daumen«, sagte Greta berührt. Frohgemut setzte sie ihren Rundgang fort. Genau das hatte sie sich für Maierhofen so sehr gewünscht...

Maierhofen sollte aussehen wie ein Puppenstubendorf, erklärten Greta und Christine den Leuten auf ihren Rundgängen immer wieder. Schrille Werbeplakate passten zu diesem neuen Image genauso wenig wie die Bildzeitungswerbung, die in einem Standreiter vor Magdalenas Bäckerei bisher die Schlagzeilen des Tages verkündete.

»Die Leute wissen eh, dass sie die Zeitung bei uns bekommen«, sagte Magdalena und entfernte den Standreiter, ohne zu zögern. Schwieriger hingegen war es, Sabrina Mölling zu überreden, sich von ihrem hässlichen blauweißen Schild, gesponsert von der Firma Pro-Clean-Fix, zu trennen. Erst als Vincent erklärte, dass er dabei war, für alle Geschäfte – auch für die Wäscherei – schöne Holzschilder herzustellen, nahm Sabrina das hässliche Plakat ab. Die Diskussion fand just in dem Moment statt, als Carmen Kühn aus dem Neubaugebiet Sabrina eine Seidenbluse zur Reinigung brachte. Spontan bot die Hinzugezogene, die sich bisher noch nie am Dorfleben beteiligt hatte und auch bei keiner der Versammlungen gewesen war, an, die Holzschilder mit Bauernmalerei zu verzieren. Diese Art der Malerei sei seit Jahrzehnten ihre Leidenschaft, man könne sicher sein, dass sie die Schilder schön bemalen würde.

Christine, die dieses Gespräch zufällig mitbekam, war so baff, dass sie nur zustimmend nicken konnte. Die überdrehte Frau Kühn mit ihren grell geschminkten Lippen und den hochtoupierten Haaren konnte Bauernmalerei? Irgendwie fiel ihr die Vorstellung schwer, doch da holte Carmen Kühn schon ein paar Holzbrettchen aus ihrer geräumigen Tasche und hielt sie in die Runde. Sie waren kunstvoll mit Blumen, Namenszügen und Schnörkeln bemalt.

»Die sind ja wunderschön«, hauchte Christine. Wenn sie das Therese erzählte... »Wäre es denn möglich, auch für Thereses Gasthaus ein neues Schild herzustellen?« Sie schaute Carmen Kühn und Vincent fragend an. »Landhotel Goldene Rose wäre so viel wohlklingender als nur Goldene Rose, oder was meint ihr?«

Vincent und die Malkünstlerin zuckten nur mit den Schultern. Möglich war derzeit fast alles!

Keine zwei Wochen später fuhren Karl und Otto, die beiden Bauhofarbeiter, mit ihrem Pritschenwagen voller Schilder von Geschäft zu Geschäft. Die Bäckerei bekam ein prachtvolles Schild, auf dem außer dem Namen ein kunstvoll gemalter Holzbackofen zu sehen war. Auf das Schild der Poststation hatte Carmen Kühn eine historische Postkutsche gemalt. Zwei rosafarbene Schweinchen rahmten den Namen der Metzgerei Scholz ein. Jessys Hexenstübchen bekam ein Schild, auf dem herrlich altmodisch anmutende Flaschen und Einweckgläser zu sehen waren. Die Maierhofener konnten sich nicht sattsehen an den schönen Schildern! Überall standen sie in kleinen Gruppen beisammen, zeigten auf dieses oder jenes Schild und diskutierten. Der eine war begeistert von Madaras Sennerei-Schild, Elfie Scholz war verliebt in das Schild ihres Geschenkeladens, und andere konnten sich nicht entscheiden, ob sie nun das Metzgerei- oder das Bäckereischild am schönsten fanden. Nur in einem waren sie sich einig: Carmen Kühn hatte sich mit ihrer Bauernmalerei selbst übertroffen!

Wenn Greta und Christine nicht gerade durchs Dorf liefen – immer die beiden Labradore im Schlepptau –, um das Geschehen behutsam zu lenken und zu loben, saßen sie in ihrer »Schaltzentrale«. So nannten sie den kleinen Nebenraum des Gasthauses, in dem Therese ihre Tischwäsche und ausrangiertes Geschirr gelagert hatte. Nun standen auf zwei zusammengeschobenen Tischen Thereses altertümlicher Drucker und zwei Laptops. Aktenordner und Handys lagen herum, mittendrin die Ablagen für die Post, dazwischen lagen geöffnete Kekspackungen und aufgerissene Schokoladentafeln – kurz, hier liefen alle Fäden zusammen.

Christine war diejenige, die stets ein offenes Ohr für die Anliegen der Dorfbewohner hatte. Sie beseitigte Zweifel, tröstete, wenn es mal nicht so gut lief, und machte aus einer guten Idee eine noch bessere. Wie wertvoll ihr ruhiges und ausgleichendes Wesen für dieses Projekt war, wie gut sie mit all den unterschiedlichen Charakteren zurechtkam, war ihr selbst vielleicht am wenigsten bewusst, ihr Umfeld jedoch nahm den Wandel in Christine dafür umso stärker wahr. Noch vor Kurzem hatte so mancher die unscheinbare Frau mit den zwei Hunden übersehen, nun jedoch nahmen die Menschen Christines Hilfestellung und führende Hand dankend an. Nur einem stanken Christines Engagement und ihr gewachsenes Selbstbewusstsein gewaltig: ihrem Ehemann Herbert. Wenn er nun nach Hause kam, konnte es gut sein, dass anstatt einer warmen Mahlzeit eine Liste mit kleinen Aufgaben auf ihn wartete, die er doch bitte bis zu Christines Rückkehr erledigen möge. Den Rasen mähen, in den Nachbarort fahren, um in der Drogerie Waschmittel zu kaufen, Getränke aus dem Keller holen ... Beschwerte er sich bei Christine darüber, dass es ja wohl nicht angehen könne, dass er sich nach einem langen Arbeitstag auch noch um Haus und Hof kümmern müsse, versprach sie ihm baldige Besserung. Wie bald diese Besserung jedoch eintreten würde, darüber blieb Christine ihm allerdings eine Antwort schuldig. Und Herbert erkannte, dass in Maierhofen die Uhren derzeit einfach anders liefen.

Natürlich hatte auch Greta mit den Dorfbewohnern zu tun, aber vor allem war sie die Schnittstelle zur »Außenwelt«: Sie erstellte eine Facebookseite für Maierhofen und verfasste abdruckfreie Artikel für alle möglichen Medien. Emily half ihr dabei sehr, indem sie ihr die richtigen Ansprechpartner nannte. Greta schrieb außerdem führende Slow-Food-Mitglieder an und lud sie schon jetzt zum Genießerfest im kommenden Frühjahr ein, ein detailliertes Programm würde noch folgen, versprach sie. Ihre Texte und auch die Seite bei Facebook stattete sie mit Fotos von Gustav Kleinschmied aus, die während ihrer gemeinsamen Touren durch Maierhofen entstanden. Ob Madara in fescher Tracht mit ihren Kühen auf ihrer Alm, Jessys giftgrüner Cocktail in Großaufnahme oder pittoreske Ansichten von Maierhofener Fachwerkhäusern – der Rentner, dessen Zeitvertreib bisher detailverliebte Aufnahmen von Insektenflügeln gewesen waren, hatte auch ein sehr gutes Auge für ganz normale Fotografien.

Auch eine weitere Idee von Greta wurde in die Tat umgesetzt, nämlich die der Feinschmeckerpakete für Food-

Blogger. Elfie Scholz aus dem Elektroladen besorgte für Greta cremefarbene Kartons, diese wurden mit Kostproben von Edys Rauchwürsten, Madaras Hartkäse und kleinen Gläsern Bergblumenhonig, den eine junge Imkerin herstellte, bestückt. Greta verschickte die Feinschmeckerpakete an eine ganze Reihe von Food-Bloggern, deren Seiten sie zuvor für gut befunden hatte und die viele Fans besaßen. Natürlich legte sie jedem Paket eine Einladung nach Maierhofen bei. Ein Paket schickte sie außerdem zu Therese ins Krankenhaus, damit die Bürgermeisterin mit eigenen Augen sah, wie ihr Dorf kulinarisch in der Welt repräsentiert wurde. Therese war nach einer Operation, die schwieriger verlaufen war als gedacht, sehr geschwächt. Sie bedankte sich zwar für das Paket, wollte aber keine Details über diese oder andere Aktionen wissen. Maierhofen war im Augenblick für sie, gefangen zwischen Chemobehandlung und Bestrahlungsterminen, sehr weit weg. Es lag in einer anderen Welt, einem anderen Universum.

Eines Morgens, Greta und Christine arbeiteten gerade einträchtig nebeneinander, klopfte es an der Tür der Schaltzentrale. Es war Edelgard Loose vom Frisiersalon in der Hauptstraße, die ihren feuerroten Kopf hereinstreckte und sagte: »Ich hätte da mal eine Frage …«

»Wie können wir dir helfen?«, sagte Christine freundlich.

Doch die Frisörin wandte sich an Greta, als erwarte sie von ihr eine qualifiziertere Antwort. »Es ist so … Ich selbst kenne dieses Facebook ja nicht, ich habe nicht mal einen Computer. Wozu auch, beim Legen von Dauerwellen hilft mir das gewiss nicht.« Sie lachte, und ihre von Natur aus geröteten Wangen röteten sich noch mehr. »Aber jetzt hat mir meine Nicole gestern am Telefon so sehr von der Maierhofener Facebookseite vorgeschwärmt, dass ich… Na ja, also ich… würde sie einfach gern mal sehen! Geht das?«

Christine und Greta schauten sich grinsend an. Nichts leichter als das!

Mit einem Klick öffnete Greta die besagte Seite und erklärte sämtliche Features. Das hier waren Beiträge von Food-Bloggern, das hier ein Gewinnspiel, hier gab's Fotoalben zum Anschauen…

»Über zehntausend Leuten gefällt Maierhofen?« Ungläubig schaute die Frisörin Greta an. »Sie veräppeln mich doch, oder?«

»Vor zwei Wochen waren es erst fünftausend Gefällt-mir-Angaben, wir können es selbst nicht fassen, wie schnell sich das verbreitet«, sagte Greta.

»Ha!«, rief die Frisörin triumphierend. »Das kann ich Ihnen sagen! Es ist ja nicht nur meine Nicole, die kräftig die Werbetrommel für unser Dorf rührt. Auch Monikas Sven und der Alex von der Hilde und – ach, all unsere jungen Leute da draußen halt machen kräftig Werbung für dieses Facebook hier.«

Christine nickte. »Das kann ich bestätigen. Meine Töchter konnten es damals kaum erwarten, aus Maierhofen wegzukommen. Aber jetzt sind sie täglich auf der Maierhofener Seite. Ich glaube, die haben tatsächlich ein bisschen Heimweh«, ergänzte sie und klang verwundert.

Greta schaute ihre neue Freundin an. Es kam selten vor, dass Christine von ihren Töchtern sprach, sehr eng schien das Verhältnis nicht zu sein.

Die Frisörin tippte auf einen Beitrag aus der Vorwoche. »Von diesem Gewinnspiel hier hat mir zum Beispiel Monika Ellwanger erzählt, und die weiß es von ihrem Sven, der hat dafür gesorgt, dass der Bericht zig Mal geteilt wurde. Was immer das auch heißt …«

»Das heißt, dass eure Kinder einfach spitze sind!«, sagte Greta.

Greta arbeitete mehr Stunden als je zuvor und das zu einem Gehalt, das nur einen Bruchteil dessen betrug, was sie in Frankfurt verdient hatte. Dennoch konnte sie es täglich kaum erwarten, die Beine aus ihrem schönen Holzbett zu schwingen und in die Schaltzentrale zu gehen. Zum ersten Mal seit langer Zeit – vielleicht zum ersten Mal überhaupt – hatte sie das Gefühl, etwas wirklich Sinnvolles zu tun, hinter dem sie voll und ganz stand. Jedes Mal, wenn sie eine neue trendige Food-Bloggerin ausfindig machte oder mit einem Herrn von Slow Food telefonierte, um ihm von Maierhofen und seinen Genüssen zu erzählen, machte ihr Herz einen freudigen Hüpfer.

Zu Gretas Glück trug auch das kleine Häuschen bei, von dem sie jeden Tag mehr angetan war. Wenn sie morgens aufwachte, war das Erste, was ihr in die Nase stieg, der Duft der verwilderten Pfefferminze, die links von der Terrasse großflächig wuchs. Noch barfuß ging Greta nach draußen, um sich ein paar Blättchen davon abzuzupfen. Mit einer Tasse frisch aufgebrühtem Pfefferminztee in der

Hand saß sie dann im Nachthemd am Wasser und ging in Gedanken den Plan für den Tag durch.

Mindestens so sehr wie den Morgen genoss sie die späten Abendstunden auf der Terrasse, mit einem Glas kühlen Roséwein in der Hand und Glühwürmchen, die wie kleine LED-Lämpchen die Dunkelheit erhellten. Flüchteten die Frösche, die rund ums Holzdeck hockten, bei Gretas Erscheinen anfangs noch flugs ins Wasser, blieben sie nun, nach wenigen Wochen, gelassen hocken. Frösche als Haustiere – die hatte auch nicht jeder, dachte Greta und fühlte sich auf beglückende Art mit der Natur um sich herum verbunden.

Für ihre alte Wohnung überwies sie regelmäßig die Miete plus Nebenkosten, ansonsten verschwendete sie kaum einen Gedanken daran. Simon & Fischli hatte sie auch fast vergessen. Wären die fast täglichen Telefonate mit Emily nicht gewesen, hätte sie fast glauben können, schon immer in Maierhofen gelebt zu haben.

Einen Wermutstropfen gab es jedoch, und der war für Greta ziemlich bitter: Die Liebe auf den ersten Blick bewegte sich nicht vom Fleck! Natürlich lief sie Vincent ständig über den Weg, aber immer waren andere Leute dabei, immer gab es tausend Dinge zu besprechen. Ein Date abends nach getaner Arbeit hatte sich bisher nicht ergeben, und zum romantischen Kaminfeuer war es auch noch nicht gekommen. Wie auch? Vincent arbeitete derzeit bis spät in die Nacht, um seine eigenen Aufträge, die Ladenschilder und den Ausbau vom alten Spar-Markt unter einen Hut zu bringen. Und so blieben Greta nur ihre weichen Knie und der Klang der Countrymusik, die aus den heruntergekurbelten Fenstern von Vincents Truck im Vorbeifahren ertönte – Tammy Wynette, Freddy Fender, Willy Nelson. Ohrwürmer, die Greta liebte und oft den ganzen Tag nicht mehr aus dem Kopf bekam.

»If he brings you happiness, then I wish you all the best
It's your happiness that matters most of all
But if he ever breaks your heart
If the teardrops ever start
I'll be there before the next teardrop falls…«

»Was singst du denn da die ganze Zeit?«, wollte Christine genervt wissen, als Greta wieder einmal ständig dasselbe vor sich hin summte.

Greta schnitt eine Grimasse und sagte: »Das ist ein Song von Freddy Fender, über gebrochene Herzen und Tränen«, was ihr einen schrägen Blick von Christine einbrachte, den Song aber nicht aus ihrem Ohr verbannte.

Greta stieß einen tiefen Seufzer aus. Sie hatte zwar weder ein gebrochenes Herz noch Tränen zu weinen, aber ihre Sehnsucht nach Liebe und Zweisamkeit blieb nach wie vor unerfüllt. Ganz wie in ihrem alten Leben…

Manche Dinge änderten sich wohl nie – ob es darüber wohl auch einen Song gab?

Some things never change…

18. Kapitel

Nach wochenlanger Umbauarbeit war der alte Spar-Markt nicht wiederzuerkennen. Verschwunden war der wellig gewordene Linoleumboden, verschwunden auch die weißen Schwerlastregale und die alte Kühltruhe, die immer so laute Schläge getan hatte, dass man dachte, das Ding würde im nächsten Moment explodieren.

Vincent hatte ganze Arbeit geleistet, indem er nicht nur die Wände rustikal mit Holz verkleidet, sondern auch alle Regale und die Ladentheke aus groben Brettern gezimmert hatte. Eine kleine Sitzgruppe gab es ebenfalls, sie stand unter einem der Schaufenster, wo die Sonnenstrahlen goldene Streifen auf das Holz zauberten. Hier sollten es sich die Kunden später ruhig ein paar Minuten mit kleinen Kostproben gemütlich machen. Vielleicht würden sie irgendwann sogar eine kleine Brotzeit anbieten?

Eins nach dem anderen, dachte Christine und atmete tief den warmen Duft nach Wald und Moos ein, den das viele Holz ausstrahlte.

Auf ihren besonderen Wunsch hin hatte Vince zwei Dutzend verschieden große Herzen aus dünnen Brettern ausgesägt und oben mit einem Loch versehen. Auf der Ladentheke stehend war Christine nun dabei, die Herzen an rotweiß karierten Bändern unter die Decke zu hängen.

Zu den Herzen sollten sich noch kleine weiße Porzellantassen und Strohpuppen gesellen. Ein ländlich-rustikales Mobile schwebte ihr vor! Und bald würde es auch den ersten Kunden vorschweben, dachte sie stolz und ließ von ihrem erhöhten Standpunkt aus ihren Blick schweifen.

Vor ihrem inneren Auge hatte sie schon die ganze Zeit gesehen, wie der Laden einmal ausschauen konnte, doch nun war er noch schöner geworden als in ihrer Vorstellung. Die alten Maggi-Plakate und der Aufsteller fürs Schöller-Eis, die Plastikkörbe, in denen im Spar-Markt Wäscheklammern, Spülbürsten und andere Plastikartikel angeboten worden waren – alles war im großen Müllcontainer gelandet. An den holzvertäfelten Wänden hingen nun auf Rahmen gespannte Leinwände, die mit den Fotografien von Gustav Kleinschmied so bedruckt worden waren, dass es wie ein Gemälde wirkte. Greta hatte diese Idee gehabt und auch die passende Internetadresse genannt, wo man so etwas beziehen konnte.

Christine vermochte es kaum zu erwarten, die Regale mit den Maierhofener Produkten zu füllen, die in großen Kisten, Schachteln und Körben schon im Nebenraum lagerten. Vielleicht würden sie heute noch dazu kommen? Viel war nicht mehr zu tun, ein paar Handgriffe nur noch. Wenn Roswitha, Elsbeth und sie sich beeilten…

Wie so oft in letzter Zeit hatte Christine das Gefühl, ihr Herz sei zu klein für all die Gefühle, die sie empfand. Stolz angesichts der eigenen Leistung. Glück, Teil eines großen Ganzen sein zu dürfen. Dankbarkeit, dass alles so gekommen war. Und nicht zuletzt Verwunderung darüber, wozu sie selbst fähig war.

Ihr Blick ging hinüber zu Roswitha, die schwungvoll und mit zu viel Wasser den Boden wischte. Wie aufrecht sie auf einmal daherkam, selbst jetzt, mit dem Wischmopp in der Hand. Und welch aufgeweckten, fast forschen Ausdruck ihre Augen hatten, beinahe wie einst, als sie alle noch jung und vom Leben ungezähmt gewesen waren. Und täuschte sie sich, oder hatte Roswitha auch etwas mit ihren Haaren gemacht?

Die Kartoffelbäuerin musste Christines interessierten Blick gespürt haben, denn sie schaute herüber und sagte: »Ich habe ein paar Rollen abwaschbares Schrankpapier mitgebracht. Wenn ich damit die Regale auskleide, kann man sie viel besser reinigen. Am besten fange ich gleich damit an. Hat jemand irgendwo eine Schere gesehen?«

Christines verklärte Miene schwand, als sie die verknitterten Papierrollen mit dem Siebzigerjahre-Blümchenmuster sah, die Roswitha aus ihrem Rucksack zog.

»Warte mal, vielleicht kannst du dir diese Arbeit auch sparen«, sagte Elsbeth Kleinschmied, die Frau des Fotografen, die wie Roswitha den Laden stundenweise betreuen wollte. »Vincents Regale in allen Ehren, aber praktisch sind sie nun wirklich nicht. Ich habe von den Kindern noch ein paar alte weiße Ikea-Regale im Keller, die sind auch abwaschbar. Wenn wir die hier aufstellen ...«

»Also, das geht nun wirklich nicht!«, unterbrach Christine sie entsetzt. »Wozu hat denn Vincent diese Regale hier gebaut? Doch nicht dafür, dass wir sie in den Keller stellen! Ikea-Regale haben die Städter zur Genüge, was sie wollen, ist rustikaler Chic! Wenn ihr mich fragt, dann hat Vincent sich selbst übertroffen. Wisst ihr eigentlich, wie teuer solch ein gewachsenes Holz ist?« Aufgebracht schaute sie Roswitha und Elsbeth an, die sie ihrerseits erstaunt anschauten. Dass Christine laut wurde, kam selten vor.

»Teuer hin, teuer her – es muss ja auch praktisch sein«, sagte Roswitha. »Vincent hätte sich mit den Regalen wirklich mehr Mühe geben können, nicht einmal richtig glatt hat er sie gemacht«, sagte sie und strich missfällig über die grob behauenen Regalböden.

Christine verdrehte im Geist die Augen, verzichtete aber darauf zu sagen: »Das muss so sein!« Stattdessen sagte sie: »Mein Wohnzimmer ist auch aus Naturholz, und für die fortlaufende Reinigung reicht es völlig aus, wenn man die Regale mit einem trockenen Lappen abstaubt, hin und wieder kann man sie auch mit einem feuchten Tuch abreiben. Außerdem stehen hier ja keine offenen Lebensmittel herum, sondern alles ist appetitlich in Gläser und Flaschen abgepackt. Was soll die Regale also großartig verschmutzen?« Beide Hände in die Hüfte gestemmt, schaute sie ihre Mitstreiterinnen an. Doch weder Roswitha noch Elsbeth schienen von ihren Argumenten überzeugt zu sein. Sanfter fügte Christine hinzu: »Wartet nur mal ab, bis unser Lädchen in Zeitschriften wie *Landlust* und *Landliebe* erscheint! Spätestens dann werdet ihr erkennen, dass wir absolut auf der richtigen Spur sind.« Als begeisterte Leserin von Hochglanzmagazinen über die Lust am Landleben wusste Christine ganz genau, wie der Städter sich ein solches Delikatessenlädchen vorstellte – nämlich genau so, wie ihr Laden aussah!

»Meckert etwa jemand über meine Arbeit?«, fragte Vincent, der just in diesem Moment den Laden betrat, gut gelaunt. Unterm Arm trug er ein Gestell aus altem Eisen.

»Niemand meckert«, sagte Christine eilig, bevor Roswitha und Elsbeth etwas sagen konnten. »Du hast die Heuraufe vom Maier-Bauern tatsächlich bekommen? Toll! Hast du vielleicht auch Werkzeug dabei, damit du sie gleich hier anbringen kannst?« Sie zeigte auf die Wand hinter der Ladentheke.

»Edys Rauchwürste sollen an einer … Heuraufe hängen?« Roswitha war nun völlig verstört. »Was spricht gegen die guten alten Fleischerhaken aus Nirostastahl?«

Christine musste sich ein Grinsen verkneifen. Zu ihrer Erleichterung war es Vincent, der in die Bresche sprang und sagte: »Ich schätze mal, von den zukünftigen Kunden werden nur die wenigsten erkennen, dass es sich hierbei um eine Heuraufe handelt. Die Leute sehen lediglich ein schmiedeeisernes Gestell und das verbinden sie mit der guten alten Zeit. Wir vom Land wissen zwar, dass die gute alte Zeit nicht ganz so romantisch war, wie viele glauben, aber das müssen wir den Leuten ja nicht auf die Nase binden. Lassen wir ihnen ihre Illusionen, solange sie dafür bei uns einkaufen, nicht wahr?« Er zwinkerte der Kartoffelbäuerin verschwörerisch zu.

Roswitha, in Vincents Gegenwart immer ein wenig befangen, lachte verlegen.

Vincent zeigte auf das Tischtuch, das Christine aus einem grünweiß gestreiften Leinenstoff genäht hatte, dann auf die Vorhänge aus demselben Stoff, die mit dunkelgrünen dicken Schleifen zusammengehalten wurden. »Gut schaut das aus, alles aus einem Guss, das wird den Leuten gefallen. In Innsbruck war ich mal in einem Laden, der komplett aus altem Baumaterial bestand. Alte Fenster aus Abbruchhäusern, roh behauene Steinböden von anno dazumal, uralte Holzfässer mit Glasplatten obendrauf als Tische. Hätte man die Stücke einzeln betrachtet, wäre vieles nur alter Schrott gewesen, aber in der Summe war alles total stylish! Und wisst ihr, was in dem Laden verkauft wurde?« Er schaute in die Runde. »Es war eine Designer-Boutique! Christine hat recht, wenn sie sagt, die Leute wollen Style, Style und nochmals Style. Heutzutage musst du ihnen was Besonderes bieten, etwas, was sie so noch nie gesehen haben. Wie diese baumelnden Kaffeetassen zum Beispiel!« Er zeigte auf das fast fertige Mobile über der Ladentheke.

Roswitha und Elsbeth tauschten unter hochgezogenen Brauen einen Blick. »Oder eine alte Heuraufe als Wurstregal …«, sagte Roswitha, nicht mehr ganz so grantig.

Während Christine sich fragte, was Vincent in einer Boutique verloren hatte, klopfte es zaghaft an der Tür. Eine junge Frau mit blonden kurzen Locken streckte vorsichtig ihren Kopf herein. Sie trug Jeans und dazu eine altertümliche weiße Bluse mit Spitzenkragen. So eine hatte ihre Oma auch gehabt, dachte Christine, die die Frau nicht kannte.

»Bin ich hier richtig – ist das der Genießerladen?«

»Ja«, sagte Roswitha und rieb sich die Hände an der Hose ab, als erwarte sie schon ihren ersten Verkauf.

»Mein Name ist Susanne Siebert, aber alle nennen mich nur Sanne. Ich komme aus dem Nachbarort und habe von eurem Vorhaben gehört. Die Leute sprechen ja von nichts anderem mehr als von euren schönen Ladenschildern! Und da wollte ich fragen... Also, es ist so...« Noch während sie sprach, kramte sie in ihrer Filztasche, dann zog sie drei tennisballgroße Kugeln in Softeisfarben heraus und legte sie auf die Ladentheke.

»Das hier sind Badebomben«, sagte die Frau. »Die gibt man ins Badewasser, und dann sprudeln sie herrlich. Statt künstlicher Düfte ist bei mir alles Natur. Ich verwende Bergblüten, Tannenspitzen und noch ein paar Zutaten, die ich nicht so gern verrate. Ist ja schließlich meine Spezialität!« Stolz legte Sanne Siebert Christine, Roswitha und Elsbeth je eine ihrer Badebomben in die Hände.

Die Kugeln waren schwerer als erwartet und verströmten einen würzigen Duft, der mit dem des Holzes gut harmonierte. Damit heute Abend in ein Vollbad steigen... Christine seufzte sehnsüchtig. Sosehr ihr die Arbeit Spaß machte, so kräftezehrend war sie auch. Abends war sie derzeit immer so müde, dass sie es kaum noch schaffte, Herbert nach seinem Arbeitstag zu fragen. Nicht, dass er sie jemals nach dem ihren gefragt hätte!

»Sie stellen diesen Badezusatz selbst her?«, fragte Vincent.

Die junge Frau aus dem Nachbarort nickte. »Und kleine Säckchen mit Lavendelblüten nähe ich auch. Heimischer Lavendel aus meinem Garten, der ist mindestens so gut wie der aus der Provence.«

Christine und Vincent tauschten einen komplizenhaften Blick und erkannten, dass sie beide dasselbe dachten. Bisher war keinem die Idee gekommen, kosmetische Pflegeprodukte aus heimischer Produktion mit ins Programm des Ladens aufzunehmen. Aber warum eigentlich nicht? Das wäre doch eine wunderbare Ergänzung. Vielleicht gab es auch jemanden, der Heublumenbäder herstellte? Oder ein Salzpeeling mit Tannennadeln? Das Allgäu hatte schließlich auch für die Schönheit viele Naturschätze zu bieten. Und für das Regal ganz hinten hatten sie bisher eh noch keine Verwendung, ging es Christine durch den Kopf. Wenn man dort weiße Körbe, ausgekleidet mit dem Rosenstoff, den sie noch übrig hatte, hineinstellte, würde man die Kosmetik darin platzieren können und…

»Aus dem Nachbarort kommen Sie? Dann sind Sie ja gar keine Maierhofenerin!«, sagte Elsbeth vorwurfsvoll, und Christines duftende Wellnessblase zerplatzte jäh.

»Und essen kann man diese Dinger hier auch nicht«, fügte Roswitha hinzu und legte die Kugel mit spitzen Fingern weg, als handle es sich um etwas, was der Hund hinterlassen hatte.

»Aber…« Die junge Frau schaute von einer zur anderen. »Mit Genießen haben meine Badebomben doch auch zu tun, oder?«

Christine seufzte. Allem Anschein nach war die Regalfrage heute nicht die einzige, die Streitpotenzial barg…

»Jetzt liegt die OP schon einige Wochen zurück, und ein Ende der Behandlung ist immer noch nicht in Sicht. Mir stehen mindestens noch vier Chemos bevor, dazu zig Bestrahlungen. Und ich dachte, ich kann Ende August nach Hause…« Thereses Seufzen klang niedergedrückt. »Jetzt, wo ich weiß, wie eklig das alles ist, graust es mir vor jedem neuen Tag.«

»Deine Ärzte sind mit dem bisherigen Verlauf aber sehr zufrieden, dafür solltest du dankbar sein. Was machen da ein paar Wochen mehr oder weniger schon aus?«, sagte Greta an ihrem Ende der Leitung.

»Du hast gut reden, dir wird ja auch nicht jede Woche dermaßen eins mit dem Chemiehammer übergezogen, dass du dich den ganzen Tag übergeben musst. Aber was sein muss, muss halt sein.« Therese klang so, als ließe sie ihre eigenen Widerworte nicht zu. »Erzähl mir lieber, was sich bei euch so tut.«

Bereitwillig kam Greta Thereses Bitte nach. Gespräche über Krebs waren ihr unheimlich, eigentlich war ihr nach wie vor alles, was mit dem Krankenhaus zu tun hatte, unheimlich. Das war auch der Grund dafür, dass sie Therese bisher kein einziges Mal besucht hatte, auch wenn ihr dies Christines Missfallen und ein verdammt schlechtes Gewissen eintrug. Aber verflixt, ihr wurde schon schlecht, wenn sie Krankenhausluft nur roch!

»Gestern erschien eine völlig aufgelöste Sabrina Mölling hier in der Schaltzentrale. Du weißt ja, dass wir bei ihr in der Garage das Lager für den Onlineshop eingerichtet haben, den sie und ihr Mann betreuen. ›Die erste Bestellung ist eingetrudelt! Dabei habe ich noch nicht mal alle Waren und auch noch kein Verpackungsmaterial!‹, rief Sabrina, und man sah ihr an, dass sie echt erschrocken war.« Greta kicherte. Zu ihrer Erleichterung lachte auch Therese nun auf.

»Im selben Moment klingelte Sabrinas Handy. Ihr

Mann Kurt war dran und verkündete ganz stolz, dass er bei Monika Ellwanger in der Poststation auf die Schnelle Verpackungsmaterial hatte auftreiben können. Nun sei er bei Jessy, um die noch fehlenden Marmeladen abzuholen. Sabrina solle sich entspannen, alles sei *roger!*, meinte Kurt.«

»Alles sei *roger*? Ich kann mich nicht daran erinnern, wann bei Kurt jemals etwas *roger* gewesen wäre. Dass er so patent reagiert, hätte ich ihm gar nicht zugetraut«, sagte Therese, und Greta konnte ihr anhören, dass sie noch immer schmunzelte. Gut so!

»Die frohen Nachrichten aus Maierhofen helfen Therese besser als jede Medizin, und inzwischen will sie sie zum Glück auch hören«, hatte Christine nach ihrem letzten Besuch im Krankenhaus festgestellt, und Greta glaubte ihr aufs Wort. Seither machte sie sich auf einem separaten Block Stichworte zu Anekdoten und netten Vorkommnissen, von denen sie Therese erzählen wollte.

»Nicht, dass du glaubst, es sei bei dieser einen Bestellung geblieben!«, sagte Greta nun theatralisch. »Mittlerweile trudeln täglich zwei, drei Bestellungen ein. Sabrina ist ganz im Glück. Und Kurt, der die Pakete zur Post bringt, klärt jeden, der es hören mag oder auch nicht, über den Inhalt der Pakete auf. Maierhofener Honig, Jessys Liköre und auch die selbst gemischten Kräutertees der alten Huber-Bäuerin werden am meisten nachgefragt, sagt er.«

»Kurt fährt die Pakete zur Post? Damit ist tatsächlich schon der erste Arbeitsplatz geschaffen!«

»Na ja, *noch* wird Kurt Mölling für seinen Einsatz nicht entlohnt«, sagte Greta mahnend und dachte an ihren eigenen Kummerlohn.

»Das kommt schon!«, sagte Therese im Brustton der Überzeugung. »Was sagt denn unser Herr Pfarrer dazu, dass der Onlineshop so gut anläuft? Der ist doch sicher stolz wie Bolle, immerhin hat er ja die Homepage gestaltet.«

»Im Augenblick denkt er darüber nach, für die musikalische Untermalung der Homepage noch ein Orgellied zu komponieren, um die Verkäufe weiter anzukurbeln«, sagte Greta und zog eine Grimasse, die Therese natürlich nicht sehen konnte.

Therese lachte schallend auf. »Ich hoffe, ihr bekommt den Mann wieder eingefangen«, sagte sie, nachdem sie sich beruhigt hatte.

»Du, bei mir klopft es an, ich muss Schluss machen«, sagte Greta, die dringend einen Rückruf aus Frankfurt erwartete.

»Bei Zara gibt es derzeit supergeile Blusen in Bleu-Blanc-Rouge, da habe ich zugeschlagen und mir gleich drei Stück gekauft. Ich weiß, der Sommer ist bald vorbei, aber der nächste kommt bestimmt. Und wer weiß – vielleicht fahre ich Anfang Oktober noch mal nach Biarritz und ...«

Greta gähnte.

Emilys Wortstrom brach so abrupt ab, dass Greta einen Moment befürchtete, die Leitung sei unterbrochen worden.

»Und – wie geht es dir so?«, fragte Emily dann leicht gekünstelt.

»Ich habe heute mein zweites Gehalt bekommen«, erwiderte Greta stolz und erzählte grinsend von dem gebrauchten Briefumschlag, in dem lauter verknitterte einzelne Scheine gelegen hatten. »Einen Bonus habe ich obendrein auch noch erhalten – zwanzig Eier und einen Schinken.« Wie wenig Geld sie bekam, durfte sie Emily gar nicht sagen, dachte Greta und gleich darauf: Die Gemeinsamkeiten zwischen ihrem und Emilys Leben wurden immer weniger. War das der Grund dafür, dass ihre Telefonate manchmal etwas anstrengend waren?

Auch ohne die ganze bittere Wahrheit zu kennen, stöhnte Emily am anderen Ende auf und sagte: »Du bist echt so was von verrückt! Als die im Managermagazin von *Downshifting* geschrieben haben, meinten sie, man solle am Wochenende mal zu einer Berghütte wandern, statt immer nur durchzuarbeiten. Davon, dass man gleich ans Ende der Welt ziehen und morgens Pfefferminztee trinken soll, weil es nirgendwo einen anständigen Latte Macchiato gibt, stand nirgendwo was!«

Greta lachte nur. »Komm mich doch einfach mal besuchen, so weit ist das Ende der Welt nun auch nicht von Frankfurt entfernt.« Emily hier in Maierhofen, ohne Douglas, ohne Zara, ohne Henry's Bar – die Vorstellung fiel Greta schwer. Was ihr hingegen gar nicht schwerfiel, war, selbst auf all die Großstadtfreuden zu verzichten.

»Du solltest das alles nicht ganz so auf die leichte Schulter nehmen. Bedenke, du bist praktisch mittellos!«, sagte Emily vorwurfsvoll. »Du hättest dir besser noch eine Tür bei deiner Agentur offenhalten sollen.«

»Wer sich immer alle Türen offenhält, steht irgendwann im Flur«, erwiderte Greta bestimmt. »Und von wegen mittellos – im Augenblick bin ich eine temporäre Angestellte der Gemeinde Maierhofen und habe somit sogar eine Krankenversicherung.«

»Na, in dem Fall kann dir ja echt nichts passieren«, stichelte Emily und begann von der All-White-Party am Mainufer zu erzählen, die sie am gestrigen Abend besucht hatte.

»Dafür haben wir gestern auf dem Marktplatz die Einweihung vom Genießerladen mit einem improvisierten Picknick gefeiert«, sagte Greta. »Jeder brachte etwas mit, auch ich. Es waren zwar nur Käsebrote, aber egal.« Liebevoll hatte sie die Brote mit Gänseblümchenblüten bestreut, diese seien essbar, hatte Christine ihr vor ein paar Tagen zufällig erklärt. »Irgendjemand hatte auf der Rundbank um die alte Linde ganz viele Teelichter aufgestellt, und Jessy hatte zwei gekühlte Thermoskannen mit irgendeinem Mördercocktail dabei. Vielleicht lag es am Alkohol, vielleicht auch einfach an der allgemeinen guten Laune, jedenfalls begann Monika Ellwanger – das ist die, die das Waffelcafé aufmachen will – auf einmal zu singen. ›Kein schöner Land in dieser Zeit‹ – kennst du das noch?« Ohne auf Emilys Antwort zu warten, fuhr Greta verträumt fort: »Nach und nach stimmten wir alle mit ein. Ich weiß gar nicht, wann ich das letzte Mal solch ein Volkslied gesungen habe. Ach, diese Verbundenheit! So vereint müssen sich einst auch die Pioniere im Wilden Westen gefühlt haben.« Sie seufzte.

»Oje, Moment, ich muss mir kurz einen Lappen holen, bei mir trieft gerade der Schmalz aus dem Telefonhörer«, spottete Emily. »Jetzt im Sommer ist das sicher alles sehr schön, aber was, wenn der Winter kommt? Dann hockst du bibbernd in deiner Hütte, es zieht durch alle Ritzen, und du wünscht dir deine Zentralheizung herbei. Und von wegen Picknicks und Partys am Weiher – absolut tote Hose wird dann bei euch herrschen, warte nur ab.«

Greta lachte erneut nur. »Wer denkt denn jetzt im August an den Winter? Gestern war es jedenfalls total romantisch ...«

Den ganzen Abend lang hatten Vincent und sie nebeneinander gesessen. Und manchmal hatten sich ihre Hände ganz zufällig berührt und ...

»Romantisch? Habt ihr euch endlich geküsst, der Zimmermann und du?« Emily wurde hellhörig.

»Nee, nicht direkt«, druckste Greta herum. »Aber wir saßen den ganzen Abend ganz eng zusammen. Am liebsten hätte ich seine Hand genommen, mir hat's schon richtig in den Fingern gekribbelt, aber ich hab mich nicht getraut.« Allein bei der Erinnerung an seine Nähe wurde ihr ganz schwummrig. Vincent ... Noch nie hatte sie sich derart zu einem Mann hingezogen gefühlt. Wie Eisenspäne zu einem Magnet, dachte sie sehnsüchtig.

»Seine Hand zu nehmen hätte ich mich auch nicht getraut«, sagte Emily solidarisch. »Außerdem – sollte nicht der Mann den Anfang machen?«

Greta biss sich auf die Unterlippe. Diese Frage hatte sie sich auch gestellt. »Vielleicht bin ich einfach nicht sein Typ«, sagte sie gequält. »Er will ja schließlich eine für immer und keine, die nur ein halbes Jahr dableibt.«

»Es gibt doch auch Wochenendbeziehungen«, sagte Emily. »Alles ist möglich, wenn man nur will. Du sagst doch selbst immer, Maierhofen läge nicht am Ende der Welt.«

Greta runzelte die Stirn. »Eine Wochenendbeziehung ist nun wirklich das Letzte, woran ich denke. Im Augenblick wäre ich schon froh, wenn ich Vincent einfach mal allein treffen könnte. Vielleicht ergibt sich ja jetzt, nachdem der Ausbau des Ladens beendet ist, einmal eine Gelegenheit.«

Sie beide bei einem gemeinsamen Spaziergang, Hand in Hand. Oder bei einem romantischen Abendessen ... Greta seufzte.

»Ich würde mich auch gern mal wieder verlieben.« Emily seufzte mit. »Aber alle Kerle, die ich treffe, sind entweder völlig selbstbezogen, nur auf Karriere aus oder verheiratet. Vielen Dank, sag ich da nur! Du, ich muss gleich Schluss machen, meine Mittagspause ist vorbei«, fügte Emily hinzu und klang auf einmal sehr geschäftig. »Soll ich dir was schicken? Wimperntusche, Parfüm ... Chanel hat seine neuen Herbstfarben herausgebracht, herrliche Aubergine- und Pflaumentöne.«

Greta stutzte. Sie war doch nicht in der Steinzeit gelandet! Ihr erster Impuls war, Emily über den Mund zu fahren, doch dann besann sie sich eines Besseren.

»Ich könnte wirklich etwas von dir gebrauchen, deine Hilfe nämlich. Du hast doch so gute Pressekontakte ...« Ihre Stimme zitterte ein wenig, ganz wohl war ihr bei der Sache nicht.

»Ach, auf einmal geht es ohne uns Städter in ihrem dämlichen Hamsterrad dann doch nicht?«, sagte Emily ironisch. »Sag schon, was kann ich für dich tun?«

Greta grinste. So abgeklärt sich Emily auch gab – im tiefsten Innern war sie eine gute Seele.

»Ich habe da eine Idee…«, sagte Greta gedehnt. Doch bevor sie Angst vor der eigenen Courage bekam, führte sie ihre Idee aus.

Am anderen Ende der Leitung schnappte Emily nach Luft. »Weißt du, was du da von mir verlangst? Genau *diesen* Pressekontakt wollen gerade alle haben! Es gibt kein Hochglanzmagazin, das derzeit angesagter ist.«

»Eben deshalb brauche ich dich ja so dringend. Emily, allerliebste Emily… Komm schon, sag ja und hilf uns.«

Aus Frankfurt ertönte ein lautes Schnauben. »Deine Schmeichelei kannst du dir sparen. Ich werde sehen, was sich machen lässt, aber versprechen kann ich nichts!«

19. Kapitel

Es war einer der Septembertage, an denen man sich wünschte, der Spätsommer möge immer währen. Eine pralle Sonne lachte von einem taubenblauen Himmel, ein laues Lüftchen wehte über die Stoppelfelder und trug den Duft von Kartoffelfeuern, Waldpilzen und wildem Dill mit sich. Die Kühe auf den Almen genossen die letzten Wochen Freiheit vor einem langen Winter. Nach der rastlosen Reifezeit des Sommers war auf den Wiesen und Feldern rund um Maierhofen nun Ruhe eingekehrt.

Und auch im Ort selbst hatte sich die hektische Betriebsamkeit gelegt. Alle Häuser rund um den Marktplatz waren auf Vordermann gebracht, kein loser Gartenzaun, keine rostige Türklinke fielen mehr unangenehm auf. Die schönen Ladenschilder, die blühenden Spätsommerblumen, dazu die ersten Astern in Blumenkästen und in Kübeln – Schönheit traf das Auge des Betrachters, wohin er schaute. Die Maierhofener waren sehr stolz auf ihren schönen Ort mit dem attraktiven Marktplatz, an dem inzwischen kein Geschäft mehr leer stand. Im Waffelcafé von Monika Ellwanger wurde gewerkelt, und ein paar Häuser weiter wollte eine junge Frau in der ehemaligen Schusterwerkstatt einen Laden mit Wolle eröffnen.

Und dann gab es ja auch noch den Genießerladen, der

inzwischen schon an vier Vormittagen und zwei Nachmittagen geöffnet hatte. Während der Internetshop ganz manierlich lief, waren die Geschäfte im Laden selbst allerdings noch mau. Lediglich ein paar Maierhofener kauften hier ein, aber spätestens zum Genießerfest im Frühjahr würde sich das ändern. Dann kamen gewiss auch die Fremden, und zwar in Strömen! Dessen war sich jeder sicher, der Christines und Gretas aufwendige Organisation des Festprogramms mitbekam.

Greta saß im Jogginganzug und mit einer Tasse Kaffee auf ihrer Terrasse und las. Am Vorabend hatte sie ebenfalls gelesen, einen historischen Roman, der in der Champagne spielte. Das Buch war so fesselnd, dass es weit nach ein Uhr gewesen war, als sie endlich das Licht ausgemacht hatte. Was für einen großen Unterschied es machte, ob man ein Buch stückchenweise spätabends im Bett las oder ob man mit Muße stundenlang dranbleiben konnte, wie sie es derzeit tat. Das Leseerlebnis war so viel intensiver und lustvoller.

Trotzdem klappte Greta das Buch mit dem stimmungsvollen Cover gegen elf Uhr zu. So schön es auf ihrer Terrasse auch war – bei dem herrlichen Wetter wollte sie unbedingt noch ein bisschen spazieren gehen. Sie kämmte ihre Haare, die sie am Morgen gewaschen hatte, dann legte sie ein wenig Lippenstift auf – immerhin war es ja Sonntag, dachte sie grinsend. In Jeans, leichten Segelschuhen und einem sommerlichen T-Shirt marschierte sie los. Um die Hüfte hatte sie eine Strickjacke gebunden, falls sie länger unterwegs war und es später doch kühler werden sollte. Vielleicht würde sie Madara auf der Alpe besuchen, vielleicht zog es sie aber auch in den vorherbstlichen Wald, sie wusste es noch nicht. So viel Planlosigkeit hätte sie in ihrem früheren Leben verrückt gemacht! Heute dachte sie sich nichts dabei, sich einfach treiben zu lassen.

Die kristallklare Luft war wie eine Frische-Infusion für ihre Lungen, die Sonne wärmte angenehm ihre Schultern, die so viel entspannter waren, seit sie nicht mehr in Frankfurt lebte, und der Wind spielte sanft mit ihren Haaren.

Zufrieden mit sich und ihrer Welt schlenderte Greta die Straßen von Maierhofen entlang. Aus allen Häusern drangen typische Sonntagsgeräusche – Porzellangeklapper, Eheleute, die miteinander lachten, Kinder, die laut durch die Wohnung tobten. Dazu gesellten sich die Sonntagsdüfte, nach brutzelndem Braten, nach frisch gekochtem Blaukraut und Bratkartoffeln...

So jäh, dass Greta nicht darauf gefasst war, schlug ihr Wohlgefühl in ein Gefühl von Einsamkeit um.

Da stiefelte sie mit Mitte vierzig sonntags allein durch die Gegend, hatte weder Mann noch Kinder und außer Cousine Therese nicht einmal weitere Familienmitglieder.

Wie es sich wohl anfühlte, hinter den Mauern eines kleinen Häuschens, sonntagmittags beim Knödelformen? Oder unterwegs zu sein zu einem Verwandtenbesuch, die Sahnetorte wacklig auf dem Schoß, zwei kichernde Kinder auf der Rückbank, der Ehemann am Steuer...

Greta runzelte die Stirn. Die sonntäglich-wohlige Luftblase, in der sie sich beim Verlassen ihres Hauses noch so gut aufgehoben gefühlt hatte, war zerplatzt. Jetzt werde bloß nicht sentimental, rügte sie sich. Im nächsten Moment näherte sich von hinten ein Motorrad mit sattem Sound. Noch so ein Desperado, der allein unterwegs war.

Das Motorengeräusch kam näher, und dann hielt das Motorrad neben Greta an. Es war eine schokoladenbraune Harley-Davidson. Der Fahrer trug ein schwarzes T-Shirt mit Harley-Davidson-Emblem, dazu eng anliegende Jeans. Seine langen Beine und muskulösen Schenkel umklammerten die Harley wie ein geübter Reiter sein Pferd. Als er das Sonnenvisier hochklappte, schaute Greta in die schönsten braunen Augen, die sie kannte. In Vincents Augen.

»Ich war gerade auf dem Weg zu dir. Wollte dich fragen, ob du heute schon was vorhast«, sagte er, nachdem sie ein paar Worte der Begrüßung gewechselt hatten.

Greta schüttelte den Kopf, während ihre Knie zitterten und ihr Herz heftig klopfte. Er war auf dem Weg zu ihr? Ab jetzt würde sie nicht mehr den halben Tag im Jogginganzug rumlungern, nicht auszudenken, wenn er sie so verstrubbelt angetroffen hätte.

»Ich wollte dich zu einer Ausfahrt einladen, habe auch einen zweiten Helm dabei.« Er zeigte auf das Bordcase, das hinter der Sitzbank angebracht war. »Hast du Lust?«

Gretas Augen leuchteten auf. Und ob!

»Und hast du einen besonderen Wunsch, wohin die Reise gehen soll? An einen See, in die Alpen…«

»Nun ja… ich würde gern irgendwohin fahren, wo etwas los ist«, erwiderte sie strahlend. Von sonntäglicher Heimeligkeit hatte sie erst einmal genug! Vielleicht war das Leben als familienloser Desperado ja doch nicht ganz schlecht, dachte sie, als sie sich hinter Vincent auf die Maschine schwang.

Die Alpen immer im Blick, fuhren sie an Seen vorbei, die wie polierter Lapislazuli glänzten. Sie sahen riesige Stapel Grassilageballen, die in weiße Planen eingeschweißt waren und Greta an Kunstwerke von Christo erinnerten. Sie fuhren durch malerische Dörfer mit alten Kirchen, sie donnerten durch Tunnel, an deren Ende die Septembersonne golden auf sie wartete. Greta, eng an Vincents Rücken geschmiegt, wusste nicht, was schöner war: sich mit offenen Augen die prachtvolle Landschaft anzuschauen oder die Augen geschlossen zu halten und nur den Fahrtwind und Vincents warmen Rücken zu fühlen. Eins aber wusste sie – so hätte sie ewig weiterfahren können.

Nach einer Stunde gelangten sie in eine der typischen Allgäuer Touristenhochburgen, in der es von Tagesgästen und Urlaubern nur so wimmelte. Auf der Hauptstraße drängte sich Stoßstange an Stoßstange. Vincent drehte sich leicht zu ihr um und sagte: »Sollen wir auf einen Kaffee und Kaiserschmarrn anhalten?«

»Gern«, erwiderte Greta, während sie sich fasziniert umschaute. An jeder Fußgängerampel drängten sich Dutzende von Passanten in hochpreisigen Wanderschuhen und Jack-Wolfskin-Jacken, für die Greta ein Drittel ihres Gehalts hätte hinlegen müssen. Die Eiscafés, Pizzerien und Vesperstuben waren rappelvoll, man schob sich die Sonnenbrille ins Haar, prostete sich mit Bier und Prosecco zu, während man auf ein Gericht mit frischen Pfifferlingen wartete.

»Genug los hier?«, fragte Vincent, während er die Harley im Schritttempo durch den Ort bewegte. Parkplätze waren Mangelware.

»Yes, Sir!«, antwortete Greta grinsend. Die Volksfeststimmung um sie herum war so ansteckend, dass sie es kaum erwarten konnte, durch die belebten Gassen zu schlendern. Und das Beste war: Alle Geschäfte hatten geöffnet, dabei war es doch Sonntag!

Kurze Zeit später saßen sie in einem schicken Bistro im Alpenstyle. An den Wänden hingen Tierfelle, vielleicht von Gemsen oder Ziegen, dazwischen gab es bunt angemalte und mit Strass aufgehübschte Rehgeweihe. Greta empfand die Deko als eine Spur zu bemüht. Und auch der Kaiserschmarrn war für ihren Geschmack ein wenig zu fettig, der Cappuccino dafür nicht heiß genug. In Frankfurt hätte sie beides zurückgehen lassen, doch angesichts der gehetzten Bedienungen verzichtete sie darauf. Außerdem wollte sie vor Vince nicht als zickig oder zu anspruchsvoll wirken.

Sie hätte sich keine Sorgen machen müssen. Angewidert schob Vincent seinen Teller weg und sagte: »Wenn du magst, fahren wir nachher noch auf eine kleine Almhütte. Dort gibt's den besten Kaiserschmarrn der Welt.«

Erleichtert legte Greta ihre Gabel aus der Hand. »Können wir vorher noch ein bisschen durch den Ort bummeln? Wenn wir schon mal hier sind …«

Vince winkte nach der Bedienung mit dem gehetzten Gesichtsausdruck. Im nächsten Moment sprang eine beleibte Frau an ihren Tisch, ihr Mann stürzte so eilig hinter ihr her, dass er einem Hund, der halb unter einem der Tische lag, auf den Schwanz trat. Das Tier heulte laut auf. Ein halbes Dutzend Leute am Restauranteingang schaute missmutig zu, wie ihnen der frei werdende Platz vor der Nase weggeschnappt wurde.

Der Stadtbummel machte Greta keinen rechten Spaß. Ein junger Bursche zog vom Ständer eines Trachtenladens einen riesengroßen Tirolerhut so schwungvoll herab, dass dessen steifer Filzrand Gretas Wange schmerzhaft streifte. Ein paar Meter weiter fuhrwerkte ihr jemand mit seinen Walkingstöcken vor den Füßen herum, sodass sie fast strauchelte. Sie hatte sich gerade wieder gefangen, als sie einen Kinderwagen in die Hacken bekam.

»Das ist ja schlimmer als samstagvormittags auf der Frankfurter Fressgass«, sagte sie entnervt und fühlte sich auf einmal genauso gehetzt und hektisch wie früher. Unwillkürlich drängte sie sich an Vincent, der daraufhin einen Arm um ihre Schultern legte. Und plötzlich war das Geschubse und Gedränge vorbei – dank Vincents starker körperlicher Präsenz hielten die Leute Abstand.

Kein Wunder, dass Maierhofen oft wie ausgestorben wirkte, wo sich doch alle Touristen hier tummelten, dachte Greta bedrückt, als sie weitergingen.

Boutiquen, Outdoor-Läden, Geschäfte mit geschnitzten Holzwaren und Körben, mindestens vier Läden mit Trachtenmode, elegante Juweliere … Einer bot in einem Fenster eine große Auswahl an Alpera-Charms an. Melancholisch dachte Greta an das Armband, das in der Nachttischschublade ihres Schlafzimmers ein einsames Dasein fristete. Seit sie in Maierhofen war, hätte es zig Anlässe gegeben, dem Armband einen neuen Charms-Anhänger hinzuzufügen, doch sie verspürte keinerlei Bedürfnis, loszuziehen und sich etwas zu kaufen. Eine goldene Kugel oder ein Herz als Erinnerung für einen schönen Moment? Wie viel schöner war es doch, wenn sich die schönen Momente auf der inneren Festplatte einbrannten, für immer und ewig!

So groß das Shopping-Angebot auch war – in vielen Schaufenstern lagen bis aufs i-Tüpfelchen identische Auslagen wie in den Geschäften zuvor. Die Waren hatten sogar identische Preise. Gehörten die Geschäfte womöglich einem einzigen Besitzer? Oder sprachen sich die Inhaber untereinander ab? Greta fand das ziemlich seltsam.

Die Fußgängerampel der Hauptkreuzung des Ortes stand auf Rot. Während sie auf Grün warteten, sagte Vincent: »Ich würde dir gern etwas kaufen.« Er nickte in Richtung der vielen Läden um sie herum. »Aber ehrlich gesagt gefällt mir nichts gut genug. Ist das schlimm?«

»Nicht im Geringsten«, erwiderte Greta. Konnte der Mann Gedanken lesen? Es war nicht das erste Mal, dass sie auf derselben Wellenlänge dachten und fühlten …

»Schau mal, die haben auch einen Genießerladen«, sagte Greta und zeigte stirnrunzelnd auf ein Geschäft auf der gegenüberliegenden Straßenseite, das regionale Feinkost verkaufte. Die Ampel schaltete auf Grün, und Greta steuerte an Vincents Arm den Laden direkt an.

Vor der Ladentür standen riesige Verkaufsstände, an denen bunte Vesperbretter und kleine Schnapsflaschen an Bastbändeln herabbaumelten. Plüschpuppen, die eine Tüte Bonbons in den Händen hielten, gab es auch. Die Kunden wurden auf grellen Tafeln auf Deutsch, Italienisch, Englisch, Türkisch und Chinesisch willkommen geheißen. Greta runzelte die Stirn. An ausländische Besucher hatte sie bisher gar nicht gedacht... Der Maierhofener Genießerladen kam ihr in seiner Aufmachung auf einmal sehr schlicht vor.

»Dass wir mit unserem Laden nicht allein auf der Welt sind, war mir ja klar. Aber dass es nur eine Autostunde entfernt solch eine Konkurrenz gibt, hatte ich irgendwie nicht auf dem Sender«, sagte Greta kopfschüttelnd. »Nie hätte ich gedacht, dass den Touristen hier so viel geboten wird. Und da bilde ich mir ein, dass wir Gäste in unser beschauliches Maierhofen locken können?« Sie hätte längst einmal einen der typischen Urlaubsorte in den Alpen besuchen sollen, ärgerte sie sich. Vor allem, da ihre wenigen früheren Urlaube sie ans Meer geführt hatten, nie aber in die Berge. Auf einmal war ihr richtig elend zumute, sie kam sich albern und naiv vor. Fast flehentlich sagte sie: »Ich glaube, ich habe genug. Können wir bitte gehen?«

»Gleich«, sagte Vincent. »Lass uns erst noch einen Blick hineinwerfen.« Und schon schob er Greta in den Feinkostladen.

Auf den ersten Blick sah der Laden mit seinen holzverkleideten Wänden, der hölzernen Ladentheke und der Landhaus-Chic-Dekoration aus wie der in Maierhofen. Doch nach Holz duftete es hier nicht, eher nach Plastik und Kunststoff. Das Angebot ähnelte ebenfalls dem im Maierhofener Laden, es gab Marmeladen, Liköre, Dosenwurst, Gewürze, Tee... Doch als Greta eins der Marmeladengläser in die Hand nahm, erkannte sie, dass sie von einer Schwarzwälder Firma stammten und dass es sie auch in Frankfurt zu kaufen gab. Schwarzwälder Marmelade im Allgäu? Das war seltsam. Die angebotenen Gewürzmischungen in ihren Klarsichttütchen waren farblos und so fein zerstoßen wie Teebeuteltee. Greta schüttelte den Kopf. Wer kaufte denn so was? Mit den intensiv duftenden Kräutersalzen von Christine hatte das nichts zu tun.

»Schau mal, wäre das nicht etwas für deine Terrasse?«, sagte Vincent und hielt ihr eins der bemalten Vesperbrettchen entgegen.

»Für meine einsamen Abendessen, damit ich keinen Teller mehr abzuspülen brauche?«, sagte Greta grinsend und nahm das Brettchen entgegen. Die Berglandschaft und der See waren zwar nicht sehr detailreich gemalt worden, aber dennoch ganz nett anzusehen. Und preiswert war es auch. »Nur vier Euro für so eine Handarbeit?« Als sie das Brett umdrehte, runzelte sie die Stirn. »Made in China!«

»Ich hätte auch noch Bangladesch im Angebot«, sagte Vincent und zeigte auf eine Tischdecke, deren Ecken mit gestickten Edelweißen und Enzianblüten verziert waren.

Wütend schaute Greta Vincent an. »Und das alles läuft unter ›Made im Allgäu‹? Die verarschen die Leute doch regelrecht.« Sie ließ das Vesperbrettchen wie eine heiße Kartoffel zurück in die Schütte fallen, in der weitere Hundert seiner Art auf Käufer warteten.

Die Harley-Davidson wand sich eine kurvenreiche Bergstraße empor. Autos, Radfahrer und andere Motorradfahrer, die das Tal so zahlreich unsicher gemacht hatten, begegneten ihnen nun immer seltener. Nach dem Trubel unten im Ort tat die Ruhe der mächtigen Berge gut.

Greta hätte den Abzweig gar nicht bemerkt, doch Vince verringerte das Tempo und setzte den Blinker nach rechts, und so erkannte auch sie das Schild mit der Aufschrift »Resis Alm«. Resi? Ihre Augenbrauen zogen sich unter dem Helm düster zusammen. War das eine seiner früheren Freundinnen? Mochte er den Kaiserschmarrn deshalb so gern?

Ihre Sorgen waren erneut unbegründet. Resi war über achtzig, trug einen silbernen Dutt und war wieselflink. Sie duzte jeden ihrer Gäste, rügte jeden, der seinen Teller nicht leer aß, und machte auf Greta den Eindruck einer Frau, die sich noch nie viel hatte sagen lassen.

»Resi ist Single. Es heißt, als junge Frau hätte sie jeden haben können, aber sie zog wohl ihre Freiheit vor«, klärte Vincent sie auf, nachdem er seine Bestellung bei der Wirtin aufgegeben hatte.

»So etwas Ähnliches habe ich mir gerade gedacht«, sagte Greta. Es war nicht das erste Mal, dass einer von ihnen etwas aussprach, was der andere dachte. Ihr Blick schweifte über den weiten Himmel, an dem drei Milane ihre eleganten Kreise zogen. Irgendetwas lag hier oben in der Luft, eine ganz besondere Kraft.

»Diese Almhütte führt Resi seit … ich weiß nicht, wie lange. Wahrscheinlich ihr Leben lang.« Vince hob eine Biene, die sich in sein Wasserglas verirrt hatte, vorsichtig heraus und ließ sie fliegen. »Ihre Speisekarte ist seit Ewigkeiten dieselbe, sie kocht mit dem, was es hier in der Gegend gibt: Eier, Speck, Bauernbrot. Bei ihr gibt's nichts ›Made in China‹. Und ihre Almhütte braucht auch kein Team von Dekorateuren, das einmal im Monat anreist, um eine Atmosphäre zu zaubern, die es in Wahrheit nicht gibt.« Er machte eine weit ausholende Bewegung mit seiner rechten Hand, die die gesamte Umgebung mit einschloss. »Das Wahrhafte wird immer seinen Wert behalten. Nicht für die breite Masse vielleicht, nicht für die Pseudowanderer in ihren bunten Goretex-Outfits und auch nicht für die Partypeople, die heute in die Alpendisco und morgen ins Neuschwanstein-Musical gehen. Aber Menschen, die mit allen Sinnen genießen – die Natur, die Ruhe und gutes Essen –, die werden schätzen, was sie an Orten wie diesem hier vorfinden.«

Greta nickte gedankenvoll. Urplötzlich kullerten Worte durch ihren Hinterkopf, Zeilen eines Liedtextes, etwas, was sie vor längerer Zeit gehört hatte.

»Eine solche Energie bekommst du entweder geschenkt oder du bekommst sie gar nicht. Du kannst nicht danach suchen, und du kannst sie auch nicht kaufen, diese Kraft. Was diese Landschaft hier ausstrahlt, kannst du nicht künstlich in einem Ferienresort erzeugen, auch wenn viele Ferienmacher das glauben.«

Das war kein Lied gewesen, erkannte Greta. Das waren vielmehr Madaras Worte, bei ihrem, Gretas, erstem Besuch auf der Alm, als sie vor lauter Verzweiflung in Tränen ausgebrochen war. Sie hatte damals zustimmend genickt, auch wenn sie Madaras Empfindungen nur teilweise hatte nachfühlen können.

Doch nun, mit Vincent, war dies anders…

Auf einmal spürte auch sie die Magie, die in der Luft

lag, mehr noch, der Moment brachte eine Saite in ihr zum Klingen, von der sie noch nicht einmal gewusst hatte, dass sie sie besaß. Diese Verbundenheit mit der Natur, das Leben im Hier und Jetzt – dass sie dazu fähig war, hätte sie nie geglaubt.

»Danke, dass du mich hier heraufgebracht hast«, sagte sie mit rauer Stimme und nahm Vincents Hand.

Schweigend saßen sie da und schauten sich an. Es hätte nicht viel gefehlt, und Greta wären Tränen in die Augen gestiegen, so innig, so voller Liebe war der Moment.

Und wenn es sich noch so kitschig anhörte – sie waren füreinander bestimmt, das spürte sie in ihrem tiefsten Innern. Die Gründe, die dagegen sprachen, konnte sie auswendig hersagen: Bisher hatte er weder mit ihr geflirtet noch ihr Komplimente gemacht. Er hatte sie auch nicht geküsst, kein einziges Mal. Und vielleicht deutete sie seine Worte, sein Verhalten völlig falsch? Eigentlich passten sie doch gar nicht zusammen. Er, der Naturbursche und sie, die städtische Landpomeranze auf Zeit.

Aber so sprach die Vernunft.

Und welchen Grund hatte sie, auf die Vernunft zu hören? Das hatte sie lange genug getan, und es war ihr nicht wirklich gut dabei gegangen. Seit sie in Maierhofen war, hatte sie wieder gelernt, auf ihr Herz zu hören. Wahrscheinlich war das meiste von dem, was sie tat, von Grund auf unvernünftig, zumindest in den Augen der anderen. Aber ihr tat es gut.

Sie beugte sich über den Tisch und drückte Vince einen schnellen Kuss auf die Wange, mehr wagte sie nicht. »Und danke auch dafür, dass du mich daran erinnert hast, worauf es wirklich ankommt. Jetzt bin ich wieder zuversichtlich, dass doch noch alles gut wird.«

Sein Blick war wärmer als jede Hot-Stone-Massage, als er sagte: »Alles vielleicht nicht. Aber alles, was zählt.«

20. Kapitel

»Was soll das heißen – du fährst heute schon wieder nach München?« Herbert Heinrich schaute von seiner Sonntagszeitung auf, ein Stück Rührei fiel von seiner Gabel.

Christine biss sich auf die Unterlippe. »Ach Herbert… Es tut mir so leid! Ich habe mich auch auf einen schönen Sonntag mit dir gefreut. Dass das Krankenhaus sonntags Patienten entlässt, wundert mich, mir wäre ein Tag unter der Woche natürlich lieber gewesen. Aber nun ist es, wie es ist! Irgendjemand muss Therese heute in die Reha nach Friedrichshafen fahren. Und ich bin nun mal ihre beste Freundin«, ergänzte Christine, während sie ein paar Brote für die Fahrt richtete. In ihrer Kühltasche lagen auch schon zwei Limonadeflaschen, etwas Obst und zwei Stück von dem Nusskuchen, den sie gestern gebacken hatte. Sie hatte keine Lust, mit Therese in einer sonntäglich überfüllten Raststätte Halt zu machen.

»Und meine Frau bist du auch, falls du das vergessen haben solltest.«

Als Christine sah, wie lustlos Herbert auf einmal in seinem Ei herumstocherte, war sie versucht, alles abzusagen. Ihre Sonntage waren ihnen bisher immer heilig gewesen. Nicht, dass sie viel unternahmen, eher traf das Gegenteil zu. Sie frühstückten lange, dann schaute Herbert einen

Sportsender oder ging zum Tennisspielen. Christine handarbeitete derweil oder blätterte in Zeitschriften. Nachmittags gingen sie meist in die Sauna, die sie schon vor vielen Jahren unten im Haus eingebaut hatten und im Gegensatz zu den meisten Saunabesitzern noch immer eifrig nutzten. Zwischen zwei Saunagängen teilten sie sich meist einen Piccolo, und dann gab es Kaffee und Kuchen. Richtig gemütlich waren ihre Sonntage. Doch statt es sich heute in Jogginganzug und Hausschlappen mit Herbert gemütlich zu machen, fuhr sie durch die Weltgeschichte.

Zur Not konnte sich Therese auch ein Taxi nehmen, oder? Und gab es nicht so etwas wie Krankenfahrten? Doch dann erinnerte sie sich an die Reisetasche, die sie nach Thereses Angaben gepackt hatte und ihr mitbringen sollte.

»Bald haben wir wieder mehr Zeit für uns«, sagte sie tröstend. »In Friedrichshafen wohnt doch auch Thereses Vater, er wird sie bestimmt öfter besuchen.«

»Das ist ja wohl das Mindeste, was man erwarten kann, oder?«, knurrte Herbert und wischte mit seinem Brötchen den letzten Rest vom Rührei auf. »In letzter Zeit bist du nur noch weg! Und die Springmagd für jeden Hinz und Kunz bist du auch noch. Was geht dich Thereses Hotel an? Hätte sie einen anständigen Mann geheiratet, könnte der jetzt nach dem Rechten sehen. Und was geht dich Maierhofen an? Soll sich doch jeder selbst um seinen Kram kümmern! Wenn ich mal etwas von dir will, kann ich mich hinten anstellen. So langsam habe ich von dem ganzen Theater die Faxen dicke, das kann ich dir sagen.« Geräuschvoll blätterte er die Zeitung um.

Christine, der solche Szenen nicht mehr fremd waren, beschloss, auf seine Klagen nicht einzugehen. Es kam sowieso nichts dabei heraus.

»Kannst du dich heute um die Hunde kümmern? Bitte … Sie sollten so gegen zwei in den Garten gelassen werden, da bist du ja vom Tennisspielen zurück. Und gegen Abend müsstest du noch mal eine Runde mit ihnen laufen«, sagte Christine. »Das wäre echt superlieb«, fügte sie hinzu, bevor Herbert ein Veto einlegen konnte.

Schuldbewusst verließ sie kurze Zeit später das Haus. Der arme Herbert kam in letzter Zeit wirklich etwas zu kurz. Sie musste sich dringend einmal etwas Schönes für sie beide ausdenken!

Thereses Blick wanderte von ihrem Gepäck zur Tür des Krankenhauszimmers. Ihren Koffer und die kleine Reisetasche hatte sie schon am Vorabend gepackt, sie wartete nur noch auf den Entlassungsbericht, der ihr um zehn hätte gebracht werden sollen. Nun war es schon kurz vor elf. In der Onkologie herrschte Hochbetrieb, morgen früh wurde ihr Zimmer neu belegt, aus diesem Grund wurden sie und etliche andere Patienten an einem Sonntag entlassen. Sogar eine Sekretärin hatte der Chefarzt für heute verpflichtet, damit sie die Entlassungsberichte fertig machte. Allem Anschein nach war die Dame gut beschäftigt. Früher hätte die Warterei Therese ungeduldig und nervös gemacht, heute zuckte sie nicht mal mit dem Augenlid. Stattdessen war sie einfach nur froh, hier herauszukommen. Lebend! Da kam es auf eine Stunde mehr oder weniger nun wirklich nicht an.

»Willst du meine neueste Vermutung hören?«, nahm Christine den Faden ihrer Unterhaltung wieder auf. Dabei schaute sie Therese vieldeutig über den Rand ihrer Humpentasse an.

Als klar wurde, dass sie sich auf eine längere Wartezeit einstellen mussten, hatte sie zwei Tassen Roibusch-Tee aus der Cafeteria geholt, und nun duftete das ganze Zimmer nach Vanille und Honig.

»Schieß los«, sagte Therese, dankbar für die Ablenkung.

»Zwischen Greta und Vincent läuft was.«

»Greta und Vince?« Therese verschluckte sich fast an ihrem Tee. »Ich dachte, sie und Sam… Wo er doch immer so giftig zu ihr ist! So verhalten sich ja manche Männer, wenn sie sich verlieben und nicht zu ihren Gefühlen stehen wollen. Über so einen Kerl habe ich sogar in einem der Romane, die du mir mitgebracht hast, gelesen.«

Christines Miene verdüsterte sich ein wenig. »Sam ist einfach nur Sam, mehr steckt nicht dahinter.« Sie winkte ab, als gäbe es Wichtigeres als die Launen von Thereses Koch.

Wahrscheinlich nimmt Christine es ihm übel, dass er sich nicht an den Aktionen im Dorf beteiligt, dachte Therese. Über das Warum und Wieso seiner ablehnenden Haltung hatte die Freundin jedoch nichts erzählt, und Therese hatte genug andere Dinge im Kopf gehabt, als sich darüber Gedanken zu machen. Wahrscheinlich hatte Sam einfach keine Zeit für ehrenamtliches Engagement.

Oder keine Lust, auch das sollte es ja geben. Hauptsache, er hatte die Küche der Goldenen Rose gut im Griff, damit war ihr, Therese, auch schon sehr geholfen.

Die Tür ging auf, und beide Frauen sahen erwartungsvoll hin. Doch es war nur eine Helferin, die Thereses Frühstückstablett abholte.

»Wurde aber auch Zeit«, murmelte Christine, doch gleich darauf grinste sie wieder verschwörerisch. »Und weißt du, zwischen wem sich meiner Meinung nach auch etwas anbahnt?«

»Christine! Du bist unmöglich, spann mich doch nicht so auf die Folter«, sagte Therese lachend. Sie konnte sich nicht daran erinnern, die Freundin je so ins Dorfleben involviert erlebt zu haben. In früheren Zeiten war die »Frau des Autohausbesitzers« eher für sich geblieben. Doch die neue Geselligkeit stand ihr gut, ihre Augen blitzten lebhafter als zuvor, während sie sich jetzt vertraulich Therese zuwandte und sagte: »Ich glaube, zwischen Roswitha und Edy läuft auch was, jedenfalls stecken die beiden derzeit sehr oft die Köpfe zusammen.«

»Edy und Roswitha? Ich dachte, er ist … schwul!«, platzte Therese heraus.

Christine lief rot an. »Ehrlich gesagt, war mir der Gedanke auch schon mal gekommen. Weil er doch ein wenig seltsam ist, der Edy. Und eine Freundin hatte er ja auch noch nie. Dazu tut er manchmal so geheimnisvoll, gerade so, als hätte er was zu verbergen. Derzeit ist es übrigens ganz besonders schlimm. Als ich ihn fragte, ob auch er Neuheiten für unser großes Fest plane, meinte er, das würde er mir erst im Frühjahr verraten.«

»O Mann, da ist *einmal* was los in unserem Dorf, und ich verpasse alles!«, sagte Therese und raufte sich theatralisch die Haare. Danke, lieber Gott, dass das noch möglich ist, dachte sie nicht zum ersten Mal. Sie hatte solche Angst gehabt, dass ihr durch die Chemo die Haare ausfielen.

Christine grinste. »Vielleicht bilde ich mir das alles auch nur ein, und keiner hat was mit niemandem. Aber in einem bin ich mir sicher – Roswitha ist richtig happy im Laden. Sie macht sich inzwischen echt gut als Verkäuferin, wenn ein Kunde kommt, beschwatzt sie ihn, als ginge es um ihr Leben. Und du müsstest mal sehen, in was für einem feschen Dirndl sie daherkommt, die macht dir jetzt glatt Konkurrenz.«

Die beiden Freundinnen lachten. Ach, es tat so gut, endlich wieder lachen zu können, dachte Therese selig.

Christine runzelte die Stirn. »Wenn ich so darüber nachdenke... Rosi sieht in letzter Zeit sogar irgendwie verjüngt aus, als hätte sie eine Frischzellenkur hinter sich. Verjüngt – das Wort gibt's eigentlich gar nicht, oder? Man sagt immer nur, jemand sei gealtert. Tja, Maierhofen ist derzeit halt wie eine Frischzellenkur für uns alle!«

Therese verzog das Gesicht zu einer tragikomischen Grimasse. »Wenn du so erzählst, könnte ich echt heulen. Natürlich bin ich glücklich, dass alles so super läuft. Andererseits blutet mein Herz, weil ich das alles verpasst habe. Der blöde Krebs hätte sich echt eine andere Zeit aussuchen können!«

»Oh, es war nicht immer alles eitel Sonnenschein«, sagte Christine. »Es gab öfter mal Streit und Eifersüchteleien, das ist ja normal, wenn so viele Menschen versuchen, an einem Strang zu ziehen. Aber am Ende haben sich alle wieder vertragen, und das ist die Hauptsache.«

»Du hast es echt drauf, Leute zu führen«, sagte Therese bewundernd.

»Das kommt nur davon, weil alles so viel Spaß macht«, sagte Christine, doch ihre Wangen röteten sich dabei vor Freude. Sie kramte in ihrer Tasche und zog kleine Stoffmuster in der Größe eines Taschentuchs hervor. »Schau mal, gefallen dir die Stoffe? Ich habe von jedem einen Ballen daheim. Die konnte ich vor zwei Jahren supergünstig kaufen, als ein Stoffladen in der Stadt zugemacht hat.«

Die Stoffe fühlten sich kühl und seidig in Thereses Hand an. Einer war mit einer Art Patchworkmuster bedruckt, auf hellem Grund wechselten sich Karos mit Rosen, Streifenmuster und grünem Blättermuster ab. Der zweite Stoff war unifarben in Rosé gehalten. Auf dem dritten blühten dicke lilafarbene Pfingstrosen.

»Die sind alle drei wunderschön«, sagte Therese mit belegter Stimme. Ihr Blick wanderte vom olivgrünen Latexanstrich ihres Krankenzimmers über die dunklen Vorhänge bis zu der steifen Bettwäsche in ihrem Bett. Sie war so ausgedürstet nach den schönen Seiten des Lebens! Durch eine Wiese spazieren und den süßen Duft wilder Blumen einatmen statt in der muffigen Krankenhausluft fast zu ersticken. Sich abends in farbige, weiche Bettwäsche einkuscheln statt sich vor den weißen Laken, in denen schon wer weiß wer geschlafen hatte, zu ekeln. Essen, wonach einem der Sinn stand, und nicht, was die Krankenhausküche auf dem Plan hatte... Unwillkürlich drückte sie die Stoffstücke an ihre Brust, als wollte sie das Leben so aufs Neue umarmen.

Wenn sie die Reha hinter sich hatte, wollte sie vieles anders machen in ihrem Leben. Mehr genießen, nicht immer nur ans Geschäft denken. Wie genau das aussehen könnte, war ihr noch nicht klar. Aber es hieß, so etwas könne man in der Reha herausfinden.

Sie schaute auf und sagte: »Die Rosen würden wunderbar zur Goldenen Rose passen.«

»Wenn schon, dann zum Landhotel Goldene Rose, bitte!«, sagte Christine und lächelte. »Wenn du magst, nähe ich dir daraus Kissen für die Eckbänke in deiner Gaststube. Für Vorhänge und Bettüberwürfe für die Gästezimmer würde es sicher auch noch reichen. Aber nur, wenn es dir recht ist. Ich will dir gewiss nicht ins Handwerk pfuschen. Doch inzwischen ist ganz Maierhofen so schön, da wäre es doch nett, wenn der Gasthof auch mitzieht.«

Therese hatte plötzlich einen Kloß im Hals. »Danke«, sagte sie und drückte Christines Arm. »Ohne dich hätte ich das hier alles nicht geschafft. Deine Besuche, die guten Nachrichten, die du mir immer aus Maierhofen mitgebracht hast – daran habe ich mich in den schwächsten Stunden festgehalten, das hat mir immer wieder neuen Mut und Kampfgeist verliehen. Ohne dich wäre ich vielleicht gar nicht mehr da.«

»Ach Blödsinn, du bist doch selbst eine so starke Kämpfernatur«, wehrte Christine verlegen ab.

»Und dann dein Engagement in der Goldenen Rose… Ohne dich wäre der Gastbetrieb zusammengebrochen, und ich könnte jetzt wahrscheinlich zumachen. Und Sam, der alte Nörgler, hätte keinen Job mehr! Ich weiß gar nicht, wie ich das jemals wiedergutmachen kann«, schluchzte Therese.

Auch Christines Augen glänzten verdächtig. »Indem du ganz schnell wieder fit und gesund wirst«, flüsterte sie, und die beiden Freundinnen fielen sich in die Arme und weinten die Tränen, die sie sich in all den Wochen von Thereses Behandlung versagt hatten.

»Von einer endgültigen Heilung können wir natürlich erst in ein paar Jahren sprechen, aber im Augenblick sieht alles sehr gut aus, liebe Frau Berger.« Der Oberarzt, der Therese betreut hatte, reichte ihr lächelnd ihre Entlassungsunterlagen.

Thereses Hand zitterte ein wenig, als sie die Briefe für ihre Hausärztin sowie den Kurbetrieb in Friedrichshafen entgegennahm.

»Ich fühle mich auch gut«, sagte sie, »muss ich denn wirklich in die Reha? Daheim gäbe es so viel zu tun...«

»Für Ihre Gesundheit gibt es aber noch viel mehr zu tun«, sagte der Arzt resolut. »Eine onkologische Behandlung fordert nicht nur dem Körper viel ab, sondern auch der Seele. Gönnen Sie sich die Zeit, all das zu verkraften und wieder zu ihren alten Kräften zurückzufinden. Der Alltag hat sie bald genug wieder.«

Es gab zwar keinen Stau auf der A96, dennoch war mächtig viel Betrieb. Wohin fuhren all die Menschen?, fragte sich Therese, die sich nach der langen Zeit in der Klinik erst wieder an die ganze Hektik gewöhnen musste. Bis zur Ausfahrt Ammersee waren es noch zwei Kilometer, las sie auf einem Straßenschild. Einen Moment lang überlegte Therese, ob sie Christine bitten sollte rauszufahren. Eine kurze Pause würde ihr guttun. Die Fahrt war doch sehr anstrengend. Kaffee und Kuchen am Seeufer, den Wasservögeln zusehen, wie sie ihre Runden drehten, das Gefühl, einen normalen Sonntagsausflug zu machen ... Doch dann sah sie, dass das Navi noch 170 Kilometer bis Friedrichshafen anzeigte, und sie verwarf ihre Idee.

»Wie nimmt es denn eigentlich Herbert auf, dass du so viel außer Haus bist?«, fragte sie stattdessen.

Christine wandte ihr für einen kurzen Moment den Kopf zu. »Hast du heute Morgen Fliege an der Wand gespielt?«, sagte sie und erzählte von einem Streit, den sie und ihr Mann am Morgen gehabt hatten. »Meine Töchter rufen auch schon ständig an, um mich zu rügen. Sie finden es einfach nur unmöglich von mir, wie ich den *armen Papa* so vernachlässige, ich habe schon ein ganz schlechtes Gewissen deswegen.« Christine klang ironisch und bitter zugleich und hatte den Blick wieder geradeaus auf die Autobahn gerichtet. »Weißt du, was ich mir wünschen würde? Wenigstens *eine* Tochter zu haben, die zu mir sagt: ›Mama, gut so! Mach weiter so!‹ Aber meine zwei tun lediglich emanzipiert und modern, dabei sind sie spießiger als alle Alten von Maierhofen zusammen.«

»Christine!«, rief Therese nicht zum ersten Mal an diesem Tag. Noch nie hatte sie die Freundin ein kritisches Wort über die beiden Töchter sagen hören. Dabei waren beide in Thereses Augen verwöhnte, undankbare Mädchen.

»Ach, ist doch wahr«, brummelte Christine. »All die Jahre war ich für die drei da. Ich habe geputzt, gewaschen und gekocht. Ich habe aufgemuntert und getröstet, Vokabeln abgefragt und Rocksäume auf den letzten Drücker gekürzt. Ich habe vegetarisch gekocht, als Steffi auf diesem Trip war. Und ich habe das Weizenmehl aus meiner Küche verbannt, als Sibylle glaubte, an einer Glutenunverträglichkeit zu leiden. Seltsamerweise ist diese jetzt, wo sie ständig zu McDonald's rennt und Hamburger in sich hineinstopft, wie weggeblasen. Ich kümmere mich um ihre Hunde, die die beiden *unbedingt* haben wollten.« Sie winkte ab. »Ist ja auch egal. Allem Anschein nach habe ich nicht das Recht, ungeschriebene Regeln zu brechen. Aber ist es zu viel verlangt, wenn ich jetzt einmal, ein einziges Mal, um ein bisschen Unterstützung bitte? Mir würde schon reichen, wenn ich einmal höre: ›Toll, was ihr in Maierhofen auf die Beine stellt!‹ Aber nein, in Herberts Augen ist alles, was wir machen, nur Quatsch, auch wenn er auf der zweiten Versammlung ach so engagiert getan hat. Und die Mädchen äffen ihn nach. Ob Herbert die Sache anders sehen würde, wenn sie damit Geld verdiente?«, sagte sie traurig. »Ich habe mir so sehr gewünscht, dass er stolz auf meine Arbeit war. Dass ich in seinen Augen einmal mehr bin als nur eine Hausfrau.«

»Jetzt schau nicht so traurig drein! Ich finde es bewundernswert, dass du dennoch deinen Weg gehst«, sagte Therese.

Christine seufzte auf. »Was bleibt mir denn übrig? Ich habe nun mal A gesagt, jetzt muss ich auch B und C sagen. Falsch!«, korrigierte sie sich sofort selbst, »ich muss nicht, ich *will*! Weil mir noch nie in meinem Leben etwas so viel Spaß gemacht hat wie unser Dorfprojekt. Ich lerne so viel allein dadurch, dass ich Greta über die Schulter schauen darf. Und an mir selbst lerne ich auch neue Seiten kennen – dass ich so gut organisieren kann, war mir vorher gar nicht bewusst.« Sie zuckte mit den Schultern, doch ihrer Stimme war anzuhören, dass sie auf sich und ihre Leistung stolz war. Aber im nächsten Moment sackten Christines Schultern nach unten, und sie fuhr fort: »Dennoch – einfach ist das alles nicht, und eins habe ich gelernt in den letzten Monaten: Es liegt nur ein schmaler Grat zwischen dem Bedürfnis, es allen recht machen zu wollen, und der Gefahr, dabei zum Fußabtreter für alle zu werden.« Sie schaute erneut zu Therese herüber. »Ob ich den Spagat schaffen werde, wird sich noch zeigen.«

21. Kapitel

Zärtlich strich Roswitha über die Holztheke, deren raue Oberfläche jeden Tag einen etwas anderen Duft verströmte. Wenn es regnete und die Kundschaft feuchte Luft mit in den Laden brachte, roch das Holz, das Vincent verarbeitet hatte, moosig grün. An wärmeren Tagen roch es ein wenig nach Leder und Kräutern. Und heute ... roch es einfach nur gut. Genau wie die Gläser mit Christines Kräutersalzen. Roswitha schaute sich um, als wolle sie sich versichern, dass niemand sie sah, dann öffnete sie ein Glas und atmete tief den Duft von Meersalz und Maierhofener Kräutern ein, der ihr sogleich entgegenschlug. Eine himmlische Duftkomposition. Und beim Verkochen eine göttliche Geschmacksexplosion.

Lächelnd schraubte Roswitha das Glas zu, dann strich sie sich den weinroten Rock ihres Dirndls glatt und ging hinüber zu dem Regal, auf dem die Karaffen mit Jessys Likören standen. Jessy hatte dafür wunderschöne Etiketten gestaltet. Rechts vom Namen des Likörs tanzten kleine Elfen, die Blumen in den Händen hielten. Die Likörflaschen selbst waren ebenfalls schön. Hauchdünn, aus hellgelbem Glas. Pusteblumenschön. Wolkengeküsstschön. Traumtänzerschön. Ach, ihr würden tausend Worte dafür einfallen! Roswitha lachte leise, als die Türglocke ging.

»Darf ich mich umsehen?« Ein Mann mittleren Alters, in Anzug und Krawatte, stand zögernd in der Tür, als sei er sich nicht sicher, ob sein Besuch hier eine gute Idee war. Seine Schultern waren nach vorn gebeugt, dunkle Schatten lagen unter seinen Augen, er machte einen müden, ja niedergeschlagenen Eindruck.

Roswithas Herz klopfte aufgeregt, wie jedes Mal, wenn jemand den Laden betrat. Doch sie sagte so versiert wie freundlich: »Herzlich willkommen in unserem Genießerladen! Bei uns dürfen Sie sich nicht nur umsehen, sondern auch alles Mögliche probieren.« Und schon hielt sie dem Mann ihren Probierteller hin. »Vielleicht wollen Sie einmal kosten? Unser Bergblumenkäse und ein zwölf Monate gereifter Bergkäse, lassen Sie es sich schmecken.«

Der Mann nahm ein Stück Käse und begann vorsichtig zu kauen. Doch im nächsten Moment hoben sich seine Mundwinkel ein wenig, und seine müden Augen begannen zu leuchten.

»Der schmeckt ja gut, so würzig! Darf ich?« Fragend zeigte er auf den Holzteller, und als Roswitha lächelnd nickte, nahm er sich einen zweiten Spieß.

»Wissen Sie, wie er noch besser schmeckt?«, sagte Roswitha verschwörerisch. Sie gab einen Löffel von Jessys Rosengelee auf ein Probiertellerchen, dann forderte sie den Mann auf, sein Stück Käse in das Gelee einzutunken. »Der Duft der Sommerrosen zusammen mit dem Bergkäse – das ergibt eine atemberaubende Geschmackssymphonie auf der Zunge.«

»Atemberaubend…« Der Mann schaute Roswitha erstaunt an. »Dass es hier solche Köstlichkeiten gibt, hätte ich nicht gedacht. Eigentlich bin ich ja auf der Durchfahrt, ich bin von der Autobahn lediglich abgefahren, weil ich … ach, egal.« Er winkte ab. »Jedenfalls habe ich dabei das Hinweisschild für den Laden gesehen. Was für ein Glück …« Er seufzte. »Jetzt nimmt der Tag doch noch ein gutes Ende.« Lächelnd bat er Roswitha, ihm ein großes Stück vom Bergblumenkäse und drei Gläser Rosengelee einzupacken.

»Wie wäre es mit einem Espresso zur Stärkung, bevor Sie sich wieder auf den Weg machen?«, fragte Roswitha, während sie den Käse schnitt. Sie zeigte auf die nostalgisch anmutende Kaffeemaschine, die in Wahrheit komplizierte Hightech war. Es hatte eine Weile gedauert, bis sie mit dem Höllengerät klargekommen war, aber inzwischen war ihr Espresso spitze, das sagten alle.

»Kann ich auch einen normalen Kaffee haben?«

»Aber sicher. Ich lege Ihnen auch noch einen von Friedas Nusskeksen dazu«, sagte Roswitha freundlich. Ihr Kaffee war ebenfalls erste Sahne!

»Nusskekse? Die hat meine Großmutter immer gebacken. Verkaufen Sie die auch?«

Roswitha griff ins Regal hinter sich, wo unzählige schneeweiße Tüten lag. Es war ihre Idee gewesen, Tortenspitzen aufzurollen und daraus Verpackungen für die Kekse der alten Frieda zu machen.

»Hier, Ihre Nusskekse.«

Im nächsten Moment duftete es im Laden herrlich nach Kaffee, und der Mann, dessen Schultern nicht mehr ganz so verkrampft schienen, knabberte glücklich einen Nusskeks dazu.

Als der Kunde gegangen war, befanden sich dreißig Euro mehr in der Ladenkasse. Roswitha frohlockte. Greta meinte zwar, die Umsätze des Ladens würden längst noch nicht ausreichen, aber Roswitha selbst war nicht unzufrieden. Sie warf einen Blick ins Hinterzimmer, wo ihr Vater auf dem Sofa döste. Ihre Mutter häkelte mit konzentrierter Miene Bänder aus rotem Garn. Aus diesen wurden Schleifen für die Marmeladengläser und Karaffen gebunden.

Roswitha lächelte. Ihren Eltern gefiel es hier im Laden! Kein Wunder, hier war es nicht so langweilig wie auf dem Hof. Hin und wieder lugte ihr Vater vorwitzig in den Verkaufsraum, manchmal schnappte er sich sogar einen Besen und kehrte vor der Tür – etwas, was er zu Hause seit Langem nicht mehr getan hatte. Ihre Mutter las derweil eine Frauenzeitschrift, häkelte oder klebte Kekstüten. Manche wurden zwar etwas krumm und bucklig, aber Roswitha – glücklich über die friedliche Stimmung – drückte ein Auge zu.

Alles war gut, und sie dankte ihrem Herrgott dafür. Die Kartoffelernte für dieses Jahr hatte sie rechtzeitig vor der Ladeneröffnung hinter sich gebracht, alle acht Sorten waren gut gediehen. Nach den anstrengenden Ackerarbeiten mit Erdklumpen unter den Sohlen und dem tagelangen Sortieren in der kalten Lagerhalle genoss sie nun den schönen und wohlig warmen Laden umso mehr. Hier stand sie und trank am Nachmittag Cappuccino! Wer hätte das alles noch vor einem Jahr gedacht?, staunte Roswitha, während die Kaffeemaschine brodelte. Und vielleicht würde es im nächsten Jahr noch eine weitere große Veränderung in ihrem Leben geben…

Aufgeregt sah sie zu dem Prospekt, der vor zwei Tagen mit der Post gekommen war und nun auf der Ladentheke lag. Sie hatte ihn so oft von vorn nach hinten durchgeblättert, dass er schon ganz lappig war. Zwei der darin angebotenen Maschinen kämen für sie infrage, so weit hatte sie das Angebot schon eingegrenzt, nur ob sie...

Ihre Überlegungen wurden durch die Türglocke abrupt unterbrochen.

»Edy!«, sagte Roswitha freudig. Der Tag wurde ja immer besser. Ihre gute Laune bekam allerdings einen kleinen Dämpfer, als sie den Teller sah, den Edy in den Händen hielt und von dem der Geruch nach gebratener Wurst aufstieg.

Edy grinste. »Hab mich kurz weggeschlichen«, sagte er. »Montags ist eh nicht viel los, die Leute kaufen am Samstag immer zu viel ein und sind montags dann noch versorgt. Da, mein neuester Versuch – Paprikalyoner und grobe Bratwurst, sie ist noch heiß, ich habe sie gerade erst vom Grill genommen.« Er hielt ihr den Teller vor die Nase. »Ich habe die halbe Nacht in der Wurstküche gestanden, dafür habe ich jetzt den Dreh raus!« Er klang selbstbewusst und stolz.

Roswitha hob dennoch sorgenvoll die Brauen. Duften tat es ja gut, aber vegane Wurst so herzustellen, dass sie wie echte schmeckte, hatte sich dennoch als schwieriges Unterfangen herausgestellt. Entweder Edys Würste krümelten, oder sie waren von gummiartiger Konsistenz, oder sie waren zu zäh... Wie vereinbart hatte Roswitha stets ihre ehrliche Meinung kundgetan, aber mit jedem Mal fiel ihr das schwerer. Edy steckte so viel Herzblut in sein Unterfangen, und dann kam sie daher und zerschlug seine Hoffnungen jedes Mal aufs Neue!

Zögernd sagte sie: »Paprikalyoner mag mein Vater doch so gern. Was hältst du davon, wenn wir meine Eltern in die Verkostung miteinbeziehen? Am besten sagen wir ihnen gar nicht, dass es sich um Tofuwurst handelt.« So war es ausnahmsweise mal ihr Vater, der die bittere Wahrheit aussprechen würde und nicht sie, dachte sie und schämte sich ein wenig. Einladend schob sie den Vorhang, der den Laden vom Hinterraum trennte, zur Seite.

»Schaut mal, Edy hat Wurst vorbeigebracht«, sagte sie betont fröhlich. »Hier, ein paar Gabeln, greift zu!«

»Ein Stück Kuchen wäre mir jetzt lieber«, sagte ihre Mutter und zeigte unlustig auf eine Bratwurst. »Dazu brauche ich Senf.«

Wenn's weiter nichts war. Roswitha rannte in den Laden, um ein Glas Senf zu holen, der in einer Senfmühle zwei Kilometer vor dem Ort hergestellt wurde.

Als sie zurückkam, mampfte ihr Vater zufrieden Lyonerscheiben. »Es geht halt nichts über eine anständige Lyonerwurst.«

Eine anständige Lyonerwurst? Roswitha glaubte, nicht richtig zu hören. Hatte Edy etwa tatsächlich den richtigen Dreh gefunden?

Edys Wangen waren gerötet wie die eines aufgeregten Schuljungen, als er an Roswithas Mutter gewandt sagte: »Und wie schmeckt es Ihnen, Frau Franz?«

Die nickte. »Gut. Ist halt eine Bratwurst. Ein Stück Pflaumenkuchen wäre mir dennoch lieber.«

Edy und Roswitha lachten. Neugierig kostete dann

auch Roswitha Sorte für Sorte. Wenn ihre Mutter keinen Unterschied schmeckte …

Edys Adamsapfel hüpfte auf und ab, während er auf ihr Urteil wartete.

»Verblüffend ähnlich«, sagte Roswitha erstaunt. Zum ersten Mal schmeckte Edys Tofuwurst nach Wurst! Würzig, kernig und irgendwie rauchig.

»Ich habe beide Sorten kurz angeräuchert, vielleicht ist das das Geheimnis«, flüsterte Edy ihr zu. Er gab ihr einen freundschaftlichen Stups in die Seite. »Du, jetzt kann ich es kaum erwarten, die beim Genießerfest anzubieten.«

»Warum warten? Leg sie doch einfach in eurer Theke zu den anderen«, sagte Roswitha forsch.

»Ich weiß nicht … Einfach so?« Edy zuckte mit den Schultern.

Alter Hasenfuß, dachte Roswitha liebevoll, bohrte aber nicht weiter. Jeder Mensch brauchte seine Zeit, sie ja schließlich auch. Unwillkürlich dachte sie an den Prospekt mit den Kesselmaschinen, der vorn im Laden lag.

Edy schnappte sich den leer gegessenen Wurstteller und sagte: »Ich muss gehen, nachher bin ich im Chat bei der Igelsprechstunde.«

Dass er im Internet ein gefragter Igel-Doktor war, hatte Roswitha erst vor Kurzem von ihm erfahren. Mit Igeln hatte sie zwar nicht viel am Hut, aber dass Edy ein Mann mit so vielen Facetten war, beeindruckte sie. Was wohl noch alles in ihm steckte?

»Warte, ich muss dir noch etwas zeigen«, sagte sie und zog ihn eilig in den Ladenraum. Sie wollte nicht, dass ihre

Eltern das Gespräch mitbekamen. »Ich glaub, ich habe jetzt auch eine Vision...« Mit diesen geheimnisvollen Worten drückte sie ihm den Prospekt in die Hand, und bevor er darin blättern konnte, fragte sie: »Hast du schon mal von Kesselchips gehört?« Als Edy verneinte, fuhr sie fort: »Ich habe in der *Acker-Plus* davon gelesen, ein Bauer hier in der Nähe stellt solche besonderen Kartoffelchips schon seit Längerem her. Sie bestehen nicht wie die herkömmlichen Dickmacher aus Kartoffelbrei und viel Fett. Bei den Kesselchips werden die Kartoffeln nur gewaschen, die Schalen bleiben dran, dann werden sie in dünne Scheiben geschnitten und kommen in den Kessel. Immer fünfzig Kilo werden dann mit Meersalz und Gewürzen nach dem eigenen Geschmack gegart und geröstet. Alles von Hand sozusagen. Ich war letzte Woche in der Stadt und bin mir die Hacken abgelaufen, bis ich einen Supermarkt fand, wo es solche Chips gab. Ich finde, sie schmecken viel besser als die gewöhnlichen Fabrikchips! Und sie sind natürlich auch viel gesünder.« Ihre lange Rede hatte sie ein wenig atemlos gemacht, sie musste tief Luft holen. »Du, das würde mir Spaß machen...«

Interessiert blätterte Edy den Verkaufsprospekt durch. »Die Kessel sind einigermaßen erschwinglich, finde ich. Daneben bräuchtest du lediglich noch eine Abfüllmaschine, Tüten und jemanden, der dir die Tüten mit einem eigenen Label bedruckt. Aber das wär's an Investitionen auch schon. Und du könntest deine Chips gleich hier im Laden oder übers Internet verkaufen.« Er schaute sie begeistert an. »Das ist ja viel einfacher als Wurstmachen!«

Roswitha strahlte. »Und ich müsste meine Kartoffeln

nicht mehr für ein paar Cent an den Einkäufer von der Billigmarktkette verschleudern, sondern würde endlich wieder gutes Geld damit verdienen. Aber ob die Bank mir für die Anschaffung des Kessels einen Kredit gewährt?« Sie verzog das Gesicht. »Ob ich mal hingehen und fragen soll?«

»Tu das!«, sagte Edy. »Du hast mir mit diesen Chips den Mund schon ganz wässrig gemacht. Hör mal, du hast da was im Haar, das wird doch nicht schon ein Chipskrümel sein?« Mit einer Sanftheit, die Roswitha ihm nicht zugetraut hätte, zog Edy ein Papierkrümelchen aus ihren wilden Locken. Es stammte aus der Ausstanzung der Tortendeckchen und hatte sich irgendwie auf ihren Kopf verirrt.

Einen Moment lang war die gerade noch so freundschaftliche Stimmung von etwas anderem gefärbt. Von einer Vertrautheit, fast schon Intimität, die Roswitha schon lange nicht mehr mit einem Mann verspürt hatte.

»Du Edy…«, sagte sie gedehnt. »Wo wir gerade bei neuen Ideen sind – da wäre noch etwas…« Leise in sein Ohr flüsternd offenbarte sie ihm, was ihr schon so lange durch den Kopf schwirrte.

»Du willst… was? Und ich soll auch?« Ungläubig schaute er sie an, als sie fertig war. »Das ist jetzt nicht dein Ernst, oder?«

Erleichtert darüber, ihren lange gehegten Geheimwunsch nun endlich mit ihm geteilt zu haben, gelang Roswitha schon wieder ein Grinsen. »Doch, das ist mein voller Ernst. Und einen Termin haben wir auch schon. Am kommenden Freitag um vier.«

22. Kapitel

»Habt ihr mal einen Moment Zeit für mich?« Schüchtern streckte Elsbeth Kleinschmied ihren Kopf in die Schaltzentrale.

»Natürlich«, sagten Greta und Christine fast gleichzeitig.

»Setzen Sie sich doch!« Greta zeigte auf den freien Stuhl an der Kopfseite von ihrem und Christines Schreibtisch.

»Es ist so«, hob die Frau vom Fotografen an. »Ich habe eine Frage, aber ich weiß nicht, wie ich sie stellen soll, ohne dass es sich … dumm anhört.«

»Es gibt keine dummen Fragen, Elsbeth, das haben wir doch immer unseren Kindern gepredigt«, sagte Christine lächelnd. »Geht's um den Genießerladen?«

Elsbeth Kleinschmied gehörte wie Roswitha zum insgesamt vierköpfigen Team von Frauen, die den Laden im Wechsel betreuten.

Die alte Frau schüttelte den Kopf. »Wir haben doch das alte Kinderzimmer von unserem Jan umgebaut. So, wie Gretel nebenan das Zimmer von ihrer Susanne. Schön ist's geworden, sogar ein eigenes Waschbecken haben wir einbauen lassen. Und die Herta vom Scheurer-Hof hat nun ja auch ein Bed-&-Breakfast-Zimmer.« Elsbeth schaute von einer zur anderen. »Nun wollte ich einfach mal fragen, wann sich jemand wegen des Zimmers meldet. Die anderen möchten das auch gern wissen. Bisher hat noch keine von uns eine Zimmerreservierung, weder für den Herbst noch fürs nächste Frühjahr.«

Greta schluckte. Sie hatte sich schon gefragt, wann sich die frischgebackenen Maierhofener »Hoteliers« beschweren würden.

Mindestens ein Dutzend Familien aus dem Dorf hatten die ehemaligen Kinderzimmer in ihren Häusern zu Gästezimmern umgebaut. Einige hatten sogar ihr Bad renoviert oder in eine neue Küche investiert in der Hoffnung, den Bed-&-Breakfast-Gästen so besser gerecht zu werden. Für die Leute war das kein Klacks, manch einer hatte sogar einen kleinen Kredit für seine Investitionen aufgenommen.

»Das kommt schon noch«, sagte sie und zupfte nervös an der Haut ihres Daumennagels herum.

»Ich verstehe das einfach nicht«, sagte Elsbeth verzweifelt. »Inzwischen wurde doch schon in so vielen Zeitungen über unser Dorf berichtet! Das *Allgäuer Blatt* hat eine Viertelseite gebracht, Herta sagt, ihre Cousine sagt, dass es im *Schwarzwälder Boten* auch einen Bericht über uns gab. Und in der *Frau im Glück* haben sie doch auch was über uns geschrieben!«

Greta nickte. »Das Presseecho war bisher wirklich gut, viele Zeitschriften haben meine abdruckfreien Artikel zusammen mit den Fotos Ihres Mannes gedruckt. Und die Facebookseite ist ebenfalls erfolgreich und aktiv. Aber es dauert einfach, bis sich das in barer Münze – oder besser gesagt, in zahlenden Gästen – niederschlägt. Die Leute lesen zwar die Artikel und viele sind sicher auch begeistert, aber nicht jeder greift sofort zum Telefon, um ein Zimmer in Maierhofen zu buchen.«

»Alle sind doch gerade erst aus ihrem Sommerurlaub zurück, wer denkt jetzt schon ans nächste Frühjahr?«, fügte Christine hinzu.

»Ich will ja nicht unken… Aber was, wenn die Leute gar nicht kommen? Wenn Maierhofen doch nicht interessant genug ist?« Verzagt schaute Elsbeth die beiden Organisatorinnen an. »Dann haben wir umsonst so viel Geld ausgegeben.«

Greta spürte, wie das angstvolle Rumoren in ihrem Bauch, das schon seit einiger Zeit ihr Begleiter war, heftiger wurde. Elsbeth sprach aus, was sie sich zu denken verboten hatte.

»Spätestens dann, wenn *Meine Landliebe* über uns berichtet, sind wir aus dem Schneider«, sagte sie mit mehr Überzeugung, als sie fühlte. »Das Hochglanzmagazin hat mehr Abonnenten als alle anderen, und es wird auch nicht weggeworfen, so wie andere Zeitschriften. Manche Leute sammeln es sogar. Im Internet gibt es eine Börse, auf der ältere Ausgaben händeringend gesucht und getauscht werden! Wenn *Meine Landliebe* einen Bericht über Maierhofen bringt, erfährt das ganz Deutschland«, klärte sie weiter auf.

Elsbeth zuckte mit den Schultern. »Schade, dass ich die Zeitschrift nicht kenne. Herta kennt auch nur die *Agrar aktuell* und *Der moderne Landwirt*.«

Eilig kramte Christine die aktuelle Ausgabe des besagten Hochglanzmagazins aus ihrer Schreibtischschublade. »Schauen Sie mal, Elsbeth, wie schön die das machen…« Sie blätterte Seite für Seite auf. Ein Bericht über ein ehemaliges Köhlerdorf im Schwarzwald, Rezepte für ein sommerliches Picknick, diverse Ausflugstipps aufs Land…

Beeindruckt von den Bildern und getröstet von Gretas und Christines Versicherungen ging die Frau des Fotografen schließlich davon.

Einen Moment lang war es ganz still in der Schaltzentrale.

»Eigentlich hätte der Anruf der *Landliebe*-Redaktion längst kommen müssen, oder?«, sagte Christine schließlich mit belegter Stimme.

Greta nickte deprimiert. »Emily hat ihren Kontaktmann in der Redaktion schon vor Wochen auf Maierhofen angesprochen. Ich könnte sie noch mal anrufen und fragen, ob sie inzwischen etwas gehört hat.« Sie hob die Hände in einer mutlosen Geste. Emily würde sich sofort bei ihr melden, wenn dies der Fall wäre.

»O Greta, ich mag's gar nicht aussprechen«, sagte Christine leise. »Aber was, wenn unser Plan nicht aufgeht? Was, wenn wir den Hoffnungen der Dörfler am Ende doch nicht gerecht werden?«

Greta schluckte. Dann hatte sie ihren sicheren Arbeitsplatz bei Simon & Fischli umsonst aufgegeben. Mit leeren Händen würde sie dastehen, ihren Ruf eigenständig ruiniert, so viele Menschen enttäuscht haben…

Sie schaute Christine mahnend an. »So etwas dürfen wir nicht einmal denken! Es *muss* einfach klappen!«

Getrieben von ihren Ängsten arbeitete Greta immer mehr Stunden. Querdenken, o*ut of the box* denken – so hatten sie das in der Werbeagentur immer genannt. Und das war auch jetzt gefordert.

Also erstellte sie in mühsamer Kleinarbeit weitere Facebookseiten für Maierhofen. Sie sollten den Ort jeweils aus einer neuen Perspektive zeigen. *Downshifting in Maierhofen* hieß eine der neuen Seiten, auf denen sie versuchte, das Dorf als Aussteigerparadies darzustellen. Madara und Jessy zog sie dabei als Beispiele heran. Fotos vom Weiher und den umliegenden Hügeln untermalten die ruhige Stimmung der Seite, gern hätte Greta noch einen Gebetstempel eingestellt, doch außer der Laurentius-Kirche konnte der Ort nichts in der Art vorweisen.

Inzwischen gab es auch die Seite *Maierhofen – ein Dorf im Aufbruch.* Damit wollte sie engagierte Bürger ansprechen, die ihr Schicksal selbst in die Hand nahmen, statt darauf zu warten, dass die EU-Bürokratie ihre Existenz vollends zunichtemachte.

Die Seiten bekamen viele Gefällt mir-Klicks und wurden auch fleißig geteilt. Anmeldungen fürs Genießerfest, Tagesgäste oder gar Neubürger für Maierhofen brachten sie nicht.

Greta spürte, wie in ihr die Panik wuchs. Im Augenblick sah es danach aus, als würden alle Anstrengungen nicht ausreichen. Ohne einen fetten Werbemitteletat waren ihre Möglichkeiten begrenzt, das musste sie inzwischen einsehen. Schon mehr als einmal hatte sie sich in den vergangenen Wochen die berühmten EU-Gelder herbeigesehnt…

Wie in den letzten Tagen auch war Greta beim Aufwachen wie gerädert. Letzte Nacht hatte sie wieder einmal ewig lange an ihrem Laptop gesessen, gearbeitet und gegrübelt, verbessert und manches auch wieder verworfen.

Statt gleich aufzustehen, setzte sie sich im Bett auf und schaute hinaus auf den Weiher, wo in den Sträuchern am Ufer nun frühmorgens überall Spinnweben hingen. Von den nahen, umgepflügten Feldern wehte durch die gekippten Fenster ein erdiger Geruch herein. Leichter Nebel waberte über dem Weiher. An manchen Tagen gelang es der Sonne, den Nebel zu vertreiben, an anderen Tagen blieb er wie ein unerwünschter Gast einfach hocken. Es herrschte eine seltsame Stimmung aus Wehmut und Abschiedsschmerz. Dank ihrer neu gewonnenen Sensibilität für den Wandel der Natur spürte Greta den wehen Schmerz mit jeder Faser ihres Seins.

Der Sommer war wie ein Rausch gewesen. Und sie mittendrin, trunken von ihrem neuen Leben, ihrer neu gewonnenen Freiheit, ihrem verliebten Herzen.

Was würde der Herbst bringen? Die wohlverdiente Ernte oder die bittere Ernüchterung?

Eine Stunde später stellte sie ihre schwere Laptoptasche in der Schaltzentrale ab. Christines Schreibtisch war verwaist – sie wollte heute Therese in der Rehaklinik besuchen. Das musste sie auch dringend mal tun, dachte Greta mit rabenschwarzem Gewissen. Vielleicht am langen ersten Oktoberwochenende?

Sie telefonierte zwar mehrmals die Woche mit ihrer Cousine, aber von zwei kurzen Besuchen in der Münchner Klinik abgesehen hatte sie sich in dieser Beziehung bisher zurückgehalten. Therese selbst nahm ihr das nicht übel. »Dein Platz ist in Maierhofen«, sagte sie jedes Mal, wenn Greta sich wegen ihrer wenigen Besuche entschuldigte. Aber Christine schaute sie deswegen durchaus vorwurfsvoll an.

Vielleicht war es ganz gut, dass sie heute ihre Ruhe hatte, dachte Greta und ging zum Kaffeeautomaten. Sie war gerade dabei, eine neue Packung Bohnen in den dafür vorgesehenen Behälter zu schütten, als Sam erschien.

»Guten Morgen«, sagte Greta. »Auch einen Kaffee?«

Sam nickte.

Zwischen dem Koch und ihr herrschte seit einiger Zeit Waffenstillstand. Wenn man es genau betrachtete, war er an manchen Tagen sogar fast freundlich zu ihr. Brachte ihr ungefragt einen Teller mit Essen oder ein frisch gezapftes Bier, wenn sie mal wieder bis spätabends in der Schaltzentrale hockte. Dass ihre Bemühungen nicht so recht fruchten wollten, bekam er zwar mit, aber er verkniff sich jede spitze Bemerkung.

Man ist ja schon dankbar für die kleinen Dinge, dachte Greta ironisch. Im nächsten Moment musste sie gähnen.

»Sorry«, sagte sie mit einem schrägen Lächeln zu Sam, dessen Kaffee gerade durchlief. »Derzeit ist es wie zu meinen besten Frankfurter Zeiten, Arbeit von früh bis spät! ›Werbefrau hetzt sich zu Tode!‹« Mit Daumen und Zeigefingern formte sie ein längliches Viereck, als würde sie die Schlagzeile der Boulevard-Presse nachziehen. Dann zuckte sie mit den Schultern. »Scheinbar kann ich gar nicht anders, als immer nur Highspeed zu fahren. Gestern war ich vor Müdigkeit so weggetreten, dass ich fast vor ein Auto gelaufen bin. Ich habe einfach nicht daran gedacht, dass so spät am Abend noch jemand unterwegs sein könnte. Der Fahrer hat gebremst wie verrückt, und gehupt hat er auch. Wahrscheinlich hat er mich furchtbar beschimpft. Kein Wunder, das hätte echt böse ausgehen können. Aber was uns nicht umbringt, macht uns nur stark, nicht wahr?«, fügte sie in betont munterem Ton an.

Sam, der schon im Gehen begriffen war, stellte seine Tasse so heftig auf dem Tresen ab, dass das Porzellan klirrte. Seine Augen funkelten wütend, die Falte auf seiner Stirn war noch tiefer als sonst, als er sagte: »Weißt du eigentlich, wie mich dein ganzes beschissenes Gerede ankotzt? Immer noch mehr arbeiten, mehr, mehr, mehr! *We are the champions!* Wir sind unbesiegbar! Nur die Harten kommen in den Garten. Was uns nicht umbringt, macht uns stark! Scheiße ist das, ausgemachte Scheiße! Ich kann die ganzen Sprüche nicht mehr hören. Die Harten brechen irgendwann zusammen! Weil sie vor lauter sturer Besessenheit ihre Weichheit verlieren, so sieht's aus! Komm mir also bloß nicht mit deinen dämlichen Durchhalteparolen. Wenn du müde bist, schalte einen Gang runter. Pass verdammt noch mal auf dich auf!« Ohne seinen Kaffee mitzunehmen, stürmte der Koch in die Küche.

Greta schaute ihm völlig verdattert nach. Sie hatte das Gefühl, jemand habe ihr einen Schlag mit dem Holzhammer verpasst. Was war denn das für eine Gardinenpredigt gewesen? Und warum machte er sich auf einmal so viele Sorgen um sie? So kannte sie den coolen Sam gar nicht…

Nachdem Sam ihr den Kopf gewaschen hatte, beschloss Greta, sich noch eine weitere Kopfwäsche zu gönnen, diesmal aber eine angenehme. Die Haare waschen und an der Luft trocknen lassen, bis sie in weichen Locken über ihre Schultern fielen – mehr Aufhebens hatte sie seit ihrer Ankunft in Maierhofen nicht um ihre Frisur gemacht. So unmöglich und überzogen sie Sams Auftritt auch fand – in einem hatte er recht: Es war an der Zeit, dass sie wieder einmal etwas nur für sich tat, und das gelang ihr vortrefflich beim Frisör. Mal zwei Stunden lang nicht an die Arbeit denken, abschalten, die Seele baumeln lassen bei einer ausgiebigen Kopfmassage, sich mit keiner größeren Sorge belasten als der, ob man für die Strähnchen nun zwei oder drei Blondtöne mischen sollte. Greta seufzte in wohliger Erwartung.

Der einzige Frisör von Maierhofen – der Salon Loose – lag auf der Hauptstraße, zwei Häuser von Elektro Scholz entfernt. Wie alle anderen Läden hatte auch er ein neues hölzernes Ladenschild bekommen, Carmen Kühn hatte in Bauernmalerei eine große Schere aufgepinselt. Bisher hatte Greta mit Edelgard Loose, der rothaarigen Frisörin, nicht sehr viel Kontakt gehabt. Die Frisörmeisterin war zwar bei jeder Dorfversammlung erschienen, doch bisher war niemandem eine Idee gekommen, wie sie sich ins neue Dorfkonzept hätte einbringen können.

Im Schaufenster des Salons baumelten Hexen, die in silbernen Lamégewändern auf Besen durch die Lüfte schwebten. Derselbe Silberlamé bedeckte, in üppige Falten gelegt, den Schaufensterboden. Sämtliche Hausfliegen von Maierhofen schienen beschlossen zu haben, dass sich der Silberstoff bestens als letzte Ruhestätte eignete, und so lagen zwischen Shampoo- und Haarsprayflaschen unzählige Fliegenkadaver. Sehr einladend sah das nicht gerade aus.

Mit äußerst gemischten Gefühlen drückte Greta die Türklinke nach unten.

»Sag mal, wo kommt ihr denn her?«, sang ihr jemand im nächsten Moment ins Ohr. *»Aus Schlumpfhausen, bitte sehr!«*

Greta fasste sich an den Kopf. Hilfe! Wo war sie hier? Sie blinzelte. Wann und wo hatte sie dieses Lied das letzte Mal gehört? Vor ihrem inneren Auge erschien eine Vision mit schneeweißem Bart. Licht aus! Spot an! Vader Abraham, 1978 …

»Gell, da staunen Sie?«, hörte Greta eine Frauenstimme stolz sagen. »Das Schlumpflied hat nicht jeder als Türglocke!« Edelgard Loose, Inhaberin und einzige Kraft im Salon Meier, winkte Greta herein.

»Sie haben Glück, junge Frau. Vorhin hat mir die Elfie abgesagt, ich habe also gleich Zeit für Sie.«

Bevor Greta sich's versah, saß sie an einem der Plätze und hatte wie die Schaufensterhexen einen silbernen Umhang umgelegt bekommen.

»Waschen, schneiden, föhnen?« Edelgard lächelte Greta im Spiegel an.

»Ich dachte eigentlich an neue Strähnchen. Am Oberkopf etwas heller, dann über der Stirn ein bisschen …«, hob Greta an, wurde jedoch sogleich von Edelgard unterbrochen.

»Die Sonne hat Ihre Haare doch genug aufgehellt,

Strähnchen machen wir bei Ihnen frühestens im November!« Und schon bugsierte die Frisörin Gretas Kopf sanft, aber bestimmt übers Waschbecken.

Greta schloss die Augen. Während ihr der Duft von Apfelshampoo in die Nase stieg, legte sie sich ein paar Smalltalk-Themen zurecht. Frisörinnen waren in der Regel redselige Leute. Die Hexen im Schaufenster, das Wetter, Therese... Nein, nicht Therese, sonst musste sie nur zugeben, die Cousine schon länger nicht mehr besucht zu haben. Vielleicht das schöne Ladenschild oder...

Sie hätte sich den Aufwand sparen können, denn nur kurze Zeit später verkündete die Frisörin ein fröhliches »Finito!«

Ungläubig schaute Greta auf die Uhr. Seit ihrer Ankunft war keine halbe Stunde vergangen, und das für Waschen, Schneiden *und* Föhnen? In Frankfurt hatte dasselbe Procedere stets fast drei Stunden gedauert, ohne dass das Ergebnis wesentlich anders ausgesehen hatte: Ihre braunen Haare glänzten, die Spitzen sahen gesund aus, und ein paar Stufen sorgten dafür, dass ihre Haare weich und duftig schwangen. Alles bestens!

»Jetzt wollte ich mir ausnahmsweise mal zwei, drei Stunden Auszeit gönnen!«, sagte Greta lachend.

»Wenn das so ist...« Die Augen der Frisörin leuchteten auf. Sie zeigte auf das Mini-Nagelstudio, das sie sich in einer Ecke des Salons eingerichtet hatte. »Ich könnte Ihnen die Nägel machen, das ist meine große Leidenschaft. Schauen Sie mal!« Stolz hielt sie Greta ihre beiden Hände zur Begutachtung hin. »Etwas in der Art braucht mindestens zwei Stunden Zeit.«

Erschrocken starrte Greta auf den Eiffelturm auf dem rechten Daumennagel, den Totenkopf auf dem nächsten Nagel und die kleinen Kronen auf den weiteren drei Nägeln. Die linke Hand musste sich auch nicht verstecken: Greta erspähte auf dem Daumennagel das Brandenburger Tor und auf dem Zeigefingernagel eine Eule mit zwei Glitzersteinen als Augen, die drei kleineren Nägel waren ebenfalls mit Kronen geschmückt.

Greta schluckte. Wie um alles in der Welt kam sie aus dieser Nummer heraus?

»Da sind Sie platt, was? Das können die in Frankfurt bestimmt auch nicht besser.« Schon nahm Edelgard Meier Greta an der Hand und führte sie zum Behandlungstisch.

»Aber so mutig wie Sie bin ich nicht«, sagte Greta hilflos. »Vielleicht ein paar French-Nails?«

Die Frisörin schüttelte resolut den Kopf. »So was Langweiliges mache ich nicht, für Sie habe ich was ganz anderes im Sinn. Lassen Sie sich überraschen.«

Gretas Herz pochte angstvoll.

Als sie aus dem Frisörsalon trat, fuhr gerade Vincents riesengroßer schwarzer Jeep vorbei. Die Ladefläche war voller Holz und anderem Baumaterial. Loretta Lynn sang vom Leben einer Minenarbeitertochter.

Vincent … Wie immer, wenn Greta in seiner Nähe war, hatte sie das Gefühl, als würde warmes Öl durch ihren Körper strömen.

Der Jeep hielt ein paar Meter weiter vorn an, und Vincent kurbelte das Fenster herunter. »Hi! Wo treibst du dich denn die ganze Zeit herum? Ich habe dich ja schon ewig nicht mehr gesehen.«

»Viel zu tun«, sagte Greta spröde. Sie war Vincent tatsächlich ein wenig aus dem Weg gegangen. Schon mehr als einmal hatte sie in der Vergangenheit ihre Sorgen und Ängste bei ihm abgeladen, das wollte sie nicht zur Gewohnheit werden lassen. Wahrscheinlich hielt er sie sowieso längst für eine Jammerliese. Kein Wunder, dass er sich nicht weiter um sie bemühte.

»Aber heute habe ich mir eine Pause gegönnt und mich hübsch machen lassen«, erwiderte sie betont heiter und hielt ihm ihre Hände hin. »Was sagst du dazu?«

»Wenn das keine Liebeserklärung ist«, erwiderte Vincent grinsend, als er die zehn kunstvoll aufgepinselten Buchstaben auf ihren Nägeln sah, die gemeinsam den Namen MAIERHOFEN ergaben.

»Das hätte ich dir gar nicht zugetraut«, fügte er hinzu, und es hörte sich wie ein großes Kompliment an.

Greta lächelte verlegen.

»Bist du auch auf dem Weg zu Monika? Kannst bei mir mitfahren.« Er wies auf den Beifahrersitz, wo ein Strauß Blumen lag.

Greta durchfuhr es erneut, diesmal jedoch vor Schreck. O Gott, das Eröffnungsfest von Monika Ellwangers neuem Café hatte sie glatt vergessen. Einen Moment lang war sie versucht, eine Ausrede zu finden. Sie hatte weder Blumen noch sonst etwas für Monika besorgt, in der Schaltzentrale quoll ihr Schreibtisch über vor Arbeit, sie musste dringend Therese anrufen, und außerdem erwartete sie immer noch den einen alles entscheidenden Anruf…

»Danke«, sagte sie lächelnd und öffnete die Beifahrertür.

Zehn Minuten später saß Greta in Monika Ellwangers Garten, der eher einer Streuobstwiese als einem Ziergarten glich. Unter und zwischen den Bäumen hatte die frischgebackene Cafébetreiberin kleine Bistrotische aus Holz aufgestellt. Auf jedem Tisch stand ein Weckglas, prall gefüllt mit Herbstblumen und Efeuranken. In der Tischmitte wurden Servietten, auf denen eine ähnliche Blütenfülle abgebildet war, von einem bemalten Stein davon abgehalten, mit dem Wind wegzuflattern. Steinerne Elfen lugten hinter Bäumen hervor, kleine Gruppen von rot und silbern glänzenden Fliegenpilzen fingen die Sonnenstrahlen ein, Schmetterlinge aus rostigem Eisengeflecht baumelten von den Ästen der Bäume herab. Greta spürte, wie ihr Herz auf einmal ganz leicht wurde. Vergessen waren ihre Sorgen, vergessen auch Sams seltsames Verhalten am Morgen. Auf einmal hatte sie nur noch das Gefühl, wie Alice in einem Wunderland gelandet zu sein. Tief durchatmend lehnte sie sich auf ihrem Stuhl zurück, während Vincent im Café um Waffeln anstand. Wie schön Monika Ellwanger ihr Gartencafé gestaltet hatte …

Die Sonne hing nun, so spät im Jahr, schon tief, ihre warmen Strahlen hatten Mühe, das Blatt- und Obstgewirr der Bäume zu durchdringen. Dennoch war es angenehm warm, und Greta legte bald den Schal ab, den sie sich am Morgen umgeschlungen hatte.

Es war ein gutes Obstjahr, die Bäume hingen so voll mit Früchten wie selten. Wespen schwirrten gefräßig von

Ast zu Ast, um sich an aufgeplatzten Pflaumen, überreifen Äpfeln und Mirabellen satt zu essen. Der süße Duft von Reife hing in der Luft. Von dem Apfelbaum, unter dem Greta saß, fiel hin und wieder ein rotwangiger Apfel herab, traf sie im Rücken oder plumpste auf den Tisch. Ein besonders schön gewachsenes Exemplar fiel ihr sogar in den Schoß, und Greta kam sich vor wie Aschenbrödel mit den drei Nüssen. So etwas war ihr in Frankfurt auch noch nie passiert, dachte sie schmunzelnd.

»Zweimal Waffeln mit Pflaumenkompott und Sahne.« Mit elegantem Schwung stellte Vincent einen Teller vor ihr ab.

Greta strahlte erst ihn, dann die Waffel vor sich an.

Während sie das duftende heiße Gebäck genossen, kam Monika Ellwanger an den Tisch. »Und? Schmeckt's?«

Greta und Vincent nickten beide mit vollem Mund.

Monika Ellwanger strahlte. »Wissen Sie, so ein Waffelcafé war schon immer mein Traum. Aber wahrscheinlich hätte ich es nie gewagt, ihn in die Tat umzusetzen, wenn Sie nicht das Dorfprojekt in die Wege geleitet hätten! Ich hatte immer Angst vor dem ganzen Behördenkram, den Genehmigungen und Formularen, die man ausfüllen muss. Aber so schlimm war das gar nicht.« Zufrieden ging die Caféwirtin davon.

»Findest du nicht auch, dass heute eine ganz besondere Stimmung in der Luft liegt?«, sagte Vincent, als sie wieder allein waren. »Ich liebe diese Zeit, in der kein Sommer mehr ist, aber auch noch nicht richtig Herbst.«

Greta schaute ihn staunend an. Wie so oft sprach Vincent genau das aus, was sie fühlte.

»Meine Mutter hat dies immer die Pflaumenkuchenzeit genannt«, sagte sie und spürte, wie Wehmut sie erfüllte. »Kurt Tucholsky war da poetischer, er nannte dies die fünfte Jahreszeit. Er hat sogar ein wunderschönes Gedicht dazu geschrieben. Leider kann ich mir Gedichte nicht merken...« Sie zuckte bedauernd mit den Schultern.

Grinsend zog Vincent eine zusammengefaltete, zerknitterte Zeitungsseite aus seiner Hosentasche. »Rate mal, was ich heute früh entdeckt habe...« Mit sanfter Stimme begann er vorzulesen:

»Wenn der Sommer vorbei ist und die Ernte in die Scheuern gebracht ist, wenn sich die Natur niederlegt, wie ein ganz altes Pferd, das sich im Stall hinlegt, so müde ist es – wenn der späte Nachsommer im Verklingen ist und der frühe Herbst noch nicht angefangen hat –, dann ist die fünfte Jahreszeit.

Nun ruht es. Die Natur hält den Atem an, an andern Tagen atmet sie unmerklich aus leise wogender Brust. Nun ist alles vorüber: Geboren ist, gereift ist, gewachsen ist, gelaicht ist, geerntet ist – nun ist es vorüber. Nun sind da noch die Blätter und die Gräser und die Sträucher, aber im Augenblick dient das zu gar nichts; wenn überhaupt in der Natur ein Zweck verborgen ist, im Augenblick steht das Räderwerk still. Es ruht.

Mücken spielen im schwarzgoldenen Licht, im Licht sind wirklich schwarze Töne, tiefes Altgold liegt unter den Buchen, Pflaumenblau auf den Höhen... Kein Blatt bewegt sich, es ist ganz still. Blank sind die Farben, der See liegt wie gemalt, es ist ganz still. Boot, das flussab gleitet, Aufgespartes wird dahingegeben – es ruht.

So vier, so acht Tage …

Und dann geht etwas vor.

Eines Morgens riechst du den Herbst. Es ist noch nicht kalt; es ist nicht windig; es hat sich eigentlich gar nichts geändert – und doch alles. Es geht wie ein Knack durch die Luft – es ist etwas geschehen; so lange hat sich der Kubus noch gehalten, er hat geschwankt…, na… na…, und nun ist er auf die andere Seite gefallen. Noch ist alles wie gestern: die Blätter, die Bäume, die Sträucher… aber nun ist alles anders. Das Licht ist hell, Spinnenfäden schwimmen durch die Luft, alles hat sich einen Ruck gegeben, dahin der Zauber, der Bann ist gebrochen – nun geht es in einen klaren Herbst.

Wie viele hast du? Dies ist einer davon. Das Wunder hat vielleicht vier Tage gedauert oder fünf, und du hast gewünscht, es solle nie, nie aufhören. Es ist die Zeit, in der ältere Herren sehr sentimental werden – es ist nicht der Johannistrieb, es ist etwas andres. Es ist optimistische Todesahnung, eine fröhliche Erkenntnis des Endes. Spätsommer, Frühherbst und das, was zwischen ihnen beiden liegt. Eine ganz kurze Spanne Zeit im Jahre.

Es ist die fünfte und schönste Jahreszeit.«

Bevor Greta wusste, wie ihr geschah, rannen Tränen über ihr Gesicht. Dieser Text spiegelte so sehr ihr eigenes Empfinden wider! Und mit welchem Gefühl Vincent den Dichter rezitiert hatte – so klar, so auf den Punkt gebracht, kein bisschen überkandidelt oder gekünstelt, einfach nur wahrhaftig.

»Warum ist ein Mann wie du eigentlich noch immer Single?«, platzte es aus ihr heraus.

Vincent schwieg für einen langen Moment. Greta bereute ihre vorwitzige Frage schon, als er endlich gedehnt sagte: »Wenn es nach mir gegangen wäre, wäre ich längst verheiratet ...«

Auf den Stich in der Magengrube, den sie bei seinen Worten verspürte, war Greta nicht gefasst gewesen. Wie die Spitze eines Messers bohrte sich der Schmerz in sie hinein. Er hatte eine andere geliebt. Unwillkürlich schlang sie beide Arme um sich, als wollte sie sich so gegen den Schmerz schützen. *Du bist kindisch*, schalt sie sich, natürlich hatte ein Mann wie er ein Vorleben. Aber dass es jemanden gegeben hatte, der ihm so wichtig gewesen war ...

»Sie hieß Deborah«, sprach Vincent weiter. »Aber alle nannten sie nur Debbie. Ich weiß, man denkt bei diesem Namen gleich an die Bedienung in einem Burger-Restaurant.« Er lachte. »Aber Debbie war Anwältin, eine sehr gute sogar. Sie hatte sich auf irgendwelche hochkarätigen Immobiliendeals spezialisiert, keine Ahnung, worum es dabei genau ging.« Er winkte ab. »Wir lernten uns in Edmonton kennen, die Stadt liegt im Westen von Kanada und ist die Hauptstadt von Alberta. Ich hatte dort gerade die Strongman-Weltmeisterschaften gewonnen, meine Betreuer und ich ließen es in einer Bar ausnahmsweise einmal richtig krachen. Cocktails zum Abwinken, Bier, Schnaps ...« Er krauste die Nase. »Debbie saß am anderen Ende der Bar. Und obwohl ich einen in der Krone hatte, spürte ich, dass sie etwas Besonderes war.«

Greta schluckte. Bestimmt kam jetzt, wie wunderschön, blond und gertenschlank diese Debbie gewesen war. Doch zumindest diese Qual ersparte ihr Vincent.

»Ich lud sie auf einen Drink ein, wir unterhielten uns, bis die Lichter der Bar ausgingen und noch länger.«

Das Messer in Gretas Bauch bohrte weiter, mehr noch, es drehte sich dabei. Hör auf, ich will das nicht hören, hätte sie am liebsten gesagt, gleichzeitig wollte, nein, *musste* sie alles erfahren.

Vincents Blick war weit weg in die Ferne gerichtet, als er weitersprach: »Wir verliebten uns, die schöne Anwältin und der Naturbursche. Eigentlich passten wir gar nicht zusammen, und dennoch…«

Hatte sie nicht etwa ähnlich über sie beide gedacht?, durchfuhr es Greta, und ihr wurde schlecht. Solche Geschichten nahmen grundsätzlich ein unglückliches Ende, oder?

»Als es Zeit war, zum nächsten Wettkampf aufzubrechen, entschied ich mich zum Bleiben. Ich konnte mich einfach nicht von Debbie trennen, sie war die Frau, mit der ich den Rest meines Lebens verbringen wollte. Und das in einer der schönsten Städte, die ich kenne. Seen, Berge, Wälder – Alberta ist geprägt von der herrlichsten Natur, die man sich vorstellen kann. Wie Maierhofen«, sagte er und zwinkerte Greta dabei zu. Dankbar, dass er sie überhaupt wieder wahrnahm, gelang auch ihr ein Lächeln. »Und dann?«, fragte sie mit belegter Stimme.

»Es war erstaunlich einfach, eine Greencard zu erhalten. Da war mein Bekanntheitsgrad als Sportler, mein Beruf… Als Zimmermann war es für mich ein Leichtes, mich selbstständig zu machen, das Geschäft florierte vom ersten Tag an. Dann kam Debbie durch ihren Job an ein Grundstück etwas außerhalb der Stadt, es lag leicht erhöht und hatte einen herrlichen Ausblick übers Land. Als wir es uns ansahen, waren wir uns gleich einig: Dort sollte unser Haus stehen, dort sollten unsere Kinder aufwachsen.«

Das Messer bohrte sich noch ein Stück tiefer. Greta stöhnte leise in sich hinein.

Vincent trank einen Schluck, als müsste er sich fürs Weitererzählen erst stärken.

»Ich hatte die kompletten Baupläne unseres neuen Heims fertig gezeichnet, das Fundament stand schon, als Debbie eines Abends freudestrahlend verkündete, dass man ihr einen Job in New York angeboten hätte, zu dem sie nicht Nein sagen könne. Sie stellte mich vor die Wahl: Entweder ich folgte ihr oder ... «

Greta runzelte die Stirn. Wie rücksichtslos war das denn? »Und dann?«

Vince zuckte mit den Schultern. »Ich habe sie ziehen lassen. New York war für mich keine Option, und das wusste Debbie ganz genau. Das Grundstück haben wir mitsamt meiner Baupläne an eine junge Familie verkauft. Kurze Zeit später habe ich selbst komplett die Zelte abgebrochen und bin hierher zurück. Kanada hatte seinen Reiz für mich verloren.« Er strich sich eine unsichtbare Haarsträhne aus der Stirn, und als er Greta anschaute, war der Schmerz, der sich auf seinem Gesicht spiegelte, noch immer so roh und frisch, dass es Greta wehtat, seinen Blick zu erwidern. »Hätte sie mich für einen anderen Mann verlassen – ich hätte es verstanden. Hätte sie mich verlassen, weil sie an mir, an uns gezweifelt hätte – auch das hätte ich irgendwie hinnehmen können. Aber für einen Job? Für einen lächerlichen, verdammten Job?«

Betroffen saß Greta da und wusste nicht, was sie sagen sollte.

Vincent hob seine Hände und ließ sie in einer resignierten Geste wieder sinken. »Danach gab es nur noch belanglose Affären. Irgendwann war mir auch das zu dumm.« Er seufzte. »Vielleicht will ich einfach zu viel, aber ich träume nun mal von einer Liebe, die nicht so vergänglich ist wie die Jahreszeiten. Eine Liebe, die nicht vom ersten Herbstwind verweht wird. Eine Liebe, die sich mutig jedem Sturm stellt und sagt: Das stehen wir durch, da machen wir jetzt was draus! Wenn ich mich heute nochmals verliebe, soll es für immer sein.«

»Vielleicht haben viele Menschen auch Angst vor dem ›Für immer‹? Ein einziges Ja bedeutet schließlich, dass man automatisch zu tausend anderen Möglichkeiten Nein sagt«, bemerkte Greta vorsichtig. »Die meisten Männer, die ich bisher kennengelernt habe, hüteten sich jedenfalls davor, das Wort auch nur in den Mund zu nehmen. Vielleicht tut man gut daran, sich anfangs mit dem Hier und Jetzt zufriedenzugeben, sich an dem freuen, was *ist*? Eine Garantie, dass alles gelingt, gibt es doch schließlich nie.«

»Dass die Liebe nichts für Feiglinge ist, ist mir auch klar«, sagte Vincent leise. »Aber nach dieser Sache bin ich ein gebranntes Kind. Ich bin vorsichtig geworden, vielleicht *zu* vorsichtig. Vielleicht braucht es ...« – er suchte nach einem passenden Wort – »eine Art Vertrauensvorschuss, damit ich noch mal den Mut zu lieben aufbringe.«

Greta schaute betroffen fort. Seine Angst, dass sich die Geschichte – womöglich mit ihr – wiederholte, war nur zu verständlich. Aber was, verflixt noch mal, erwartete er von ihr? Und was war sie bereit zu geben?

»Wahrscheinlich habe ich einfach zu viele Country-songs gehört«, sagte Vincent nun in leichterem Ton, sein Blick war auf einmal ganz weich und jungenhaft. »Du weißt schon … *Stand by your man* von Tammy Wynette, *Always on my mind* von Willie Nelson, *Behind closed doors* von …«

»Charly Rich!«, beendete Greta den Satz für ihn. Aufgeregt rutschte sie auf ihrem Stuhl herum. »Oh, ich liebe Charly Rich. Seine Musik ist so total altmodisch, aber ich schmelze bei seiner Stimme regelrecht dahin. Dass es außer mir noch jemanden gibt, der den alten Country-Haudegen mag, hätte ich allerdings nicht gedacht!« Sie lachte ein wenig zu schrill, als wolle sie dadurch den Sturm an Gefühlen, der in ihrem Innersten tobte, zurückdrängen. Vincent, ihr Soulmate …

»Frankfurter City hin oder her – im tiefsten Herzen bist du ein richtiges Countrygirl, vielleicht verstehen wir uns deswegen so gut«, sagte Vince lachend. »Aber bist du auch bereit für die große Liebe?« Die Frage sollte spielerisch klingen, doch seine Augen funkelten herausfordernd, und sein Blick war eine Spur zu angespannt.

Gretas Herz setzte für einen Schlag aus. Auf diese Frage, diesen Moment, hatte sie so lange gewartet. *Ja, ich bin bereit! Noch nie habe ich für einen Mann so viel empfunden wie für dich. Es ist, als wären unsere Seelen unsichtbar und untrennbar miteinander verbunden,* wollte sie mit aller Inbrunst rufen, doch ihr Mund klappte wieder zu. Statt Liebesschwüre von sich zu geben, drehte sie den Apfel, der ihr in den Schoß gefallen war, stumm in ihren Händen. Sie wollte das Richtige sagen, nur – was war das Richtige? Auf einmal war sie verlegen um Worte, keins war ihr gut genug, vor allem jetzt nicht mehr, nach seiner schonungslosen Beichte.

Sie wich seinem forschenden Blick aus und schaute auf ihre manikürten Nägel. Eine Laune. Vincents Frage jedoch war keine spontane Laune. Vielmehr spürte Greta, dass dies einer der wichtigsten Momente in ihrer beiden Leben war.

»Was ist, wenn das Kräuter-der-Provinz-Festival im nächsten Frühjahr vorbei ist?«, hakte Vincent nach, als sich ihr Schweigen in die Länge zog. »Bist du dann auch wieder fort?«

Greta schluckte. Das war die alles entscheidende Frage. Die Frage, die sie sich längst selbst hätte stellen sollen. Stattdessen war sie ach so sehr verliebt gewesen in die Vorstellung, verliebt zu sein.

Wenn sie wirklich bereit war für ein »Immer und ewig« – warum hatte sie dann nicht längst ihre Frankfurter Wohnung aufgegeben? Wenn sie sich wirklich so sehr die große Liebe herbeisehnte – warum hatte sie dann ihr Auto nicht längst umgemeldet und sich danach erkundigt, ob sie ihr Häuschen längerfristig mieten konnte? Warum hatte sie sich nicht längst darüber informiert, was nötig war, wenn man sich mit einer kleinen Werbeagentur selbstständig machen wollte? Einerseits war die Vorstellung, nach Frankfurt zurückzukehren und ihr altes Leben wieder aufzunehmen, geradezu abwegig. Aber andererseits ließ sie sich jedes Hintertürchen offen, das sie finden konnte. War sie nicht genauso wie diese Debbie, die die große Liebe verriet für einen Job mit einem Judaslohn von dreißig Silberlingen?

Die Liebe ist nichts für Feiglinge, hatte Vincent gesagt. Und seine Fragen bewiesen, dass er ihr ebenso wenig über den Weg traute wie sie sich selbst. Wenn sie nun anfing, von ihren tiefen Gefühlen für ihn zu sprechen, würde sie ihn damit eher beleidigen als erfreuen. Worte waren für Vincent nur Schall und Rauch, wenn ihnen keine Taten folgten. Er war kein Mann der Hintertürchen, er wollte keine Liebesschwüre und auch kein Abenteuer. Er wollte eine für immer und ewig. Die große Liebe.

Sie räusperte sich, doch als sie zu sprechen begann, klang ihre Stimme rau.

»Am liebsten würde ich jetzt aufstehen, dich küssen und sagen, ja, ich bin bereit für die große Liebe. Aber im Augenblick tobt in mir auch eine Art fünfte Jahreszeit. Frankfurt, Maierhofen … Das, was gestern war, und das, was noch kommen kann – alles schwankt, ist kurz davor, sich in eine Richtung zu neigen!« Wenn ihre Worte nicht gut genug waren, dann vielleicht die von Tucholsky. »Die große Liebe hatte ich wirklich nicht auf der Rechnung, als ich nach Maierhofen gekommen bin, doch dann …«

… bist du mir begegnet. Sie schaute Vincent an und hoffte, er könne in ihr Innerstes sehen, dorthin, wo die ganze Liebe für ihn verborgen war. »Vielleicht brauche ich einfach noch ein bisschen Zeit …«

Das hast du ja mal wieder prima hinbekommen, sagte sie ärgerlich zu sich, als sie in die Schaltzentrale zurückkam.

»Gib mir Zeit« – lahmer ging's wohl nicht! So etwas hatte sie früher immer zu den Männern gesagt, von denen sie in Wahrheit nichts wollte. Und nun hatte sie Vincent auf ähnliche Art abgespeist. Warum hatte sie so verklausuliert dahergefaselt? Warum hatte sie ihn nicht einfach geküsst, ihr Innerstes hatte doch so sehr danach geschrien!

Hätte Vincent verärgert reagiert oder enttäuscht – sie hätte es gut verstanden. Viel schlimmer war, dass er nur wissend genickt hatte. Gerade so, als hätte er nichts anderes von ihr erwartet.

Fräulein Wankelmut. Frau Ich-weiß-nicht-was-ich-will. Ein alter Feigling war sie, nicht mehr und nicht weniger!

Greta legte ihre Tasche mit solcher Wucht auf ihrem Schreibtisch ab, dass etwas darin klirrte. Na prima, wenn sie jetzt noch ihr Parfüm zerdeppert hatte und ihre ganze Tasche nach *Opium* roch, war der Tag perfekt.

Ihr Blick wanderte missmutig in Richtung Tür. Aus der Küche waren sphärische Klänge zu hören, aber wenigstens blieb ihr der Anblick von Sam erspart.

Normalerweise war Arbeit für sie die beste Medizin, doch heute fiel es ihr schwer, an der Liste der Aktivitäten für das Dorffest weiterzuarbeiten. Etliche Angebote standen inzwischen schon fest: Es würde einen Workshop »Brotbacken im historischen Backhaus« unter Magdalenas Leitung geben. Jessy lud unter dem Motto »Kräuterlimonade selbst gemacht« ein. Christine würde eine Kräuterwanderung führen, in der nahen Ölmühle wollte der Besitzer eine Verkostung veranstalten. Der Ziegenhof wollte auch mitmachen …

Greta war gerade dabei, die Nummer des Imkers herauszusuchen, der den Vortrag »Honig im 21. Jahrhundert« halten wollte, als das Telefon klingelte.

Wie bei jedem Telefonklingeln in den letzten Tagen setzte ihr Herz einen Moment lang aus. Zittrig nahm sie ihr Handy hoch und sah die Vorwahl … Frankfurt! *Meine Landliebe* saß in Frankfurt. O Gott, das war er, der ersehnte! Hastig nahm sie das Gespräch an.

»Greta Roth am Apparat«, sagte sie mit freundlicher Stimme.

Am anderen Ende der Leitung ertönte ein dunkles Räuspern. »Greta, es ist so …« Schweres Atmen folgte.

»Norbert, bist du das?« Greta blinzelte. Was um alles in der Welt wollte ihr alter Chef von ihr?

Ohne viele Vorreden, als habe man sich erst gestern das letzte Mal gesehen, kam Norbert Fischli auf den Punkt: Er habe inzwischen erkannt, wie wertvoll Gretas Input all die Jahre über gewesen war. Die überstürzte Kündigung sei ein großer Fehler gewesen, von beiden Seiten! Er hätte sie nicht einfach gehen lassen dürfen. Und sie hätte erst gar nicht daran denken dürfen zu gehen. Es verbände sie schließlich eine jahrelange gute Zusammenarbeit. Und überhaupt war es ein Fehler, was die Agentur Greta angetan habe. Falls manches nicht so gelaufen war, wie es hätte laufen sollen, täte ihm das furchtbar leid …

»Das ist doch alles Schnee von gestern«, sagte Greta ungeduldig und misstrauisch zugleich. Norbert Fischli und sich entschuldigen? Das war ja mal etwas Neues. Sie lehnte sich bequem in ihrem Stuhl zurück.

»Wir zwei waren doch immer ein Spitzenteam! Seit du

weg bist, läuft vieles nicht mehr so rund«, säuselte er in Frankfurt weiter. »Fehler häufen sich, seit du nicht mehr hier bist. Du weißt ja, wie schluderig die jungen Leute heutzutage arbeiten.«

Dieser Satz löste einen spontanen Hustenanfall bei Greta aus. Fischli beklagte sich über »die jungen Leute«? Wer hatte denn Kim Köster mit ihren fünfundzwanzig Jahren derart angehimmelt, dass er kaum mehr hatte geradeaus schauen können?

»Greta, bestimmt ahnst du, worauf ich hinauswill. Simon & Fischli will dich zurückhaben! Und wenn du erst das Angebot kennst, das ich dir unterbreiten möchte, dann bin ich mir ziemlich sicher, dass du zurückkommen wirst…«

23. Kapitel

Nach diesem Anruf war an Arbeit erst recht nicht mehr zu denken. Greta schnappte ihre Jacke und verließ die Goldene Rose. Sie brauchte frische Luft, um nachzudenken. Ziellos lief sie durch den Ort, in eine Querstraße, zurück auf den Marktplatz, die Hauptstraße hinunter...

Ein leichter Nieselregen hatte eingesetzt, nichts Ernsthaftes, aber auch nicht sehr gemütlich. Greta zog ihren Jackenkragen enger um sich und spazierte weiter. Aus Magdalenas Bäckerei duftete es verführerisch nach Zwiebelkuchen, aus der Metzgerei gegenüber roch es nach Wurst und Fleisch. Gretas Magen gab ein leises Knurren von sich. Doch ausnahmsweise einmal ignorierte sie ihn. Im Moment wollte sie keine Leute um sich herum haben, sie musste allein sein und nachdenken.

Unter der Linde, deren Blätter sich vereinzelt schon gelb färbten, blieb Greta stehen. Langsam, als würde sie sich in dieser Umgebung zum ersten Mal orientieren, ließ sie ihren Blick schweifen.

Mit welchen Augen würde ein Fremder Maierhofen betrachten? Was genau würde er sehen? Da gab es den Marktplatz und ein paar alte, nett hergerichtete Häuser ringsherum. Es gab die Dorfkirche, das Landhotel Goldene Rose... Ein kleiner Ort wie viele andere auch, würde dem Fremden wahrscheinlich durch den Kopf gehen. Und er würde hinter Maierhofen ein Häkchen setzen. Gesehen, erledigt, nichts weiter dabei.

Hatte sie das Dorf in den letzten Monaten zu sehr verherrlicht? War es an der Zeit, die rosarote Brille abzunehmen?

»Du warst unser bester Senior Art Director, Greta!«, hörte sie wieder Norbert Fischlis Stimme im Ohr. »Was würdest du sagen, wenn ich dir einen Posten in der Geschäftsleitung anbiete?«

Sie hatte geglaubt, nicht richtig zu hören, doch Fischli hatte sein Angebot konkretisiert.

»Nachdem Frank Simon im Juni seinen zweiten Herzinfarkt hatte, muss er nun dringend kürzertreten. Er möchte zurück nach England, dort wird er sich um unsere englische Dependance kümmern. Dort ist er nicht ganz so gefordert wie hier in Frankfurt. Das heißt, der Platz an meiner Seite wird frei. Greta, stell dir das doch nur vor – als Financial Director würdest du die Belange der Agentur entscheidend mitprägen. Du hättest freie Hand, Greta, wir würden uns die Geschäftsleitung quasi teilen.«

Sie würde ganz oben in der Chefetage sitzen. Von solch einem Karriereschritt hatte sie bisher nicht einmal zu träumen gewagt. Dazu ein Penthouse im angesagten Frankfurter Westend ... Ein verführerisch hohes Gehalt, Sicherheit, Rentenansprüche.

Aber würde sie dem Stress überhaupt noch gewachsen sein? Und hatte sie Lust, sich dem erneut auszusetzen? Heutzutage stresste es sie schon, dass der Anruf des Hochglanzmagazins *Meine Landliebe* ausblieb!

Traktorengeräusch ertönte, und im nächsten Moment hielt Madara bei ihr an. »Hab gehört, du warst heute beim Frisör. Und die Nägel hast du dir auch machen lassen, los, zeig mal!«

»Kann man hier denn gar nichts tun, ohne dass das ganze Dorf es mitbekommt?«, antwortete Greta lächelnd, aber auch ein wenig genervt. Dann hielt sie der Sennerin ihre Hände hin.

»Nett. Wenigstens hat Edelgard dir nicht eine ihrer heiß geliebten Hexen aufgemalt«, sagte Madara. »Vielleicht sollte ich mir mal die Namen meiner beiden Lieblingskühe verpassen lassen.« Grinsend fuhr sie weiter.

Das Traktorengeräusch war gerade verstummt, als ein Auto neben ihr hielt.

Christine kurbelte das Fenster ihres Toyota hinunter und wollte wissen, ob Greta heute ohne sie klargekommen war.

Greta bejahte.

»Du siehst aber so erschöpft aus«, sagte Christine in besorgtem Ton.

»Das täuscht. Erzähl – wie war es bei Therese?«, lenkte Greta ab.

»Bei der war ich gar nicht, sie rief mich an und meinte, es würde heute nicht passen. Also habe ich den Tag zum Nähen genutzt.« Sie zeigte auf die Rückbank, wo riesige Stoffballen lagen. »Jetzt habe ich alle Vorhänge für die Wirtsstube und die Nebenzimmer fertig. Die Kissen sind auch erledigt, es fehlen nur noch ein paar Dekostücke für die Gästezimmer, und die Goldene Rose ist nicht mehr wiederzuerkennen. Therese wird Augen machen!«

Christine lachte glücklich. »Hast du zufällig Zeit und Lust, mir beim Aufhängen der Vorhänge zu helfen?«

Greta zögerte. Normalerweise hätte sie sofort Ja gesagt. Doch heute ...

»Können wir das auf morgen verschieben? Mein Kopf platzt fast.«

Christine schaute Greta kritisch an. »Ist es wirklich nur Kopfweh? Sei mir nicht böse, aber du siehst irgendwie ... verstört aus.«

Wie gut Christine sie schon kannte. »Ich muss nur über verschiedene Dinge nachdenken, dann geht's mir auch wieder besser.« Greta bemühte sich um ein Lächeln, doch Christine sah sie weiter skeptisch an.

»Wenn das Nachdenken nicht hilft, ruf mich einfach an. Ich koche dir einen meiner Spezialkräutertees, die helfen immer!«

Sinnend schaute Greta Christines Toyota hinterher. Würde sie Christine morgens um zwei anrufen und um Hilfe bitten, würde diese nicht lange nach dem Warum und Wieso fragen, sondern im Schlafanzug angerannt kommen und bleiben, solange es nötig war.

Christine, Madara, Jessy, Magdalena – noch nie hatte sie, Greta, so enge Freundschaften gehegt wie hier in Maierhofen. Sie war mit dem Wort Freundin immer sehr vorsichtig umgegangen, hatte noch nie »Sportsfreundinnen« und »Geschäftsfreundinnen« oder anders geartete Freundinnen gehabt. Auch würde sie sich hüten, ihre fast tausend Facebookkontakte »Freunde« zu nennen! Bekannte, gute Bekannte, enge Bekannte – das waren Begriffe, die sie gern verwendete. Aber jemanden eine Freundin zu nennen war in Gretas Augen etwas ganz Besonderes. Und hier in Maierhofen fiel ihr das viel leichter. Christine war ihr zur wahren Freundin geworden.

Auf der anderen Straßenseite ging die Tür vom Genießerladen auf, eine Frau verließ schwer bepackt mit drei Tüten das Geschäft und stieg in ihr Auto. Hinter ihr erschien eine strahlende Roswitha im Türrahmen.

»Hi Greta! Ist dieser regengeküsste Tag nicht traumschön? Magst auf einen Kaffee reinkommen?«

Traumschöner Tag? Greta winkte dankend ab. Ein andermal.

Während sie in Richtung ihres Hauses lief, wurde ihr Herz immer schwerer.

Roswitha, der schrullige Edy, Herr Kleinschmied, der Fotograf… Es waren die Menschen, die Maierhofen zu etwas Besonderem machten!

Sie, die Fremde, die Werbefrau mit Starbucks-Allüren, hatte hier einen neuen Sinn im Leben gefunden. Das kleine Häuschen am See war ihr in der kurzen Zeit mehr zum Zuhause geworden, als es ihre Wohnung in Frankfurt je gewesen war.

Und dann war da noch Vincent… Ihr Herz sehnte sich so sehr nach ihm, dass es wehtat. Gib mir Zeit, hatte sie von ihm verlangt, gerade so, als würden ein paar Tage hin oder her den Unterschied machen. Stattdessen dachte sie ernsthaft darüber nach, wieder nach Frankfurt zurückzukehren! Sie war nicht besser als diese Debbie aus Alberta, die ihm einst das Herz gebrochen hatte.

Wohin gehörte sie? Wer war sie? Es hätte nicht viel gefehlt, und Greta hätte auf der Stelle losgeheult, so verloren fühlte sie sich auf einmal. Mit den unsicheren Bewegungen einer Marionette, deren Fäden zu locker saßen, lief sie weiter. Sie wollte hinaus aus dem Dorf, ins Grüne. Den Fröschen und Vögeln am Weiher machten ein paar Tränen nichts aus.

Sie hatte die letzten Häuser von Maierhofen gerade hinter sich gelassen, als der Regen plötzlich aufhörte. Erste Sonnenstrahlen wagten sich schon wieder durch den verhangenen Himmel, es roch grün und frisch. Greta atmete so gierig die klare Luft ein, als könne ihr der nächste Atemzug den inneren Frieden bescheren.

Der Sportplatz kam in Sicht, wo eine Gruppe von Männern Kniebeugen und Liegestützen machte, ohne sich um den nassen Boden zu kümmern. Es waren Vincent und seine Kumpels, sie trainierten für einen Holzfällerwettbewerb.

Hinter einem Baum verborgen blieb Greta stehen.

Neben dem Dorfprojekt war die Teilnahme der Maierhofener Jungs an den Timbersports-Europameisterschaften, die ein großer Motorsägenhersteller sponserte, *das* zweite große Thema. Inzwischen wusste jeder, vom kleinen Kind bis zur Großmutter, über die einzelnen Disziplinen Bescheid, in denen sich die Männer mit ihren Äxten würden messen müssen. Auch Greta, verliebt wie sie war, hatte sich im Internet informiert. Sie hätte Fachbegriffe wie *Single Buck* oder *Underhand Chop* wie Bälle in der Luft jonglieren können. Nur hatte sie bisher leider niemand zum Fachsimpeln aufgefordert.

Während sie hinter einem Baum hervor die durchtrainierten Männer bewunderte, die unter Vincents Anleitung mit wenigen Axthieben dicke Baumstämme durchhieben, waren ihre Sorgen für einen Moment wie weggeblasen. Ob es noch eine andere Sportart gab, die so maskulin und archaisch war wie diese hier?, dachte Greta grinsend, während sie ihren Blick vor allem von einem Mann nicht abwenden konnte. Vincent. Er überragte alle, neben seiner körperlichen Präsenz wirkten die ebenfalls sehr kräftigen Burschen fast schmächtig. Mit ruhiger Stimme gab er Anweisungen, korrigierte hier den Halt einer Axt, verbesserte da eine Fußstellung. Die anderen Männer hörten ihm aufmerksam zu und nahmen seinen Rat nur allzu gern an. Ihr Coach hatte schließlich schon Wettbewerbe in der obersten Liga gewonnen, sein Wort galt bei ihnen uneingeschränkt.

Was für ein Mann. So einem war sie doch nie und nimmer gewachsen. Sie mit ihren Ängsten, ständigen Zweifeln, ihrer Feigheit… Ihre Schultern sackten mutlos nach unten, und sie wollte unbemerkt gehen, als Vincent just in diesem Moment zu ihr herüberschaute. Im nächsten Augenblick war er bei ihr. Das hoffnungsfrohe Lächeln, das er auf den Lippen hatte, erstarb, als er ihr ins Gesicht sah.

»Ist alles o.k.? Du siehst aus, als ob irgendwas gewaltig nicht in Ordnung ist.«

So etwas hatte sie sich immer gewünscht. Ein Mann, der ihr ansah, wenn etwas nicht in Ordnung war, und der den Mut hatte, dies auch anzusprechen. Die Männer, die sie bisher gekannt hatte, waren Problemgesprächen stets ausgewichen. Einen Moment lang überlegte sie, sich mit einer flapsigen Bemerkung aus der Affäre zu ziehen, doch dann erzählte sie ihm von Fischlis Angebot. Seine Miene wurde mit jedem ihrer Worte verschlossener, seine Stimme klang fast blechern, als er sagte: »Und was hast du ihm geantwortet?«

Dass ich Zeit brauche, wollte Greta wahrheitsgemäß sagen, doch im letzten Moment schluckte sie die Worte, die sie ihm gegenüber heute schon einmal benutzt hatte, herunter. Durch die Wiederholung würden sie noch banaler klingen als zuvor.

»Ach verdammter Mist, was soll ich nur tun?«, brach es aus ihr heraus.

»Vince? Kannst du mal kommen?«, rief einer der Männer.

Greta wusste nicht, ob sie deswegen erleichtert oder traurig sein sollte.

Sein Blick war ernst, als er sagte: »Vielleicht hast du dich die ganze Zeit gefragt, warum ich mich nicht offensiver um dich bemühe. Nun weißt du, warum. Dass es auf so etwas herauslaufen wird, habe ich irgendwie die ganze Zeit vermutet.«

»Dann hast du mehr gewusst als ich«, sagte Greta mit leicht aggressivem Unterton. *Sie* konnte ja nun wirklich nichts für Fischlis Angebot.

Vincent schaute sie für einen langen Moment intensiv an. »Vielleicht ist es ganz gut, dass dein Chef dir dieses Angebot gerade jetzt unterbreitet hat. Nun kannst du nicht mehr ausweichen, du wirst dich entscheiden müssen.«

Sie schluckte. »Kannst *du* mir nicht sagen, wohin ich gehöre?« O Gott, wie pathetisch sie sich anhörte.

Vincents Blick war liebevoll, aber auch unerbittlich, als er sagte: »Du wirst von mir nicht hören, dass ich dich bitte zu bleiben. Ich bin mir *meiner* Gefühle dir gegenüber sicher, aber wo *du* hingehörst, musst du schon selbst herausfinden.« Er beugte sich zu ihr herab, und für einen kurzen Augenblick dachte Greta, er würde sie küssen. Sie schloss die Augen in freudiger Erwartung. Doch er streichelte ihre Wange in einer Art, als würde er von ihr Abschied nehmen. Sie öffnete die Lider angstvoll wieder. Vincent war längst auf halbem Weg zu seinem Team.

Die Nacht wurde lang und unruhig. Bleiben oder gehen? Hoch in die Chefetage oder eine One-Woman-Show auf dem Land? Die große Liebe oder keine Verbindlichkeiten?
Ich bin mir meiner Gefühle dir gegenüber sicher …
Noch nie hatte sie eine schönere Liebeserklärung bekommen. Warum hatte sie Vincent nicht genauso antworten können? Greta kam sich feige und schäbig vor.

Gegen vier schlief sie endlich ein. Als um kurz nach sieben ihr Handy klingelte, war sie so weggetreten, dass sie das Geräusch zunächst nicht zuordnen konnte. Wer wollte um diese Tageszeit etwas von ihr?, fragte sie sich, als das Handy erneut zu klingeln begann. War es Vincent? Bei dem Gedanken schrak sie zusammen.

»Ich dachte, bei euch auf dem Land steht man mit den Hühnern auf?«

»Emily …« Greta sackte stöhnend auf ihr Kissen zurück.

»Habt ihr wieder gefeiert, oder warum hörst du dich so groggy an?«

»Ob du es glaubst oder nicht – wir machen auch noch etwas anderes als feiern«, sagte Greta und rieb sich die verschwollenen Augen. »Aber nun sag schon, was gibt's?«

»Heidi Hutter von *Meine Landliebe* hat sich gemeldet. Allem Anschein nach haben sie nun doch Interesse an einer Reportage über Maierhofen! Noch ist nichts konkret, die Damen und Herren lassen sich gern ein wenig bitten. Aber dir zuliebe schmiere ich ihnen einfach so lange Honig ums Maul, bis sie sich auf einen Termin festlegen.«

Schlagartig war jede Müdigkeit wie weggeblasen.

»Emily! Ich glaub's ja nicht! Das ist… wunderbar, einmalig!« Greta sprang aus dem Bett, ging zur Fensterfront, raufte sich die Haare. »Wenn *Meine Landliebe* über Maierhofen berichtet, ist das die allerbeste Werbung für das Genießerfest im nächsten Mai und für alles andere auch! Dann kann nichts mehr schiefgehen. Ach, ich könnte dich knutschen!« Sie lief aufgeregt im Zimmer auf und ab.

»Davon hab ich aber was. Wärst du nicht weggezogen, könnten wir jetzt schon mal einen Prosecco trinken. Aber du musstest mich ja unbedingt im Stich lassen.«

»Ich habe dich doch nicht im Stich gelassen«, erwiderte Greta entsetzt. »Du bist und bleibst meine allerbeste Freundin, ganz egal, wo ich wohne!«

»Na, wenn das so ist, muss ich dich wohl oder übel mal besuchen kommen. Wann steigt denn mal wieder eins eurer berühmten Feste? »

»Sag einfach, wann du kommst, und ich organisiere ein Fest ganz für dich allein!«, rief Greta lachend. »Ach, wie gern würde ich jetzt mit dir frühstücken. Warum gibt es noch immer keine Maschine, die uns von hier nach dort beamt? Ich hätte dir so viel zu erzählen ...« Sollte sie der Freundin von Fischlis Angebot berichten? Emily würde ihr zureden, so viel stand fest.

»Mach dir lieber darüber Gedanken, was du den Leuten von *Meine Landliebe* zeigen willst. Welche Personen willst du ihnen als Interviewpartner anbieten? Zu welchen Foto-Motiven willst du sie führen und so weiter. Das kann jetzt ziemlich schnell gehen ...«

»Was kann schnell gehen? Dass du kommst? Oder dass die Redakteure kommen?« Greta grinste.

»Sei am besten auf beides gefasst«, erwiderte Emily.

Kurze Zeit später machte sich Greta auf den Weg in Richtung Bodensee. Ihr Entschluss, Therese zu besuchen, war spontan entstanden, in eineinhalb Stunden würde sie da sein, sagte ihr Navi.

Eineinhalb Stunden, um durchatmen zu können. Eineinhalb Stunden Aufschub. Wer durch solch kurvenreiche Gegenden fuhr, von dem konnte man doch während der Fahrt keine Entscheidungen erwarten.

Norbert Fischlis Angebot. Vincent, der mit Recht wissen wollte, wie es um sie beide stand. Womöglich hatte sie seine Geduld längst überstrapaziert? Dazu Emilys frohe Botschaft – die Ereignisse überschlugen sich, und sie, Greta, kam nicht mehr hinterher. Vielleicht würde die Fahrt zu Therese ihr helfen, innerlich wenigstens ein bisschen zur Ruhe zu kommen.

Die Rehaklinik lag malerisch eingebettet im Hinterland des Bodensees und machte zumindest von außen einen guten Eindruck.

Als Greta aus dem Auto stieg, fühlte sie sich tatsächlich ein wenig besser. Ihre frohe Stimmung hielt weiter an, nachdem sie das Haupthaus betreten und festgestellt hatte, dass es hier weder nach Krankenhaus roch noch danach aussah. Sie entdeckte ein Wasserspiel, an einer anderen Stelle noch eins, dazu Schaukästen, in denen antike nautische Geräte gezeigt wurden – das Haus hatte eher das Ambiente eines Hotels, das gern am Meer gelegen hätte.

Schwungvollen Schrittes ging Greta den langen Gang entlang, an dessen Ende Thereses Zimmer liegen sollte. Es gab so viel zu erzählen, dass sie noch gar nicht wusste, wo sie anfangen sollte.

»So, wie es aussieht, darf ich in ein paar Tagen nach Hause. Ich kann es kaum erwarten, wieder meine eigene Herrin zu sein. Schau dir mal an, wie sie hier von früh bis spät über mich verfügen!« Therese hielt Greta einen Zettel hin.

»Massage, Ergotherapie, Ernährungsberatung, Sport, kreatives Tun…« Die Cousine schaute lachend auf. »Ich dachte, du sollst dich hier erholen? Dabei hast du noch mehr zu tun als ich!«

»Und das ist nur das Programm für einen Tag. Erholen werde ich mich wahrscheinlich erst, wenn ich wieder daheim bin«, erwiderte Therese.

»Hast du denn wenigstens das Gefühl, das alles hier…« – Greta machte mit ihren Händen eine alles umfassende Geste – »…ist dir hilfreich?«

Therese zuckte mit den Schultern. »Ich glaube schon. Dass ich einmal im Mittelpunkt stehe, kenne ich gar nicht. Als Kind habe ich bei jedem Zipperlein immer nur zu hören bekommen, dass ich mich nicht so anstellen soll. Zeit, sich zu mir ans Krankenbett zu setzen, mir Tee zu kochen oder eine Geschichte vorzulesen, hatte Mutter nie. Und sie war auch nicht der Typ dafür. Irgendwie habe ich diese… Härte mir gegenüber übernommen. Bisher ging immer das Geschäft vor, und wenn ich sage ›immer‹, dann meine ich das auch so. Ganz gleich, ob ich Migräne hatte oder einen Hexenschuss, egal, ob mir der Rotz aus der Nase lief oder ich wegen einer Hochzeit, die bis in die Puppen gefeiert wurde, total übernächtigt war – der Laden musste laufen. Schwächen hab ich mir nicht erlaubt. Hier ist mir zum ersten Mal klar geworden, wie schändlich ich mit mir und meinem Körper umgegangen bin. Eigentlich wundert es mich kein bisschen, dass er sich auf so brutale Weise gewehrt hat, anders war mir ja nicht beizukommen.«

Sie sah, wie Greta skeptisch die Stirn runzelte. Der Gedanke, dass der Krebs ihr etwas sagen wollte, war anfangs auch für Therese befremdlich gewesen, inzwischen glaubte sie fest daran, dass es so war.

»Die Krankheit hat mir ganz klar gezeigt: Stopp! Bis hierher und nicht weiter.«

»Das hört sich ja an, als würdest du dein ganzes Leben umkrempeln wollen«, sagte Greta. »Geht das denn so einfach?«

»Was ist schon einfach?« Therese seufzte. »Ich habe mir jedenfalls fest vorgenommen, zukünftig öfter eine Ruhepause einzulegen, ganz gleich, was los ist. Mehr auf meinen Körper zu hören, anstatt ihn immer nur zu ignorieren. Ob es mir gelingt?« Sie zuckte erneut mit den Schultern. Dann zeigte sie auf den weitläufigen Park, den man von ihrem Zimmer aus sehen konnte. »Wollen wir ein bisschen spazieren gehen?«

Greta nickte zustimmend.

Arm in Arm spazierten sie los. Auf der Allee, unter den sich rot färbenden Kastanienbäumen, begann Greta zu erzählen. Von den Aktivitäten rund ums Kräuter-der-Provinz-Festival im nächsten Frühjahr, davon, dass der Flyer immer mehr Gestalt annahm. Von Roswitha, die so fesch in ihrem Dirndl aussah, und von den Zeitungsleuten, die nun doch kommen und berichten wollten.

»Der Edy hat auch noch irgendein Ass im Ärmel, sag ich dir. Er bereitet irgendeine Spezialität für unser Fest vor, aber wann immer ich ihn frage, ob ich außer dem Bratwurststand noch etwas anderes ins Programm aufnehmen soll, schüttelt er nur den Kopf. Hast du eine Ahnung, was der Mann vorhat?«

»Ich? Ich bin doch die Allerletzte, die von Maierhofen noch was mitbekommt. Warum fragst du nicht Roswitha?«, sagte Therese. »Sie und Edy sind doch ganz dicke miteinander, hat Christine erzählt.«

Greta winkte ab. »Rosi steckt irgendwie mit Edy unter einer Decke, die lässt nichts heraus. Aber dafür hat der Imker zugesagt ...«

Therese fiel es immer schwerer, Gretas Gesprächsfluss zu folgen. Konzentrier dich, das ist dein Dorf, das sind deine Leute, von denen Greta erzählt!, rügte sie sich, während sie sich hinter einem Baum wegduckte, um Frau Hochmut, der Physiotherapeutin, zu entgehen, deren Termin sie Greta zuliebe schwänzte. Doch Frau Hochmut hatte sie längst erspäht. Oh, das würde Ärger geben, dachte Therese dumpf, bei versäumten Terminen verstand die Therapeutin keinen Spaß.

Nicht zum ersten Mal hatte Therese das Gefühl, hier in der Reha wie unter einer Glasglocke zu leben. Alles, was außerhalb dieser Glocke geschah, drang nur gedämpft und bruchstückhaft zu ihr hindurch. Umso präsenter war hingegen das Geschehen innerhalb der Glasglocke: Frühstück um sieben, Fango um acht, Gesprächstherapie um elf, die strenge Frau Hochmut …

Sie winkte einer Patientin zu, mit der sie in der Sportstunde immer Badminton spielte. »Heute Nachmittag um vier, ja?« Die Frau nickte fröhlich.

»Was sagst du denn nun zu Norbert Fischlis Angebot? Kann ich so was überhaupt ausschlagen? Andererseits – will ich überhaupt noch weg aus Maierhofen? Wo ich doch längst mein Herz verloren habe, und das sogar im doppelten Sinn. Ach verdammt, je länger ich über alles nachdenke, desto heftiger fahren meine Gedanken Karussell!«, endete die Cousine verzweifelt.

»Du spielst ernsthaft mit dem Gedanken, für immer in Maierhofen zu bleiben?« Therese hob erstaunt die Brauen. Das war neu für sie.

Greta schaute sie stirnrunzelnd an. »Hörst du mir überhaupt zu? Worüber rede ich denn die ganze Zeit?«

Schuldbewusst schaute Therese weg. Es wurde höchste Zeit, dass sie unter der Glasglocke hervorkam!

»Ach Greta, in solch einer schwierigen Frage suchst du ausgerechnet Rat bei mir?«, sagte sie nach einem langen Moment des Überlegens. »Natürlich hört sich das Angebot deines Chefs verführerisch an. Als Frau in die Chefetage einer solch renommierten Agentur – das ist doch was! Dass man vom Erfolg ein wenig trunken werden kann, weiß ich sehr wohl. Wenn ich überlege, welchen Weg ich mit der Goldenen Rose zurückgelegt habe. In der Anfangszeit, als ich das Gasthaus von meinem Vater übernommen hatte, konnte ich mit Ach und Krach von meinen Einnahmen leben. Doch nach und nach habe ich mein Gasthaus echt zum Florieren gebracht, natürlich auch dank Sam...« Der Stolz in ihrer Stimme war nicht zu überhören. Aber schwang nicht auch noch etwas anderes mit? Sie konnte es kaum erwarten, endlich wieder Seite an Seite mit Sam zu arbeiten! An jedem seiner freien Tage hatte er sie besucht. Hatte ihr Blumen mitgebracht oder Pralinen. Hatte ein bisschen erzählt, hatte sie erzählen lassen und war dann wieder davongefahren. Weder Christine noch Greta hatte sie von diesen Besuchen erzählt. Am Ende hätte es noch geheißen, eine weitere Liebschaft sei entfacht!

Sam und sie... Sie seufzte innerlich auf. Als ob so ein junger Mann etwas von einer alten Kuh wie ihr wollte! Bevor sie sich weiter in dumme Gedanken verstricken konnte, nahm sie ihren Faden wieder auf.

»Ich gebe es ehrlich zu – ich bin stolz auf meine beruflichen Erfolge. Sie gehören zu mir, sie machen einen Teil dessen aus, was ich bin. Aber leider sind sie auch verantwortlich dafür, dass so viel anderes zu kurz gekommen ist. Ich hätte gern mal irgendwo einen netten Mann kennengelernt. Aber Urlaube kenne ich nur vom Hörensagen. Hobbys habe ich auch nicht, ja, nicht mal einen Hund, mit dem ich spazieren gehen könnte! Bald werde ich fünfzig, und langsam frage ich mich ernsthaft, ob ich nicht die meiste Zeit meines Lebens irgendwie verplempert habe.« Zu ihrem Erstaunen klang sie nicht bitter, sondern nur traurig.

»Du darfst nicht so hart mit dir ins Gericht gehen«, sagte Greta. »Du hast wunderbare Freundinnen, du lebst eingebunden in einer tollen Dorfgemeinschaft, und dein Geschäft macht dir nach wie vor Spaß. Außerdem …« Sie schluckte, als ihr nichts mehr einfiel. »Das ist doch schon mal was!«, fügte sie etwas lahm hinzu.

Therese wusste nicht, ob sie über Gretas magere Aufzählung lachen oder weinen sollte. Sie zeigte auf eine der Parkbänke. »Wollen wir uns setzen?«

Greta nickte. Das Holz der Bank war warm von den herbstlichen Sonnenstrahlen. Es tat gut, ein wenig zu sitzen und auszuruhen, dachte Therese. Mit leiser Stimme sprach sie weiter. »Frohe Stunden, im Kreis von Freunden verbracht. Gemeinsam lachen und feiern, albern sein, aber auch ernste Gespräche führen. Ausflüge machen, Neues kennenlernen, Erfahrungen sammeln, sodass man später, wenn man alt ist, zueinander sagen kann: ›Weißt du noch, damals, als wir …?‹« Sie sah Greta an. »Mir ist inzwischen klar geworden, dass solche Erlebnisse in meinem Leben den geringsten Anteil ausmachen. Wenn ich darüber nachdenke, wie oft ich schon Christine einen Korb gegeben habe, als sie mich einlud, mit ihr und Elfie Scholz gemütlich zusammenzusitzen und vielleicht etwas zu handarbeiten, wird mir ganz elend! Und wenn Madara zu einem Konzert in die Stadt fährt, fragt sie mich auch jedes Mal, ob ich mitwill. Und ich sage jedes Mal nein danke. Im Frühjahr kam sogar Lionel Richie – den hätte ich um mein Leben gern gesehen. Aber ich hatte an dem Wochenende eine Hochzeitsgesellschaft.« Therese unterbrach sich für einen Moment, ehe sie schonungslos fortfuhr: »Und dann, Ende November, wenn sich jedes Jahr die Frauen im Dorf treffen, um gemeinsam Adventskränze zu binden, Glühwein trinken und sich einen schönen Abend machen – auch da bin ich nie mit von der Partie. Weil wir dann jeden Abend in der Goldenen Rose Gansessen haben! Immer gibt es etwas, was wichtiger ist als all diese schönen Dinge im Leben. Und falls ich wirklich mal Zeit dafür hätte, bin ich zu müde. Das kann's doch echt nicht sein, oder?« Sie schaute ihre Cousine fragend an und sah zu ihrem Schrecken, dass Greta weinte. »Was ist denn?«, sagte sie hilflos. Bei Greta sah es keinen Deut anders aus, erkannte sie im selben Moment. »Deshalb brauchst du doch nicht weinen«, sagte sie und strich ihrer Cousine sanft über den Arm. »Das Schöne ist doch, dass wir Dinge auch wieder ändern können!« Mit jedem Tag mehr, den sie gegen den Krebs angekämpft hatte, war diese Überzeugung in ihr gewachsen. Ab jetzt würde alles anders werden.

»Aber am Ende braucht man doch nicht nur schöne Erinnerungen, sondern auch ein Gegenüber, mit dem man diese Erinnerungen teilen kann«, schluchzte Greta. »Ich habe beides nicht. So gesehen bin ich die volle Versage-rin …«

War denn die Liebesgeschichte zwischen ihrer Cou-sine und Vincent schon wieder aus? Christine hatte nichts dergleichen gesagt, sondern vielmehr angedeutet, dass sie glaube, die Sache sei beiden sehr ernst.

»Wenigstens hast du doch mich«, sagte sie tröstend zu Greta. »Ganz gleich, ob du in Maierhofen bleibst oder nach Frankfurt zurückkehrst, wir bleiben in Kontakt! Ob wir die Jahre, die wir uns aus den Augen verloren hatten, wieder aufholen können, bezweifle ich. Aber wir können uns neu kennenlernen. Ganz in Ruhe. Ach, ich bin dem Schicksal wirklich dankbar, dass wir uns wiedergefunden haben. Wenn ich dich damals, in der schlaflosen Nacht vor Pfingsten, nicht zufällig im Fernsehen gesehen hätte …«

Gretas tränennasse Augen leuchteten. »Das war wirk-lich Bestimmung«, hauchte sie.

»Vielleicht ist alles andere auch Bestimmung?«, er-widerte Therese und dachte an ihren Krebs. »Und alles kommt so, wie es kommen soll. Vielleicht müssen wir ein-fach lernen, das, was das Leben uns in den Weg stellt, an-zunehmen statt es immer infrage zu stellen.«

24. Kapitel

Christine hatte es eilig. Da Herbert mal wieder vergessen hatte, die Rollläden hochzuziehen, war sie nur schwer zu sich gekommen. Als sie es endlich geschafft hatte, die Augen vollständig zu öffnen, war es zu ihrem Entsetzen schon halb acht gewesen.

Ausgerechnet heute, wo ein Termin den anderen jagte, war sie im Hintertreffen, noch bevor der Tag richtig begonnen hatte! Gehetzt stieg Christine aus ihrem Wagen. Prompt blieb sie mit dem Absatz ihres Pumps im Türrahmen hängen, dann fiel der Schuh auf den regennassen Asphalt. Seufzend hangelte sie mit ihrem bestrumpften Fuß danach. Jetzt noch eine Laufmasche ... Sie öffnete die Heckklappe und befahl ihren beiden Hunden auszusteigen. Als sie die beiden erwartungsvollen Gesichter sah, überkam sie ein schlechtes Gewissen. Nicht einmal für einen Morgenspaziergang war Zeit gewesen, sie hatte die Hunde lediglich kurz in den Garten gelassen.

Gleich um neun sollte sie im Laden vorbeischauen, Roswitha wollte etwas mit ihr besprechen. Um Viertel nach neun hatte sie einen Termin beim Pfarrer, er wollte ihr seinen letzten Geniestreich »singende Kühe« auf der Maierhofener Homepage vorführen. Christine schwante schon Schlimmes. Um zehn wollte Gustav Kleinschmied sie für den Flyer fotografieren, in dessen Impressum sie neben Greta als Cheforganisatorin genannt werden sollte. Nur ein Porträtfoto, aber man wusste ja nie, dachte sie und schaute auf ihren regenbefleckten Schuh.

Nach dem Fototermin musste sie mit Sam einkaufen fahren, da er Thereses Wagen zur überfälligen Inspektion gebracht hatte. Und irgendwann sollte sie dann auch mal in der Schaltzentrale nach dem Rechten sehen ...

Dass sie jemals in ihrem Leben eine so viel beschäftigte »Geschäftsfrau« sein würde, hätte Christine nie gedacht. Doch es fühlte sich gar nicht schlecht an, dachte sie lächelnd, während sie versuchte, durch die verglaste Front ins Autohaus hineinzuspähen. Sehr gut, Herbert war am Computer hinter dem Empfangstresen. Somit musste sie ihn nicht lange suchen. Neben Herbert stand Eva-Maria Lund, die beiden schienen sich über irgendetwas köstlich zu amüsieren. Wie schön, dass wenigstens für einen von ihnen der Tag gut begonnen hatte, dachte Christine mürrisch.

»Gut, dass du da bist«, sagte sie, noch bevor sich die Glastür hinter ihr und den Hunden geschlossen hatte.

Die Empfangsdame und Herbert schossen auseinander, wie Kinder, die beim Bonbonklauen ertappt worden waren.

Christine runzelte die Stirn. »Kannst du bitte die Hunde heute nehmen? Ich habe ...«

»... keine Zeit«, beendete Herbert den Satz für sie. Sein Blick war fast feindselig, als er sagte: »Ich habe auch keine Zeit! Jetzt muss ich in die Stadt, und später haben sich etliche Kunden zu Probefahrten angemeldet. Nimm die beiden bloß wieder mit!« Ohne sich weiter um sie zu kümmern, starrte er auf den PC-Bildschirm.

Eva-Maria Lund lächelte maliziös.

Was fiel ihm ein, sie derart abzukanzeln?, ärgerte sich Christine, als sie unverrichteter Dinge mit den Hunden wieder abzog. Noch dazu vor der Empfangsdame!

All die Jahre war sie die brave Ehefrau gewesen, hatte für Herbert gewaschen, gekocht und ihm »den Rücken freigehalten«. Und nun, da sie ihre Zeit ausnahmsweise einmal für etwas anderes nutzte als für sein Wohlergehen, bekam sie ständig eine Abfuhr. Es war ja nicht so, als würde sie dasitzen und sich die Fingernägel lackieren! Oder sich dick eingepackt in einen weißen Bademantel in einem Wellnesshotel verwöhnen lassen. Ihr Einsatz galt doch immerhin Maierhofen, dem Ort, von dessen Bürgern und Autofahrern auch er lebte!

Christine wischte sich mit dem Handrücken eine Träne aus dem Gesicht. Die Szene mit Herbert würde sie nun wie eine dunkle Wolke durch den Tag begleiten, sie war niemand, der sich nach einem Streit einfach schüttelte wie ein Hund, der Wasser aus seinem Fell streifen wollte, und dann war alles vergessen. Harmonie benötigte sie so dringend wie Schlaf, das war schon immer so gewesen. Jetzt wusste sie, wie es war, wenn man als Ehefrau einen Fulltime-Job hatte, dachte sie bitter, als sie in den Ort hineinfuhr. Früher hatte sie Frauen, die arbeiten gehen durften, immer ein bisschen beneidet. Nun, da sie die Doppelbelastung kannte, fand sie es nicht mehr ganz so erstrebenswert. Wie schafften das die vielen Millionen Frauen nur, die tagsüber einem anstrengenden Beruf nachgingen und die abends dann mit den Kindern Hausaufgaben machten und die Familie bekochten? Ob die wohl mehr Hilfe von ihrem Mann bekamen als sie? Christine bezweifelte das.

Allem Anschein nach gab es außer dem Projekt Maierhofen noch mehr Projekte, die man dringend in Angriff nehmen musste, dachte sie dumpf.

»Frauchen kommt gleich wieder«, sagte sie zu den Hunden und ging in den Genießerladen, wo hinter der Theke Roswitha und Edy genauso komplizenhaft miteinander umgingen wie zuvor ihr Mann und seine Empfangsdame. Was war heute nur mit den Leuten los?

»Ich weiß, dass ich für den Ladendienst eingetragen bin, aber kannst du dennoch heute Nachmittag den Laden und meine Eltern hüten? Edy und ich haben was vor«, sagte Roswitha, sobald sie sich Christine zugewandt hatte.

»Geht's um deinen kaputten Traktor?«, fragte Christine, während sie im Stillen schon nach einer Lösung suchte. Sie hatte das Drama um den alten Schlepper, der nach der Kartoffelernte den Geist aufgegeben hatte, mitbekommen, und wollte Roswitha natürlich gern helfen, aber ausgerechnet heute war das nicht so einfach.

Doch Roswitha winkte ab. »Der Traktor läuft wieder. Heute geht es um etwas Prickelndes«, sagte sie, und schon lachten die beiden wieder.

»Sorry, aber das passt mir heute gar nicht«, antwortete Christine irritiert. »Hast du denn schon die anderen Frauen gefragt?«

»Natürlich, das war meine erste Tat. Aber die können

auch alle nicht. Was meinst du – ob ich vielleicht Greta fragen kann? Es wäre echt wichtig…«

»Greta ist spontan zu Therese gefahren.« Als Christine sah, wie verzweifelt Roswitha dreinschaute, sagte sie: »Wenn ich nachher bei Jessy vorbeifahre, kann ich sie ja fragen, ob sie ausnahmsweise hier einspringt.«

»Und wenn Jessy auch nicht kann?« Roswitha biss sich auf die Lippe.

»Es findet sich schon eine Lösung«, sagte Christine genervt. Sie musste dringend weiter!

»Du bist echt ein Schatz.« Roswitha fiel Christine um den Hals. »Das werden wir dir nicht vergessen, nicht wahr, Edy?«

»Ganz sicher nicht«, sagte Edy mit zitternder Stimme. Christine stutzte. Konnte es sein, dass er von diesem »prickelnden Vorhaben« nicht ganz so angetan war wie Roswitha?

Christine hatte in den nächsten Stunden keine Zeit, über diese Frage nachzudenken. Als sie gegen Mittag bei Jessy hielt, fand sie an deren Haustür einen Zettel mit der Nachricht vor, dass sie erst am Abend wiederkäme. Im selben Moment fuhr Carmen Kühn in ihrem Sportwagen vorbei, und Christine war versucht, sie um Hilfe zu bitten. Doch sie hielt sich zurück. Von der Bauernmalerei auf den Ladenschildern abgesehen, hatte sich die Hinzugezogene bisher nicht weiter ins Dorfprojekt eingebracht. Es wäre dreist gewesen, sie jetzt mit der Frage zu überfallen, ob sie im Laden aushelfen konnte.

Jack und Joe winselten leise in ihrer Hundebox vor sich hin. Die Kirchturmuhr schlug zwölf Uhr. Christine holte tief Luft. Als Erstes musste sie irgendwo ein paar Meter mit den Hunden laufen, dann nach Hause, um den Elektriker wegen der defekten Außenbeleuchtung hereinzulassen. Anschließend musste sie noch zu Luise Stetter, es war ihr Tag, sich um die alte Dame zu kümmern, und dann…

»Du hast vergessen, mir neue Lottozettel mitzubringen? Aber… Du weißt doch, dass ich ans Haus gefesselt b… bin…« Luise Stetters Unterlippe zitterte, als würde sie im nächsten Moment losheulen.

Christine schaute die alte Frau, die sich gemütlich in ihrem Schaukelstuhl am Fenster sonnte, betroffen an. Ihre Miene war eine Mischung aus Selbstmitleid und höchster Zufriedenheit angesichts der Tatsache, dass es ihr mal wieder gelungen war, Christine ein schlechtes Gewissen zu machen. Bevor Christine wusste, wie ihr geschah, platzte ihr der Geduldsfaden. Unsanft zog sie die alte Dame von ihrem Sonnenplatz hoch.

»So, für heute haben wir gejammert und genug Lotto gespielt! Du ziehst dir jetzt Schuhe und eine Strickjacke an, und dann fahren wir in den Genießerladen.«

Luise Stetters Augen leuchteten auf. »Gibt's dort auch Lottoscheine?«

»Ja. Und alle garantieren einen Sechser mit Zusatzzahl«, antwortete Christine zuckersüß.

»Die alte Luise soll auf den Laden und meine Eltern aufpassen?« Roswitha schaute Christines Nachbarin, die erstaunlich behände den Probierteller mit den Nusskeksen ansteuerte, skeptisch hinterher. »Das ist ja, als würde man den Bock zum Gärtner machen.«

Christine seufzte. Roswithas Eltern hatte sie ganz vergessen.

»Dann müssen wir den Laden halt zumachen. Deine Eltern wirst du wohl eine Weile allein lassen können, oder?«, fragte sie eine Spur zu ungeduldig. »So verkalkt, wie du immer tust, sind sie doch beileibe noch nicht.«

»Die meiste Zeit sind sie wirklich gut zu haben, aber dann hat plötzlich einer von ihnen einen Einfall, und dann…« Roswitha verzog das Gesicht. »Gestern kam Vater zum Beispiel auf die Idee, dass er mal wieder Kartoffeln sortieren könnte. Er ging also in die Lagerhalle, warf das Fließband an, stellte sich an den Sortierplatz und begann fleißig, die kleinen, die ich als Drillinge verkaufe, auszusortieren. Schön, nicht wahr? Nur hat er dabei leider vergessen, diverse Schütten bereitzustellen, also purzelten alle Kartoffeln einfach auf den Hallenboden. Es hat mich drei Stunden gekostet, sie wieder aufzuschaufeln! So angeschlagen, wie sie waren, konnte ich sie nur noch auf den Misthaufen karren. Vater war natürlich untröstlich, aber da war der Schaden schon geschehen.«

»Das hört sich wirklich nicht gut an«, musste Christine zugeben.

»Du siehst also, es *kann* gut gehen, wenn ich sie allein lasse, es muss aber nicht«, sagte Roswitha, während aus dem Hinterzimmer laute Stimmen ertönten.

Ein Streit? Die beiden Frauen schauten sich an, dann eilten sie nach hinten.

»In meiner Jugend habe ich ja viel gestrickt. Pullover,

Jacken, sogar einen Rock für die Rosi!« Roswithas Mutter hielt ihre Häkelnadel in die Höhe. »Heute reicht's halt nur noch für gehäkelte Geschenkbänder.«

»Ein Geschenksender? Kann man da was gewinnen? Machen die auch Preisrätsel?«, fragte Luise Stetter und schaute auf den alten Fernseher, den Elfie Scholz aus dem Elektroladen für Roswithas Eltern aufgetrieben hatte.

»*Geschenkbänder* sagte ich!«, erwiderte Roswithas Mutter laut. »Wollen Sie auch mal versuchen?« Auffordernd hielt sie Luise ihre Häkelnadel hin.

Christines Nachbarin winkte ab. »Stricken kann ich nicht.«

»Das ist *häkeln*, nicht stricken.«

»Flicken? Das kann ich, gut sogar! Socken flicken, auch Feinstrümpfe kann ich flicken.«

»Mein rechter Socken hat ein Loch«, verkündete Roswithas Vater und streifte seinen Hausschuh ab.

»Dein armer Vater! Kann ich mal Nadel und Faden haben?«, sagte Luise Stetter an Rosi gewandt. »Deine Mutter hat wohl für so was keine Zeit, sie muss ja stricken«

»*Häkeln!*«

Christine und Roswitha tauschten einen Blick. Es hätte nicht viel gefehlt, und sie hätten schallend gelacht.

»Hier führt der Taube den Blinden, ist doch prima«, flüsterte Christine, noch immer kichernd, Roswitha ins Ohr.

»Und du meinst wirklich, das können wir riskieren?« Roswitha war noch immer skeptisch.

»Ist es nicht besser, wir lassen alles, und du bleibst

hier?«, sagte nun auch Edy, der bisher stumm daneben gestanden hatte, zu Rosi.

Doch Rosi, die sah, wie ihr Vater für Luise Stetter ein Stopfgarn einfädelte, schüttelte den Kopf. »Ich habe das Gefühl, die drei kommen ganz gut zurecht.«

»Sie scheinen sich gut zu verstehen. In spätestens zwei Stunden bin ich mit meiner Arbeit fertig, dann schau ich hier nach dem Rechten, versprochen«, fügte Christine hinzu. »Und ausnahmsweise hängen wir das ›Geschlossen‹-Schild an die Tür.«

»Super, dann können wir ja endlich los!« Roswitha schnappte sich ihre Jacke, dann hakte sie sich bei Edy unter, der einen letzten beunruhigten Blick ins Hinterzimmer warf.

Frauen mit Einkaufstüten in der Hand. Ganze Trauben junger Mädchen, gackernd wie die Hühner. Junge Kerle, mit Jeans in den Kniekehlen und Kippe in der Hand. Mütter, so schick angezogen wie für den Laufsteg, ihre voluminösen Kinderwagen versperrten die Gehwege. Die Straßencafés waren voll, vor dem Dönerstand hatte sich eine Schlange gebildet, auf der Mauer am Marktplatz saßen Leute und aßen Eis.

Was machen die ganzen Leute bloß hier?, fragte sich Edy, als er neben Roswitha durch die Stadt spazierte. Hatten die alle keine Arbeit? Geld schienen sie zu haben, bei den vielen Tüten, die sie herumschleppten!

Verlegen schaute Edy an sich und seiner Jeans hinab.

Sie war mindestens zehn Jahre alt, sein kariertes Hemd noch älter. Seine Mutter hatte beides wie immer gestärkt, dabei wusste sie genau, dass er den Geruch der Kleiderstärke und das Gefühl der störrischen Stoffe auf der Haut nicht mochte.

Sie kamen an einem Kaufhaus vorbei, vor dem Eingang hingen an einem runden Kleiderständer Jacken. Eine neue Jacke könnte er gut gebrauchen, dachte Edy und hielt inne. Zaghaft zupfte er eine der dicht an dicht hängenden Stücke hervor. Das dunkelbraune Material glänzte edel. Und in die Jacke war noch eine Steppweste eingeknüpft, die man herausnehmen und separat tragen konnte. Wie praktisch!

»Schön, was?«, sagte Roswitha, die ebenfalls stehen geblieben war. »Welche Größe hast du? Fünfzig?«

Er zuckte mit den Schultern. Normalerweise kaufte seine Mutter für ihn ein. »Soll ich mal eine probieren?« Er schluckte. Hatte er überhaupt so viel Geld dabei?

Roswitha warf einen Blick auf ihre Armbanduhr. »Wenn du schnell bist… Der Store, zu dem wir müssen, liegt gleich um die Ecke. Bis zu unserem Termin sind es noch fünfzehn Minuten.«

Der Store… Wie cool das klang. Edy musste ein wenig grinsen, doch als er daran dachte, was sie vorhatten, war sein Anflug von Frohsinn schon wieder vorbei.

Während er mit einer der Jacken in den Laden stiefelte, warf er Roswitha einen schrägen Seitenblick zu. Wie war es ihr bloß gelungen, ihn zu diesem Unterfangen zu überreden? Wenn sein Vater wüsste, worauf er sich hier einließ, würde er ihn erst recht als Spinner bezeichnen! Ach was, das Wort Spinner würde dann gar nicht mehr ausreichen...

»Dann war's das erst mal mit meinem Rentnerdasein«, hatte sein Vater aufgeseufzt, als Edy ihm eines Morgens stotternd von seinen »cholesterinfreien« Würsten erzählt hatte. Die Metzgerei hatte noch nicht geöffnet, zu zweit hatten sie die Wurstwaren und das Fleisch in die Kühltheke geräumt, wie jeden Morgen.

»Was haben meine veganen Würste mit deiner Rente zu tun?« Vor lauter Schreck hatte Edy sogar das »cholesterinfrei« vergessen.

»Ich schätze, dass ein nicht unerheblicher Teil unserer Kundschaft weiterhin Schweinswürste haben will«, hatte sein Vater sarkastisch erwidert. »Also müssen wir zweigleisig fahren! Wie weit bist du mit deinen Versuchen? Gibt's schon was zu probieren?« Sein Vater hatte ihm in einer unerwartet wohlwollenden Geste auf die Schulter geklopft und ihn aufgefordert, mit ihm in die Wurstküche zu gehen.

Edy war sprachlos gewesen. So einfach war das? Keine dummen Fragen, keine abfälligen Bemerkungen, sondern einfach ein: Lass mich mal probieren? Wenn er das gewusst hätte, hätte er sich vielleicht schon viel früher getraut, seine veganen Würste zu machen.

»Du willst wirklich noch eine Weile weiterarbeiten?«, hatte er nachgehakt.

»Was bleibt mir denn anderes übrig?«, antwortete sein Vater äußerst frohgemut.

Da Edy nun völlig verwirrt schien, hatte sein Vater Erbarmen mit ihm gehabt. Nachdem er sichergestellt hatte, dass seine Frau nicht in der Nähe war, flüsterte er Edy zu: »Ehrlich gesagt bin ich froh, das mit der Rente noch ein bisschen aufschieben zu können. Deine Mutter hat schon wieder ein neues Ziel auf ihrer Liste der Orte hinzugefügt, die wir uns im Rentenalter anschauen sollen. Lissabon! Damit wären wir bei zweiunddreißig Städten angelangt, von den Kreuzfahrten, die sie vorhat, ganz zu schweigen. Ganz ehrlich – da gehe ich lieber in meine Wurstküche. Dort habe ich wenigstens meine Ruhe.«

Edy konnte sich nicht daran erinnern, wann er je derart schallend gelacht hatte. So lief der Hase also! Warum war ihm das nicht schon viel früher klar geworden?

»Vielleicht solltest du es Mutter irgendwann beibringen? Dann kann sie sich jemand anderen suchen, der mit ihr verreist«, sagte er, als er sich wieder gefangen hatte.

»Du hast recht, Sohn, das wäre nur fair«, bestätigte sein Vater. Gemeinsam waren sie nach hinten in die Wurstküche gegangen, jeder hatte seine Arbeit aufgenommen. Edy hatte sich an veganen Currywürsten versucht, während sich sein Vater seinem legendären Presssack gewidmet hatte..

Die Jacke roch neu, sie passte wie angegossen und fühlte sich gut an.

»Und – was meinst du?«, fragte Edy dennoch, während er sich im Spiegel betrachtete. Er straffte die Schultern.

»Kauf sie!«, sagte Roswitha.

»Einfach so?«

»Einfach so!«

Kaum hatten sie den »Store« betreten, gab es so viel zu sehen, dass Edy kaum wusste, wohin er zuerst schauen sollte. Den Bereich, wo auf einem weiß gefliesten Boden hinter einem Paravent eine Arztliege und diverse technische Gerätschaften hervorlugten, ignorierte er tapfer, während aus einer sicher sündhaft teuren Anlage glockenklar Vivaldis *Vier Jahreszeiten* ertönten.

Er hatte zwar nicht die geringste Vorstellung gehabt, was ihn hier erwarten würde, aber mit dieser bunten Mischung aus Boutique, Modeschmuckladen und Arztpraxis hatte er nun wirklich nicht gerechnet.

Im ganzen Laden verteilt standen Ständer mit bauschigen Pettycoats und anderen Fünfziger-Jahre-Klamotten, nichts davon sprach Edy sonderlich an. Roswitha hingegen zog ein Kleidungsstück nach dem anderen hervor und betrachtete es entzückt. Die Wände waren mit groß gemusterten Tapeten in weinrot und schwarz verziert. So etwas Altmodisches, dachte Edy. Hatte seine Mutter nicht eine ähnliche Tapete in ihrem Nähzimmer?

Was seine Mutter garantiert *nicht* hatte, waren hingegen die Vitrinen mit Ketten, Armbändern und Ohrringen, die allesamt aussahen, als hätte man sie aus einem Indianerreservat exportiert. Und tatsächlich: »Bigfoot Design Society« stand auf einem Schild. Alles war aus echtem Silber, verriet das Schild ebenfalls. Die Ohrringe mit den blauen Federn würden Roswitha gut stehen, dachte Edy, traute sich aber nicht, ihr das zu sagen. Zaghaft trat er an eine Glasvitrine, in der silbern glänzende Gürtelschnallen mit Totenköpfen, Drachen, Hirschhornkäfern, verschlungenen Kreisen und vielem mehr ausgestellt waren.

Alles angeblich handgeschmiedet. Solche Schnallen hatte er noch nie gesehen, die waren richtig schön! Edy war von den Handarbeiten derart gebannt, dass er den eigentlichen Grund für ihren Besuch einen Moment lang vergaß.

»Schau mal«, sagte Roswitha flüsternd und zeigte auf eine fast handtellergroße, filigran ausgearbeitete Gürtelschnalle in Igelform.

»Dass es so etwas gibt!« Edy war ganz aufgeregt. »Die an einem braunen Gürtel – das würde gut zu meiner neuen Jacke passen, oder?«

Roswitha nickte mit geröteten Wangen.

Im nächsten Moment sagte eine Frauenstimme neben ihnen: »Sorry wegen der Wartezeit! Ich bin Susanne, aber alle nennen mich nur Sue.« Sues Händedruck war kraftvoll. »Habt ihr schon eine Ahnung, was ihr euch stechen lassen wollt?« Erwartungsvoll schaute die junge Frau im weißen Arztkittel sie an.

Stechen lassen? Edy schluckte, während die Stereoanlage nun den *Messias* von Händel spielte. Hilfesuchend schaute er Roswitha an.

»Wir wollen uns nicht stechen lassen, wir wollen ein Tattoo. Da sind wir doch bei Ihnen richtig, oder?«, sagte Roswitha zu der Frau und klang zum ersten Mal, seit sie das Vorhaben angesprochen hatte, nicht mehr ganz so sicher.

Die Tätowiererin, die auf den zweiten Blick nicht mehr so jung wirkte, wie Edy von Weitem geglaubt hatte, grinste. »Und ob ihr richtig seid!« Sie zeigte auf den großen Tisch. »Ich habe hier auch Mappen mit allen möglichen Vorlagen, falls ihr euch erst ein bisschen inspirieren lassen wollt. Normalerweise ist es allerdings üblich, solche

Dinge bei einem Vorabtermin zu klären«, ergänzte sie ein wenig vorwurfsvoll.

Vorabtermin. Edy schluckte trocken. Da sah man mal wieder, wie wenig Ahnung sie hatten.

»Die Mappe können Sie weglegen, ich weiß genau, was ich will«, sagte Roswitha, nun schon wieder gewohnt forsch. Sie warf Edy einen fragenden Blick zu. »Ist es für dich in Ordnung, wenn ich als Erste drankomme?«

Erleichtert schaute Edy zu, wie die beiden Frauen in Richtung Paravent verschwanden.

»Wir gehören noch lange nicht zum alten Eisen, vielmehr wagen wir beide jetzt einen Neuanfang, und das sollte man doch irgendwie symbolisch verewigen, oder etwa nicht?«, hatte Roswitha neulich zu ihm gesagt und dabei so kämpferisch geklungen wie die junge Rosi von früher.

In diesem Moment hatte Edy noch geglaubt, Roswitha wolle ein Glas Sekt mit ihm trinken, auf die veganen Würste anstoßen und so. Doch dann hatte sie zu seinem Entsetzen gemeint, sie sollten sich beide ein Tattoo machen lassen. Einen Moment lang war er so geschockt gewesen, dass er gar nicht mehr hatte sprechen können.

»Es muss ja niemand sehen«, beruhigte Roswitha ihn. »Wir nehmen einfach eine verdeckte Stelle, es reicht schließlich, wenn wir wissen, dass es da ist.«

»Warum machst du das nicht allein?«, wollte er wissen.

Sie schüttelte den Kopf. Entweder sie beide oder keiner!

Ein Tattoo. Edy hatte nicht Ja und nicht Nein gesagt, was Roswitha für ein Ja gehalten hatte.

»Am kommenden Freitag haben wir einen Termin«, hatte sie erklärt und dabei so glücklich ausgesehen, dass er es nicht wagte, ihr eine Abfuhr zu erteilen.

Und dann war etwas Seltsames geschehen: Je länger er über Roswithas Schnapsidee nachgedacht hatte, desto mehr hatte er Gefallen daran gefunden! Ein Tattoo – warum eigentlich nicht? Es musste ja kein Anker oder Totenkopf sein, sondern etwas Schönes, Gefälliges. Nur – was genau sollte er sich tätowieren lassen? Diese Frage bereitete ihm seitdem heftiges Kopfzerbrechen.

»Fertig! Guck mal!« Stolz hielt Roswitha ihm die leicht gerötete Innenfläche ihres linken Unterarms vor die Nase.

»Ich denke, wir machen das an einer verdeckten Stelle?«, sagte Edy stirnrunzelnd.

»Wollte ich ja, aber dann dachte ich mir – wenn schon, denn schon!«

»Hast du auch wieder recht«, murmelte Edy und betrachtete bewundernd den kleinen bunten Schmetterling auf Rosis Arm, um den sich die Worte »Träume wagen« rankten.

»Träume wagen… Wie bist du denn darauf gekommen?«

Rosi zuckte mit den Schultern. »Na, irgendwie durch unsere Gespräche. Es heißt doch immer, man solle seinen Weg gehen und nicht nur in die Fußstapfen der Altvorderen treten. Doch genau das habe ich getan, vielleicht auch aus dem simplen Grund, weil dies der einfachste Weg war. Es hat lange gedauert, bis ich kapiert habe, dass man zuerst einen Traum haben muss, um seinen *eigenen* Weg gehen zu können. Dass man einen Traum *wagen* muss, verstehst du?«

Edy hatte plötzlich einen Kloß im Hals. »Ich weiß genau, was du meinst«, erwiderte er, und sein Adamsapfel hüpfte dabei auf und ab. »Du bist echt eine tolle Frau«, platzte er bewundernd heraus.

Roswithas Wangen röteten sich vor Freude. »Und du bist ein toller Mann. Wie du deinen Traum in die Tat umsetzt...«

Edy spürte, wie auch er rot wurde. »Ohne dich hätte ich das doch nie gewagt«, sagte er verlegen.

»So, ihr beiden Traumtänzer, genug geturtelt, das frische Tattoo muss die nächsten Stunden mit einer Klarsichtfolie geschützt werden«, sagte die Tätowiererin, die dem Wortwechsel bisher schweigend gefolgt war. Geübt wickelte sie Roswithas Unterarm wie ein Stück Schinkenwurst ein, während sie an Edy gewandt sagte: »Wollen wir dann auch loslegen? Was darf's denn Schönes sein?«

Und Edy, der ergebnislos tage- und nächtelang über sein Tattoo nachgegrübelt hatte, wusste plötzlich ganz genau, was er haben wollte. Aufgeregt, aber auch erwartungsvoll, folgte er Sue hinter den Paravent.

Der Schmerz war auszuhalten, es fühlte sich ein bisschen so an, als ob er einen verletzten Igel ohne Handschuh nach Hause trug. Doch im Gegensatz zu den roten Flecken und Flöhen, die er von seinen Igelrettungsaktionen zurückbehielt, konnte sich das Ergebnis hier wirklich sehen lassen. Obwohl die Tätowiererin noch in den letzten Zügen lag, war Edy schon jetzt in sein Motiv verliebt. Wie Roswitha hatte auch er die Innenseite seines linken Unterarms gewählt. Am liebsten hätte er mit dem Zeigefinger der rechten Hand die filigranen Linien nachgezogen, gerade so, als wolle er sicherstellen, dass sie auch für immer da waren. Doch da trug Sue schon eine dünne Schicht Creme auf die gereizte Haut auf. Streng schaute die Tätowiererin ihn an.

»Die nächsten Stunden nicht berühren, keine engen Klamotten drüberziehen, in den folgenden Tagen auch nicht in die Sonne damit, und wenn sich Krusten bilden, nicht abkratzen, sondern warten, bis sie von selbst abfallen. Verstanden?«

Edy nickte grinsend, während er seinen Hemdsärmel herunterkrempelte. Ob er das Grinsen jemals wieder aus dem Gesicht bekommen würde?

»Und, was hast du dir stechen lassen? Nun zeig schon!«, forderte Roswitha ihn auf, kaum dass er und Sue hinter dem Paravent hervortraten.

Während Sue am Tresen die Rechnungen fertig machte, rollte Edy ein wenig scheu seinen Hemdsärmel erneut nach oben. Beethovens 9. Sinfonie erklang, und »Freude, schöner Götterfunken« tönte es auch in Edys Herz, als er und Roswitha den Igel betrachteten, um den sich – wie bei Roswithas Schmetterling – zwei Worte rankten »Träume teilen«.

»Ich hoffe, du hast nichts dagegen, dass ich das bei dir abgeguckt habe«, sagte Edy nun doch ein wenig unsicher.

Roswitha blinzelte, sagte aber nichts. Edy erschrak, als er im nächsten Moment Tränen ihre Wangen hinabkullern sah. O Gott, was hatte er falsch gemacht?

»Was ist denn? Warum weinst du denn?«

Roswitha wischte sich mit ihrem Jackenärmel übers Gesicht. »Ich weine nur, weil ich so glücklich bin. Du und ich – jetzt haben wir nicht nur unsere Träume gemeinsam, sondern auch noch das Tattoo.«

Stolz spazierten sie aus dem Laden. Edy wusste selbst nicht, was in ihn fuhr, als er den Arm um Roswithas Schulter legte. Ihm war einfach danach! Genau, wie ihm nach der schönen Jacke, dem Indianergürtel und dem Tattoo gewesen war.

Roswitha schmiegte sich noch enger an ihn, und Edy erschien sein Leben, das so viele Jahre nur öde gewesen war, plötzlich verheißungsvoll und rosig.

25. Kapitel

Es war kurz nach sieben, als Greta von ihrer Bodenseefahrt wieder in Maierhofen ankam. Als sie den Zündschlüssel drehte, um den Motor auszustellen, hatte sie das Gefühl, damit noch viel mehr abzustellen. In ihrem Innern war es ungewohnt ruhig und still, ja, irgendwie »geordnet« kam es ihr vor. Es war zwar nicht so, als habe das Gespräch mit Therese wie ein Zauberspruch gewirkt. Simsalabim – und alle offenen Fragen waren mit einem Schlag beantwortet! Hexhex – und alle Zweifel waren weg! Doch als sie aus dem Wagen stieg, sah Greta vieles klarer. Sie wusste nun, was sie wollte und was nicht. Noch auf der Fahrt hatte sie deshalb mehrmals telefoniert, doch niemanden erreicht. Egal. Morgen war auch noch ein Tag. Aber schon heute würde sie endlich, nach langer Zeit, mit dem guten Gefühl ins Bett gehen, die richtige Entscheidung getroffen zu haben. Die *für sie* richtige Entscheidung, fügte sie im Stillen hinzu. Wahrscheinlich würden viele sie endgültig für verrückt erklären. Aber es waren schließlich ihr Leben und ihre Entscheidungen!

Obwohl der Tag sie psychisch und physisch erschöpft hatte, war an Schlaf noch lange nicht zu denken. Sie brauchte Nähe und Wärme und jemanden, dem sie alles erzählen konnte.

Ihre Strickjacke gegen die Abendkälte zugeknöpft, marschierte Greta los. Sie atmete tief die herbstlich frische Luft ein und fühlte sich plötzlich auf eine noch nie dagewesene Weise eins mit dem Universum. Ihr Herz, ihre Gedanken, ihre Seele – alles war miteinander verbunden. Fühlte sich so das Glück an?

Natürlich hätte sie zu Christine gehen können. Oder zu Madara. Beide waren gute Zuhörerinnen, beide behielten das, was man ihnen im Vertrauen erzählte, für sich. Doch ihr Weg führte sie zu einem anderen Haus.

Der schwarze Jeep stand in der Einfahrt. Greta schmunzelte, als sie aus dem gekippten Fenster im Erdgeschoss Aaron Nevilles Schmusestimme hörte. Ohne sich dessen bewusst zu sein, atmete sie tief durch. Diese Musik war genau die Medizin, die sie benötigte.

Sie hob den schmiedeeisernen Türklopfer in Form eines Baumstammes an. Nur ein dumpfes Klopfen ertönte, ihr Herz schlug tausendmal lauter.

Es dauerte nur einen Moment, bis die Tür geöffnet wurde. Vincent stand barfuß in Jeans und einem weißen T-Shirt vor ihr, der Geruch von Oregano, Knoblauch und Tomaten umwehte ihn.

Mit einem schwachen Lächeln zeigte Greta auf den Kochlöffel in seiner rechten Hand. »Reicht dein Essen auch für zwei?«

Bei Pasta und Rotwein begann Greta von ihrem Gespräch mit Therese zu erzählen. Als sie zum Ende kam, fügte sie noch hinzu: »Bisher hatte ich immer das Gefühl, dass ich mein ganzes bisheriges Leben null und nichtig machen würde, wenn ich Norbert Fischlis Angebot nicht annehme. Solch ein Schritt die Karriereleiter hinauf – das ist schließlich die Krönung eines Berufslebens.« Sie schaute Vincent fragend an, doch der nickte lediglich unverbindlich. »Ja, es schmeichelt mir, ein solches Angebot zu bekommen, aber inzwischen sind mir andere Dinge viel wichtiger geworden. Ich muss nicht die verdammte Karriereleiter hinauf, um glücklich zu sein. Weil ich das längst bin.« Sie lächelte ihn sanft an.

»Heißt das … du hast dich entschieden?«, fragte Vincent betont beiläufig. Gleichzeitig stand er auf und ging zum Küchentresen, wo er die Flasche Barolo abgestellt hatte.

Greta nickte. »Schon vom Auto aus habe ich versucht, Norbert Fischli anzurufen, aber er war außer Haus. Jetzt am Freitagabend werde ich ihn wahrscheinlich nicht mehr erreichen, seine Frau besteht immer darauf, dass er übers Wochenende sein Handy ausschaltet. Aber gleich Montagfrüh sage ich ihm, dass ich sein Angebot dankend ablehne.« Während Vincent mit dem Wein an den Tisch zurückkam, zuckte sie gedankenverloren mit den Schultern. »Jetzt sag du mir, ob ich mir mit meiner Entscheidung zu viel Zeit gelassen habe …« Ihr Herz klopfte, als habe sie an einem 100-Meter-Rennen teilgenommen. Angstvoll biss sie sich auf die Unterlippe und wagte es kaum, den Blick zu heben.

Statt sich ihr gegenüber zu setzen, blieb Vincent vor Greta stehen. »Komm mal her«, flüsterte er und hielt ihr einladend die Hände hin. Greta schluckte hart, als sie seine Hände ergriff. Sie waren warm und fest und vermittelten ihr das Gefühl von Sicherheit. Dennoch waren ihre

Beine zittrig, als sie aufstand. Sich an den Händen haltend, schauten sie sich für einen langen Moment nur an.

»Ich habe dich vom ersten Augenblick an geliebt«, sagte er leise. »In dem Moment, als ich dich auf dem Barnabasfest sah, wie du mit deinem roten Tuch als Gürtel so mutig übers Feuer gesprungen bist, wusste ich, dass du die Eine bist. Als ich die Bühne zum Show-Wettbewerb betrat, war ich so aufgewühlt, dass ich Mühe hatte, die Axt stabil zu halten.«

»Echt?« Gretas Frage war mehr wie ein Krächzen. »Mir ging es nicht anders«, hauchte sie. »Und trotzdem...«

»Trotzdem haben wir es nicht gewagt, unsere Gefühle zuzulassen, aus welchen Gründen auch immer sind wir lieber auf sicherer Distanz geblieben«, beendete er ihren Satz.

»Liebe ist nichts für Feiglinge, das hast du selbst gesagt«, flüsterte Greta zurück. »Es hat uns beiden an Mut gefehlt.«

»Vor ein paar Wochen hätte ich dir noch zugestimmt. Aber mir ist inzwischen klar geworden, dass es auch nichts mit Feigheit zu tun hat, wenn man sich ein wenig Zeit lässt. Ich habe mich schon einmal Hals über Kopf in eine Liebe gestürzt, habe Zukunftspläne geschmiedet und dabei nicht gemerkt, dass mein Gegenüber völlig andere Vorstellungen von der Zukunft hat. Du hast einmal gesagt ›Was zählt, ist immer nur das Hier und Jetzt‹, und ich glaube inzwischen auch, das ist wirklich das Einzige, was zählt. Meine kluge Greta...« Er ließ ihre Hände los und nahm sie so fest in den Arm, als wollte er sie nie mehr loslassen.

»Vom Hier und Jetzt bis in alle Ewigkeit«, sagte Greta

mit erstickter Stimme. Wie lange hatte sie diese Nähe vermisst, wie lange hatte niemand mehr sie gehalten! Sie löste sich ein wenig aus Vincents Umarmung, stellte sich auf die Zehenspitzen, hob ihren Kopf und bot ihm ihren Mund. Der Moment vor dem allerersten Kuss… es gab nichts Vergleichbares auf dieser Welt. So viel Hoffnung, so viel Freude, so viel Erregung und Anspannung lagen in diesem einen Augenblick.

Vincents Lippen waren weich und fest zugleich, sein Kuss schmeckte besser als der teuerste Rotwein.

Ich bin endlich angekommen, dachte Greta mit geschlossenen Augen.

Am nächsten Morgen wurde sie von einem leisen Rauschen geweckt. Es hörte sich an wie ein Bach, der nach einem Gewitter Hochwasser führte. Hatte es geregnet in der Nacht? Und welcher Bach? Einen Moment lang wusste sie nicht, wo sie war. Hastig schlug sie die Augen auf und sah direkt in den wolkig verhangenen Morgenhimmel. Sie sah in den Himmel! Im nächsten Moment breitete sich ein Lächeln auf ihrer schläfrigen Miene aus.

»Mein verglastes Schlafzimmerdach müssen Sie sich unbedingt einmal anschauen«, hatte Vince zu ihr gesagt, damals, als er ihr das Haus am Weiher gezeigt hatte. Eine Ewigkeit war seitdem vergangen – oder war es nur ein Wimpernschlag?

Greta schmunzelte. Das Glasdach war wirklich sehr beeindruckend, vor allem von diesem Bett aus.

Das Rauschen hörte abrupt auf, stattdessen ertönte aus dem Bad Vincents leise Stimme. »*You are so wonderful…*«

Nein, du bist wunderbar, dachte Greta stumm und räkelte sich im wohlig warmen Bett. So gut wie mit Vince hatte sie sich noch nie mit einem Mann gefühlt. Bei jedem anderen hätte sie sich ihres ältesten BHs geschämt oder ständig daran denken müssen, dass sie ihre Beine seit zwei Tagen nicht rasiert hatte, doch bei Vincent spielte all das keine Rolle. Unter seinen Liebkosungen hatte sie sich schön und weiblich und wie eine Königin gefühlt.

Die große Liebe. Daran hatte sie fast nicht mehr geglaubt. Einen Moment lang war Greta so berührt von der Erinnerung an die intensiven Stunden der letzten Nacht, dass ihr die Tränen in die Augen stiegen. Weinen vor Glück, das hatte es bisher in ihrem Leben nicht gegeben.

Um sich abzulenken, ließ sie ihren Blick ein wenig schweifen. Vincents Haus war ein typisches Männerhaus, gebaut aus Holz, ohne jeglichen Schnickschnack, dafür mit riesigen Fensterflächen und Deckenlichtern. Auf dem Boden lagen statt Teppichen Tierfelle, wahrscheinlich hatte er sie aus Kanada mitgebracht. Außer dem Bett gab es einen Schrank und einen Stuhl, der aus biegbarem Rohr gemacht zu sein schien. Solche Stühle hatte Greta schon in Reiseberichten über die amerikanischen Südstaaten gesehen. Ein Stapel Klamotten türmte sich auf dem Stuhl, was nicht unbedingt schlampig aussah, was aber zeigte, dass Vince nicht überpenibel war. Hier wohnte ein Mann, der sich in seiner Haut wohlfühlte, spürte Greta. Der genügend eigene Substanz hatte, um sich davon erhalten zu können. Der weder moderne Kunst noch sündhaft teure Stereoanlagen brauchte, sondern dem ein alter CD-Player zum Glücklichsein genügte.

Eric Clapton wurde von Patsy Cline abgelöst, der Duft von Rasierwasser wehte vom Bad ins Schlafzimmer, und Greta war versucht, sich in den Arm zu zwicken. Das alles war zu schön, um wahr zu sein …

Im nächsten Moment kam Vincent in den Raum, und Greta las in seinen Augen, dass die letzte Nacht auch für ihn etwas Besonderes gewesen war. Doch es war nicht nötig, darüber Worte zu verlieren. Der stumme Blick, den sie tauschten, reichte aus.

»Am liebsten würde ich bei dir bleiben«, sagte er, während er seine Jeans überzog. »Aber ich habe gleich einen Termin, den ich nicht absagen kann. Mein neuer Bauherr hat nur heute, am Samstag, Zeit. Gegen vier müssten wir fertig sein … Ich kann dir nicht einmal ein Frühstück ans Bett bringen, weil ich erst einkaufen gehen muss.« Er verzog tragikomisch das Gesicht.

»Dann lebe ich eben von der Luft und der Liebe«, sagte Greta und hielt ihm ihren leicht geöffneten Mund hin. Wer brauchte Marmeladebrötchen, wenn er das hier haben konnte?

Nachdem Vincent gegangen war, blieb Greta einfach noch ein bisschen liegen, hörte Musik und genoss das gute Gefühl innerer und äußerer Entspannung. Der Duft der Liebe hing noch in den Laken, die Erinnerung an Vincents Liebkosungen streichelte noch immer ihre Haut wie ein zartes Seidentuch.

Inmitten dieser Idylle ertönte ein lautes Knurren. Greta lachte auf. Von wegen »von Luft und Liebe leben« – sie hatte Hunger! So köstlich Vincents Pasta am Vorabend auch gewesen war, so hatte sie doch vor lauter Erzählen kaum etwas heruntergebracht. Und Luft und Liebe waren als Appetithäppchen ganz nett, aber ein Frühstück bei Magdalena war auch kein Fehler, beschloss sie. Außerdem traf sich samstags immer der halbe Ort im Bäckereicafé, was Greta gut gefiel.

In der Bäckerei war es tatsächlich rappelvoll. An der Theke hatte sich eine lange Schlange von Leuten gebildet, die Brot und Brötchen fürs Wochenende einkaufen wollten, und die meisten Tische waren mit Maierhofenern besetzt, die sich ein Frühstück außer Haus gönnten.

Greta hatte sich gerade hinten in der Schlange angestellt, als sie eine altbekannte Stimme hörte. Sie runzelte die Stirn. Das konnte doch nicht …? Sie drehte sich um und traute im ersten Moment ihren Augen nicht, als sie Norbert Fischli an einem der Fenstertische sitzen sah. Sein grauer Business-Anzug spannte sich über dem Bauch, seine ampelrote Krawatte leuchtete grell, inmitten der relaxten Wochenendkunden wirkte das ganze Outfit deplatziert. Fischli gegenüber saßen die beiden alten Herren, die im Sommer ihren Kaffee allmorgendlich auf der Brunnenbank getrunken hatten. Allem Anschein nach hatte er die beiden eingeladen. Er selbst futterte eins von Magdalenas Schnittlauchbroten.

Greta runzelte die Stirn. Was wollte Norbert Fischli hier?

»Hier auf dem Land schmeckt das Brot natürlich ganz ausgezeichnet, das muss ich zugeben«, bemerkte ihr alter Chef gerade. »Aber eins sag ich euch – wenn eine Frau wie

Greta auf dem Aussteigertrip ist, dann steckt nicht nur Körnerbrot dahinter, sondern auch ein Körnerfresser!« Er fuchtelte mit seiner Humpentasse durch die Luft. »Und noch eins sage ich euch – die gute Greta kann dem lieben Herrgott danken, dass ich ihr noch eine letzte Chance gebe, einem Landpomeranzendasein zu entrinnen. Zurück ins Big Business, adios Esoteriktrip und Walle-Walle-Kleidchen! Eine Frau in ihrem Alter ...«

Greta, die jedes Wort gehört hatte, wurde schwindlig. So dachte Norbert also über sie! Und sie hatte tatsächlich geglaubt, dass in seinem Angebot auch etwas wie Wertschätzung ihrer Person gegenüber läge. Stattdessen brauchte er lediglich einen fleißigen Ackergaul im Stall, der die Arbeit erledigte. Das war die bittere Wahrheit. Greta verspürte nicht nur Wut in sich, sondern war auch zutiefst verletzt. Doch davon ließ sie sich nichts anmerken, als sie sich einen Weg zu seinem Tisch bahnte. Ihre Miene war grimmig, ihr Schritt fest.

»Greta, Schätzchen!«, rief Fischli, kaum dass er sie entdeckte. Er stand so abrupt auf, dass sein Stuhl nach hinten kippte. Einer der alten Männer fing ihn im letzten Moment auf.

»Wie schön dich zu sehen! Ich war schon an deinem Haus – ganz reizend übrigens –, aber da warst du nicht.« Er hauchte ihr links und rechts Küsse neben die Wangen. »Deinen alten Chef hast du hier nicht erwartet, was? Nachdem du dich auf mein Angebot hin nicht mehr gemeldet hast, dachte ich, ich komme am besten höchstpersönlich, um dich aus dem Bauernkaff herauszuholen. Hahaha ...«

»Ich habe gestern mehrmals versucht, dich anzurufen«, sagte Greta steif. Sie ignorierte seine Aufforderung, sich zu ihm zu setzen. Was sie zu sagen hatte, konnte sie auch im Stehen sagen. Aus dem Augenwinkel registrierte sie, dass Madara und Jessy, die am Nachbarstisch miteinander frühstückten, zu ihnen herüberschauten. Auch war die eine oder andere Unterhaltung verstummt, so, als wollten die Leute lieber dem Wortwechsel der beiden Frankfurter folgen.

»Gut siehst du aus, so gesund und erholt! Dann kannst du ja jetzt wieder richtig loslegen, was?«, tönte Fischli so laut, als würde er es regelrecht darauf anlegen, dass die anderen alles mitbekamen. Sein Zeigefinger war auf Gretas weites Kleid gerichtet, als er sagte: »Du bist doch hoffentlich nicht schwanger, oder? Hahaha…«

»Ob ich unter meinem ›Walle-Walle-Kleidchen‹ schwanger bin oder nicht, geht dich gar nichts an!« Gretas Stimme bebte vor unterdrückter Wut. »Denn im Gegensatz zu dir mit deinem viel zu engen Anzug bin ich eine freie Frau. Ich kann tragen, was ich will, und wenn es ein Kartoffelsack ist. Freiheit…« Sie lächelte ihn verführerisch wie eine Sirene an. »Erinnerst du dich noch daran, wie sich das anfühlt? Oder ist Freiheit für dich längst nur noch ein abgeschmackter Begriff in Werbeslogans?«

»Greta… Was soll denn das? Ich…«

»Für mich, lieber Norbert, ist die Freiheit Wirklichkeit geworden. Und deshalb sage ich danke, aber *nein* danke zu deinem Angebot.« Greta lächelte zufrieden. Ach, wie gut es tat, diese Worte auszusprechen!

Abrupt drehte sie sich um und ging hoch erhobenen

Hauptes zur Theke zurück. Die umstehenden Kunden ließen sie bis nach vorn durch. Es hätte vermutlich nicht viel gefehlt, und sie hätten Beifall geklatscht.

»Eine Tüte gemischte Brötchen, bitte«, sagte sie, als sei nichts vorgefallen.

»Sag mal, spinnst du?«, rief Norbert Fischli ihr hinterher, »das kannst du doch nicht machen! Ich bin doch nicht umsonst den weiten Weg gefahren...«

»Bitte belästigen Sie meine Kunden nicht«, wurde der Werbechef von Magdalena unterbrochen, die an seinen Tisch getreten war, um die leeren Tassen abzuräumen. »Die Leute hier wollen in Ruhe ihr Wochenende genießen. So machen wir Landpomeranzen das nämlich.«

26. Kapitel

Aufgewühlt ging Greta nach Hause. Nachdem sie geduscht und sich umgezogen hatte – zum Trotz wählte sie wieder eins ihrer neuen Schurwollehängerchen –, fühlte sie sich schon besser. Eigentlich sollte sie für die Begegnung mit Norbert Fischli dankbar sein, denn sie hatte den letzten Rest an Zweifeln beseitigt, den es in ihrem Hinterkopf vielleicht noch gegeben hatte.

Spontan beschloss sie, kurz in der Goldenen Rose vorbeizuschauen. Christine hatte erwähnt, dass sie am heutigen Samstag in der Schaltzentrale wäre, vielleicht konnten sie etwas aufarbeiten, bis Vincent wieder Zeit hatte.

Vincent... Sogleich wurden Gretas Knie wieder weich.

Sie traf nicht nur auf Christine, sondern auch auf Sam. Beide grinsten über das ganze Gesicht.

»Dem Frankfurter Affen hast du es aber ganz schön gezeigt«, sagte Sam, und es schwang sogar ein Hauch Bewunderung in seiner Stimme mit.

Greta lachte. »Und woher wisst ihr schon davon?«

»Du weißt doch, dass in Maierhofen nichts im Verborgenen bleibt. Nur, wo du warst, als dein Chef dich erst hier und dann bei dir zu Hause suchte – das wissen wir leider noch nicht«, erwiderte Christine frotzelnd.

»Und das erfahrt ihr auch nicht so schnell«, sagte Greta und hoffte, dass die aufsteigende Röte sie nicht gleich verriet. Wie wissend Christine sie anschaute …

»Es gibt gute Nachrichten«, sagte die Freundin im nächsten Moment. »Therese hat angerufen, sie kommt überraschend heute noch heim! Deshalb mache ich jetzt alles schön für sie. Blumen, ein Kuchen, ein frisch bezogenes Bett – unsere Therese soll sich pudelwohl fühlen!« Christine warf sich ein Putztuch über die Schulter.

Greta, noch immer überwältigt von den großen Gefühlen der vergangenen Nacht, schossen sogleich die Tränen in die Augen.

Christine und Sam warfen sich einen besorgten Blick zu, woraufhin Greta schon wieder lachen musste. »Verzeiht mir, ich bin einfach so glücklich, dass ich nicht weiß, wohin mit meinen Gefühlen.« Sie holte tief Luft und sagte zu Christine: »Therese soll den schönsten Empfang bekommen, den es gibt. Was kann ich tun? Soll ich irgendwas einkaufen? Oder in Thereses Wohnung staubwischen oder sonst was?« Jetzt würde wirklich alles gut werden …

»Eins ist so gut wie das andere«, erwiderte Christine. Einträchtig gingen sie in Richtung der Verbindungstür, die die Gaststube mit Thereses kleiner Privatküche verband, als Sam, der auf dem Weg in seine Küche war, ihnen nachrief: »Übrigens, Greta, vorhin hat jemand für dich angerufen. Eine Frau, ich habe ihre Nummer aufgeschrieben, du sollst zurückrufen, es sei dringend. Zettel liegt auf der Theke.«

»Kein Name?« Mit einem um Entschuldigung bittenden Blick zu Christine trat Greta an die Theke, nahm den Zettel und ging in den Nebenraum, um zu telefonieren.

Fünf Minuten später ertönte von dort ein so lauter Hurraruf, dass er im ganzen Haus zu hören war. Sowohl Sam als auch Christine kamen angerannt.

»Sie besuchen Maierhofen! Nächsten Mittwoch schon!«, rief Greta und fiel erst Christine, dann Sam um den Hals. Hektisch fuhr sie sich durch die Haare. »O Gott, es gibt noch so viel zu tun! Mein Programm ist noch nicht rund, außerdem müssen wir noch mal durchs ganze Dorf laufen, alles kontrollieren und dem einen oder anderen nötigenfalls den letzten Schliff verpassen. Maierhofen soll aussehen wie aus dem Ei gepellt! Und zum Frisör muss ich auch noch mal und …«

»Hallo? Kannst du uns mal bitte aufklären? Wer kommt und warum?«, unterbrach Christine ihren Redeschwall.

Greta stutzte. »Oh, habe ich das noch gar nicht erwähnt?« Sie lachte aus vollem Herzen. »Die Redaktion von *Meine Landliebe* natürlich! Heidi Hutter, die berühmte Chefredakteurin, will höchstpersönlich erscheinen und bringt noch einen Herr Lohfink und einen Fotografen mit. Leute, das ist der Durchbruch!« Sie juchzte erneut. Wenn sie das Vince erzählte …

Einen Moment lang war es ganz still. Dann jubelte auch Christine los.

Es dauerte eine Weile, bis Greta mitbekam, dass Sam keinen Ton sagte. Blass wie eine Leiche stand er da. Im nächsten Moment zog er seine Kochschürze aus und sagte: »O.k., das war's dann wohl. Ich bin raus hier. Den Trubel muss ich mir echt nicht geben.«

Bestürzt und verwirrt zugleich blickten Christine und Greta ihm hinterher.

Greta suchte überall nach Sam. Er war nicht in der Küche, er war nicht im Gemüsegarten. Schließlich ging sie in den ersten Stock, wo er am Ende des Ganges eins der Fremdenzimmer bewohnte. Die Tür stand offen, sie klopfte dennoch an, bevor sie eintrat. Zu ihrem Entsetzen war er dabei zu packen.

»Das kannst du nicht tun!«, entfuhr es ihr.

»Kann ich nicht? Tu ich aber«, sagte Sam, ohne aufzuschauen. »Ich hab euch von Anfang an gesagt, dass ich keinen Trubel möchte. Und was hier läuft, wird mir langsam alles zu viel.« Er warf einen Stapel Bücher in den Koffer.

»Was heißt denn hier zu viel? Du hast mit den Zeitungsleuten doch gar nichts zu tun, um die kümmere ich mich. Du sollst sie lediglich fein bekochen, wenn wir mit unserem Rundgang durchs Dorf fertig sind.«

»Dafür müsst ihr euch einen anderen suchen.«

Greta spürte, wie sie langsam wütend wurde. »Du bist so was von rücksichtslos! Therese hat dich aufgenommen, als du mit nichts hier angekommen bist! Maierhofen hat dich aufgenommen und dir ein neues Leben geschenkt, so wie mir übrigens auch. Und ausgerechnet jetzt, wo es drauf ankommt, willst du alle im Stich lassen?«

»Nicht Maierhofen, sondern *ich* habe mir ein neues Leben geschenkt«, erwidert Sam ungerührt. »Und dazu gehört, dass ich Entscheidungen treffen kann, ohne dich oder sonst wen um Erlaubnis fragen zu müssen.«

Angesichts der riesengroßen Mauer, die der Koch um sich herum errichtet hatte, rang Greta hilflos die Hände. »Sam, das kannst du nicht tun! Therese braucht dich doch. Es kann nicht sein, dass das Erste, was sie nach ihrer Heimkehr erfährt, die Neuigkeit von deiner Kündigung ist...«

Was, wenn das Therese gesundheitlich gleich wieder zurückwarf? Konnte die Goldene Rose ohne Sam überhaupt weiter existieren? So schnell würde Therese keinen Ersatz finden. Im Geiste sah Greta ihre Cousine schon selbst in der Küche stehen, erschöpft und ausgelaugt.

Mutlos setzte sich Greta neben dem Koffer auf das Bett. All die Freude darüber, dass sich die vielen Knoten endlich aufgelöst hatten und die Dinge im Fluss waren, war verflogen. Hilflos flüsterte sie: »Sam, bitte... überleg's dir noch mal.«

Für einen langen Moment blieb er wie angewurzelt vor dem fast leer geräumten Schrank stehen. Seine Schultern waren steif wie die eines Hundes, der sich einem Angriff ausgesetzt sieht. Langsam, als fiele ihm die kleinste Bewegung schwer, drehte er sich um. Dann setzte er sich auf der anderen Seite des Koffers aufs Bett und holte Luft. Greta sah ihm an, wie sehr er innerlich mit sich rang. Das wird nichts, dachte sie dumpf. Kraftlos blieb sie dennoch sitzen. Als sie schon nicht mehr damit rechnete, begann Sam zu sprechen.

»Vor etlichen Jahren gab es einen jungen Koch, der sich aufmachte, die Welt zu erobern. Fantasie und Frechheit, Mut und ein Gaumen, der mehr schmeckte als die meisten anderen – etwas anderes hatte er nicht im Gepäck. Am

Rand von Berlin, in einem schicken, neu eröffneten Restaurant, nur wenige Jahre nach dem Ende seiner Lehrzeit, begann seine Karriere. *Fusion kitchen*, regionale Produkte, alles mit einer eigenen Note. Seine Kochkünste sprachen sich schnell herum, Gourmets und Kritiker kamen in Strömen herbei. Zuerst galt er als die Entdeckung des Jahres, ein Jahr später war er schon Aufsteiger des Jahres, dann Koch des Jahres. Im vierten Jahr verlieh man seiner Küche zwei Sterne und vier Hauben. Seine beiden Chefs, Neuunternehmer mit vielen Ideen, aber wenig Erfahrung in der Gastronomie, jubelten und schielten schon auf den dritten Stern.«

Sams Blick war in die Ferne gerichtet, seine Stimme klang fremd und emotionslos, gerade so, als erzählte er von einem Fremden.

»So viel Erfolg macht natürlich Spaß. Dass er auch süchtig macht, wusste der Koch noch nicht. Er wollte mehr von diesem Rausch, immer mehr! Und er bekam es. Statt Blut floss bald nur noch Adrenalin in seinen Adern. Nachts, wenn er gegen zwölf oder eins endlich die Kochschürze weglegte, war er so überdreht, dass er nicht einschlafen konnte. Also zog er um die Häuser, Party kann man in Berlin rund um die Uhr machen. Wenn nur das bittere Erwachen am nächsten Morgen nicht gewesen wäre!« Sam schnaubte.

Greta sah ihm an, wie viel Überwindung ihn das Erzählen kostete. Aus Angst, er könnte wie eine Auster zuklappen, wagte sie es kaum, sich zu bewegen oder gar etwas zu sagen. Reglos, aber innerlich aufgewühlt, wartete sie darauf, dass Sam fortfuhr. Er tat ihr den Gefallen.

»Irgendwann beschloss der Sternekoch, sich das Leben einfacher zu machen. Er begann Tabletten einzuwerfen, welche fürs Einschlafen, andere, die ihn wach machten. Und er trank. Einen Wodka zum Aufwärmen. Einen zwischendurch und einen als Absacker. Dazu ein paar *Happy Pills*, um den Stress in der Küche besser durchzustehen. Seine Chefs warfen das Zeug ja auch händeweise ein, was sollte also dabei sein? Auf einmal erschien ihm der dritte Stern zum Greifen nah. Er war der *Master of the Universe*, er war der Star, der große Macher ... Er legte sich noch mehr ins Zeug, wollte es jetzt endgültig wissen. Wer brauchte noch Schlaf, wenn es doch die gelben Pillen gab, die einen innerhalb weniger Minuten von null auf hundert brachten?« Sam schaute auf, und als er weitersprach, war sein Blick leblos.

»Im fünften Jahr kam nicht der dritte Stern, sondern der totale Zusammenbruch. Mitten in der Küche, an einem hektischen, ausgebuchten Samstagabend brach der große Meister zusammen. Er wurde ohnmächtig und wollte aus seiner Ohnmacht nicht mehr erwachen. Die Sanitäter versuchten alles, um ihn aufzuwecken, vergeblich. Totale Erschöpfung wurde im Krankenhaus konstatiert, man legte ihn in ein künstliches Koma, um seinem völlig verausgabten Körper die Ruhe zu geben, die er ihm viel zu lange versagt hatte.« Sam warf seine Hände in einer fatalistischen Geste in die Luft. »Was danach folgte, war das Übliche. Der Koch machte eine Entziehungskur, danach kam er in die Reha, um seinen geschundenen Körper, seinen Geist und seine Seele zu heilen. Während der vielen Gespräche mit Therapeuten und anderen Ausgebrannten wurde ihm endlich klar, dass er niemals mehr wie früher leben wollte!«

Greta war sprachlos. Nun wurde ihr einiges klar…

»Ich habe einfach Angst, dass ich dem neuerlichen Druck nicht standhalte, verstehst du?« Sam schaute sie beschwörend an. »Heidi Hutter kennt mich gut, sie hat einst einen ellenlangen Artikel über mich gebracht, mit Fotos, Rezepten und allem Drum und Dran. Wenn sie erfährt, dass ich hier arbeite, bricht in Maierhofen wahrscheinlich derselbe Tumult aus wie damals in Berlin. Und ich bin wieder in der Spirale. Das kann und will ich nicht zulassen.«

Greta biss sich auf die Unterlippe. Ob sie es wollte oder nicht, bei seinen Worten war unwillkürlich die Werbefrau in ihr erwacht. Ein Sternekoch in Maierhofen – das passte doch wie die Faust aufs Auge zu ihrem Konzept!

»Ich verstehe deine Angst, aber ich teile sie nicht«, sagte sie schließlich. »Du bist heute viel reifer als damals und so in deinem Wesen gefestigt, dass du bestimmt nicht mehr in die gefährlichen Stromschnellen von einst gerätst. Natürlich würde Heidi Hutter dich in ihrem Bericht über Maierhofen auch erwähnen wollen, da gebe ich dir recht. Aber was ist denn so schlimm daran? Überleg doch mal, wie toll es wäre, wenn extra wegen dir Gäste nach Maierhofen kämen! Damit wärst du uns allen eine große Hilfe!« Sie schaute ihn eindringlich an und stellte die alles entscheidende Frage: »Sam, bringst du es fertig, trotz deiner Ängste hierzubleiben und Maierhofen mit deiner Popularität zu helfen?«

27. Kapitel

Eigentlich war es doof, bei diesem strahlenden Sonnenschein Fenster zu putzen, wahrscheinlich hatte sie nachher überall Streifen auf dem Glas, dachte Christine, während sie in weit ausholenden Bewegungen mit dem Gummiabzieher über die Glasfront fuhr. Aber was sein musste, musste nun mal sein. Sie blinzelte, als ein Schweißtropfen von ihrer Stirn in ihr Auge rann. Mit dem Ellenbogen wischte sie ihn fort. Eine Pause gönnte sie sich jedoch nicht, obwohl sie müde und erschöpft war.

Am Morgen war sie zu einer ausgedehnten Kaffeepause bei Therese gewesen. Es tat so gut, die Freundin wieder zu Hause zu wissen! Doch dann hatte die Arbeit in der Schaltzentrale gerufen, und sobald sie von dort zurückgekehrt war, hatte sie sich in die Hausarbeit gestürzt. Sie hatte in allen Zimmern gesaugt, die Bäder geputzt, die Hunde gebürstet, im Garten Laub zusammengerecht und Verblühtes von den Astern gezupft. In der verschwenderischen Oktobersonne wollten die Herbstblumen gar nicht aufhören zu blühen! Was für ein Glück, dass wir solch eine Schönwetterphase haben, dachte Christine froh. Und das Beste war – das sonnige Wetter sollte weiter anhalten.

Am nächsten Tag wollten die Zeitungsleute kommen, nicht vorstellbar, wenn es da regnete!

In den letzten Tagen hatte sich das Dorf endgültig für den großen Augenblick schick gemacht, und die Aufregung war täglich gestiegen. Jeder wollte irgendwie mitmachen, seinen Beitrag leisten und auch ins Hochglanzmagazin kommen. Greta und sie hatten Mühe gehabt, die Begeisterung der Leute hier und da wieder etwas einzufangen, ohne dabei jemandem auf die Füße zu treten.

Christine lächelte. Ihr Maierhofen im Magazin *Meine Landliebe* – wer hätte das vor einem Jahr gedacht!

Ihr Haus stand zwar nicht auf der Liste der Orte, die Greta und sie mit den Zeitungsleuten besuchen wollten, aber was, wenn ein Programmpunkt aus irgendwelchen Gründen ausfiel und man spontan beschloss, doch hierherzukommen? Oder was, wenn eine der Redakteurinnen während des Rundgangs zur Toilette musste und sie gerade in der Nähe ihres Hauses waren? In diesem Fall wollte Christine gerüstet sein.

Schwungvoll schüttete sie das Fensterputzwasser ins Gebüsch, ebenso schwungvoll wrang sie die Lappen aus. Jack und Joe, die Christines Treiben beobachteten, witterten ein fröhliches Spiel und kamen schwanzwedelnd unter dem Terrassentisch hervor.

»Nichts da«, sagte Christine und tätschelte beiden die massigen Köpfe. Dabei fiel ihr Blick auf ihre Armbanduhr.

Du meine Güte, so spät war es schon? Genug geputzt, sie musste sich nun dringend herrichten für die Verleihung des »Goldenen Schraubenschlüssels«, zu der ihr Mann und sie heute Abend in der Stadt eingeladen waren. Die jährlich stattfindende Ehrung war ein großes Event, bei dem die erfolgreichsten Autowerkstätten geehrt wurden. Herbert ging dieses Jahr zwar leer aus, aber die Veranstaltung war ihm dennoch wichtig. Mach dich hübsch!, hatte er am Morgen zu ihr gesagt.

Und ob sie sich für ihn hübsch machen wollte! Für den Abend hatte sich Christine extra ein neues Kleid gekauft, sie war bei diesem Einkauf total in Hetze gewesen, doch das sah man dem Kleid nicht an. Auf dem nachtblauen Georgette-Stoff wand sich ein Paradiesvogel aus bunten Pailletten von der Taille über die rechte Schulter. Das Modell war ein wenig gewagt, gewiss, aber Herbert gefiel so etwas, das wusste sie. Er sollte sich nicht wegen ihr schämen, sondern stolz auf sie sein. Sogar ihre Nägel hatte sie lackiert, als wollte sie damit beweisen, dass es für sie nicht nur noch das Dorfprojekt gab, so wie er es ihr vorwarf. Zugegeben, in der letzten Zeit hatten sie nicht viel voneinander gehabt. Nicht einmal mit den gemeinsamen Mittagessen in der Goldenen Rose hatte es richtig geklappt, zu oft hatte sie wegen dieses oder jenes Notfalls vorzeitig aufbrechen müssen. Irgendwann war es Herbert zu dumm geworden. »Ich hock doch nicht allein im Gasthaus rum!«, monierte er und fuhr seitdem zum Mittagessen in die Stadt. In der Vorstadt hätte eine Sushi-Bar aufgemacht, sehr stylish, hatte er gemeint. Dorthin ging er besonders gern. Herbert und Sushi – wer hätte das gedacht, ging es Christine durch den Kopf. Einmal wieder gemeinsam essen gehen, sich gegenübersitzen und Händchen halten wie einst als junges Paar, das wäre schön … Christine seufzte auf. Oder sonntagvormittags mal wieder zusammen zum Tennisplatz aufbrechen, vielleicht sogar eine Runde spielen. Sie war früher gar keine schlechte Spielerin gewesen, das hatte sogar Herbert gesagt! Stattdessen hatte es sich irgendwann eingebürgert, dass sie das Mittagessen kochte, während Herbert allein den Ball aufschlug. Irgendwie war ihre Ehe genauso verdurstet wie die schlecht gepflegte Schrankwand, der sie vorhin reichlich Möbelpolitur verpasst hatte, und das nicht erst seit dem Dorfprojekt, dachte Christine dumpf. Man müsse ständig »Beziehungsarbeit« leisten, sich für den anderen immer wieder neu erfinden, aber auch gemeinsam neue Wege gehen, hieß es in den Frauenzeitschriften immer. Bisher hatte sie über solche Ratschläge hinweggelesen, mehr noch, sie hatte sie als Humbug abgetan. Von wegen neu erfinden – es war doch schön, wenn man einander vertraut war! Wenn jeder die Vorlieben und kleinen Macken des anderen gut kannte. Vielleicht verunsicherte es sie deshalb so sehr, dass Herbert Sushi essen ging? Hatten sie womöglich schon lange nicht mehr so viele Gemeinsamkeiten, wie sie es sich einbildete? Der Gedanke war irgendwie erschreckend. Christine wollte nicht länger bei ihm verweilen.

Von jetzt an werde ich meinen »Job« als Ehefrau wieder ernster nehmen, dachte sie lächelnd, während sie das Putzzeug verstaute. Der heutige Abend war ein guter Anfang.

Sie war schon auf dem Weg hoch ins Bad, als das Fiepen der Hunde, die erwartungsfroh mitten auf dem Wohnzimmerteppich saßen, sie zurückhielt.

»Euch ist langweilig«, sagte Christine seufzend. »Also gut, dann kommt her, ihr zwei Racker.« Sie setzte sich zu den Hunden auf den Boden. Eine Portion Streichelein-heiten, so viel Zeit musste sein. Dann unter die Dusche, ein bisschen schminken und die Nägel an ein, zwei Stellen nachlackieren, anschließend Haare machen…

In kreisenden Bewegungen kraulte sie den Hunden den Nacken, beide seufzten wohlig auf. Christine streckte ihre Beine aus, kuschelte sich enger an Jack. Sogleich kroch Joe ebenfalls näher an sie heran. Solche Mußestunden waren ebenfalls zu kurz gekommen in den letzten Monaten, da-bei war es so gemütlich…

»Das darf doch nicht wahr sein!«

Christine zuckte vor lauter Schreck zusammen, als über ihr eine laute Männerstimme ertönte. Sie blinzelte. Wo war sie? Wie spät war es? Was…

»Ich fasse es nicht! Es ist sieben Uhr, und du lümmelst hier herum? Hast du etwa vergessen, dass wir gleich weg-müssen?«

O Gott! Christine rappelte sich so schnell auf, dass ihr schwindlig wurde.

»Ich… muss… irgendwie eingeschlafen sein«, mur-melte sie, während sie an sich hinabschaute. Ihre Jeans, mit der sie im Garten gekniet hatte, war erdverschmiert, ihr schwarzer Pulli voller Hundehaare, ihre eigenen Haare hingen ihr wirr ins Gesicht.

»Gib mir fünf Minuten, ja?«, sagte sie flehentlich und erschrak, als sie sah, mit welch abfälligem Blick Herbert sie betrachtete.

»Jetzt habe ich die Faxen endgültig dicke, genug ist ge-nug«, sagte er mit gefährlich ruhiger Stimme. »Schau dich mal an, wie du herumläufst! Wie eine Putzfrau. Lass mich raten – hast du die Gassen von Maierhofen gefegt? Oder im Genießerladen Großputz gemacht? Oder hast du vielleicht bei irgendeinem Bauern auf dem Acker ausgeholfen? Kein Wunder, dass du keine Zeit mehr hast, dich um mich zu kümmern.«

»Herbert …«, sagte Christine mahnend und warf einen sehnsüchtigen Blick in Richtung Treppe. Jetzt war wirklich keine Zeit für eine Grundsatzdiskussion. »Ich beeil mich, wir schaffen das noch rechtzeitig.«

»So, wie du es ›rechtzeitig‹ geschafft hast, das Essen für unsere Gäste bei unserer traditionellen Grillparty auf den Tisch zu bringen, ja? Eine geschlagene Stunde musste ich den Audi-Kofinger und den Herrmann von Dunlop unterhalten, damit du deine Salate zusammenrühren konntest. Geschämt hab ich mich, wirklich. Und dann das Fest im Tennisverein! Den ganzen Abend hast du die Leute mit deinen …« – er fuchtelte in der Luft herum – »Belanglosigkeiten gelangweilt. Wen interessiert es denn schon, ob in diesem blöden Laden fünf oder zehn *kalt gepresste* Öle stehen!« Das Wort kalt gepresst hörte sich wie ein Schimpfwort an. Und wie abfällig er sie immer noch anschaute! Christine schauderte.

Herbert zog laut den Rotz in der Nase hoch. »Eins sage ich dir – entweder du hörst mit dem ganzen Provinzkräuter-Quatsch auf, oder wir zwei sind geschiedene Leute!«

439

Greta erwachte mit einem Lächeln auf dem Gesicht. Wie fast jede Nacht in der letzten Woche hatte sie auch die vergangene bei Vincent verbracht. Eng aneinander gekuschelt, im Hintergrund leise Musik, erzählten sie von sich und ihren Leben, bis es an der Zeit war, schlafen zu gehen. Danach waren keine Worte mehr nötig…

Greta seufzte selig. Wenn der Mond die Sterne küsste… Sie streckte ihre Arme in die Höhe und schaute in den Himmel, der so früh am Morgen noch grau mit ein paar helleren Schattierungen war. Spätestens gegen neun würde sich der Morgennebel lichten und ein goldener Oktobertag mit satten Farben beginnen.

Heute war der große Tag.

Bei diesem Gedanken fuhr es Greta sogleich durch und durch. Beruhige dich, alles ist bestens vorbereitet, redete sie sich selbst gut zu, während aus dem Bad nebenan Vincents Stimme ertönte. »*You are always on my mind…*«

Greta lächelte. Nein, heute würde Vince ausnahmsweise einmal nicht ihre Gedankenwelt beherrschen. Heute würde sie sich ganz und gar den *Meine Landliebe*-Leuten widmen.

Sie hatte diesen Gedanken noch nicht zu Ende gedacht, als ihr Handy klingelte. Ein Anruf so früh am Morgen? Voller dumpfer Vorahnungen runzelte Greta die Stirn. War Heidi Hutter erkrankt? Eine Vollsperrung auf der Autobahn? Die Redaktion hatte es sich nochmals anders überlegt und berichtete nun lieber über ein Schwarzwalddorf?

»Ja bitte?«, sagte Greta zögernd.

»Greta, es tut mir furchtbar leid, aber ich kann heute nicht kommen.« Christines Stimme klang belegt.

»Wie – du kannst nicht kommen?« Erschrocken setzte sich Greta auf. »Heute ist doch *der* Tag!«

»Ich weiß.« Christine schluchzte gequält. »Aber ich habe einen Infekt, er kam über Nacht...«

Greta schluckte. »Tja, dann muss ich das Kind halt allein schaukeln«, sagte sie mit mehr Zuversicht, als sie verspürte. Sie wünschte Christine gute Besserung, legte auf und blieb belämmert sitzen.

»Soll ich dich begleiten?«, fragte Vincent, der aus dem Bad gekommen war und das Gespräch mit angehört hatte.

Greta lächelte ihn dankbar an. »Das ist lieb von dir, aber ich schaffe das schon.« Auch für Vincent war heute ein großer Tag. Aufgrund der Schönwetterphase hatte er beschlossen, einen Auftrag, den er eigentlich erst im nächsten Frühjahr ausführen wollte, in diesen Herbst vorzuziehen. Heute sollte ein riesiger Truck mit Holzdielen und anderem Baumaterial angeliefert werden. Vincent und seine Männer hatten also den ganzen Tag zu tun.

Greta schwang ihre Beine aus dem Bett. Um zehn Uhr wollten die Redakteure da sein, davor wollte sie rasch nochmals die einzelnen Stationen abgehen und nach dem Rechten sehen.

Vincent fing sie auf dem Weg ins Bad ab und zog sie liebevoll an sich. »*Stay cool*, ok? Für diesen Tag heute hast du hart und lange gearbeitet, nun wirst du dafür belohnt. Genieß einfach alles, was kommt«, flüsterte er in ihr Ohr.

Mit geschlossenen Augen gab sich Greta seinem Kuss hin, doch tief drinnen verspürte sie auf einmal ein seltsames Gefühl. Zeitungsmacher waren ein eigenes Völkchen, die aus der Stadt erst recht – was, wenn sie nicht auf Maierhofen ansprangen?

»Schau, alles ist vorbereitet.« Stolz zeigte Jessy auf den runden Terrassentisch, in dessen Mitte ein riesiger Blumenstrauß stand. Ringsherum hatte sie sämtliche Zutaten, die sie für ihre Cocktails benötigte, in hübschen Karaffen und Glasschalen bereitgestellt.

»Nur die Eiswürfel fehlen noch«, sagte sie grinsend.

»Das sieht alles wunderschön aus.« Greta machte eine ausholende Armbewegung, mit der sie Jessys Garten, die duftenden Kräutersträuße, die frischen Früchte und die kleinen Schraubgläser mit verschiedenen Köstlichkeiten einschloss.

Jessys romantisches Hexenhäuschen – oder besser gesagt, dessen Terrasse – war der erste Anlaufpunkt auf Gretas Liste. Jessy wollte den Zeitungsleuten von ihr kreierte Cocktails servieren, die nach Herbst und Spätsommer und Landliebe schmeckten. Sie, Greta und Madara hatten die verschiedenen Rezepte an mehr als einem Abend gründlich getestet. Wenn die Zeitungsleute erst einmal ein bisschen gebechert hatten, würden sie rasch in gute Stimmung kommen, so lautete Gretas Plan.

»Wir sind dann kurz nach zehn bei dir«, sagte Greta und umarmte die junge Frau zum Abschied.

Greta hatte lange überlegt, ob sie sich für das heutige Treffen eins von Thereses Dirndln ausleihen oder sich eher geschäftsmäßig anziehen sollte. Der Trachtenlook würde gut zum Landliebe-Thema passen, auf der anderen Seite war sie »nur« die Marketingfrau, zuständig fürs Organisatorische und fürs Informationen liefern, da wäre es eher irritierend, wenn sie im Dirndl daherkäme.

In eine schwarze Ponte-de-Roma-Hose und ihren alten, etwas zu engen Businessblazer gekleidet, machte sich Greta auf den Weg zu Magdalena.

Auch hier war alles bestens vorbereitet, die Bäckerin hatte im Café einen Tisch für sie reserviert und würde dort ihr duftendes Holzofenbrot anbieten.

»Magst du einen Kaffee?«, fragte Magdalena, die sich zur Feier des Tages von Edelgard Loose eine frische Dauerwelle hatte machen lassen.

Greta lehnte dankend ab, sie war so schon nervös genug.

»Wie schade, dass Therese ausgerechnet heute in die Stadt zu ihrer Ärztin muss«, sagte Magdalena.

Greta nickte. Auch sie hätte Therese gern an ihrer Seite gehabt, aber vielleicht wäre die ganze Aufregung auch etwas zu viel für sie gewesen. Therese behauptete zwar, nach all dem Krafttanken in der Reha Bäume ausreißen zu können, aber auf Greta wirkte sie noch immer etwas fragil.

Auf dem Marktplatz war ebenfalls alles tipptopp. Die Männer vom Bauhof hatten mehrere runde Stehtische rings um die alte Linde aufgebaut. Dort präsentierten die Maierhofener Bauern alles, was ihre Streuobstwiesen zu bieten hatten: Marmeladen, Säfte, Trockenobst und Apfelchips. Christine war es gewesen, die den Leuten gezeigt hatte, wie man alles mundgerecht in appetitlichen Häppchen präsentierte.

Ach Christine, wenn du nur dabei sein könntest, dachte Greta traurig.

Auch der Posaunenchor stand schon unter der Linde bereit, die Instrumente glänzten golden in der Oktobersonne, die Wangen der Musiker waren vor Vorfreude gerötet.

»Unser Repertoire sitzt!«, verkündete der Pfarrer als Dirigent des Posaunenchors stolz. »Sollen wir nicht schon jetzt anfangen?« Die Musiker nickten erwartungsfroh.

Greta verneinte. *Imagine*, auf der Posaune gespielt, war das Letzte, was ihre angespannten Nerven jetzt brauchten. Aber weder sie noch Christine hatten verhindern können, dass der Posaunenchor aufspielte. Immerhin hatte sie den Pfarrer von fünf auf drei Lieder runterhandeln können.

»Wir sind spätestens um zwölf hier«, sagte sie zu den Obstbauern und den Männern mit den Posaunen, dann machte sie ein Häkchen auf ihrer Liste.

Nach der Stippvisite auf dem Marktplatz würde sie Heidi Hutter und ihre Kollegen in den Genießerladen führen, danach stand noch eine kurze Fahrt zur Käserei vom Kerschenhof auf dem Programm. Und das späte Mittagessen in der Goldenen Rose würde dann den hoffentlich krönenden Abschluss bilden.

Schämen musste sie sich für ihr Programm nun wirklich nicht, dachte sie, als sie in Richtung Goldene Rose ging, wo sie auf die Zeitungsleute warten wollte.

»Und das hier ist unser Genießerladen!«, sagte Greta fünf Stunden später betont schwungvoll. Genauso schwungvoll riss sie die Ladentür auf, dabei fühlte sie sich innerlich längst wie ein Blasebalg, aus dem die Luft gewichen war. Wenn die Zeitungsleute jetzt nicht anbissen, wusste sie auch nicht mehr weiter.

Der Fotograf mit der Nerdbrille und dem übergroßen Sakko trat ein. Heidi Hutter und ihre Kollegin – beides durchgestylte Städterinnen, neben denen Greta sich in ihrem zu engen Blazer alt und trutschig vorkam – folgten. Greta warf einen verzweifelten Blick auf ihre Armbanduhr.

Halb drei. Sie hätten längst beim Mittagessen sitzen sollen.

Doch alles hatte sich verspätet. Erst hatten die Zeitungsleute im Stau gestanden, und als sie endlich mit über einer Stunde Verspätung angekommen waren, hatte Heidi Hutter einen Anruf auf ihrem Handy bekommen, der sie zwanzig Minuten lang in Anspruch nahm. Greta hatte geglaubt, vor Ungeduld fast wahnsinnig zu werden.

Wie geplant hatten Jessys Cocktails guten Anklang gefunden. Mehr noch – die Zeitungsleute hatten nicht genug davon bekommen können! Noch ein Brombeer-Spritz, noch einen Heidelbeer-Kir... Trinkfest waren sie allemal! Während Heidi Hutter Jessy ein Rezept nach dem anderen abluchste, hatte Greta mit Magdalena telefoniert. Planänderung! Das Holzofenbrot musste mit den Obstprodukten auf dem Marktplatz verkostet werden, für einen Besuch in der Bäckerei hatten sie keine Zeit. Kein Problem, hatte Magdalena souverän erwidert.

Statt Greta zum Marktplatz zu folgen, bat Heidi Hutter jedoch darum, sich den Weiher ansehen zu dürfen. Auf der Fahrt hierher hatten sie ein Hinweisschild entdeckt, nun wollten sie wissen, was es mit dem Windegg-Weiher auf sich hatte.

»Gar nichts«, hätte Greta am liebsten gesagt, aber lächelnd der Programmänderung zugestimmt. Dabei hatte sie rasch überlegt, ob sie die Verköstigung vom Marktplatz ans Wasserufer verlegen konnten, doch dann hatte sie diesen Gedanken rasch als zu kompliziert abgehakt. Nervös wartete sie, bis der Fotograf auf Heidi Hutters Geheiß den Weiher und Gretas Haus aus verschiedenen Blickwinkeln abgelichtet hatte.

Als sie schließlich auf dem Marktplatz ankamen, war Gretas Zeitplan im Eimer gewesen und Greta innerlich völlig gehetzt. Doch äußerlich blieb sie die Ruhe selbst, als sie zu jedem Bauern und seinen Produkten ein paar Worte sagte.

Die Zeitungsleute kosteten Apfelchips, probierten den Apfelcidre und fanden alles »nett«, genau wie sie auch in der Kerschenhof-Käserei alles »nett« fanden. Dort hatten Heidi Hutter und Christian Lohfink, der Fotograf, auch von allen Käsesorten gekostet und sich noch üppige Käsestücke von Madara einpacken lassen – umsonst, versteht sich –, aber richtig große Begeisterung hatte Greta bisher nirgendwo erkennen können.

»Auch die Schönheit kommt bei uns nicht zu kurz – schauen Sie, Badebomben mit Allgäuer Bergkräutern, ein Peeling mit Lavendel, Rosenwasser zur Gesichtsreinigung ...« Roswitha zog eifrig ein kosmetisches Produkt nach dem anderen aus dem Regal und hielt es Heidi Hutter hin.

Warum streckte Rosi ihre Arme so seltsam nach vorn?, wunderte sich Greta.

Heidi Hutters magersüchtige Kollegin, die bisher außer zwei Cocktails bei Jessy noch nichts zu sich genommen hatte, lebte zum ersten Mal auf.

»Ich plane einen Artikel über Naturkosmetik, dafür könnte ich noch ein paar Fotos gebrauchen. Christian, halt drauf! Je mehr Auswahl, desto besser!«, wies sie den Fotografen herrisch an.

Ein Artikel über Naturkosmetik, in dem Fotos aus dem Genießerladen zweckentfremdet und ohne Bezug abgedruckt wurden? Jetzt reichte es aber! Greta räusperte sich.

»Wir haben noch eine Überraschung für Sie.« Lächelnd winkte sie Edy mit seinem Tablett veganer Würste näher. Auch der Metzger hob seine Arme in einem seltsamen Winkel an. Hatten die beiden plötzlich Haltungsschäden?

Als Edy ihr ein paar Tage zuvor stotternd erzählt hatte, womit er die letzten Monate zugebracht hatte und was er auf dem Kräuter-der-Provinz-Festival präsentieren wollte, war Greta fast rückwärts vom Stuhl gefallen. Fleischfreie Würste? Das war ja sensationell! An alles hatte sie gedacht, nur nicht an so etwas. »Da werde ich deine erste Kundin«, hatte sie zu ihm gesagt. »Ich möchte meinen Fleischkonsum sowieso zurückschrauben.«

Heidi Hutter schob sich ein köstlich duftendes Stück Bratwurst in den Mund. »Veganismus ist ja gerade ein großer Trend«, sagte sie desinteressiert.

»Darüber wollen wir doch auch mal einen Artikel machen«, soufflierte ihre Assistentin. »Soll der Christian ein paar Fotos von den Würsten machen?« Sie zeigte auf den Fotografen, der gerade eine Badebombe ausleuchtete.

Heidi Hutter winkte ab. »Vegane Küche gehört an einen trendigeren Ort.«

»Aber es wäre doch schön, wenn Sie auch diesen Blickwinkel Maierhofens beleuchten würden«, sagte Greta. Nun wurde sie wirklich sauer! Glaubten die Zeitungsleute, hier auf dem Land würden sie täglich einen Schweinsbraten in sich hineinstopfen? Für wie rückständig hielten die Leute sie eigentlich? Sie sollten Edys Mut wertschätzen und das Ganze nicht so beiläufig abtun!

»Wir haben natürlich auch herkömmliche Hausmacher-Würste, vielleicht passen die besser zu Ihrer Vorstellung vom Landleben«, sagte Roswitha, und Greta hörte einen Hauch Ironie aus ihrer Stimme heraus.

Die Kartoffelbäuerin hob ein Paar geräucherte Bauernknacker in die Höhe, die Unterarme abermals unnatürlich abgewinkelt. Warum macht sie das?, fragte sich Greta erneut stirnrunzelnd.

Im nächsten Moment entdeckte sie auf dem linken Unterarm der Kartoffelbäuerin einen Schmetterling und zwei verschlungene Worte. Greta blinzelte. Stand da »Träume wagen«? Roswitha hatte ein Tattoo?

Gretas Blick sprang zu Edy, und sie erkannte an derselben Stelle am Unterarm einen Igel und »Träume teilen«. Edy auch!

Deshalb präsentierten die beiden ständig ihre Arme! Offenbar waren sie sehr stolz auf ihre Tattoos. Greta lachte so unvermittelt laut heraus, dass Heidi Hutter sie konsterniert anschaute. Na wenn schon, dachte Greta und spürte, wie ihre innere Spannung schlagartig wich.

Träume wagen *und* sie miteinander teilen – genau das hatten sie alle zusammen getan. Sie und die Maierhofener hatten ihr Bestes gegeben. Wenn es nun trotzdem nichts wurde mit dem Artikel, ging davon die Welt nicht unter.

Forsch trat sie an ein Regal und zog ein Glas mit Christines extra scharfer Gewürzmischung hervor.

»Ich habe noch was ganz Tolles für Sie. Einen echten Geheimtipp. Kräutersalze aus einer kleinen Manufaktur.« Noch während sie sprach, hielt sie jedem der drei Gäste einen kleinen Löffel hin. »Probieren Sie gern mal!«

Heidi Hutter und ihre Kollegin, die einen kalorienfreien Happen erkannte, wenn sie ihn vor sich hatte, griffen zu, der Fotograf widmete sich noch immer der Badebombe.

Im nächsten Moment prustete die Chefredakteurin los. Ihr Kopf war hochrot, der ihrer Kollegin ebenfalls. Tränen verwischten die Mascara und rannen über das perfekt aufgetragene Wangenrouge.

»Du meine Güte, ist das scharf!« Heidi Hutter fächelte sich mit der rechten Hand Luft zu.

»Finden Sie?«, sagte Greta scheinheilig. »Tja, wahrscheinlich ist die Kost vom Lande nichts für jedermann. Ich finde es bewundernswert, dass Sie in Ihrem Blatt dennoch so eloquent darüber berichten.« Sie öffnete die Ladentür. »Hoffentlich bekommt Ihnen unser Mittagessen besser«, fuhr sie fort und zwinkerte Heidi Hutter in einer Art zu, dass diese gewiss nicht deuten konnte, ob sie gerade veräppelt wurde oder ob es jemand gut mit ihr meinte.

Sie hatten den Marktplatz schon fast überquert, als Greta spontan beschloss, an der Baustelle vorbeizugehen, auf der Vincent seit heute Morgen arbeitete. Sie hinkten ihrem Zeitplan so sehr hinterher, dass es darauf nun auch nicht mehr ankam. Einen kurzen Blick auf ihren Liebsten werfen zu können würde ihre Seele ein bisschen streicheln, dachte sie sehnsuchtsvoll. Unter dem Vorwand, ihnen ein besonders schönes Fachwerkhaus zeigen zu wollen, lotste Greta die Zeitungsmacher in eine Seitenstraße vom Marktplatz.

Vincent stand mit nacktem Oberkörper an einer riesigen Standsäge, Holzspäne spritzten auf und blieben an seiner schweißnassen, braun gebrannten Haut haften.

Seine beiden Angestellten, ebenfalls mit nackter Brust, setzten indessen die zugeschnittenen Balken aufeinander, schon jetzt konnte man das Grundgerüst des späteren Blockhauses erkennen. In der goldenen Oktobersonne glänzten die muskelbepackten Oberkörper bronzefarben, Bizeps und Trizeps hoben und senkten sich bei jedem Handgriff.

Greta schmunzelte. Konnte es sein, dass sich die Burschen vor den Stadtladys extra in Szene setzten?

Heidi Hutter, die bei diesem Anblick Stielaugen bekommen hatte, seufzte auf.

So einen hättest du auch gern zu Hause, was?, dachte Greta und grinste in sich hinein. »Ich bin gleich wieder bei Ihnen«, sagte sie und lief rasch zu Vincent.

»Und wie läuft es?«, fragte er und wollte sie küssen. Doch Greta wich zurück. Dass Vincent und sie ein Paar waren, ahnten die meisten wahrscheinlich schon, aber hier und heute wollte sie Geschäftliches und Privates trennen.

»Besch… eiden, vor allem Heidi Hutter nervt total«, erwiderte sie. »Ich bin froh, wenn ich's hinter mir habe.« Sie strich unauffällig über seinen rechten Arm, dann ging sie zu ihrer Gruppe zurück.

»Wer… sind denn diese Männer?«, fragte Heidi Hutter atemlos, und ihre Kollegin schluckte trocken.

»Ach, das sind nur ein paar von unseren Jungs«, sagte Greta so beiläufig, als würde jedes männliche Wesen in Maierhofen derart muskelbepackt und sexy daherkommen. Dass Vincent und seine Angestellten zu einem der besten *Timbersports*-Teams Deutschland gehörten, ging hier niemanden etwas an.

»Bei uns auf dem Land muss man halt mit diesen ungehobelten Burschen vorliebnehmen.« Inzwischen machte es ihr richtig Spaß, sich als Landpomeranze darzustellen. Um noch einen draufzusetzen, sagte sie: »So, und jetzt gibt's noch ein echtes Hausmacher-Mittagessen!«

In der Goldenen Rose, die die Zeitungsleute wieder sehr »nett« fanden, überreichte Greta die Infobroschüre für das Kräuter-der-Provinz-Festival im Frühjahr.

Heidi Hutter überflog die sorgfältig zusammengetragenen Programmpunkte, dann sagte sie: »Der Artikel über Maierhofen wird im Weihnachtsheft erscheinen, als Ausblick aufs neue Jahr sozusagen. Natürlich können wir einen Hinweis auf dieses Fest bringen, allerdings weiß ich nicht, wie viel Platz wir neben dem ganzen Weihnachts-Special haben werden.« Sie verzog das Gesicht, als sei ihr Weihnachten zuwider.

War das schon ein erster Rückzieher?, bangte Greta. Würde für Maierhofen statt des versprochenen ausführlichen Hochglanzartikels nur eine Viertelseite herausspringen?

Bevor sie sich in ihre Befürchtungen hineinsteigern konnte, wurde das Essen serviert. Das Rinderfilet war auf den Punkt gebraten, die frischen Pfifferlinge schmeckten nach Herbst und nach Wald, die würzige Soße dazu war ein Traum, und der Blaubeer-Calvados-Schaum, der als kleiner Tupfer obenauf prangte, verlieh allem das gewisse Etwas. »Sind die handgeschabt?«, fragte Heidi Hutter und zeigte auf die goldgelben Spätzle.

»Selbstverständlich!«, erwiderte Greta.

Alles schmeckte so köstlich, dass nicht einmal die magersüchtige Redakteurin widerstehen konnte.

Wenigstens hier konnten sie ein paar Pluspunkte sammeln, dachte Greta. Während ihre Gäste gern einen Nachschlag nahmen, stand sie auf und entschuldigte sich kurz. Sie musste schon seit Stunden dringend pinkeln, hatte sich jedoch nicht getraut, ihre Gäste alleinzulassen, aus lauter Angst, die Zeitungsleute würden sich dann aus dem Staub machen.

Im dem Restaurantflur traf sie Sam. »Und – wie läuft's?«, fragte er und nickte in Richtung Gaststube.

Greta verzog das Gesicht. »Das willst du nicht wissen. Aber wenigstens dein Essen kommt gut an!«, rief sie ihm über ihre Schulter noch zu, während sie in Richtung Toilette rannte. Sie hatte es so eilig, dass sie Sams nachdenklichen Blick nicht mehr mitbekam.

Am Ende ihres langen Gesprächs hatte sich der Koch schließlich doch noch darauf eingelassen, zu bleiben und für die *Meine Landliebe*-Redaktion zu kochen.

»Aber wehe, es steckt auch nur einer seinen Kopf in meine Küche! Die sollen mich in Ruhe lassen. Und mein Name wird auch nicht genannt, verstanden?«

Greta hatte zähneknirschend eingewilligt. Besser ein unsichtbarer Koch als gar keiner.

»Und wenn mir nach dem Fest im Frühjahr der Trubel irgendwann zu viel wird ...« Sam hatte sehnsüchtig auf seinen Koffer geschielt.

»Vielleicht kommen nach dem Artikel ein paar Gäste mehr als jetzt, und gewiss wird es während des Kräuter-der-Provinz-Festivals rappelvoll in Maierhofen, aber ansonsten bleibt doch alles beim Alten«, hatte Greta versucht, dem Koch Mut zuzusprechen.

Wenn Heidi Hutters Artikel genauso lahm ausfällt, wie sie sich den ganzen Tag über benimmt, hat Sam wirklich nichts zu befürchten, dachte sie dumpf, während sie ihre Hände wusch.

Schon auf dem Flur wehte ihr ein süßer Duft aus der Küche entgegen. Als Nachtisch sollte es Pfannkuchen mit einer Pflaumenquarkfüllung geben.

»Der süße Duft von Zimt ... So hat es bei meiner Mutter auch immer gerochen«, sagte Heidi Hutter wehmütig, als Greta sich wieder an den Tisch setzte. »Da werden bei mir Kindheitserinnerungen wach«, ergänzte sie, und ihr hartes Gesicht wurde auf einmal ganz weich.

Greta, deren Mutter weder Pfannkuchen noch Ofen-
schlupfer mit Zimt gemacht hatte, lächelte verständnisvoll.
Im nächsten Augenblick jedoch war sie wie vom Donner
gerührt, denn am Tisch erschien niemand anderes als Sam.

»Guten Tag, ich bin hier der Koch. Hat es Ihnen allen
geschmeckt? Wenn es Ihnen recht ist, würden wir gern die
Nachspeise servieren.«

Greta spürte, wie sich ein Kloß in ihrem Hals bildete,
das Schlucken fiel ihr schwer, so gerührt war sie über
Sams Großmut. Hatte er sich also doch dazu durchgerun-
gen, seine Popularität mit in die Waagschale zu werfen ...
Genau im richtigen Moment, denn aus dem Augenwinkel
sah Greta, wie Heidi Hutter Sam anstarrte, als habe sie
einen Geist vor sich. Sie öffnete und schloss ihren Mund
wie ein Fisch, ohne ein Wort herauszubringen.

Bingo! Greta ballte heimlich eine Faust. Dann riss sie
sich zusammen und sagte so geschäftsmäßig wie möglich:
»Das Essen war ganz in Ordnung, und ja, wir möchten
nun bitte den Nachtisch. Meine Gäste haben schließlich
nicht den ganzen Tag Zeit ...«

Sam, der nicht wusste, welches Spiel Greta spielte, hob
verwundert die Brauen, dann ging er achselzuckend davon.

»Das ... das war ... doch ... Sam Koschinsky? Und
den ... schicken Sie so einfach weg?« Heidi Hutter
schnappte heftig nach Luft. »Was macht so eine Berühmtheit denn hier?«

»Berühmtheit!« Greta lachte, als habe die Redakteurin
einen besonders guten Witz gemacht. »Das ist nur unser
Koch«, sagte sie dann wegwerfend.

»Aber er ist ein ganz berühmter Sternekoch! Wissen Sie das etwa nicht?« Heidi Hutter starrte Greta entsetzt an.

Greta zuckte mit den Schultern. »Und wenn schon. Seine Spätzle sind ganz gut, das stimmt, und irgendwas müssen wir hier auf dem Land ja schließlich auch essen…«

28. Kapitel

Therese machte ihren rechten Arm lang und griff tief in einen riesengroßen Karton, dem man ansah, dass er schon viele Jahre auf dem Buckel hatte. Mit einem erwartungsfrohen Lächeln auf dem Gesicht zog sie einen Nikolaus heraus – ihren Lieblings-Nikolaus. Er war mindestens fünfzig Zentimeter groß, hatte eine hellbraune Pelzjacke und eine Wollmütze mit Bommel an. In seiner rechten Hand trug er einen Sack mit Geschenken. Ein hölzernes Schaukelpferd, eine Miniaturflöte, eine Puppe ...

Und wenn sie kein einziges Geschenk zu Weihnachten bekam, war ihr das völlig schnuppe, dachte Therese, während sie den Nikolaus auf eine Fensterbank der Wirtsstube stellte. Sie hatte das größte Geschenk von allen längst bekommen. Das Leben selbst.

Vorsichtig zog sie den nächsten Nikolaus aus dem Karton. Er war ein kleinerer Artgenosse, auf dem Weg zum Skifahren, jedenfalls trug er ein paar hölzerne Ski mit sich. Auch er durfte aufs Fensterbrett. Therese kam es so vor, als würde er ihr zuzwinkern. *Hello again!*

Ein Santa Claus in rotem Gewand mit weißer Verbrämung folgte. Er war pompöser als die anderen, guckte strenger und statt Geschenken trug er einen goldenen Kreuzstab in der Hand. Der Patriarch, wie Therese ihn nannte, durfte auf das mittlere Fensterbrett, von wo aus er das Geschehen in der Wirtsstube gut überblicken konnte.

Seit über zwanzig Jahren sammelte Therese Nikoläuse. Je liebevoller und detailreicher sie ausgestattet waren, desto mehr schätzte sie sie. Doch in den vergangenen Jahren hatten die bärtigen Gesellen mehr als eine Weihnachtszeit über kein Tageslicht gesehen. »Heute musst du dringend die Nikoläuse aus dem Keller holen und aufstellen«, hatte sie sich in den Adventswochen oft frühmorgens gesagt. Doch im Trubel der vielen Weihnachtsfeiern hatte sie das Ganze dann doch wieder vergessen. Und plötzlich war es Heiligabend gewesen, und sie hatte allein dagesessen, ohne Santa Claus, ohne Mann und Maus.

Auch das würde dieses Jahr anders sein, dachte Therese. Dieses Jahr würden die Nikoläuse, Greta und sie gemeinsam feiern. Bestimmt kam Vincent auch dazu. Vielleicht hatte Sam ebenfalls Lust, den Abend mit ihnen zu verbringen?

Therese hatte vor, niemanden zu drängen, sondern alles auf sich zukommen zu lassen. In ihrem Haus war genug Platz für alle, und verhungern würde auch niemand. Und außerdem hatte sie Greta, die bestimmt gern bei den Vorbereitungen für den Heiligabend half. Die Zeiten, in denen sie alles weit im Voraus geplant hatte, waren jedenfalls vorbei. Wie sagte man so schön? Jedes Mal, wenn der Mensch etwas plant, fällt das Schicksal vor Lachen fast rückwärts vom Stuhl. Und am Ende kam dann doch immer alles ganz anders. Das beste Beispiel dafür war Greta, die sie unter falschen Voraussetzungen nach Maierhofen gelockt hatte und die nun hier ihr großes Glück gefunden hatte. Wer hätte das noch vor ein paar Monaten gedacht…

Therese hob lächelnd einen weiteren Nikolaus aus dem Karton. Jetzt, da Christine die Wirtsstube so schön mit Kissen und neuen Gardinen ausstaffiert hatte, kamen die Nikoläuse auf den Fensterbrettern noch viel besser zur Geltung als früher, dachte sie bewundernd, als alle Kartons leer waren. Überhaupt wirkte die ganze Gaststube sehr weihnachtlich. Denn vor ein paar Tagen war sie mit der Freundin am Windegg-Weiher gewesen und hatte Arme voll Tannengrün geschnitten. Gemeinsam hatten sie dieses mit Zimtstangen, getrockneten Apfelringen und mit Nelken gespickten Orangen dekoriert und auf den Tischen der Gaststube verteilt. Und am selben Abend war sie mit Christine ins Gemeindehaus gegangen, wo sie unter den wachsamen Augen von Schwester Gertrud Adventskränze band. Der Duft, den das viele Tannengrün verströmte, war betörend und beruhigend zugleich. Mit Scham dachte Therese an die verstaubten künstlichen Adventsgestecke, mit denen sie die Tische in den letzten Jahren lieblos dekoriert hatte. Keine Zeit für nichts, immer in Hektik, immer getrieben vom nächsten Termin…

Aber damit war es aus und vorbei!, dachte sie und ging zum Kaffeeautomaten, wo sie sich einen Cappuccino zubereitete. Sie solle nicht so viel Kaffee trinken, hatte es in der Reha immer wieder geheißen. Grüntee sei viel gesünder. Aber ein paar Dinge gab es doch, die Therese von ihrem »alten« Leben beibehalten wollte. Und ihr heiß geliebter Kaffee war eins davon.

Während das Mahlwerk die Bohnen zermalmte und

der unnachahmliche Duft von Röstkaffee in den Raum strömte, schaute sie aus dem Fenster. In der vergangenen Nacht hatte es geschneit, wie weiße Zuckerwatte lag der Schnee auf den Dächern von Maierhofen. Nicht nur Magdalenas Bäckerei, sondern jedes Haus sah wie verzaubert aus. Wie schade, wenn sie diesen Anblick nicht mehr hätte genießen dürfen ... Danke, lieber Gott, danke.

Mit dem Becher in der Hand setzte sie sich und blätterte durch einen Sportartikelkatalog, den sie sich im Internet bestellt hatte. Softshelljacken in Pink und Weinrot – was war Softshell eigentlich? –, Laufhosen, Accessoires aller Art. Wie viele tolle Klamotten es zum Sporttreiben gab! Therese war so vertieft, dass sie erst gar nicht bemerkte, wie die Tür der Gaststätte aufging.

»Gibt's hier zufällig für eine gelangweilte Hausfrau eine Tasse Kaffee?«, fragte Christine und kam mit ihren Hunden zu Therese an den Tisch.

Therese lächelte. Heute war Freitag. Und wie vor ihrer Krankheit kam freitags Christine auf einen Sprung vorbei. Danke, lieber Gott.

»Tröste dich, Greta langweilt sich auch, in der Schaltzentrale gibt's derzeit nämlich nicht viel zu tun«, sagte Therese, während sie für die Freundin eine Tasse Kaffee zubereitete.

Christine nickte unglücklich. »Ich hätte nie gedacht, dass mir der Trubel mal so fehlen würde. Am liebsten würde ich auf der Stelle einen neuen Streich aushecken. Aber Herbert ...« Sie ließ den Satz unheilvoll ausklingen.

Therese nickte verständnisvoll. Sie hätte die Freundin gern aufgemuntert, wusste aber nicht, wie. Wenn sie ehrlich war, hatte sie sich schon den ganzen Sommer über gefragt, wie lange der Autohausbesitzer den engagierten Auftritt seiner Frau noch dulden würde. Herbert Heinrich gehörte zu dem alten Schlag von Männern, die Angst vor einer starken Frau hatten. Das Heimchen am Herd hatten sie unter Kontrolle, aber wehe, die Frau wagte die ersten Schritte hinaus in die große weite Welt! Dass Christine sich auf Drängen ihres Mannes hin gänzlich aus der Planung für das Fest im Frühjahr zurückgezogen hatte, hätte Therese allerdings nicht erwartet. Die Freundin war ihr so selbstständig vorgekommen und mit einem neuen Selbstbewusstsein ausgestattet!

»Und wenn du nur ein paar Stunden in der Woche in der Schaltzentrale mitarbeitest?«, fragte Therese vorsichtig nach.

Christine schüttelte traurig den Kopf. »Herbert will, dass ich mich ganz raushalte.« Sie zeigte auf den Katalog, der vor Therese lag. »Sportmode?«

Bereitwillig ging Therese auf das Ablenkungsmanöver ein. Was hätte sie auch noch sagen sollen? Der Ehefrieden war Christine allem Anschein nach wichtiger als ihre eigene Zufriedenheit.

»Ich muss mir dringend ein paar Sachen bestellen. Mit meinem alten Jogginganzug bin ich mir in der Reha ziemlich rückständig vorgekommen. Alle hatten so viel flottere Sportsachen dabei. Aber mein Schrank gab einfach nichts anderes her, Zeit zum Sporttreiben hatte ich ja nie. Darauf hat allerdings das straffe Programm der Rehaklinik keine Rücksicht genommen: Von Aqua-Fitness bis zu Nordic Walking, vom Sonnengruß bis zur Feldenkrais-Gymnastik haben sie uns gejagt. Und wehe, man hat mal gefehlt, da wurdest du abgekanzelt wie ein Schulmädchen!« Sie lachte. »Ein fauler Nachmittag in meinem Zimmer oder einfach mal ausschlafen wäre mir manches Mal lieber gewesen als die ständige Hetze zwischen all den Terminen. Doch in den sanften Hügeln des Bodenseehinterlandes habe ich zu meiner eigenen Verwunderung festgestellt, wie gut eine Runde Laufen Körper und Geist tut.« Noch immer schwang Verwunderung in ihrer Stimme mit. Sie, die mit Sport nie viel am Hut gehabt hatte, fand Gefallen am Joggen?

»Ein paar neue Laufhosen könnte ich auch gebrauchen«, sagte Christine lustlos. »Aber auf mich schaut eh niemand, wenn ich mit den Hunden unterwegs bin, da reichen meine Uraltklamotten.«

»Darum geht es doch gar nicht. *Du* sollst dich wohlfühlen, das ist wichtig«, sagte Therese eilig. Der Gedanke, dass Christine und sie gemeinsam zum Joggen gingen, gefiel ihr auf Anhieb. Sich Christine bei ihren Gassirunden anschließen, hatte hingegen keinen Charme für sie – ständig musste man stehen bleiben und warten, weil die Hunde etwas zu schnüffeln hatten oder in einem Mausloch buddeln wollten. Sie jedoch wollte laufen, außer Atem kommen, ihre Lunge spüren und ihre Muskeln …

Sie sollten neue Rituale in ihren Alltag einbauen, hatten die Therapeuten ihnen gebetsmühlenartig gepredigt. Dinge, die ihnen guttaten. Sie sollten sich zwar ins Leben integrieren, dabei jedoch immer auf den eigenen Körper hören.

Während der Rehakur war Therese skeptisch gewesen, ob ihr das gelingen würde. Doch inzwischen hatte sie ihren Tagesrhythmus tatsächlich ein wenig umgekrempelt: Jeden Morgen, noch vor ihrer ersten Tasse Kaffee, zog sie nun ihre Laufklamotten an, und los ging's. Anfangs war es nur eine halbe Stunde gewesen, inzwischen hatte sie die Joggingrunde auf sechzig Minuten ausgedehnt. Es tat gut zu spüren, wie die Morgenluft die Lungen erfüllte, wie die eigene Ausdauer wuchs, wie die Muskeln in ihren Waden stärker wurden und der Rücken sich streckte. Es tat auch gut, Maierhofen einmal von außen zu sehen und nicht nur von ihrer Wirtsstube oder ihrem Amtszimmer aus.

Wenn sie anschließend nach Hause kam, fühlte sie sich jedes Mal, als hätte sie in einem Jungbrunnen gebadet, und dabei war es gleich, ob die Sonne schien, ob es regnete oder man vor lauter Nebel die Hand vor den Augen nicht sah. Wenn sie lief, dann lief sie. Punkt.

Sie wollte Christine gerade den Vorschlag machen, gemeinsam zu joggen, als erneut die Tür aufging.

Greta stürmte herein und brachte einen Schwung kalte Novemberluft mit. Ihre Wangen waren gerötet, ihre Augen glänzten, aufgeregt wedelte sie mit einer Zeitschrift in der Hand herum.

»O wie schön, dass ich euch beide treffe! Schaut mal, was ich hier habe. Heute erschienen, noch warm aus der Presse – die Dezemberausgabe von *Meine Landliebe*!«

Therese stellte ihre Kaffeetasse so abrupt ab, dass der Löffel auf den Boden fiel und die Hunde unterm Tisch erschrocken zusammenzuckten.

»Zeig her!«, riefen Christine und Therese wie aus einem Mund.

Therese schnappte sich das Hochglanzmagazin als Erste. Ihre Hand zitterte, als sie es Seite für Seite durchblätterte. Deko-Tipps mit Tannenzapfen, Rezepte für winterliches Grillen, ein Bericht über eine Bergweihnacht in den Alpen…

»Wo ist denn nun der Artikel über Maierhofen?«, fragte Christine ungeduldig, die sich neben Therese gesetzt hatte und ihr über die Schulter schaute.

»Blättere mal zu Seite 124«, warf Greta ein und quetschte sich zu den beiden auf die Eckbank.

Therese tat, wie ihr geheißen. Werbung, nochmals Werbung und dann, zwischen Weihnachtsgans und Plätzchenrezepten: *Maierhofen – Wo die Kräuter der Provinz wachsen…*

Therese lachte schallend auf. »Die haben doch tatsächlich dein Wortspiel eins zu eins übernommen.«

Greta schmunzelte ebenfalls. »Ist doch gut! Der Artikel ist jedenfalls super geschrieben. Und schaut euch mal die Fotos an!«

Zu dritt beugten sie sich über das Heft. Madara und ihre Kühe – eine Postkartenidylle! Und hier die wunderbaren Käselaibe auf dicken Holzbrettern in der Reifekammer, wie Perlen aufgereiht. Und da! *Gegen die Maierhofener Cocktails wirkt jede Caipirinha blass*, lautete eine Zwischenüberschrift, daneben prangte ein Foto von Jessy in ihrem Garten, vor sich allerlei Gläser mit bunten Flüssigkeiten.

»Wie wunderschön sie aussieht«, hauchte Christine. »Wie eine Elfe in all dem Grün.«

»Oder wie eine verwunschene Kräuterhexe.« Greta lachte.

Thereses Cappuccino und Christines Kaffee wurden kalt, zu viel gab es zu lesen und anzuschauen. Auf einer ganzen Seite war der Windegg-Weiher abgebildet, an dessen Ufer stand ein Holztisch mit allerlei Köstlichkeiten. Das Foto sah aus wie die Illustration zum Märchen vom Schlaraffenland, lediglich die gebratenen Täubchen in den Bäumen fehlten.

Greta verzog das Gesicht. »Eine Fotomontage. In Wahrheit fand die Verkostung auf dem Marktplatz statt, nicht am Weiher. Aber der hatte es den Damen halt besonders angetan.«

»Und dann rücken die sich alles zurecht, wie es ihnen gefällt?«, rief Christine entrüstet. »Am Marktplatz hat doch auch der Posaunenchor aufgespielt, wo haben sie den dann bitte hingezaubert?«

»Den hat der Fotograf leider übergangen«, sagte Greta ironisch.

»Oje, ob unser Herr Pfarrer diese Schmach überleben wird?«, fragte Therese mindestens so ironisch.

Die drei Frauen lachten. Therese blätterte gerade die nächste Seite um, auf der eine Großaufnahme des Genießerladens zu sehen war. »Schaut mal, wie toll Edy und Roswitha aussehen, so kernig, so stolz. Die beiden haben wahre Charaktergesichter«, sagte Therese. »Wie Schauspieler in einem alten Heimatfilm.«

»Wenn schon, dann sehen sie aus wie das Liebespaar in einem Heimatfilm«, sagte Christine lächelnd.

Therese gab Greta einen kleinen Stoß in die Seite. »Du hättest dein Konzept auch ›Die Partnervermittlungszentrale‹ nennen können. Rosi und Edy, du und Vince… Wer weiß? Vielleicht läuft mir bei unserem Fest auch noch ein netter Bursche über den Weg!« Sie schaute verschmitzt drein.

Greta wollte gerade etwas erwidern, als das Telefon klingelte.

Therese zuckte entschuldigend mit den Schultern und hob ab.

»Ist dort das Landhotel Goldene Rose?«, ertönte eine fremde Frauenstimme.

Therese bejahte.

»Ich möchte gern zwei Doppelzimmer für Anfang Mai buchen. Welche Kategorie haben Sie denn noch frei?«

Kategorie? Therese runzelte die Stirn. In den letzten Jahren hatte sie nur selten Übernachtungsgäste gehabt, es hatte jemand schon einen guten Grund haben müssen, um in Maierhofen zu übernachten. Dementsprechend hatte sie die alten Fremdenzimmer – wie schrecklich das klang – vernachlässigt. Wenn, dann waren sie höchstens der Kategorie »Rumpelkammer« zuzuordnen gewesen. Dank Christines Näh- und Dekorationskünsten sahen die Zimmer inzwischen schon ganz passabel aus, doch ein paar neue Möbel, neue Matratzen und ein frischer Anstrich konnten weiß Gott nicht schaden.

»Ich hätte noch zwei Zimmer ›Alpenblick‹ im Angebot«, improvisierte Therese, bevor sich die Stille in der Leitung weiter ausdehnte. Von den linken oberen Fenstern des Hauses konnte man tatsächlich ein wenig die Alpen sehen.

»Die nehme ich!«, antwortete die Dame wie aus der Pistole geschossen. »Mein Mann und ich sowie unsere besten Freunde freuen uns schon so auf Ihr Kräuter-der-Provinz-Festival!«

Wie benommen kam Therese kurze Zeit später an den Tisch zurück. »Das war die erste Buchung fürs Fest«, sagte sie baff. »Ich dachte, das Heft ist heute erst erschienen?«

Greta hatte gerade den Mund zu einer Erwiderung geöffnet, als das Telefon erneut klingelte.

Von da an stand es nicht mehr still: Nach nur knapp einer Stunde hatte Therese ihre zwölf Gästezimmer für die Zeit des Kräuter-der-Provinz-Festivals vermietet. Manche wollten nur zwei Tage bleiben, andere sogar eine Woche.

Bei den anderen Maierhofener »Hoteliers« sah es nicht anders aus: Die zwei ehemaligen Kinderzimmer im Haus von Elsbeth und Gustav Kleinschmied waren vermietet, das neu erschaffene Gästezimmer auf dem Kerschenhof ebenfalls, und die drei Bed-&-Breakfast-Zimmer von Herta auf dem Scheurerhof sowie das Gästezimmer von Elsbeths Nachbarin Gretel waren auch gebucht.

»Die paar Zimmer hier in Maierhofen reichen bei dem Ansturm niemals. Was sollen wir denn jetzt sagen, wenn noch mehr Leute anrufen?«, fragte Elsbeth Kleinschmied verzweifelt am Telefon.

»Einen Augenblick bitte«, sagte Therese, die während ihres Telefonats in die Schaltzentrale gewandert war. »Wie weit seid ihr?«, sagte sie flüsternd zu Greta und Christine, die ebenfalls am Telefon hingen. Gretas rechter Daumen ging nach oben, Christines ebenfalls. Was für ein Team! Lächelnd nahm Therese ihr Gespräch wieder auf.

»Von jetzt an kannst du alle Anrufer auf die Nachbarorte verweisen, meine Bürgermeisterkollegen sowie die Hotels und Pensionen wissen Bescheid. Sie sollen ruhig auch ein Stück vom Kuchen abbekommen«, sagte sie mit warmer Stimme zu Elsbeth. Was für ein Freudentag…

»Das wird die Touristen aber freuen«, sagte die Frau des Fotografen erleichtert. »Und du hast recht, die Leute in den Nachbarorten können bestimmt auch ein paar Euro mehr in der Kasse vertragen.«

Therese legte auf. Sie schaute Greta und Christine an und sagte ein wenig belämmert: »Ich glaub, ich muss dringend neue Möbel für die Gästezimmer besorgen. Und den Maler muss ich auch kommen lassen.« Irgendwie konnte sie das alles noch nicht glauben.

»Darauf müssten wir eigentlich mit einem Glas Sekt anstoßen, oder was meint ihr?«, fragte Greta, deren Stimme sich vor Begeisterung fast überschlug.

»Ein Glas Sekt?«, erwiderte Therese mit roten Wangen. »Das schreit nach einem Fest! Heute Abend hier bei mir im großen Saal. Jeder bringt was zu essen mit, ich spendiere die Getränke, ok? Am besten teilen wir auf, wer wem Bescheid gibt.«

Die beiden anderen nickten eifrig. In dem Moment gingen nebenan in der Küche die Lichter an. Wie Sam die frohe Kunde wohl aufnehmen würde?, fragte sich Therese. *In Maierhofen werden selbst die handgeschabten Spätzle vom Sternekoch zubereitet*, hatte eine Bildunterschrift im Artikel gelautet.

»Kann ich das behalten?« Sie tippte auf das Magazin, das Greta gebracht hatte, und zeigte mit dem Daumen stumm in Richtung der Küche, wo nun Sams unvermeidliche Loungemusik ertönte.

Greta grinste. »Natürlich! Keine Angst, so schlimm wird es nicht werden, Heidi Hutter hat Gott sei Dank darauf verzichtet, Sam beim Namen zu nennen«, fügte sie flüsternd hinzu, als die Tür des Gasthofes schon wieder aufging.

»Hallo, ist jemand da?«, ertönte eine weibliche Stimme. Eine junge Frau, gertenschlank und von Kopf bis Fuß in Outdoor-Winterkleidung, als bräche sie gleich zur Nordpolexpedition auf, schaute sich suchend um. In ihrer rechten Hand hielt sie *Meine Landliebe*.

»Emily!«, kreischte Greta so laut, dass außer den Hunden auch Therese und Christine zusammenzuckten. »Ich fasse es nicht – du bist hier?«

Die Frau wedelte mit dem Hochglanzmagazin. »Ich habe gehört, in Maierhofen versteht man zu feiern. Und das hier *ist* ein Grund zu feiern, oder was meint ihr?«, sagte sie fröhlich.

»Und ob das ein Grund zum Feiern ist!« Begeistert schlang Greta beide Arme um die Freundin. »Du bist so ein Schatz, ohne dich wäre der Artikel nie zustande gekommen, danke, danke, danke!«

Therese und Christine tauschten einen Blick. Freundschaft...

»Die Landluft bekommt dir, gut schaust du aus«, sagte Emily zu Greta, nachdem sie sich wieder beruhigt hatten. »So gesund!« Ihr Blick wanderte dabei vielsagend über Gretas wohlgerundete Hüften.

»Und dich kriegen wir auch noch hochgefüttert«, antwortete Greta lachend und ohne eine Spur beleidigt zu sein. »Darf ich vorstellen – Therese und Christine. Und das hier ist Emily, der wir den Artikel zu verdanken haben.«

»Herzlich willkommen in Maierhofen. Sie sind unser Engel!«, sagte Therese und reichte Emily die Hand. »Wenn Sie wüssten, was seit dem Artikel bei uns los ist…«

»Greta hätte das bestimmt auch allein hinbekommen«, winkte Emily ab, während sie sich die Hand rieb, die Therese so hingebungsvoll geschüttelt hatte.

»Nach der langen Fahrt sind Sie bestimmt durstig. Möchten Sie Kaffee? Einen Cappuccino? Oder soll ich gleich eine Flasche Sekt öffnen? Zu essen bekommen Sie natürlich auch etwas – Sie müssen uns nur sagen, worauf Sie Lust haben, wir werden Sie verwöhnen wie eine Königin.«

»Schön hast du's hier in deinem kleinen Hexenhäuschen«, sagte Emily und schaute sich bewundernd um. »Alles wirkt so putzig, so… verzaubert. Irgendwie warte ich die ganze Zeit darauf, dass vor dem Fenster Hänsel und Gretel mit einem Lebkuchen in der Hand erscheinen.«

Greta drehte den Kopf Richtung der Fenster. »Der erste Schnee… Ist das nicht unglaublich romantisch?« Sie seufzte. Dass Emily ihr Häuschen auch als verzaubert empfand, freute sie ungemein. Sie zeigte auf den Teller, den sie auf den Wohnzimmertisch gestellt hatte. »Lebkuchen habe ich nicht, aber probier doch mal Magdalenas Zimtschnecken.«

Als sie den Deckel der Teekanne hob, strömte sogleich der Duft nach Kräutern und Blüten aus. Ein Duft, den sie mit den Wiesen rund um Maierhofen in Verbindung brachte. Nachdem sie zwei Tassen Tee eingeschenkt hatte, ging sie zum Kamin, um einen Holzscheit nachzulegen.

Emily beäugte die Zimtschnecken misstrauisch, nahm sich aber immerhin eine Tasse Tee. »Und ich dachte, du wohnst längst bei deinem Holzfäller!«

»Wenn es nach Vincent ginge, wäre das auch so«, sagte Greta, während sie stolz das knisternde Feuer im Kamin betrachtete. So ungeschickt sie sich bei ihren ersten Versuchen auch angestellt hatte – inzwischen war sie Weltmeisterin im Feuermachen! Sogar bei Vincent im Haus durfte sie diese Aufgabe übernehmen, und er war sehr heikel, was das richtige Aufschichten von Papier, Anzündeholz und Scheite anging. Beim Gedanken an die Lehrstunde, die er ihr im Feuermachen erteilt hatte, huschte ein Lächeln über Gretas Gesicht. Sie hatte damit geendet, dass sie sich vor dem Kamin auf dem Bärenfell liebten, das Vincent aus Kanada mitgebracht hatte. Liebe auf dem Bärenfell. Wie in einer Hollywoodschmonzette. Oder einem klischeebeladenen Werbespot… Gretas Lächeln wurde breiter.

»Ja aber…?«, hakte Emily nach.

Greta wurde verlegen. Da kam ihre beste Freundin zu Besuch, und sie war in Gedanken bei Vince.

»Kein Aber. Die meiste Zeit bin ich wirklich bei Vincent. Wir kochen zusammen, schauen fern und wachen am nächsten Morgen zusammen auf. Vielleicht werde ich im neuen Jahr tatsächlich ganz bei ihm einziehen, aber das Haus hier behalte ich auf alle Fälle, und sei es nur als meine Büroadresse.« Sie hatte zwar noch nicht mit Luise Stetter gesprochen, war sich aber ziemlich sicher, dass die alte Dame ihr das Haus auch für längere Zeit vermieten würde.

»Irgendwann muss ich dann meine Frankfurter Wohnung auflösen.« Sie verzog das Gesicht. »Allein bei dem Gedanken wird mir ganz elend zumute. Wenn ich's nur schon hinter mir hätte ...« Auch wenn es sich richtig anfühlte, so war es doch ein großer Schritt, den sie da wagte. Ein »Für immer und ewig«.

»Die Zeit in Frankfurt ist ja nicht schlecht gewesen, das endgültige Abschiednehmen wird mir schwerfallen«, sagte sie seufzend.

»Dafür gibt's doch Umzugsunternehmen.« Emily winkte unsentimental ab. Sie streifte ihre mitgebrachten Hausschuhe von den Füßen und ließ sich tief in Gretas bequeme Couch sinken. »Ist das gemütlich! Kein Wunder, dass du nicht mehr in die Zivilisation zurückwillst. Ehrlich gesagt, ein wenig beneide ich dich um dieses behagliche Leben.«

Stirnrunzelnd schaute Greta die Freundin über den Rand ihrer Teetasse an. Dachte Emily etwa, sie säße von früh bis spät nur faul hier herum?

»Du kannst es dir am Feierabend doch auch gemütlich machen. Und immerhin arbeite ich ja auch.«

»Das bestreite ich doch nicht«, sagte Emily eilig. »Wie läuft's denn so mit der Selbstständigkeit? Erzähl doch mal.«

Greta sprang auf und kramte aus ihrer Handtasche eine Visitenkarte hervor. »Schau hier!«

Stadt – Land – Fluss. Werbe- und Marketingagentur Greta Roth stand in roten Lettern auf grünem Grund. Wenn man genauer hinsah, erkannte man, dass es grünes Gras war. Über den passenden Namen hatte Greta lange gegrübelt, bis sie auf das Wortspiel gekommen war. Ihre Aufgabe war es, die Dinge wieder in Fluss zu bringen, wollte sie sagen, wenn Kunden sie danach fragten.

»Schön, das gefällt den Leuten hier bestimmt«, sagte Emily gerade, als ihr Handy einen leisen Blubb-Ton von sich gab. Eilig hangelte Emily danach, die Visitenkarte legte sie auf der Armlehne der Couch ab.

Nachdem sie eine Mail gelesen hatte, schaute sie auf. »Der Scheurer. Unwichtig!« Sie zuckte mit den Schultern. »Erinnerst du dich noch an die Kampagne der Onlinebank, die ich im Frühjahr betreut habe? Die mit den Büros zwei Etagen über Simon & Fischli? Jedenfalls, deren Chef, Fritz Scheurer, hat jetzt ...« Sie begann eine langwierige Erzählung über eine undurchsichtige Bankenfusion.

Wenn das alles so »unwichtig« war, warum fand Emily dann kein Ende?, fragte sich Greta. Eigentlich hatte sie der Freundin stolz ihr Namen-Wortspiel erklären wollen.

»Genug davon, ich komme ja vom Hundertsten ins Tausendste«, erkannte Emily schließlich selbst. »Ach Greta, wir haben uns viel zu lange nicht gesehen! Da weiß man gar nicht, wo man mit dem Erzählen anfangen soll, nicht wahr?«

Greta nickte lächelnd. »Früher war das einfacher, da hatten wir täglich unsere fünfzehn Minuten.«

»... von denen du dich immer mindestens fünf Minuten lang ausgiebig deinem Croissant gewidmet hast«, fügte

Emily in liebevollem Ton hinzu. »Die Bar hat übrigens den Besitzer gewechselt, der neue ist ein ganz arroganter Kerl. Und es geht nicht voran, man muss ewig anstehen. Ich hole mir meinen Kaffee jetzt immer bei Starbucks und nehme ihn mit ins Büro.«

Krampfhaft überlegte Greta, was sie darauf antworten sollte. Während sich das Schweigen zwischen ihnen ausdehnte, beschlich sie ein seltsames Gefühl der Fremdheit. Es machte sie traurig und ratlos zugleich. Emily und sie waren beste Freundinnen gewesen, da hätte ihre Unterhaltung doch ohne Unterlass sprudeln müssen.

»Jedenfalls…«, hob Emily an, »nochmals herzlichen Glückwunsch zur Selbstständigkeit!«

Dankbar griff Greta nach diesem Strohhalm. »Wenn mir jemand vor einem Jahr erzählt hätte, dass ich um diese Zeit die stolze Besitzerin einer eigenen Agentur bin, hätte ich ihn für verrückt erklärt. Stell dir vor, ich habe schon die ersten Anfragen bekommen! Eins der Nachbardörfer will, dass ich im neuen Jahr mal vorbeikomme, sie haben da wohl ähnliche Probleme mit der Infrastruktur wie Maierhofen. Dann gibt's in der Nähe eine Wollfabrik, die sich modernisieren möchte. Und dann habe ich natürlich auch noch einiges für das Fest im kommenden Mai zu tun.« Der Stolz und die Freude in ihrer Stimme waren nicht zu überhören.

»Ich wünsche dir wirklich allen Erfolg der Welt«, sagte Emily inbrünstig. »Aber du musst schon zugeben, dass die Uhren hier ein wenig langsamer laufen. Das ganz große Rad wird im Allgäu nicht gedreht. Nicht, dass das etwas heißen muss«, ergänzte sie eilig. »Aber ich…«

Zu mehr kam sie nicht, denn in diesem Moment ertönte Kylie Minogue auf ihrem Handy.

»Oh! Dauert nur kurz«, flüsterte sie Greta nach einem Blick auf die Nummer zu, dann verzog sie sich in ihr Zimmer.

Gedankenverloren schaute Greta aus dem Fenster, während sie ihren Tee genoss. Es schneite nun heftiger, dicke Flocken, wie kleine Wollpuschel, wirbelten durch die mittägliche Stille. Die auf den See fielen, vereinten sich mit dem Wasser, und am Ufer verdichteten sie sich zu einer flauschigen Schneedecke. Das Entenpaar, das am Weiher wohnte und für das Vincent am Rand ihrer Terrasse aus Holz einen Unterschlupf gebaut hatte, schaute konsterniert auf das viele Weiß.

Greta zog ihre Wolldecke enger um sich. In Frankfurt würde spätestens jetzt das Verkehrschaos ausbrechen, dachte sie, während aus dem Gästezimmer Emilys Befehlston herüberdrang. Züge würden ausfallen, quer stehende Autos mit Sommerreifen die Straßen blockieren, Leute würden zu spät zu ihren Terminen kommen oder sie gleich absagen. Solche Sorgen hatten sie hier auf dem Land nicht, heute Abend würden sie einfach zu Fuß zum Fest in der Goldenen Rose gehen! Ein Spaziergang im Schnee – für sie als Stadtkind war dies etwas ganz Besonderes. Gedankenverloren biss Greta in eine der Zimtschnecken. Ja, die Uhren liefen hier anders. Und das war gut so.

Eine geschlagene Stunde später tauchte Emily mit gerötetem Ohr wieder auf. »Sorry, das hat länger gedauert, als ich dachte. Aber wenn du dich nicht selbst um alles kümmerst! Du weißt ja, wie das ist.«

Greta nickte traurig. Ja, sie wusste, wie es war.

Das Wasser in der Dusche war nicht heiß genug. Und dass es im Umkreis von zwanzig Kilometern keinen Fachmarkt gab, in dem Emily ihr Duschgel von Lancôme, das sie zu Hause vergessen hatte, hätte nachkaufen können, war äußerst ärgerlich. Dass sie sich von ihren Schneeboots, brandneu und ungetragen, auf der Strecke von Gretas Haus zur Goldenen Rose eine Blase an der Ferse zuzog, war noch viel blöder. Für das grandiose Büfett, das die Maierhofener spontan zusammengetragen hatten, hatte Emily nur einen abfälligen Blick übrig. Zu viel Fett, zu viel Cholesterin. Und dann auch noch überall Gluten! Nur ein Glas Glühwein, das Therese ihr in die Hand drückte, nahm sie an. Mit den anderen singen oder gar tanzen wollte sie nicht. Sich ständig die Ferse reibend, als sei sie in eine Klappfalle getreten und verletzt worden, saß sie am Stammtisch, nippte am Glühwein und kam im Gegensatz zu den anderen Gästen nicht recht in Stimmung. Alles nicht mein Fall, signalisierte ihre ganze Haltung.

»Emily führt sich auf, als sei sie im Neandertal gelandet«, echauffierte sich Greta, während sie und Vince auf der improvisierten Tanzfläche zu den Klängen von *So ein schöner Tag* herumhüpften. Tanzen konnte man zu dem Lied von Tim Toupet nun wirklich nicht, aber das tat der allgemeinen Hochstimmung keinen Abbruch.

»Glaubt sie, dass wir hier noch in Höhlen wohnen?«, sagte sie mit gespieltem Ärger und schmiegte sich noch enger an Vincent. In Wahrheit war sie viel zu glücklich, als dass sie sich ernsthaft über das ungesellige Verhalten ihrer Freundin aufregen wollte. Ein bisschen schade fand sie es dennoch, dass Emily sich so wenig entspannen konnte.

»Maierhofen im Neandertal? Was hältst du davon, wenn wir deine liebe Freundin in ihrem Vorurteil bestärken?«, schrie ihr Vincent über die Musik hinweg ins Ohr. »Ich Steinzeitjäger, du Ayla! Ab in unsere Höhle!« Mit einem Brunftschrei schnappte er sich Greta und trug sie über der Schulter aus dem Festsaal, ihren heftigen Protest ignorierend.

Draußen lächelte Greta. Wie immer wusste Vincent ganz genau, was in ihr vorging. Wie viel schöner war es, den Rest des Abends zu zweit zu feiern…

29. Kapitel

Plötzlich war er da, der große Tag im Mai. Der Freitag, an dem das Kräuter-der-Provinz-Festival beginnen sollte. Monatelang hatten sie darauf hingearbeitet, hatten gebangt und gehofft, dass alles klappen würde.

Am Abend zuvor hatte es geregnet, eilig hatten die Maierhofener die schon aufgebauten Tische, Bänke und Marktstände mit den eigens für diesen Fall angeschafften Plastikplanen abgedeckt – niemand sollte sich am nächsten Tag auf nassem Holz niederlassen müssen! Die Blumendekoration am Marktbrunnen und vor den Häusern ringsum überstand den Regen auch ohne Schutz. Große Sorgen machte sich angesichts des plötzlichen Gusses sowieso niemand, Mairegen brachte schließlich Segen, das wusste jeder, der die Launen der Natur kannte.

Als am Freitagmorgen die ersten Gäste in Maierhofen ankamen, schien schon wieder die Sonne. Und der frisch geduschte Löwenzahn auf den Wiesen leuchtete noch sattgelber als sonst, die Apfel- und Kirschbäume blühten noch üppiger als an den Tagen zuvor. Ihre Blüten schmückten Maierhofen so festlich wie eine Braut, und der zarte Blütenduft spendierte das passende Parfüm dazu. Der Himmel war blau, die Sonne golden wie Maibutter, die Vögel in den Baumkronen sangen – es war, als wollte die Natur sicherstellen, bei dem Festgetümmel nicht in den Hintergrund zu geraten. Schließlich hatte man ihr all die köstlichen Lebensmittel zu verdanken, die heute und an den nächsten zwei Tagen in Maierhofen aufgetischt wurden! Da war es nur rechtens, dass man auch ihr einen Tribut zollte. Doch das war angesichts der vielen Attraktionen, die die Maierhofener sich ausgedacht hatten, gar nicht so einfach. Zu viel gab es zu sehen, riechen, schmecken, fühlen und ausprobieren.

Schon bald wimmelte es im Dorf nur so vor Gästen. Sie wollten bei einem der Workshops mitmachen, die nur am frühen Vormittag angeboten wurden, weil die Veranstalter den Rest des Tages anderweitig gefragt waren: Käsemachen auf dem Kerschenhof, Kräuterliköre mixen mit Jessy, Maibutter bei einem der Milchbauern herstellen.

Gegen elf Uhr waren die außerhalb des Ortes für das Fest angelegten Parkplätze randvoll, die Gäste parkten ihre Wagen nun einfach entlang des Straßenrandes. Kurt Mölling und der zweite Fahrer der beiden Shuttle-Busse vom Parkplatz ins Dorf konnten sich angesichts des Ansturms nicht einmal eine Zigarettenpause leisten. Dennoch dauerte manchem Angereisten das Warten auf den nächsten Bus zu lange, und er spazierte zu Fuß in Richtung Dorf.

Greta und ihr Team von Helfern hatten ganze Arbeit geleistet, nicht nur, was das kulinarische Angebot anging, sondern auch die Logistik betreffend. Statt das Fest einzig auf den Marktplatz zu konzentrieren, hatte Greta für drei Hauptschauplätze plädiert. Das hielt die Gäste zum einen in Bewegung, zum anderen wurde es dadurch auf dem

Marktplatz nicht allzu voll. Nach langen Diskussionen hatte man sich darauf geeinigt, dass rund um den Windegg-Weiher Tische und Stände aufgebaut wurden, ebenso entlang der Hauptstraße und schließlich auf dem Marktplatz, der das Zentrum des Festes darstellte. Alle drei Veranstaltungsorte waren in der kleinen Broschüre, die die Senioren mit Schwester Gertrud an jeden Ankommenden verteilten, gut ausgeschildert. Aber eigentlich genügte ein Blick ins Weite, um zu erkennen, wo etwas los war: In den Bäumen entlang der Hauptstraße, in der großen Linde am Marktplatz und an den Büschen rund um den Weiher – also überall, wo für die Gäste etwas vorbereitet worden war – hatten Roswitha und die anderen Frauen des Dorfes rote Bänder in die Äste gebunden. Sanft flatterten sie nun im Wind, als wollten sie die Gäste wie Sirenen zu sich locken.

Die roten Bänder waren Gretas Idee gewesen. Doch als sie sich am Vortag das Ergebnis angeschaut hatte, war ihr spontan die IKEA-Werbung in den Sinn gekommen, bei der junge Menschen in wallenden Kleidern verliebt um einen bändergeschmückten Baum tanzten. Und plötzlich war sie von ihrer Idee nicht mehr ganz so angetan. Verliehen die flatternden Bänder dem Fest womöglich einen zu skandinavischen Charakter? Doch sie behielt ihre Gedanken bei sich und lobte die Frauen für die getane Arbeit.

Nicht nur die roten Bänder flatterten durch die Lüfte, sondern auch die unterschiedlichsten Düfte. Da gab es den würzigen Geruch der Bratkartoffeln, die von Roswitha und ein paar Helferinnen zusammen mit Zwiebeln und

Speck in großen gusseisernen Pfannen gebraten wurden. In einem großen Kessel direkt daneben gab es frisch »gekochte« Kartoffelchips, die Roswitha auf Kundenwunsch individuell mit Meersalz, schwarzem Pfeffer oder einer Chilimischung würzte. Nicht nur bei der Jugend fanden die Chips, die so viel besser schmeckten als die aus der Fabrik, reißenden Absatz.

Am Stand direkt daneben gab es Bratwürste – »vom Schwein und vom Weizentier«, hatte Edy auf sein Schild drucken lassen. Wahrscheinlich waren es aber doch die Schweinswürste, deren Rostbratduft einem das Wasser im Mund zusammenlaufen ließ.

Wer lieber Süßes mochte, labte sich am Zimtduft, der Monika Ellwangers Waffelcafé entströmte. Oder an der unnachahmlichen Süße der frisch in einem Kupferkessel gekochten und vor Ort in kleine Probierbecher abgefüllten Erdbeermarmelade von den ersten heimischen Früchten. Wer einmal davon gekostet hatte, marschierte danach zum Genießerladen, um mit gleich mehreren Gläsern Marmelade und Gelee wieder hinauszugehen. Diese waren von einer der jungen Mütter von Maierhofen im letzten Sommer eingeweckt worden. *Maison Maman* hatte die junge Frau ihre kleine Marmeladenwerkstatt genannt, und sie war überglücklich, aus ihrem Hobby jetzt einen Beruf gemacht zu haben.

Wohin man schaute, sah man bei dem Fest selige Gesichter – ob des Bergblütenkäses oder des deftigen Frühlingsgemüseeintopfs vom Landhotel Goldene Rose. Magdalenas Bauernbrot aus dem Holzbackofen, in die feinen Öle aus der Maierhofener Ölmühle getunkt, sorgte ebenfalls für verklärte Blicke. An fast allen Ständen gab es kleine Probierportionen, und die Maierhofener Produzenten erklärten immer wieder geduldig, wie etwas hergestellt wurde und woher der einzigartige Geschmack rührte. Das teilweise sehr fachkundige Feinschmeckerpublikum hörte interessiert zu, bis die nächste Köstlichkeit zum Weiterschlemmen lockte. Die Süßmäuler bekamen angesichts der gebrannten Walnüsse glänzende Augen. Besonders entzückten sie auch die Nusskekse, verpackt in der typischen Maierhofener Tortenspitze. Hatte man so etwas schon gesehen? Wer konnte, genoss auch noch von den schokolierten Erdbeeren.

»Haben Sie den Birnenschnaps schon gekostet?« und »Wo haben Sie denn die geräucherten Forellen her?« – die Freude am Genuss sorgte unter den Gästen für reichlich gemeinsamen Gesprächsstoff. Jeder fühlte sich als Teil der großen Festgesellschaft, und dementsprechend frohgemut war die Stimmung. Es wurde gelacht und gealbert, geschlemmt und getrunken. In einem waren sich alle einig – wer an diesem Tag hungrig davonging, war selbst schuld!

Es war schon abends um halb sechs, als Greta das erste Mal dazu kam, sich hinzusetzen. Den ganzen Tag über war sie zwischen den drei Veranstaltungsorten hin und her gerannt, hatte Personal ausgewechselt, neu eingeteilt, Fragen beantwortet oder dringend benötigte Kleinigkeiten besorgt, an die man im allgemeinen Trubel nicht gedacht hatte. Jessy hatte vergessen, Bowle-Spießchen für ihre Maibowle zu besorgen und war dankbar, als Greta aus der Goldenen Rose einen Packen Zahnstocher für sie organisierte. Am Kartoffelstand gingen gegen Mittag die Zwiebeln aus, bei Edy nebenan waren es die Spanholzschalen für die veganen Currywürste.

Viele der Standbetreiber hätten ihre Speisen lieber auf Steingutgeschirr serviert, aber angesichts der zu erwartenden Gästezahl war dies schlicht nicht möglich, darin war man sich bei der Planung schnell einig gewesen. Elfie Scholz hatte lange nach einem Lieferanten gesucht, der »schönes« Einweggeschirr anbot, das den Charakter des Genießerfests unterstrich, statt ihn zu zerstören. Am Ende hatte man sich auf hochwertiges Bio-Einweggeschirr aus Holz und Pappe geeinigt.

Greta organisierte für Edy Nachschub, danach besorgte sie für Monika Ellwanger, deren Strumpfhose zerrissen war, eine neue. Damit Roswitha kurz Pause machen konnte, half Greta gegen Mittag am Kartoffelstand aus. Und das alles mit einem glücklichen Strahlen im Gesicht.

Als sie sich nun die erste Pause des Tages gönnte, brannten ihre Fußsohlen, als wäre sie über glühende Kohlen gelaufen.

Greta hatte sich dennoch nie glücklicher gefühlt als in diesem Moment. Während sie mit knurrendem Magen auf Vincent wartete, der etwas zu essen für sie holte, labte sie sich an der frohen Stimmung, die auf dem Marktplatz und in ganz Maierhofen herrschte. Der Ort strahlte so viel Liebe aus, so viel Selbstbewusstsein und Lebensfreude! In all das mischte sich eine Spur Verwunderung. Ein solch sinnenfrohes Fest – und das nicht in der Toskana und nicht in der Provence?, wunderten sich die gourmetverwöhnten kosmopolitischen Gäste. Und die Maierhofener staunten ebenfalls darüber, was sie gemeinsam auf die Beine zu stellen vermocht hatten. Sie, die erst hatten lernen müssen, ihr Licht unter dem Scheffel hervorzuholen. Traurig hatten sie mit anschauen müssen, wie ihre Kinder wegzogen, dorthin, wo es Jobs gab und wo etwas los war. Heute kamen die ersten jungen Leute zurück, so wie Frieder Brunner, der Sohn des Malermeisters. »Teneriffa ist für einen Urlaub ganz in Ordnung, aber daheim ist halt daheim«, hatte er zu Greta gesagt, als sie sich vor ein paar Wochen zum ersten Mal begegnet waren. »Und so, wie es aussieht, gibt's ja jetzt in Maierhofen auch genug Arbeit.«

»Bin ich froh, dass der Junge wieder da ist«, hatte sein Vater hinzugefügt. »Dank seiner klugen Ideen konnte ich das Angebot für die neue Lagerhalle vom Genießerladen um zehn Prozent niedriger halten als gedacht.« Vater und Sohn hatten ausgesehen wie zwei Männer, die mit sich und der Welt im Reinen waren.

Greta seufzte zufrieden auf. So stolz und befriedigt war sie nach keinem Auftrag bei Simon & Fischli gewesen, ganz gleich, wie erfolgreich er auch war. Und auch was ihr Privatleben anging, war sie so glücklich wie noch nie. Manchmal, in Augenblicken wie jetzt, machte es ihr richtig Angst, so vom Glück beschienen zu sein. Sei kein Hasenfuß, schalt sie sich dann. Die Liebe ist nichts für Feiglinge!

Unwillkürlich fiel ihr Blick auf den Ring an ihrer linken Hand. Ihr Verlobungsring. Er war aus mattiertem Platin, Vince hatte ihn extra für sie anfertigen lassen. Statt eines

Diamanten hatte er eine Versteinerung einsetzen lassen, die er einst in Kanada gefunden hatte. Es war ein fossiles Stück Holz in der Form eines Herzens, Greta hatte noch nie etwas Schöneres gesehen. Der Song *Make you feel my love* von Adele war aus den Lautsprechern der Anlage gekommen, als Vince ihr in der Silvesternacht den Ring überreicht hatte. Sie hatten beide das Bedürfnis gehabt, den letzten Abend des Jahres zu zweit in Vincents Haus zu verbringen, statt mit den anderen in der Goldenen Rose zu feiern. Adeles warme Stimme, der innige Liedtext, dazu Vincents Antrag… Greta hatte vor Rührung einen solchen Kloß im Hals gehabt, dass sie kaum hatte Ja sagen können. Noch heute stiegen ihr die Tränen in die Augen, wenn sie an diese Nacht dachte. Danke, lieber Gott, danke, betete sie nicht zum ersten Mal.

Im nächsten Moment sah sie Vincent an den Tisch zurückkommen. Geschickt balancierte er zwei Teller mit Essen sowie zwei Flaschen Bier durch die engen Gänge zwischen den Tischreihen.

»Hättest du wirklich keinen Sekt gewollt?«, sagte Vincent, während er Essen und eine Flasche Bier vor ihr abstellte.

Greta schnupperte an den verführerischen Bratkartoffeln. »Bier ist absolut perfekt zum Feiern«, sagte sie mit einem Lächeln, dann gabelte sie hungrig den ersten Bissen Bratkartoffeln auf. Sie schmeckten köstlich.

»Und – hast du Christine inzwischen gesehen?«, fragte sie dann. »Oder ihren Mann?«

Vincent verneinte.

»Seltsam…« Greta runzelte die Stirn. Dass Christine

sich damals ihrem selbstsüchtigen Mann zuliebe aus der Organisation des Festes zurückgezogen hatte, war das eine. Aber was hielt die beiden davon ab, das Fest zu besuchen?

Thereses Herz machte freudige Hüpfer bei jedem Teller Frühlingsgemüseeintopf, den sie ausgab. Und jedes Mal, wenn ihr Blick über den vollen Marktplatz schweifte, machte ihr Herz noch einen Luftsprung obendrein. Sicher, durch die vielen Zimmerreservierungen sowie die guten Umsätze im Maierhofener Onlineshop hatte es sich schon im Winter angedeutet, dass großes Interesse an Maierhofen bestand. Aber dass wirklich so viele Menschen aus nah und fern hierherkommen würden, um gemeinsam mit ihnen zu feiern…

Für Therese war dies ein genauso großes Wunder wie die Tatsache, dass sie überhaupt mit der Suppenkelle in der Hand hier stand. »Hurra, ich lebe noch!«, dachte sie immer wieder und schob sogleich wieder einmal nach: »Danke, lieber Gott, dass ich das erleben darf.«

Ihr Blick fiel hinüber zu Sam Koschinsky, der an einem kleinen Tisch saß und Autogramme gab. Nach dem Artikel in *Meine Landliebe* waren die Tischreservierungen in den normalerweise eher ruhigen Monaten Januar und Februar merklich gestiegen. Welcher berühmte Sternekoch schabte denn nun in der Goldenen Rose die Spätzle? Diese Frage trieb die Feinschmecker in Scharen nach Maierhofen. Therese hatte gebangt, ob ihr Koch diesem

Ansturm psychisch gewachsen sein würde. Was, wenn Sam der Trubel um seine Person zu viel wurde?

»Keine Sorge, Chefin«, hatte er sie beruhigt, als sie schließlich den Mut gefasst und ihn zaghaft darauf angesprochen hatte. »Mir ist inzwischen klar geworden, dass mich so schnell nichts mehr aus der Bahn wirft. Heutzutage bin ich so gechillt, dass ich mich gewiss nicht mehr bis zum Burnout verausgaben werde. Und ein bisschen berühmt zu sein fühlt sich gar nicht so schlecht an«, hatte er ihr noch grinsend zugeflüstert, als im selben Moment eine schlanke Brünette an der Theke erschienen war, um eine eigens mitgebrachte Kochschürze von ihm signieren zu lassen.

»Einen Teller Suppe bitte«, sagte eine junge Frau zu Therese. In der Hand hielt sie schon zwei Scheiben von Magdalenas Holzofenbrot.

Magdalena, ihre alte Freundin… Wer hätte gedacht, dass ausgerechnet *sie* ihre Joggingpartnerin werden würde? Frühmorgens hatte die Bäckerin zwar keine Zeit für solche »Sperenzchen«, aber nachmittags zwischen zwei und drei sehr wohl. Und so joggte Therese seit März am frühen Nachmittag statt am frühen Morgen und fand das nach kurzer Umgewöhnung wunderbar.

Therese überreichte die Suppenschale mit einem so tiefen Seufzer, dass die junge Frau sie erstaunt anschaute. Therese lächelte nur.

Außer dem lieben Gott, Magdalena und Sam Koschinsky gab es noch so viele andere, denen sie aus ganzem Herzen dankbar war. Jessy, Roswitha, Vincent… Und natürlich Greta und Christine.

Stirnrunzelnd wandte sich Therese an Sam, der seinen Signierstift zur Seite gelegt und sich eine Zigarette angezündet hatte. »Sag mal, hast du heute eigentlich Christine schon gesehen? Ich möchte unbedingt noch mit ihr auf all das hier anstoßen!« Sie machte eine weit ausholende Handbewegung.

Der Koch verneinte. Kurze Zeit später kam er mit zwei Gläsern Sekt aus der Küche wieder.

»Wie wär's, wenn in der Zwischenzeit *wir* miteinander anstoßen?« Er zwinkerte sie in einer Art an, die Therese bei ihm noch nie erlebt hatte. Das war ja … Therese blinzelte. Fast konnte man meinen … Konnte es wirklich sein, dass Sam mit ihr flirtete?

In einer fast weltmännischen Geste legte Edy seinen Arm um Roswitha.

»Ausverkauft, Baby!«, sagte er und nickte in Richtung seines verwaisten Würstchenstandes. »Die Schweinswürste und die veganen Würste noch dazu. Manche Leute haben von jeder Sorte eins probiert und gemeint, meine Seitanwürste würden genauso gut schmecken wie die vom Tier.« Der Stolz in seiner Stimme war nicht zu überhören.

»Hab ich dir's nicht gesagt?«, sagte Roswitha und drückte ihm einen Kuss auf den Mund. »Warte nur ab, bald wirst du dich vor Aufträgen nicht mehr retten können.« Lachend strich sie sich eine Locke aus der Stirn. »Das waren deine letzten Würste vom Tier … das muss sich doch gut anfühlen, oder?«

Edy grinste. »Verdammt gut!« Sein Blick fiel auf den Schmetterling und die Worte »Träume wagen« auf Rosis linkem Unterarm. Hätte er gewusst, wie gut gewagte Träume sich anfühlten, hätte er den einen oder anderen vielleicht schon Jahre früher umgesetzt. Aber alles im Leben hatte seine Zeit, so war das nun mal. Unwillkürlich schaute er auf seinen eigenen linken Unterarm. Zu dem kleinen Igel hatte sich ein weiteres Tattoo gesellt, ein stilisiertes V, das für seine vegane Lebensweise stand. Er überlegte, sich noch zwei ineinander verschlungene Buchstaben stechen zu lassen. E und R …

Viel war seit Jahresbeginn in Edys Leben geschehen. Seit er Roswitha gegenüber zum ersten Mal seine Sehnsucht nach veganer Wurst ausgesprochen hatte, war seine Abneigung gegenüber dem traditionellen Metzgerhandwerk immer größer geworden.

»Dann mach verdammt noch mal dein eigenes Ding!« – wieder war es Roswitha gewesen, die ihm verbal in den Hintern getreten hatte. Die Idee, eine kleine Manufaktur für rein vegane Wurstwaren aufzubauen und diese über den Onlineshop zu vertreiben, war jedoch von ihm gekommen. Und wie hatten ihm die Knie geschlottert, als er seine Eltern aufgesucht und ihnen seine Entscheidung, die Metzgerei nicht fortführen zu wollen, mitgeteilt hatte! Dass er außerdem zu Roswitha auf den Hof ziehen wollte, weil sie nun ein Paar waren, hatte er im selben Atemzug gebeichtet. Seine Eltern hatten beides erstaunlich gelassen aufgenommen – was seinen Auszug anging, hatte Edy geglaubt, sogar etwas wie Erleichterung bei seiner Mutter feststellen zu können.

»Wir schließen die Metzgerei nach dem Kräuter-der-Provinz-Festival!« Darauf hatten sie sich geeinigt, und gleich danach war seine Mutter in die Stadt gefahren, um im Reisebüro einen Städtetrip nach Barcelona zu buchen. Edy und sein Vater hatten währenddessen gemeinsam überlegt, welche der Wurstkessel und anderen Gerätschaften Edy für seine neue Manufaktur aus der alten Metzgerei würde übernehmen können. Dass er seine Produktion in den familieneigenen Räumen mit schon vorhandenen Gerätschaften würde starten können, war rein finanziell gesehen ein großer Vorteil, auch wenn Edy sich eigentlich lieber neue »unbefleckte« Räumlichkeiten gewünscht hätte. Fortan würde hier kein Tropfen Blut mehr fließen, hatte er sich geschworen, während sein Vater und er Inventur machten.

»Weißt du, wen ich heute noch gar nicht gesehen habe?«, sagte Roswitha und riss Edy damit aus seinen Gedanken. »Die Christine …«

Nur ein böser Traum. Ein Albtraum. Einer von der Sorte, über den man am Frühstückstisch mit dem Partner zusammen lachte. »Du glaubst nicht, was ich letzte Nacht geträumt habe. Das war so real …«

Leise Musik vom Fest schallte herüber, und das Quaken der Frösche vom Weiher war zu hören, als Christine von ihrem Sofa aus ins Leere starrte. Sie wollte aufstehen, Dinge tun, irgendetwas – stattdessen saß sie wie angewurzelt da. Die Zeit stand still, und Christine hatte das Gefühl, plötzlich alles wie durch ein Vergrößerungsglas zu sehen.

Die Kissen mit den hübschen Bezügen, liebevoll dekoriert. Die Vorhänge im selben Design. Auf dem Büfett die Fotos ihrer Töchter, in silbernen Rahmen, in der Mitte das schwarzweiße Hochzeitsfoto von Herbert und ihr. Das glückliche Familienheim. Alles nur eine Farce.

»Wir müssen reden«, hatte ihr Mann vorhin zu ihr gesagt. Christine hatte sich noch gewundert, warum er nicht wie sonst am Morgen sofort die Zeitung aufgeschlagen hatte. Hatte er es wie sie eilig, zum Fest zu kommen? Das konnte sie sich kaum vorstellen. Er hatte sie nur angeschaut. Unter seinem ernsten Blick war ihr ganz seltsam zumute gewesen. Zu Recht, wie sich herausstellte.

»Es gibt eine andere Frau. Ich ziehe aus, heute noch.«

Zack. Da war sie gewesen, die bittere Wahrheit. So rasch serviert wie ein Spiegelei, das man von der Pfanne auf den Teller gleiten ließ.

»Wie bitte?«, hatte sie gefragt. Nicht, weil sie beim ersten Mal nicht richtig zugehört hatte, sondern weil sie nicht hatte glauben können, was sie da gerade vernahm.

Herbert hatte nur eine ungeduldige Handbewegung gemacht. Sie solle nicht so unschuldig tun, ihre Ehe sei doch eh nur noch eine Farce. Ihr sei doch alles andere wichtiger als er, das hatte man ja bei dem ganzen verrückten Dorfprojekt gesehen.

»Aber ich bin doch seit Monaten längst raus aus der Sache!«, hatte sie gerufen. »Ich war doch die ganze Zeit nur noch für dich da…«

»Für mich da!«, hatte er schnaubend wiederholt. »Wenn

ich schon sehe, wie du jeden Abend mit deinen Handarbeiten da hockst – wie ein altes Mütterchen!«

Nun hatte auch sie schnauben müssen. »Das mache ich doch nur, weil du ständig mit der Fernbedienung herumzappst und wir nie einen Film am Stück sehen«, hatte sie erwidert.

Herbert blickte sie nur spöttisch an und sagte, er sehne sich nach ein bisschen mehr Aufmerksamkeit. Und nach einem Neuanfang.

»Und wonach habe ich mich all die Jahre gesehnt?«, wollte Christine ihm antworten. »Wer hat mich denn seit Jahren nicht mehr wirklich beachtet? Wer hat denn nur noch die Haushälterin in mir gesehen?«

Doch da war er schon auf dem Weg nach oben, um seine Sachen zu packen.

Sie hatte ihm nur nachgeschaut. Worte hätten eh nichts mehr gebracht. Vielleicht früher einmal, wenn sie es da gewagt hätte, etwas zu sagen …

Ein Schatten fiel auf den hellen Wohnzimmerteppich und auf die beiden Hunde, die, Christines Traurigkeit spürend, seit Stunden vor ihr auf dem Boden lagen. Herbert stand im Türrahmen, hinter ihm im Flur standen zwei Koffer.

»Ich gehe jetzt«, sagte er. »Lass uns Freunde bleiben, so eine Trennung ist heutzutage nicht mehr das Ende der Welt. Ich melde mich wieder. Pass auf dich auf!«

Die Tür fiel ins Schloss.

Nicht das Ende der Welt. Nur ein Traum, ein Albtraum.

Wie betäubt blieb Christine allein zurück. Die Hunde zu ihren Füßen wedelten unsicher mit dem Schwanz.

Der Tag neigte sich schon dem Ende zu, als Christine es endlich schaffte aufzustehen. Sie ließ die Hunde in den Garten hinaus, dann ging sie nach oben in ihr Schlafzimmer. Herberts Schrank war leer. Aber noch immer verströmte er den Duft des Rasierwassers, das sie ihm zu Weihnachten geschenkt hatte und das fast ein wenig penetrant in all seinen Anzügen gehangen hatte. Ein paar Spritzer weniger täglich hätten es auch getan.

Die Augen konnte man vor etwas verschließen, die Nase nicht, ging es Christine durch den Sinn. Sie zog die erstbeste Jeans an und den Pulli, der obenauf lag. Er war dunkelblau. Dann öffnete sie die Schublade mit ihren Seidentüchern und blätterte sie durch, bis sie ein besonders hübsches gefunden hatte. Der Seerosenteich von Monet, die Blauschattierungen passten gut zu ihrem Pulli. Die Seide lag kühl und schmeichelnd zugleich auf ihrer Haut, einen Moment lang fühlte sich Christine durch das seidene Tuch getröstet.

Sie ging nach unten, fütterte die Hunde und versprach ihnen für den nächsten Morgen einen ausgiebigen Spaziergang. Die beiden trotteten mit hängenden Köpfen in ihre Körbe. Christine wollte gerade den Blazer von der Garderobe nehmen, als ihre Hand zurückzuckte, als habe sie in Feuer gegriffen. Zwischen Regenmantel und Blazer hing Herberts Strickjacke. Hatte er sie vergessen? Oder war sie nicht gut genug für die Neue? Das Zopfmuster war so aufwendig zu stricken gewesen!

»Ist es Eva-Maria Lund?«, hatte sie ihn gefragt.

»Eva…« Er hatte nur abgewinkt. Als habe er sagen wollen: »Schnee von gestern.«

Wer war die Neue? Wo hatte er sie kennengelernt? In der Sushi-Bar, von der er im letzten Herbst so begeistert erzählt hatte? Rekelte sich diese Neue halb nackt in Dessous auf dem Sofa, während Herbert die Sportschau guckte?

Christine ging mit schweren Schritten in Richtung Dorfmitte. Ihr Kopf war leer, ihr Herz war leer, ihr wollte kein vernünftiger Gedanke gelingen, nur der, dass seit Herberts Eröffnung alles irgendwie … irreal war.

Die Sonne ging schon langsam unter, als Christine endlich auf dem Marktplatz ankam. Unsicher schaute sie sich um, der ganze Trubel ringsum erschien ihr zu laut, zu schrill. Ich bin im falschen Film, dachte sie.

»Christine, endlich! Ich hab mir schon Sorgen gemacht«, rief Therese ihr vom Suppenstand vor der Goldenen Rose entgegen.

Christine blinzelte. Die tapfere Therese, die den Krebs niedergerungen hatte.

»Christine, hier ist Platz für dich. Setz dich zu uns!«, ertönte es im selben Moment. Es war Greta, die an einem der mittleren Tische saß. Die mutige Greta, die alles für Maierhofen aufgegeben hatte.

»Christine, da bist du ja!«, hörte sie eine weitere Frauenstimme hinter sich rufen. Sie drehte sich um und sah Roswitha.

»Wir haben dich schon gesucht«, fügte Edy hinzu, der neben Roswitha stand. »Komm, unser Tisch ist da hinten.«

Roswitha und Edy, die beiden Außenseiter, die so glücklich in ihrer neuen Liebe und mit ihren neuen Aufgaben waren.

Christine blinzelte eine der Tränen fort, die sie den ganzen Tag über zurückgehalten hatte.

»Ich komme gleich«, flüsterte sie.

Roswitha und Edy schauten sie unsicher an, und erst nach einem langen Moment gingen sie davon. Beide schauten sich immer wieder zu ihr um, als wollten sie sichergehen, dass alles in Ordnung war.

Christine rang sich ein Lächeln ab. Alles in Ordnung.

Das hier waren ihre Freunde. Sie war nicht allein. Sie würde den Albtraum bewältigen. Sie wusste zwar noch nicht genau, wie, aber so schnell starb man nicht, nur weil man verlassen wurde. Wenn sie erst einmal die erste Nacht überstanden hatte… Und den morgigen Samstag. Und dann den Sonntag… Einen Tag nach dem anderen, eine Woche nach der anderen. Das würde sie doch hinbekommen, oder? Die andern hatten so viel mehr geleistet! Und vielleicht kam Herbert ja zurück? Vielleicht war das alles gar nicht so ernst gemeint?

Nach kurzem Zögern steuerte sie den Tisch an, an dem Greta saß.

»Christine, Liebes! Wo bist du denn gewesen? Du glaubst nicht, was heute hier los war, der Wahnsinn, sag ich dir. Komm, lass uns endlich anstoßen!« Erhitzt und mehr als eine Spur überdreht reichte Greta ihr eins der Biergläser, die Vincent gerade auf einem Tablett daherbrachte.

»Prost! Auf viele weitere Feste!«

Mit dem Versuch eines Lächelns stieß Christine mit Greta an. Ein klirrendes Geräusch ertönte. Aber es waren nur die beiden Gläser, die aneinanderschlugen. Kein gebrochenes Herz.

»Auf viele weitere Feste!«, sagte Christine, und eine Träne versank leise in der weißen Schaumkrone ihres Bieres.

Brief an meine Leser

Liebe Leserin und lieber Leser,

viele von Ihnen kennen mich schon als Autorin historischer Romane, in deren Mittelpunkt immer starke Frauen und Männer stehen. Menschen, die trotz aller Widerstände ihren Weg gehen. Mit ihrem Mut und ihrer Tatkraft haben sie uns den Weg bereitet.

Doch auch im Hier und Jetzt gibt es großartige Frauen und Männer! Ihnen habe ich meinen ersten zeitgenössischen Roman gewidmet.

Wie wollen wir in Zukunft leben und arbeiten? Wollen wir unsere Ernährung, unsere Gesundheit einer Handvoll Großkonzernen überlassen? Wie gehen wir mit den älteren Generationen um? Das sind nur ein paar der drängenden Fragen, die uns alle beschäftigen. Ich finde, die Entscheidungen dazu sollten wir nicht einfach nur der Politik und den Medien überlassen. Wir sollten uns vielmehr einmischen und unser Schicksal selbst in die Hand nehmen.

»Schön und gut. Aber was kann ich als Einzelner schon tun?«, höre ich so manchen Leser nun sagen.

Greta, Christine und Therese, aber auch Edy sind ein tolles Beispiel dafür, was jeder Einzelne erreichen kann. Sie sind Menschen, die sich nicht abschieben lassen, nur weil sie jenseits der fünfzig sind oder sich der Hektik des städtischen Alltags entziehen wollen. Menschen, die sich etwas trauen und die einen Neuanfang wagen nach dem Motto »Gemeinsam sind wir stark!« Wie schön ist es, wenn lange geträumte Träume tatsächlich wahr werden.

Und damit sind wir schon bei dem roten Faden, der sich durch diesen Roman zieht: Es geht um Gemeinschaftssinn, die Erhaltung des ländlichen Raums, das Weitergeben von Wissen an die nächste Generation. Es geht darum, sich auf die eigenen Stärken zu besinnen, alte Traditionen neu zu beleben, regional statt global zu denken, Qualität zu erkennen und zu schätzen. Das sind die Themen, auf die ich Sie in meinem Roman aufmerksam machen möchte, und dies vielleicht gerade deswegen, weil ich so viel über die »guten alten Zeiten« recherchiert habe. Der Blick zurück hat meinen Blick nach vorn geschärft.

Entscheiden Sie selbst, welchen Stellenwert der Einkauf auf dem Wochenmarkt für Sie hat. Und entscheiden Sie auch, ob Sie Ihre Ernährung den Konzernen und Fastfood-Ketten überlassen wollen. Massentierhaltung und Massenfixprodukte, die uns guten Geschmack lediglich vorgaukeln, sind keine Zukunftsmodelle, wenn man sich ernsthaft Gedanken über die Zukunft späterer Generationen macht. Noch können wir uns für das Echte entscheiden.

Der deutsche Landfrauenverband, die Slow-Food-Bewegung – neben diesen beiden großen Vereinigungen gibt es noch unzählige andere, die sich für eine gute Landwirtschaft engagieren. Ganz gleich, ob es der Bauer auf dem Aussiedlerhof ist, der ein Kartoffelfest feiert, oder ob die Freilichtmuseen zum Apfelsaftmachen einladen – immer geht es ums Genießen und Wertschätzen. Auch wer sich selbst engagieren möchte, für den gibt es unzählige Möglichkeiten, angefangen beim kleinen Streuobstwiesenprojekt bis hin zur Solidarischen Landwirtschaft.

Wir sollten uns unsere Macht als Konsumenten bewusst machen. Jedes Mal, wenn wir als Verbraucher den Geldbeutel öffnen, entscheiden wir, wen wir unterstützen: unsere regionalen Anbieter oder die Weltkonzerne, die Wasserrechte privatisieren und ihr genmanipuliertes Saatgut verkaufen wollen.

In diesem Sinne – genießen und bewahren wir gemeinsam!

Ihre Petra Durst-Benning

Genießertipps

von Christine, Jessy, Sam und Edy

Christines Kräuterküche

Kräutersalze verleihen vielen Gerichten das gewisse Etwas. Sie eignen sich auch wunderbar als Mitbringsel und Gastgebergeschenke. Und es macht viel Spaß, sie herzustellen. Lassen Sie Ihrer Fantasie freien Lauf und verwenden Sie immer die Kräuter, die gerade Saison haben.

Die beste Zeit, um Wild- und Gartenkräuter zu schneiden, ist der frühe Mittag. Dann haben die Kräuter die ersten Sonnenstrahlen des Tages abbekommen, sind aber noch nicht so ausgelaugt wie nach einem langen und heißen Tag. Wenn Sie an einem sauberen Ort sammeln, reicht es, die Pflanzen gut auszuschütteln, damit keine Insekten darin sind. Natürlich können Sie die Kräuter auch waschen und gut abtrocknen, ich persönlich verzichte darauf. Für das Grundrezept benötigen Sie lediglich:

* ✳ 100 g grobes Meersalz
* ✳ 3–4 EL frische Kräuter (oder die in den Rezepten angegebene Menge)

Geben Sie die Kräuter zusammen mit dem Meersalz in einen Mörser. Alles durchmengen und so lange mörsern, bis Sie eine feine Körnung bekommen. Lassen Sie das Salz dann ein paar Tage in einer Schale, abgedeckt mit einem sauberen Geschirrtuch, trocknen, bevor Sie es in kleine Gläser abfüllen. Klumpt es dabei, einfach noch mal mörsern. Das Salz konserviert die Kräuter etliche Monate lang.

Hier habe ich noch ein paar meiner Lieblingsrezepte für Sie aufgeschrieben:

Zitronen-Rosmarin-Salz

* ✳ 100 g grobes Meersalz
* ✳ Schalenabrieb einer halben Bio-Zitrone
* ✳ Blättchen von zwei Rosmarinzweigen

Die Zubereitung erfolgt wie oben beschrieben.

Mein Wildkräutersalz

* ✳ 100 g grobes Meersalz
* ✳ 3–4 EL Wildkräuter wie Bärlauch, wilde Rauke, Dost, Brennnessel, Giersch...

Die Zubereitung erfolgt wie oben beschrieben.

Tipp: Sie können die Kräuter auch zuerst an einem dunklen, aber warmen Ort (z. B. auf dem Dachboden) trocknen und danach zusammen mit dem Salz mörsern.

Mein Majoransalz
* 70 g grobes Meersalz
* 30 g getrocknete Majoranblätter

Die Zubereitung erfolgt wie oben beschrieben.

Mein Tomaten-Würz-Salz
* 60 g grobes Meersalz
* 10 g frischer Oregano
* 10 g frische glatte Petersilie
* 20 g frischer Basilikum

Die Zubereitung erfolgt wie oben beschrieben.

Kräuter sammeln und verarbeiten ist ein Genuss für alle
Sinne! Ich wünsche Ihnen viel Spaß damit, Ihre Christine
aus Maierhofen

Jessys Hexenküche

Für die süßen Rezepte mit Wildkräutern bin ich zuständig! Meine Freundin Christine hat Ihnen ja schon erzählt, wann und wie man die Kräuter am besten erntet. Von mir bekommen Sie nun noch ein paar süße Geheimrezepte:

Holunderblüten-Limetten-Zucker
* ✳ 10 Holunderblüten
* ✳ Abrieb einer Bio-Limette
* ✳ 500 g Zucker

Die Holunderblüten pflücken Sie bitte auch am besten kurz vor der Mittagssonne, da sie dann das meiste Aroma besitzen. Bitte achten Sie darauf, dass die Blüten frei von Kleingetier und Blattläusen sind. Sie können den Holunder kräftig ausschütteln, sollten ihn aber, wenn möglich, nicht waschen. Dann entfernen Sie die Stiele und mischen die Blüten in einer großen Schüssel mit dem Zucker gut durch. Geben Sie jetzt den Abrieb der Bio-Limette dazu. Lassen Sie das Zuckergemisch ein paar Tage lang in einer Schüssel, abgedeckt mit einem sauberen Geschirrtuch, trocknen. Es kann sein, dass der Zucker dabei etwas klumpt, in diesem Fall mörsern Sie ihn kräftig durch. Den Aromazucker füllen Sie dann in kleine Gläser ab. Dieser Zucker hat eine leicht herbe Note, ich verwende ihn für Mixgetränke, für den Waffelteig und um Sahne damit zu aromatisieren.

Löwenzahnblüten-Apfelgelee

* 500 g Löwenzahnblüten (Sie brauchen davon aber nur das Gelbe, nichts Grünes, denn sonst wird Ihr Sirup bitter)
* 500 ml Wasser
* 500 ml Apfelsaft
* Saft von 2 Zitronen
* 1 kg Gelierzucker

Zupfen Sie zuerst die gelben Blütenblätter ab. Diese Arbeit benötigt ein wenig Zeit, ich setze mich dafür am liebsten gemütlich in den Garten, genieße die Sonne und höre dem Frühlingskonzert der Vögel zu.

Wenn Sie 200 g Blätter haben, kochen Sie diese im Wasser 5 Minuten. Lassen Sie das Gemisch 24 Stunden ruhen, bevor Sie es durch ein sauberes Geschirrtuch abgießen. Geben Sie nun den Apfelsaft und den Saft der Zitronen sowie den Gelierzucker zu und lassen Sie alles ein paar Minuten sprudelnd kochen. Füllen Sie das Gemisch noch heiß in Gläser.

Dieses Gelee schmeckt auf dem Frühstücksbrötchen, aber es passt auch sehr gut als Beilage auf einer Käseplatte.

Fliederblütenzucker

Den Duft von blühendem Flieder einfangen – wer möchte das nicht? Zauberei ist dafür nicht nötig, nur ein paar Fliederdolden und Zucker. Den fertigen Fliederzucker kann man später wie Vanillezucker verwenden, also zur Aromatisierung von Süßspeisen und Gebäck. Er schmeckt außerdem traumhaft zu frischen Erdbeeren.

* 10 Fliederblüten
* 500 g Zucker
* eine aufgeschnittene Vanilleschote (gern schon aus-
  gekratzt, sie aromatisiert noch immer genug)

Wie beim Holunder werden auch die Fliederblüten erst
einmal sorgfältig von der Dolde abgezupft. Es sollte kein
Grün dabei sein, denn das ist giftig, die Blüten sind es
nicht! Legen Sie diese in den Zucker mit der Vanilleschote
ein und lassen Sie das Gemisch mit einem sauberen Geschirrtuch abgedeckt in einer Schüssel stehen. So zieht das
Fliederaroma bereits in den Zucker ein. Je dunkler das
Lila ist, desto schöner sieht der fertige Zucker später aus,
aber es geht auch mit rosafarbenem oder weißem Flieder.

Nach zwei Tagen geben Sie die Mischung in einen Mixer
und vermixen Zucker und Blüten. Die Vanilleschote müssen Sie zuvor entfernen! Dies geht natürlich auch im Mörser, mir persönlich ist der Mixer jedoch lieber. Wichtig ist,
dass Sie so lange mixen, bis die Blüten schön pulverig sind
und aus dem Zucker Puderzucker wird.

Wenn der Zucker und die Blüten komplett verarbeitet
sind, füllen Sie alles in ein schönes, luftdichtes Glas, so
können der Duft und das Aroma des Flieders nicht ver-
fliegen.

Jessys Holunderblütensirup

Holunderblütensirup zu kochen gehört für mich zu den Höhepunkten des Frühjahrs! Ich verwende ihn nicht nur für alkoholische Cocktails wie den Hugo, sondern auch für eine frische Limonade aus Wasser, Holunderblütensirup und ein paar Minze- und Melisseblättchen.

Für ca. 3,5 Liter benötigen Sie:

❋ 30 –40 Holunderblütendolden
❋ 2 l Wasser
❋ 2 kg Zucker
❋ 3 – 4 Bio-Zitronen

Geben Sie die abgeschüttelten Blütendolden zusammen mit den in Scheiben geschnittenen Bio-Zitronen in eine Schüssel und gießen Sie das Wasser dazu. Achtung! Blüten und Zitronen sollten sich unter dem Wasser befinden, damit nichts an der Luft zu schimmeln beginnt. Dies bekommen Sie hin, wenn Sie einen Teller, der gerade so in die Schüssel passt und dabei alles unter Wasser drückt, auflegen. Decken Sie dann die Schüssel mit einem sauberen Küchentuch ab und genießen Sie den Duft, der fortan Ihre Küche erfüllt.

Nach zwei Tagen seihen Sie das Holunderwasser durch ein großes Sieb, das Sie zuvor mit einem sauberen Geschirrtuch ausgelegt haben. Wenn das Wasser weitgehend durchgelaufen ist, können Sie die Blüten und Zitronen noch ein bisschen auspressen. Aber nicht zu sehr! Sonst gelangen zu viele Schwemmteile in den Topf, und Ihr Sirup wird trüb.

Kochen Sie nun das Holunderwasser mit dem Zucker

auf und lassen alles einige Minuten sieden. Füllen Sie die Masse danach noch heiß in ausgekochte Glasflaschen. Gut verschlossen ist der Sirup mindestens ein Jahr haltbar, eine angebrochene Flasche sollten Sie jedoch im Kühlschrank aufbewahren und binnen einer Woche verbrauchen.

Ich wünsche Ihnen viel Kreativität und jede Menge süße Momente in Ihrer Kräuterküche! Jessy

Sams Küchentipps

Raffinierte, fantasievolle Küche muss nicht teuer sein, im Gegenteil – viele Zutaten liefert Mutter Natur ganz umsonst, das haben Jessy und Christine mit ihren Kräuterrezepten gerade gezeigt. Und auch meine Tipps haben mit Kräutern zu tun:

Als kleine Gaumenfreude vorneweg – in der feinen Küche nennen wir das ein »Amuse-Gueule« – können Sie gerade im Frühjahr aus dem Vollen schöpfen. Wie wäre es beispielsweise mit getoasteten Weißbrotscheiben, bestrichen mit Bärlauchbutter? Oder einem saftig-grünen Schnittlauchbrot, das Sie, in elegante Streifen geschnitten, zu einem Glas Champagner servieren?

Bärlauchbutter
  * eine gute Handvoll Bärlauch
  * ein Paket Alsan oder Butter
  * grobes Meersalz nach Geschmack

Hacken Sie den Bärlauch schön fein und verkneten Sie ihn mit der zimmerwarmen Butter. Zum Schluss salzen Sie nach Wunsch. Diese Butter, serviert auf frischem Bauernbrot, ergibt eine ebenso günstige wie köstliche Vorspeise.

Butterbrot mit wildem Schnittlauch

Im Frühjahr wächst auf vielen Wiesen wilder Schnittlauch. Diesen schneiden Sie in feine Röllchen und bestreuen damit ein Brot, dick bestrichen mit gesalzener Butter.

Noch ein paar Tipps aus der Profiküche:

* ✳ Ihren Salaten verleihen Sie das gewisse Etwas, indem Sie eine Handvoll wohlduftende essbare Blüten verwenden. Welche das sind, lernen Sie auf einer Kräuterwanderung, vielleicht sogar bei Ihnen vor Ort.
* ✳ Investieren Sie außerdem in zwei oder drei außergewöhnliche Essigsorten – eine große Auswahl finden Sie in speziellen Fachgeschäften. Ein Schuss guter Essig macht aus einer gewöhnlichen Salatsoße einen Gaumenschmaus, er verfeinert Soßen und manchmal selbst ein Dessert.
* ✳ Nachspeisen werden zu etwas Besonderem, wenn Sie statt normalem Zucker einen Aromazucker verwenden; Jessy hat Ihnen ja zwei tolle Rezepte verraten.

Zu guter Letzt noch ein Tipp: Hummer oder falscher Hase, Champagner oder Apfelsaft – bei einem Gericht kommt es nicht darauf an, wie teuer und edel die Zutaten sind.

Hauptsache, Sie sind mit Spaß und Liebe bei der Sache! Ihr Sam aus Maierhofen

Edys vegane Bratwurst

Für eine deftige Bratwurst muss nicht zwingend ein Tier sterben, sondern höchstens eine Packung Seitanmehl dran glauben. Wurst selbst zu machen ist günstig und macht Spaß. Probieren Sie es doch einfach mal aus!

Vegane Bratwurst

* 300 g Seitanmehl
* 30 g Hefeflocken
* ½ sehr fein gehackte Zwiebel
* 2 fein gehackte Knoblauchzehen
* 6 EL Öl
* 6 EL Tomatenmark
* 4 EL Sojasauce
* 1 EL Senf
* 4 TL Paprikapulver
* 3 TL Salz
* 1 ordentliche Prise Pfeffer
* 2 Prisen Zucker
* 350 ml Wasser

Geben Sie alle trockenen Zutaten in eine Schüssel, also Seitanmehl, Hefeflocken und die Gewürze. Zwiebel und Knoblauch dürfen auch dazu. Alles gut miteinander vermengen.

In eine zweite Schüssel geben Sie die flüssigen Zutaten, also Öl, Senf, Sojasauce, Tomatenmark und Wasser. Diese vermengen Sie am besten mit einem Schneebesen. Dann schütten Sie die Flüssigkeit zu den trockenen Zutaten und verkneten alles gut miteinander. Es ist hilfreich, am Anfang einen Rest Flüssigkeit zurückzubehalten und erst bei Bedarf zuzugeben. Wenn der Teig schön geschmeidig ist, formen Sie Würste im Durchmesser von ungefähr zwei Zentimetern, bei dieser Menge ergibt das zehn bis zwölf Würste – genug für eine Grillparty im Familienkreis!

Die Würste wickeln Sie nun fest in Alufolie, dann werden sie im Ofen bei 180°C 50 Minuten lang gebacken. Am Ende der Backzeit schalten Sie den Ofen aus und lassen die Würste noch ein paar Minuten darin ruhen. Anschließend aus dem Ofen nehmen und sofort auswickeln.

Sie können die Würste nun warm essen oder kalt dünn aufschneiden und als Brotbelag genießen. Sie können sie einfrieren und bei Bedarf auftauen und natürlich auf den Grill legen. Kleiner Tipp: Da sie sehr wenig Fett haben, ist es wichtig, die Würste beim Grillen immer wieder mit Öl zu bestreichen.

Bei diesem Rezept sind viele Varianten möglich: Geben Sie mehr Knoblauch dazu, bekommen Sie eine deftige Knoblauchwurst. Lassen Sie das Tomatenmark weg, geben mehr Senf und zwei EL Majoran dazu, schmecken die Würste wie Nürnberger Bratwürste. Ergänzen Sie im Frühjahr Bärlauch und im Sommer frisch gehackte Petersilie, erhalten Sie wieder einen anderen Geschmack.

Viel Spaß beim Wurstmachen wünscht Ihr veganer Metzger Edy